山东大学儒学高等研究院教授自选集

中国辞赋学论集

龚克昌 著

山东大学出版社
SHANDONG UNIVERSITY PRESS
·济南·

图书在版编目(CIP)数据

中国辞赋学论集/龚克昌著.—济南:山东大学出版社,2024.2
(山东大学儒学高等研究院教授自选集)
ISBN 978-7-5607-7724-5

Ⅰ.①中... Ⅱ.①龚... Ⅲ.赋-古典文学研究-中国-文集 Ⅳ.①I207.224-53

中国国家版本馆 CIP 数据核字(2023)第 002277 号

责任编辑　李　港
封面设计　王秋忆

中国辞赋学论集
ZHONGGUO CIFUXUE LUNJI

出版发行　山东大学出版社
社　　址　山东省济南市山大南路 20 号
邮政编码　250100
发行热线　(0531)88363008
经　　销　新华书店
印　　刷　山东新华印务有限公司
规　　格　880 毫米×1230 毫米　1/32
　　　　　18 印张　406 千字
版　　次　2024 年 2 月第 1 版
印　　次　2024 年 2 月第 1 次印刷
定　　价　98.00 元

总　序

山东大学素以文史见长，人文学科为山东大学学术地位和学术声誉的铸就做出了极为重要的贡献。而在目前山东大学的人文学科集群中，2012 年重组的儒学高等研究院当之无愧地位于第一方阵，是打造“山大学派”的一支生力军。山东大学儒学高等研究院已成为目前国内规模最大、实力突出的国学研究机构。而儒学高等研究院的前身和主体是 2002 年成立的文史哲研究院。如此说来，儒学高等研究院已然走过了 20 年的岁月，恰如一个刚刚走出懵懂、朝气蓬勃的青年。

在这 20 年的生命历程中，儒学高等研究院锻造形成了鲜明的学术特色，即以中国古典学术为重心，以古文、古史、古哲、古籍为主攻方向。本院学者在中国古典学术领域精耕细作，取得了一批具有时代高度的标志性成果，受到学术界广泛赞誉。这一学术特色使儒学高等研究院积极融入了当代学术主流。20 世纪 90 年代以降，中国人文学术发展的大趋势是从西方化向本土化转型，而古典学术是实现本土化的一项重要资源。儒学高等研究院顺应时势，合理谋划，全力推进，因此成为近 20 年来中国古典学术研究复兴与前行的重要参与者和推动者。

儒学高等研究院的另一特色是横跨中文、历史、哲学、社会学(民俗学)四个一级学科,并致力于打破学科壁垒,在合理分工的基础上力求多学科协同融合。儒学高等研究院倡导和推行的儒学研究实质上是广义的国学,不以目前通行的单一学科为限。在这种开放多元的学术空间中,本院学者完全依据自身的兴趣和能力进行自主探索、自由创造,做到术业有专攻。目前,本院在史学理论、文献学、民俗学、先秦两汉文学、杜甫研究等若干领域创获最丰,居于海内外领先地位。今后的工作重点是在学科协同和学科整合上做进一步探索尝试,通过以问题为轴心的合作研究产生新的学术优势和学术生长点。

在20年的发展中,儒学高等研究院一方面继承前辈山大学者朴实厚重、精勤谨严的学风,一方面力图贯彻汉宋并重、考据与义理并重、沉潜与高明并重、传世文献与出土文献并重、国学与西学并重、历史与现实并重、基础研究与开发应用并重、个人兴趣与团队合作并重、埋头做大学问与形成大影响并重的科研方针,致力于塑造一种健康、合理、平衡的新学风。本院学者中,既有人沉潜于古籍文献的整理考释,也有人从事理论体系的创构发明,他们能够得到同等的尊重和支持。古典学术研究的学派或机构具有自身特色或专长无可厚非,但必须克服偏颇和极端倾向,摒弃自大排他心态。唯有兼顾各种风格、路向的平衡,才能更好地契合学术发展规律,更大限度地释放学术创造力。

当下，古典学术研究正面临五四以来百年未有的历史机缘。中央高度重视中华优秀传统文化的创造性转化、创新性发展，注重发挥传统文化在提升国家文化软实力、推动世界文明交流互鉴、为社会治理提供历史智慧等方面的独特功用。儒学高等研究院将顺势而为，与时俱进，将现有的学术优势与国家重大需求相对接，在古典文献整理研究、儒家思想理论阐释、传统文化精华推广普及等领域齐头并进，努力为古典学术研究的全面繁荣做出新的贡献。

2005年的“山东大学文史哲研究院专刊”第一辑出版说明中曾提出：“‘兴灭业，继绝学，铸新知’，是本院基本的科研方针；重点扶持高精尖科研项目，优先资助相关成果的出版，是本院工作的重中之重。”这是当年我们这项学术事业“筚路蓝缕，以启山林”时的初心。而今机构名称虽已更易，但初心不变。“山东大学儒学高等研究院教授自选集”即是这一事业的赓续和拓延。这套书是本院33位专家学者历年学术成果的集中盘点和展示，有的甚至是毕生心血之结晶。这同时也是对文史哲研究院成立20周年暨儒学高等研究院重组10周年的一个纪念。期待学界同行的检阅和批评。

山东大学儒学高等研究院
教授自选集编辑委员会
2022年10月

忆与美国著名辞赋研究家康达维教授的交往（代序）

一

今年是美国著名的辞赋研究专家康达维六十华诞，他的弟子苏瑞隆、龚航计划编辑出版一部专集祝贺他，我以为很有意义，康教授的道德、文章都是值得人们祝贺的。

我和康教授交往已有十七个年头了。我们有过八次会面，数十次书信往来。他推荐我到美国讲学，并翻译出版我的讲稿。我邀他到山东大学讲学，并请他出席在济南举行的首届国际赋学会。我们在一起参加了六次国际学术会，还有过一些合作意向，并经常交流学术信息。因此可以说，我们之间相互了解较深。他于1992年在香港对我直言，他很相信我。我则暗忖，我接触的海外朋友也不少，但像康教授这样对我热情真诚的，还真少见。我亦极信任他，视之为异国挚友。我们的友谊是这样开始的。

1985年夏，美国车淑珊博士来山东访问。有一天她到我家，我们交谈了大陆古代文学研究界的一些情况。车博士临走时，我赠她拙作《汉赋研究》。她见此书很兴奋、很惊异。她说，美国某某教授（她说英文名字）也在研究汉赋，如果能送他一本，他一定很高兴。我听说异域他乡也有人在治赋，当然也很感动，我当即多取一本，请车博士转致。当时我也没有记下这位异国同道的姓名及通讯地址。

几个月后——1985 年 12 月中旬，我忽然收到一封国外来信，拆开一看，署名是康达维，还有英文签字。时间是 1985 年 12 月 3 日。我赶快看信内容，才知是车博士把拙作送给他，他给我写了回信。信说："我最近接获 Susan Cherniack 女士由日本寄来的大著《汉赋研究》。我已仔细拜读过，十分景仰先生治学的功力。我以为这本书是分析汉赋主要作家最精辟、最具有启发性的一本著作。目前我正在写一本有关汉赋和六朝赋的书，使我感到万分高兴的是，先生的意见和我的看法经常不谋而合。专门研究赋的作者毕竟太少了，我很想与先生保持联系。若先生能继续告以中国学者有关汉赋研究资料，我是万分感激的。我也会向先生报告中国大陆以外有关赋研究的成果。"这是一篇充满激情的呼朋唤友的信，读来令人感动。从字迹可看出，此信出自一位外国友人之手。但从遣词造句透露的文辞看，笔者的汉学功夫很深。接此来信，我当然激动万分，马上给康教授写了回信，表示愿与他建立联系。从此，我们虽未谋面，但已有频繁的书信往来。

1986 年 11 月 19 日，康教授来信说："今年 12 月初，我将到汕头参加韩愈学术讨论会,宣读一篇有关韩愈古赋的论文。我希望能在中国多停留一些日子,并前往济南拜访你(原文用'您',下同),可惜学校课业尚未结束,必须立即返校任教,因此也只有期之来日了。"

康教授想来济南会我,因故而不能来,我应赶去见他。所以我马上决定参加汕头韩愈学术会。这是一次高级别的学术会,海内外名家云集。康教授与饶宗颐先生一起由香港乘船来汕头。在会上,我们终于见面了。康教授的确是一位洋人,他高个子,蓝眼睛,说话面带笑容,那时他才44岁,但早已誉满美国汉学界了。这是我事后才知道的。

1987年2月8日,康教授来信说:"我很荣幸有缘在韩愈学术会上见到你,与你讨论有关赋的问题,使我获益匪浅。回西雅图不久,我又启程到台湾,我在那里买了几本有关赋的书(指简宗梧、何沛雄等先生的大著——笔者),已从海运寄出,谅不久就会收到,若有机会,我极想请你到敝校讲学,你有兴趣吗?"对康教授的邀请,我自己做不了主。恰好几天后的一个晚上,我与夫人在校内散步,碰上潘承洞校长。潘校长原与我们是邻居,很熟,我就把康教授的邀请口头请示他。他即说:"这是好事,到国外去讲讲我们古代光辉灿烂的文化。你快给人家回信,接受邀请。"

有了潘校长的话,我心里踏实了,随即给康教授写了回信,感谢他的好意。

康教授于1987年4月5日来信说:"知道你有意到华盛顿

大学当一名访问教授,我实在万分高兴。我现在即可以开始着手申请你来美国的资金了。有三种基金会,我相信必可取得其中之一。”

1988年2月6日,康教授又来信:“我已向美国科学院申请你到华大讲学的费用。大约4月能收到回信。我最近获知,美国有一项新的研究计划,以支持中美学者的研究工作。若你能来美,我们或可成立一个赋的研究小组,共同推展贵校和我校在这方面的研究工作。”

一个月后,即3月10日,康教授来信激动地写道:“我刚接到美国科学院美中学术交流委员会的来信,你已被选为1988到1989年访问学者。今年一共推举37位中国学者,只有7位当选,你便是其中之一。这是莫大的荣幸,我们均与你分享这份荣幸。我希望你能为本系教授和研究生开一门辞赋之类的课。若是可能,我们可将你的讲稿合集一册,以英文出版。”

在这里我之所以不厌其烦地援引康教授的来信,除想说明康教授对朋友的一片真情外,还可让人感受到康教授谦虚的品质。因为在与我交往之前,他早已是誉满西方汉学界的著名学者了——这是我于1988年赴美讲学之后才获悉的:

1968年,康教授26岁,即出版《汉赋的两种研究》。

1970年,28岁,与人合作,著《激发皇子·枚乘〈七发〉》。

1976年,34岁,作《汉赋·扬雄之辞赋研究》,由英国剑桥大学出版。

1982年,40岁,作《昭明文选英译》第1册,由美国普林斯顿大学出版,此书在西方《文选》学研究上具有里程碑意义,至今仍是西方最权威的英文译本。

1987年、1996年,《昭明文选英译》第2册、第3册相继出版,至此,《文选》赋篇全部译完。

美国哥伦比亚大学夏志清教授1985年在一篇评论美国汉学界的文章中说:“马瑞志(美国老一辈汉学家,以‘精译详注’《世说新语》著称——笔者)仍在做研究,但已告老退休了,尚在壮年而比他更雄心勃勃的美国汉学家要推西雅图华大的教授康达维……他早已被公认为汉赋的权威了。七八年前发一宏愿,要把《文选》独立全译。第一册《京都赋》终于在1982年由普林斯顿大学出版了……翻译之道地,注释之详尽,实在无可伦比……康达维对汉赋研究之精深,当代中日专家早已比不上他了。”这年康教授才40岁,但已誉满天下了。

这里插一段趣事:1988年8月,康教授到山大讲学前夕,山大外事办李国强先生拿一张表,要我填写康教授的著作和学术地位,那时我对他了解得还不具体,填不上,我只笼统地说“著名汉学家”。李先生只好作罢。事后李先生到中国驻美使馆工作,有一次他遇到一位美国汉学家,就试着问一下康达维教授的情况。不料那位美国朋友听后把双手举得高高,不很恰切地借用苏东坡一句词说:“高处不胜寒。”意即康教授的学术地位很高很高。这是20世纪90年代中李先生回校探亲见到我时说的。他竖起大拇指说:“你的美国朋友了不起!”

二

1988年6月22日，康教授来信说，他将参加8月初在长春举行的《文选》学术会。会后要到几个地方探亲访问。

我得此消息，马上向学校领导请示，可否趁康教授来华开会之机请他来山大讲学？按学校的规定，请外国学者来校讲学要提前一年作计划报批。但当时主持山大外事工作的曾繁仁副校长，当即拍板，同意邀康教授来校讲学。

为邀康教授来校，我遂于1988年8月初赴长春参加《文选》学术会。在长春南湖宾馆，我与康教授第二次会面了。这次他夫人张台萍博士也一起来，我当即向康教授提出邀请。康教授有些犹豫，担心时间来不及。台萍博士即说："山东大学那么友好热情，龚先生又专程来请，我们应该去。"康教授也即点头称是。我当即请主办单位购南下济南的软卧火车票（当时没有航空交通），但迟迟未能买到，白白在长春浪费了几十个小时。那年长春天气异常，气温高达三十几度。在车站等车时康教授热得满面通红，张博士急了，问我能不能找个有空调的地方避一避暑。我找遍车站周围的旅馆，以及火车站内的办公室，竟然找不到有空调的房间（现在早已普遍安空调了）。无奈，我只好劝康教授多吃西瓜（我事前都准备好的），多喝开水。我当时暗暗着急，长春至济南长达1300多公里，火车要走近二十小时,车上又没有空调,康教授能不能扛过来!我的心一直悬在半空。及至7日傍晚到济南火车站,中文系主任牟世金教授带上装有空调的大巴来迎接,康教授和张博士上车后笑着说:真凉快啊!听说山大给康教授夫妇准备了带客厅并装有空调的房间,我紧张的心才松下来。几个月后我到美国西雅图才知道,那里四季如春,是世界上少有的适合人们生活的城市之一。美国交通发达,长途旅行都是乘飞机。我暗想,康教授夫妇在大陆艰辛的旅行,当是他们平生第一次吧!但即使如此,康教授夫妇也未发出一句怨言,未表现出一点不满,令人敬佩。

8月8日上午,康教授给山大中文系师生作学术报告,他讲到《文选》一些赋作是伪托的。有的老师问他根据是什么,他说根据音韵。这让许多老师感到惊讶,因为现在中文系除搞古汉语的老师注意古音韵外,搞文学史的老师大多不谙此道。这个问题,与美国一些汉学家认为中国搞古代文学史的教师大都不懂日文、英文是很吃亏的一样,当是我们又一个缺憾吧!

8日下午,我陪康教授夫妇游览了济南几个风景点,并冒着酷暑步行新建的黄河铁拉桥,观览了滚滚东去的黄河。

晚上,我请康教授夫妇到我家做客。我当时住的是仅有三十几平米的小三间。为了摆一张饭桌和几只椅子,只好把两个女儿的两张床暂时搬走。菜是让曾副校长在留学生楼订做的,也没有什么好吃的东西,可见当时我们生活寒酸之一斑。这个时候正是1988年8月8日晚上8时,有好几个“8”,大家都认为吉庆。可不是吗，十几年过去了，我们的生活发生了翻天覆地的变化。就山东来讲，济南与各大城市都有飞机开通，高速公路四通八达，长途火车都装有冷热设备。大家的住房有了极大的改善，普通老百姓家庭大都装有暖气和空调。十几年来物价变化却不大。鱼、蛋、水果等等比十几年前还便宜，而工薪阶层的工资大都翻了二三十倍，大家过着比较富足的生活。我想，康教授夫妇如果再来，一定会惊叹大陆十几年来惊人的变化，他们再也不会受十多年前那份“罪”了。

三

1988年10月10日，我正式踏上赴美讲学的旅程。由于康教授在美国汉学界享有崇高的威信，也由于美国汉学界朋友的好客，我在那里受到很好的接待。在旧金山，我刚跨出机场出口处，就见到加州大学伯克利分校东亚语文系主任、著名的中国古代戏曲研究家、康教授的好友——奚若谷教授。奚教授是专程从百里外的伯克利赶到旧金山帮我转机的。他一眼就分辨出我是他所要接的人，马上靠近我，把手中握着一张写着我的名字的纸条给我看。他帮我取出转机的机票，把我送到候机室，并交代机场有关人员关照我。两个月后，我到他们系里演讲，奚教授又亲自组织系里教授同我座谈，主持我的演讲会，并设宴招待我。最后，他与其美丽的夫人一起把我送到旧金山住所。

我到哈佛,康教授的高足、哈佛大学东亚语言文学系台柱欧文教授热情地接待我,他安排我参观举世闻名的哈佛大学图书馆。负责管理善本书的戴先生祖籍四川,对祖国的来客特别垂顾,把馆存的我国古代的善本书从保险柜中一本本取出来给我看,其中有唐写本,有宋刻本,有许许多多五颜六色的海内外孤本。我在国内从未看过这样珍贵的图书。我心情很激动,但很感慨,我们的珍贵图书为什么大量地流入他人之手?这些图书如何为我们新中国的建设服务?欧教授还安排我参观哈佛大学青铜器展览馆。这里保存着数以百计的我国秦汉以前的青铜器,据说多为私人所捐赠。看到这些国宝流入异域,我的心也同样不平静。在这里还应感谢叶杨博士,他来自复旦大学,因学业优秀,当时美国总统里根到复旦大学作报告时,还特地表扬他。我到哈佛,他跑前跑后,给我很多关照,并给我提供很多资讯,使我的演讲获得成功。

我到威斯康星大学所在地"陌地生"时已是下午3点,到机场接我的是康教授的大弟子、建安文学研究家高德耀博士,他告诉我:5点钟"周公"要请吃饭。"周公"是谁?我孤陋寡闻,竟不知道。原来,"周公"是一位资深的美国汉学家——周策纵教授。他常来我国访问,与我国文艺界高级领导人多有接触。5点整,电话铃响了,"周公"准时到来。他亲自驾一辆高级轿车,带我到一家中国餐馆吃饭。他那和平、亲切、慈祥的神态,一下拉近了我们之间的距离。我们在餐厅、在我们下榻的宾馆，畅谈了四个小时，上自《诗经》《楚辞》，下至当代文学创作，几乎无所不谈。第二天下午，我在系里作学术报告，包括"周公"和系主任、著名唐代文学研究家倪豪士在内的汉学界教授、博士生、硕士生们都纷纷来参加，坐了满满一个大教室。他们听了我的演讲后，你一言我一语地谈论起来，会场空气十分轻松活跃，以至忘记了散会的时间。晚上，教授们又都来参加为我举行的宴会，系主任还携夫人一起来参加，场面的和谐、亲热使我忘记了置身于异国他乡，置身于从未谋面的朋友之间。——这里还出现过一个小插曲，当我们来到一家中国餐馆时，有一个中国小姐招待我们，周先生问她从哪里来，她说从北平来。周先生肃然改容："你为什么不说北京而说北平呢！我们晚上请的就是北京来的客人。"他还指着我背的一个小红箱上面的"北京"两字，那个小姐满面通红。她原是北京某高校中文系毕业生，随其父——我驻芝加哥某单位负责人——来美，因英语水平差，不敢考托福，故先在此打工。

由"陌地生"飞回西雅图要在明尼阿波利斯转机。我到明尼阿波利斯已是夜色沉沉、冷风肃肃的寒冬初夜了。但当我跨进机场大楼时，忽见年逾古稀的马瑞志教授和他的夫人，他们是特地赶来机场帮我转机的。我事前并不知道康教授有此安排。当人们看到他那平易、和蔼的笑容，怎能把他和赫赫有名、在美国备受尊敬的老一辈著名汉学家联系在一起，谁能想到他就是精心铸造厚达七百多页的"空前的美国汉学巨著"——"'精译详注'《世说新语》"的作者？他的夫人也已年逾古稀，但还在修文学硕士课。老先生夫妇俩对汉学的深情厚爱真真令人感动。

在美国,康教授对我的照顾、关怀更是无微不至。我从旧金山飞西雅图,一出机场,即看到康教授带着他的宝贝女儿"永泰公主"在出口处迎我。他把我接到他的山间别墅,晚上设宴给我洗尘。第二天,带我到他为我安排的临时住所——一座优雅的小别墅。随后又带我参观系里图书馆、阅览室,其中藏书之丰富、订阅中文报刊之繁多,是我们国内任何院系都无法比拟的。康教授还给我安排一间办公室。从此,我在康教授的亲自主持下,在这里作了八场报告。每次报告前,他和他的博士生们都要分头把我的讲稿译成英文,印发给每位听讲者。他每天必来看我一次,与我交谈赋学研究中的问题。他极详细地向我介绍美国汉学家的研究情况。稍有余暇,他即带我出游。我四次进出西雅图,有三次是他亲自接送的,只有一次他感冒了才派他的博士生来接我,但他的电话早打到机场,询问我搭乘的飞机是否安全到达。当我离开西雅图前往哈佛、威斯康星、伯克利、斯坦福等各大学演讲,我几乎走到哪里,他的电话即打到哪里,他几乎无时无刻不在关心我、护卫我,他那颗对朋友赤诚的心,真真是令人感动。

四

我回国后,他即为翻译、修改、出版我的英文版讲稿而费尽心思。1989年4月19日康教授来信说："我正在申请经费，希望今夏能雇请一位研究助教协助翻译你的讲稿，书前我将写一长篇序言，介绍你的研究成果以及你在这方面的贡献。对于引文，我也将加以详细注解，以使美国读者能够了解。"

三个月后——7月22日，康教授来信："今夏我将时间整个花在翻译你的赋学演讲稿上，我预计初稿将超过四百页。"9月27日康教授又来信说："你的十篇讲稿的英文翻译已全部完成，初稿有500页，待我再仔细校读后即可付梓。"

在美国翻译出版中国文学论著是十分困难的。因为读者太少，出版商赚不到钱。所以博士们要出版他们的中国文学研究论文，一般都得自己掏三五千美元补贴出版商，但由于康教授的权威地位，他翻译的书稿终于于1997年由美国权威的出版机构——美国东方学会出版。此书采用大十六开本，精装，红色封面，十分美观大气。全书413页，康教授为此写了一篇长达51页（译成汉文达3万字）的序。

康教授写序的作风也与一般国人大不相同。大陆很多学者给人家写序，很少详细读人家原著，大都只是浮光掠影地翻一翻，或倚老卖老地、海阔天空地说一通。康教授却不然，他给拙作英译写序，不仅把拙作与大陆、港、台有关著作的特点作了对比，而且对译作的文章逐篇进行评述。这需要他花费多少精力去阅读原著以及相关的著述！如他在总评中说："在此所译的龚教授的文章，代表了他对汉赋的主要研究成果，是对汉朝大赋的主要特点、作用、作家的全面论述。龚教授泰然自若地为汉赋辩护。在中国大陆学术批评界对赋的无情的指责面前，龚的观点是卓越的。最近几年，部分由于龚教授的努力，赋在中国学术界的地位显著提高，许多基本上肯定赋的文章在一些重要学刊上发表，也出版了一些重要的专著。……虽然这些学者的成果是可观的，但却没有一个能像龚教授那样全面地历史地评价赋。"

逐篇评论的，如他说："从第一章《赋在中国文学史上的地位》可以清楚地得知龚教授对赋的观点。龚认为赋的发展与大汉帝国的兴起息息相关。汉代在武帝时达到繁荣富强的巅峰。他认为汉朝政治的统一、经济的繁荣、社会的稳定，这一切都是可喜可贺的，汉朝的赋家也大肆赞美这些成就。……龚教授认为赋家注重修饰铺陈是一个具有重大意义的特点。鲁迅认为建安时代是中国文学史上纯文学艺术的自觉时代……龚认为早在西汉时期，赋就是自觉创作的文学艺术。"

在评述各个赋家时，康教授随时表示他的不同看法。如他说："龚教授将《鹏鸟赋》放在次要位置，他认为这是道家的逃避思想、虚无主义，特别是老庄的'认命'思想，这种思想反映作者无法面对现实的困难问题。龚教授批评《鹏鸟赋》，这是因意识形态而使一篇杰作未能得到正确评估的极少数例子之一。"

又如，对班固《两都赋》写作时间问题，康教授指出："龚教授认为，虽然历史资料显示班固是在永平年间创作此赋的，但班固赞美征服外敌的事件是在永平之后发生的，他一定是在较晚时候加入这些部分，因此，龚教授同意李善《文选》注的推论，认为这是在和帝在位时写的。但很多学者认为这个日期太晚。班固很可能为征服外夷而在描写时理想化，并没有依据历史事实，这不过是赋作品夸张的另一实例。”对《西都赋》一些不符合历史事实的描写，康教授作了颇有说服力的说明。

又如康教授说：“龚教授认为《思玄赋》是一篇神秘逃避主义的作品，这可能不准确。《思玄赋》中张衡实际上拒绝了神秘逃避这个主义，而认识到留在人世间的道德需要，因此与屈原的《离骚》不同，这篇赋的结尾洋溢着自信与乐观。”

序文最后说：“我们在此翻译的文章只代表龚教授对汉赋所作的学术研究的一部分，他的深远的洞察力论述了一些人们熟悉的赋家，还有那些不为人们所注意的赋家，如赵壹、蔡邕等。他在论述时，不仅充满着学术权威对主题深厚的知识，而且也带着他对赋及汉朝文明坦然自若的热诚……对于龚教授在研究他们挚爱的作家及文体时的奉献精神和勇气，我们只有为他喝彩。”通篇有赞扬的，有批评的，处处表示出他的见解，绝不随声附和、无原则地赞扬。这是作者认真负责精神的表现、深厚学识的流露，也是其高尚人格的张扬，非常值得我们仿效。

（原载《二十一世纪汉魏六朝文学新视角——康达维教授花甲纪念论文集》序，台湾文津出版社2003年版）

目　录

两汉辞赋概观

赋家作品考述

古典文学漫谈

两汉辞赋概观

论汉赋*

两千多年来，人们对汉赋的评论分歧是很大的。毁之者如西汉的扬雄，视汉赋如同“童子雕虫篆刻”，因而誓曰：“壮夫不为。”（《法言·吾子》）誉之者如南朝的沈约则说：“周室既衰，风流弥著。屈平、宋玉导清源于前，贾谊、相如振芳尘于后，英辞润金石，高义薄云天，自兹以降，情志愈广。”（《宋书·谢灵运传论》）但对汉赋最推崇的莫如近代学者王国维，他视汉赋为汉代四百年文坛的总代表，并把它放在与唐诗、宋词、元曲并驾齐驱的地位。新中国成立以后，人们对汉赋的看法似乎发生了一边倒的变化，这就是大家对它采取了基本否定的态度。那么上述诸观点孰是孰非？抑或应如何评价才较恰切允当？本文试就这个问题谈一下个人意见。

一

汉赋的最大特点是几乎篇篇都在反对帝王的骄奢淫逸。大家都知道，在中国的历史上，天子帝王拥有无限的权力和无

---

* 本文原载于《文史哲》1981年第1期。

尽的财富，他们的生活往往是极其奢华的。而他们生活上的放荡又往往与人们的苦难联系在一起。墨子说过，“当今之主”，其“为宫室台榭”，“为美食”，“必厚作敛于百姓”。最高统治者肆无忌惮地追求声色口腹之欲，势必加重人民的负担，置人民于水深火热之中，并从而动摇封建王朝的根基。所以统治阶级中比较有远见的政治家、思想家，总要不遗余力地批判历史上荒淫奢侈的昏君，而竭诚赞美以俭约自持的明主，用以讽喻当今，昭示来世。如沉湎于酒色、荒淫无道的周厉王、周幽王，早就成为众矢之的；而传说中的“茅茨不翦，采椽不斫，粝粢之食，藜藿之羹”的尧帝，则受到人们的赞扬。文学作品中的表现也正是这样。《诗经·小雅》中的《正月》《雨无正》，《大雅》中的《瞻卬》《抑》，都是讽刺最高统治者的荒淫误国。《齐风》中的《南山》《敝笱》《载驱》，《邶风》中的《新台》，也是揭露最高统治者生活上的丑事。由此可见，在批判最高统治者淫奢这一点上，劳动人民、文人以及统治阶级中有远见的政治家的观点是有共同之处的。这是他们的利害也有相连一面的缘故。汉赋正是继承了先秦文学这个有积极意义的内容而加以发展的。

尤值得注意的是，反对最高统治者的侈靡，在汉代具有其更加迫切的意义。汉初社会经济的恢复与繁荣，给统治阶级的挥霍浪费提供了雄厚的物质基础。据《三辅黄图》记载，仅汉武帝一代，就筑有数不尽的宫阙苑囿、台榭观阁。汉武帝想吃南方的鲜荔枝，就筑扶荔宫，“荔枝自交趾移植百株于庭，无一生者，连年犹移植不息。……其实则岁贡焉，邮传者疲毙于道，极为生民之患”。武帝为求仙寻乐，起明光宫，“发燕赵美女二千人充之。率取二十以下，十五以上。年满三十者，出嫁之。……时有死出者,随补之"。武帝建元三年(前138),开上林苑,"周袤三百里,离宫七十所,皆容千骑万乘。……苑中养百兽……群臣远方,各献名果异卉三千余种植其中"。所以《三辅黄图》编者愤慨地指出:"至孝武皇帝,承文、景菲薄之余,恃邦国阜繁之资,土木之役,倍秦越旧,斤斧之声,畚锸之劳,岁月不息,盖骋其邪心以夸天下也。"汉武帝的奢华靡费,是过去任何帝王都不能比拟的,连暴秦也不在话下。

针对这种情况,汉赋把反对最高统治者的骄奢淫逸作为自己创作的主题——几乎所有赋家都围绕这个主题大做文章——是有现实意义的。他们运用借古讽今的手法,对当今皇上进行委婉的劝说和谏诤;有时甚至大胆地、赤裸裸地进行揭露和批评。班固在为司马相如赋辩解时说过:"相如虽多虚辞滥说,然要其归引之于节俭,此亦《诗》之风谏何异?"(《汉书·司马相如传》)班固这里虽仅提司马相如一人,但他实际上是在辩明一个带有普遍性的问题。因为相如以后很多赋家都仿效他的笔法——"虚辞滥说"和"引之于节俭"。所以班固对相如的评价,我们可以看作是对整个汉赋的评价。汉大赋的确是几乎篇篇在"讽谏"统治阶级的淫奢,而指归"引之于节俭"的。下面我们举几个有代表性的作家和作品来加以论证。

先说司马相如。司马相如是汉赋的奠基者。他的赋作标志着汉赋体裁的基本定型。他的赋影响了两汉整个赋坛,成为人们仿效的对象。据《汉书·艺文志》记载,相如共有赋二十九篇。但我们今天能看到的可靠的只有《天子游猎赋》(《文选》分为《子虚》《上林》两篇,误)、《大人赋》、《哀二世赋》。在这三篇中,《天子游猎赋》最负盛名,我们着重分析这篇。

《天子游猎赋》惩奢劝俭的主题是很清楚的。在这篇赋中，作者先安排诸侯王的代表——楚王的子虚和齐王的乌有先生——在那里为其主子争奇斗胜，实则在自我暴露。乌有先生以齐王“车驾千乘，选徒万骑，畋于海滨，列卒满泽，罘网弥山”的盛况向子虚炫耀；子虚则拿楚王的“云梦之事”的派头来相压。最后作者让天子的代表亡是公出场，把齐、楚之事统统加以批判：“亡是公听（读 yǐn，开口笑貌）然而笑曰：‘楚则失矣，而齐亦未为得也。……且二君之论……徒事争于游戏之乐，苑囿之大，欲以奢侈相胜，荒淫相越，此不可以扬名发誉，而适足以贬君自损也。’”这里，作者虽含有对诸侯王身份的贬抑，但我们从亡是公所批判的内容，不是正可以看出作者对此事的态度吗？“从此观之，齐楚之事，岂不哀哉？地方不过千里，而囿居九百，是草木不得垦辟，而民无所食也。……仆恐百姓被其尤也。”作者把诸侯王的淫乐与老百姓的苦难紧紧联系在一起。

对天子，不便由外人来加以指摘，作者采用了让天子在淫乐之后反躬自问的手法：“于是酒中乐酣，天子芒然而思，似若有亡，曰：‘嗟乎，此太奢侈！’……于是乎乃解酒罢猎，而命有司曰：‘地（指苑中土地）可垦辟，悉为农郊，以赡萌隶；隤墙填堑，使山泽之人得至焉。……若夫终日驰骋，劳神苦形，疲车马之用，抏（音‘玩’，损耗）士卒之精，费府库之财，而无德厚之恩，务在独乐，不顾众庶，亡国家之政，贪雉兔之获，则仁者不繇（由）也。’”天子自感有失，赶紧决定推墙填堑，让百姓得以种地樵薪。作者采用这种手法批评天子的过失，其用心亦良苦矣。

相如在《哀二世赋》里，也借用秦二世的荒淫残暴而招致杀身亡国之祸来提醒武帝。在他另一种文体的作品——《谏猎疏》中,相如也曾警告武帝,如果一味地畋猎嬉游,后果是不堪设想的,“胡越起于毂下,而夷狄接轸也,岂不殆哉”!见出相如对帝王淫奢的反对是一贯的。

扬雄是继相如之后的又一位大赋家。他的赋现存有十篇(包括《反离骚》《解嘲》和残篇《酒赋》)。他的赋“讽谏”的气味更为突出。元延二年(前11)十二月,他随汉成帝去打猎,便立即上《羽猎赋》来讽谏成帝,提出帝王的饮食起居、游乐礼仪都应有节度,绝不能影响老百姓的生产与生活。作者还批评成帝的老祖宗汉武帝:“武帝广开上林……游观侈靡,穷妙极丽……然至羽猎,甲车戎马……尚泰奢丽夸诩。”武帝实在太奢侈了。他要成帝吸取这个教训,关心农民生活与生产:“丞(拯)民乎农桑,劝之以弗怠……恐贫穷者,不遍被洋溢之饶,开禁苑,散公储……”

在《长杨赋》里,扬雄甚至直接指责当今皇上——汉成帝。作者在序里明明白白地说,他对当今皇上为向胡人显示自己的派头,不顾农民死活,逼他们入山捕捉各种野兽十分不满,因此“上《长杨赋》……以讽”。在赋中,作者写道:“今年猎长杨……罗千乘于林莽,列万骑于山隅……此天下之穷览极观也。虽然,亦颇扰于农人三旬有余……岂为民乎哉?”在最高统治者无限制的纵乐与农民的受害之间,扬雄是坚决站在护卫农民这一边。他为百姓争利的态度是相当执着的。

和扬雄比较起来,班固的赋要稍逊一筹。班固是东汉初期重要赋家。他的赋有《两都赋》(分为《东都赋》《西都赋》,实际是一篇)、《幽通赋》两个整篇和另外五个残篇。其中《两都赋》最负盛名。在这篇赋中,作者强调的是法度,他一面赞扬东都天子举止的合度,一面批判西都天子行为的逾制。和西都天子比起来,东都天子已属俭约;可是作者还不肯就此罢休,他还要天子“昭节俭,示太素,去后宫之丽饰,损乘舆之服御”。

作为一个封建制度的竭诚拥护者,“典型正宗人物”,班固以“法度”作为武器来臧否人物,约束最高统治者过分的奢华,是很自然的。我们一方面要看出他批评的局限性,但另一方面,他反对最高统治者的胡作非为,还是不应全盘否定的。

继班固之后,是东汉中期杰出赋家张衡。张衡保留下来的赋作较多,有七个完整的篇章和五个片段。其中《二京赋》和《归田赋》最为著名。前者创两汉长篇的极轨,后者开后代抒情小赋的先河。

在《二京赋》里,作者对西京的宫室建筑和西京天子在游猎以及在日常生活中毫无节制的骄奢淫逸作了尽情的揭露和鞭挞,并把它与人民的苦难和封建王朝的安危联系在一起。作者借安处先生批判凭虚公子说:“今公子苟好剿民以偷乐,忘民怨之为仇也;好殚物以穷宠,忽下叛而生忧也!夫水所以载舟,亦所以覆舟。”统治者如果只知一味地穷奢极欲,逼得人民走投无路,人民就可能揭竿而起,把他推翻。他在赋中还说,如果为君的“必以肆奢为贤”,那么桀纣都做对了,汤武还革什么命?秦始皇筑阿房,起甘泉,“征税尽,人力殚”,弄得“百姓不能忍”,因此才“息肩于大汉”。这里作者的是非好恶态度是极其明确的。

这里应该指出的是,张衡赋中所指控的最高统治者的骄奢,虽多征引史事,但他的两眼却是逼视着现实生活的。正如《后汉书》本传所说的他写《二京赋》的动机那样:“永元(汉和帝年号,公元 89—105 年)中,(衡)举孝廉不行,连辟公府不就。时天下承平日久,自王侯以下,莫不逾侈,衡乃拟班固《两都赋》，作《二京赋》，因以风谏。”“自王侯以下，莫不逾侈”云云，我们可以从他同时代人王符所写的《潜夫论·浮侈》中窥见一斑：“今京师贵戚，衣服、饮食、车舆、文饰、庐舍，皆过王制，僭上甚矣！”这种社会风尚，自然是最高统治者诱导的结果，上行下效，历世皆然。所以作者虽没说“王侯”以上如何“逾侈”，我们仍是可以想象出来的。张衡赋乃是针对最高统治者的淫奢而发的。

最后我们来谈谈枚乘的《七发》。

《七发》是一篇反对淫逸无度的佳作。赋中，作者描写了楚太子由于“久耽安乐，日夜无极”，以致“惕惕怵怵，卧不得瞑；虚中重听，恶闻人声；精神越渫，百病咸生”。作者由此得出结论：“出舆入辇，命曰蹷痿之机；洞房清宫，命曰寒热之媒；皓齿蛾眉，命曰伐性之斧；甘脆肥脓，命曰腐肠之药。”这个说法至今仍属确论，这是实践的结晶，是科学的总结。作者认为，患这种疾病是无药可医的：“虽令扁鹊治内，巫咸治外，尚何及哉？”唯一的办法是抛却腐朽堕落的生活方式，加强思想修养，过正常人的生活，正如作品所表现的那样，楚太子听了“要言妙道”，便“据几而起”，“涊然汗出，霍然病已”！这篇赋至今仍有强烈的现实意义。

说到这里，我们似乎可以得到这样一个认识：

汉大赋的确是第一次集中地把作品的主题放在反对天子帝王的骄奢淫逸上。过去《诗经》虽也已接触到这个问题，但篇幅很少，在三百来篇中只占个零头；《楚辞》也有涉及这个问题，但它主要是批判最高统治者政治上的昏庸。汉赋这样做，应视为文艺作品描写内容上的有效扩大和提高，这是应该肯定的。汉赋之所以能做到这一点，是现实生活的要求所决定的，但同时也是作者认识提高的结果。

班固在批评扬雄时说过:“扬雄以为靡丽之赋,劝百而风一,犹骋郑卫之声,曲终而奏雅,不已戏乎?”(《汉书·司马相如传赞》)班固的批评是有一定道理的。这里实际上牵涉两个问题:第一,是文学艺术能不能运用夸张手法的问题。在很长的一段时间内,很多人是持否定意见的。扬雄、张衡、王充都是这样,他们极力反对“靡丽”和“虚辞滥说”。左思在《三都赋序》里批评相如、扬雄、班固、张衡的赋说:“于辞则易为藻饰,于义则虚而无征。”而他自己呢?他是严格遵守真实的:“其山川城邑,则稽之地图;鸟兽草木,则验之方志;风谣歌舞,各附其俗;魁梧长者,莫非其旧。”他是坚决反对夸张虚构的。刘勰也是持这种观点。他在《夸饰》《诠赋》《辨骚》等篇中都表示过这种意见。这实际上是他们对文学艺术的特征还没有充分认识的缘故,我们不能以为是正确的。

第二,是所谓“劝百风一”或“卒章见志”的问题。这实际上仍表现当时人们对文学艺术缺乏全面的理解。他们以为赋作应通篇都在“风”,到处都“见志”。这主要恐怕也是儒家的思想在作怪。我们知道,文学作品是用形象来说话的,它与政治论文直截了当地说出自己的观点不同。文艺作品的主题思想是允许含蓄隐蔽,允许“卒章见志”的。恩格斯给哈克奈斯的信就表示过这个意见,只是汉赋做得过分一些。但作为文学艺术发展的初期、早期阶段来说,存在这个缺点是可以理解的。我们甚至应该把它视为对文学艺术创作的有益探讨。

另外,我们还应该看到:汉大赋作者大都生活在最高统治者身边,他们写赋是要给最高统治者看的,而且又是批评其行为的过失。在这个情况下,大家说话自然得十分小心谨慎、含蓄隐蔽。尤其是，对于像汉武帝那种“性严急，不贷小过，刑杀法令，殊为峻刻”的帝王，是不能随便训斥的。这与那些在背后进行创作或民间作者可以毫无顾忌地詈骂皇帝是不同的，我们应加以区别。当然我们也不为其弱点辩护。

至于扬雄所说的，写赋是“童子雕虫篆刻”，“又颇似俳优淳于髡、优孟之徒，非法度所存”，“于是辍不复为”（《汉书·扬雄传》），和枚皋所说的“为赋乃俳，见视如倡，自悔类倡”（《汉书·枚乘传》）云云，这实际上是扬雄、枚皋等看不起辞赋，也即看不起文艺创作活动的表现。在他们心目中，唯有阐发经典著作才有意义，唯有从事经国大业才有前途。蔡邕在他的《封事》中以及后来曹植在《与杨德祖书》中都有类似的观点，所谓“辞赋小道，固未足以揄扬大义，彰示来世”，这种看法其实是很片面的。

对这个问题，我将作进一步考虑。

二

文学艺术是对现实生活的反映，文学有认识生活的作用。孔子说：“诗可以兴，可以观，可以群，可以怨。……多识于鸟兽草木之名。”（《论语·阳货》）可见他也懂得文学作品在教育作用、讽刺作用之外，还有个认识生活的作用。但由于《诗经》多是抒情小诗，《楚辞》也主要是抒情诗，对社会现实的反映往往属于思想感情上的东西，不够具体。汉赋却不然，它主要是描写的、叙事的。这也就是说，作者已开始注意大量地观察描写周围的事物。这也应该说是文学艺术的一个发展，一个进

步。汉赋有意义的描写叙事,至少有如下两个方面:

首先,是反映了汉帝国大统一的历史风貌。

汉帝国建立之后,边患频仍,特别是与北边匈奴的矛盾相当尖锐。高祖、文帝、景帝采取与匈奴和亲的政策,虽起过一些作用,但并没有根本解决边患问题,这从晁错的“言兵事”即可看出。汉武帝以后,由于国家的强盛,就转变对匈奴的媾和政策为武力斗争政策,经公元前127年、前121年、前119年三次大战,终于把匈奴打败,汉兴八十年来的边患问题,才得到基本解决。武帝还向四面八方用兵,在西方统一了三十六国,在西南恢复了庄跻的滇国旧业,从而奠定了今天中华民族大家庭的基础。对武帝这些作为,扬雄在他的《长杨赋》里作了肯定和赞扬:

> 于是圣武勃怒,爰整其旅……疾如奔星,击如震霆,砰轒辒,破穹庐……遂躐乎王庭……分梨单于,磔裂属国……二十余年矣,尚不敢惕息。

长久以来的匈奴边患解决了。

> 夫天兵四临,幽都先加,回戈邪指,南越相夷,靡节西征,羌僰东驰。是以遐方疏俗殊邻绝党之域……莫不跻足抗手,请献厥珍,使海内澹然,永亡边城之灾,金革之患。

其他边患也消除了。中国又成为一个雄视寰宇的强国。当然,武帝的拓边政策对当时四周各族有压迫侵害的地方,有大汉族主义思想倾向。赋里对汉武帝也有拍马阿谀之处,但从当时社会经济文化发展的总利益上来考虑，汉武帝所起的作用是良好的，他不但使汉帝国强盛无比，保证了边境的安全，而且打开了中外经济文化的交流，把汉族先进的生产技术和文化艺术带到较后进的各族中去。

西汉末年，王莽篡位，把本来混乱懦弱的中国进一步推向崩溃的边缘，中国又陷入四分五裂的局面，人民处在水深火热之中，班固在《两都赋》中写道：

> 于时之乱，生民几亡……壑无完柩，郛罔遗室；原野厌人之肉，川谷流人之血……

据记载，中国人口由平帝元始二年（2）的五千九百多万，下降到光武建武中元二年（57）的二千一百万人。在笔伐王莽罪恶的同时，作者对光武帝自然要加以颂扬了：

> 于是圣皇乃……赫然发愤，应若兴云；霆击昆阳，凭怒雷震。

昆阳一役，打败了王莽。

> 遂超大河，跨北岳；立号高邑，建都河洛……系唐统，接汉绪；茂育群生，恢复疆宇。

光武帝在镇压农民起义的血泊中建立东汉王朝，但他平定内乱，重新统一中国，把人民生活引上正常轨道，还是应该肯定的。

光武帝虽重新统一中国,但中国仍处在国力孱弱、人民疲惫的状态之中。边患也仍是一个严重的问题。这种情况一直到明帝以后才有所改变。明帝凭着帝国的力量的恢复和上升,对外政策也就由防守转为进攻,公元73年、89年、91年,汉军三次出塞追击匈奴。公元91年那次,大破北匈奴于金微山(今阿尔泰山),这是自汉出师追击匈奴以来行程最远的一次。这时班超经营西域也完全成功,其他四裔少数民族也先后和中国和睦相处,这是中国继武帝之后出现的又一个盛世。对这个盛世,班固是喜悦的,他高唱着:

> 于是……(天子)目中夏而布德,瞰四裔而抗棱;西荡河源,东淡海漘,北动幽崖,南耀朱垠;殊方别区,界绝而不邻。自孝武之所不征,孝宣之所未臣,莫不陆讋水栗,奔走而来宾……

作者以自豪的心情,让东都主向西都宾炫耀:"(子徒)识函谷之可关,而不知王者之无外也!"在一片吹捧天子的称颂声中,夹杂着大汉族主义味道,但它也确使我们看到了祖国疆域的辽阔,国势的强盛,各民族的大融洽,这在客观上是符合各族人民的利益的,是符合历史发展的进程的。

其次,是歌颂了祖国壮丽的山河、高超的建筑和精湛的艺术。

扬雄在《蜀都赋》(见《古文苑》)中,对自己的家乡——蜀郡成都,就作了热情的讴歌。描写其纺织雕刻如:

> 尔乃其人自造奇锦:紌、繏、缍、缏、缪缘、卢中,发文扬

采，转代无穷。其布则细都弱折，绵茧成袿，阿丽纤靡，避晏与阴；蜘蛛作丝，不可见风。筩中黄润，一端数金。雕镂釦器，百伎千工。

这些描写是可信的，成都当时确以其精致的纺织和雕刻而誉满全国。成都还是当时西南最繁华的一个城市，正如赋所写的那样："东西鳞集，南北并凑，驰逐相逢，周流往来，方辕齐毂，隐轸幽輵。"赋里对那"沃野千里"的土地，壮丽的山川，数不清的珍禽异兽、奇草名花，也作了一一的描写，蜀郡这个"天府之国"的形象，也就栩栩如生地呈现在我们面前了。

班固的《两都赋》和张衡的《二京赋》，对长安的描写，更使我们对祖国锦绣山河产生由衷的热爱。《两都赋》写道：

汉之西都……寔曰长安。左据函谷、二崤之阻，表以太华、终南之山；右界褒斜、陇首之险，带以洪河泾、渭之川。众流之隈，汧涌其西。华实之毛，则九州之上腴焉；防御之阻，则天地之隩区焉。

长安的形势是极其险要的，它东隔黄河，南阻秦岭，西北枕北山山系，居四关之中，自古就有所谓"金城"之称。它的周围就是所谓"八百里秦川"，土地肥沃，灌溉便利，物产丰富：

封畿之内，厥土千里，卓荦诸夏，兼其所有。其阳则……竹林果园，芳草甘木，郊野之富，号为近蜀。其阴则……下有郑白之沃，衣食之源……沟塍刻镂，原隰龙鳞；决渠降雨，荷锸成云；五谷垂颖，桑麻铺菜。

长安在西汉是中国最大的城市，全国政治、经济、文化的中心，也是东方最大的城市。城四面各有三个城门，城内各主要街道均与各城门相通，城内有八街九陌，街道的宽度可容十二辆车并行。贸易主要分布在东西城两侧。城东有三市，城西有六市，商业极其发达。这也就是赋里所说的："内则街衢洞达，闾阎且千；九市开场，货别隧分；人不得顾，车不得旋；阗城溢郭，旁流百廛；红尘四合，烟云相连。"赋里还表现了长安城极其高超的建筑艺术。

司马相如的《天子游猎赋》，结构雄伟，气势磅礴，我们从中可以约略看到一个欣欣向荣的大国的风貌。它有着辽阔的疆域、秀丽的山川、丰富的物产。这里生长着各种珍禽异兽、奇草名木，这里修筑了许多巧夺天工的宫馆台榭，这里排演出惊天动地的歌舞艺术。

尤其值得注意的是张衡《二京赋》中关于杂技艺术表演的一段描写。从中可以看出，它的内容是极其丰富的，演技是极其神奇超绝的：

> 临迥望之广场，程角抵之妙戏；乌获扛鼎，都卢寻橦（爬竿），冲狭燕濯，胸突铦锋；跳丸剑之挥霍，走索上而相逢。华岳峨峨，冈峦参差；神木灵草，朱实离离。总会仙倡，戏豹舞罴；白虎鼓瑟，苍龙吹篪。女娥坐而长歌，声清畅而蜲蛇；洪涯立而指麾，被毛羽之襳襹。度曲未终，云起雪飞；初若飘飘，后遂霏霏；复陆重阁，转石成雷；礔砺激而增响，磅磕象乎天威。巨兽百寻，是为曼延；神山崔巍，欻从背见。熊虎升而拏攫，猨狖超而高援。怪兽陆梁，大雀

> 踆踆；白象行孕，垂鼻辚囷；海鳞变而成龙，状蜿蜿以蝹蝹。含利飏飏，化为仙车；骊驾四鹿，芝盖九葩；蟾蜍与龟，水人弄蛇。奇幻倏忽，易貌分形；吞刀吐火，云雾杳冥；画地成川，流渭通泾。东海黄公，赤刀粤祝，冀厌白虎，卒不能救；挟邪作蛊，于是不售。尔乃建戏车，树修旃；侲童程材，上下翩翻；突倒投而跟絓，譬殒绝而复联。百马同辔，骋足并驰；橦末之伎，态不可弥。弯弓射乎西羌，又顾发乎鲜卑。

这是一次联合演出，有杂技，有舞蹈，有幻术，总共表演三十几个节目。这些描写是十分真实的，因为它早已为众多的西汉出土文物所证实，如早在 1954 年山东沂南发现的汉墓石刻中，就有一幅角抵戏，其中有车上倒挂、两人走索相逢、轻身人爬长木杆、戏豹舞罴、大雀走动等等表演，其生动逼真，尚在张衡赋描写之上。在这里，我们应为祖国远在两千多年前就能创造出如此丰富多彩、精奇绝妙的艺术而感到骄傲。这是我国古代劳动人民聪明才智的结晶，也是他们对世界文化艺术所作出的杰出的贡献！

上面这两个方面的描写，至今读来仍那么令人心情舒畅、精神振奋。这是对祖国上升期历史的反映，对祖国大好河山的赞美，对祖国人民聪明智慧的讴歌。这大概也就是前人所谓汉赋是“振大汉之天声”的主要内容吧！关于这个问题，千百年来，尤其是近几十年来，似乎成了问题，被斥为“歌功颂德”，为人们所不齿。毛泽东同志说过：“歌颂无产阶级光明者其作品未必不伟大。”（《在延安文艺座谈会上的讲话》）同一道理，歌颂历史上前进的事业，歌颂伟大的祖国，歌颂历史上优美的艺术，也未必不值得肯定和赞扬吧！

三

汉代的赋家几乎全是文人。这些文人往往会遇到两个问题:一是因从事写赋而遭到轻视。在当时,除作诗(被认为是一种政治活动)外,搞其他文艺创作(如写赋、写小说)是要受到轻视、蔑视的。扬雄所说的“又颇似俳优”,枚皋所说的“为赋乃俳,见视如倡”云云,都是这个意思。扬雄的发誓“壮夫不为”和枚皋的“自悔类倡也”,正说明他们因作赋而吃到苦头。其他赋家也很难有例外。二是政治上不得志。这与封建社会用人制度是紧密相关的。即使像两汉这样在封建社会的上升时期,“任贤与能”也是谈不上的,有才能的人受到朝廷重用总是凤毛麟角;根据裙带关系、门第观念的标准用人是少不了的;善于阿谀逢迎、吹牛拍马的得志小人更是比比皆是。基于如上原因,在汉赋中,很自然就会产生一大批集中地揭发封建社会在用人问题上贤愚不分、是非颠倒、压抑人才、摧残人才的作家和作品。

头一个应该提到的是贾谊。贾谊是一个年轻的政治家。他很有才华,很有政治头脑,二十来岁就被汉文帝征为博士。“每诏令议下,诸老先生不能言,贾生尽为之对。”文帝很器重他。他向文帝提出一系列积极的政治改革主张。但由于周勃等一班大臣的诬陷,文帝就疏远了他,遣他去做长沙王的太傅。他感到自己的理想落空了,境遇与屈原很相似,所以在渡湘水时,就写了篇《吊屈原赋》。这赋表面上是在替屈原打抱不平,实际上是在抒发自己的积愤:

逢时不祥！鸾凤伏窜兮，鸱枭翱翔。阘茸尊显兮，谗谀得志；贤圣逆曳兮，方正倒植。世谓伯夷贪兮，谓盗跖廉；莫邪为顿兮，铅刀为铦……斡弃周鼎兮宝康瓠……

作者尖锐地抨击了坏人当道、贤人失志的黑暗现实。他想为国效力，但始终没有机会。赋的结尾表现了作者心情的沉重与孤寂，这也正是一般文人的通病。

贾谊“既以谪居长沙，长沙卑湿，谊自伤悼，以为寿不得长，乃为赋以自广”。这说的是贾谊写另一篇著名的赋——《鹏鸟赋》的过程。作者想借此以自我宽慰，但实际是无法办到的。赋里处处透露出作者的悲凉情绪，这是黑暗的环境造成的。它使我们对作者产生深切的同情，对不公正的社会现实产生强烈的不满。

下面应该提到的是司马迁。司马迁是一位伟大的历史学家，他因李陵事件而遭到腐刑，一生郁郁不得志。《汉书·艺文志》说司马迁有赋八篇，我们现在能够看到的却只有《悲士不遇赋》（见《艺文类聚》三十）一篇。和它的标题一样，这篇赋正表现了作者的郁郁不得志的心情：

悲夫，士生之不辰……虽有形而不彰，徒有能而不陈。何穷达之易惑，信美恶之难分。时悠悠而荡荡，将遂屈而不伸。

作者生在汉武“盛世”，却深感生不逢时，这真是对这个“盛世”的莫大的讽刺，它充分暴露了封建社会所固有的也即在娘胎里就已形成的严重缺陷的一面：它只讲穷达，不管是非；只讲成败，不分善恶；赏罚不明，贤愚莫辨；压抑人才，埋没人才。作者接着写道：

> 好生恶死，才之鄙也；好贵夷贱，哲之乱也。……我之心矣，哲已能忖；我之言矣，哲已能选。没世无闻，古人惟耻；朝闻夕死，孰云其否！

这里，实际上表现了作者的生死观、人生观。他对社会的恶习——“好生恶死”“好贵夷贱”是很反感的。他自己之所以“隐忍苟活，幽于粪土之中而不辞”（《报任少卿书》），只是因为父亲的遗训和自己要写的一部“究天人之际，通古今之变，成一家之言”的巨作——《史记》还未完成。一旦写完，传之于世，为人们所理解，他就感到死而无憾了。这里，显示了作者反对黑暗社会的坚定意志和追求光明理想的崇高志向。这篇赋是真实地表现了作为伟大历史学家的司马迁的思想的。

再值得注意的是扬雄。扬雄的生活也很不得意。他在四十多岁以前写的赋，流露出的政治热情很高，对社会充满希望，对成帝寄托志向。但自哀帝即位后，由于仕途的不得志——“雄三世（成、哀、平）不徙官”，以及生活的窘迫——“（雄）家产不过十金，乏无儋石之储”（《汉书·扬雄传》），尤其是由于冷酷无情的现实生活的教育，他的脑子冷静下来了，对统治阶级开始产生失望和不满，从而写出《解嘲》（实际上也是赋）、《太玄赋》、《逐贫赋》这样更有现实意义的赋篇。

哀帝时，傅太后用权，“丁、傅子弟并进，董贤贵幸”，正直人受到排斥。对此，谏议大夫鲍宣曾上书谏诤：“窃见孝成皇帝时,外戚持权,人人牵引所私,以充塞朝廷,妨贤人路。……今奈何反复剧于前乎!朝臣亡有大儒骨鲠白首耆艾魁垒之士。……今世俗谓不智者为能,谓智者为不能……请寄为奸,群小日进……"(《汉书·鲍宣传》)据《汉书》扬雄本传称,扬雄的《解嘲》正暗寓这事。赋写道:"今大汉……家家自以为稷契,人人自以为皋陶。戴缨垂缨而谈者,皆拟于阿衡。五尺童子,羞比晏婴与夷吾。当涂者入青云,失路者委沟渠;旦握权则为卿相,夕失势则为匹夫。……当今……言奇者见疑,行殊者得辟(罪),是以欲谈者宛舌而固声,欲行者拟足而投迹……"上面鲍宣所揭露的那些丑恶现象,在这里得到了不折不扣的表现。这正是西汉末叶黑暗现实的写照。

扬雄在《逐贫赋》(见《古文苑》)中愤恨地问贫:"人皆文绣,余褐不完;人皆稻粱,我独藜飧……身服百役,手足胼胝;或耘或耔,露体沾肌;朋友道绝,进官凌迟。"这个社会是多么不公平、不合理啊!作者想摆脱贫困的羁绊,但总是摆脱不了:"舍尔远窜,昆仑之颠,尔复我随,翰飞戾天;舍尔登山,岩穴隐藏,尔复我随,陟彼高冈。"

这里,作者当然不明白自己的贫困是由于社会制度所造成的,但他的确看到了这种贫富不均的不合理现象。西汉末年,王莽改制的一个重要借口就是"汉氏减轻田租……厥名三十税一,实什税五也。父子夫妇终年耕耘,所得不足以自存。故富者犬马余菽粟,骄而为邪;贫者不厌糟糠,穷而为奸"(《汉书·王莽传》)。《逐贫赋》所反映的和这种情况是完全一致的。

和扬雄近似,张衡后期的赋作,也几乎是集中地泄露他对腐败的封建王朝的不满。在《思玄赋》里,我们可以看到,尽管作者自己(其实何止他自己)有很高的德行,“匪仁里其焉宅兮,匪义迹其焉追”,一切遵从先哲的遗训,他还亟亟于修身洁行——“旌性行以制珮兮,佩夜光与琼枝;缵幽兰之秋华兮,又缀之以江离”,可是他所得到的报答却是“非是时之攸珍”,社会根本就不要他。因为这个社会是“宝萧艾于重笥兮,谓蕙芷之不香;斥西施而弗御兮,縶骣褭以服箱;行颇僻而获志兮,循法度而离殃”啊!

对作者写这篇赋,《后汉书·张衡传》里是这样说的:“(衡)后迁侍中,(顺)帝引在帷幄,讽议左右,尝问衡天下所疾恶者。宦官惧其毁己,皆共目之。衡乃诡对而出。阉竖恐终为其患,遂共谗之。衡常思图身之事,以为吉凶倚伏,幽微难明,乃作《思玄赋》,以宣写情志。”如果拿这段话来与赋相互发明,我们就仿佛可以看到,封建王朝的权柄都流入宦官群小的手里了,这些人都是那样自私和卑鄙,见到小人就引为同党,相互勾结,狼狈为奸;见到志士则如遇寇仇,总想加以陷害。在他们的打击下,有才能的人一个个都含怨怀恨趋出帝都。看,多么可恶的社会!

在《归田赋》里,作者劈头就说:

> 游都邑以永久,无明略以佐时;徒临川以羡鱼,俟河清乎未期。感蔡子之慷慨,从唐生以决疑。谅天道之微昧,追渔父以同嬉。超埃尘以遐逝,与世事乎长辞。

在这里,我们看到的不是作者“无明略”,我们倒看到一个有才能的人受到压抑和排挤的过程。他原先也想拿自己的才学去效世,可就是“俟河清乎未期”,等不到机会!他对蔡泽的“游学于诸侯，大小甚众，不遇而从唐举相（学相命）”（《史记·范雎蔡泽列传》），深有同病相怜之感。他看到社会是那样的黑暗——“谅天道之微昧”，只好“追渔父以同嬉”，“与世事乎长辞”！张衡这篇赋作于居河间相三年，即公元138年，那时正是他感到“天下渐弊，抑抑不得志”而作《四愁诗》的时候，在这篇赋里，我们不也同样可以闻到这股味道？

赵壹早期的遭遇也很不幸。他“恃才倨傲，为乡党所摈”，“后屡抵罪几至死，友人救得免”（见《后汉书·赵壹传》）。为报答友人搭救之恩，他作《穷鸟赋》：

> 有一穷鸟，戢翼原野。毕网加上，机阱在下。前见苍隼，后见驱者。缴弹张右，羿子彀左。飞丸激矢，交集于我。思飞不得，欲鸣不可。举头畏触，摇足恐堕。内独怖急，乍冰乍火……

赋中的“穷鸟”，实即作者自己。赋中的毕网、机阱、苍隼、驱者、缴弹、羿子、飞丸，也就是黑暗的社会现实。在险恶的境遇压迫下，他诚惶诚恐，坐立不安。赋写得很有感染力。为进一步“抒其怨愤”，赵壹又作《刺世疾邪赋》：

> ……于兹迄今，情伪万方。佞谄日炽，刚克消亡。舐痔结驷，正色徒行，妪媀名势，抚拍豪强。偃蹇反俗，立致咎殃。捷慑逐物，日富月昌。浑然同惑，孰温孰凉？邪夫显进，直士幽藏。原斯瘼之攸兴，实执政之匪贤。

此赋通篇见解深邃，感情愤激，语辞尖刻，对这个人妖颠倒的社会进行了无情的揭发和抨击。作者愤怒地声称:"宁饥寒于尧舜之荒岁兮,不饱暖于当今之丰年。"并表示要反抗到底:"乘理虽死而非亡,违义虽生而匪存。"当然,赵壹后来并没有继续勇猛地斗争下去,他事后曾得到袁逢等人的赏识。但他拒不出仕,终于"郡吏",志向还是高的。况如他后期所受的礼遇,也只是个别现象;他所揭露的"情伪万方",并不因自己境遇的好转而失去其价值。

祢衡短暂的一生更是抑抑不得志。祢衡"少有才辩",聪明过人,但却得不到重用。他那"气尚刚傲,好矫时慢物"(《后汉书·祢衡传》),正是曲折地反映了他对不合理的社会的不满和反抗。但个人的反抗是无济于事的,所以他最后难免被害死,死时仅二十六岁。

祢衡现存赋仅《鹦鹉赋》一篇,这篇赋写于险遭曹操、刘表杀害之后,寄身于江夏太守黄祖之时。他这时已尝尽了人间的苦涩,所以这篇赋实际上是借写鹦鹉来抒发自己的愤懑情怀:

> 惟西域之灵鸟兮,挺自然之奇姿……性辩慧而能言兮,才聪明以识机……采采丽容,咬咬好音。虽同族于羽毛,固殊智而异心。配鸾皇而等美,焉比德于众禽?

这是写他自己具有非凡的才智和高尚的品德。但他却得不到发挥自己才能的机会,他面对的是无形的人间牢狱:

> 跨昆仑而播弋,冠云霓而张罗。……尔乃归穷委命,离群丧侣。闭以雕笼,翦其翅羽。流飘万里,崎岖重阻。

这实际上是写他误入曹操网罟,并被遣送荆州、江夏等事。他的环境是极其险恶的,等待他的实际上只有死路一条:

> 陋体之腥臊,亦何劳于鼎俎?嗟禄命之衰薄,奚遭时之险巇?岂言语以阶乱?将不密以致危。

事实也正是这样,他最后就是死在写这篇赋的这个环境中。当时像他这样有才能的文人被杀是屡见不鲜的。向曹操推荐他的孔融,不是也被曹操杀掉了吗?在我国漫长的封建社会里,不知有多少有才能的知识分子遭到黑暗社会的排挤和杀害。唯一可慰的是,只因为他们在人生征途上遇到厄困,才给我们留下如许丰厚的文化遗产。司马迁说过:“文王拘而演《周易》,仲尼厄而作《春秋》,屈原放逐,乃赋《离骚》。”信然!

汉赋思想内容上的成就大致如是。由此我们不难看出,对汉赋作过高的评价是不对的,它比《诗经》《楚辞》要差一截。但我们也不同意对此采取一笔抹杀的态度。尤其是,我们不能同意像汉儒那样对任何形诸笔墨的东西,都几乎一律用经书的标准来要求,用儒家那一套美刺标准来要求,我们应该把汉赋看成是文学艺术作品。评价它的思想内容是必要的、重要的,但不是唯一的。文学艺术还有赏心悦目的作用,汉宣帝就说过:“辞赋大者与古诗同义,小者辩丽可喜。辟如女工有绮縠,音乐有郑卫,今世俗犹皆以此虞说耳目。”(《汉书·王褒传》)他这话是对的。文学艺术除“美刺”作用外,也还有陶冶心性、抒情畅志的作用。汉大赋多为满足帝王的艺术享受而作,这个特点尤值得我们注意。

四

现在来谈谈汉赋在艺术上的贡献。

在这里，我们可以毫无夸张地说，赋家们大都较早有意识地认识到自己在进行艺术创作，创造一种适应大汉帝国所需要的文学艺术形式，探索一种符合这个文学艺术形式的表现手法，寻求一种善于表现这种文学艺术的语言文字。它对后代文学艺术的发展繁荣，尤其是为它们提供艺术上的借鉴，是很突出的。这一切，是值得我们大加肯定的。

大家都知道，在两汉以前，用我们今天的标准来看，文学艺术样式实际只有诗歌和散文两种，小说尚处在萌芽阶段。汉赋的出现，使祖国的文学艺术宝库增添了一种文体。汉赋是一种韵散参半的文学，是一种浓妆艳抹的文学，是一种铺张扬厉的文学。它是适应大汉帝国的社会需要而产生的，是在诗歌和散文的直接影响下出现的。它吸取了诗歌的韵美而舍弃其过分严格的句式，它吸取了散文的自由灵活而扬弃其过分的漫散无韵，它不但以其与时代高度的适应性而垄断了两汉四百年的文坛，而且以其华丽端庄的装束博得之后千百年间文人学者的喜爱。六朝的俳赋，唐代的律赋，宋以后的文赋，都是在它的直接哺育下产生的。六朝骈俪，唐代的四六文，也是在它的影响下兴起的。今天，我们从散文诗中仍可以看到它的影子，它的名字也间或在报刊上出现。它对封建时代文人作家的影响，是不能抹杀的。

有人以为，用赋这种文体写不出好作品。这种说法是不对的。大文豪苏东坡早就批评过这种观点。他说："扬雄好为艰深之辞，以文浅易之说；若正言之，则人人知之矣。此正所谓雕虫篆刻者，其《太玄》《法言》皆是类也。而独悔于赋，何哉？终身雕篆，而独变其音节，便谓之经，可乎？屈原作《离骚经》，盖风雅之再变者，虽与日月争光可也。可以其似赋而谓之雕虫乎？使贾谊见孔子，升堂有余矣；而乃以赋鄙之，至与司马相如同科。雄之陋如此比者甚众。"(《答谢民师书》)这话说得很好，任何文体都可能写出好作品，也可能写出不好的或坏的作品，关键不在文体，而在作者自己，这是文学史上的常识。前面所举的例子足以说明这点。

汉赋作家的写作态度大都是极其严肃认真的。据《西京杂记》记载，司马相如写《子虚赋》《上林赋》时，是"意思萧散，不复与外事相关，控引天地，错综古今，忽然如睡，焕然而兴，几百日而后成"。桓谭在《新论·祛蔽》中也说："子云(扬雄)亦言，成帝时……上甘泉，诏令作赋……遂困倦小卧，梦五脏出，以手内之。及觉，大少气，病一岁。由此言之，尽思虑，伤精神也。"《后汉书·张衡传》也说张衡作《二京赋》是"精思傅会，十年乃成"。而他们这种严肃认真的写作功夫，主要花在对客观事物形象的描绘上。这一点汉赋作家是极其讲究的，司马相如说："合纂组以成文，列锦绣而为质，一经一纬，一宫一商，此赋之迹也。赋家之心，苞括宇宙，总览人物，斯乃得之于内，不可得而传。"(《西京杂记》卷二)刘勰在《文心雕龙·诠赋》里也说："赋者，铺也。铺采摛文，体物写志也。"又说："写物图貌，蔚似雕画。"这里说的都是赋家如何自觉地进行艺术构思，运用形象思维、夸张手法，认真地选择自己认为合适的语辞音律，以便把客观事物描绘得十分生动细致、形象逼真，富有艺术

的感染力。事实也确是如此,汉赋有许多相当精彩的描写,如扬雄的《羽猎赋》写群鸟:

于是……玄鸾孔雀,翡翠垂荣,王雎关关,鸿雁嘤嘤,群嬉乎其中,噍噍昆明,凫鹥振鹭,上下砰磕,声若雷霆。

这里作者着重从声音上落笔,通过这一片喧闹声,我们好像进入了一个鸟类欢乐的世界!那里的鸟儿,有的在水里嬉游,有的在地上歌唱,有的在空中盘旋,它们是那样逍遥自得,这是作者通过描写声音来传神。扬雄不但能把传神的笔墨施之于动物之上,而且也能够应用于描写静物之中:

于是大厦云谲波诡……仰矫首以高视兮,目瞑眴而无见;正浏滥以弘惝兮,指东西之漫漫;徒徊徊以徨徨兮,魂魄眇眇而昏乱;据軨轩而周流兮,忽坱圠而无垠。(《甘泉赋》)

作者没有具体说大厦如何高危,但我们读了这段描写,就好像觉得它高不可攀,危不敢上。这里,作者用了一个巧妙的手法,借人们的眼睛、感觉来传神。这里,夸张手法起了作用。

张衡的《二京赋》对东京洛阳宫苑的描写,也是很成功的:

……濯龙(池名)芳林(苑名),九谷八溪,芙蓉覆水,秋兰被涯。渚戏跃鱼,渊游龟蠵;永安离宫,修竹冬青。阴池幽流,玄泉洌清;鹎鶋秋栖,鹘鸼春鸣,雎鸠丽黄,关关嘤嘤。

这些笔墨,完全摆脱了前人描写皇宫帝苑所常不可避免的凝重的贵族宫廷的气味。在这里,人们倾耳一听,仿佛听到上有关关鸣鸟,下有潺潺流水;人们展目四顾,那池渊的跃鱼,那树上的鸣禽,那遍地的芳草,那缤纷的落英,又目不暇接,一一映入眼帘。这真是一幅极其美妙的大自然的景象,真叫人心旷神怡,流连忘返。这里还应提到的是《归田赋》中那段脍炙人口的风景描写:

于是仲春令月,时和气清;原隰郁茂,百草滋荣。王雎鼓翼,仓庚哀鸣;交颈颉颃,关关嘤嘤。于焉逍遥,聊以娱情。

这是张衡想象中归田后的农村景色,它充满着春的气息,春的活力;它表达了作者对归田生活的向往,同时也流露出他对仕途生活的厌弃,对封建朝政的批判。它既是写景的妙文,也是抒情的绝笔,达到情景交融的境地。

还有,像司马相如《天子游猎赋》里"鸿鹄鹔鸨"那段对浮游在水上的群鸟的描写,班固《西都赋》里"郑白之沃"那节对肥腴的土地和繁茂的农作物的形容,张衡《二京赋》里对高超的杂技艺术表演的激赏,都写得极其具体细致、生动形象。像汉赋这种笔迹,在《诗经》《楚辞》里是不多见的,被誉为写景绝唱的《诗经·采薇》,其实也只有"杨柳依依,雨雪霏霏"几句。这应是汉赋在我国文学艺术发展史上所作的贡献,从此,粗线条的勾勒,渐渐被细线条的精绘所代替,叙事诗也渐渐多起来了,艺术夸张被广泛应用了。

汉赋还有个特点就是波澜壮阔、气势磅礴的文势，这种情形既表现在那急云翻滚、波涛汹涌的辩论中，如《天子游猎赋》里子虚、乌有先生和亡是公之间的纷争，《两都赋》里西都宾与东都主之间的舌战，《二京赋》里凭虚公子与安处先生之间的辩难；也表现在那潜龙出水、天马行空般的描述中，大至如云梦、上林、西都形势的描绘，小至如一座山形、一段水势、一场狩猎场面的刻画。汉赋中出现的这种文势，不能说和日丽中天、俯照环宇的大汉帝国的国势无关，和我国民族的伟大气魄无关。这是值得我们重视的。

汉赋的作家很注意遣词造句，所以汉赋写来文字较凝练精工，音节较铿锵和谐，词汇丰富，造语多变，也值得注意。

鲁迅先生曾经说过，魏文帝曹丕的时代，是"文学的自觉时代"（见《魏晋风度及文章与药及酒之关系》）。鲁迅先生的根据是曹丕说诗赋不必寓教训，反对当时那些寓训勉于诗赋的见解，也就是近代所说的为艺术而艺术。根据鲁迅先生这个标准，或用我们今天所说的所谓自觉地进行艺术创作的标准，我都以为，这个"文学的自觉时代"至少可以再提前三百五十年，即提前到汉武帝时代的司马相如身上。因为如果根据鲁迅先生的标准，我们可以引用汉人或今人所常讥讽的汉赋是"劝百而风一""曲终而奏雅""没其风谕之义"等这些话来佐证，这些话正认为汉赋庶几摒弃了"寓训勉于诗赋"。如果用我们今天的标准，我们从前面引用的相如的两段话，就不难看出，相如已很明确地认识到自己是在进行艺术创作，并已能提出比较明确的创作理论，已懂得搜捕创作的对象，已能够运用形象思维进行艺术概括，已懂得选取适当的词语和音韵来表现自己的艺术理想。从相如的艺术实践看，也完全可以证明这一点。

当然,汉赋也有较严重的缺点,从总的来看,汉赋的思想性不够高,斗争性较差;反映的生活面较窄;形式比较呆板,取材也较芜杂;行文甚是铺张,语言也较堆砌艰深。还有,赋家之间喜欢相互模仿,缺少鼎革精神。

不过,拿这些缺点与其成就一较短长,尤其是把它放在两汉这个特定的环境中来考察,从文学艺术的角度来考察,这些缺点就显得更是次要的、暂时的了。我们应公正地对待它,给它以一定的地位。

汉赋在中国文学史上的地位*

一

自20世纪80年代初以来,祖国的赋学研究犹如雨后春笋般蓬蓬勃勃地发展起来,先后在山东、香港、台湾、南京、漳州召开了五次国际赋学研讨会,在长沙、成都召开了两次全国赋学研讨会。从事赋学研究的人员由原来的少数几个发展到上百人,出版辞赋专著百余种,发表辞赋论文数千篇,并培养了一大批辞赋硕士生和辞赋博士生。今年夏天,又在大连举行全国赋学会的常务理事会,对今后赋学研究的前景作了令人鼓舞的安排。

通过三十多年的研究,我越发感到汉赋在中国文学史上的巨大价值和不可替代的地位。清人焦循在其《易余籥录》卷十五里说:"夫一代有一代之所胜……余尝欲自楚骚以下至明八股撰为一集,汉则专取其赋,魏、晋、六朝(按:当系'南北朝'之误——引者)至隋,则专录其五言诗,唐则专录其律诗,宋专录其词,元专录其曲,明专录其八股,一代还其一代之所胜。"近人王国维对此稍加删改,但汉赋的地位依然高居其中。他在

* 本文原载于《文史哲》1987年第2期,2002年稍作增改。

《宋元戏曲考序》中说:“凡一代有一代之文学,楚之骚,汉之赋,六朝之骈语,唐之诗,宋之词,元之曲,皆所谓一代之文学,而后世莫能继焉也。”我以为,汉赋或许没有唐诗、宋词、元曲、明清小说那么辉煌,但它确是“一代之文学”,它真实地表现了大汉帝国的气势,描绘了大汉帝国的精神风貌,它是我国古代文学自觉时代的起点,它为我国古代文学的发展繁荣积累了经验,创造了丰富多彩的艺术表现手法。

二

汉赋是适应着汉代新的时代形势发展起来的。汉赋在两汉的发展过程中形成了两个高峰:其一是在武宣之世,其二是在灵帝之时。武宣的贡献尤大。班固在《两都赋序》里说:“或曰:赋者,古诗之流也。昔成、康没而颂声寝,王泽竭而诗不作。大汉初定,日不暇给。至于武、宣之世,乃崇礼官,考文章,内设金马、石渠之署,外兴乐府、协律之事,以兴废继绝,润色鸿业。……故言语侍从之臣,若司马相如、虞丘寿王、东方朔、枚皋、王褒、刘向之属,朝夕论思,日月献纳;而公卿大臣御史大夫倪宽、太常孔臧、太中大夫董仲舒、宗正刘德、太子太傅萧望之等,时时间作……故孝成之世,论而录之,盖奏御者千有余篇,而后大汉之文章炳焉。”班固这段话,讲了赋的属性、赋的兴衰与时代的关系、赋的作用,并着重讲了赋的创作在汉代的盛况。西汉初期,由于社会不安定,经济也有待恢复与发展,人们尚无暇顾及艺文。到了武帝时,“汉兴七十余年之间,国家无事,非遇水旱之灾,民则人给家足,都鄙廪庾皆满,而府库余货财”(《史记·平准书》)。由于社会的安定,经济的繁荣,国家的强盛,汉赋的创作才因时乘势而迅速发展起来,当时不仅文人学士作赋,公卿大臣作赋,帝王亲自作赋,连地方官吏、行伍将领、年轻学子也作赋。据《汉书·艺文志》记载,御史大夫(汉"三公"之一)倪宽有赋两篇,太常(汉"九卿"之一)蓼侯孔臧有赋二十篇,淮南王有赋八十三篇,阳丘侯刘郾有赋十九篇,汉武帝有赋二篇,河内太守徐明有赋三篇,左冯翊史路恭有赋八篇,骠骑将军朱宇有赋三篇,博士弟子杜参有赋二篇。真是上至帝王将相,下到一般生员学子,大家都竞相写赋;而且是"朝夕论思","时时间作",不停地谋篇,不断地写作,所以到西汉后期汉成帝时,仅"奏御"——献给皇帝之赋,就有"千有余首"。未"奏御"的有多少呢?成帝以后又写了多少?这些有的是班固不了解的,有的则在他身后,但从扬雄——他是西汉后期重要人物——曾经那么醉心于作赋以讽谏,相信当时社会上写赋的热潮并未消退。东汉的情况又是怎样呢?东汉前期为建都洛阳或长安,曾引起社会上的广泛关注。杜笃、傅毅、崔骃、班固等等都为此而写作京都赋来表示自己的态度。须知写作京都赋不是一件轻而易举的事,张衡"研《京》(指写《二京赋》)以十年","左思练《都》(指写《三都赋》)以一纪"。写作京都赋是极其费时费力的,但杜笃们还是决意选择走这条路,由此可看出赋体文学在当时人们心目中重要地位之一斑。至于东汉后期的情况,我们只要看一下汉灵帝对辞赋的特殊垂爱就足以说明问题了。据《资治通鉴》卷五十七记载,汉灵帝为培养辞赋书画人才,鼓励人们创作辞赋书画,特设鸿门都学,广招学徒,生员多至千人。学成后即派他们到各州郡当刺史、太守,或入为尚书、侍中,封侯赐爵,甚至"诏中尚方(属少府)为鸿都文学乐松、江览等三十二人图象立赞”。他的做法引起社会广泛反应，于是“诸生竞利，作者鼎沸”，人们纷纷加入辞赋书画创作中去。虽有蔡邕这样的大学者、大赋家极力加以反对，但其势是不可遏止的。所以钟嵘在《诗品·总论》里说：“自王（褒）、扬（雄）、枚（乘）、马（司马相如）之徒，词赋竞爽，而吟咏（指写诗）靡闻。从李都尉（陵）迄班婕妤（姬），将百年间，有妇人焉，一人而已；诗人之风，顿已缺丧。”东汉的情况也大致如此。在整个两汉四百年间，写诗的人极少，作赋的人极多，两汉的文坛确为汉赋所垄断。这是文艺界的盛事。从此，赋这种文体正式成立，我国古代的文学艺术之林也因而增添一种艳丽之花，这是很值得我们庆贺的。王国维对汉赋的评价基本正确，我们应给予充分的肯定。

三

两汉是我国历史长河中的一个崭新的时代，是第一次出现真正统一、强大、文明、昌盛的时代。新时代诞生新文学，新文学又回过头来反映新时代。我们读汉赋，尤其是读其中那些有代表性的汉大赋，往往会感受到一股强大的力量在摇撼着我们，有一种欢快的上升的气氛在激励着我们，这就是蕴涵在作品中的大汉帝国的统一、强大、文明和昌盛。这种情况在作品中是随处可见的。

说到大汉帝国创建的历程和大汉帝国的声威，赋家们多怀着一种未曾有过的喜悦、激动和自豪的心情来描述，如扬雄《长杨赋》写道：

> 于是圣武(汉武帝)勃怒,爰整其旅……遂躐乎王庭。……夫天兵四临,幽都先加,回戈邪指,南越相夷,靡节西征,羌僰东驰。……自上仁所不化,茂德所不绥,莫不跻足抗手,请献厥珍,使海内澹然,永亡边城之灾,金革之患。

武帝凭借文景以来积累的雄厚财富和本人的雄才大略,开始对外用兵,开拓疆土。经过五十多年的征战,付出了“海内虚耗,人口减半”的代价和各民族人民的巨大牺牲,终于为我们今天这个疆域辽阔、多民族的伟大国家奠定了基础。汉武帝是我国历史上有功之人。

西汉末年,王莽篡位。由于王莽的狂妄无知,曾引起四周各族的骚动,边患又成为一个大问题;尤其北匈奴,又成了汉家的劲敌。这种情况一直到东汉的明帝、和帝以后才有了好转。和帝永元元年(89年),汉军分三路追击北匈奴,各路大军出塞三千余里,窦宪登燕然山(今蒙古国杭爱山)刻石颂汉功德而还。永元三年(91年),耿夔、任尚率汉军西出张掖郡,去国五千里,大破北匈奴于金微山(今阿尔泰山),这是自汉以来出师追击外敌最远的一次。这时班超经营西域也完全成功,西域五十余国全部内附,葱岭东西路通。对东北、西南、南方疆土的开拓,也有很大进展。各族人民和睦相处。这是中国继宣武以来出现的又一个盛世,班固在《两都赋》里以欢欣的心情高唱着:

> 于是……(天子)目中夏而布德,瞰四裔而抗棱;西荡河源,东淡海漘,北动幽崖,南耀朱垠;殊方别区,界绝而不邻。自孝武之所不征,孝宣之所未臣,莫不陆詟水栗,奔走

> 而来宾……是日也，天子受四海之图籍，膺万国之贡珍，内抚诸夏，外绥百蛮。

类似这种发自内心的高昂欢快的颂词，在其他赋家的作品中也屡有出现，这是以往任何时候都未曾有过的。我们知道，在夏、商、周三代以前，或则系国家机构尚处在逐渐形成的阶段，或则天子仅充当有名无实的象征的角色，即使是最强盛的时期，王朝的统治范围也仅限于中原狭小地区。孔子的大统一思想，实未真正出现过。而且边患接连不断，“靡室靡家，猃狁之故；不遑启居，猃狁之故”。哀诉之声时续时断，连绵数千年。秦虽统一中国，但因时间太短，又多行暴戾，为人们所厌弃，而且实际统治区域也不能与汉相比。只有两汉，才真正一改中国历史上数千年来的积弱，旧貌换新颜，掀开了中国崭新的一页。面对这种崭新的局面，人们怎么能不大唱赞歌呢？这是时代的赞歌，是时代精神的大张扬。

这种激越的新时代自豪感我们甚至在赋家描写都市、物产、建筑、杂技、音乐、狩猎等等各方面也可以感觉到。请看班固《两都赋》中的西都长安：

> 华实之毛，则九州之上腴焉；防御之阻，则天地之隩区焉。……封畿之内，厥土千里，卓跞诸夏，兼而有之。其阳则……效野之富，号为近蜀。其阴……下有郑白之沃，衣食之源……西郊则有上囿禁苑……其中乃有九真之麟，大宛之马，黄支之犀，条支之鸟，逾昆仑，越巨海，殊方异类，至于三万里……

长安形势之优越险要，物产之富庶珍奇，贡物之名贵繁多，均居环宇之冠，真是一个堂堂大国的理想的首都，谁能比得上它呢！

扬雄笔下的甘泉宫，也是令人叹为观止的。其通天台是："直峣峣以造天兮，厥高庆而不可弥度。"其大厦是："仰矫首以高视兮，目暝眴而无见；正浏滥以弘惝兮，指东西之漫漫。"甘泉宫楼台宫馆，高看不到顶，大望不到边，一句话，就是任何建筑物也不能超越，唯有它最高，唯有它最大。《史记·高祖本纪》曾载，萧何营造未央宫，因过于奢侈而受到高祖的斥责，萧何回答说："天子以四海为家，非壮丽无以重威，且无令后世有以加也。"这话庶几道出了汉人的心理特征，他们的所作所为，包括营建宫室在内，就是要做到"无令后世有以加也"，就是要做到空前绝后。萧何生活在汉初，实际上还很难做到这一点，只有武帝以后才可能做到。但萧何这种思想是有代表性的，是大汉帝国英雄人物思想的典型写照。

再看看司马相如《天子游猎赋》所写的那场惊天动地的歌舞演出：

> （天子）于是乎游戏懈怠，置酒乎颢天之台，张乐乎胶葛之寓，撞千石之钟，立万石之虡……千人唱，万人和，山陵为之震动，川谷为之荡波……

场面是何等广阔，人物是何等众多，声势是何等雄壮。小国寡民何敢望其项？清静寡欲何能步其尘？

天子游猎的阵容呢？且看班固《两都赋》：

> 千乘雷起，万骑纷纭；元戎（兵车）竟野，戈铤彗云；羽

旄扫霓，旌旗拂天，焱焱炎炎，扬光飞文；吐焰生风，欱野歕山。日月为之夺明，丘陵为之摇震。

千骑万乘，震声雷动，旌旗如林，日月无光，天子外出时的队伍是何等的壮盛！何等威武！这不正是天朝大国的雄风吗？在枭雄割据、王国丛立、国力脆弱、民不聊生的混乱时代，是绝对写不出这样轰轰烈烈的场面的。

赋家们甚至在描写山形水势时，也表现出飞动的气势，呼唤着时代的心声。如《天子游猎赋》中上林苑的河流：

荡荡乎八川分流，相背而异态，东西南北，驰骛往来。出乎椒丘之阙，行乎洲淤之浦，经乎桂林之中，过乎泱漭之野。汩乎混流，顺阿而下，赴隘陿之口，触穹石，激堆埼；沸乎暴怒，汹涌澎湃……

整个画面是那么流畅、欢快、强劲、壮美，飞腾的气息跃然纸上。

所以，人们都可以极明显地看到，汉赋尽管是那样堆砌、重复、拙笨、呆板，但是江山的雄伟、城市的兴盛、商业的发达、物产的丰饶、宫殿的宏伟、服饰的奢侈、鸟兽的珍奇、人物的气派、狩猎的惊险、歌舞的欢快，在赋中无不刻意描写、着意夸扬。它们所力图展示的，不正是一幅繁荣富强、充满活力与自信、对现实具有浓厚兴趣与热爱的时代的图景吗？它表明中华民族进入文明社会后，对世界的直接征服和胜利。所以，汉代文艺尽管粗重笨拙，然而它却是如此之心胸开阔、气派雄沉，我们对汉赋应从这个角度去理解，才能正确估计它作为一代文学正宗的意义和价值之所在，才能纠正百年来对它的错误看法。赋家们着意描绘的汉代现实生活,并不是为描绘而描绘,也不是纯客观的描绘,所有这些描绘,都浸透着作者的美学理想,表现着大汉帝国的时代精神。

四

在封建社会,即使上升时期、黄金时期,也无可避免地、必然地存在着严重的黑暗面,文学艺术有责任去暴露它。但汉赋在大力歌颂大汉帝国的同时,对社会黑暗面的暴露却大为逊色,这里,有三个原因:一是汉代处封建社会的上升时期,国家刚刚统一不久,阶级矛盾还没有充分暴露出来,人们还多为大汉帝国的雄伟阔大、欣欣向荣的气象所陶醉。二是与文学发展的突变阶段有关,这时的文学艺术正处在从儒家经典的附庸地位中解脱出来,逐渐发展成为一个独立的学科的新阶段,因而要求充分发展自己的特点,也即要着重解决艺术形式问题,而对思想内容的要求则相对忽视。这一点后面还会讨论。三是与赋家的身份有关,大赋作家多是帝王的弄臣,生活在帝王的身边,他们所看到更多的是帝王的奢华和威风,感受到更深的是大汉帝国的文明和强盛。他们很难接触下层人民的生活,即使看到了一些世间的不平和苦难,他们也不敢轻易说出,更不敢直言正色地进行抨击。但作为一个赋家,尤其作为一个比较正直的有良心的赋家,他也不能闭眼塞听,一味地阿谀逢迎,回避问题,他必将有所指陈。他必将根据自己的身份地位,根据自己的所闻所见,进行力所能及的讽谏,因而在大赋作家的作品中也就多有微讽帝王的旨意在。

首先是讽谏帝王过分的骄奢淫逸。骄奢淫逸几乎是帝王的通病,“贵为天子,富有天下”的身份地位使他们极易染上这种疾病。这种疾病又往往是他们的致命伤,历史上一些无道昏君如夏桀、殷纣、周厉王、周幽王等等的丧身失国,都与他们的骄奢淫逸有关。所以古代一些比较明智的帝王将相对此都很警惕,许多历史学家、思想家对此也总是力加劝诫。如汉文帝刘恒,就是中国历史上以勤俭自持著名的皇帝。《史记·孝文本纪》称:“孝文帝从代来,即位二十三年,宫室苑囿狗马服御无所增益。有不便,辄弛以利民。尝欲作露台,召匠计之,直百金。上曰:‘百金中民十家之产,吾奉先帝宫室,常恐羞之,何以台为?’上常衣绨衣。所幸慎夫人,令衣不得曳地,帏帐不得文绣,以示敦朴,为天下先。治霸陵,皆以瓦器,不得以金银铜锡为饰。不治坟,欲为省,毋烦民。”对于这样一个至为重要、具有普遍意义的古老的历史主题,汉赋作家也时时注视,这一点我们在西汉前期大赋形成阶段的作品中已经可以看到了。枚乘的《七发》和司马相如的《天子游猎赋》即是其例。在《七发》里,作者写了楚太子有病,症状是:“肤色靡曼,四支委随,筋骨挺解,血脉淫濯,手足堕窳。”病因一方面是物质生活过于侈靡,而另一方面又缺乏健康的精神食粮:“今夫贵人之子(当然也包括楚太子),必宫居而闺处……欲交无所。饮食则温淳甘脆,脭酞肥厚,衣裳则杂沓曼暖,燂烁热暑。”怎么医治呢?吴客提出了六种治疗方法——听乐、甘食、乘骑、游览、畋猎、观涛,但都未能奏效。最后吴客提出请博学而有理论、有才智的人,讲解“要言妙道”——“论天下之精微,理万物之是非”,楚太子听了这样说,就好像听到了圣人辩士的高论一样,“涊然汗出,霍然病已”,出了一身大汗,病忽然间就好了。

对于这篇赋的看法,历来分歧很大。刘勰在《文心雕龙·杂文》里说:“盖七窍所发,发乎嗜欲,始邪末正,所以戒膏粱之子也。”《文选》李善注则说:“乘事梁孝王,恐梁王反,故作《七发》以谏之。”我以为此赋的思想是很丰富的,是具有多层次的,其中当然也包括反对帝王的糜烂生活。因为赋说得非常清楚,楚太子患病,就是由于他沉湎于荒淫奢侈的生活当中。而一旦脱离了这种生活环境,听到“要言妙道”,病就好了。

司马相如的《天子游猎赋》反对帝王奢华的倾向性也是很明显的,赋先让子虚和乌有先生分别夸赞各自的主子——楚王和齐王——的苑囿之大、车骑之众,然后让亡是公出面,把子虚和乌有先生训斥一通:“且二君之论,不务明君臣之义,正诸侯之礼,徒事争于游戏之乐,苑囿之大,欲以奢侈相胜,荒淫相越,此不可以扬名发誉,而适足以贬君自损也。”这里反对荒淫奢侈的思想已很清楚了。随后亡是公虽也把天子上林苑的“巨丽”和天子校猎队伍的壮盛夸耀一通,但紧接着即让天子作自我检讨:“于是酒中乐酣,天子芒然而思,似若有亡,曰:‘嗟乎!此太奢侈。’……于是乃解酒罢猎。……若夫终日驰骋,劳神苦形;罢车马之用,抏(音‘玩’,损耗)士卒之精,费府库之财,而无德厚之恩。务在独乐,不顾众庶,忘国家之政,贪雉兔之获,则仁者不繇也。”天子自己都感到太奢侈。虽贵为天子,也不能滥耗民财民力,也不能只求自己玩得痛快,更何况诸侯呢?“齐楚之事岂不哀哉!地方不过千里,而囿居九百,是草木不得垦辟,而人无所食也。夫以诸侯之细,而乐万乘之侈,仆恐百姓被其尤也。”这里含有封建等级观念,以为有些天子可以享受的,而诸侯却不能,但反对过分奢侈的旨意却是很明显的。这也正如班固在《汉书·司马相如传》中所说的:“相如虽多虚辞滥说，然要其归引之于节俭，此亦《诗》之风谏何异？扬雄以为靡丽之赋，劝百而风一，犹骋郑卫之声，曲终而奏雅，不已戏乎！”司马相如的赋尽管写得十分华丽夸张，但它的目标是引导帝王注意节俭。班固的看法是比较深刻的。

扬雄的赋反对奢侈，提倡节俭更是无可怀疑的，因为他的赋有的在序文中就明明白白地写出来。如《校猎赋序》说明：扬雄跟汉成帝去“羽猎”，心里马上波涛起伏，翻滚不已。他想：“昔在二帝三王，宫室台榭，沼池苑囿，林麓薮泽，财足以奉郊庙、御宾客、充庖厨而已，不夺百姓膏腴谷土桑柘之地……国家殷富，上下交足。”尧舜等先帝时刻关心百姓的生产和生活，不因兴建宫室苑囿而加重百姓负担，侵占农民耕地。扬雄很赞赏这样的帝王。但历史上偏偏又有一些逞志纵欲的国君，如汉武帝，“武帝广开上林……周袤数百里……游观侈靡，穷妙极丽……然全羽猎……尚泰奢丽夸诩”。扬雄恐怕汉成帝摈弃尧舜不学而效尤武帝，“故因《校猎赋》以风之”。其《长杨赋序》也说：“明年，上将大夸胡人以多禽兽，秋，命右扶风发民入南山……捕熊罴豪猪虎豹狖玃狐兔麋鹿，载以槛车，输长杨射熊馆。以网为周阹，纵禽兽其中，令胡人手搏之，自取其获，上亲临观焉。是时，农民不得收敛。”扬雄从射熊馆回来，即“上《长杨赋》……以风”。在赋里，扬雄也确是这样写的，如在《羽猎赋》里，他让汉成帝“奢云梦，侈孟诸；非章华，是灵台。罕徂离宫，而辍游观……未遑苑囿之丽，游猎之靡也”。成帝幡然醒悟，不再追求游猎地方的广大、从游队伍的壮盛。成帝实际上是不可能做到这一点的，这不过是扬雄的一厢情愿而已。但扬雄这样写，人们不正可以由此看出作者的用意和作品的倾向性吗？

张衡写《二京赋》的动机也表现得很清楚："永元（汉和帝年号）中，（衡）举孝廉不行，连辟公府不就。时天下承平日久，自王侯以下莫不逾侈。衡乃拟班固《两都》，作《二京赋》，因以讽谏。"这里只说"自王侯以下"而不涉及皇帝本人，是一种曲笔，其实最大的"逾侈"者是皇帝本人，而赋也正是这样写的。那么，汉赋讽谏帝王的奢华侈靡是不是无病呻吟呢？不是的，赋这样写是有鲜明的、强烈的针对性的。我们在前面说过，汉初的几个皇帝，惩秦之敝，尚知节俭，但自武帝以后，情形就不大一样了："至孝武皇帝，承文景菲薄之余，恃邦国阜繁之资，土木之役，倍秦越旧。斤斧之声，畚锸之劳，岁月不息。盖骋其邪心以夸天下也。"我们翻开相传六朝人所编的《三辅黄图》，书中所载的三辅地区上下千余年间所建的宫室楼台亭阁，竟绝大部分出于汉武帝一人之手。"武帝建元三年，开上林苑……周袤三百里，离宫七十所，皆容千乘万骑。""武帝求仙，起明光宫，发燕赵美女二千人充之，率取二十以下，十五以上；年满三十，出嫁之……时有死出者，随补之。"武帝的好大喜功，挥霍无度，加上他的连年征战，终于把国家搞得民穷财尽，疲惫不堪。

武帝以后的十几个汉朝的皇帝又怎样呢？他们当然没有武帝那样有雄厚的财富供自己挥霍，也没有那样的胆量放手去花。但他们也绝不会像汉文帝那样约身束己。这从东汉中后期的政论家王符痛斥王公贵戚的浮侈，以及西汉后期的成帝和东汉中期的章帝、中后期的安帝的诏书揭露出的公卿贵近的奢华即可窥见一斑。王符在《潜夫论·浮侈》篇里说："今京师贵戚，衣服、饮食、车舆、文饰、庐舍，皆过王制，僭上甚矣！"《汉书·成帝纪》载，成帝诏书承认："方今世俗奢僭罔极，靡有厌足，公卿列侯亲属近臣……未闻修身遵礼同心忧国者也。或乃奢侈逸豫，务广地宅，治园地，多畜奴婢，被服绮縠，设钟鼓，备女乐，车服嫁娶葬埋过制。"《后汉书·章帝纪》也载章帝诏书："今贵戚近亲奢纵无度，嫁娶送终尤为僭侈。"王公贵近的奢华乃是最高统治者本人骄奢的反映，所以赋家们多抓住这个问题大做文章，是有其现实意义的。

汉赋作家所反映的另一个比较普遍的问题是统治阶级的压制人才，摧残人才。这是剥削阶级社会普遍存在的现象。剥削阶级狭隘的阶级利益和其短浅的眼光，决定他们不可能充分发挥人才的作用。如果遇到所谓英明的君主，文人的境遇还会稍好一些；一旦遇到昏君当朝，奸邪弄权，情况就更加糟糕了。屈原的遭遇就说明了这一点。在昏聩的楚怀王、楚襄王的统治下，像屈原这样杰出的政治家，就只会落个被逐荒野与沉江自尽的下场。《史记·太史公自序》所说的："昔西伯拘羑里，演《周易》；孔子厄陈、蔡，作《春秋》；屈原放逐，著《离骚》；左丘失明，厥有《国语》；孙子膑脚，而论《兵法》；不韦迁蜀，世传《吕览》；韩非囚秦，《说难》《孤愤》；《诗》三百篇，大抵贤圣发愤之所为作也。"也同属这个问题。这些古代卓越的政治家、思想家、军事家、历史家、文学家、教育家、哲学家，在生前都极不得意，都未曾为当时的统治者所重用，甚至还遭到残酷的迫害。

汉代的情况也没有例外。《史记·屈原贾生列传》载，汉初的政治家、辞赋家贾谊，在二十来岁就当了文帝的博士，而且"每诏令议下，诸老先生不能言，贾生尽为之对，人人各如其意所欲出。诸生于是乃以为能不及也。孝文帝说之，超迁，一岁中至太中大夫"。"诸律令所更定，及列侯悉就国，其说皆自贾生发之，于是天子议以为贾生任公卿之位。"一个有作为的青年政治家眼看着就要高居要位，为世所用。但由于老臣们的坚决反对——“绛(绛侯周勃)、灌(灌婴)、东阳侯(张相如)、(御史大夫)冯敬之属尽害之”,汉文帝听信了谗言,即贬贾生为长沙王太傅,贾谊的政治生命被扼杀了。他的《吊屈原赋》痛斥了社会的贤愚不分、是非莫辨。从字面上看,是为屈原鸣不平,实是针对现实以发泄自己心中的积愤。伟大史学家司马迁为李陵降匈奴辩说了几句,即遭到汉武帝的猜忌,并受到腐刑。这件事使他进一步看清了最高统治者的阴私和狠毒。在《悲士不遇赋》里,他一开始就喊着:“悲夫,士生之不辰!”这句话包含了作者的无限感慨和愤怒,这对那个所谓“汉武盛世”,真是个莫大的讽刺。赵壹的《刺世疾邪赋》,对“佞陷日炽,刚克消亡。舐痔结驷,正色徒行。妪㚟名势,抚拍豪强。偃蹇反俗,立致咎殃……邪夫显进,直士幽藏”进行了猛烈的攻击。这种邪正不分、是非颠倒的现象,正是东汉后期外戚宦官交替专权祸国的真实写照。作者愤慨地表示:“宁饥寒于尧舜之荒岁兮,不饱暖于当今之丰年。”事后证明,作者是忠实地实践自己的诺言的,“十辟公府并不就”就是最好的说明。这是汉赋中思想性、战斗性最强的一篇小赋。

在文人学士中,赋家们还要受到另外一种不公平的待遇,即因写赋而受到轻视,被视为倡优一类人物,如枚皋说:“为赋乃俳,见视如倡,自悔类倡也。”倡优自古以来就受到歧视、鄙视、轻视,在先秦许多典籍里倡优与奸臣就被视为同类。如《管子·立正九败解》说:“奸人在上,则壅遏贤者而不进也。然则国适有患,则倡优、侏儒起而议事矣!是驱国而捐之也。”作者就把倡优、侏儒与奸人放在一起,以为国家有忧患,就会出现倡优、侏儒参与国事,把国家推向灾难的深渊。所以枚皋对自己的身份感到后悔。

司马相如曾因《子虚赋》而受到汉武帝的垂爱，被召到武帝身边。他也曾为迎合武帝的口味而大写赋篇，《天子游猎赋》《大人赋》等都是在这种情况下写出来的。但他却始终不满自己的赋家身份，他写赋不过是想作为进身之阶罢了。可是汉武帝并不想改变他的身份。司马相如除了出使西南夷曾有过一段轰轰烈烈的活动外，其余时间多是在默默无闻、郁郁寡欢的情况下度过的。鲁迅先生在《从帮忙到扯淡》一文中就曾经非常精辟地指出："中国的开国雄主，是把'帮忙'和'帮闲'分开的，前者参与国家大事，作为重臣；后者却不过叫他献诗作赋，'俳优蓄之'，只在弄臣之列。不满于后者的待遇的是司马相如，他常常称病，不到武帝面前去献殷勤，却暗暗的作了关于封禅的文章，藏在家里，以见他也有计画大典——帮忙的本领，可惜等到大家知道的时候，他已经'寿终正寝'了。"司马相如可悲的结局，正说明赋家的可悲的地位。司马相如虽然没有借赋来抒写自己的失意，但他是用自己的行动来说明他的终身不得志的。明白了这一点，我们也就不难理解扬雄为什么一再宣称自己不愿再写赋。《法言·吾子》载："或问：'吾子少而好赋？'曰：'然。童子雕虫篆刻。'俄而曰：'壮夫不为也。'"《汉书·扬雄传》说："雄以为赋者……又颇似俳优淳于髡、优孟之徒，非法度所存……于是辍不复为。""是以扬子悔之。"等等。这里有因赋欲讽反劝的原因在，但更重要的一个原因应当是他不满赋家身份地位。如果是前一个原因，主动权掌握在作者自己手里，作者完全可以把赋的思想性、讽谏性大大提高一步，从而避开人们可能引起的误解。扬雄的作为实际上与司马相如一样，是用行动来说明他对赋家身份的不满，用自己的历史来说明自己的不得志。

五

下面我们要专门探讨一下汉赋的讽谏问题,也就是人们所痛斥的“劝百风一”“劝而不止”“没风谏之义”问题。这个问题是存在的。所以最迟从西汉宣帝起——也就是汉大赋刚问世不久——它就因讽谏淡薄而受到批评。随后的扬雄对此就更加不满了,《汉书·扬雄传》载:“(扬)雄以为赋者,将以风也,必推类而言,极丽靡之辞,闳侈钜衍,竞于使人不能加也,既乃归之于正,然览者已过矣。往时武帝好神仙,相如上《大人赋》,欲以风,帝反缥缥有陵云之志。繇是言之,赋劝而不止,明矣……于是辍不复为。”扬雄因赋篇讽谏气氛不强,起不到讽谏作用而表示决心不再写赋。《汉书·艺文志》也有类似的记载:“汉兴,枚乘、司马相如,下及扬子云,竞为侈丽闳衍之词,没其风谕之义,是以扬子悔之。”扬雄因赋的讽谏特性丧失而对自己写赋的行为感到后悔。梁朝大文艺理论家刘勰也批评汉赋忽视讽谏。清人程廷祚在其《青溪集·骚赋论下》里,甚至把汉赋忽视讽谏视为其失败的关键。他说:“且骚之近于诗者,能具恻隐,含讽谕……至于赋家,则专于侈丽闳衍之词,不必裁以正道;有助于淫靡之思,无益于劝戒之旨,此其所短也。”程氏以为赋之所以不如骚,就是因为它丧失了讽谏。

汉赋讽谏性不强这是事实,但如以为汉赋放弃讽谏,丧失讽谏,那也不符事实,我们前面所说的汉赋反对帝王的骄奢淫逸,就足以说明这一点。

那么汉赋为什么会产生讽谏性不强或有点忽视讽谏的倾

向性呢？当有下列的几个原因：

首先，是与赋家的身份有关。我们前面说过，赋家身份类似倡优，帝王这样看待他们，人们这样看待他们，他们自己也这样认为。这是由他们从事的职业所决定的。在当时，赋家就是供帝王消遣娱乐的工具。这一点可由倡优谏事方式的一致性——所谓欲讽反劝、欲抑反扬，也如扬雄所说的“推而隆之”得到证明。如扬雄看到甘泉宫太华丽了，可是又不敢直接批评，怎么办呢？他干脆采取：“遂推而隆之，乃上比于帝室紫宫，若曰：‘此非人力之所为，党（倘）鬼神可也。’”也即拿甘泉宫与天堂比，认为只有借鬼神的力量才能建造起来，以此感悟帝王。这里的“推而隆之”，就是拼命地说吹捧赞扬的话，但骨子里却是在讽刺、反对。扬雄的《甘泉赋》正是按这种表达方式来写的。

倡优也正是运用这种表达方式来表达他们的爱憎。如楚庄王有匹爱马，宠得要命，后马肥死了，庄王就打算按大夫礼安葬，并威胁说，谁谏就杀谁。优孟听了这话，就“仰天大哭”。王问其故，他说：“以大夫礼葬之，薄！请以人君礼葬之。”“诸侯闻之，皆知大王贱人而贵马也。”楚王听出优孟的话意，随即改正自己的错误。

汉赋作家的讽谏方式既与倡优的讽谏方式相类似，也即赋家只能把自己的思想——他们想谏止的事——埋在诙谐谈笑之中，埋在隐语之中，而不可能像骨鲠之臣那样对帝王的过失采取正言厉色的直谏。汉大赋讽谏气氛淡化的倾向是不可避免的，这是由赋家自己的身份所决定的。

其次，是与文学艺术的特征和作用有关。大家都知道，文学艺术与哲学反映社会的方式是不同的。前者是用具体的形象来显示,后者则是通过抽象的概念来论证。这也就是别林斯基所说的:“哲学家用三段论法,诗人则用形象和图画说话。”正是基于对文学艺术的特点、文学艺术的创作规律、文学艺术的发展史的深刻理解和掌握,所以恩格斯在《给敏·考茨基的信》里强调指出:“我认为倾向应当是不要特别地说出,而要让它自己从场面和情节中流露出来。”在《给马尔加丽塔·哈克纳斯的信》里又说:“作者的观念愈隐蔽,对于艺术作品就愈好些。”拿恩格斯的这些话来衡量汉赋,我以为汉赋创作的基本倾向大体是符合这个要求的,它的观点的确是非常隐蔽的,它的倾向性的确是从整个描写、整个画面中流露出来的。当然,作为两千年前的赋家,他们不可能真正理解这一点。但我们应当肯定,汉赋讽谏中的这种倾向性,应是文学艺术特征的一种流露。

过去,我们对文学艺术的作用,似乎理解得过于狭隘,我们十分强调文学艺术的战斗作用。其实正当的娱乐作用,乃是人类之所必需,是有益于社会、有益于人生的,人们在紧张的劳动、工作、战斗之余,是极希望通过文学艺术来驱散疲劳、恢复精力的。如果我们能承认这一点,我们对汉赋思想不强、讽谏味道不浓,就不会感到不快。尤其是从百花齐放的角度出发,更应该给汉赋这种倾向性文学以一席之位。其实不管你是否承认,几千年来就已有一部分赋在起着娱乐作用。如前面所说的,帝王把赋家当“言语侍从之臣”,当“弄臣”,就因为他们创作出专供帝王消遣娱乐的作品。至于《汉书·扬雄传》所说的:“往时武帝好神仙,相如上《大人赋》,欲以风,帝反缥缥有陵云之志。”武帝不仅拿《大人赋》来消遣,而且想成仙,这个责任应当主要由武帝自己来负。

最后,我们要特别强调的是,汉赋不重视讽谏是与其开始重视发展文学艺术自身的特性,也即发展文学艺术自身的艺术形式联系在一起,这是一个了不起的新情况、新问题。它预示着文学艺术不甘心继续充当儒经的附庸,它要求充分发展自身的特点,使文学艺术自身成为一个独立的学科。换句话说,这是文学艺术觉醒的表现,是文学艺术自觉时代到来的象征,是值得我们特别注意的。

我们知道,在两汉,一方面是文学艺术还与史学、哲学、政论文混在一起,还没有成为一个独立的学科。这从《诗经》被认为是经书,与《书》《礼》《易》《春秋》混在一起,合称"五经"即可见出;从汉人解经,把《诗经》视为代圣人立言即可见出;从《史记》与《汉书》未立《文苑传》,南朝宋人范晔写《后汉书》始立《文苑传》也可见出。另一方面,从汉武帝开始,五经的地位极高,成为朝廷大政的指南,成为人们一切行动的准则。写辞作赋也不例外,也当以五经为准绳,如扬雄《法言·吾子》说:"舍舟航而济乎渎者,末也;舍五经而济乎道者,末也。"《法言·问神》又说:"书不经,非书也;言不经,非言也;言书不经,多多赘矣!"扬雄这里所说的"道",当指人们所能达到的最高的思想境界,当然也就是儒家之道。扬雄以为,人们的思想修养,人们的言论行动,人们的著书立说——当然也包括写辞作赋——都应以儒经为依据,一旦脱离了儒经教训,就要走入歧途。而在扬雄看来,汉赋正是"不经"的东西。他在《法言·吾子》中提出著名论断:"诗人之赋丽以则,辞人之赋丽以淫。"诗人之赋,是指按《诗经》要求写的赋,很好但很少;而辞人(也就是汉赋作者们)的赋,在扬雄的心目中,却是比比皆是的,但写得不好。所以他说:"赋可以讽乎?曰:讽乎!讽则已;不已,吾恐不免于劝也。”也因此，他对自己本来热衷于写赋深感后“悔”，才痛下决心“辍不复为”！

但也正由于汉赋背离了儒经的规矩，不按经典的要求进行创作，不是如孔子所说的“辞达而已矣”，而是写得非常华丽、美妙，“竞为侈丽闳衍之词”。也就如鲁迅一再称赞司马相如赋富有文采等等，这才显示了汉赋已开始脱离了经典的轨迹，跳出了历史性散文、政论性散文和哲理性散文的界限，显现出自己的艺术特点来。在尚未正式形成的文学艺术领域里率先举起义旗，宣告独立，从而为以后各种文学体裁的诞生发展扫清了道路，为文学艺术从儒经羁绊下解放出来，在意识形态里建立一门独立的学科奠定了基础。它的功德是无量的，在中国文学史上是具有划时代意义的。在这里，如果我们联系到鲁迅赞赏曹丕的“诗赋欲丽”和诗赋不必寓讽谏的主张，我们就会把问题看得更清楚。鲁迅在《魏晋风度及文章与药及酒之关系》里精辟地指出：“他（曹丕）说诗赋不必寓教训，反对当时那些寓训勉于诗赋的见解，用近代的文学眼光看来，曹丕的一个时代可以说是‘文学的自觉时代’，或如近代所说是为艺术而艺术（Art for Art's Sake）的一派。”这里，鲁迅把反对“寓教训”“训勉”，也即反对寓讽谏，与文学的“自觉时代”联系在一起，把“为艺术而艺术”与文学的“自觉时代”联系在一起，可以见出，在鲁迅的心目中，反对讽谏，“为艺术而艺术”，就是文学的“自觉时代”。鲁迅这里说的是曹丕时代，而汉赋的鼎盛时期——西汉的中后期与东汉的中后期文学可能达不到这个水平，双方可能还有差距。如汉赋的作家不是反对讽谏，而只是不重视或忽视讽谏，弱化讽谏；汉赋的作家也不是“为艺术而艺术”，而只是追求华丽，讲究文采，所以还够不上曹魏时代文学的自觉水平。但汉赋作家与以曹丕为代表的建安作家思想是相通的,他们都在讲究文学艺术的特点,为文学艺术摆脱经学的束缚、文学的独立而贡献力量。尤其是,汉赋作家通过自己的努力,为曹魏时代整个文学的“自觉”独立奠定了坚实的基础。其功至伟,其意义重大,我们应给予足够的评价。

六

和上一问题相联系的是,汉赋把文学艺术的特征推向一个崭新的阶段。首先,它把浪漫主义创作方法大大地向前推进了一步。对这个问题,自古至今几乎一直为人们所误解,其集中表现就是对“虚辞滥说”的批判。如班固在《汉书·司马相如传赞》称:“相如虽多虚辞滥说,然要其归引之于节俭,此亦《诗》之风谏何异?扬雄以为靡丽之赋,劝百而风一……曲终而奏雅,不已戏乎!”在这里,可以看出,包括班固本人在内,对“虚辞滥说”都是持批评态度的。区别只在于:扬雄因“虚辞滥说”而否定赋的作用;班固则以为赋虽“虚辞滥说”,但它主旨还是引导人们注意节俭,与《诗经》的讽谏没有什么不同。扬雄对赋所作的这样的批评,我们在《汉书·扬雄传》里还可以找到印证:“(扬)雄以为赋者,将以风也,必推类而言,极丽靡之辞,闳侈钜衍,竞于使人不能加也,既乃归之于正,然览者已过矣。往时武帝好神仙,相如上《大人赋》,欲以风,帝反缥缥有陵云之志。繇是言之,赋劝而不止,明矣。”这里的“推类而言”至“竞于使人不能加也”四句和所列举的司马相如的《大人赋》,说的就是赋的铺陈、华丽,尤其是赋的“虚辞滥说”问题。

在扬雄看来,"虚辞滥说"的赋,不仅起不到劝善惩恶的作用,相反,还可能起到坏作用,《大人赋》即是其例。

东汉政论家王符对此也极为反感,他在《潜夫论·务本》篇里说:"今赋颂之徒……竞陈诬罔无然之事,以索见怪于世,愚夫戆士,从而奇之,此悖孩童之思而长不诚之言也。"这里的"诬罔无然之事",也就是"虚辞滥说"的意思。王符以为其后果是养成了年轻一代的不诚实。

但是,我们从上文扬雄批评司马相如的《大人赋》可以看出,扬雄所反对的"虚辞滥说",实际上是一个浪漫主义创作方法的问题。因为司马相如的《大人赋》,极似屈原的《离骚》《远游》,它描写"大人"不满"中州"地盘的狭小,便驾应龙,乘虚无,漫游天外。他还能驱使羡门、祝融等神仙为自己效劳。这不正是一篇具有浓厚的浪漫主义色彩的作品吗?

王充在《论衡·谴告》里批评司马相如的《大人赋》后,接着批评扬雄说:"孝成帝好广宫室,扬子云上《甘泉颂》(即《甘泉赋》),妙称神怪,若曰此非人力所能为,鬼神力乃可成。皇帝不觉,为之不止。"王充这里所批评的是,扬雄的《甘泉赋》极写甘泉宫殿的高耸广大,它高看不到顶,大望不到边,日月星辰从屋檐下经过,雷电在墙根处滚动,鬼神还没有爬到顶端,就纷纷跌下来,简直可与神仙所居的"紫宫"相比,"此非人力之所为,党(倘)鬼神可也"。人力是建不起如此壮观的宫殿的,只有依靠鬼神的力量或许可以建成。这不正同样说明,《甘泉赋》通过极度的夸张来表现其浪漫主义倾向吗?

在这里顺便说明一下,扬雄早期写赋是效法司马相如的,正如《汉书》本传所说的:"先是时,蜀有司马相如,作赋甚弘丽文雅,(扬)雄心壮之,每作赋,常拟之以为式。"所以他受到王充的批评。后来,扬雄以为这样写的赋问题很多,起不到劝诫作用,因而“悔之”,“辍不复为”,这个时候,他就回过头来批评他的老师——同乡老前辈——司马相如,所以才出现上文他既批评别人,而自己也挨批评的怪现象。

我们从刘勰《文心雕龙·夸饰》篇同样可以看出,汉赋的“虚辞滥说”,实际上就是一个虚构夸张的问题,也即浪漫主义问题。《夸饰》篇说:“自宋玉、景差,夸饰始盛。相如凭风,诡滥愈甚。故上林之馆,奔星与宛虹入轩;从禽之盛,飞廉与鹪鹩俱获。及扬雄《甘泉》,酌其余波,语瑰奇则假珍于玉树,言峻极则颠坠于鬼神。至《东都》之比目,《西京》之海若,验理则理无不验……”刘勰这里所批评的无非是汉四大赋家赋作中出现了一些极度夸张的事例,或写了一些无法检验的神物。而所有这一切,我们都可以用“虚构夸张”四字来囊括,这不正是浪漫主义创作方法问题吗?但刘勰对此也是持批评态度的。联系到刘勰在《文心雕龙·辨骚》篇里对屈原《离骚》《天问》的非难(所谓“诡异之辞”“谲怪之谈”),我们对刘勰非议汉赋也就很好理解了。

那么为何两汉前后人们对虚构夸张的浪漫主义表现手法都要大加反对呢?关键就在于文学艺术在这个时候还没有成为一个独立的门类,还处在儒家经典附庸的地位。对一切艺术创作,人们都要用经书的笔法去衡量。《诗经》虽有一些浪漫主义的作品,但人们都把它们解释为比兴。“比者,比方于物也。”“兴,引譬连类。”也即只认为是一般的表现方法问题,是史传等经书中也时有出现的,而不懂得是属于文艺作品的创作方法问题。刘勰《文心雕龙·比兴》说:《诗经》是采用“‘金锡’(《卫风·淇奥》)以喻明德,‘珪璋’(《大雅·卷阿》)以譬秀民,'螟蛉'(《小雅·小苑》)以类教诲,'蜩螗'(《大雅·荡》)以写号呼,'浣衣'(《邶风·柏舟》)以拟心忧,'席卷'(《邶风·柏舟》)以方志固,凡斯切象,皆比义也。至如'麻衣如雪'(《曹风·蜉蝣》),'两骖如舞'(《郑风·大叔于田》),若斯之类,皆比类也。楚襄信谗,而三闾忠烈,依诗制骚,讽兼比兴。炎汉虽盛,而辞人夸毗,诗刺道丧,故兴义销亡"。同样明白无误地表明,南朝文论家刘勰仍停留在寻章摘句上,认为诗中以某句喻某事的这类表现手法问题,这在经书中也是多有的,而看不到这是文艺作品的浪漫主义创作倾向。对伟大的浪漫主义诗人屈原的作品也作如此理解,更清楚无误地暴露对文艺作品不理解的,当然是东汉的王充。他在《论衡·说日》里驳斥日浴汤谷、出于扶桑的说法:"日,火也;汤谷,水也。水火相贼,则十日浴于汤谷,当灭败焉。火燃木。扶桑,木也,十日处其上,宜燋枯焉。今浴汤谷而光不灭,登扶桑而枝不燋不枯……故知十日非真日也。"批驳日中有乌,月中有兔、蟾蜍:"夫日者,天火也……火中无生物,生物入火中,燋烂而死焉,乌安得立?夫月者,水也……兔与蟾蜍,久在水中,无不死者。"在王充心目中,根本没有神话传说这种文艺样式的概念,也不允许有虚构夸张的文艺作品的存在。这也就难怪,到西晋,左思在写作《三都赋》时,要迫不及待地把汉四大赋家的虚构夸张狠批一通,并明确表示,他写《三都赋》是百分之百地根据实有其事来写的:"其山川城邑,则稽之地图;鸟兽草木,则验之方志;风谣歌舞,各附(依傍)其俗;魁梧长者,莫非其旧。"因为他认为:"美物者,贵依其本;赞事者,宜本其实。匪本匪实,览者奚信?"只有讲实有其事,人们才相信。最后他还拿两种非文艺作品的儒家经典来作证:"且夫任土作贡,《虞书》所著;辨物居方,《周易》所慎。”可见,在左思脑子里,的确没有文学艺术这一学科门类,的确不允许有虚构夸张的诗文存在。

本来,作为一个文明古国的我国,在秦以前就有大量的诗文出现。但文艺理论的产生,总要比创作晚得多。这也是很正常的,因为文艺理论是文艺创作经验的总结。

然而文学艺术之所以迟迟不能独立出来则又与儒家思想对它的束缚有关,如儒家的经典《尚书·毕命》,就有“辞尚体要,不惟好异”之说。《论语·述而》说孔子就是不讲怪异、勇力、叛乱、鬼神。不仅如此,孔子从文章的经世致用出发,还反对冥思幻想,反对过分的华饰,提出“辞达而已矣”,提出“思无邪”。以孔子为代表的儒家这种思想对后代影响是很大的,它势必严重地影响文学创作中浪漫主义的发展。尤其是汉代独尊儒术,把儒家五经吹捧到无以复加的程度,人们的一切言行,包括各种著述在内,都要以五经为准绳。如扬雄后期写的《法言·寡见》篇就说:“惟五经为辩:说天者莫辩乎《易》,说事者莫辩乎《书》,说体者莫辩乎《礼》,说志者莫辩乎《诗》,说理者莫辩乎《春秋》。”在作者的心目中,五经可以把所有的著述都包括进去,而所有的著述又都必须以五经为准绳,他绝不允许任何文体超出五经的范围。正如扬雄自己在《法言·问神》里所表示的:“书不经,非书也;言不经,非言也;书言不经,多多赘矣!”《法言·吾子》也说:“书恶淫辞之淈法度也!”在这种思想的指导下,文学艺术怎能得到发展呢?扬雄后期狠批辞赋,自己决心“辍不复为”,不是很好的证明吗?王充公开宣称,他写《论衡》的主要动机是为了反对“虚妄”。其《对作》篇说:“是故《论衡》之造也,起众书并失实,虚妄之言胜真美……”他反对汉代谶纬之书的胡编瞎造,自然是好的,但问题是他把文学艺术的夸张虚构也看成“虚妄”而加以反对。他不仅反对一切神话传说作品，而且把当时已被视为经典的《诗经》《易经》《尚书》中的一些夸张笔触，也加以反对。如《诗经·云汉》的“靡有孑遗”，《易·丰》的“阒其无人”，《书·西伯戡黎》的“今我民罔弗欲丧”中的“靡”“无”“罔”，他都认为说得言过其实。就这方面说，他的思想真是比儒经还要纯粹，还要保守得多。以这种思想律文，哪里有文学艺术存在的余地？

总而言之，汉赋中“虚辞滥说”之所以受到非议，正是由于文学艺术未获独立地位，儒家保守思想还统一着汉家天下呢！

七

华丽的辞藻与铺陈的手法是汉赋在艺术上的另一个特色。这一点也往往受到人们的指责。如《史记·太史公自序》就批评司马相如赋“靡丽多夸”。《汉书·叙传》也批评相如赋“寓言淫丽”“文艳用寡”。扬雄也批评汉赋“极丽靡之辞”。他们都认为汉赋写得过分华丽，以致淹没了其思想内容。刘勰在《文心雕龙·诠赋》篇里也基本上接受这些观点。他说：“然逐末之俦，蔑弃其本，虽读千赋，愈惑体要。遂使繁华损枝，膏腴害骨；无贵风轨，莫益劝戒。”意思是汉赋作家舍本求末，也即写得太华丽了，而又不大注意内容。这就犹如花开得太多，压断了树枝；身体太胖了，损害了骨骼。有人以为刘勰这里只是批评汉赋群体中的末流作家，不包括司马相如等十家“辞赋之英杰”。其实不然，因为刘勰紧接着就说：“此扬子所以追悔于雕虫，贻诮于雾縠者也！”扬雄的“追悔”是指他早期学习司马相如写赋,把赋写得“弘丽温雅”“沉博绝丽”,这里已明显把司马相如也牵进去了。更有甚者,扬雄还直接讥刺司马相如的赋,讥刺他之前的赋家,所以刘勰在这里既然同意扬雄所悔所诮,当然也就等于说他的批评是把司马相如等也包括进去的。这点从《文心雕龙·情采》篇还可得到印证。《情采》篇说:“昔诗人什篇,为情而造文;辞人赋颂,为文而造情。……故为情者要约而写真,为文者淫丽而烦滥。”刘勰对所有赋家的文采的确是不大满意的。清人魏谦升也完全沿袭刘勰的看法,他在《赋品·丽则》里说,汉赋是“妖歌曼舞,终嫌不肃;繁华损枝,贻诮雾縠”!

但上述指责也是不足取的。其一,是他们都忽视了文学艺术的特征,基本上都是站在汉儒的立场,拿五经来作为衡量一切文字的标准。如扬雄在《法言·吾子》篇说:“女恶华丹之乱窈窕也,书恶淫辞之淈法度也。”扬雄这里所说的“书”,当然指包括辞赋在内的所有一切形诸文字的书籍。扬雄这里所说的“淫辞”主要是指辞赋,因为他说过“辞人之赋丽以淫”。扬雄这里所说的“法度”,其实也就是儒家五经的同义词,因为扬雄说过:“不合先王之法者,君子不法也。观书者,譬诸观山及水,升东岳而知众山之峛崺也,况介丘乎?浮沧海而知江河之恶沱也,况枯泽乎?舍五经而济乎道者,末矣。”如果我们遵从类似扬雄等人的意见,接受他们对汉赋文采的批评,用儒经作为衡文的标准,那无异同意他们取消文学艺术。

其实,文艺作品讲究文采,这本来就是不言而喻的道理,文艺作品正是凭借其艺术文采等特点,才使它与史论等其他文体区别开来,这也正是它的力量能否充分发挥的关键所在。基于这种认识,魏文论家曹丕《典论·论文》第一次明确提出:“夫文本同而末异，盖奏议宜雅，书论宜理，铭诔尚实，诗赋欲丽。”对各种不同文体提出不同要求，而对诗赋主张写得华丽。对曹丕这种观点，鲁迅是十分赞赏的，他充分肯定了曹丕在自己理论指导下进行的创作艺术实践。他在《魏晋风度及文章与药及酒之关系》一文中说：“曹丕做的诗赋很好，更因他以‘气’为主，故于华丽以外，加上壮大。”在《汉文学史纲要》里，他更称颂司马相如“不师故辙，自摅妙才，广博闳丽，卓绝汉代”。在这里，如果联系到两汉文学艺术尚未从史论经典中独立出来，我们就会更加珍视汉赋注重文采的历史意义。汉赋注重文采意味着它对儒家经典的背叛，预示着“文学自觉时代”的来临。

对汉赋的铺陈，人们也多有非议。的确，汉赋在铺陈手法上，存在着许多问题。如人们常指摘的，汉赋模山范水，字必鱼贯，铺陈堆砌，殆同书钞。但如以此来论定汉赋铺陈的功过，那就未免“差之毫厘，失之千里”了。汉赋的铺陈在中国文学发展史上的功绩是不可抹杀的。刘勰《文心雕龙·诠赋》说：“赋者，铺也。铺采摛文，体物写志也。”这也就是说，赋通过铺陈文采来描绘事物，抒发情志。所谓“极声貌以穷文”——极力描绘客观事物的声音容貌，以穷尽辞藻运用的能事；所谓“品物毕图”——把事物的情貌通通描绘出来；所谓“写物图貌，蔚似雕画”——描绘客观事物的声貌，就像雕刻绘画那样惟妙惟肖。汉赋在铺陈文采、描绘客观世界方面，的确是先秦诗文所无法比拟的。究其原因，当有两点：

其一，历史的发展，社会的前进，给文学艺术提供了新的创作源泉，也提出了新的创作要求。说得更具体一点，就是要求有一种崭新的文体，能把两汉眼前令人眼花缭乱的现实世界描绘出来。因而以铺陈无方描绘精细见长的汉赋也就应运而生了。这正如刘熙载《艺概·赋概》所说的:“诗言持,赋言铺,持约而铺博也。……赋起于情事杂沓,诗不能驭,故为赋以铺陈之。斯于千态万状,层见迭出者,吐无不畅,畅无或竭。”

其二,文学艺术的进步。我们知道,先秦极强调“诗言志”“诗言是其志也”“诗以道志”。事实也确如此,先秦诗歌多是作者用以抒发自己的思想感情,对客观世界描绘得较少。这也大体上符合人们思维的规律和文学艺术发展的进程。如鲁迅所说的最早诗歌“杭育杭育派”,就纯属劳动者为减轻自己肩上的重压而发出的咏叹。《诗经》里的诗歌虽大大地前进了一步,但基本上还属短制的抒情诗,诗中很少有铺陈的笔墨。《楚辞》比起《诗经》又有所进步,不仅篇幅加长,而且更能够借周围事物来抒发作者自己的感情;但它还是很少对客观事物作直接的正面的描绘。只有汉赋,才把自己的注意力由诗人内心转向外界空间,使自己的视野无限地扩大,题材也无限地增多,内容无限地丰富。汉赋这种笔法,应该说是文学艺术表现力的跃进,是文学艺术进步的表现,值得我们庆贺。

汉 赋*

——文学自觉时代的起点

我于1981年1月发表在《文史哲》的《论汉赋》一文中曾大胆地提出:“鲁迅先生曾经说过,魏文帝曹丕的时代,是‘文学的自觉时代’(见魏晋风度及文章与药及酒之关系)。鲁迅先生的根据是曹丕说诗赋不必寓教训,反对当时那些寓训勉于诗赋的见解,也就是近代所说的为艺术而艺术。根据鲁迅先生这个标准,或用我们今天所说的所谓自觉地进行艺术创作的标准,我都以为,这个‘文学的自觉时代’至少可以再提前三百五十年,即提到汉武帝时代的司马相如身上。因为根据鲁迅先生的标准,我们可以引用汉人或今人所常讥讽的汉赋是‘劝百而风一’‘曲终而奏雅’‘没其风谕之义’等这些话来佐证,这些话正认为汉赋庶几摒弃了‘寓训勉于诗赋’。如果用我们今天的标准,我们从前面引用的相如的两段话(即《西京杂记》所记载的司马相如写赋的两段体会的话——作者),就不难看出,相如已很明确地认识到自己是在进行艺术创作,并已能提出比较明确的创作理论,已懂得搜捕创作的对象,已能够运用形象思维进行艺术概括,已懂得选取适当的词语和音韵来表现自己的

* 本文原载于《文史哲》1988年第5期。

艺术理想。从相如的艺术实践看,也完全可以证明这一点。”以后我在《刘勰论汉赋》一文(《文心雕龙学刊》第1期,1983年7月)和《汉赋研究》(山东文艺出版社1984年版)一书中,也不同程度地阐述了上面的观点。从《论汉赋》一文发表算起,至今已过去七年了,我还没有看到有相反的意见发表。近年来倒有不少人也提出这个问题,观点与我基本相同。我不知这是不谋而合呢,还是受我的影响?从我个人的愿望来说,我倒希望我们之间的观点是不谋而合的,因为这正可以证明我们的结论都是从研究客观历史的过程中获得的;而得出相同(或相似)结论的人越多,就有可能证明我们的结论越接近科学,正确的可能性越大。现在,不足之处是还没有人对我们的结论进行有说服力的、科学的论证。本文拟就这一问题发表一点个人意见。我以为,把“文学的自觉时代”提前到司马相如生活年代,是有充分的根据的。

一

首先值得注意的是,文学意识的强烈涌动,文学特点的充分表露。这一点不论在当时,还是在其后的千百年间,许多人都感受到了。其主要表现是:

(一)浪漫主义表现手法的广泛充分运用

浪漫主义表现手法在汉以前的文学作品中早已存在。例如,《诗经》中的某些篇章,屈原作品中的大部分篇章,《庄子》中的寓言,还有远古流传下来的一些神话传说,都是出色的浪漫主义作品。但是我们可以毫不犹豫地说,这些浪漫主义作品的作者,大都并非有意地运用虚构夸张的手法进行创作,他们往往以为作品中所描写的人物事件,本来即是如此。连最伟大的诗人屈原也难有例外。屈原在《天问》中提出一百七十多个问题,处处流露出对这些问题持怀疑的科学态度和追求真理的顽强精神,但他之所以发问,大抵是在信“其然”的基础上,再追问其“所以然”,而非全然否定。这也如同高尔基所指出的:“在原始人底观念中,神并非一种抽象的概念,一种幻想的存在,而是一种武装着某种劳动工具的完全现实的人物,神是某种手艺的能手,人们的教师和同事。神是劳动成绩底艺术的概括,而且劳动群众底‘宗教的’思想必须加上一个括弧,因为这是一种纯粹艺术的创作。把人们底能力加以理想化,同时好像预先感到它们的强大的发展,神话底创作在自己的基础上乃是现实主义的。”(《苏联的文学》,新文艺出版社 1953 年第 1 版)

屈原的伟大诗篇《离骚》有所不同,这是一篇极精彩的浪漫主义作品。但它的夸张主要表现在作者神游幻境,这与对现实世界进行直接的夸饰还不尽相同。只有汉赋才真正面对生活,对现实世界的大量事物进行直接的夸张的描绘——这里,不管是在叙事方面,还是在描写方面,无不是如此。如写楼台亭阁的高危,总是要高入云际,与日月星辰会合,令人不敢卒登;写帝王苑囿的广大,也必定大到几乎渺无边涯,日月出入其中,人们无能遍及;写奇花异卉、珍禽怪兽等等,也无不是什么“禹不能名,契不能计”(司马相如《天子游猎赋》),多得不可胜数,怪得叫不出名字。刘勰在《文心雕龙·夸饰》篇中说:“自宋玉、景差,夸饰始盛。相如凭风,诡滥愈甚。故上林之馆,奔星与宛虹入轩;从禽之盛,飞廉与鹪鹩俱获。及扬雄《甘泉》,酌其余波,语瑰奇则假珍于玉树,言峻极则颠坠于鬼神。”情况确是如此,汉赋的这种夸张,不仅使自己与历史、哲学、政论区别开来,而且在文学艺术中独树一帜,与现实主义表现手法分庭抗礼,同时比起屈原作品的浪漫主义又有所前进。这当是文学艺术的一大进步,是文学艺术日臻成熟的表现。过去,人们对此往往持否定的态度,鄙之曰“虚辞滥说”,这除了文学艺术于当时还没有获得独立的地位,人们对文学艺术的特点缺乏应有的认识,以及对诗文讽谏作用的强调和儒家保守思想的影响等原因之外,也与后人对汉人的说教亦步亦趋有关。我们今天要充分估计汉赋以虚构夸张为主要特征的浪漫主义表现手法普遍运用的重要意义,把它提高到文学艺术觉醒的高度来认识。

在这里,还值得一提的是赋中人物的虚构。这在汉赋中是普遍存在的,枚乘《七发》中的楚太子、吴客,司马相如《天子游猎赋》中的子虚、乌有先生和亡是公,扬雄《长杨赋》中的子墨客卿、翰林主人,班固《两都赋》中的东都主、西都宾,张衡《二京赋》中的凭虚公子、安处先生,等等,就全部是作者杜撰的人物。当然,在古代神话传说中,也有许多属虚构的人物,如盘古、夸父、女娲、黄帝、颛顼、高辛、尧、舜、禹、羿、共工、相柳氏、西王母、羲和、蚩尤等,从其中一些人兽合体,神奇怪异,即可判断是人们长期创造出来的。但是对这些神奇人物的看法,也正如我们在前面引用高尔基的话所说的,作者们并不以为他们是虚构的人物,而是以为他们是生活中实实在在存在着的人物,这与汉赋作家的有意虚构是迥然不同的。又,在《庄子》等书中也有一些虚构人物,如髑髅等等,但这里作者只是企图借此以阐明一个哲理,与文学作品也不同。尤其是汉赋中的这些虚构人物，作者已注意到把他们当人，从而刻画表现他们的个性特征。较早的如枚乘《七发》里的楚太子，在吴客的说教宣传下，前后情绪态度就有很大变化。他对吴客从“仆病未能”，到“仆病未能也，然阳气见（现）于眉宇之间，侵淫而上，几满大宅”，到“仆甚愿从，直恐为诸大夫累耳，然而有起色矣”，直至最后，“太子据几而起曰：‘涣乎若一听圣人辩士之言。’涊然汗出，霍然病已”。前后判若两人，作者已能从动态中刻画人物性格。又如司马相如《天子游猎赋》里的亡是公，听了子虚、乌有先生相互吹捧自己的主子后的表情：“亡是公听（读 yǐn，开口笑貌）然而笑曰：‘楚则失矣，而齐亦未为得也。夫使诸侯纳贡者，非为财币，所以述职也；封疆划界者，非为守御，所以禁淫也。今齐列为东藩，而外私肃慎，捐国逾限，越海而田，其于义故未可也。且二君之论，不务明君臣之义，而正诸侯之礼，徒事争于游戏之乐，苑囿之大，欲以奢侈相胜，荒淫相越，此不可以扬名发誉，而适足以贬君自损也。’”这个亡是公，先是笑——讥笑、冷笑、带有轻蔑神态的笑；而后是训，用国法王法来训，用君臣之礼来训。活现出他居高临下、洋洋自得的面目。这完全符合亡是公的身份地位，因为他是代表天子说话的，是天子的化身；是代表真理说话的，是真理的化身。子虚、乌有先生听了亡是公的教训后的表现，写得亦极生动：“二子愀然改容，超若自失，逡巡避席曰：‘鄙人固陋，不知忌讳，乃今日见教，谨受命矣！’”二人是诸侯王的代表，本来就低人一等，加上说错了话，暴露了自己主子的荒淫奢侈，多有过失，因而听了亡是公的教诲训斥后，马上改容变色，点头称是，活现出一副前倨后恭势利小人的嘴脸。汉赋有意识地虚构人物，从发展中表现人物，赋予人物以鲜明的个性，近似今天文学创作中的所谓典型化手法。这也正是文学艺术区别于历史、哲学等等的重要标志，同时也是文学艺术日趋觉醒成熟的表现。

（二）追求华丽的辞藻

从古至今，经常听到人们批评汉赋文辞过于华丽。如扬雄年轻时“好沉博绝丽之文”（《答刘歆书》），所以对司马相如的“弘丽温雅”的赋，十分崇拜，“每作赋常拟之以为式”（《汉书·扬雄传》）；但到年纪大后，受儒家思想影响深了，就回过头来批判汉赋，批判它“极丽靡之辞”，以为这样的赋不起好作用。对此，许多评论家、作家也都有同感。如《汉书·艺文志》的作者就说，司马相如、扬雄等，“竞为侈丽闳衍之词，没其风谕之义”，“是以扬子悔之”，并表示“辍不复为”，不再写赋了。刘勰在《文心雕龙·才略》篇也说：“相如好书，师范屈、宋，洞入夸艳，致名辞宗。然覆取精意，理不胜辞，故扬子以为‘文丽用寡者长卿’，诚哉是言也。”唐柳冕也说：“自屈、宋以降，为文者本于哀艳，务于恢诞，亡于比兴，失古义矣！虽扬（雄）、马（司马相如）形似，曹（植）、刘（桢）骨气，潘（岳）、陆（机）藻丽，文多用寡，则是一技，君子不为也。昔武帝好神仙，而相如为《大人赋》以讽，帝览之，飘飘然有凌云之气，故扬雄疾之。……盖文有余而质不足则流，才有余而雅不足则荡；流荡不返，使人有淫丽之心，此文之病也。”（《唐文粹·与徐给事论文书》）明方孝孺也说：“汉儒之文，有益于世，得圣人之意者，惟董仲舒、贾谊。攻浮靡绮丽之辞，不根据于道理者，莫陋于司马相如。退之屡称古之圣贤文章之盛，相如必在其中，而董、贾不一与焉，其去取之谬如此，而不识其何说也。”（《逊志斋集·答王秀才书》）清程廷祚也说：“至于赋家，则专于侈丽闳衍之词，

不必裁以正道；有助于淫靡之思，无益于劝戒之旨，此其所短也。”（《青溪集·骚赋论下》）

从上引诸例不难看出，对汉赋辞采华丽的批评，几乎代代都是众口一词，见出汉赋辞采华丽是有定论了，其被批评也是无可避免了。但我们对这个结论的看法却与人们相左。一方面，我们承认汉赋辞采的确是华丽的；但另一方面，我们对汉赋辞采的华丽不仅不加批判，而且要大加赞扬。我们要把汉赋讲究辞采视为文学艺术的觉醒，视为文学自觉时代到来的重要标志。汉赋辞采华丽突出地表现在典型的大赋里，其原因有如下几个方面：

第一，描写的客观对象所决定的。这一点最重要，正是大汉帝国崭新的现实，给赋家提供了无穷无尽地构筑雄伟壮丽辞赋的背景，也正如翦伯赞所说的：“汉赋虽然很少有作者个人情绪的表现，然而它的华美、庄严和壮丽，却正是大汉帝国全盛时代之雄伟的呼声。”（《中国史纲》）这种例子比比皆是，例如班固《两都赋》写西都长安：“建金城而万雉，呀周池而成渊；披三条之广路，立十二之通门。内则街衢洞达，闾阎且千；九市开场，货别隧分。人不得顾，车不得旋；阗城溢郭，旁流百廛；红尘四合，烟云相连。于是既庶且富，娱乐无疆；都人士女，殊异乎五方。游士拟于公侯，列肆侈于姬姜。”富强昌盛的西汉，为其建设京城提供了坚实的物质基础；而京城本身的壮丽、繁华，又为文艺作品提供了取之不尽、用之不竭的创作源泉。只要把客观对象如实地描绘下来，本身就是一幅宏伟壮丽的帝都图。正如《两都赋》所说：“启自高（高祖）而终平（平帝），世增饰以崇丽；历十二之延祚，故穷泰而极侈。”西都本身就是无比的“丽”，无比的“侈”，无须人们挖空心思去形容。

第二,歌颂的性质所决定的。在汉人的心目中,赋具有歌颂与讽谏两方面的职能。这是符合汉赋创作的实际的。但在实际作品中,歌颂又往往淹没了讽谏,所以人们才批评汉赋是“劝百而风一”“没其风谕之义”。就因汉赋的基本倾向是歌颂,所以赋家必定尽量用华丽动人的词语去表现他们所要歌颂的人物事件。如《天子游猎赋》里写天子出猎:“于是乎背秋涉冬,天子校猎,乘镂象,六玉虬;拖蜺旌,靡云旗;前皮轩,后道游;孙叔奉辔,卫公参乘;扈从横行,出乎四校之中。鼓严簿,纵猎者。河江为陆,泰山为橹(望楼);车骑雷动,殷天动地;先后陆离,离散别追。淫淫裔裔,缘陵流泽,云布雨施。”天子亲率五校(即屯骑、越骑、步兵、长水、射声)将士数千人出猎,自己乘坐的是用象牙、美玉刻镂装饰起来的车马,拥戴着五彩缤纷的大旗,由皮轩(用虎皮装饰起来)、道车、游车做前导,让大臣、大将亲自驾车奉侍,还有一队队十分威武的侍从护驾。仪仗队中忽然鼓声大作,武士们纷纷出动。他们利用江河为栏杆,借高山为望楼,满山遍野地奔袭野兽。这里,作者用了许多华美的词语来描绘颂扬天子的出猎,如镂象、玉虬、蜺旌、云旗、皮轩、道游,这都是帝王才能有的装饰,所以显得雍容华贵,富丽秀美。至于此赋对天子周围美女的刻画,更是满目“丽靡烂漫”的文字了——这一点也是很重要的。如果赋篇的倾向性是批判抨击的,如赵壹《刺世疾邪赋》,其文辞只能给人留下犀利、凌厉的感觉。屈原赋表现出来的“难与并能”的“惊采绝艳”,就因其中随处可见的对自己品德、才能的赞美,对怀王的期望。屈原对奸邪小人的描述,那些文字是不会引起美感的。而对汉赋的歌颂倾向,我们基本上是持肯定态度的,详见另文。

第三,与作者的文化修养与文字学的发达有关。大家都知道，汉武帝“罢黜百家，独尊儒术”，诱以利禄，通经的可以做官、做大官，一时经学大盛，很多人都一头钻到经学中去，“幼童而守一艺，白首而后能言”，因而训诂之学、小学（文字学）也随着发展起来。《汉书·艺文志》说：“汉兴，闾里书师合《苍颉》《爰历》《博学》三篇，断六十字以为一章，凡五十五章，并为《苍颉篇》。武帝时司马相如作《凡将篇》，无复（重）字。元帝时黄门令史游作《急就篇》。成帝时将作大匠李长作《元尚篇》……至元始中，征天下通小学者以百数，各令记字于庭中。扬雄取其有用者作《训纂篇》……凡八十九章。臣（班固自指）复续扬雄作十三章，凡一百三章，无复字，六艺群书所载略备矣。”从上可以看出，在汉代四大赋家中，就有相如、扬雄、班固三人有文字学著作。张衡也有《周官训诂》。在“天下通小学者以百数”中，也必大有赋家在。所以阮元在《四六丛话序》里说：“综两京文赋之家，莫不洞悉经史，钻研六书。”而文字学家虽制造了一些奇怪的字而受到批评，但他们到底有文字学的修养——这一点，在文化艺术发展的初期，显得更加重要，使他们能够熟练地运用文字的技巧，以增强文字的表现力和作品的感染力，其中叠字、联绵字的广泛运用，句式的灵活多变，新造字的大量出现，以及韵律的讲究，即是其例。如司马相如在《天子游猎赋》中，用叠字“璘璘烂烂”形容色彩绚丽，“郁郁菲菲”形容香气流逸，“煌煌扈扈”形容百花盛开，“衯衯裶裶”形容衣饰飘拂，“潏潏淈淈”形容水流涌出，“湛湛隐隐”形容水流幽深，“硠硠礚礚”形容水石相击，“淫淫裔裔”形容将士流布。人们读到这些文字，不仅能看到描写对象的形态，而且仿佛可以听到声音，闻到气味，看到色彩，感到动静，展现出一幅栩栩如生的图画，给人以极大的美的享受。又如扬雄《羽猎赋》描写狩猎的紧张场面:“若夫壮士慷慨,殊乡别趣,东西南北,骋耆奔欲。拖(曳也)苍狶,跋(蹑也)犀犛,蹶(蹴、踩)浮麋,斮(斩)巨狿,搏(击也)玄猿;腾空虚,距连卷;踔(逾也)夭蟜,娭(嬉也)涧间;莫莫纷纷,山谷为之风猋,林丛为之生尘。及至获夷之徒,蹶松柏,掌(击也)蒺藜,猎蒙茏,辚轻飞,履(践踏)般首,带(以为带)修蛇,钩赤豹,摼(古‘牵’字)象犀。跐(超越)峦阬,超唐陂……”这里,写了两帮狩猎勇士——“壮士”与“获夷之徒(能获取夷狄者)”。写前者用“拖”“跋”“蹶”“斮”“搏”“腾”“距”“踔”“娭”一大串的动词,而且其动作又有所差别,大体上是由缓慢到急速,由轻快到剧烈。后者用“蹶”“掌”“猎”“辚”“履”“带”“钩”“摼”“跐”“超”,则是动词与名词作动词混用,而且一上来动作就极剧烈、极惊人,如用脚去踢松柏,用手去击蒺藜,拿蛇当围带……前者轻盈,矫健,善飞腾、跳跃;后者强壮,勇猛,能跨山越谷。作者好像有使用不尽的语言文字,文章极富变化,文采粲然可观。

第四,俪辞偶句的普遍采用,也使文句整齐工丽,增加文章的外形美。为什么会出现俪辞偶句呢?刘勰在《文心雕龙·丽辞》中说:“造化赋形,支体必双;神理为用,事不孤立。夫心生文辞,运裁百虑,高下相须,自然成对。”刘勰的意思是,文章偶句的产生,是客观事物本身所决定的,是人的心理活动规律所决定的。刘勰这话没有错,但不够全面,还应补充的是,偶句的出现,还与中国的方块字有关,方块字一字一音一义,便于配搭成对。同时,也与时代的审美情趣有关。所以,俪辞偶句的产生、发展、变化,总的趋势是由少到多,由简到繁,由粗糙到精细,由部分到通篇,终成文体,最后又渐趋衰落。在两汉以前发展的大体过程是这样:在先秦经籍、史传、诸子、屈宋辞赋中,就有大量的偶句。如刘勰在《丽辞》中就举例伪《尚书·大禹谟》:“罪疑惟轻,功疑惟重”,“满招损,谦受益”。其实,在这篇文章中,还有“任贤勿贰,去邪勿疑”,“临下以简,御众以宽”,“汝惟不矜,天下莫与汝争能;汝维不伐,天下莫与汝争功”,等等。《诗经》《左传》《国语》《战国策》《论语》《孟子》《荀子》《老子》《庄子》《管子》《韩非子》《墨子》《孙子》等等也大致如此。但在《易经》中的卦辞、爻辞里,偶句却极少、极简,只有什么“晋如”“摧如”,“小贞吉”“大贞凶”,“乘马斑如”“泣血涟如”,等等。这是因为卦辞、爻辞出现得早,相传是周文王作的,时间在殷末。而《易》中的《彖传》《象传》《系辞传》《文言传》《说卦传》《序卦传》《杂卦传》,传为孔子所作,时间晚了好几百年,所以偶对就多得很,有的甚至是整段的对偶。这正说明,骈偶的发展在先秦是与历史的进程相一致的。

到了汉代,由于辞赋家更加注意韵律,潜心为文,骈偶化又有很大发展。扬雄的《长杨赋》骈辞俪句比比皆是,如:“椓巀辥而为弋,纡南山以为罝;罗千乘于林莽,列万骑于山隅”,“鞮鍪生虮虱,介胄被沾汗”,“平不肆险,安不忘危”,“搤熊罴,拖豪猪”,等等。东汉骈俪又有新发展。冯衍的《显志赋》,去掉“兮”字,大半都对得很工整。东汉末张衡的《归田赋》,则庶几可称为魏晋以后骈赋的先声。在东汉赋家的作品中,单句对、隔句对、复句对和刘勰《丽辞》中所说的言对、事对、正对、反对都大量出现,而且很工整,所以刘勰说:“自扬(雄)、马(司马相如)、张(衡)、蔡(邕),崇盛丽辞,如宋画吴冶,刻形镂法,丽句与深采并流,偶意共逸韵俱发。”到了魏晋南北朝,俪辞偶句便发展成为另一种文体——骈赋骈文了。

千百年来,人们对骈偶往往持否定态度,这是不正确的。

我们应当把汉赋的讲究骈偶视为对艺术形式美的追求,视为文学艺术觉醒的表现形式之一。

二

其次是提出新的比较系统的文艺理论。这一点非常重要,它意味着文艺创作已不再是被动的、盲目的活动,而是进入了一个崭新的阶段——自觉地、主动地、有意识地进行艺术创作。提出新理论的杰出代表是司马相如,据《西京杂记》载:"司马相如为《上林》《子虚》赋,意思萧散,不复与外事相关,控引天地,错综古今,忽然如睡,焕然而兴,几百日而后成。……相如曰:'合纂组以成文,列锦绣而为质,一经一纬,一宫一商,此赋之迹也。赋家之心,苞括宇宙,总览人物,斯乃得之于内,不可得而传。'"此书虽不尽可靠,但我以为这些记叙还是符合相如的创作实际的。相如的创作理论,概括起来有三点:

第一,强调了赋的内容的丰富性。时间是无限的,从古到今人间世事都可写;空间也是无限的,天上地下宇宙万物都可写。即所谓"苞括宇宙,总览人物",或所谓"控引天地,错综古今"。这个观点从不好的一面考虑,的确造成了后来赋家作品包罗万象,看到什么就写什么,缺乏对素材的选择、剪裁和摘取有典型意义的细节,造成了汉赋臃肿、芜杂、笨劣的一面。但这却反映了汉人特有的心理特征。面对着前所未有的、无比壮丽的大汉帝国现实生活,赋家总想把自己所知道的一切都展现出来,向世人夸示。从这一点看,这又是现实生活所决定的,是时代使然,应给予注意的。当然,这里也不能排除司马相如基于对先秦文学艺术创作经验的总结,已懂得文学艺术创作需要经过概括综合典型化的功夫。总而言之,司马相如提这个观点不是凭空的,也不是没有意义的。

第二,强调了辞采的华丽和音韵的和谐动听,一句话,强调了作品的艺术性。所谓"合纂组以成文,列锦绣而为质,一经一纬,一宫一商,此赋之迹"是也。这里"文""质"对称,不少人以为"文"既指文采,则"质"当指内容。这样理解恐怕不对。这里的"质"是指艺术形式上的质,即质地,它是"文"所赖以依存的基础。例如织一幅中国大好河山图,用上等的丝织物作面料(即"质"),上面再用各色丝线去刺绣(即"文"),也就是所谓"锦上添花"。如果我们不是这样去理解,那么司马相如随后所说的"苞括宇宙,总览人物"的"赋家之心"就不好解释了。从司马相如的创作实践看,他的确忠实地实践了自己的观点。他的作品是极讲究辞采,注重韵律,追求艺术形式的。对此,过去人们往往持截然相反的两种态度,争论不休。但在赞扬者中,似乎还很少有人把相如赋注意文采与文学的自觉性联系起来。即使如鲁迅所赞扬的曹丕,他也只是在总结前代文学艺术的基础上,对当代的文学创作提出自己的看法,他并没有对汉赋直接表示意见。这是时代的局限,我们不必苛求。在这里,我们对司马相如对艺术形式的观点和其艺术实践,应给予充分的评价。

第三,突出了形象思维的作用,强调了浪漫主义的创作方法。这一点表现得十分清楚,如所谓"意思萧散,不复与外事相关",就是清除杂念,排除外界的一切干扰,进入"角色",也就是刘勰所说的"陶钧文思,贵在虚静。疏瀹五脏,澡雪精神",做一番清理杂念的工作。"控引天地,错综古今",或所谓

“苞括宇宙,总览人物”,也就是后为陆机《文赋》所说的“收视反听,耽思傍讯,精骛八极,心游万仞”,“观古今于须臾,抚四海于一瞬”,刘勰所说的“寂然凝虑,思接千载;悄焉动容,视通万里”,任凭思想的翅膀在无限的时空中翱翔。正因为如此,所以相如在进入创作后,“忽然如睡,焕然而兴”,几乎是如醉如痴,神魂颠倒。在这里,作者充分地发挥了形象思维的作用,积极地采取了浪漫主义的艺术手法进行创作。扬雄曾说过:“长卿赋不似从人间来,其神化所至也。”(《西京杂记》卷四)正说明相如赋浪漫主义的特色。在儒家崇真尚实笼罩下的两汉文坛,司马相如提出这种观点,是有划时代意义的。他在创作中躬行自己的主张,也是难能可贵的。司马相如作品被视为“虚辞滥说”而备受攻击,是很自然的事,在这里,正可以证明司马相如的作品与他艺术观点一样,也是卓尔不群的。

与司马相如的某些观点类似的还有汉宣帝。他说:“辞赋大者与古诗同义,小者辩丽可喜。辟如女工有绮縠,音乐有郑卫,今世俗犹皆以此虞说耳目,辞赋比之,尚有仁义风谕,鸟兽草木多闻之观,贤于倡优博弈远矣。”作为帝王,他敢于肯定女工中的绮縠之品、音乐中的郑卫之声和辞赋中的辩丽之辞,可说是惊世骇俗的。须知他的老祖宗汉景帝就说过:“锦绣纂组,害女红(工)者也。”(《汉书·景帝纪》)《淮南子·齐俗训》也有同样的论调。扬雄后期也以为:“雾縠之组丽……女工之蠹矣。”又,孔子说:“恶郑声之乱雅乐也。”(《论语·阳货》)“放郑声,远佞人;郑声淫,佞人殆。”(《论语·卫灵公》)汉赋的丽靡之辞更为人们所不齿。汉宣帝这种观点,对汉赋文采的进一步发展,是极有利的。汉宣帝还跳出诗文教化作用的狭窄圈子,肯定了诗文娱乐欣赏的合理性,完全符合文艺作品广泛的社会功能,很有眼光,应加以充分肯定。

汉武帝虽没有辞赋理论发表,但从他喜欢辞赋,称赞司马相如的《子虚赋》,读到司马相如的《大人赋》"缥缥有陵云之志"以后自己也写作十分靡丽的《李夫人赋》等等,可看出他对辞赋的看法与司马相如是一致的,也即他喜欢描绘天国仙境的浪漫主义作品和富有文采、令人读后赏心悦目的赋篇。

扬雄在创作的早期,与司马相如的观点并无二致,《汉书·扬雄传》就说:"先是时,蜀有司马相如,作赋甚弘丽温雅,雄心壮之,每作赋,常拟之以为式。"他在《答刘歆书》里,也自称"心好沉博绝丽之文"。可见他在赋的创作中是崇拜司马相如,效法司马相如,以司马相如言行为准的。后来,他大幅度地修改了自己的观点,回过头来讥刺辞赋,但他犹说:"诗人之赋丽以则,辞人之赋丽以淫。"(《法言·吾子》)对赋的"丽",并没有全盘否定。

《汉书·叙传下》也写道:"文艳用寡,子虚乌有,寓言淫丽,托风始终,多识博物,有可观采;蔚为辞宗,赋颂之首。"对司马相如的辞采也还是肯定的。

总之,在汉代的赋家和帝王中,已有一些人提出或欣赏辞赋中以虚构夸张为主要特征的浪漫主义表现手法和以句式多变、词汇丰富、辞采华美、注重偶对、讲究韵律为主要特征的艺术形式美。文学艺术发展规律的堂奥已为人们所窥见,文学艺术基本特征的内核已为人们所掌握。儒家老祖宗孔子所强调的"不语怪、力、乱、神"(《论语·述而》)和"辞达而已矣"(《论语·卫灵公》),早已被抛在一边。以司马相如为代表的这些新的文艺理论的提出,并在创作中得到了充分的贯彻,这是有里程碑意义的事。这里,先贤个人的作用我们并不想抹杀,但更重要的恐怕还是社会的发展、文学艺术的进步和创作经验的积累，才为司马相如等人提出高见成为可能。尤其是屈原《离骚》创作的巨大成功，使这些理论的产生成为有源之水、有本之木。际此，文学艺术的自觉，已从孕育、酝酿、发生、成长的阶段，跃入急速发展、成熟、完成的阶段，文学艺术的“自觉”已进入瓜熟蒂落的时期了。

在这里还有两个情况很值得注意：其一，汉赋已跳出“诗言志”的圈子，进入“体物”境地，并作为艺术品供人欣赏。在我国，“诗言志”出现得很早，《尚书·舜典》就是这么说的。《左传·襄公二十七年》记载，赵文子对叔向说：“诗以言志。”《庄子·天下》篇也说：“诗以道志。”《荀子·儒效》篇也说：“诗言是其志也。”远古人们在生活中遇到一些问题，发生一些情况，心有所感，就不自觉地通过歌诗来宣泄，以求得内心的平衡，正如东汉何休所说的：“男女有所怨恨，相从而歌，饥者歌其食，劳者歌其事。”（《公羊传·宣公十五年》注）汉《毛诗序》的作者说得更具体、更透彻：“诗者，志之所之也。在心为志，发言为诗。情动于中而形于言。言之不足，故嗟叹之；嗟叹之不足，故永歌之；永歌之不足，不知手之舞之，足之蹈之也。”人们为了抒发自己的感情，就要说话，就要发感叹；这样做还不惬意，这就要吟咏歌诗了，甚至于情不自禁地手舞足蹈。这里，“不知”两字用得很准确。其实，“言”“嗟叹”“永歌”，也同样有不自知的意味在。可见先秦人们吟咏往往是不自知、被动的，是外界诱发而产生的。这些诗歌，虽也发生如鲁迅在评论“杭育杭育派”时所说的“出版”（《门外文谈》），或如孔子所说的诗可以“兴”“观”“群”“怨”“事父”“事君”“多识于鸟兽草木之名”（《论语·阳货》），但那是作品的客观效果，并非作者所始料,更不是作者创作的初心。

汉赋作家写作的动机与此相反,他们写作的目的往往很明确,就是献给帝王看,献给人们看。如《汉书·枚乘传》载:"武帝春秋二十九,乃得皇子,群臣喜,故皋与东方朔作《皇太子生赋》……初,卫皇后立,皋奉赋以戒终。……从行至甘泉、雍、河东,东巡狩,封泰山,塞决河宣房,游观三辅离宫馆……上有所感,辄使赋之。"枚皋、东方朔写赋就是分别献给皇帝、皇后看的,写作的目的性非常明确。班固《两都赋序》说得更具体:为了"抒下情而通风谕",或"宣上德而尽忠孝","故言语侍从之臣,若司马相如、虞丘寿王、东方朔、枚皋、王褒、刘向之属,朝夕论思,日月献纳。而公卿大臣御史大夫倪宽、太常孔臧、大中大夫董仲舒、宗正刘德、太子太傅萧望之等,时时间作"。写赋的动机目的性再清楚不过了。

写作明确的目的性与主动性是紧紧联系在一起的,而二者又都是建立在写作的自觉性的基础上,如果没有自觉的写作意识,写作的主动性、目的性都无从谈起。由此,我们也不难看出汉赋在中国自觉文学史上的历史地位了。

其二,与上一点相联系的是,汉赋既要自觉地"体物""写物图貌"(刘勰《文心雕龙·诠赋》),又要给人看,因而就存在如何把"物""貌"写得更真、更善、更美、更惹人喜爱的问题。在这一点上,赋家们是舍得花费心血的。上面说过,司马相如在写《子虚》《上林》时,是如醉如痴,"几百日而后成",可说够用心了。"子云(扬雄字)亦言,成帝时,赵昭仪方大幸,每上甘泉,诏令作赋,为之卒暴。遂困倦小卧,梦五脏出,以手内之。及觉,大小气,病一岁,由此言之,尽思虑,伤精神也。"(桓谭《新论·祛蔽》)张衡写《二京赋》也是"精思傅会,十年乃成"。

为了写好自己的作品，赋家的用心是空前的。而与赋的艺术形式相比，赋的思想内容乃稍逊色。所以汉赋也才被斥为形式主义的文学。可见赋家们的劳动很多是花费在“铺采摛文”上的。也正因此，才出现了我们在本文前半部分谈到的赋在艺术形式上的突出成就。这不是坏事，一方面，这是赋家着意排斥汉儒把赋置于儒家经典附庸的地位而要求文学艺术独立自主的努力，是赋家力图改变诗赋单纯的教化作用，从而扩大文学艺术的基本职能的用心。另一方面，重视艺术形式，把辞赋自身与其他文化形式，如历史、政论区别开来，真正当艺术看，也正是文学艺术进入自觉阶段的表现。在这里，实际上已接触到文学主体性的问题，这是非常值得我们注意的。

把汉赋作为“文学的自觉时代”的起点，我们的理由就是这些。这是一个很重要的问题，它不仅关系到对整个汉赋的评价，而且牵涉到对中国文学史的重新编写问题。

汉　赋*

——韵文史上的奇葩

一

班固在《两都赋序》里描述汉赋在西汉中期创作的盛况时说，当时的“言语侍从之臣”是“朝夕论思，日月献纳”，而“公卿大臣”也是“时时间作”。这就是说，不管是文人学士，还是达官贵人，都迷上写赋。有的人，像司马相如、扬雄，甚至为写赋而弄得神魂颠倒，害了大病，几乎送命。西汉中叶以后以及整个东汉，情况也差不多。钟嵘在《诗品·总论》里说两汉是：“词赋竞爽，而吟咏（指写诗）靡闻。”大体符合实际。两汉文人的确把写赋看作时髦事，两汉文坛也的确为汉赋所霸占，诗歌创作靠边去了。

那么汉赋是如何产生与发展起来的呢？对这个问题的回答真可以说是众说纷纭，莫衷一是。有的说汉赋来源于《诗经》（如班固），有的说汉赋来源于《诗经》《楚辞》（如刘勰），也有的说汉赋是从荀子的《赋》篇那里发展过来的，等等。这些看法都不能说毫无道理，但都难免失之片面。我的看法是：汉

---

* 本文原载于《文史哲》1988 年第 5 期。

赋是在先秦文化遗产的哺育下，在大汉帝国这块肥沃的土地上产生发展起来的。

首先我们要承认《诗经》对汉赋的影响，这个影响主要是在思想内容方面。我们知道，在汉人的心目中，对诗文中的讽谏与歌颂这两方面的内容都是极为重视的。本来，孔子说过，诗（指《诗经》）有兴、观、群、怨的作用，但到汉人嘴里，就变成只有讽谏与歌颂的两个作用了。《毛诗》的作者就持这种观点。班固也持这种观点。所以清人程廷祚说："汉人言诗，不过美刺两端。"（《青溪集·诗论十三》）汉人既然着重用讽与颂这个标准来评论《诗经》，也自然要用这个标准来要求汉赋，来评论汉赋，来指导汉赋的创作。汉赋创作的实践也正证明了这一点。许多赋家就明明白白说他写赋是为了"讽"，或者为了"颂"（如扬雄写《长杨赋》《校猎赋》，班固写《两都赋》，在序里都明白表示为"讽"）。甚至一篇之中，就同时包含讽与颂两方面的内容。所以班固在总结汉赋的成就时说："赋者……或以抒下情而通风谕，或以宣上德而尽忠孝，雍容揄扬，著于后嗣，抑亦《雅》《颂》之亚也。"（《两都赋序》）这里，班固正确地指出了汉赋中的讽与颂两个内容，并指出这是从《诗经》的《雅》《颂》中学来的。汉赋受《诗经》的影响是无法否认的。

刘勰在说到《楚辞》与汉赋的关系时说，《楚辞》"文辞丽雅，为辞赋之宗"，又说："枚（乘）、贾（谊）追风以入丽，马（司马相如）、扬（雄）沿波而得奇。"（《文心雕龙·辨骚》）刘勰已看到《楚辞》华丽的辞藻和奇诡的想象，对汉赋的巨大影响。这个看法大抵符合实际。在这里，我们且不说汉赋中带"兮"字调的一类——这类赋多是抒情性的小赋——它们简直与《楚辞》别无二致，如贾谊的《吊屈原赋》、司马相如的《大人赋》、董仲舒的《士不遇赋》,我们就很难把它们与《楚辞》区别开来。这也很自然,因为在汉人的心目中,辞、赋、颂三者原是一家的,如《汉书·艺文志》就称屈原的作品为“赋”,王充《论衡·谴告》称扬雄的《甘泉赋》为《甘泉颂》,《汉书·王褒传》干脆把“辞”“赋”混在一起,连称“辞赋”,《论衡·定贤》篇也干脆把“赋”“颂”合在一起,连称“赋颂”。在这里,我们不仅能看到《楚辞》对汉赋的影响问题,而且还能看到《楚辞》对汉赋的直接移植,汉赋实际上就是汉代的“辞”。当然,带“兮”字调、句式整齐、有韵的赋并不是汉赋中的代表,也不占统治地位。人们所指的汉赋,主要是指以司马相如、扬雄、班固、张衡等为代表的大赋。这种赋受《楚辞》的影响也是很明显的。

第一,是在华丽的辞藻方面。汉赋文辞的侈靡瑰丽,这一点大家看法都很一致。而汉赋的丽靡之辞,很明显是受到《楚辞》的影响的。大家都知道,《诗经》基本上是一个朴素无华的诗集,而《楚辞》中的代表作屈原的作品,却是“气往轹古,辞来切今,惊采绝艳,难与并能”(《文心雕龙·辨骚》)的华章。屈原这种极富文采的作品,正为汉赋作家所仿效。如屈原作品中的香花、香草、玉鸾、瑶象、飞龙、神雀、仙乡、帝都等美妙神奇的名词,在汉赋中随处可见;有的地方,甚至把屈原作品中的词句直接移植过来。刘勰说过,有才华的赋家,能学到屈原艺术构思的精华;中等的作家,只能猎取屈原作品中华丽的词藻。(见《文心雕龙·辨骚》)此说颇有道理。在中国文学史上,最优秀的汉赋作家大概也只能归入二流作家一类;等而下之,可能连三流也够不上。效法《楚辞》的文采,也可能正是他们的主要本领。

第二,是在虚构夸张的浪漫主义倾向方面。汉赋虚构夸张的浪漫主义倾向,也是到处可以见到的。而汉赋的这个倾向,也正是受《楚辞》的影响而创作出来的。当然,汉赋的作者没有屈原那么高明,他在虚构夸张上往往存在着许多缺点和错误——当然比起屈原的作品来也有发展的一面。这是其次。

章学诚说过:"古之赋家者流……假设问对,《庄》《列》寓言之遗也。恢廓声势,苏、张纵横之体也。"(《校雠通义·汉志诗赋第十五》)讲得亦颇为中的。众所周知,在先秦的文艺作品中,《诗经》很少有人物问答出现,《楚辞》中虽有较多的人物问答穿插其间,但显得很零碎。只有《庄子》,才大量出现以人物问答组织成篇,这种情况对汉赋的影响是很直接的。汉大赋的格式大都是两个以上的人物对话联结而成的。

关于纵横家对汉赋的影响,我们只要对照一下先秦纵横家的辩说与汉赋人物的对话,就不难看出,汉赋作家实际上只是把纵横家那滔滔不绝的言辞化为文字注入赋里罢了,所以汉赋文势与纵横家的言辞一样,都具有一种居高临下、恢宏阔大的气势。

最后,也就是我们所要特别强调的是,汉赋受先秦倡优的影响。这一点很好理解,因为汉赋作家的身份地位与先秦倡优差不多,如枚皋就哀叹:"为赋乃俳,见视如倡。"(《汉书·东方朔传》)扬雄也自以为赋家"颇拟俳优淳于髡、优孟之徒"(《汉书·扬雄传》)。汉赋作家这种类似倡优的身份和地位,也就决定他们在作品中必然采取类似倡优劝诫帝王的那种表达方式。这里试各举一例以为比较:

倡优方面:《史记·滑稽列传》记载,有个优孟听说楚庄王爱马肥死,令群臣吊祭,要以大夫礼厚葬后,即"仰天大哭"说:"马者,王之所爱也;以楚国堂堂之大,何求不得,而以大夫礼葬之,薄！请以人君礼葬之。”楚庄王听出优孟在说反话,立时醒悟过来,决定把马肉分给大家吃。

汉赋方面:扬雄听说汉成帝爱好营建又高又大的皇宫,就立即写作《甘泉赋》,拼命描绘甘泉宫的高危壮丽,说明此宫“非人力所能为,鬼神乃可成”,从而使汉成帝领悟到这样做是过度的侈靡,应该纠正。这也就是扬雄所说的“逐推而隆之”,或所谓说反话,把自己所要表达的愿望隐藏在反面的诉说之中。汉赋受倡优的启发是再清楚不过的。

当然,上面所说的一切,都还是“流”,而不是“源”,产生汉赋的“源”,是在大汉这块肥沃的土壤,这一点,是值得我们写作专文论述的。

还有一点需要指出的是,由流与源的结合而产生汉赋这种新文体,并不是一下子就完成,其间经过了相当漫长的岁月。刘勰在《文心雕龙·诠赋》篇中说:“然赋也者,受命于诗人,拓宇于《楚辞》也。于是荀况《礼》《智》,宋玉《风》《钓》,爰锡名号,与诗画境……秦世不文,颇有杂赋;汉初词人,顺流而作。陆贾扣其端,贾谊振其绪,枚(乘)、马(司马相如)同其风,王(褒)、扬(雄)骋其势,皋(枚皋)、朔(东方朔)已下,品物毕图。繁积于宣时,校阅于成世,进御之赋,千有余首。讨其源流,信兴楚而盛汉矣。”由于文献亡佚太多(刘勰可看到的汉赋,自然比我们今天能看到的要多得多),刘勰的话有的地方我们已难以准确地理解了。如据《汉书·艺文志》载,陆贾原有赋三篇,今全失传,他如何“扣其端”——揭开赋的序幕？枚乘原有赋九篇,今仅存《梁王菟园赋》(见《古文苑》)、《柳赋》(见《西京杂记》)、《七发》;司马相如原有二十九篇,今存可靠的仅有三篇,他两人如何“同其风”——继承前代赋的风气？王褒原有赋十六篇，今仅存《洞箫赋》一篇，他如何与扬雄“骋其势”——扩大赋的趋势？但从刘勰的话中，我们还是能看到汉赋发展的痕迹的。我们可以把汉赋的发展过程大致分成四个阶段。

第一阶段，即酝酿孕育时期。这个阶段主要在先秦，荀子的《赋》篇是其突出代表。宋玉大概也有一些赋作（宋玉现存的作品，人们多以为是后人伪托的）。从总的来说，这个时期的作品极少，这些作品的出现和赋的命名带有某种程度的偶然性，它的体制极不完善，许多特点并未显现出来。

第二阶段，产生发展时期。这个阶段包括秦与西汉初期，主要作家有陆贾、贾谊、淮南王群臣、邹阳、枚乘、孔臧、路乔如、羊胜等等，这些赋家的作品还保留着极明显的《诗经》与《楚辞》的痕迹。如淮南王安的《屏风赋》，中山王胜的《文木赋》，邹阳的《酒赋》《几赋》，孔臧的《谏格虎赋》《杨柳赋》《鄂赋》《蓼虫赋》，都是四言体，与《诗经》没有太大差别。贾谊的《旱云赋》《鹏鸟赋》，淮南小山的《招隐士》，基本上是带“兮”字调的骚体赋，与《楚辞》的体式也很难区别。这个阶段特别值得注意的是孔臧的《谏格虎赋》和枚乘的《梁王菟园赋》《柳赋》《七发》，这些赋或开始安排人物对话，或运用“若乃”“于是”等虚词连接上下文，或运用韵散混合的文体。尤其是有些赋肆笔于描写宫殿、狩猎、游观、女色等等，这就为下一段汉大赋文体的创立，准备了必要的条件。

第三阶段，成熟兴盛时期。这个阶段包括西汉前后期和东汉前中期。这时汉大赋的体裁发展完全成熟。它的特点是：以人物的问答组织成篇，以“若乃”“于是”连接成文，首尾用散，篇中入韵，句式长短不一（多用三、四、六言），选韵变化无定，行文极其铺张扬厉，语言十分华丽雕琢，以描写帝王生活为主要对象,以娱乐讽谏帝王为主要目的。汉大赋发展到这个地步,它的格式也就基本上固定了。班固在《两都赋序》里说:“故孝成之世,论而录之,盖奏御者千有余篇。”就是说到汉成帝时,“奏御”的赋就有千余篇,不奏御的赋有多少呢?成、哀以后以及东汉前中期百余年间又写了多少呢?我们不得而知。但从东汉班固、张衡等还那么起劲地写赋看,这个时期一定又写了许多赋。这是汉赋创作的鼎盛时期。代表作家有司马相如、扬雄、班固、张衡。其中司马相如的《天子游猎赋》着重写帝王的游猎娱乐,班固的《两都赋》着重写帝王的宫室建筑,两人的赋都成为以后描写这两方面内容的大赋的典范。

第四阶段,赋风转变时期。这个阶段主要在东汉中后期。这时的作品不管在内容上或在形式上都有明显的变化。从内容上来讲,赋家们再也不愿花费心血去颂扬帝王的宫室苑囿,狩猎出行。他们所追求的是抒发自己内心的不平和揭发抨击社会的黑暗。从形式上来讲,作品的篇幅大大地缩短了,而且叙事的笔墨也往往为抒情的手法所代替。这时的代表作家有蔡邕、赵壹、祢衡。而张衡则是跨越前后两个阶段的代表性人物。他的《二京赋》创两汉叙事长篇的极轨,而《归田赋》又开了后代抒情小赋的先河。

二

我们从上面所述汉赋的发展过程不难看出,汉赋的形式主要可分两大类:一类是处在发展与转变过程中,与《楚辞》难分难解、篇幅短小、不定型的抒情小赋;另一类是韵散掺杂、篇幅较长、定型的叙事大赋。从内容上来看,这两类赋也截然不同。前者多指斥现实社会的黑暗事实,后者则多颂扬汉王朝的光辉业绩。刘勰《文心雕龙·诠赋》也曾把汉赋分为“京殿苑猎,述行序志”与“草区禽族,庶品杂类”两类,前者属大赋——“鸿裁之寰域”,后者属小赋——“小制之区畛”,这主要是根据题材来划分的,虽近是,但总不很合理,不很科学。下面,根据我们的划分来看看这两类赋所表现的截然不同的两种思想内容。

先说叙事大赋。这是典型的大赋,是汉赋中的代表,在汉赋中居统治地位。千百年来引起人们非议的主要也正是这类赋。其实,汉大赋的成就还是首先应该肯定的。在内容上也是如此。它充分地表现了汉帝国文化科学技术的先进,农业、手工业的发达,都市经济的繁荣和国力的强盛。这些在司马相如、扬雄、班固、张衡等大赋作家的作品中都有极明显的表现。如扬雄《长杨赋》写汉武帝时代是:“是以遐方疏俗,殊邻绝党之域,自上仁所不化,茂德所不绥,莫不跻足抗首,请献厥珍。使海内澹然,永无边域之灾,兵革之患。”班固《两都赋》写东汉明帝前后时期是:“于是……(天子)目中夏而布德,瞰四裔而抗棱……殊方别区,界绝而不邻,自孝武之所不征,孝宣之所未臣,莫不陆詟水栗,奔走而来宾。……是日也,天子受四海之图籍,膺万国之贡珍,内抚诸夏,外绥百蛮。”比汉武帝时期还要更进一步了。又如张衡《南都赋》写南阳地区先进的农业生产,扬雄《蜀都赋》写成都地区发达的纺织业,司马相如《天子游猎赋》、张衡《二京赋》写帝都动人的歌舞艺术和高超的杂技表演,班固《两都赋》、张衡《二京赋》写京城宏伟的宫殿建筑和繁荣的商业贸易,都是很突出的。

我们知道,中国在汉以前,除秦短暂的统一外,绝大部分时间都是处在小国林立争战不息的时期。周天子大抵仅能充当有名无实的象征性统治。攻战政令自诸侯出。孔子的大统一思想并未真正实行过,而且外患频仍,“靡室靡家,猃狁之故”(《诗经·小雅·采薇》)的哀叹之声接连不断。只有两汉,才一改中国千百年来的积弱,消除了外患,形成了国内各民族的大联合,造就了强大的中央集权国家。面对这种崭新的社会现实,赋家们自然要尽情地歌唱了。赋中难免有阿谀逢迎之嫌、虚张浮泛之弊,也难免有板重呆滞之拙,但汉大赋的基本倾向还是应该肯定的。赋家们无非通过他们的笔来颂扬他们所处的崭新的社会现实,表现崭新的时代精神面貌。这是一个国家文明昌盛的标志,是一个民族精神进取向上的象征,它孕育着社会的重大进步、历史的急速发展。我们应该从这个角度去理解,才能真正准确地揭示汉大赋的价值之所在。

由此可见,千百年来人们一直抨击汉大赋的“劝百风一”“劝而不止”,也即所谓“歌功颂德”“粉饰太平”的问题,很明显是不公正的、不科学的,因而也是不正确的。两汉某些历史阶段出现的“功德”,是人民的功德、历史的功德,就是应该歌颂;两汉某些历史阶段出现的“太平”,是国家的安宁、社会的进步,也是不能否认的。我们不能见到歌功颂德就不加分析地批判,见到“太平”就闭着眼睛不敢承认。这才是历史唯物主义的态度。

在这里,还牵涉另一个问题——“风一”的问题,也就是所谓讽谏内容不足、讽谏气氛淡薄的问题。在汉大赋中,这个问题的确是存在的。产生这个问题的原因是多方面的:首先,当与时代有关。由于汉代尚处在封建社会的上升时期,社会各种弊端还未充分暴露出来,赋家们容易为它的崭新气象所陶醉。

其次，与赋家的写作目的性有关。赋家意在夸示新时代新社会的新风貌，讽谏一事自然退在一边去了。再次，与赋家身份有关。赋家属倡优一类人物，他们生活在帝王身边，为帝王寻欢作乐，消忧解闷，他们自然不会过分地强调讽谏，让帝王感到扫兴无趣。同时，面对操生杀予夺大权的帝王，赋家们也不敢把赋的讽谏味道搞得过浓。最后，也是最重要的一点，就是与文学艺术的“自觉时代”的迅速到来有关。在两汉，文学艺术尚未取得独立的地位，还处在儒家经典附庸的地位之下。文学艺术要独立，就得充分发展自己的特点，探索文学艺术发展的规律，讲究文学艺术的形式美，因而很自然要相对地忽视对思想内容的要求。这一点从人们所有批评汉赋忽视讽谏，都几乎与它追求艺术形式美有关即可得到印证。如《汉书·艺文志》所说：枚乘、司马相如、扬雄等等赋家，“竞为侈丽闳衍之词，没其风谕之义”，作者就把“侈丽闳衍之词”与“风谕之义”放在对立面，以为赋写得太华丽铺张了，就要淹没了讽谕。《汉书·艺文志》的作者自然是反对这种倾向的，但这种倾向实际上是很好的。这一点我们多有论述，这里从略。

下面再说说抒情小赋。前面说过，抒情小赋主要是作者抒发自己内心的不平，抨击政治生活中的不合理现象，揭露社会的黑暗和罪恶。这方面的内容与汉大赋的歌功颂德，似乎互相矛盾，相互排斥，格格不入。其实不然，这两方面的内容正好是相互补充、相互完善，从而较真实地反映两汉现实政治生活的全貌。

首先是关于揭露剥削阶级压制人才、摧残人才的问题。这是一个普遍性的问题。剥削阶级狭隘的阶级利益和短浅的政治眼光，以及其自私利己的阶级本性，决定他们必然这样做。

所以即使在所谓明主贤君统治下的“太平盛世”，这个问题也仍无法消除。历史上的一些著名的政治家、军事家、文学家、历史学家、教育家……生前都极不得志，即是其例。司马迁所说的“昔西伯拘羑里，演《周易》；孔子厄陈、蔡，作《春秋》；屈原放逐，著《离骚》；左丘失明，厥有《国语》；孙子膑脚，而论《兵法》；不韦迁蜀，世传《吕览》；韩非囚秦，《说难》《孤愤》；《诗》三百篇，大抵贤圣发愤之所为作也”，本意是说明政治上的失意与写作不朽著作的关系，但同样也表明，在中国历史上，大智大贤们的生前遭遇往往是不幸的。这种情况在赋作中也随处可见。如年轻的政治家贾谊，很有才华，二十来岁就被汉文帝征为博士，“每诏令议下，诸老先生不能言，贾生尽为之对，人人各如其意所欲出。诸生于是乃以为能不及也。孝文帝说之，超迁，一岁中至太中大夫”。“诸律令所更定，及列侯悉就国，其说皆自贾生发之。于是天子议以为贾生任公卿之位。”（《史记·屈原贾生列传》）但由于诸老臣的反对诬陷，“于是天子后亦疏之，不用其议”，进而贬谊为长沙王太傅。贾谊深感自己的理想落空了，以为自己的境遇与屈原差不多，所以在渡湘水时，就写了一篇《吊屈原赋》，表面上是为屈原鸣不平，实是抒发自己内心的忧愤，抨击官场的黑暗和腐朽：

> 鸾凤伏窜兮，鸱枭翱翔；阘茸尊显兮，谗谀得志；贤圣逆曳兮，方正倒植……莫邪为顿兮，铅刀为铦。……彼寻常之污渎兮，岂能容吞舟之鱼？横江湖之鳣鲟兮，因将制于蚁蝼。

汉文帝是中国历史上著名的皇帝，他所开创的“文景之治”，曾被誉为中国历史上著名的太平盛世，但在他的身边仍聚集着一大批思想僵死、目光短浅、害贤忌能的老臣。等而下之的二三流皇帝，问题自然更多了。年轻的才子怎么有可能脱颖而出呢？又如汉武帝，一向被目为具有“雄才大略”的英主，但伟大的历史家司马迁却因替好友李陵说几句实话，即遭到猜忌而被腐刑。司马迁的人格受到了严重的侮辱，他本可以一死了之，但想到父亲的遗训，想到要写一部“究天人之际，通古今之变，成一家之言”的史书未成，只好“隐忍苟活”下来。他内心悲愤万分。他的《悲士不遇赋》一开头即喊出：“悲夫，士生之不辰……何穷达之易惑，信美恶之难分；时悠悠而荡荡，将遂屈而不伸……”无情地撕开所谓“汉武盛世”的面纱，让人们看到统治阶级不讲是非、不分善恶、不辨贤愚的自私阴险和凶狠的本质。

又如东汉后期的赵壹，有理想，有见解，不拍马，不阿附，但却一再受到地方上土豪恶霸的陷害，几次险遭不测。他的《刺世疾邪赋》猛烈地抨击这个是非不分、人妖颠倒、小人得志、贤者失位的罪恶社会：

> 于兹迄今，情伪万方；佞谄日炽，刚克消亡。舐痔结驷，正色徒行。……邪夫显进，直士幽藏。

他最后甚至声称：“宁饥寒于尧舜之荒岁兮，不饱暖于当今之丰年。”表示与黑暗社会誓不两立。

其次是揭露封建社会贫富悬殊的不合理现象。这一点可以扬雄的《逐贫赋》为代表。赋中，扬雄愤恨地问：“人皆文绣，余褐不完；人皆稻粱，我独藜飧。……身服百役，手足胼胝，或耘或耔，露体沾肌。”多么鲜明的对比，多么无情的现实！宋人章樵说:“此赋以文为戏耳!”恐不尽然。扬雄之所以揭露这方面的问题,不能说没有原因。我们知道,扬雄后半辈子的生活也十分坎坷。“雄三世(指成、哀、平三帝)不徙官”,“家产不过十金,乏无儋石之储”。他爬不上去了,他穷得要命。由己及人,他写这样的赋不会是没有原因的。赋最后说:“舍尔远窜,昆仑之颠……尔复我随,陟彼高冈。”“贫”总是甩不掉的,这是为什么呢?是个人的问题吗?不是的,这当是西汉末年社会现实生活的写照。

王莽所说的当时“父子夫妇终年耕耘,所得不足以自存。故富者犬马余菽粟……贫者不厌糟糠”,庶几可证。这个问题,蔡邕的《述行赋》也接触到了。汉桓帝延熹二年(159),蔡邕应召赴京洛。他根据一路上的见闻,写了这篇赋:“贵宠煽以弥炽兮,佥守利而不戢。前车覆而未远兮,后乘驱而竞及。穷变巧于台榭兮,民露处而寝湿。消嘉谷于禽兽兮,下糠粃而无粒。弘宽裕于便辟兮,纠忠谏其骎急。……”写出了两个阶级两种生活的悬殊对比,写出了造成这种现象的原因是豪门权贵们的疯狂聚敛,最高统治集团的腐败昏庸。赋中表达的思想是很深刻的。

三

《西京杂记》载:“司马相如为《上林》《子虚》,意思萧散,不复与外事相关,控引天地,错综古今,忽然如睡,焕然而兴,几百日而后成。其友人盛览……尝问以作赋。相如曰:‘合纂组以成文,列锦绣而为质,一经一纬,一宫一商,此赋之迹也。赋家之心,苞括宇宙,总览人物,斯乃得之于内,不可得而传。'"《西京杂记》的记载虽不一定都可靠,但这段话却很符合司马相如的创作实际,当是可以相信的。从这段话,我们不难看出如下几个问题:其一,所谓"意思萧散""不可得而传"云云,表明司马相如已有意识地运用形象思维进行艺术创作。这种创作与写历史、写政论文主要运用逻辑思维是截然不同的。其二,所谓"控引天地,错综古今""苞括宇宙,总览人物"云云,说明司马相如在运用形象思维的同时,已大胆地跳出了写真人真事的圈子,对无限的时间和空间世界,有目的地进行筛选,进行分析综合,进行再创作。在这里,浪漫主义的表现手法已被广泛地采用了。其三,所谓"合纂组以成文""一经一纬,一宫一商"云云,表现司马相如重视文采,注意韵律,他已懂得如何把自己的作品装扮得更美一些。这也正证明了司马相如的双脚已跨进文学艺术"自觉时代"的门槛。

司马相如上述的看法和体会,在他自己的创作实践中都得到了充分的体现,同时也为人们所倾心而有意地仿效。如《汉书·扬雄传》说:"先是时,蜀有司马相如,作赋甚弘丽温雅,雄心壮之,每作赋,常拟之以为式。"所以在两汉,也就很自然出现了一大群以司马相如为代表的赋家,他们已大体了解到文学艺术的基本特征,掌握了文学艺术创作的基本规律;他们已开始比较自觉地、有意识、有目的地进行艺术活动。这也就是我们前面所提出的把"文学的自觉时代"提前到两汉的主要依据。

下面,谈谈以司马相如为代表的赋家所表现出来的艺术特色。

首先应该肯定的是汉赋的浪漫主义特色。这点在汉赋中表现得很突出，从如下两点即可看出：其一，是神话传说题材的广泛撷取。如司马相如的《大人赋》，写“大人”嫌“中州”狭小，于是驾应龙，乘虚无，漫游天上地下，他时而“南嬉”九嶷，时而西驰昆仑，时而上升天国，时而深入下界；他还能使五帝、含靁、陆离、征伯侨、羡门、岐伯、祝融等众神仙为自己效劳，这不正是十足的神话般的浪漫主义倾向吗？类似这种作品还有贾谊的《惜誓》、东方朔的《七谏》、王褒的《九怀》、刘向的《九叹》、扬雄《太玄赋》、班固的《幽通赋》、张衡的《思玄赋》等等。

其二，虚构夸张的笔法的普遍运用。这里，不管是写宫殿建筑的高危，山峰悬崖的险峻，武士猎卒的勇猛，苑囿的广大，动植物种类的繁多，物产的丰富，还是写游猎队伍的壮盛，杂技艺术的高超，纺织品的精美，国土的辽阔，都市的繁荣，国力的强盛，等等，都无不运用极度夸张的笔墨加以描绘。举一个例子，如班固《西都赋》写神明台：“神明郁其特起，遂偃蹇（高貌）而上跻；轶云雨于太半，虹霓回带于棼（阁楼上的栋）楣（梁）；虽轻迅与僄狡，犹愕眙（惊貌）而不能阶。”神明台高出天外，行云降雨都在它的下端，彩虹在它的梁间回绕，即使是轻巧矫捷善于攀登的人，也要惊吓得不敢爬到顶。这是多么精彩的夸张！这是写静的。再看看写动的，如《七发》写观涛：“其始起也，洪淋淋焉，若白鹭之下翔。其少进也，浩浩溰溰，如素车白马帷盖之张。其波涌而云乱，扰扰焉如三军之腾装；其旁作而奔起也，飘飘焉如轻车之勒兵。六驾蛟龙，附从太白。纯驰浩霓，前后络绎。……”极其形象而又极其夸张、热烈地写出了波涛滚滚而来的各种形态。

在这里，还应进一步指出的是，汉赋的浪漫主义手法，比起《楚辞》又有所发展变化。《楚辞》主要是抒发主人公的内心世界，虚描天上地下的神仙幻境，汉赋却转而着重表现客观现实，描绘祖国的山川人事。前者多系虚构，后者主在夸张。在表现手法上，前者主要是抒情，与《诗经》手法相仿；后者则是铺陈描写，堪称创新。这都是很值得我们注意的。

但千百年来，汉赋却一直因虚构夸张（或所谓“虚辞滥说”）而遭到批判。如东汉王符说：“今赋颂之徒……竞陈诬罔无然之事，以索见怪于世；愚夫戆士，从而奇之，此悖孩童之思而长不诚之言也。”（《潜夫论·务本》）王充也批评扬雄的《甘泉赋》“妙称鬼神”，甚至大文论家刘勰也指责马、扬、班、张等汉大赋家所写的事物“验理则理无不验”。这是为什么呢？在这里我们承认，汉赋的浪漫主义的确存在许多缺点，如晋挚虞所说的，诸如“假象过大”，“逸辞过壮”（《文章流别论》），等等。可能有此道理，但根本原因却是文学艺术在当时还没有发展成为独立的学科，还与其他人文科学混在一起，屈居于儒经的附庸之下，因此人们不理解、不懂得虚构夸张可以施行于诗赋。这一点我们只要读一下王充的《论衡》就很清楚了。王充公开声称，他写《论衡》就是为了反对“虚妄”：“是故《论衡》之造也，起众书并失实，虚妄之言胜真美也。故虚妄之语不黜，则华文不见息；华文放流，则实事不见用。故《论衡》者，所以铨轻重之言，立真伪之平。”（《对作》）“《论衡》篇以十数，亦一言也，曰：疾虚妄。”他写《论衡》就是要反对“虚妄”——其中包括虚构夸张，他是不分什么文、史、哲等等，对一切“虚妄”都要反对的。所以他在《谈天》、三《增》、九《虚》里，对所有的神话传说都加以呵责。正基于此，左思在写《三都赋》时，也才迫不及待地声称，他在赋中所写的事物，都是百分之百的真人真事：“其山川城邑，则稽之地图；鸟兽草木，则验之方志；风谣歌舞，各附其俗；魁梧长者，莫非其旧。”在他看来，“美物者，贵依其本；赞事者，宜本其实；匪本匪实，览者奚信”。时至晋代，在左思的心目中，仍不允许有以虚构夸张手法为主要特征的文学艺术的存在，所以汉赋受批判是很自然的。

而文学艺术之所以迟迟得不到独立，浪漫主义手法迟迟得不到认可，又与儒家的保守思想有关。儒家的老祖宗孔子，就声称“不语怪、力、乱、神”；儒家的经典《尚书·毕命》也倡导：“辞尚体要，不惟好异。”以孔子为代表的儒家这种思想影响是很深远的，如自认为是孔子忠实信徒的刘勰，在他的杰作《文心雕龙》内，对汉赋的虚构夸张就时有非议，甚至对伟大诗人屈原的伟大诗篇《离骚》也不肯轻易放过，他在《辨骚》篇中，就一再批评屈辞里的所谓“诡异之辞”“谲怪之谈”。在这里，我们似可指出，中国古典文学中浪漫主义作家作品较少，浪漫主义创作方法不发达，与儒家的保守思想是不能说没有关系的，与他们从先秦起就对虚构夸张等浪漫主义倾向的作品滥加批评不能说没有关系。

汉赋的另一个重要特色是它华丽的文辞。这一点也很突出。正如刘勰所说的：“赋者，铺也。铺采摛文，体物写志也。”又说：“写物图貌，蔚如雕画。”（《文心雕龙·诠赋》）这就是说，赋把文采都铺排出来，为的是描绘事物，抒写情志；赋描绘事物，图写形貌，辞藻丰富，文字精美，犹如雕刻、绘画那样美丽。这里也举个例子——张衡《东京赋》写洛阳的宫苑：

其内则含德、章台、天禄、宣明、温饬、迎春、寿安、永宁（以上均为殿名，在应门内，都是取善的意思），飞阁神行，莫我能形。濯龙（池名）芳林（苑名），九谷八溪（养鱼池)，芙蓉覆水，秋兰被涯。渚戏跃鱼，渊游龟蠵。永安离宫，修竹冬青；阴池幽流，玄泉洌清；鹎鶋秋栖，鹘雕春鸣；雎鸠丽黄，关关嘤嘤。

皇宫帝苑本是幽深僻静，凝重死寂，笼罩着宫廷贵族味，令人感到索寞无聊的去处。但在张衡的笔下，却变成另一种景象：人们举目四望，那池渊中的游鱼，树上的飞鸟，那满池的芙蓉，遍岸的兰草，目不暇接；人们侧耳倾听，那关关鸣鸟，那潺潺流水，不绝于耳。一切都是那么欢快，那么美妙，令人心旷神怡，流连忘返。这是一幅多么美丽的图画！刘勰所说的“写物图貌，蔚如雕画”，的确是不错的。

但令人遗憾的是，汉赋的华丽文辞，也同样一直受到抨击。如《史记·叙传》批评司马相如赋“靡丽多夸”。《汉书·叙传》也批评司马相如赋“寓言淫丽”“文艳用寡”。之所以出现这样的批评，当然还是儒家保守思想在作怪，还是因为文学艺术尚未获得独立的地位。人们处处拿五经来作为衡文的标准，如扬雄就说：“或曰：人各是其所是，而非其所非，将谁使正之？曰：万物纷错，则悬诸天；众言淆乱，则折诸圣。或曰：恶睹乎圣而折诸？曰：在则人，亡则书，其统一也。”(《法言·吾子》)这就是说，人们的一切举动，都应唯圣人马首是瞻！著书立说也不例外。圣人在，学其人；圣人死，学其书，包括他们所审定的书。刘勰说得更直截了当，他说：“故文能宗经，体有六义……六则文丽而不淫。”只要遵循儒经去实行，文章就不会写得过分的华丽，可是偏偏有的人不这样做：“建言修辞，鲜克宗经”，以致“楚艳汉侈，流弊不还”。(《文心雕龙·宗经》)在他们看来，汉赋的过分华丽侈靡，就是没有按经典的要求来规范。

《楚辞》也是这样,包括屈原在内,也都受到批评。如果我们遵循他所指的道路去走,那就无异于取消汉赋,无异使中国的文学艺术永远停留在先秦时期的水平上。这是极其有害的。作为文学艺术中一种门类的汉赋,就因不顾人们的诋毁贬抑,按自己的路子走下去,充分发挥文学艺术的特点,使文学艺术尽早从经典的束缚下解放出来,为中国的文学艺术的发展作出了应有的贡献。

当然,汉赋也有缺点,我在上文已时有触及。从总的来说,汉赋反映的生活面较窄、较浅,汉赋所反映的基本上局限于帝王生活和部分失意文士生活一隅,广大人民群众的生活很少接触到。汉赋对重大的社会问题未能很好作正面描写。形式比较呆板,有的公式化;取材也比较复杂,给人以堆积材料之感,遣词造句也有艰深晦涩之嫌。赋家还有个毛病,喜欢相互抄袭。

最后,我们要简单谈谈汉赋对后代的影响。有一本文学史曾经说:“汉赋给后世的影响是极坏的。”这个结论是不符合事实的。其实,汉赋影响的主导方面还是积极的。随着汉赋的出现,以后的骈赋、律赋、文赋也相继问世,使中国的文学艺术园地里增添了一种艳丽的花朵。汉赋的铺陈叙事,对后代的诗、词的发展也有影响,以赋入诗,以赋入词,即是其例。汉赋中的山水描写,直接推动着后代山水诗的发展。汉赋华丽的文辞,更为后代诗文所仿效,从而使中国古代文学艺术日臻完善、精美。汉赋在中国文学史上的作用是不可忽视的。

关于汉赋的铺张扬厉*

《文史知识》编辑部给我出了个题目——“谈汉赋的铺张扬厉”，要我作一篇短文。这个题目出得很好，因为这个题目既抓住了汉赋艺术上的主要特征，又是一个学术界长期争论不休、毁誉不一的问题，很有讨论的必要。

大家都知道，在中国文学史上，大概没有一种文学体裁，一个时代的主要文学作品，像汉赋那样引起人们长期、广泛的争论了。大约从它问世不久，这场争论就展开了。这从司马迁为司马相如赋辩护（见《史记·司马相如列传赞》）和汉宣帝对汉赋的充分肯定（见《汉书·王褒传》）即可看出。直到今天，这个争论仍远没有停止。

那么，人们对汉赋的评价，存在些什么不同看法，争论些什么问题呢？从主要方面来讲：在思想内容方面，有所谓“歌功颂德”问题，“劝百风一”“劝而不止”问题，等等；在艺术形式方面，有所谓“虚辞滥说”问题，“铺张扬厉”“板重堆砌”“丽靡之辞”问题，等等。而在艺术形式方面的这几个问题，虽各有自己的特定内容，但它们之间并不能截然分开，而是相互联系的。如我们所要讨论的“铺张扬厉”问题，实际上把“虚辞滥说”和

---

* 本文原载于《文史知识》1988年第12期。

“板重堆砌”“丽靡之辞”等等的部分内容也包括进去了。因为所谓“铺张”,就是敷陈其事;所谓“扬厉”,就是发扬光大。这也就是说,赋家对他们所要描写的对象,要尽情地进行敷陈渲染、粉饰夸张,这里面就含有“虚辞滥说”“板重堆砌”“丽靡之辞”的成分在。所以我们前面说,《文史知识》编辑选的这个题目很重要,他们选中了一个关键性的问题。如果这个问题经过大家的讨论,能够取得比较一致的意见,那么其他几个问题的解决,也就大有希望了。下面我们就来看看汉赋中的铺张扬厉这个问题。

汉赋的铺张扬厉,表现在各个方面,从微观到宏观,从精神到物质,无所不在。其主要特征,从表面上来看,似乎可以借用所谓“高、大、全”三个字来概括。如赋家描绘楼台亭阁、山岭峰峦,总是尽量渲染其高峻;叙写皇宫帝苑,疆域国界,总要铺陈其辽阔广大;赋家笔下的“草区禽族”、货物财宝,也无不夸示其品类繁多,应有尽有,十分齐全。但如果以为汉赋的铺张扬厉只是追求高、大、全,满足于表现高、大、全,或如有些人提出的“汉赋以‘大’为美”,那就错了,那就未免流于皮相之见了。其实,汉赋画面的高、大、全,只是其外观,其表面现象;而其内里,其精神实质,却是蕴藏于其中的雄奇、瑰丽、美妙的风韵和气势。正如刘熙载在《艺概·赋概》中所说的:“赋取乎丽,而丽非奇不显,是故赋不厌奇。”

(1)有关写楼台亭阁高方面的。如扬雄笔下甘泉宫里的通天台:“洪台掘其独出兮,㩻(至)北极之嶟嶟;列宿乃施于上荣(屋翼)兮,日月才经于柍桭(半檐);雷郁律(雷声)于岩窔兮,电倏忽(疾貌)于墙藩(篱);鬼魅不能自逮(及)兮,半长途而下颠(坠);历倒景(指日影从下面照上来)而绝(度)飞梁

(浮道之桥)兮,浮蠛蠓(尘气)而撇(拂)天。”(《甘泉赋》)作家如果只想单纯表现通天台的高,用类似赋中说过的“直峣峣以造天兮,厥高庆而不可弥度”这样的话就可以了,但作者之意显然不在于此,作者着意表现通天台的雄奇、险峻和瑰丽,所以才生了众星宿环绕在它的周围檐间、日月的光线从下面反射上来、雷电交作于其墙根等人间奇观和鬼神都无能攀升顶点、爬到半途就纷纷跌下来的令人胆寒的险象。整段文字给人带来的是惊奇、是畏惧,人们的神经始终处在紧张亢奋之中,这绝不仅是单纯的高所能达到的效果。刘勰在《文心雕龙·夸饰》篇说:“自宋玉、景差,夸饰始盛,相如凭风,诡滥愈甚。……及扬雄《甘泉》,酌其余波……言峻极则颠坠于鬼神……”看出扬雄的铺张扬厉是有所师承而又有发展的,一代超过一代。这也正是赋家追求铺张扬厉的见证。

(2)有关写苑囿广大方面的。如司马相如《天子游猎赋》(即所谓《子虚赋》与《上林赋》)写楚王狩猎的场所:“臣(子虚)楚国之鄙人也,幸得宿卫,十有余年,时从出游,游于后园,览于有无,然犹未能遍睹也,又恶足以言其外泽乎?……臣闻楚有七泽,尝见其一,未睹其余也。臣之所见,盖特其小小者耳,名曰云梦。云梦者,方九百里,其中有山焉。其山则盘纡岪郁,其东则有蕙圃,衡兰芷若……其南则有平原广泽,登降陁靡……其西则有涌泉清池,其中则有神龟蛟鼍……其北则有阴林,其树楩楠豫章……其上则有鹓鹓孔鸾……其下则有白虎玄豹……”这是楚王“后园”九泽中特别小的一个云梦泽,但它就如此广大无边。而据乌有先生说,齐王的游猎场所比楚王的九泽又要大得多,所谓“吞若云梦者八九于其胸中,曾不蒂芥”。“若乃俶傥瑰玮,异方殊类,珍怪鸟兽,万端鳞崒(萃),充牣

(满)其中,不可胜记,禹不能名,契不能计。”而天子呢,据亡是公说,天子的苑囿自然更是楚齐所要瞠乎其后了:“且夫齐楚之事,又乌足道乎?君未睹夫巨丽也,独不闻天子之上林乎?左苍梧,右西极,丹水更其南,紫渊径其北;终始灞浐,出入泾渭;酆镐潦潏,纡余委蛇,经营乎其内;荡荡乎八川分流,相背而异态。东西南北,驰骛往来,出乎椒丘之阙,行乎洲淤之浦,经乎桂林之中,过乎泱漭之野,汩乎混流,顺阿而下,赴隘陿之口,触穹石,激堆埼,沸乎暴怒,汹涌澎湃……”这里,不但显示了帝王苑囿之“巨”,而且更夸示了帝王苑囿之“丽”。人们跨进这些苑囿,犹如进入神仙世界。在那里,或山峰耸峙,或川流奔泻,或佳木丛生,或异卉毕集,或珍禽欢舞,或怪兽漫步……处处有佳境,在在无常类,令人惊惧交集,欣悦无比。孟子曾说过,“充实之谓美”。他这里指的是一个人精神世界的“充实”,以为人的精神“充实”了才能算美,如果精神空虚便不能算美,这个道理似也可移来评价空间世界,如果周围空空洞洞,一片沙砾,渺无生物,何美之有?司马相如《大人赋》中曾写道:“下峥嵘而无地兮,上寥廓而无天;视眩眠而亡见兮,听敞恍而亡闻。”“吾乃今日睹西王母,皬然白首,戴胜而穴处,亦幸有三足乌为之使,必长生若此而不死兮,虽济万世不足以喜。”司马相如以此谏止武帝之好仙,正说明在他们心目中,大而空并不足取,苑囿只有“巨”而且“丽”才是美,这也正是赋家所要告诉人们的。

(3)有关写“全”方面的,这里我们要举张衡的《南都赋》为例,这篇赋简直与他的《二京赋》创长篇的极轨一样,打破了“全”的纪录,成为“全”的典型。试看赋的描述:“其宝丽珍怪,则金彩玉璞,隋珠夜光,铜锡鈆(青金)锴,垩赭流黄,绿碧紫英……其水则有蠳龟鸣蛇，潜龙伏螭，鱏鳣鰅鳙，鼋鼍鲛鳙，巨蚌函珠……其鸟则有鸳鸯鹄鹭，鸿鸨駕鹅，鹣鹍鷫鹔，鹔鹴鴡鸬……"赋里还写到"其山则""其木则""其竹则""其草则""其原野则""其香草则"等等。总而言之，作者简直就是没完没了地铺叙，没完没了地描绘。但人们如果以为作者没有选择地展示一切，那就错了。作者之所以这样写，而不那样写，无非为了夸示，为了向人炫耀南都的富庶、南都的美丽壮观。所以，赋中写什么，不写什么，作者是经过深思熟虑的，只有那些能显示南都的特色，赋家才加以述写。所以，赋中所铺叙的动物、植物、矿产等等，都是比较珍贵、奇异的，能"娱耳目乐心意"（司马相如《天子游猎赋》），给人留下某种程度的艺术享受。

总而言之，汉赋作者绝不是单纯刻板地描写高、大、全，而是以满腔的激情，如数家珍地向人们夸耀眼前的一切，展现出一幅雄奇秀美、富丽堂皇、蒸蒸日上的生活图景，传达出时代的脉搏，呼唤出人们的心声。所以汉赋的许多篇章才为时人所激赏，如汉武帝就很醉心于司马相如的《子虚赋》，懊悔生不同时，后知相如正是自己的子民，马上把他请来，让他写《天子游猎赋》，并把他留在身边，专门为自己写赋（见《史记·司马相如列传》）。汉宣帝也很喜欢赋，他说："今世俗犹皆以此虞（娱）说（悦）耳目。"他的太子生病了，马上请来辞赋家王褒等，让他们"朝夕诵读奇文及所自造作"，及"（太子）疾平复乃归"。"太子喜褒所为《甘泉》及《洞箫颂（赋）》，令后宫贵人左右皆诵读之。"（见《汉书·王褒传》）大概也正是基于这种认识的扩张，枚乘才写《七发》，企图给楚太子治病，给所有同类人治病——治思想病，治政治病。汉赋受欢迎不会是没有因由的，当与赋的内质美分不开的。

但汉赋铺张扬厉的特色,并不是静止的、一成不变的,而是一直处在发展变化之中,其总的趋势是随着时间的推移而日益加剧。这从篇幅越写越长即可约略看出。如汉初贾谊的《鹏鸟赋》,只有五百来字;稍后的枚乘《七发》,便发展到两千三百多字;再后的司马相如《天子游猎赋》,更扩充到三千五百字。东汉又继续发展,东汉前期的班固《两都赋》是四千三百字,东汉后期的张衡《二京赋》,便猛增至七千七百多字,破两汉长篇的纪录。篇幅的加长,实乃赋进一步铺张扬厉的结果。在这里,如果我们对比一下枚乘《七发》中有一段写琴,与宣帝时王褒《洞箫赋》写洞箫,和后汉顺帝时马融《长笛赋》写长笛,就能更清楚地看清汉赋铺张扬厉的轨迹——这是因为他们之间有明显的承继关系。正如马融在《长笛赋序》里所说的,他写《长笛赋》是深受枚乘、王褒等人的影响的——"追慕王子渊(即王褒)、枚乘、刘伯康(即刘玄,其作品《簧赋》已佚)、傅武仲(即傅毅,其作品《琴赋》仅存残篇)等箫、琴、笙颂,唯笛无,故聊复备数,作《长笛赋》"。事实也确是如此,在《七发》中,写琴声引起周围的反应的只有六句:"飞鸟闻之,翕翼而不能去;野兽闻之,垂耳而不能行;蚑蟜蝼蚁闻之,拄喙而不能前。"但到《洞箫赋》就大加扩展了,赋先把洞箫声音的美妙变幻形容一番:什么若慈父、似孝子、如壮士、像君子等等,接着说:"故贪饕者听之而廉隅兮,狠戾者闻之而不怼;刚毅强虣(暴)反仁恩兮,啴唌逸豫戒其失,钟期牙旷怅然而愕兮,杞梁之妻不能为其气;师襄严春不敢窜其巧兮,浸淫叔子远其类……是以蟋蟀蚸蠖,蚑行喘息;蝼蚁蝘蜓,蝇蝇翊翊(游行貌);迁延徙迤,鱼瞰鸡睨,垂喙蛩转(动貌),瞪瞢忘食……"这里尽管写作的基本路数没有变,但内容增加了,篇幅加长了。《长笛赋》又继续向前发展,赋对笛声作了更为广泛的形容与比喻,什么“详观夫曲胤之繁会丛杂,何其富也;纷葩烂漫,诚可喜也;波散广衍,实可异也;掌距劫遌,又足怪也……尔乃听声类形,状似流水,又象飞鸿……旷瀁敞罔,老庄之概也;温直扰毅,孔孟之方也;激朗清厉,随光之介也。……”最后当然还是写直接的反应,什么“鱼鳖禽兽闻之者,莫不张耳鹿骇,熊经(动摇)鸟申,鸱眎(视)狼顾,拊噪(欢呼鼓噪)踊跃……”总而言之,与《七发》相比,《洞箫赋》《长笛赋》大框框虽然没有变,但却更加铺张扬厉了。所以,《七发》写琴只用了一段。从桐树生长环境到制作,以至奏出美妙琴声,只用了二百来字。但到王褒《洞箫赋》,就用整篇来写一支洞箫,篇幅扩大到一千字,长了五倍;到马融写《长笛赋》,更用一千四百多字的长篇写一支笛子。

在这里,我们必须指出的是,类似上述这种铺张扬厉的写法,也同样存在于对其他内容的描写之中。如描述大汉帝国的强盛,王朝天子的崇高,帝王出猎队伍的盛大,帝都形势的雄伟和市场的繁华,歌舞杂技的精妙等等,同时也存在于抒情赋之中,如严忌的《哀时命》、东方朔的《七谏》、刘向的《九叹》、刘歆的《遂初赋》、冯衍的《显志赋》、班固的《幽通赋》、张衡的《思玄赋》等等,也同样具有铺张扬厉的倾向。

最后我们要简单提一下产生汉赋铺张扬厉的原因。首先还是应该到现实生活中去寻找,正是统一、富饶、先进、强盛的大汉帝国给汉赋的铺张扬厉提供了物质基础。正如刘熙载所说的:“赋起于情事杂沓,诗不能驭,故为赋以铺陈之。”这就是说,赋起于“情事杂沓”,而“情事杂沓”又很自然地导致赋的铺陈。不能设想,在战火纷飞的战国,在人民处在水深火热之中的秦代,会产生以展示现实生活而铺张扬厉为主要特征的长篇巨著汉赋。其次的一个原因是时人心理活动的泄露。汉赋作家大都是统治阶级的上层人物或帝王的御用文人(参见班固《两都赋序》),他们往往为眼前的升平景象所陶醉,而他们写赋的目的又主要是歌功颂德,附带也讽谏几句,因此,他们对现实生活自然要尽情地铺陈和炫耀了。《史记·高祖本纪》曾记载一个故事:萧何造未央宫,因过分奢华而受到刘邦的指责,萧何辩解说:"非壮丽无以重威,且无令后世有以加也。"这话很符合汉代上层人物的心理状态,他们就是要以"壮丽"来显示自己的威严,就是企图使后人无法超过自己。许许多多汉赋作家耗尽毕生心血,构筑长篇巨著,篇幅写得一人比一人长,不也正是在这种思想的指导下写出来的吗?他们力图超越前人,正是为了追求后无来者,"无令后人有以加也"。再次是受到以屈原作品为代表的楚辞的影响。这一点是极其明显的。大家都知道,屈原的《离骚》《天问》《招魂》写来都是极其铺张的,它们几乎无例外地从东南西北四面八方写到天上地下。汉赋也正是如此。如张衡《思玄赋》的主人公,因忠而见疑,贤而被弃,就听从文王的劝告而漫游"八荒"。他时而"南指",时而"西嬉",时而"东驰",时而"北度",随后是"瞻昆仑","登阆风","叫帝阍","观天外",最后又是"据开阳而頫眡兮,临旧乡之暗蔼……魂眷眷而屡顾兮,马倚辀而徘徊",又是"出阊阖兮降天途","倏眩眃兮反常闾",回到老地方,简直步《离骚》的后尘。对汉赋这种写作格式,古人早已看得一清二楚了,正如刘熙载《艺概·赋概》所载的那则写赋故事那样:"(宋)姚铉令夏竦为《水赋》,限以万字,竦作三千,铉怒不视,曰:'汝何不于水之前后左右广言之。'竦益得六千字。"所以刘熙载总结说:"赋兼叙列二法:列者,一左一右,横义也;叙者,一先一后,竖义也。”这实际上也就是司马相如所提出的“赋家之心，苞括宇宙，总览人物”（见《西京杂记》）见解的具体运用。汉赋的这种基本结构，正是从楚辞那里模仿到的，当然，楚辞大大胜过汉赋，它是“词赋之英杰”（刘勰《文心雕龙·辨骚》语）。

至于汉赋铺张扬厉造成的某些弊端，如堆砌、呆板、“当类书郡志读”（袁枚《随园诗话》语）、味同嚼蜡等等，人们早已讲过，这里就不再赘述了。

评汉代的两种辞赋观*

文学创作和文学批评中的矛盾和斗争，当出现极早。大概有了文学创作就有了不同的创作倾向和不同的批评标准。进入阶级社会以后，文学创作和批评的倾向性就更加鲜明、强烈和复杂了。不同的阶级、阶层，自然要用各自不同的创作倾向和批评标准来为自己服务。这一点，由于文字记载的阙如，我们还找不到直接的例证，但从后来编入《诗经》的歌谣中，还是可以看出一些蛛丝马迹的。例如《陈风·墓门》与《大雅·烝民》，对统治阶级就分别持指责与颂扬等两种不同态度。再如，孔子就从维护统治阶级的利益出发，强调了《诗》的兴、观、群、怨、事君、事父的作用，并因此而提倡"温柔敦厚"诗风，反对"淫靡"倾向。

但从总的发展趋势看，在先秦，由于儒家的独尊地位尚未形成，文学批评界尚平行地存在着多种不同的观点，如除儒家之外，法家韩非就提出了"息文学而明法度"(《韩非子·八说》)。道家老子更主张"绝圣弃智"(《道德经》十九章)、"复归于朴"(《道德经》二十八章)。庄子以为："绝圣弃智，大盗乃止。……灭文章，散五采，胶离朱之目，而天下始人含其聪

---

* 本文原载于香港中文大学1994年《新亚学术集刊》。

矣！”(《庄子·胠箧》)他们简直要灭绝文化，毁灭文明，而回到无智无欲的原始野蛮蒙昧的上古生活中去。这都是开历史的倒车。

但到了两汉，儒家获得了独尊的地位，它的文艺主张自然就成为文艺批评界的统治思想。它继承孔子等先儒提出的主张，并加以发扬光大，极力强调文艺的功利主义，要求辞赋为儒家的政治、伦理、道德服务。说得更具体一些，就是突出提倡辞赋的讽谏与歌颂作用，如《毛诗》，就连篇累牍地出现什么“《关雎》，后妃之德也”，“《谷风》，刺幽王也”，“《大东》，刺乱也”，等等。一则歌颂，一则讽刺。班固在《两都赋序》中也强调了辞赋的讽谏与歌颂这两个方面的作用。

在汉人心目中，讽谏则往往更被重视。东汉王逸就是从讽谏这个角度去肯定屈原。他说：“(屈原)履忠被谮，忧悲愁思，独依诗人之义，而作《离骚》，上以讽谏，下以自慰。”(《楚辞章句序》)扬雄也说：“雄以为赋者，将以风之……”写作辞赋变成单纯为了讽谏。但由于汉赋往往达不到讽谏的目的，因此扬雄斥汉赋为“童子雕虫篆刻”，并发誓“壮夫不为”。

汉人以讽谏作为评价汉赋的主要标准，影响是深巨的。在内容上，它必然要严重地束缚辞赋的表现范围，也即只局限于描写帝王的生活，或与此有关的事，而其他的内容就必然被排斥在一边。所以，我们在两汉辞赋中看不到劳动人民的身影，连文人自己的生活、人们的婚姻爱情也极少涉及，也就很自然的了。

为了达到讽谏的目的，在艺术形式上，他们自然要极力反对所谓“虚辞滥说”和“靡丽之辞”，实也即文学上的虚构夸张和华丽的文采。因为在他们看来，“虚辞滥说”和“靡丽之辞”

势必妨碍讽谏目的的实现。正如扬雄所说的:“雄以为赋者,将以风也,必推类而言,极丽靡之辞,闳侈钜衍,竞于使人不能加也,既乃归之于正,然览者已过矣。往时武帝好神仙,相如上《大人赋》,欲以风,帝反缥缥有陵云之志。由是言之,赋劝而不止,明矣。”(《汉书·扬雄传》)这就是说,写赋原是为了“风”,也即为了讽谏、劝诫君上。但赋写得太夸张和华丽了,致使君上受到迷惑,误入歧途而不自觉,以致造成了与作者主观意图相反的结果,所谓欲讽反劝,劝而不止。

王充是继扬雄之后又一个反对“虚辞滥说”和“靡丽之辞”的主将,他公开声称,他写作《论衡》就是为了反对虚辞滥说:“是故《论衡》之造也,起众书并失实,虚妄之言胜真美也。……故《论衡》者,所以铨轻重之言,立真伪之平。”又说:“文丽而务巨,言眇而趋深,然而不能处定是非,辩然否之实,虽文如锦绣,深如河汉,民不觉知是非之分,无益于弥为崇实之化。”(《定贤》)从实用出发,他对文章的华丽也是极力反对。或以为王充所反对的只是史论中的虚妄、靡丽,其实不然,他对包括文学作品在内的所有形诸文字的作品的虚妄、靡丽,都要通通加以反对。如他举例说明:“《淮南书》言共工与颛顼争为天子,不胜,怒而触不周之山,使天柱折,地维绝。尧时十日并出,尧上射九日,鲁阳战而日暮,援戈麾日,日为却还。”他都以为是“浮妄虚伪,没夺正是”(《对作》)。王充对辞赋虚构夸张和文辞华美的直接反对也不乏其例。他在《定贤》中说:“以敏于赋颂,为弘丽之文为贤乎?则夫司马长卿、扬子云是也。文丽而务巨,言眇而趋深,然而不能处定是非,辩然否之实。”在《谴告》中也说:“孝武皇帝好仙,司马长卿献《大人赋》,上乃仙仙有凌云之气。孝成皇帝好广宫室,扬子云上《甘泉赋》,妙称神怪,若曰非人力所能为,鬼神力乃可成,皇帝不觉,为之不止。长卿之赋,如言仙无实效;子云之颂,言奢有害,孝武帝有仙仙之气者,孝武岂有不觉之惑者。”前者主要非难汉赋辞采的华丽,后者主要指责汉赋的虚构夸张。

王充反对浮华虚夸的思想很明显受到孔子的启示。如孔子说:“《诗》三百,一言以蔽之,曰:思无邪。”王充效之曰:“《论衡》篇以十数,亦一言也,曰:疾虚妄。”孔子看到所谓“俗传蔽惑,伪书放流”而说:“诗人疾之不能默,丘疾之不能伏。”王充也学舌:“心濆涌,笔手扰,安能不论?”(《对作》)王充生活年代晚孔子五六百年,文学上已出现过楚辞、汉赋两个高峰,但他仍固守成见,实在令人惊异和遗憾!

蔡邕是东汉后期著名的辞赋家,他的赋摆脱了宫廷生活题材、讽谏帝王题旨的局限,走向民间,走向妇女,走向文人自我生活的广大空间。在艺术上也改叙事为抒情,改长篇为短制,改一本正经严肃凝重为活泼多趣。他的《述行赋》《检逸赋》《青衣赋》《协和婚赋》即是如此。但蔡邕对辞赋的看法却极为保守。他说:“夫书画辞赋,才之小者,匡国理政,未有其能。陛下即位之初,先涉经术,听政余日,观省篇章,聊以游意当代博弈,非以教化取士之本。而诸生竞利,作者鼎沸。其高者颇引经训风谕之言,下则连偶俗语,有类俳优;或窃成文,虚冒名氏。臣每受诏于盛化门,差次录第;其未及者,亦复随辈皆见拜擢。既加之恩,难复收改,但守奉禄,于义已弘,不可复使理人及仕州郡。……若乃小能小善,虽有可观,孔子以为‘致远则泥’,君子故当志其大者。”这是蔡邕针对灵帝开设鸿都门学而写的一篇封事。灵帝创鸿都门学,广招学徒,生员多至千人。灵帝鼓励他们作赋,并按成绩大小授官,所以“作者鼎沸”,竞相作赋。相信当时又形成了相当规模的辞赋创作热潮。只因文献资料缺失,我们今天已难看到当时的盛况罢了。但蔡邕却从儒家的传统观念出发,对辞赋,对赋家,肆加贬抑和鞭挞,斥之为“才之小者”“有类俳优”。我们并非要赋家去做大官,而是以为从职业上来区分才之大小、位之尊卑,是极不科学的。“其高者颇引经训风谕之言,下则连偶俗语”,更暴露蔡邕崇经尊儒,强调讽谏教化作用,反对辞赋社会化、世俗化、艺术化的倾向,看出蔡邕的辞赋观与扬雄等无异。蔡邕在赋作与赋论中表现出来的矛盾与对立,可能也正与扬雄一样,是其前后思想变化的结果。蔡邕上述的赋作,当是其前期的作品。

但作为一种特殊文体的文学艺术,它固有的特征总是要顽强地表现出来,并在前进的道路上不断地得到充实和提高。在创作上是如此,在批评上也是如此。在两汉,能够站在时代前列,比较正确理解、认识、欣赏文学艺术(包括辞赋)的特征和作用,引导它向前发展还是不乏其人的。更有一些具有比较丰富创作经验的作者,还能从实践中总结一些经验并提出一些理论,为文学艺术的顺利发展作出应有的贡献。他们的观点与汉儒相悖,在辞赋创作批评问题上也是如此。司马迁就是其中一个。他说:“《子虚》之事,《大人》赋说,靡丽多夸,然其指风谏,归于无为。”(《史记·太史公自序》)即说司马相如赋虽写得很华丽,但其旨意在于讽谏,并终于使国君归于清静无为。看出在司马相如眼里,靡丽多夸与讽谏还是可以并存的,而非势不两立。他对靡丽多夸还是持容忍甚至肯定的态度的。我们从司马迁在《史记·司马相如列传》里,把相如的主要赋篇都收入进去,以及在这些赋篇前后的评介中,也可以看出他对相如赋、对新降生不久的一种崭新的雍容华丽的文体——汉赋的肯定和珍惜。司马迁这种态度，与扬雄、王充等人的态度形成了明显的对比。

司马相如是一个杰出的赋家，他的赋作在中国文学史上产生过重大影响。相如之所以能写出这些传世之作，正是由于他对这种文体的高度喜爱。《史记》相如本传说："（相如）以赀为郎，事孝景帝，为武骑常侍，非其好也。会景帝不好辞赋，是时梁孝王来朝，从游说之士齐人邹阳、淮阴枚乘、吴庄忌夫子之徒，相如见而悦之，因病免，客游梁。"相如遇见梁孝王的门客邹阳、枚乘、严忌而"悦之"，"悦"什么？当然"悦"他们是辞赋家。《汉书·枚乘传》说："梁客皆善属辞赋，乘尤高。"《汉书·艺文志》记载，枚乘有赋九篇，严忌有赋二十四篇。《西京杂记》载，邹阳有《酒赋》《几赋》。在这里，我们不难看出，司马相如不愿充当汉景帝的武骑常侍，托病辞掉这份皇帝身边的差使，而甘心到一小小的王国里去当游士，完全是出于他对文学尤其是辞赋的酷爱。

相如也一直热情积极主动地进行辞赋创作。汉武帝听说《子虚赋》是他写的，问他，他即说："有是。然此乃诸侯之事，未足观也，请为《天子游猎赋》。"他看到汉武帝好神仙，又说："上林之事未足美也，尚有靡者。臣尝为《大人赋》，未就，请具而奏之。"热切欣喜之情溢于言表。相如写作《大人赋》已是他的晚年了，可见他一辈子始终热爱辞赋的创作。《汉书·艺文志》载，相如有赋二十九篇。相如这种自始至终热情地进行辞赋创作，与扬雄晚年一改初衷，狠批汉赋，并发誓"辍不复为"，又是何等的不同！

《西京杂记》载："司马相如为《上林》《子虚赋》，意思萧散，不复与外事相关，控引天地，错综古今，忽然如睡，焕然而兴，几百日而后成。其友人盛览……尝问以作赋，相如曰：'合纂组以成文，列锦绣而为质，一经一纬，一宫一商，此赋之迹也。赋家之心，苞括宇宙，总览人物，斯乃得之于内，不可得而传。'"

《西京杂记》是一部来历不明的书，或以为西汉刘歆所记，或以为晋葛洪所撰。一些学者又以为相如这段赋论当系晋以后人所托，理由主要是相如时代写不出"一经一纬，一宫一商"的赋作，这种说法似难以成立。因为所谓"一经一纬，一宫一商"，就是指行文谋篇遣词造句讲究对称、骈偶，讲究音节规律和谐动听。这一点包括司马相如在内的汉赋作家都普遍注意到并运用得相当纯熟。如司马相如《天子游猎赋》中的一段描写："离宫别馆，弥山跨谷；高廊四注，重坐曲阁；华榱璧珰，辇道缅属；步櫚周流，长途中宿。夷嵕筑堂，累台增成，岩窔洞房。頫杳眇而无见，仰攀橑而扪天；奔星更于闺闼，宛虹拖于楯轩。青龙蚴蟉于东箱，象舆蜿僤于西清。灵圄燕于闲馆，偓佺之伦，暴于南荣。醴泉涌于清室，通川过于中庭，盘石振崖，嵚岩倚倾，嵯峨嶕嶫，刻削峥嵘。玫瑰碧琳，珊瑚丛生……"这里就极注意讲究对偶，有句中对、前后句对、隔句对等等；也极注意用韵，所有的句子都押韵，但很自由，可随时换韵。姜书阁在《骈文史》中曾说："作为《子虚》的下篇，《上林》（两篇或合称《天子游猎赋》）较前篇远为巨丽，篇幅长达一倍以上，文章更多骈对，而铸词造语，藻采纷披。岂独繁类成绝，抑且声和韵谐。"这个评价是符合实际的。

不仅如此，在司马相如之前的先秦经籍、史传、诸子、屈宋辞赋中，就已出现了大量的偶句。刘勰在《文心雕龙·丽辞》中曾举例《尚书·大禹谟》有"罪疑惟轻，功疑惟重"，"满招损，谦受益”。其实在这篇文章中,还有“任贤勿贰,去邪勿疑”,“临下以简,御众以宽”,“汝惟不矜,天下莫与汝争能;汝惟不伐,天下莫与汝争功”,等等。《诗经》《左传》《国语》《战国策》《论语》和先秦诸子也大致如此。到了汉代,辞赋家更注重俪辞偶句,所以刘勰才说:“自扬(雄)、马(司马相如)、张(衡)、蔡(邕),崇盛丽辞,如宋画吴冶,刻形镂法,丽句与深采并流,偶意共逸韵俱发。”(《文心雕龙·丽辞》)即说司马相如等东、西汉赋家都崇尚骈体,骈俪的句子和秾丽的文采一起奔流,对偶的内容和美妙的韵律同时迸发。刘勰在同一篇论文中还精辟地论述过俪辞偶句出现极早的原因,所谓“造化赋形,支体必双,神理为用,事不孤生。夫心生文辞,运裁百虑,高下相须,自然成对”。也即说作品中出现骈偶,是客观事物存在的反映,是自然规律的体现,而不是人们心造的幻影。至于作品中注意韵律,先秦典籍就有所谓“音中宫商”之说了,两汉以后自然更不在话下。

当然,我们今天还不能断定《西京杂记》所载相如这段赋论的真实性,但在获得否定的证据之前,还以姑存之为妥。我们现在起码可以这样说,这段赋论基本符合相如的创作实际。所以范文澜先生在《文心雕龙·诠赋》注中说:“《西京杂记》虽伪托,相如语或传之在昔,故彦和本之。”范老的话值得考虑。

那么《西京杂记》所载相如这段话提出了什么新观点呢?我以为有如下两点值得特别注意:其一,强调了神思的运用,作者思绪的凌空飞翔,也即我们现在所说的虚构夸张的浪漫主义创作方法。如文中所说的“控引天地,错综古今”,“苞括宇宙,总览人物”就有这个倾向。后来陆机的“精骛八极,心游万仞”,“观古今于须臾,抚四海于一瞬”(《文赋》),刘勰所说的

“古人云:‘形在江海之上,心存魏阙之下。’……寂然凝虑,思接千载,悄焉动容,视通万里”也与此同义。这与早期的文学创作的动因,“饥者歌其食,劳者歌其事”(《公羊传·宣公十五年》何休注)以及王充的“崇实”(《定贤》),是显然不同的。所以扬雄说:“长卿赋不似从人间来,其神化所至也。”(《西京杂记》卷四)司马相如能提出这种文艺创作观点,是极了不起的。在他之前的文学创作中,虽不乏浪漫主义作品问世(如神话传说、屈原辞赋),但他们的作品却往往要受到批评,如前面引用过王充对神话的批评。甚至后数百年的大文艺批评家刘勰在《文心雕龙·辨骚》中,也大批屈原作品中的“诡异之辞”“谲怪之谈”。

其二,是强调文辞美、韵律美,也即文艺作品的艺术美。所谓“合纂组以成文,列绵绣而为质,一经一纬,一宫一商,此赋之迹也”即是。这里的“迹”,与下文的“心”相对,是指赋的形态、外表,也即艺术形式方面。相如的意思是说,用最华丽的词句,写出最漂亮的文章,读起来悦耳动听。相如这样说也这样做了,我们今天看到相如的赋正是这样。相如这个有点唯美的创作倾向,在当时也是一个创举,他为文学艺术美的发展,为文学艺术发展成为一个独立的学科,作出了突出的贡献。

汉武帝虽没有发表什么赋论,但他却是用行动实实在在地培植辞赋,他是使辞赋立时生长、壮大、繁荣、发展起来的关键性人物,“武帝自为天子,闻乘名,及即位,乘年老,乃以安车蒲轮征乘,道死”(《汉书·枚乘传》)。他一当了皇帝,便迫不及待地把枚乘召来,为照顾枚乘年老,又特安排平稳舒适的车子去迎他,可谓用心良苦。这些都只因为枚乘曾经是梁孝王门下最著名的辞赋家。汉武帝读司马相如的《子虚赋》“而善之”,他痛惜地说:“朕独不得与此人同时哉!”他以为相如死了。狗监得意说此赋是他的老乡司马相如写的。“上惊,乃召司马相如”。并马上命人给相如“笔札”,请相如再写赋。相如奏上《天子游猎赋》,“天子大悦”,“天子以为郎”。后来相如奏《大人赋》,“天子大悦”,“飘飘有凌云之气,似游天地之间意”。武帝完全沉浸在相如赋的艺术佳境之中,可见他不仅喜欢赋,也真正懂赋。他这种态度对赋家相如无疑是一种最高的奖赏!

武帝与淮南王安在辞赋上有同好:“时武帝方好艺文,每宴见,谈说得失及方技赋颂,昏莫(暮)然后罢。”(《汉书·淮南王传》)武帝得枚乘子枚皋而“大喜”,“召入见待诏,皋因赋殿中。诏使赋《平乐馆》,善之……皋不通经术……为赋颂,以故得媟黩(渎)贵幸”。“从行至甘泉、雍、河东,东巡狩,封泰山……上有所感,辄使赋之。”(《汉书·枚皋传》)

对汉武帝在推动辞赋发展上的功绩,班固在《两都赋序》还有一段更全面的评述:“赋者,古诗之流也。……大汉初定,日不暇给,至于武、宣之世,乃崇礼官,考文章,内设金马、石渠之署,外兴乐府、协律之事,以兴废继绝,润色鸿业。……故言语侍从之臣,若司马相如、虞丘寿王、东方朔、枚皋、王褒、刘向之属,朝夕论思,日月献纳。而公卿大臣御史大夫倪宽、太常孔臧、太中大夫董仲舒、宗正刘德、太子太傅萧望之,时时间作。或以抒下情而通风谕,或以宣上德而尽忠孝,雍容揄扬,著于后嗣,抑亦《雅》《颂》之亚也。故孝成之世,论而录之,盖奏御者千有余篇,而后大汉之文章,炳焉与三代同风。”

综上所述,我们可以看得很清楚:(1)汉武帝酷爱辞赋,不遗余力地招揽辞赋作家,热情地支持他们进行辞赋写作。(2)汉武帝第一个成功地组织发动了汉代辞赋创作高潮,并使辞赋取代诗歌,成为西汉文坛的主要文体。在他之前,虽也出现过吴、梁二王招揽文士,鼓励辞赋创作的先例,但他们的活动都只限于一个小小的王国里,改变不了全国文艺创作形势,影响不大。(3)从武帝酷爱司马相如的赋即可窥见,武帝极喜爱侈丽闳衍,也即新奇、华丽、夸张、宏富的赋篇,这与以扬雄为代表的儒家的文艺观是背道而驰的。(4)汉武帝把辞赋创作视为消愁解闷、寻欢作乐、繁荣文化、粉饰太平的手段,与班固所说的"抒下情而通讽谕,宣上德而尽忠孝"截然不同。班固对汉赋的评价是一厢情愿的,这是儒家思想对他禁锢的表现。汉武帝这种审美观,使辞赋冲破了儒家思想的束缚,从而得到比较正常的发展。(5)众所周知,武帝在政治上不重用赋家,所谓"上(指武帝)颇俳优畜之"(《汉书·严助传》),"颇似俳优"(《汉书·扬雄传》),"为赋乃俳,见视如倡,自悔类倡"(《汉书·枚皋传》)。武帝这种思想行为,经常受到人们的责难。不可否认,汉武帝在政治上存有轻视赋家的思想,也有在赋家身上寻欢取乐的倾向。但其客观效果却是积极的,我们从司马迁所说的"昔西伯拘羑里,演《周易》……《诗》三百篇,大抵贤圣发愤之所为作也",杜甫所说的"文章憎命达",即可悟出其中道理。试想,如果司马相如仕途上春风得意,他有时间去撰写那篇"几百日而后成"的传颂一时的《天子游猎赋》吗?再说作家与政治家分工也还是合理的。人们不能设想,让"不通经术""不根持论"的枚皋去临政理事。在这一点上,蔡邕的看法是可取的。

汉宣帝刘询也是一个极值得注意的人物。《汉书·王褒传》说:“宣帝时修武帝故事,讲论六艺群书,博尽奇异之好,征能为《楚辞》九江被公,召见诵读,益召高材刘向、张子侨、华龙、柳褒等待诏金马门。……上令褒与张子侨等并待诏,数从褒等放猎,所幸宫馆,辄为歌颂,第其高下,以差赐帛。议者多以为淫靡不急。上曰:‘不有博弈者乎,为之犹贤乎已!(师古曰:“……言博弈虽非道艺,无事为之,犹贤也。”)辞赋大者与古诗同义,小者辩丽可喜,辟如女工有绮縠,音乐有郑卫,今世俗犹皆以此虞(娱)说(悦)耳目,辞赋比之,尚有仁义风谕,鸟兽草木多闻之观,贤于倡优博弈远矣。’顷之,擢褒为谏大夫。其后太子体不安,苦忽忽善忘,不乐。诏使褒等皆之太子宫虞侍太子,朝夕诵读奇文及所自造作。疾平复,乃归。太子喜褒所为《甘泉》及《洞箫颂》,令后宫贵人左右皆诵读之。”

这段记录是激动人心的,它记下了汉宣帝的惊世骇俗之论:其一,对郑卫之声,儒家的老祖宗早已定下了批判的调子,所谓“郑声淫,放郑声”。儒家经典《礼记·乐记》也说:“郑卫之音,乱世之音也。”“皆淫于色而害于德,是以祭祀弗用也。”稍后于宣帝的扬雄在《法言·吾子》中,也一直把郑卫之声放在否定的位置上。但汉宣帝却以为:“世俗犹皆以此(指郑卫之声)虞说耳目。”不仅他自己爱悦,世俗也喜欢,而且他也允许世俗的喜爱。一个“虞说”,把包括他在内的世人对辞赋发自内心的喜爱,极形象地传达出来了。在汉宣帝的心目中,老祖宗的遗训、腐儒的叫嚷,早已被他抛到九霄云外去了。郑卫之声不是雅声,但也并非淫声,它们只是敢于表现人们的心声,也即世俗的心声罢了。其二,对绮縠这种十分精细轻柔的丝织品,因女工织作要付出巨大的心血,也一向被视为过度奢华、伤害女工的产品而多加抨击。《汉书·高帝纪下》:“贾人毋得衣锦绣绮縠。”《汉书·景帝纪》:“锦绣纂组,害女红(工)也。”扬雄《法言·吾子》:“雾縠之组丽……女工之蠹矣。”但宣帝却反其道而行之,对这种丝织品大为赞叹,以为是人人喜爱的东西。从发展生产、提高技术的角度看,从审美的角度看,宣帝的观点是正确的。

正由于汉宣帝对一些传统的观点持相反的态度,推翻了先儒对郑卫之声的污蔑,因而对比它犹高出一筹的辞赋,自然更加珍重了。他甚至拿辞赋去给太子治病,随时朗诵给太子听,也让后宫贵人左右去诵读。这是多么惊人的举止!在他之前,作为著名辞赋家的枚乘,尚且要搬出孔孟老庄的“要言妙道”(《七发》)去给楚太子治病,而宣帝却拿被汉儒鄙弃、被视为“淫靡”的辞赋给太子治病,可见他能排除汉儒思想的束缚,从新的角度去认识辞赋。辞赋不仅有讽谏教化作用,也有审美、娱乐、认识作用。他允许各种作用并存,各占有一席之地。正是基于这种认识,他博收奇文,广罗赋家。他被班固誉为继武帝之后又一个把辞赋创作推向高潮的帝王(见《两都赋序》),他对中国辞赋发展的贡献是无法抹杀的。

宣帝曾批评他好儒的儿子刘奭(后来的元帝)说:“汉家自有制度,本以霸王道杂之,奈何纯任德教,用周政乎!”(《汉书·元帝纪》)他批评“俗儒不达时宜,好是古非今”。宣帝是个“中兴”之主,可见他重实际,在对待辞赋上也是如此。

由上可见,汉人对汉赋的确明显地存在着两种不同的观点和态度,一种是坚持儒家立场、“诗人”的传统、经学的写作原则,把辞赋视为宣传儒家教条的工具,扼制文学艺术美的发展。另一种是摆脱儒家束缚,把辞赋从经学的桎梏中解放出来,走向生活，走向世俗，发展完善文学艺术——辞赋自身的特点，以满足人们日益增长的对文学艺术——辞赋的要求。前者是一种保守倒退的思想，我们应加以扬弃；后者是一种开放前进的思想，我们应给予历史的公正的评价。

汉赋文学精神长编*

导言　多文化交融下产生的新质

班固在《两都赋》里说："赋者，古诗之流也。昔成、康没而颂声寝，王泽竭而诗不作。大汉初定，日不暇给。至于武、宣之世，乃崇礼官，考文章，内设金马、石渠之署，外兴乐府、协律之事，以兴废继绝，润色鸿业。……故言语侍从之臣，若司马相如、吾丘寿王、东方朔、枚乘、王褒、刘向之属，朝夕论思，日月献纳。而公卿大臣御史大夫倪宽、太常孔臧、太中大夫董仲舒、宗正刘德、太子太傅萧望之等，时时间作。或以抒下情而通讽谕，或以宣上德而尽忠孝……"这段话讲了汉赋的属性、汉赋的功能，但着重讲汉赋在汉朝的盛况及其与时代帝王的关系。在王朝衰落、小国林立、社会动荡不安的周王朝，人们是顾不上写诗的，焚书坑儒的秦世，自然更"不文"了。即使是汉初高祖、文景之世，与以歌功颂德为主要倾向，以夸饰宫馆之丽、游猎歌舞之盛为重要内容的汉赋也是格格不入的。"汉兴，接秦之弊，丈夫从军旅，老弱转粮穰，作业剧而财匮，自天子不能具钧驷，而将相或乘牛车，齐民无藏盖（无物可藏盖）。"（《史记·平准

---

* 本文与武怀军合作。

书》)且高祖不喜文艺。陆贾要对他讲授《诗》《书》,他即骂道:“乃公居马上得之,安事《诗》《书》!”(《汉书·陆贾传》)文景之世,长期战乱造成的破坏有待恢复,所以他们父子相继实行无为而治的黄老之术,严格地约身束己:“孝文帝从代来,即位二十三年,宫室苑囿狗马服御无所增益,有不便,辄弛以利民。尝欲作露台,召匠计之,直百金。上曰:‘百金中民十家之产,吾奉先帝宫室,常恐羞之,何以台为!’长常衣绨衣,所幸慎夫人,令衣不得曳地,帏帐不得文绣,以示敦朴,为天下先。治霸陵,皆以瓦器,不得以金银铜锡为饰。不治坟,欲为省,毋烦民。”临崩前还下诏:“霸陵山川因其故,毋有所改。”“毋布车及兵器,毋发民男女哭临。”(《史记·孝文本纪》)

景帝的言行与其乃父出一辙。如他临死前的诏书也说:“雕文刻镂,伤农事者也;锦绣纂组,害女工者也。农事伤则饥之本,女工害则寒之原……朕亲耕,后亲桑,以奉宗庙,粢盛、祭服,为天下先,不受献,减太官,省繇赋,欲天下务农蚕,素有蓄积,以备灾害……”(《资治通鉴》卷十六)难怪《史记·司马相如列传》称:“景帝不好辞赋。”扬雄在其《法言·吾子》里说:“雾縠之组丽……女工之蠹矣。”把辞赋比之女工之雾縠,惑乱经典,贻害无穷。所以班固在《汉书·景帝纪》中赞曰:“汉兴,扫除烦苛,与民休息。至于孝文,加之以恭俭;孝景遵业,五六十载之间,至于移风易俗,黎民醇厚。周云成、康,汉言文、景,美矣!”

但到了汉武帝时期,形势却发生了根本的变化:“汉兴七十余年之间,国家无事,非遇水旱之灾,民则人给家足,都鄙廪庾皆满,而府库余货财。京师之钱累巨万,贯朽而不可校。太仓之粟陈陈相因,充溢露积于外,至腐败不可食。众庶街巷有

马，阡陌之间成群，而乘字牝（母马）者傧（通‘摈’）而不得聚会。”（《史记·平准书》）

文景的俭约自持、无为而治造就了大汉帝国的富足和安定，从而为武帝施展其雄才大略提供了坚实的物质基础，武帝一即位，即改变国策。在政治上，他实行以儒家学说为掩护的多欲政治。对外，他再也不愿在汉初以来时常侵边犯境的匈奴面前输币求和、委曲求全了，他先后派卫青和霍去病追击匈奴于陇西和漠北寘颜山（今蒙古国杭爱山），派张骞、李广利等征服西域三十六国，又派遣司马相如等通西南夷，遣路博德、杨仆征南粤，后又灭闽粤，征朝鲜。武帝在位五十四年，战争竟达五十年，虽付出了“海内虚耗，人口减半”的代价，但也终于造就了一个疆域辽阔、威震四方的大汉帝国，为我们今天这个统一多民族国家的形成奠定了基础。

武帝还大兴土木，营建帝都。相传由六朝人编的一部《三辅黄图》，记录三辅地区上下千余年营建的宫殿楼台、苑囿池沼，竟绝大部分出自武帝之手。武帝为求仙，起明光宫，“发燕赵美女二千人充之，率取二十以下，十五以上，年满三十者，出嫁之，时有死出者，随补之”。柏梁殿火灾，“粤巫勇之曰：‘粤俗，有火灾即复起大屋以压胜之。’帝于是作建章宫，度为千门万户”，“武帝建元三年，开上林苑，东南至蓝田、宜春（宫名）、鼎湖（宫名）、御宿（苑名）、昆吾，旁南山而西，至长杨五柞，北绕黄山，濒渭水而东，周袤三百里，离宫七十所，皆容千乘万骑”。

武帝为巩固其统治，尊儒术，立学官，建学校，培养生员；设专职官员，收集图书，建立藏书之所；立乐府机构，收集民歌，鼓励文人作诗。但武帝最喜爱的是辞赋。他当太子时，听说枚乘是写赋高手,“及即位,乃以安车蒲轮征乘”。枚乘不幸“道死”。后得乘养子枚皋,“大喜”,让他跟随左右,“上有所感,辄使赋之”。武帝读《子虚赋》,大加赞扬,但以为作者已不在人世,很惋惜。其狗监杨得意说:“臣邑人司马相如自言为此赋。”武帝惊喜,即把相如召到身边,为自己作《天子游猎赋》。“上自初即位,招选天下文学才智之士,待以不次之位。四方士多上书言得失,自眩鬻者以千数。上简拔其俊异者宠用之。庄助最先进,后又得吴人朱买臣、赵人吾丘寿王、蜀人司马相如、平原东方朔、吴人枚皋、济南终军等等,并在左右。”(《资治通鉴·汉纪九》)所以才出现上述班固所说的文人和官员“朝夕论思,日月献纳”和“时时间作”的竞相作赋的局面。

由此可见,汉赋的兴旺发达,是与大汉帝国的经济繁荣、国势强盛、国家统一分不开的,是与汉武帝的倡导分不开的。

但是,汉赋这种特殊文体也不是从天上掉下来的,它是在优秀的先秦文化的哺育下成长起来的。

(一)汉赋吸取了《诗经》的歌颂与讽谏

班固在《两都赋序》里说:“赋者,古诗之流也。……或以抒下情而通风谕,或以宣上德而尽忠孝,雍容揄扬,著于后嗣,抑亦《雅》《颂》之亚也。”班固将赋视作《诗经》的一个支脉,认为它在内容与功用上与《诗经》相仿。刘勰也认为:“然赋也者,受命于诗人,拓宇于《楚辞》也。”(《文心雕龙·诠赋》)班固与刘勰二人虽然对汉赋的起源问题理解得不是很全面,但他们看到了汉赋与《诗经》之间的联系,这一点无疑是正确的。

我们知道《诗经》在汉代为“五经”之一,地位是非常崇高的。汉人认为,《诗经》里充斥着美与刺两方面的内容。如《毛诗序》说:“《谷风》,刺幽王也。天下俗薄,朋友道绝焉。”“《蓼莪》,刺幽王也,民人劳苦,孝子不得终养尔。”“《四月》,大夫刺幽王也。在位贪残,下国构祸,怨乱并兴焉。”从卷二十至卷二十二共有《小雅》诗三十四篇,《毛诗序》认为刺周幽王的就有二十九篇。而《诗经》的《颂》诗,几乎都是祭祀祖宗、颂美最高统治者的篇章。如《鲁颂》中《駉》:“颂僖公也。僖公能遵伯禽之法,俭以足用,宽以爱民,务农重谷,牧于坰野,鲁人敬之……史克作是颂。”《有駜》:“颂僖公君臣之有道也。”《泮水》:“颂僖公能修泮宫也。”等等。《毛诗》对这些诗的主题理解并不一定恰切。但是以《毛诗》为代表的汉人就是这样来理解《诗经》的,《诗经》作为文化载体带给汉人的也是美刺的文化观念。

汉人从《诗经》那里接受了美刺的文化观念并把它运用到辞赋的创作方面来。如扬雄《长杨赋序》里交代了他创作此赋的目的:“明年,上将大夸胡人以多禽兽,秋,命右扶风发民入南山……是时,农民不得收敛。雄从至射熊馆,还,上《长杨赋》,聊因笔墨之成文章,故借翰林以为主人,子墨为客卿以风。”张衡承认他写作《二京赋》是为了讽谏:“永元中……自王侯下,莫不逾侈,衡乃拟班固《二都》,作《二京赋》,因以讽谏。”班固写《两都赋》是为了“宣上德而尽忠孝”,也即歌颂:“臣窃见海内清平,朝廷无事,京师修宫室,浚城隍,而起苑囿,以备制度。西土耆老,咸怀怨思,冀上之眷顾,而盛称长安之旧制,有陋洛邑之议。故臣作《两都赋》,以极众人之所眩曜,折以今之法度。”也就是歌颂东都洛阳的法度,批判西都长安的炫耀,其实质就是为东汉王朝歌功颂德。

典型的汉大赋是不出讽谏与歌颂两个内容的。如司马相如的《天子游猎赋》主要是想讽谏帝王的侈靡。扬雄的《校猎赋》《长杨赋》主要是为劝止天子因羽猎而"扰民"。枚乘的《七发》用含蓄的手法劝阻诸侯王的反叛。扬雄的《蜀都赋》与张衡的《南都赋》,则是对各自的家乡进行尽情的歌颂。清人刘熙载说:"言情之赋本于《风》,陈义之赋本于《雅》,述德之赋本于《颂》。"(《艺概·赋概》)也是针对《诗经》对汉赋的影响而言的。

有些人认为汉赋没有讽谏之义,这是不正确的。只不过有些赋篇的讽谏意味强,有的赋篇的讽谏意味弱。甚至有些赋篇因为写得过于铺张华丽,与其讽谏的目的不大相称,给读者造成了错觉。从作者作赋的主观目的上讲,总是有所讽谏的,最多像扬雄说的"赋劝而不止"。这是其一。

其二,汉赋的形式也受到了《诗经》的影响。《周礼·春官·大师》:"教六诗:曰风,曰赋,曰比,曰兴,曰雅,曰颂。"《毛诗·关雎序》:"故诗有六义焉:一曰风,二曰赋,三曰比,四曰兴,五曰雅,六曰颂。"经学家解释说,"六诗"是指六种体裁不同的诗;"六义"中风、雅、颂是指体裁,赋、比、兴是指三种不同的表现手法。作为表现手法的赋,是指所谓"升高而能赋者,谓升高有所见,能为诗,赋其形状,铺陈其事也"。也即刘勰、钟嵘直至朱熹所一致认为的"直书其事","体物写志"。而作为《诗经》里六种文体的赋,其主要特点也正是致力于对客观事物进行直接的描绘。也正由于二者有此共同点,所以刘勰才说:"赋者,铺也。铺采摛文,体物写志也。"(《文心雕龙·诠赋》)汉赋正是继承了《诗经》里"六诗"之一的赋和《诗经》里三种表现手法之一的赋并加以发展的。

汉赋的韵律格式,也受到以《诗经》为代表的先秦古诗的影响。《诗经》是既可以歌,也可以诵,也可以舞,还可以被之管弦。《墨子·公孟》篇说:"儒者诵诗三百,弦诗三百,歌诗三百,舞诗三百。"这些工作是由特定的人完成的。《国语·周语上》:"召公曰:故天子听政,使公卿至于列士献诗,瞽献曲,史献书,师箴,瞍赋……"韦昭注:"无眸子曰瞍,赋公卿列士所献诗也。"可见诵诗已成为一种职业,有它自己的特点。《毛诗·鄘风·定之方中传》:"故建邦能命龟,田能施命,作器能铭,使能造命,升高能赋,师旅能誓,山川能说,丧纪能诔,祭祀能语,君子能此九者,可谓有德音,可以为大夫。"更可见出赋诗绝不是一般地朗读,必有一定韵律与节奏要求。所以掌握了赋诗的本领,就会有"德音",就会获得做官的机会。

《汉书·艺文志》说:"不歌而颂谓之赋。"此话本于刘向的"明不歌而颂"(《七略》)。说明赋是不能歌唱,而只能朗诵。事实上,汉赋是韵散结合,只能诵,不能歌,这与《诗经》的朗诵情形是极其相似的。

(二)汉赋吸取了《楚辞》的浪漫主义表现手法和华丽文辞

在汉人心目中,《楚辞》与汉赋是不分家的。《汉书·艺文志》罗列了包括屈原、唐勒、宋玉、荀子、贾谊、枚乘、司马相如、司马迁、扬雄在内的赋家一百零六人。刘向编的《楚辞》也把贾谊的《惜誓》、淮南小山的《招隐士》等赋收进去,辞与赋实际上也是不分开的。再如汉赋中的有些作品,也与以屈原的《离骚》为代表的《楚辞》很相近,如贾谊的《吊屈原赋》《鹏鸟赋》《惜誓》,淮南小山的《招隐士》,司马相如的《大人赋》,扬雄的《甘泉赋》,班固的《幽通赋》,张衡的《思玄赋》,蔡邕的《述行赋》,这些赋抒情味很浓,带"兮"字调,句子长短与《楚辞》差不多。所以清人刘熙载说:"长卿《大人赋》出于《远游》,《长门赋》出于《山鬼》，王仲宣《登楼赋》出于《哀郢》，曹子建《洛神赋》出于《湘君》《湘夫人》。”又说：“枚乘《七发》出于宋玉《招魂》。”(《艺概・赋概》)他进一步说：“骚为赋之祖。太史公《报任安书》：‘屈原放逐，乃赋《离骚》。’《汉书・艺文志》：‘屈原赋二十五篇。’不别名骚。刘勰《辨骚》曰：‘名儒辞赋，莫不拟其仪表。’又曰：‘雅颂之博徒，而辞赋之英杰也。’”指出在司马迁、班固、刘勰等人心目中辞与赋是同类体式的作品，并不加以区别。《楚辞》流变于汉赋，主要有以下几点值得注意：

第一，汉赋可以粗略地分为两大类：一是以司马相如《天子游猎赋》为代表的以描写皇宫帝苑和帝王巡守游宴为主的游观都邑赋；二是以贾谊《吊屈原赋》为代表的以抒发个人情志的抒情赋。后者正是从《楚辞》直接发展过来的，和《楚辞》同属一类。《汉书・艺文志》说：“春秋之后，周道寖坏，聘问歌咏不行于列国，学诗之士，逸在布衣，而贤人失志之赋作矣。大儒孙卿及楚臣屈原，离谗忧国，皆作赋以风，咸有恻隐古诗之义。”也就是说，周王朝衰落之后，采诗制度中止，屈原等被谗，不得信用，又放不下对祖国命运的关心，于是就写赋来表达自己的情怀。其实，不仅屈原等先秦辞赋是这样产生的，两汉这类辞赋也是这样产生的。贾谊的《吊屈原赋》、董仲舒的《士不遇赋》、司马迁的《悲士不遇赋》、蔡邕的《述行赋》、张衡的《思玄赋》，也都是抒发他们的怀才不遇、郁郁不得志和对祖国、对人民的关切，流露出对现实生活的不满和批评，与《离骚》的产生背景有着相似之处。总之，汉赋中抒情述志的赋，是吸收和继承了《楚辞》形式和内容上的某些因素的。

第二，汉赋的虚构夸张等浪漫主义表现手法，受到《楚辞》的莫大的影响。先秦的作品中，《诗经》基本上是现实主义的，浪漫主义的作品不多。这是因为以孔子为代表的儒家对古代神话传说持批评的态度。《诗经》经过他们的整理，浪漫主义的作品大都被他们删掉了。但《楚辞》里面却有大量的浪漫主义作品，几乎古代的传说，在《楚辞》中都能见到其踪影。其中以《离骚》《天问》《招魂》为著。《天问》一口气向天提出了一百七十多个有关神话传说的问题，表现了作者丰富的想象和探索物原的进取精神。《离骚》则引导人们进入了神话的王国。汉赋接受《楚辞》的浪漫主义影响可以分为两种情况。在抒情赋中，受《楚辞》浪漫主义的影响更为明显。如司马相如的《大人赋》，刘熙载就说它出自《楚辞》里的《远游》。郭沫若甚至把《远游》看成是《大人赋》的初稿，他说："只是《远游》整抄《离骚》和司马相如《大人赋》的地方太多，而结构与《大人赋》亦相同，我疑心是《大人赋》的初稿。……因为稿本未脱《楚辞》的窠臼，不好拿去见皇帝……又因多整袭《离骚》的地方，遂被收入《楚辞》而误以为屈原所作。"在他看来《大人赋》的初稿《远游》是抄袭屈原的《离骚》的，没有脱离《离骚》的窠臼。这大体符合实际情况，由此也印证了《大人赋》与《离骚》的前后继承关系。张衡在《思玄赋》中先说自己如何有内美，但小人作梗，使他报国无门。于是他便开始了四面八方的周游，历蓬莱、瀛洲、扶桑、汤谷、昆仑、阆风、层城、弱水等神仙地界，会见西王母、宓妃等神仙人物，最后也是放不下祖国："据开阳而俯眡兮，临旧乡之谙蔼；悲离居之劳心兮，情悁悁而思归；魂眷眷而屡顾兮，马依辀而徘徊；虽遨游以愉乐兮，岂愁慕之可怀；出阊阖兮降天途……倏眩眃兮反常闾。"最后又回到人间来了，整个布局与《离骚》如出一辙。

另一类情况是在叙事赋里虚构夸张等浪漫主义倾向也很

明显。如《离骚》所写的“屯余车其千乘兮,齐玉轪而并驰;驾八龙之蜿蜿兮,载云旗之委蛇”之类的情节,成为汉大赋中描写帝王出游狩猎场面的蓝本。

第三,汉赋文辞的雍容华丽,富有文采也是从《楚辞》得来。不仅《楚辞》中大量的诸如香花、香草、飞龙、瑶象、玉鸾、神鸟、云旗、仙乡、帝都等神奇美丽的名词在汉赋中频频出现,而且有时连整个句子也直接搬过来,所以刘勰说《楚辞》“气往轹古,辞来切今,惊采绝艳,难与并能矣!……是以枚、贾追风以入丽,马、扬缘波而得奇;其衣被辞人,非一代也。故才高者菀其鸿裁,童蒙者拾其香草”。刘勰这段话说得比较中肯,《楚辞》以其美的词藻“衣被”了有汉一代的赋家。

(三)汉赋仿效倡优的语言表达方式

汉赋作者的身份、地位、作用,以及语言文字的表达方式,与倡优有明显的相同之处。

第一,汉赋作家只有准倡优的身份地位。班固在《两都赋序》里,称汉赋作家司马相如、虞丘寿王、东方朔、枚乘、王褒、刘向等为“言语侍从之臣”。“言语侍从之臣”并非官名,班固如此称呼是指这些人用手中的笔写诗作赋来伺候帝王。其中有带有讽谏意味的赋,更有大量的赋是供帝王娱乐之用。

汉武帝很欣赏司马相如的《子虚赋》,相如得知后马上说:“此乃诸侯之事,未足观也,请为《天子游猎赋》。”一心想讨武帝的欢心。随后,他随武帝去了宜春宫,奏《哀二世赋》。主旨是批判秦二世的信谗亡国,但在批判中暗寓着歌颂武帝的英明。他见武帝好神仙,马上说:“上林之事,未足观也。尚有靡者;臣尝为《大人赋》未就,请具而奏之。”相如以为“列仙之传,居山泽间，形容甚臞，此非帝王之仙意也，乃遂就《大人赋》”。从相如的言行看，他的确像皇帝的倡优，处处看皇帝的眼色行事，活现出一副“侍从”相。扬雄很强调赋的讽谏作用，但仍没有摆脱其侍从的地位。他的《甘泉赋》《河东赋》《羽猎赋》《长杨赋》都是跟从汉成帝外出后献上的。他试图把自己提高到谏官的地位上，实际上是不可能的。所以他后来才认为作赋“颇似俳优淳于髡、优孟之徒，非法度所存。……于是辍不复为”(《汉书·扬雄传》)。赋家枚皋对自己“类俳倡”的身份也深为难过：“从行至甘泉、雍、河东，东巡狩，封泰山，塞决河宣房，游观三辅离宫馆，临山泽，弋猎射驭，狗马蹴鞠刻镂，上有所感，辄使赋之。为文疾，受诏辄成，故所赋者多。……又言为赋乃俳，见视如倡，自悔类倡也。”事无大小，皇帝有所感触，枚皋就得命笔写赋，结果赋写得不少，质量却不是很高：“凡可读者百二十篇，其尤嫚戏不可读者尚数十篇。”可见枚皋身份之低微与身不由己。

鲁迅先生指出，赋家“宋玉、司马相如之流”，“都是位在声色狗马之间的玩物”，是“俳优蓄之”，“只在弄臣之列”。由此可见，赋家实际上是扩大了的先秦倡优，也即他们原先只用滑稽的语言动作、歌舞、竞技来娱乐帝王，现在增加到用写诗作赋来进一步满足帝王的要求。

第二，反话正说、推而隆之的讽谏手法。汉赋作家在写赋时，往往不把自己要说的话直接地表达出来，而是先说许多反面的话，以树起对立面或批判的标的。如司马相如在《天子游猎赋》里，让子虚、乌有先生、亡是公各自盛赞自己主子的苑囿是如何广大，游猎队伍是如何雄壮，歌妓舞女是如何动人，等等。而实际上作者批判的正是这些东西，因为赋最后还有“归之于正”的描写。对此扬雄说得甚至更直截了当，他看到甘泉宫过于壮丽侈靡，内心很不平静：“欲谏则非时，欲默则不能已。”他于是“遂推而隆之，乃上比于帝室紫宫，若曰：‘此非人力所能为，党鬼神可也。’”他希望这样说反话使汉成帝醒悟过来。

这种反话正说、推而隆之的手法，汉以前的倡优早就用它来讽谏帝王。如楚庄王爱马，平时“衣以文绣，置于华屋之下，席以露床，啖以枣脯”。后来马死了，他即令群臣给马吊丧，还要按大夫之礼埋葬。楚乐人优孟听后，即“仰天大哭”。楚庄王问他是怎么回事，他说：“马者，王之所爱也；以楚国堂堂之大，何求不得，而以大夫礼葬之，薄！请以人君礼葬之。”“臣请以雕玉为棺，文梓为椁，楩枫豫章为题凑，发甲卒为穿圹，老弱负土，齐赵陪位于前，韩魏翼卫其后；庙食太牢，奉以万户之邑；诸侯闻之，皆知大王贱人而贵马也。”楚庄王听出优孟的话外之音，后悔说：“寡人之过，一至此乎！”又如秦始皇想扩大苑囿，优旃说：“善！多纵禽兽于其中，寇从东方来，令麋鹿触之足矣！”秦始皇听了便放弃了扩大苑囿的计划。又比如秦二世继位后，想把城墙涂上油漆。优旃说：“善！主上虽无言，臣固将请之。漆墙虽于百姓愁费，然佳哉！漆墙荡荡，寇来不能上；即欲就之，易为漆耳，顾难为荫室。”(《史记·滑稽列传》)就是说，把城墙漆得油光光，敌人就爬不上来了，只可惜没有那么大的荫室来阴干它。秦二世听了只好作罢。

倡优与赋家之所以用这种方式来对帝王进行批评，这是他们倡优、准倡优的地位决定的。他们侍从于帝王左右，若对帝王进行直接的批评，弄不好会丢掉性命。但是装聋作哑，他们的良心又不安宁。于是他们找到了这种巧妙的方式，既能照顾帝王的情绪，满足他们娱乐的要求，又能使他们从中悟出道理，受到一定的教益，同时也保全了自己。汉赋作家正是将倡优的口头艺术继承下来并将其移入赋中加以发扬光大，使汉赋具有了讽谏的艺术特征。

（四）汉赋效法纵横家的雄辩言辞

清人章学诚说："古之赋家者流，原本《诗》《骚》……恢廓声势，苏、张纵横之体也。"（《校雠通义·汉志诗赋第十五》）章氏的话是有根据的。汉赋作家正是继承了纵横家那种滔滔不绝、左右驰骋的语言风格，这一点可从两个方面看出。

在描写方面，如班固《两都赋》描述长安形势："左据函谷、二崤之阻，表以太华、终南之山，右界褒斜、龙首之险，带以洪河泾、渭之川，众流之隈，汧涌其西。华实之毛，则九州之上腴焉；防御之阻，则天地之隩区焉。"这很明显承袭了诸如苏秦说燕文侯的语言方式："燕，东有朝鲜辽东，北有林胡楼烦，西有云中九原，南有滹沱易水。地方二千余里……南有碣石雁门之饶，北有枣栗之利；民虽不佃作，而足于枣栗矣！此所谓天府者也。"（《史记·苏秦列传》）赋家仿效纵横家的辩说艺术，对描写对象从上下左右东西南北四面八方写起。

在议论方面，诸如司马相如《天子游猎赋》里乌有先生对子虚的反驳，亡是公对子虚、乌有先生的批评，张衡《二京赋》里安处先生对凭虚公子的揶揄，尤其是班固《两都赋》里东都主人在结尾所发的议论，等等，都是词锋凌厉，气势张扬，极富纵横家的说辞语言艺术。

如上所论，汉赋在形成过程中吸收了多方面的营养，其中主要有中原文化的代表——《诗经》文化，有楚文化的代表——《楚辞》文化，有纵横家文化，还有宫廷文化的代表——倡优文化。汉赋是接受了上述各种文化的影响，但是并不是这些文化的简单组合，它是各种文化相互交融中而产生的新质，因而就具有前代文化所不能涵括的思想内涵与美学特征。汉赋的这一新质预言了纯文学的萌生与文学本体意识的出现。

第一章 汉大赋的精神意蕴与创作心理

汉大赋被公认为汉代辞赋作品的代表，它的兴盛是汉帝国政治、经济、文化以及社会心理各方面的综合产物，它反过来又反映了汉帝国欣欣向荣的昌盛局面和赋家特定的创作心态。

（一）大汉帝国的交光叠影与强烈的自信心

汉帝国经过初期七十余年的休养生息，从战乱造成的衰颓中逐渐恢复过来，并走上了富强的道路。景帝平定了七国的叛乱，武帝又采用"推恩法"，有效地削弱了诸侯的实力，解除了诸侯国对中央政权构成的威胁，此时国力达到了鼎盛的时期。汉大赋正是在这样的背景下兴盛起来的。它一经兴起就沾濡了汉帝国的时代气息，表现出独特的精神风貌，为汉赋在几百年间的流传衍变定下了基调。

首先，汉大赋描写了汉代统治者开土拓边的赫赫功绩。汉高祖开创了有汉一代的江山社稷，武帝继而把帝国推向盛极一时，扬雄在《长杨赋》里这样描写道："于是上帝眷顾高祖，高祖奉命，顺斗极，运天关，横钜海，票昆仑，提剑而叱之，所过麾城摲邑，下将降旗。一日之战，不可殚记。……夫天兵四临，幽都先加，回戈邪指，南越相夷，靡节西征，羌僰东驰。是以遐方疏俗殊邻绝党之域，自上仁所不化，茂德所不绥，莫不跻足抗手，请献厥珍，使海内澹然，永亡边城之灾，金革之患。”汉大赋以描写帝王的游观驰猎与宫观苑囿为主要内容。赋中人物活动的环境其实就是汉帝国的缩影，赋家在赋中夸耀的帝王苑囿面积之大、物产之丰，实际上赞美的是整个国家的强大与统一。司马相如《上林赋》中亡是公夸耀皇帝苑囿之大时说：“且夫齐楚之事，又乌足道乎！君未睹夫巨丽也，独不闻天子之上林乎？左苍梧，右西极，丹水更其南，紫渊径其北；终始灞浐，出入泾渭；酆镐潦潏，纡余委蛇，经营乎其内；荡荡乎八川分流，相背而异态。东西南北，驰骛往来，出乎椒丘之阙，行乎洲淤之浦，经乎桂林之中，过乎泱漭之野。”又说：“日出东沼，入乎西陂。”这就是等于说天子的苑囿有天下那么大，这种夸张是赋家想象创造的结果，同时也是汉帝国空前统一、疆域空前扩大的一种曲折的反映。司马相如在《难蜀父老》中明确地表达的祖国政治统一与疆域扩大给他所带来的心理感受：“且夫贤君之践位也，岂特委琐龌龊，拘文牵俗，循诵习传，当世取说云尔哉！必将崇论宏议，创业垂统，为万世规。故驰骛乎兼容并包，而勤思乎参天贰地。且《诗》不云乎：‘普天之下，莫非王土；率土之滨，莫非王臣。’是以六合之内，八方之外，浸淫衍溢，怀生之物有不浸润于泽者，贤君耻之。今封疆之内，冠带之伦，咸获嘉祉，靡有阙遗矣。”其后的大赋中也有类似的描写。班固的《东都赋》：“天子受四海图籍，膺万国之贡珍，内抚诸夏，外绥百蛮。”张衡《东京赋》：“惠风广被，泽洎幽荒。北燮丁令，南谐越裳。西包大秦，东过乐浪。重舌之人九译，佥稽首而来王。”这些无疑都是统治阶级的扩张意识以及扩张活动在文学作品中的折光。

其次,汉帝国繁荣富庶在汉大赋中得到了比较充分的展现。汉大赋中既有“沟塍刻镂,原隰龙鳞;决渠成雨,荷锸成云;五谷垂颖,桑麻铺棻”(《两都赋》)的农业发展;也有“瑰货方至,鸟集鳞萃,鬻者兼赢,求者不匮”(《二京赋》)、“万物更凑,四时迭代,彼不折货,我罔之械,财用饶赡,畜积备具”(《蜀都赋》)的商业的繁荣景象,还有“瑕英菌芝,玉石江珠”“银铅锡碧,马犀象僰”“盐泉铁冶,橘林铜陵”(《蜀都赋》)等丰富的物产。大赋作品极力铺叙帝王贵族们的豪奢生活,他们穿锦衣绣,御车乘马,山珍海味、鲜果美酒时时罗列于前,这些表现了国力的强盛与物产的极大丰富,也体现了手工业技术的日益发达。汉代的文艺成就也在汉大赋中有所反映,比如《天子游猎赋》中对音乐歌舞场面的描写,张衡赋作中对百戏杂技的描写等等。所有这些既是夸张又是写实,是汉帝国繁荣富强的艺术化再现。

当赋家在赋中反复对汉帝国的强大富盛这一主题进行描写和夸张时,它已不仅仅是现实的简单摹写,而是加入了作者的自豪与赞美之情,从而使赋作洋溢着一股强烈的自信心。这种自信心在当时具有一定的普遍性和代表性,因而作者所津津乐道的大汉帝国的繁荣富强实际上已成为汉代社会的时代精神的一种形象化代表。正是这种蓬勃向上的时代精神造就了汉大赋中流动着的最为生动的气韵,而汉大赋正是用这种外化的意象来表达汉人内在的豪迈蓬勃的精神风貌。流波所及,汉大赋中每每用恣肆夸张的语言描写对象,极言其多、其大、其高,以至于人所不能加。如相如《天子游猎赋》中写“罗乎后宫,列乎北园”的树木就达二十余种,而接下来所写的“仁频并闾”“豫章女贞”之类的树木竟“长千仞,大连抱”。扬雄在《甘泉赋》中描写楼宇之高峻:"于是大厦云谲波诡,摧嶉而成观;仰矫首以高视兮,目冥眴而无见;正浏滥以弘惝兮,指东西之漫漫;徒徊徊以徨徨兮,魂眇眇而昏乱;据軨轩而周流兮,忽坱圠而无垠。"写洪台之高:"列宿乃施于上荣兮,日月才经于柍桭。雷郁律于岩窔兮,电倏忽于墙藩。鬼魅不能自逮兮,半长途而下颠。历倒景而绝飞梁兮,浮蠛蠓而撇天。"班固与张衡赋中亦多此类描写。

在描写人物行动时,大赋也热衷于写其勇猛与矫捷。在帝王畋猎的场面中,人人都勇猛无比。司马相如《上林赋》描写打猎的一段从"生貔豹"以后连用了十四个动宾词组,表现人与野兽的搏斗,而猎手们个个是"箭不苟害,解脰陷脑。弓不虚发,应声而倒"。扬雄《羽猎赋》中"若夫壮士慷慨"一段用了十九个动宾词组来表现壮士们纵横驰骋、与野兽手搏足踏的场面。这些动宾词组很短,多为一字的动词与二字的名词构成,音节也显得急促而刚劲有力。东汉赋作中也有描写猎手劲猛的例子,班固《东都赋》:"轻车霆发,骁骑电骛。游基发射,范氏施御。弦不失禽,辔不诡遇。飞者未及翔,走者未及去。指顾倏忽,获车已实。"等等。

这些追求极致的描写从表面上看无疑是词语与意象的堆砌,但是正是这种堆砌而成的意象成了汉大赋最为显著的特征,提起大赋,人们首先想起的总是这种琳琅满目的意象并为其所撼动,因为这些意象不是凭空所创造出来的,它掺入了当时人们的群体精神与群体意识,有着丰富的精神底蕴。所以在某种程度上讲,汉代的大赋不是个人即兴的作品,它是在特殊的社会环境下群体意识的结晶,是将时代的自信心进行物化展现的产物。

（二）人类力量的苏醒与展现

如果说汉代帝国不断征服外族、扩大疆域的行动是其武力的展现，那么汉大赋所表现出来的人们在自然界面前所特有的自信心则是人类自身的力量的极大苏醒与展现。

综观汉代的大赋作品，出现在赋中的自然界不复是人类的主宰；相反，活动于其中的主人公则变得无所不能。一些游猎赋中所描述的帝王的游猎，实际上是一场场人与自然，也即人与天的斗争，在这些斗争中人们总是大获全胜，人定胜天的思想在此得到非常充分的体现。在具体细节上，自然界的很多险阻对于人们来说变得能够轻而易举地克服，如司马相如《上林赋》中描写打猎时“江河为阹，泰山为橹”，自然界的山川河流如同普通的工具一样，让人们随心所欲地摆布。人们征服自然的过程中所遇到的艰难险阻在描写过程中被简化到了极点。“蹶峦阬，超唐陂”（《羽猎赋》），“横钜海，票昆仑”，“夷阬谷，拔卤莽”（《长杨赋》），这些实际上很艰辛的活动在轻描淡写中似乎易如反掌。自然界不但在人们眼中失去了绝对的统治地位，甚至有时人们觉得天地过于狭小，这种感觉用司马相如的《大人赋》中的语言来描述就是“悲世俗之迫隘，朅轻举而远游”，“迫区中之隘陕兮，舒节出乎北垠”。与此同时赋家选择了另外一个方面，即人们在征服自然界过程中所取得的成就，作为描写的重点，人类文明的各种成果得到了大肆歌咏与赞颂，尤其是建筑成就成为汉大赋最常咏及的主题，各种宫观楼宇高耸入云。如扬雄《甘泉赋》中所描写的一般，连自然界的日月星辰都出乎其下，鬼神都难以攀援而上，人就更不用说了。这里人们已经不能克服自己所创造出来的东西，人类文明的成果显然已被抬高到神圣的地位。

人类力量的觉醒表现最为明显的是汉大赋中对另一种对象即鬼神的处理方式。鬼与神是远古时期人们无法征服自然，慑于自然界的威力而创造出来的异己的力量，它们掌握着人类的命运，能够给人类带来灾难或幸福，所以，自古以来人们对鬼神就怀有敬畏的感情。就连至圣至尊的孔子也“不语怪、力、乱、神”，对其持着阙如的态度，不言其有，亦不贸然断定其无。汉代以董仲舒为代表的儒家神学体系更是将无形的“天”抬到宗教的高度上。董仲舒所说的“天”是一位有绝对权威的至上神，既主宰天上的诸神，也支配人间的帝王。因天有喜怒，司赏罚，所以人们必须尊重天命。他说：“孔子曰：‘君子有三畏，畏天命，畏大人，畏圣人之言。’彼岂无伤害于人而孔子徒畏之哉？以此见天之不可不畏敬，犹主上之不可不畏敬。不谨事主，其祸来至显；不畏敬天，其祸殃来至暗。”所以两汉时代神学思想的流传是相当广泛的。

但是在汉赋中，却出现了与此不同的另外一种积极因素，远古神话中的神祇却成为人们可以随意驱使的对象。如“天官景从，寖威盛容。山灵护野，属御方神。雨师泛洒，风伯清尘”(《东都赋》)一段，诸神都是根据人的意志行事。司马相如《大人赋》中的大人对神灵拥有生杀的大权，“召屏翳，诛风伯，刑雨师”，对上天最高的统治者天帝也大为不敬，“排阊阖而入帝宫兮，载玉女而与之归”。这一点可以说是继承了《楚辞》的余风，但是在具体的目的上，二者却有着根本的差别。《楚辞》中写上天游历，驱神役鬼，只是出于抒情的需要；而汉大赋描写鬼神却是为了抬高人自身的地位，展现人自身的力量。数百年后的刘勰在《文心雕龙·夸饰》中认为汉赋对于鬼神运用过了头："又子云《羽猎》，鞭宓妃以饷屈原；张衡《羽猎》，困元冥于朔野。娈彼洛神，既非罔两；惟此水师，亦非魍魅。而虚用滥形，不其疏乎！"

当然，汉大赋对于鬼神的这种处理方式也是出于修辞的需要，有时甚至出于讨好媚上的需要，但是从最根本的方面说，是人们对于自身力量的认识逐渐加深的必然结果，否则，赋家们会采取另外一种较合理的方式达到纯修辞的目的。对人类自身力量的肯定是汉大赋铺张扬厉风格形成的社会心理基础。

（三）赋家的创作心态

汉赋是特定时期的产物，其形式比较特殊，后世视为累章赘句的正是赋家们当日尽心竭力所追求的。这种形式的产生，除了社会的原因，还与赋家们的创作心态有关。

1. 追求大而全、大而美

大全大美的心理产生要追溯到先秦。如《孟子·尽心下》："可欲之谓善，有诸己之谓信，充实之谓美，充实而有光辉之谓大，大而化之之谓圣，圣而不可之之谓神。"《荀子·劝学》中谈论人的修养问题时说："君子知夫不全不粹之不足以为美也。"都隐约透露也以大以全为美的思想。到汉大赋产生的时代，亦即封建王朝的鼎盛期，大与全成为赋家们孜孜以求的理想。汉大赋铺写物貌时，往往从四方上下全方位展开，极言物品之丰富："必推类而言，极丽靡之辞，闳侈钜衍，竞于使人不能加也。"（《汉书·扬雄传》）从四方上下写起的手法在先秦已有，《荀子·王制》说："北海则有走马吠犬焉，然而中国得而畜使之；南海则有羽翮齿革曾青丹干焉，然而中国得而财之；东海则有紫纮鱼盐焉，然而中国得而衣食之；西海则有皮革文旄焉，然而中国得而用之。"《招魂》也言及四方、天上、地下。李斯的《谏逐客疏》写到四方物产，也追求极至。汉赋中的追求大美的心理是在此风的沿习下形成的。其中的夸饰既有现实的充分描写，也有作者想象加工的成分。祝尧在《古赋辨体》卷三中总结大赋的这一特点说："取天地百神之奇怪，使其词夸；取风云山川之形态，使其词媚；取鸟兽草木之名物，使其词赡；取金璧彩缯之容色，使其词藻；取宫室城阙之制度，使其词庄。"赋家在作赋时求大求全的心态，用司马相如《难蜀父老》中的话讲就是"驰骛乎兼容并包，而勤思乎参天贰地"。《西京杂记》卷二载司马相如论作赋云："合纂组以成文，列锦绣而为质，一经一纬，一宫一商，此赋之迹也。赋家之心，苞括宇宙，总览人物，其乃得之于内，不可得而传。"这应该说是大赋作家们求大、求全、求美的心态的极好写照。

2. 夸耀心理

写大赋主要想给帝王看，赋家作赋也想借作品以显示自己的才华。如汉武帝非常欣赏相如的赋作，相如却说诸侯之事不足观，自请为《天子游猎赋》。在这件事中相如急于炫耀才华的心理是非常明显的。汉赋中大量堆积奇僻词汇，目的之一也是借以夸示学问。当时识字书写颇得社会重视，《文献通考·选举童科》："汉兴，萧何草律曰：太史试学童，能试书九千字以上，乃得为史；又以六体试之，课最者以为尚书。学童十七以上始试，讽籀书九千字乃得为吏；又以八体试之，郡移太史，并课最者，以为尚书史。书或不正，辄举劾之。"司马相如与扬雄作赋的同时也很有文字上的修养，相如作字书《凡将篇》，扬雄作《训纂篇》。二书今已不存，仅存史游的《急就篇》。"各章的内容，首列五句，为各章的总述。下面就分别列入姓氏、衣着、农艺、饮食、器具、音乐、生理、兵器、飞禽、走兽、医药、人事等应用文字,惟字多重复,组织也极复杂。”(顾树森《中国历代教育制度》引陈东原说)可见这类字书用韵文写成,其组织与汉大赋也颇有相似之处。

3. 强烈的政治意识

大赋作者作赋是给帝王看,不仅仅是为了炫耀才华,其更深的用意是想借此而得到帝王的重用,以期在政治上有所作为。但是汉代皇帝对于赋家多是倡优畜之,赋家所担任的官职也多是一些散职或文学侍从之类。枚皋曾自悔类倡,这说明他是不满足于倡优的地位的。扬雄非常强调赋作的讽谏作用,后来看到赋“劝而不止”,竟“辍不复为”。由此可见赋家对赋作政治作用的巨大期望。大赋作家班固在《两都赋序》中认为汉赋“或以抒下情而通风谕,或以宣上德而尽忠孝”,发挥着重要的政治作用。所以汉代的很多赋家在作赋时很重视赋的讽谏功能,以致是否有讽谏之意一度成为汉赋批评的标准。其实大赋作家的政治意识从另一个方面很好印证,那就是汉大赋的内容,总是围绕着帝王的生活展开,而不肯舍此别求。为什么呢?因为帝王是那时的权力中心。

4. 神仙心态

汉赋中颇多神话运用,如大赋中常用神话中地名。扬雄《羽猎赋》写仪仗侍卫也借用星宿、风神、雨师、神怪名称。这一方面是《楚辞》的影响,另一方面与当时的观念习俗有很大的关系。如汉武帝就很喜欢神仙,多次派方士出海求仙药。而《李夫人赋》的创作正是方士利用了武帝好仙的心理而创作出来的。上有所好,下必与焉,当时社会上的好仙之风颇浓。内蒙古和林格尔县新店子汉壁画墓前、中、后室及三个耳室的顶部,都绘着仙人、神兽、四象等象征天穹及仙界的图画。山东沂南汉画像石墓前室的北、东、西三面墙上,刻满了奇禽怪兽、羽人、神人及四象等。另外,浙江海宁的东汉画像石墓,山东苍山、肥城等地的画像石墓,河北望都、安平等汉壁画墓,以及长沙马王堆的汉墓帛画都有类似的图案。这种浓厚的神仙风气促使赋家追求神奇,对神话传说有着浓厚的兴趣。

第二章　汉大赋的内外矛盾及其衍变

汉大赋虽然是时代的产物,但是它并不是完美无缺的,不仅它自身存在着不很和谐的地方,它与时代也有抵牾之处。这种内外矛盾在其解决的过程中促使汉赋发生某些变化以求得各种因素的平衡与统一。汉大赋在这一演变过程中丧失了某些优秀的因素,也获得一些新因素,甚至衍变出了新体。

(一)汉大赋的矛盾性

1. 汉大赋内在的矛盾性——内容与形式的冲突

在文学史的发展中,每一种取得辉煌成就的文学作品其内容与形式都是互为表里,相得益彰。但是汉大赋并不是因为这一点而为人们所称道,它之所以光辉灿烂,是因为它在文学史上具有开创性的贡献,发展和丰富了文学的语言技巧与表现手法,为文学的自觉立下了汗马功劳。但是其内容与形式的失衡一直客观地存在着,它往往以庞大的结构、华丽的语言、精心的布局、细致的描写来表现一个简单的事件。形式与内容相比,显得极不协调。这一点一直为人们所批评。

汉大赋的“闳侈钜衍”的形式，已经尽人皆知，兹不多谈。这里重点谈谈汉大赋的思想内核。

汉大赋具有一定的叙事性，但是它所叙述的事件情节比较简单，基本上是直线式发展，而且不同赋家的同类赋作的叙事情节，多有雷同，缺乏新变。帝王游猎赋应该算是大赋中情节比较曲折的作品，但它一般也不外乎出行、畋猎、置酒、反省、归于仁等几个情节，而且用来交代情节的语言非常简单。以司马相如的《上林赋》为例，全文共两千二百七十六字，只有校猎、游衍、置酒、反思、戒斋等几个情节，用来交代情节的文字占了不到全文的十分之一，而且在情节开始之前用几近正文一半的篇幅来进行描写。其中有很多涉及人物动作的语言只是用来描写场面，而不是用来交代情节。后来扬雄、班固、张衡等人的赋作在叙事情节上基本承袭了司马相如，而略有变化。由此可见，大赋的叙事性是非常弱的，它主要不是依靠叙事来向人们传达信息的。

再看汉大赋的议论。汉大赋有很多篇章是以辩论提挈全文的，这种辩论是汉大赋的主要议论方式。但是辩论双方多运用描述性的语言，缺乏推理与思辨，而且因袭模仿，思路雷同，观点极少个性化的创见。而且赋中肯定性的意见不是通过广义阐发，而是为带有倾向性的描写所代替。大赋中也有以议论为主的作品，如杜笃的《论都赋》，但即使这样的赋中也颇多描写的语句，且观点也没有大的创新。班固《两都赋》末有一段议论：“今论者但知诵虞夏之《书》，咏殷周之《诗》，讲羲文之《易》，论孔氏之《春秋》。罕能精古今之清浊，究汉德之所由。唯子颇识旧典，又徒驰骋乎末流。温故知新已难，而知德者鲜矣。且夫僻界西戎，险阻四塞，修其防御，孰与处乎土中，平夷洞达，万方辐凑？秦岭九嵕，泾渭之川，曷若四渎五岳，带河溯洛，图书之渊？建章甘泉，馆御列仙，孰与灵台明堂，统和天人？太液昆明，鸟兽之囿，曷若辟雍海流，道德之富？游侠逾侈，犯义侵礼，孰与同履法度，翼翼济济也？子徒习秦阿房之造天，而不知京洛之有制也；识函谷之可关，而不知王者之无外也。”这是对全赋总括之词，即批驳对方观点之固陋，申明定都长安不如定都洛阳。而且对全文的总括只是简单的意思上的重复，并没有把文意引申递进一层。所以议论虽然在大赋中起着不可替代的作用，但是它在赋中所占的比重小，所表达的思想也是很有限的。

描写是汉大赋的主要写作方法，描写性的文字占去了汉大赋的大部分篇幅，汉大赋的主要内容也是依靠描写来传达的。汉大赋擅长描写热闹非凡的大场面，如司马相如《上林赋》中描写天子狩猎的一段，人马众多，车声如雷，有铺天盖地之势。这样的描写兼有《左传》描写大场面的有条不紊和《战国策》辩说的铺张扬厉，但是比《左传》更注意气氛的渲染，比《战国策》更多辞藻的修饰。但是同上述二书相比，它的不足之处也是很明显的，它不注重人物情态的描写和细节描写，只从宏观的角度对整体加以描写而没有突出重点，对于人物的行动只提及干什么，却没有交代怎么干。所以在这个狩猎场面中活动的诸多人物面貌比较模糊，个性很不鲜明。这种不重细节只重渲染气氛的写法从司马相如的《天子游猎赋》一直延续到东汉时期张衡的《二京赋》都没有太大的变化。汉大赋还善于铺陈描写，即从不同方位、不同时间、不同的角度对对象进行烘托和描写。这种手法一旦与当时炫耀才学的习气相结合，带来的缺点是显而易见的，即堆砌很多意思相近的生僻形容词，使赋作显得臃肿枯燥,难以卒读,如司马相如《天子游猎赋》与扬雄《蜀都赋》中描写山势的文字。这种手法直接影响了大赋所传达给人们的信息含量。

当然以上的论述并没有否定大赋的意思,只是想说汉大赋所传达的信息量与它宏大靡丽之形式是不成正比的,这一存在于大赋内部的矛盾成为后来推动大赋演变发展的内因。

2. 汉大赋与时代的矛盾

大赋鼎盛的汉代是一个经学统治的时代,在意识形态领域占有统治地位的经学力图将大赋纳入其经世致用的社会伦理范畴之中,但大赋却要保持自身的艺术特色,二者在这一点上发生了很大的矛盾。

大赋是在汉初比较自由的思想氛围下产生的,具有浪漫奔放、自由雄阔的艺术特色,其中讽谏的意味是非常弱的。武帝于元光元年(前 134)采纳董仲舒"罢黜百家,独尊儒术"的主张后,经学才逐渐在思想领域里占了统治地位。此时,汉赋的两位奠基人枚乘和司马相如,前者已去世,后者已写出了其代表作《天子游猎赋》,也就是说,汉赋在定型成熟前没有受到经学的任何影响。以司马相如为例,他的文艺思想与儒家的文艺思想很不相类。儒家强调文艺的经世致用,为政治服务;在形式上注重崇真尚实,反对华饰。但司马相如却很注重文艺作品的娱乐作用,大量运用虚构夸张的笔法,写出华丽至极的作品。

司马相如以后大赋遭到很多批评,主要是针对它靡丽多夸的艺术特色和较弱的讽谏作用而发的。司马迁就曾提到大赋的"虚辞滥说",但他基本上肯定了汉赋的讽谏作用。大赋作家扬雄深受儒家的熏陶,也认为赋作一定要有讽谏作用,在创作实践中,他也在自觉地身体力行,所以大赋从相如手中到了他手中就发生了比较明显的变化。后来他从实践中得出经验，认为赋“竞为侈丽闳衍之词，没其风谕之义”。“劝而不止”，过于华丽的形式淹没了其讽谕之义，于是“辍不复为”。班固也认为赋作应该有讽谏的作用，而且能起到“宣上德而尽忠孝，抒下情以通讽谕”的政治作用。再如王充，如果他对汉赋有所肯定的话，那么仅仅是从“臣子当颂”的颂美观点出发的。比较之下，他对汉赋的批评更为严厉些：“文丽而务巨，言眇而趋深，然而不能处定是非，辩然否之实，虽文如锦绣，深如河汉，民不觉知是非之分，无益于弥为崇实之化。”（《论衡·定贤》）对大赋此类的批评在汉代是非常多的。

另一方面，汉赋的确以其独特的魅力吸引了包括帝王在内的一大批爱好者。他们虽然为大赋作进行辩护，但是结果还是给大赋套上了讽谏的批评标准。西汉宣帝时，群儒非议辞赋，以为“淫靡不急”。宣帝说：“辞赋大者与古诗同义，小者辩丽可喜。”（《汉书·王褒传》）这种论调与司马迁所认为的赋“与《诗》之讽谏何异”和班固“赋者，古诗之流也”的观点完全一致。

这场关于辞赋是否应有讽谏的争论其实是汉赋与其时代之矛盾的具体化。由于身处其时的绝大部分赋家既是忠实的儒家信徒，又是辞赋的爱好者，在这场争论中，他们处在一种进退维艰的位置。一方面他们舍不得丢弃赋作的艺术性，如扬雄年轻时就非常崇拜司马相如的作品，创作时经常进行模仿；另一方面，他们又赞成赋作应有讽谏作用的观点。结果，他们对二者进行了糅合，给大赋强加了一条比较生硬的讽谏的尾巴。这些讽谏之辞并不是从形象描写中自然流露出来的，而是游离于形象之外的枯燥的说教，使汉大赋艺术上的完整性遭到了一定的破坏。

3. 发展与模拟的矛盾

在社会鼎盛时期形成的文风,有较强的稳固性。刘勰说:“夸张声貌,则汉初已极。自兹厥后,循环相因,虽轩翥出辙,而终为笼内。”(《文心雕龙·通变》)汉大赋在司马相如手中已臻化境,司马相如以后,社会意识形态一直由经学所统治,在这种教条式僵化的社会意识形态的影响下,从西汉末至东汉初,赋坛流行着一股模拟的创作风气。

汉赋创作领域内热衷于模仿者可以扬雄为代表。《汉书·扬雄传》云:“其意欲求文章成名于后世,以为经莫大于《易》,故作《太玄》;传莫大于《论语》,作《法言》;史篇莫善于《苍颉》,作《训纂》;箴莫善于《虞箴》,作《州箴》;赋莫深于《离骚》,反而广之;辞莫丽于相如,作四赋。皆斟酌其本,相与放依而驰骋云。”当时的风气,并不以模仿为耻。扬雄所作的《羽猎》《长杨》《甘泉》《河东》四赋均模仿相如的《天子游猎赋》而写成。其后杜笃的《论都赋》、班固的《两都赋》、张衡的《二京赋》亦大体模仿前人作品。其结构均虚设宾主,互为问答。其内容则必及宫馆、游观、狩猎,按照一定的程式,一一铺陈,虽亦各有胜处,大体总出于模拟。而枚乘《七发》以后,作者纷纭,遂有“七体”一称。宋洪迈说:“枚乘作《七发》,创意造端,丽旨腴词,上薄骚些,盖文章领袖,故为可喜。其后继之者,如傅毅《七激》……之类,规仿太切,了无新意。”(《容斋随笔》卷七)当然,些时的模拟风气所及,不限于大赋的领域,其他如骚赋以及东方朔《答客难》之类的杂赋也多因袭成风。

模拟因袭的创作风气导致大赋艺术上的僵化,程式固定,陈陈相因,逐渐使大赋失去了活力。但是在模拟的同时,大赋中也孕育着一些新因素，如张衡赋作中对市井及百戏杂技的描写。这种新变是大赋客观上要求发展的表现。文学史发展的规律也表明，任何一种文体只有在发展变化中才能求得生存。东汉中期以降，大赋的逐渐衰落与这种模拟风气是不无关系的。

（二）汉大赋的衍变

由于内在与外在矛盾的推动，汉大赋在不断地发生着衍化和变异。

1. 从游猎赋到都邑赋与宫观赋

汉大赋在司马相如手中达到了鼎盛期，司马相如所作大赋以帝王游猎为题材，这也成为后来大赋的典型题材。游猎大赋以帝王的游猎为线索，串联起众多内容，其中就有宫观都邑的描写。在后来的发展中，都邑赋与宫观赋则逐渐从游猎赋中分离出来，而成为相对比较独立的赋类。

继司马相如之后，扬雄踵其武，创作了《羽猎》《长杨》等游猎赋，也创作出《蜀都赋》这样的都邑赋。都邑赋在题材上有较密切的联系，首先它们都是围绕帝王的活动范围，其次它们内容上有重合。《上林赋》中就写到"离宫别馆"。扬雄从游猎赋中开拓出都邑赋，实为汉大赋一变。《蜀都赋》主要盛夸蜀中山川形胜、物产丰富。但赋没有采用宾主对答的形式。

东汉初建，围绕定都的问题，曾有过一番争论，有人要求迁回长安，有人则认为定都洛阳好，两种意见相持不下。杜笃的《论都赋》就是在此环境下产生的。此赋采用宾主对答的形式，主张迁回长安。赋中历叙西汉各代盛况，以及雍州物产之丰饶，形势之险要，颇多夸张之笔。

针对同一问题,班固写了《两都赋》。《两都赋》的主旨在《后汉书·班固传》中交代得很明确:“(班固)自为郎后,遂见亲近。时京师修起宫室,浚缮城隍,而关中耆老,犹望朝廷西顾。固感前世相如、寿王、东方之徒,造构文辞,终以讽劝,乃上《两都赋》,盛称洛邑制度之美,以折西宾淫侈之论。”其中《两都赋》借西都宾之口,极言西都长安险要的地理形势、富饶的土地以及前代多次定都的盛况。赋中还描写了长安都市的繁华景象、市井风习,以及上囿禁苑、离宫别馆和帝王的娱乐畋猎。赋中对畋猎的描写除词句稍有变化外,大体与扬、马之畋猎赋格式一致。《东都赋》则以东都主人的口气,首先从根本上否定了西都宾的论调,认为西都宾受秦俗影响,不懂大汉之作为。赋中歌颂了光武创业,称赞明帝崇礼义,明教化,修洛邑。也写到宫观与畋猎,但只强调其奢俭合礼,遵循古制。赋的最后转而描写祭祀神灵,宣扬礼教,说明东都“统和天人”,“同立法度”,远较西都为盛。赋末还附有歌功颂德的诗歌五首。西汉王朝与东汉王朝存在着明显的差异,西汉尤其是武帝时代是一个充满豪侠之气、具有开创精神的时代,而东汉则转而强调文治,注重礼乐制度。反映到赋作中,《西都赋》的风格较为豪放,多夸张想象;《东都赋》则显得典雅平实。

大赋从《论都赋》《两都赋》等都邑赋开始,生僻字词已大为减少,逐渐摆脱了重叠堆砌、累赘难读的体式,写作技巧上取得了长足的进步。

张衡的《二京赋》是班固之后都邑赋的又一力作。赋作虚设凭虚公子与安处先生的对话,凭虚公子盛赞西京雄伟、昌盛,颇具浪漫精神。安处先生则对西京的奢侈加以批评,而盛称东汉的礼乐制度,提倡节俭。因张衡作此赋的动机是:“昔班固睹世祖迁都于洛阳,惧将必逾溢制度,不能遵先圣之正法也,故假西都宾盛称长安旧制,有陋洛邑之议,而为东都主人折衷以答之。张平子薄而陋之,故更造焉。"(《艺文类聚》卷六十一引《西京赋》小序)因张衡怀着超越前人的想法进行创作,所以此赋与班固的作品相比有许多不同之处。

首先,讽谏的内容大大增加。如《西京赋》中叙西汉武帝信神仙,求不死,却以"若历世而长存,何遽营乎陵墓"作结,表现出嘲讽之意。对宫廷中的荒淫无度也有微词:"自君坐故,何礼之拘?增昭仪于婕妤,贤既公而又侯。许赵氏以无上,思致董于有虞。王闳争于坐侧,汉载安而不渝。"讽刺的是汉成帝宠爱赵飞燕姊妹而及宠爱董贤,竟许愿要禅位给董贤,王闳进谏,成帝还"默然不悦"。《东京赋》则正面提出历史教训,批评凭虚公子对西汉宏富的夸耀。张衡在此赋中以对东京的正面称述树立自己的政治理想,以对西汉的批评来暗寓对当世的讽谏。

其次,增加了赋作的信息含量。在描写地理形胜、宫观楼阁、畋猎游弋等时包罗了前赋所无的新内容。如提到"匪唯玩好,乃有秘书。小说九百,本自虞初"。赋中最有价值的当属对角抵之戏的描写,这段文字长达数百字,是戏曲史上很有价值的史料。《东京赋》中记叙的"大傩"也为其他赋作所未提及。应该说,《二京赋》比较完整地保存了两汉京都的社会风俗画卷。

最后,张衡在语言方面用力甚多,学习了司马相如和扬雄的作法,增加了一些生僻字词,难免有堆砌之嫌。这也从侧面说明大赋鼎盛期既过,其形制已定,即使再优秀的作家也难以在艺术上翻空出奇。

张衡之后，都邑赋仍有继作，如刘桢的《鲁都赋》、徐干的《齐都赋》等等，但远不能继前人之作。

尽管游猎大赋与都邑大赋中都涉及对宫观的描写，但是专门写宫观的赋却自东汉王延寿的《鲁灵光殿赋》起。此赋对鲁灵光殿进行了笔墨非常集中的描绘，写法上继承了传统大赋极尽夸张的表现方法，有的地方甚至过于堆砌。赋中既有宏观上的描写，也有局部的细绘。尤其是对雕梁画栋、轩窗藻井上的雕刻及图画的刻画相当具体生动，为全赋的传神之笔。

总之，都邑赋与宫观赋、游猎赋一样，都是汉大赋的有机组成部分。都邑赋和宫观赋可以看作是游猎赋在发展过程中克服其主题过于庞杂的缺点而逐渐衍化形成的，它们在艺术风格上都带有铺张扬厉的特点，没有本质的区别。

2. 乐舞赋的产生

以帝王游猎为主要内容的大赋中往往有描写音乐舞蹈的章节。辞赋的进一步发展，要求对音乐和舞蹈作更详尽的描写，于是写乐舞的赋便独立成为一大类别。首开音乐赋风气的是王褒的代表作《洞箫赋》。《洞箫赋》是汉代音乐赋的首创之作。赋开篇先写箫材生长的环境，谓箫材生长于能感受阴阳变化之地，风声水声，鸟鸣猿啸，赋予了材质以极佳的音乐性质——这点是从《七发》学来的。然后写洞箫之制作，再写乐师之演奏。在描写乐声的部分，王褒运用大赋的铺陈功能，多方形容比况，使无形之声变得具体可感。赋篇最后写听音乐的感受，从侧面烘托演奏的效果。《洞箫赋》所开创的描写模式为后来很多描写音乐的作品所采用。

东汉时期，马融仿《洞箫赋》作了《长笛赋》，其结篇布局与王作很相似：亦先充分描写笛材之生长环境，点明“夫固危殆险巇之所迫也,众哀集悲之所积也”;再详细描写斫取笛材精工制作的过程;之后,便多方形容长笛的演奏。与《洞箫赋》相比,《长笛赋》以“听声类形”来写笛声具有独创性:“尔乃听声类形,状似流水,又象飞鸿。泛滥溥漠,浩浩洋洋。……微风纤妙,若存若亡。”另外,此赋还强调了音乐的感化教育作用。赋的最后,将各种乐器的来历叙述一遍,别具一格。

除上述两赋外,汉代音乐赋还有刘向的《雅琴赋》、马融的《琴赋》、侯瑾的《筝赋》、蔡邕的《琴赋》、阮瑀的《筝赋》等,这些赋作都残缺不全,但从某些残章断句中仍可以看出描写手法上大致具有相近的特点。

汉代舞蹈赋最早的要算傅毅的《舞赋》。此赋前有序,序假托宋玉与楚襄王的对话,阐述了“歌以咏言,舞以尽意”的道理。赋的正文从宴会开始一直写到宾客散去,先写月夜、洞房华屋、筵宴陈列之环境气氛,再写客之醉态,然后舞者出场,服饰艳丽,容貌娇美,“顾形影,自整装,顺微风,挥若芳,动朱唇,纡清阳,亢音高歌,为乐之方”。其后才开始了大段的舞容描写,作者充分运用赋的描写功能,不仅写出舞姿的动静变化,而且对舞者的表情、心态都作了细致的刻画。其间亦用观者的反应对舞蹈进行侧面烘托。

傅毅之后,张衡也写过《舞赋》,已残,但从所存片段看,描写上似更胜一筹。其中的歌辞亦更有抒情意味。

汉代乐舞赋以前代赋作尤其是游猎大赋中的某一片段为题材加以扩展而成,如音乐赋与枚乘《七发》中“龙门之桐”一段的描写以及司马相如赋中有关音乐的描写,舞赋与楚辞《招魂》和司马相如赋中关于舞蹈的描写。这类赋宏大的结构、铺陈的手法等方面与大赋相近,只是主题上更为集中和突出。可以看作主题比较专门化的一类大赋。

3. 咏物小赋与大赋之关系

如果说乐舞赋与都邑宫观赋是游猎大赋的变态，那么咏物小赋从其产生上讲离大赋就比较远了。但它与大赋并不是毫无关联。

咏物小赋在西汉时就出现了，如枚乘的《柳赋》，邹阳的《几赋》，孔臧的《杨柳赋》《蓼虫赋》《鸟赋》，刘安和羊胜的《屏风赋》，司马相如的《梨赋》《鱼葅赋》，东方朔的《殿上柏柱赋》《屏风赋》，刘向的《雅琴赋》《围棋赋》等，冯商、刘歆等的《灯赋》，等等。这些赋大部分残缺，难以窥其全貌。东汉的咏物小赋就更多了，主要有杜笃《书攋赋》，王充《果赋》，傅毅《雅琴赋》《扇赋》，班固《竹扇赋》，班昭《针缕赋》《大雀赋》《蝉赋》，张衡《扇赋》，马融《琴赋》《围棋赋》《樗蒲赋》《龙虎赋》，王逸《荔枝赋》，朱穆《郁金赋》，张奂《扶渠赋》，王延寿《王孙赋》，边韶《塞赋》，张升《白鸠赋》，侯瑾《筝赋》，赵岐《蓝赋》，赵壹《穷鸟赋》《迅风赋》，刘琬《马赋》《神龙赋》，蔡邕《玄表赋》《琴赋》《笔赋》《弹棋赋》《圆扇赋》《蝉赋》，祢衡《鹦鹉赋》，等等。

总体来讲，这些咏物赋多数是随物赋形，写其形态与功用，但也有一些以物喻人或通过咏物抒情咏怀。一般来说，前者导源于荀卿的《赋》篇，后者则可溯至屈原的《橘颂》。但是在描写手法上，咏物小赋则受到大赋很大的影响。如果说，西汉的咏物小赋如孔臧的《杨柳赋》等以四言为主，尚未脱尽先秦质朴文风，那么东汉的咏物小赋在词藻与手法各方面所受大赋的影响更为明显一些。因为很多咏物小赋的作者本身就是大赋领域的巨擘如司马相如、班固、张衡等。再加上咏物小赋与大赋都是以描摹外物为主，二者之交融影响是自然而然的事情。以朱穆的《郁金赋》为例："比光荣于秋菊，齐英茂乎春松。远而望之，粲若罗星出云垂；近而观之，晔若丹桂曜湘涯。赫乎扈扈，萋兮猗猗。清风逍遥，芳越景移；上灼朝日，下映兰池。睹兹荣之瑰异，副欢情之所望；折英华以饰首，曜静女以仪光。"对郁金花从远近不同的方位进行描写，与大赋的全方位铺陈何其相似；而辞藻上与《上林赋》中"扬翠叶，扤紫茎，发红华，垂朱荣。煌煌扈扈，照曜钜野"一段相近，语言上具有大赋靡丽的特点。王延寿的《王孙赋》中奇僻字词的堆砌也与汉大赋的影响是分不开的。

由于社会的黑暗动乱，东汉后期的咏物小赋逐渐向抒情小赋靠拢，增加了抒情的成分。如赵壹的《穷鸟赋》、祢衡的《鹦鹉赋》等，由于抒情成为这些赋的主旨，大赋的影响也逐渐地被淡化，此时大赋本身也失去了赋坛主角的地位，代之而起的是抒写个人情志的抒情短赋。

第三章　个体意识的彰显——汉代抒情赋

大赋固然可为汉赋的代表作，但汉代赋坛上除大赋外，尚有其他种类的赋作在活跃。其中最主要的就是抒发个人情志的抒情之作。这类赋根据文体特点的不同，可分为骚体赋、抒情小赋和对问赋三类。这些赋作反映了不同时期社会中的个人的遭际与情绪，也从侧面勾勒出汉帝国的阴暗面。

（一）汉代的骚体赋

西汉初期，由于战乱造成的破坏，朝廷将精力都投在社会经济的恢复方面，于文事无暇提倡。其时朝野流行的都是楚歌，项羽、刘邦皆楚人，他们所唱、垓下士兵所歌均为楚歌。刘邦为楚夫人所作的《鸿鹄歌》也是楚歌，戚夫人所作《舂歌》、赵王刘友所作《悲歌》均为楚声歌曲。汉宫中用于祭祀祖先的《房中乐》，亦为楚声。楚歌多情动于中的即兴之作，抒情性很强。而楚辞的影响也趁机流布开来，模仿楚辞的赋作也开始兴起，终汉之世，未曾消歇。

汉代兴起的骚体赋继楚辞之余绪，完成特征从语言形式方面看，是用带有“兮”字的句式加强咏叹色彩，增强抒情效果。句子长短不齐，错落有致。从风格情调方面看，则以抒发个人的悲怨情绪为主。骚体赋中的悲怨情结也源于楚辞的影响，因为楚辞的集大成者屈原的遭遇在后代政治失意的文人身上很容易引起共鸣，而楚辞本身也是一唱三叹，长于抒发芬芳悱恻之情的，以至于后来骚体成为中国古代文学中专抒哀怨之情的体裁。

1. 骚风扇炽下的创作

汉初在骚赋的创作方面取得突出成就的第一人当数贾谊。贾谊年少才高，二十余岁时汉文帝召以为博士，岁迁至太中大夫，有改革之宏图大志。但却遭到周勃、灌婴等人的谗毁，其志遂不得行。三十余岁而终于长沙王太傅。贾谊的遭遇与屈原相类似，所谪又为南楚之地。故渡湘水时，作《吊屈原赋》，用以自喻。赋始叙屈原自沉事，然后反复运用比喻以鸣不平，以斥谗佞。赋末的“讯曰”表面是责备屈原不善保全自己，实则借以表达沉痛的惋惜之情。贾谊之作出自自身的切身感受，赋作命意布局，“有凿空乱道意，骚人情境，于斯犹见”（刘熙载《艺概·赋概》）。贾谊谪居长沙时，又作《鹏鸟赋》，所言皆道家同生死、轻去就之意，实愤极不平，自我宽慰。赋云：“且夫……忽然为人兮，何足控抟；化为异物兮，又何足患？……其生兮若浮，其死兮若休。澹乎若深渊之静，泛乎若不系之舟。不以生故自宝兮，养空而浮。德人无累兮，知命不忧。细故蒂芥兮，何足以疑？”贾谊另有《惜誓》一篇，亦为骚体。《旱云赋》亦骚体，《艺文类聚》题作《旱云颂》，东方朔作，非是。总之，贾谊的骚体赋如前人评论的一样，“文洁而体清”（《文心雕龙·体性》）。张溥的《汉魏六朝百三家集题辞》也认为贾谊赋作“词清而理哀”。这些评论都很切合贾谊作品的风格。

汉武帝所作《李夫人赋》亦为骚体，表达了对李夫人深切的思念之情。他幸河东祠后土与群臣宴饮时所作的《秋风辞》也是楚辞句式，内容借景抒情，于欢乐盛极忽然生发出悲切之感，近似楚辞风调：“秋风起兮白云飞，草木黄落兮雁南归。兰有秀兮菊有芳，思佳人兮不能忘。泛楼船兮济汾河，横中流兮扬素波，萧鼓鸣兮发棹歌。欢乐极兮哀情多，少壮几时兮奈老何？”武帝还有楚辞体的《瓠子歌》二首，语言较为朴拙。

司马相如不但写作大赋，也写作骚体的抒情赋。如《长门赋》，赋前小引谓汉武帝陈皇后失宠，别居长门宫，因以黄金百金请相如作“解悲愁之辞”，相如赋成功感悟了武帝，陈皇后因得复幸（此说与历史事实不合，可能是后人加的）。此赋对陈皇后失宠后寂寞悔恨的心情作了非常精当的描写。其写盼望君王来幸：“登兰台而遥望兮，神怳怳而外淫。浮云郁而四塞兮，天窈窈而昼阴。雷殷殷而响起兮，声象君之车音。”期待之情过于专注以致产生了错觉，将隆隆的雷声当作君王幸临的车声。俟其从错觉中醒悟过来时，其失望与痛苦是可想而知的。“挤玉户以撼金铺兮，声噌吰而似钟音”，推门的声音竟然像击钟一般，一方面写出宫中阒无人迹的幽深寥廓，另一方面写出了主人公寂寞无诉的心理感受。由于主人公心情的悲凄，赋中所描写的风物无不沾染上凄清的色彩。赋的最后写梦中与君王相会，醒后更觉得失落无比，细致曲折地表现了人物思想情感的变化。《长门赋》是文学史上第一篇专写宫怨的作品，它完全摆脱了相如大赋语言堆砌和铺陈的习气，以所见所感，婉转地展现人物的心理。相如另有骚体赋《哀二世赋》和《大人赋》。《哀二世赋》很短小，为一篇吊古鉴今之作。《大人赋》中多游仙的内容，在艺术上明显受到楚辞的影响。其超现实的想象与周游仙境取法于楚辞；役使神灵，褒贬天上亦与《离骚》精神相通，其中某些字句更与《远游》近似。

与《长门赋》题材接近的另一篇骚体赋是西汉成帝时班婕妤的《自悼赋》。班婕妤为班固的祖姑，初入宫时颇得成帝宠爱，后生子而夭亡，又遭赵飞燕的嫉妒，几遭不测，因求供养太后长信宫，终其一生。这样的遭遇是很令人人伤痛的。但班婕妤受正统观念的影响很深，赋中遵循着“怨而不怒，哀而不伤”的原则，不敢直抒怨愤之情，而且还讲了一些乐天知命、感念君恩的话，使整个作品显得极不协调。赋作以“《绿衣》兮《白华》，自古兮有之”收尾。《绿衣》《白华》是《诗经》篇名，旧说以为前者是“刺妾上僭，夫人失位”，后者是“周人刺幽王黜申后”。作者的哀怨之情吐露得是何等隐微曲折。

抒发士人不遇的愤懑之情的骚体赋在汉代也有不少。汉武帝建立了中央集权的统一王朝之后，士的作用明显降低了，

"文史星历近乎卜祝之间,固主上所戏弄,倡优畜之",是司马迁对士的地位所作的概括。在此情形下,董仲舒的《士不遇赋》与司马迁的《悲士不遇赋》便应运而生。董仲舒武帝时举贤良文学,以对策受到武帝的重视,但仅任江都相,中废为中大夫。因著灾异之记,为主父偃所谮,下吏当死,获救。后为胶西相,以疾免,居家著书而终。《士不遇赋》用骚体间以四言句,抒写其不遇之感。主旨斥世风辩诈,小人得意,"鬼神不能正人事之变戾兮,圣贤亦不能开愚夫之违惑",故廉正之士不愿同流合污,便只能退守素业。鲁迅论其赋:"虽为粹然儒者之言,而牢愁狷狭之意尽矣。"(《汉文学史纲要》)司马迁的《悲士不遇赋》当作于他受宫刑之后,因此感情激昂,极富抒情性。赋中控诉了才智之士不仅不受重用,而且横遭迫害的黑暗现实。因为司马迁的遭遇比董仲舒更为不幸,所以赋中所寄托的感情比董更为强烈和深沉。

骚体赋从西汉初年直至东汉一直绵延不断。除上述作品外还有庄忌的《哀时命》、淮南小山的《招隐士》、东方朔的《七谏》、扬雄的《反离骚》与《太玄赋》、王褒的《九怀》、刘向的《九叹》、王逸的《九思》、刘歆的《遂初赋》、冯衍的《显志赋》、班彪的《北征赋》、班昭的《东征赋》、班固的《幽通赋》、蔡邕的《述行赋》等等。这些赋的共同特点是句法多用"兮"字,内容偏重于抒写个人感慨与情怀,有较强的抒情意味。

2. 悲剧意识的普遍与泛化

在散体大赋大肆讴歌社会升平景象的同时,源于楚辞的悲剧意识却紧紧攫住了同时代的失意文士。事实上汉大赋以大为美的风尚并没有淹没以悲为美的潜流,骚赋则较为集中地体现了这种悲剧意识。骚体赋中一些艺术价值较高的作品,如

《吊屈原赋》的深情哀悼,《长门赋》的低回婉诉,《悲士不遇赋》的愤激切直等,都能够激动人心,引起感情共鸣。这些赋作的共同特点是感情深挚,意境优美,形式上不师故辙。但是相当数量的骚赋并不十分感人,其原因就在于悲剧意识在很多赋里已失去了其崇高性。

汉代的很多骚赋仅止于为一己的不幸而悲叹哀吟,没有表现出更为深广的社会性与时代性。这种自我的悲哀同屈原的悲哀有很大的差别。“屈原之忧,忧国也;其乐,乐天也。《离骚》二十五篇,多忧世之语。”(朱熹《楚辞后语》)屈原因为为国尽忠而被谗罹忧,于深痛隐忧中仍不忘其故国社稷,深念皇舆败绩,百姓震愆,所以其悲剧具有崇高性,其所表达的哀怨之情也就具有感动人的美的力量。但汉代大多数骚赋所表达出来的感情却具有自怜的色彩,“夫何予生之不遘时”,“愿壹见阳春之白日兮,恐不终乎永年”(《哀时命》);“愍吾生之愁勤”(《显志赋》);“阴忧兮感余,惆怅兮自怜”(《九怀》);“惆怅兮自悲”(《九思》)。这些句子中的自怜自悼之辞,不一而足。《幽通赋》有梦登山、觌幽人、逆黄神、讯吉象的描写,《思玄赋》也写了神游天界、筮占龟卜、升青云、扣帝阍,都貌似屈原的苦闷探索,实则是为个人的吉凶进退而筹算,精神实质相差甚远。《太玄赋》中的一句话可为此类的思想感情作一注脚:“屈子慕情,葬鱼腹兮。……我异于此,执太玄兮。”他们大都“守性命以尽齿,贵启体之归全”(《慰志赋》)。朱熹在《楚辞后语》中说:“贾生者……为赋不过哀其不遇而已。”汉代其他骚赋作家亦大率如此。刘熙载说:“悲世者自屈以上见于三百篇者,甚至善也;若悲己则宋玉以下至晋人为甚矣。”(《作非集》卷三《读楚辞》)

与此相应,汉代骚赋作者很少有直面命运的不公而奋起抗争的,大多数人在不幸面前采取了妥协和消极回避的态度,个人与命运的冲突很难达到激烈的程度,因而其遭遇的悲剧被极大地弱化了,以至于难以动人。汉代骚赋中不断出现黄鹄高飞、凤凰远逝、蛟龙深潜、麒麟遁迹等意象正是作者回避斗争与不幸的象征。也有一些作品没有保身远害的思想,但在强大的恶势力面前却无可奈何,只得“与时屈申”(《北征赋》),“遵幽昧于默足”(《士不遇赋》),或者是“结驷而回归”,“复邦族以自绥”(《述行赋》)。其实汉代文人缺乏抗争精神是一个普遍现象。汉代文人所崇信的无非儒道两家。儒家主张“有道则见,无道则隐”,“贤者辟世,其次辟地”。(《论语·宪问》)道家则主张“遭乱世不为苟存”,“天下暗……不如避之以洁吾行”。(《庄子·让王》)赋作中表现出来的思想倾向如此,实际生活中也不例外。司马相如作《哀二世赋》,朱熹认为“尤当倾意极言以寤主上,顾乃低徊局促,而不敢尽其辞焉”(《楚辞后语》)。崔篆不满王莽篡弑,比莽为“浇”“羿”之君,却以“上有老母,下有兄弟”为理由,放弃“独洁”,在所谓“天威”胁迫下受封建新大尹。后乃惭愧汉朝,辞归不仕,闭门潜思。张衡为官正直清廉,然顺帝问以天下最可恶者,竟因宦官在侧,不得已“诡对而出”。这些都有深刻的社会历史根源。

可见,汉代的骚赋有普遍的悲剧意识,但是由于缺乏屈原那种“伏清白以死直”“宁溘死以流亡”“九死其犹未悔”的抗争精神,所以美好的东西只是被扭曲变形,显得不再美好,而没有被邪恶势力所毁灭。也就是说,悲剧的特质没有得到充分的发挥,因此也就显得浮泛而不够感人。

（二）汉代的抒情短赋

东汉和帝以后汉王朝进入了衰退期，政权由外戚和宦官轮番执掌，而外戚与宦官间争夺政权的斗争造成了局势的黑暗动荡。桓灵时期一部分正直派官僚与太学名士起而抨击朝政，褒贬人物，一时造成了广泛的社会影响，被时人称为清流。清流们的行为激怒了宦官集团，于是召来了两次党锢之祸。清流中人有的被杀，有的被禁锢。黑暗混乱的社会现实造成思想意识上的巨大变化，正统的儒学衰微了，而道家思想悄然兴起。

此时，大赋发展的黄金时代已一去不返，江河日下的社会情形已不再有什么可供赋家歌颂的闪光点，统治者对点缀升平的大赋也失去了兴趣。赋家们在动乱的社会情形下，将更多的目光投向个人的生存和安危。这时的赋作中经义说教的成分大为减少，对真实生活的反映增加，在以个人为本的人生观的支持下，文学的主体意识得到加强，个人性情的抒发取代了对现实的夸张铺陈，自我的感受取代了政教的宣传。长篇巨制的宏丽大赋衍化为颇富诗意的短篇抒情之作。这一转变的代表人物是张衡。张衡既写有规模宏大的《二京赋》，又写有《思玄》《归田》《髑髅》等抒情赋。张衡作《二京赋》是因为“时天下承平日久，自王侯以下，莫不逾侈。衡乃拟班固《两都赋》，作《二京赋》，因以讽谏”（《后汉书·张衡传》）。张衡批评司马相如、扬雄赋“卒无补于风规，只以昭其愆尤”（《东京赋》），虽然很强调讽谏，但其赋全然是铺陈大赋的规模。他的《思玄赋》是一篇骚体赋，抒写其抑郁不平之情。据《后汉书·张衡传》载：“（衡）后迁侍中，帝引在帷幄，讽议左右。尝问衡天下所疾恶者，宦官惧其毁己，皆共目之，衡乃诡对而出。阉竖恐终为其患,遂共谗之。衡常思图身之事,以为吉凶倚伏,幽微难明,乃作《思玄赋》,以宣寄情志。"张衡的抒情短赋或言归隐之志,或衍庄、列之意,都反映了衰世文人的心态。在他之后,创作抒情短赋的人逐渐增加,遂成风气。

汉末的抒情小赋从题材上可分为两类,一类是抒发动乱现实中的个人情志,另一类是言情之作。前者如赵壹的《刺世疾邪赋》与王粲的《登楼赋》等。《刺世疾邪赋》揭露了小人得志,正直之士备受打击的黑暗现实,将抨击的矛头直指上层的统治者,认为种种社会弊病都是执政者的无能引起的。此赋词锋犀利,感情直露激烈,在同类赋作中最有抗争精神。王粲的《登楼赋》是在荆州依附刘表时所作,赋作以登楼四望起兴,抒写感时伤逝、怀念故乡之情。赋中所写景物皆着"我"之色,景物的凄凉与心情的忧郁交相融汇,浑然一体,极富艺术特色。

描写男女之情的言情之赋从张衡以后逐渐增多。张衡的《定情赋》以情为题,对恋爱之情展开描写,为后世作者开了先河,将对爱情的描写引入辞赋之中。其后蔡邕写有《检逸赋》,有"思在口而为簧鸣,哀声独而不敢聆"之句。建安七子此类作品甚多,王粲《闲邪赋》写盛年独处的丽女之心态,应玚《正情赋》写对美女的思念之情,阮瑀《止欲赋》写淑女佳丽且守礼义。这些赋大都从正面描写人类正常的男女欢爱之情,而且多以礼义节之,用意与宋玉《登徒子好色赋》、司马相如《美人赋》一致。写男女之情而托之于神女的作品则承袭了宋玉《高唐》《神女》二赋的传统。陈琳、王粲、应玚、杨修都作有《神女赋》,这类赋作都有固定的写作程式,一般先写神女之体态,再写思恋之情,最后节之以礼。曹植的《洛神赋》是神女题材赋作发展的顶峰。

在言情赋的作者中，蔡邕的思想是比较解放的。他的《青衣赋》抒写对一个侍女的思恋之情，完全突破了礼教及封建等级制度的束缚，以致当时遭到不少的批评。《协和婚赋》是一篇叙述婚礼的作品，赋中有“粉黛弛落，发乱钗脱”，是相当刻露大胆的描写。

动乱的社会背景下发生了婚姻与爱情悲剧，反映在赋作中就是“寡妇”与“出妇”之类的题材。这类赋作多是描写妇女不幸的。曹丕《寡妇赋》有序云：“陈留阮元瑜，与余有旧，薄命早亡，每感存其遗孤，未尝不怆然伤心，故作斯赋，以叙其妻子悲苦之情，命王粲并作之。”虽然是写友人之妻，但在当时具有普遍的社会意义。王粲与曹植亦有同名之作，今已残。丁廙妻的《寡妇赋》从妇女的立场出发，对寡妇思夫之情的描写更为大胆和真实。出妇是封建社会男女不平等而造成的妇女的人生悲剧。曹丕的《出妇赋》写夫妇本相亲相爱，但由于妻子未能生育子女，而终遭抛弃。出妇离家时的心情是相当哀伤的：“遵长途而南迈，马踌躇而回顾。野鸟翩而高飞，怆哀鸣而相慕。……情长恨而顾望，心郁结其不平。”赋中的“信无子而应出，自典礼之常度”二句，虽然在为封建礼教回护，但也确实比较切合当时妇女的观念和心态。在感情上作者对出妇的遭遇则给予了很大的同情。王粲与曹植的《出妇赋》则对出妇之夫进行了谴责，更加鲜明地突出了出妇所蒙受的冤屈。

综观东汉的抒情小赋，可以发现一个普遍的现象，那就是赋作实际上已很少受礼教的束缚，成为人们吐露心声、抒发真情实感的工具。赋中所描写的内容更为生活化和个人化，个人渴求摆脱社会压抑的愿望以及人们的各种正常欲望都得到了表现或肯定。可见，东汉末季是一个人性觉醒的时代，也是文人们个人意识觉醒的时代。

（三）对问体的抒情赋

刘勰《文心雕龙·杂文》云："自《对问》之后，东方朔效而广之，名为《客难》，托古慰志，疏而有辨；扬雄《解嘲》，杂以谐谑，回环自释，颇亦为工。班固《宾戏》，含懿采之华；崔骃《达旨》，吐典言之裁；张衡《应间》，密而兼雅；崔寔《客讥》，整而微质；蔡邕《释诲》，体奥而文炳……虽迭相祖述，然属篇之高者也。"对"对问"一体作了鸟瞰式评价。

东方朔《答客难》为汉代首创之作。文以客主问答开始，客难东方先生自许有才却不得重用，东方先生答以"彼一时也，此一时也"；苏秦、张仪之时，战国纷纭，游士立谈可致富贵；如今天下统一，皇帝专制，"动犹运之掌，贤不肖何以异哉"？故而贵贱皆在于皇帝用与不用一念之间，"虽欲尽节效情，安知前后"？继东方朔而作此体的有扬雄的《解嘲》，此赋以客嘲扬子云不能用于世而取富贵，退而著书为起兴，作者在为自己辩解和对对方的批驳中揭露了当世的情伪万状："当途者入青云，失路者委沟渠。旦握权则为卿相，夕失势则为匹夫"，"县令不请士，郡守不迎师，群卿不揖客，将相不附眉。言奇者见疑，行殊者得辟。是以欲谈者宛舌而固声，欲行者拟足而投迹"。这类赋受宋玉《对楚王问》的影响，杂以嘲戏，以滑稽为文，表达的却是失志文人的共同心态，其形式的诙谐与内容的庄重既形成了鲜明的对比，又形成和谐的整体，真正使人感到这种"含泪的微笑"背后所深藏的牢骚难平之气。

第四章 文学观念的新创及进化

汉赋在汉代作为一种新兴的文学体裁，突破了当时盛行的“温柔敦厚”的美学教条，大胆拓新，创造和发展了一种宏大、侈丽的审美趣味，带来了崭新的美学观念和美学思想。汉赋所具有的美学特征引发了很多争论，促使人们对文学的本体特征进行思考，对文学观念的进化起到了非常大的作用，也为后代文学的进步和发展创造了有利的条件。

（一）自觉的审美追求——文学语言丽靡的特点

中国上古文学的最大特点，是对政教伦理和功利的重视。先秦的散文，要么是政治历史的文献，要么是对社会人生问题的探讨。先秦的诗歌，《雅》和《颂》诗，多为对祖先神明的颂扬，《楚辞》带有浓厚的巫风，即使是《国风》和《小雅》中的抒情性民歌，也被规定在“兴观群怨”“事父”“事君”的政治伦理范围。《诗经》中的篇目常被用作典雅含蓄的政治辞令。也就是说，在汉以前，人们还没有对文学作品从纯审美的角度予以观照。汉赋的出现，打破了这种局面，人们的审美的意识开始觉醒，开始追求文学语言的华丽与繁富，并在这方面作出了巨大的努力。

文学语言的华丽是文学作品形式美的集中体现，也是文学作品区别于其他实用性文体的重要特质之一，它包括词藻华丽、韵律协畅、对仗工整、用事典雅等方面，其中最主要的是前三方面。

先秦典籍中已经出现了片言只语的华丽词句,《楚辞》中有部分“惊采绝艳”的篇章,文辞的华美程度大大增加。但是要开创一代文风,仅靠这些是远远不够的,而是有待于作家们审美意识的觉醒。《文心雕龙·辨骚》评论屈赋时说:“是以枚贾追风以入丽,马扬沿波而得奇。”《楚辞》中华丽的文辞成为赋家效法的对象,并加以发扬光大。与楚辞相比,汉赋的思想内核大大减小,它以宏大华丽的篇幅容纳较少的思想内容,使得思想内容被稀释,从而退居次要地位,同时其华丽的语言便被格外醒目地凸现出来了。所以从客观上讲,汉赋因其思想内容与语言形式的失衡,有史以来第一次将文学语言华丽的特征放置到了人们关注和争论的焦点上,从而开创了一代文风。

汉赋语言“丽”的特点之一是注重词语的色彩感,赋家一般选取色彩明艳的词来修饰描绘对象。如枚乘《柳赋》写柳:“忘忧之馆,垂条之木,枝逶迟而含紫,叶萋萋而吐绿,出入风云,去来羽族,既上下而好音,亦黄衣而绛足。蜩螗厉响,蜘蛛吐丝,阶草漠漠,白日迟迟。”一只红腿黄毛的小鸟在紫枝绿叶之间上下翻飞,蝉在鸣叫,蜘蛛在编网,一幅热闹的初夏风景图呼之欲出。又如司马相如《天子游猎赋》写林木“扬翠叶,扤紫茎,发红华,垂朱荣。煌煌扈扈,照曜钜野”,也是色彩辉煌明朗。除了辞藻的色彩外,汉赋还比较讲究辞藻的光亮,如班婕妤《捣素赋》写女子容貌:“皎若明魄之升崖,焕若荷华之昭晰。……胜云霞之迩日,似桃李之向春。红黛相媚,绮组流光。”句中“皎”“明”“焕”“昭晰”“流光”都是写光亮的词。这种特点在汉末魏初描写女性的赋作中时有体现,如蔡邕《协初赋》:“众色燎照,视之无主,面若明月,辉似朝日。”王粲《神女赋》:“朱颜熙曜,晔若春华,口譬含丹,目若澜波。”都选用色感和光度很强的词,这样的例子在汉赋中很多,而且在描写中经常是光色交融。上述几个例子就是光中有色、色中有光。

汉赋的辞采之丽除了用形容词表现出来外,还在名词的运用上表现出来。如王延寿《鲁灵光殿赋》:“朱桂黝倏于南北,兰芝阿那于东西,祥风翕习以飒洒,激芳香而常芬。”张衡《东京赋》:“囿林氏之驺虞,扰泽马与腾黄,鸣女床之鸾鸟,舞丹穴之凤皇,植华平于春圃,丰朱草于中唐。”这些句子中所举植物、动物和饰物都不是寻常之物,它们本身就蕴含着祥瑞、珍贵、华美的意味,从而增加了汉赋语言的华丽特色。

汉赋的骈偶与用韵也是很突出的,这一点在西汉作品中就已比较明显。比如相如《子虚赋》:“楚王乃驾训驳之驷,乘雕玉之舆;靡鱼须之桡旃,曳明月之珠旗,建干将之雄戟;左乌号之雕弓,右夏服之劲箭。”这几句对仗较为工丽,这样的对仗在此赋中还有不少。《子虚赋》除前面的序和文末的“乱”以外,正文部分基本上用韵语敷陈,或隔句用韵,或逐句用韵,韵法比较自由多变。而《上林赋》不仅篇幅比《子虚赋》长许多,而且其中骈偶句式更多,用韵更为和谐,如:“于是乎游戏懈怠,置酒乎颢天之台,张乐乎胶葛之宇,撞千石之钟,立万石之虡,建翠华之旗,树灵鼍之鼓,奏陶唐氏之舞,听葛天氏之歌;千人唱,万人和,山陵为之振动,川谷为之荡波。”对仗之工丽,是前此少见的。扬雄的赋较之于司马相如,骈俪化程度更高。比如《长杨赋》开头一段几乎全是骈偶之词。他的《解嘲》一赋,大部分都为骈偶句,用韵也比较多,而且韵律和谐流畅。

东汉大赋作品虽然总体上显示出衰弱的迹象,但语言的骈偶化程度不断加强。新兴的抒情小赋崭露头角,它利用数百年间大赋所积累的创作经验,逐渐向骈赋的方向发展。冯衍的

《显志赋》几乎纯为骈俪之体，而且凡是骈俪的语句都押韵。杜笃的《论都赋》、傅毅的《舞赋》、班固的《两都赋》也表现出同样的风格。尤其是《两都赋》在体制上虽继承《子虚赋》，但语言上的骈俪已使它与《子虚赋》在风格上有了很大区别。张衡前期创作大赋，后期创作了在赋史上具有变革意义的小赋《归田赋》，《文心雕龙·丽辞》说它是“丽句与深采并流，偶意共逸韵俱发”。其在文采、骈偶、音韵方面都达到了很高的艺术水平，而且四六句较多，成为六朝骈文的开山之祖。此后，小赋沿着这一方向发展下去，直至六朝骈文的兴盛。

汉赋的骈俪化，影响所及不仅仅在赋体的本身，它还影响到了同时代的散文和学术著作，使整个文风都在发生着变化。刘熙载说：“用辞赋之骈俪以为文者，起于宋玉《对楚王问》，此后则邹阳、枚乘、相如是也。”（《艺概·文概》）刘安的《淮南子》中许多篇章也可以当赋来读，尤其语言方面，多用对偶排比，讲究声韵，类似辞赋的句式常常成段地在散文中出现。此外，像《史记》《汉书》《论衡》《潜夫论》等在语言上都有不同程度的骈俪化趋势，这些都是在汉代赋风的持久影响下形成的。

汉人对辞赋华丽的语言特点早有认识。《西京杂记》卷三：“司马长卿赋，时人皆称典而丽，虽诗人之作，不能加也。”也就是说早在司马相如时代，人们已认识到汉赋华丽的语言特色。同书卷二载相如论赋：“合纂组以成文，列锦绣而为质，一经一纬，一宫一商，此赋之迹也。”其中“纂组”“锦绣”指赋的辞采，“经纬”指结构布局，“宫商”指声律，已初步揭示了汉赋语言上“丽”的特质的基本内容。如果说《西京杂记》所载不尽可靠，那么司马迁的说法当毫无疑问了：“《子虚》之事，《大人》赋说，靡丽多夸，然其指风谏，归于无为。”（《史记·太史公自序》)汉宣帝也说:“辞赋大者与古诗同义,小者辩丽可喜。”(《汉书·王褒传》)扬雄在《法言·吾子》中对汉赋华丽的文辞特点作了系统的论述:“或问景差、唐勒、宋玉、枚乘之赋也益乎?曰:必也淫。淫则奈何?曰:诗人之赋丽以则,辞人之赋丽以淫。”又《汉书·扬雄传》:“雄以为赋者,将以风也,必推类而言,极丽靡之辞,闳侈钜衍,竞于使人不能加也。”扬雄将赋分为“丽以淫”的“辞人之赋”和“丽以则”的“诗人之赋”,否定前者而肯定后者。“丽”是两类赋共有的特色,决定其取舍的只能是“淫”或者“则”的界线,也就是说,扬雄在客观上是看到并承认赋作语言“丽”的特色的。当然,他从创作的角度出发,反对创作中的“极丽靡之辞”。扬雄后期攻击辞赋主要着眼在赋的“讽谕”功能上,并没有就此而一概否定汉赋华丽的语言特色,因而他后期的理论著作仍然提倡华实相副的文风.“实无华则野,华无实则贾,华实副则礼”(《法言·修身》),“质干在乎自然,华藻在乎人事”(《太玄·玄莹》)。扬雄提出的“丽”和他长期的创作体验是分不开的,这个“丽”应该有着丰富的含义,但他没有明确地予以解释和界定,这就给后人提供了多角度阐发的可能性。

汉赋华丽的语言特色为魏晋南北朝靡丽的文风导夫先路,为纯文学的成长与成熟起了莫大的作用。魏晋南北朝文风的靡丽是有目共睹的,此不多谈。魏晋南北朝人论文也受到汉赋的影响。曹丕还在《典论·论文》中说:“盖奏议宜雅,书论宜理,铭诔尚实,诗赋欲丽。”皇甫谧在《三都赋序》中论述赋的特点时说:“然则赋也者,所以因物造端,敷弘体理,欲人不能加也。引而申之,故文必极美;触类而长之,故辞必尽丽。然则美丽之文,赋之作也。”这其实是扬雄“推类而言,极丽靡之辞”两句的翻版和发挥，所不同的是皇甫谧不再从社会教化角度对赋提出“将以讽”或“归之于正”之类的要求。他从审美的角度，很干脆地说赋就是“美丽之文”，文美辞丽是赋作追求的唯一目的。

魏晋南北朝时期人们关于诗、赋、文辞采艳丽的特点的论述还有不少，比较具有代表性的有陆机、萧绎、萧统、刘勰，前三家的有关论述如下：

> 诗缘情而绮靡，赋体物而浏亮。……其会意也尚巧，其遣言也贵妍。暨音声之迭代，若五色之相宣。（陆机《文赋》）
>
> 至如文者，惟须绮縠纷披，宫徵靡曼，唇吻遒会，情灵摇荡。（萧绎《金楼子·立言》）
>
> 综辑辞采……错比文华……事出于沉思，义归乎翰藻。（萧统《文选序》）

刘勰在这方面论述得更详细、更系统一些。《文心雕龙·附会》篇说文学作品“必以情志为神明，事义为骨髓，辞采为肌肤，宫商为声气”，其中“辞采”指文辞色泽藻饰之美，“宫商”指文辞音律之美。这方面内容的论述分散在《文心雕龙》的《声律》《丽辞》《炼字》等篇中，具体内容这里不再赘述。这些方面的论述既是建立在对同时代文风的体验与感受的基础上，也是以对前代文学作品的分析为前提的。汉赋在其论述中占有比较特殊的地位，有关章节摘录如下：

> 自扬、马、张、蔡，崇盛丽辞，如宋画吴冶，刻形镂法，丽

> 句与深采并流，偶意共逸韵俱发。（刘勰《文心雕龙·丽辞》）
>
> 观夫屈宋属篇，号依诗人，虽引古事，而莫取旧辞。唯贾谊《鹏赋》，始用《鹖冠》之说；相如《上林》，撮引李斯之书。此万分之一会也。及扬雄《百官箴》，颇酌于《诗》《书》；刘歆《遂初赋》，历叙于纪传。渐渐综采矣。至于崔、班、张、蔡，遂捃摭经史，华实布濩。因书立功，皆后人之范式也。（刘勰《文心雕龙·事类》）

这两段论述都涉及了汉赋在文采、韵律、用典方面在文学史上的开创作用。

（二）汉赋的夸张虚构艺术及其意义

汉赋作品最显著的艺术特色除了语言的华丽外，便是夸张虚构手法的广泛运用。

在汉代赋家中，夸张虚构手法运用得最精彩、最成功的是司马相如。在《子虚赋》和《上林赋》中，他虚构了楚国的子虚、齐国的乌有先生和代表天子的亡是公相互夸耀苑囿之大的情景。子虚说："臣闻楚有七泽，尝见其一，未睹其余也。臣之所见，盖特其小小者耳，名曰云梦。云梦者，方九百里，其中有山焉……"乌有先生听了则说齐国的苑囿可以"吞若云梦者八九，于其胸中曾不蒂芥"。亡是公最后才矜夸天子上林苑的广大："且夫齐楚之事，又乌足道乎！君未睹夫巨丽也，独不闻天子之上林乎？左苍梧，右西极，丹水更其南，紫渊径其北……"这实质上是说上林苑有天下那么大。《子虚》和《上林》似二而实为一篇的赋就是在一浪高过一浪的夸张中建立起全篇的结构,前一轮的夸张为后一轮的夸张做了铺垫,这样层层写来,所收到的艺术效果比直接铺排夸张达到的艺术效果更具有感染力。《大人赋》也是一篇奇文,全篇纯为虚构之辞,所塑造的大人不仅可以横绝四海、驰骛往来,而且具有绝对的权威,可以"部署众神",驱遣五帝,役使仙人,"诛风伯,刑雨师",也能够长驱直入天帝的宫室,"载玉女而与之归"。

扬雄的赋作夸张虚构的特色也很明显。《甘泉赋》盛夸宫馆的高大:"于是大厦云谲波诡,摧嗺而成观;仰矫首以高视兮,目瞑眴而无见;正浏滥以弘惝兮,指东西之漫漫;徒徊徊以徨徨兮,魂魄眇眇而昏乱……列宿乃施于上荣兮……浮蠛蠓而撇天。"这段文字用了两种夸张手法,一是从人主观感受上展开夸张,二是采用对比的手法,以日月、星辰、雷电为参照物极写宫观的巍峨高大。

东汉赋作与西汉赋作相比虽然少了那种扬厉之气,但在夸张虚构的手法上基本沿袭了西汉作品。如班固《西都赋》写宫殿之高:"轶云雨于太半,虹霓回带于棼楣;虽轻迅与僄狡,犹愕眙而不能阶;攀井干而未半,目眴转而意迷。舍棂槛而却倚,若颠坠而复稽。魂恍恍以失度,巡回涂而下低。"又如张衡《西京赋》写建筑物的高峻:"上辩华以交纷,下刻峭其若削。翔鹍仰而弗逮,况青鸟与黄雀。伏棂槛而頫听,闻雷霆之相激。"总体上来讲,东汉赋作的夸张虚构特色虽比西汉赋作弱一些,但这种浪漫的艺术特色仍然是被作为汉赋的一种基本的特色而加以继承的。

事实上,汉赋中的夸张虚构是无处不在的。在一般性的铺叙过程中,作者有时用虚指的数字如千、万等进行夸张,有时则借用现实中不存在的或神话传说中超现实的事物来达到夸张的目的,有时用极端的叙述方法进行夸张,有时则通过用众多名物的超常罗列铺排达到夸张的目的,甚至可以说,在大多数情况下让人很难将一般性的铺叙与夸张虚构截然分开来。

夸张虚构有助于汉赋作品塑造鲜明的艺术形象,营造强烈的艺术感染力。同时,通过夸张虚构手法的运用,汉赋不断丰富和发展了文学创作中的这种浪漫主义手法的表现力和表现技巧。

汉人虽然注意到了汉赋夸张虚构的艺术特色,但由于这种"虚而无征"的艺术手法与他们重理性、重实用的观念相左,所以遭到他们严厉的批评。司马迁两次提到汉赋的夸饰手法:"相如虽多虚辞滥说,然其要归引之节俭,此与《诗》之风谏何异?"(《史记·司马相如列传》)二说对赋的虚构夸张手法略带微词。扬雄将赋分为"诗人之赋"和"辞人之赋",他认为后者的特点是"丽以淫"并加以否定,其否定重点是"淫"。"淫"有烦滥过度的意思,自然也包括了赋作夸张虚构的艺术特色。他在《法言》中表述得更明确,在比较屈原和相如的赋时认为:"原也过以浮,如也过以虚。""虚""浮"明显指夸张虚构而言,他认为这是一种缺点。王充对汉赋的夸张虚构手法也持反对的态度,他在《论衡·谴告》篇说:"孝武皇帝好仙,司马长卿献《大人赋》,上乃仙仙有凌云之气。孝成皇帝好广宫室,扬子云上《甘泉颂》,妙称神怪,若曰非人力所能为,鬼神力乃可成,皇帝不觉,为之不止。长卿之赋如言仙无实效,子云之赋言奢有害,孝武岂有仙仙之气者?孝成岂有不觉之惑哉?"班固在《汉书·司马相如传赞》中引用了司马迁的话,对相如赋中的"虚辞滥说"也不太满意。

批判也是一种关注,在这种众口一词的批判中渐渐出现了不同的声音。桓谭对扬雄的“丽文高论”便表示了极度的钦羡。夸张虚构作为一种文学表现手段的必要性,是在六朝时期才逐渐被人们认识到的。

到了晋代,人们对赋作夸张虚构的艺术特征既有反对的,也有支持的。左思作赋时主张“证实”,对汉赋中的夸张虚构进行了不遗余力的批评。挚虞在《文章流别论》中论赋时说:“夫假象过大,则与类相远;逸辞过壮,则与事相违;辩言过理,则与义相失;丽靡过美,则与情相悖。此四过者,所以背大体而害政教,是以司马迁割相如之说,扬雄疾辞人之赋丽以淫。”这是对汉赋的夸张虚构艺术的全盘否定。但另一方面,也出现了对夸张虚构手法大张旗鼓的支持者。皇甫谧在为左思而作的《三都赋序》中就说:“然则赋也者,所以因物造端,敷弘体理,欲人不能加也。引而申之,故文必极美;触类而长之,故辞必尽丽。”他所说的引申铺陈“欲人不能加”,其实就包含了夸张的意思。他对此持完全肯定的态度,将虚构夸张作为一种必要的表达手段加以确定。葛洪对夸张虚构也有肯定的倾向,《抱朴子·钧世》云:“同说游猎,而《叔田》《卢铃》之诗,何如相如之言《上林》乎?并美祭祀,而《清庙》《云汉》之辞,何如郭氏《南郊》之艳乎?等称征伐,而《出车》《六月》之作,何如陈琳《武军》之壮乎?”他认为《诗》不如赋,除了赋的篇幅长、内容丰富、辞藻华丽外,夸张虚构应该也是考虑的因素之一。

刘勰批评了汉赋中夸张过度、不合事实和情理的弊病:“自宋玉、景差,夸饰始盛。相如凭风,诡滥愈甚。故上林之馆,奔星与宛虹入轩;从禽之盛,飞廉与鷦鹩俱获。及扬雄《甘泉》,酌其余波,语瑰奇则假珍于玉树,言峻极则颠坠于鬼神。至《东都》之比目,《西京》之海若,验理则理无不验,穷饰则饰犹未穷矣。又子云《羽猎》,鞭宓妃以饷屈原;张衡《羽猎》,困元冥于朔野。娈彼洛神,既非罔两;惟此水师,亦非魑魅。而虚用滥形,不其疏乎!此欲夸其威而饰其事,义睽剌也。”(《文心雕龙·夸饰》)但同在《夸饰》篇中,刘勰又肯定了赋作中运用夸张虚构手法所达到的艺术效果,那就是很多赋在描写山海宫殿等宏大的对象时,表现出“光采炜炜而欲然,声貌岌岌其将动”的动人景象。可见他是赞同夸张而反对虚构,尤其是有关鬼怪的虚构。从他专设《夸饰》一篇来讨论夸张手法这一事实中,我们就能看出他认识到了夸张作为文学表现手段的客观存在。

从汉代到六朝,围绕夸张虚构问题所展开的一系列讨论,都是由汉赋引发的。汉赋不但大量运用夸张虚构极大地丰富了文学的浪漫主义表现手法,而且将这方面的讨论带进了文学理论的研究范围,并使其逐渐获得了应有的重视,这是极有意义的。

(三)汉赋的描绘功能及其意义

陆机《文赋》说:“诗缘情而绮靡,赋体物而浏亮。”认为赋具有“体物”亦即描绘外物的功能。的确,赋区别于其他文体的独特之处在于“以事形为本”(挚虞《文章流别论》)。

汉大赋尤长于描绘铺陈外物的情貌。枚乘的《七发》中描写声色逸游,极尽描绘之能事,历来被人们所称道的是观涛一节:

> 观其所驾轶者,所擢拔者,所扬汩者,所温汾者……虽有心略辞给,固未能缕形其所由然也。……汩乘流而下降

兮,或不知其所止。或纷纭其流折兮,忽缪往而不来。……疾雷闻百里,江水逆流,海水上潮;山出内云,日夜不止。衍溢漂疾,波涌而涛起。其始起也,洪淋淋焉,若白鹭之下翔。其少进也,浩浩溰溰,如素车白马帏盖之张。其波涌而云乱,扰扰焉如三军之腾装。其旁作而奔起也,飘飘焉如轻车之勒兵。……訇隐匈磕,轧盘涌裔,原不可当。观其两傍,则滂渤怫郁,暗漠感突,上击下律,有似勇壮之卒,突怒而无畏。蹈壁冲津,穷曲随隈,逾岸出追,遇者死,当者坏。初发乎或围之津涯,荄轸谷分。回翔青篾,衔枚檀桓。……鸟不及飞,鱼不及回,兽不及走。纷纷翼翼,波涌云乱。荡取南山,背击北岸。覆亏丘陵,平夷西畔。险险戏戏,崩坏陂池,决胜乃罢。瀄汩潺湲,披扬流洒,横暴之极,鱼鳖失势,颠倒偃侧……

这几百字所要描写的是“涛之形”,描摹之精工,堪称绝笔。第一,作者运用白描的手法,将波涛的各种形态刻画出来,如“观其所驾轶者……忽缪往而不来”一段,直接描写波涛的动荡无边。第二,运用比喻,这也是这段文字最有特色的地方。文中将波涛比作“白鹭”“素车白马”“三军”“轻车”“勇壮之卒”等,增加了描绘的形象性和生动性。第三,是在描绘中将波涛的形、声、色相结合,并且突出了波涛的动态。比如上述几个比喻,前两个比喻不仅突出了波涛颜色之白,而且点明是“白鹭下翔”“素车白马帷盖之张”,运用动词,突出了水波的动态美。从“其始起也”“其少进也”这样的句式中可以看出其描写的是波涛随时间的推移而不断变化的形态。“訇隐匈磕”讲的是波涛澎湃汹涌之声,而“衔枚檀桓”则讲的是水波安流的情貌。

正因如此,使人读后如耳闻目见一般。第四,在恢弘的气势中寓有细腻的描绘。“疾雷闻百里,江水逆流,海水上潮;山出内云,日夜不止。衍溢漂疾,波涌而涛起”是总写,下面几个比喻句是分写波涛不同时间的形态。而“有似勇壮之卒,突怒而无畏。蹈壁冲津,穷曲随隈,逾岸出追”,则是对波涛细部的特写。第五,是运用衬托的手法。如用“鸟不及飞,鱼不及回,兽不及走”和“鱼鳖失势,颠倒偃侧”两句写涛势的威猛暴烈,颇具匠心。

司马相如在铺写物貌方面是汉代的一个高峰。他描写的物貌是多方面的,山川草木、宫殿建筑、飞禽走兽、人物活动无不囊括于其笔下。比如《上林赋》中描写水的一段,不仅描写了水的声色形态,而且描写了水底的石头、水中的游鱼和水面的浮禽,采用直接描写和间接烘托相结合的方法,更见出细致生动。又如《子虚赋》写“郑女曼姬”“被阿锡,揄纻缟,杂纤罗,垂雾縠,襞积褰绉……扶舆猗靡,翕呷萃蔡,下摩兰蕙,上拂羽盖,错翡翠之葳蕤,缪绕玉绥,眇眇忽忽,若神之仿佛”。其中对舞姬的衣饰描写得极为详细,甚至连衣服上的褶皱和衣服摆动时的声响都描绘出来了。

枚乘和司马相如善为形似之言,两汉赋家莫不追蹑其踪。扬雄的《甘泉赋》《河东赋》《羽猎赋》《长杨赋》,班固的《两都赋》,张衡的《二京赋》《南都赋》,等等,这些赋在描写手法上都对枚、马有所继承,并且还具有各自的特点,兹不详述。

王褒独辟蹊径,在《洞箫赋》中对无形的声音进行了惟妙惟肖的描绘,其手法堪称高妙:“故听其巨音,则周流泛滥,并包吐含,若慈父之畜子也。其妙声则清静厌瘱,顺序卑达,若孝子之事父也。科条譬类,诚应义理,澎濞慷慨,一何壮士!优柔温润,又似君子。”刘勰说:“子渊《洞箫》,穷变于声貌。”(《文心雕龙·诠赋》)在描摹事物方面得到刘勰称赞的汉代赋家还有东汉的王延寿。《文心雕龙·才略》说他的《鲁灵光殿赋》:“其善图物写貌,岂枚乘之遗术欤?”

东汉中后期,小赋蔚然勃兴。小赋在描摹物象方面也有独到之处,如王逸《荔枝赋》咏荔枝树,蔡邕《协初赋》咏女子,这些小赋在描摹物象时语言精练,多用比喻,注意色彩的调匀与对比,三言两语就能刻画出一个光彩照人的形象。这种手法沿袭到晋宋也没有大的变化。

建安以后的很多诗人,往往在描写手法方面,从汉赋中得到启发。有时,汉赋中的一些极平凡的句子,经过诗人改造,就能成为名句,例如曹操的《步出夏门行》中用“日月之行,若出其中;星汉灿烂,若出其里”的诗句形容大海的浩瀚无垠。这四句诗的用法和汉赋中某些形容上林苑之广大的句子十分相像,如司马相如《上林赋》有“日出东沼,入乎西陂”之句,后来扬雄的《羽猎赋》也有“章皇周流,出入日月,天与地沓”之句,张衡《西京赋》也有“牵牛立其左,织女处其右,日月于是乎出入,象扶桑与濛汜”等句。曹操的诗句可能多少从上面几篇赋中得到启发。又如曹植《白马篇》中的“控弦破左的,右发摧月支”,是化用张衡的《西京赋》中的“弯弓射乎西羌,又顾发乎鲜卑”。曹魏晋宋时期的大多数诗人,同时又擅长于小赋的创作。曹丕、曹植是邺下文人集团的中流砥柱,二人诗赋兼擅,曹植的《洛神赋》与《美女篇》在人物形态的描绘上有相通之处;张协的《安石榴赋》长于描写物貌,而他的诗作也是“巧构形似之言”。这种诗赋兼擅的情形为诗歌受到赋的濡染提供了极大的方便。所以,晋宋以来的诗歌中“尚巧似”的特点是受了汉赋很大的影响。

魏晋南北朝时期“形似”已被作为一个文学理论范畴应用到其他文体的评论上。颜之推、钟嵘、刘勰等人将“形似”用于评论诗歌或其他文体。《颜氏家训·文章》:“何逊诗实为清巧,多形似之言。”《诗品上》评说张协诗:“巧构形似之言。”《诗品上》评谢灵运诗:“尚巧似。”《诗品中》评鲍照诗:“善制形状写物之词。”“贵尚巧似。”《文心雕龙·明诗》:“情必极貌以写物,辞必穷力而追新,此近世之所竞也。”《文心雕龙·物色》则以“形似”来评论一代文学:“自近代以来,文贵形似。”

刘勰之所以说“自近代以来,文贵形似”,那是因为除诗以外赋在描写外物方面还影响到其他文体。比如鲍照《登大雷岸与妹书》采用了东、西、南、北四方铺叙的手法,与汉代大赋极为相似。鲍照以后,吴均、陶弘景等人短小的书信体散文也表现出“贵形似”的特点。北朝郦道元的《水经注》据统计全书引赋八十七篇次,其中引用《七发》《二京》一类大赋三十三篇次之多。引文以外的其他文字也有大赋描摹山水的迹象。

细致的描写在不少场合,常常能把事物的形象刻画得更突出、更生动,从而使作品更富于艺术价值。在这方面,汉赋起到了良好的作用。魏晋南北朝时期人们普遍认识到语言的描写功能,甚至有人把描绘外物作为语言文字的主要功能,如张融在《海赋》中说:“盖言之用也,情矣形乎。”认为文辞的功用有二,其中之一就是描写物体的形貌。这一方面是受到了汉赋的直接启发,另一方面也是对当时文学的真实评价,后者也有汉赋的传承与影响在。

（四）汉赋与文学作品的娱乐功能

在先秦两汉时期人们比较注重文学作品的表情达意和认识教育作用，比如孔子说："诗，可以观，可以群，可以怨。迩之事父，远之事君，多识于鸟兽草木之名。"（《论语·阳货》）汉代对文学的社会教育作用尤为重视，《毛诗序》说："故正得失，动天地，感鬼神，莫近于诗。先王以是经夫妇，成孝敬，厚人伦。"这些具有代表性的文学观都忽略了文学作品的娱乐功能，对诗如此，对于赋人们也同样要求其社会功用，如班固《两都赋序》："或以抒下情而通讽谕，或以宣上德而尽忠孝。雍容揄扬，著于后嗣，抑亦《雅》《颂》之亚也。"班固的观点，有事实总结的成分，同时也是当时人们对汉赋的一种主观要求，但对"劝百讽一"的汉赋来说是不够全面的。

事实上，汉赋之所以在汉代那样流行，倍受帝王的青睐，绝对不是因为它的"讽谕"的功能，因为很多赋的讽谏作用是很弱的。它吸引人的还有娱悦耳目的一面。正如司马相如《上林赋》中所说"所以娱耳目乐心意者"。实际上如"往时武帝好神仙，相如上《大人赋》"艺术感染的结果，也是其娱乐功能的体现。王褒的赋作曾被用来在宫中诵读疗疾，其娱乐感染作用竟可使人忘记病痛。汉宣帝在辞赋遭到儒生横议时说："不有博弈者乎？为之犹贤乎已！辞赋大者与古诗同义，小者辩丽可喜。辟如女工有绮縠，音乐有郑卫，今世俗犹皆以此虞说耳目，辞赋比之，尚有仁义讽谕，鸟兽草木多闻之观，贤于倡优博弈远矣。"（《汉书·王褒传》）宣帝将辞赋与作为游戏的博弈以及当时的通俗音乐作了比较，指出辞赋在教育作用与认识作用上比后二者要强得多，其实他更注重的是辞赋的娱乐作用，认识与教育功能只是他唯一能找到的冠冕堂皇的借口。

在汉代更能体现出汉赋娱乐作用的是赋家在当时社会中“弄臣”和“倡优”的身份。据记载:“(枚)皋不通经术,恢笑如俳倡,为赋颂,好嫚戏。……又言为赋乃俳,见视如倡,自悔类倡也。”(《汉书·枚乘传》)作为“滑稽之雄”的东方朔自不必说,大赋作家扬雄也认为赋家“颇似俳优淳于髡、优孟之徒”,蔡邕也说:“夫书画辞赋,才之小者,匡国理政,未有其能……其高者颇引经训风谕之言,下者连偶俗语,有类俳优。”(《后汉书·蔡邕传》)这些提到赋家身份的言论大都对辞赋取轻视态度,在肯定赋家的倡优地位方面也是众口一词。倡优是类似于歌舞滑稽演员或艺人为帝王贵族们提供娱乐服务的一类人。将赋家视为倡优,从侧面反映了汉赋在当时所起的实际作用——类似歌舞书画的娱乐作用。所不同的是赋家们如班固所说是“言语侍从之臣”,他们用来为帝王们消遣的媒介是语言文字。

虽然在汉代人们对赋的娱乐作用持贬抑或否定态度,但它毕竟被作为一个问题提出来了。

《祢衡别传》记载:“黄射大会宾客,人有献鹦鹉者,射举卮酒与衡曰:‘愿先生赋之,以娱嘉宾。’”(见《艺文类聚》卷五十六)黄射对祢衡是相当尊重的,他让祢衡作赋娱宾并没有轻视或嘲笑的意思,而是很郑重的。可见,当时人们对于赋具有娱乐作用的观点已比较普遍地接受了。以曹氏兄弟为首的邺下文人集团同题共作的许多咏物小赋也可视为一种娱乐和消遣的产物。曹丕在《与吴质书》中认为“元瑜书记翩翩,致足乐也”,反映出一种对公文的欣赏态度。

《文选序》说得更为明白:“古诗之体,今则全取赋名。荀、宋表之于前，贾、马继之于末。自兹以降，源流实繁。述邑居则有‘凭虚’‘亡是’之作，戒畋游则有《长杨》《羽猎》之制。若其纪一事，咏一物，风云草木之兴，鱼虫禽兽之流，推而广之，不可胜载矣……譬陶匏异器，并为入耳之娱，黼黻不同，俱为悦目之玩。作者之致，盖云备矣。”序中所提到的这些赋作具有一定的社会和政治意义，但萧统把它们一概视作“入耳之娱”和“悦目之玩”。可见，在他看来，这些文体无论其内容如何，都有一个共同的作用，即审美娱乐作用。这是对前代人文学实践的一种大胆而有新意的总结。

总的说来，南朝人对文学的娱乐功能的态度已比较通达，在对待文学的功能作用上，不像汉儒那样强调教化和美刺讽谕，而是侧重于抒发情性和陶冶性灵、赏心悦目等个人品德修养、感情抒发和美感享受方面。

汉赋探源

钟嵘在《诗品·总论》里说:"自王(褒)、扬(雄)、枚(乘)、马(司马相如)之徒,词赋竞爽,而吟咏(指作诗)靡闻。从李都尉(陵)迄班婕妤(昭),将百年间,有妇人焉,一人而已。诗人之风,顿已缺丧。东京(指东汉)二百载中,惟有班固《咏史》,质木无文。"钟嵘这里讲的是五言诗,而且只就文人诗方面讲,他不管四言诗、杂言诗,尤其是汉乐府,而断言"吟咏靡闻","诗人之风,顿已缺丧",自然过于片面。他同时代的大文艺理论家刘勰讲得要比他全面些,这从《文心雕龙》的《明诗》《乐府》篇中即可见出。但钟嵘的话有一点是说对了的,就是所谓"词赋竞爽"。两汉的文坛,的确被赋家所独霸,成为他们争奇斗艳的场所,并且给后人以巨大的影响。班固在《两都赋序》里说:"至于武、宣之世……故言语侍从之臣,若司马相如、虞丘寿王、东方朔、枚皋、王褒、刘向之属,朝夕论思,日月献纳。而公卿大臣御史大夫倪宽、太常孔臧、太中大夫董仲舒、宗正刘德、太子太傅萧望之等,时时间作……故孝成之世,论而录之,盖奏御者千有余篇,而后大汉之文章,炳焉与三代同风。"这段话相当准确地描绘了汉赋在西汉的盛况,不光侍从文士写赋,而且连达官贵人也写赋;前者"日月献纳",后者"时时间作",完全沉浸在写辞作赋的忙碌欢乐之中,所以到西汉后期成帝时代，仅“奏御”的赋就有千余篇，不奏御的“言语侍从”的赋，大小官吏以及民间文人的赋又将有多少呢？成、哀以后及东汉两百年间又写了多少赋呢？这个序没有讲，也来不及讲，但我们深信，这个数字将大大超过截至成帝时的千余篇。真是奇文郁起，盛况空前，风靡了汉代四百年文坛！

一

那么汉赋是怎样冒出大汉帝国的地平线上呢？这个问题自古以来就众说纷纭。有说从《诗经》那里发展过来的，有说从荀子《赋》篇那里发展过来的，等等。如班固说：“赋者，古诗之流也……或以抒下情而通风谕，或以宣上德而尽忠孝，雍容揄扬，著于后嗣，抑亦《雅》《颂》之亚也。”（《两都赋序》）他不仅在形式上把赋与诗混在一起，而且在内容、功用上也把赋与诗视为同类，唯一不同的是，诗是能歌唱的（《汉书・艺文志》所刊录的诗，全都标上“歌诗”两字，如“高祖歌诗两篇，泰一杂甘泉寿宫歌诗十四篇，宗庙歌诗五篇”），而赋是不歌的，所谓“不歌而诵谓之赋”。班固既认为赋是《诗经》的一个支派，它又出现在《诗经》之后，那么赋自然是从《诗经》那里孕育发展过来的了。刘勰实际上也是持这种观点的。所谓：“赋自《诗》出。”“然赋也者，受命于诗人，拓宇于《楚辞》也。”（《文心雕龙・诠赋》）就是说赋起源于《诗经》，发展于《楚辞》。也强调了《诗经》在汉赋产生过程中的地位。

与此意见相反的人则认为，赋体应起源于荀子《赋》篇而并非《诗经》。理由是：（1）如果说赋是由《诗经》六义流衍而成,则不得在赋中杂有比兴。(2)六义的铺陈是指“铺陈直叙”,即不借助比兴而直说;赋的铺陈是指文辞上的铺张扬厉,尽情描摹。(3)《诗经》用韵很严,而赋却韵散结合。(4)赋的形式,与《诗经》迥异;而荀子《赋》篇却是采用客主问答形式开头,通篇以隐语出现,而且回环铺陈,迭致排比,正合刘勰对赋特点的看法,所谓“遂客主以首引,极声貌以穷文”。还有人认为汉赋是源于《楚辞》的,等等。

上述种种看法,不能说毫无道理,但有一个共同的毛病,就是单打一,认为赋的产生是笔直又笔直,单纯又单纯,以致陷于主观片面的泥淖。我的看法正与此相反,我是多头论者,我认为汉赋的产生不是偶然的,不是某种文体派生敷衍出来的,而是整个文化、经济、政治发展的结果,也就是说,在前代文学艺术以至整个文化遗产的哺育下,在大汉帝国这块肥沃的土地上孕育、发芽、生根、壮大起来的。

这里所说的前代文化遗产的哺养,首先是指《诗经》的影响。《诗经》在先秦两汉人的心目中,地位是很高的。孔子说:“《诗》可以兴,可以观,可以群,可以怨。迩之事父,远之事君,多识于鸟兽草木之名。”(《论语·阳货》)对学《诗》的重要性及其作用作了全面的论述。汉人更把《诗》捧到经典的地位上去,成为五经之一。《毛诗序》说:“正得失,动天地,感鬼神,莫近于《诗》。先王以是经夫妇,成孝敬,厚人伦,美教化,移风俗。”扬雄说:“舍舟航而济乎渎者,末矣;舍五经而济乎道者,末也。”(《法言·吾子》)把《诗经》看成是人们修身、齐家、治国、平天下的教科书。不能设想,在汉代具有如此崇高地位的《诗经》,它对汉人创立汉赋不起作用?尤其像班固、扬雄那样尊儒崇经的人,竟能不在他们的赋中留下《诗经》的影子?那么《诗经》对汉赋的产生有什么影响呢?

前面所引的班固《两都赋序》,如果我们撇开作者的原意,即不把《诗经》看成是汉赋产生形成的唯一来源,而仅把它看成是汉赋来源中的一个重要组成部分,那就是很好的意见了。从这段序里可以看出,汉赋的歌颂和讽谏,是从《诗经》的《雅》和《颂》中学来的。在汉人的心目中,《诗经》里的《雅》《颂》是充斥着"通讽谕""宣上德"两个内容的。如《毛诗》说:"《谷风》,刺幽王也,天下俗薄,朋友道绝焉。""《蓼莪》,刺幽王也,民人劳苦,孝子不得终养尔。""《四月》,大夫刺幽王也。在位贪残,下国构祸,怨乱并兴焉。"从卷二十至卷二十二共有《小雅》诗三十四篇,《毛诗》认为刺周幽王的就有二十九篇。"刺"与"讽谏"当然有别,但毫无疑问,它们都是对最高统治者的错误进行劝诫与批评。而在《颂》诗中,则几乎都是祭祀祖宗、颂扬最高统治者的篇章。如卷二十九《鲁颂》中《駉》:"颂僖公也。僖公能遵伯禽之法,俭以足用,宽以爱民,务农重谷,牧于駉野,鲁人敬之……史克作是颂。"《有駜》:"颂僖公君臣之有道也。"《泮水》:"颂僖公能修泮宫也。"等等。当然,这些诗的主题思想不一定像《毛诗》所说的那样。但我们这里只想证明,以《毛诗》作者为代表的汉人就是这样来理解《诗经》,这样来强调美刺两方面内容。

汉人既是如此尊重《诗经》,处处把它作为人们言论、行动、写作的典范,又如此强调《诗经》里的美刺内容,那么他们在自己写赋作诗中,自然要以《诗经》为模式了。事实也确是如此,如扬雄就明明白白说他写《甘泉赋》《校猎赋》《长杨赋》就是为了讽谏——"明年,上将大夸胡人以多禽兽,秋,命右扶风发民入南山……是时,农民不得收敛。雄从至射熊馆,还,上

《长杨赋》……以风。"张衡也说他写《二京赋》是为了讽谏——"永元中……自王侯下,莫不逾侈,衡乃拟班固《两都》,作《二京赋》,因以讽谏。"班固写《两都赋》则是为了"宣上德而尽忠孝",也即歌颂——"臣窃见海内清平,朝廷无事,京师修宫室,浚城隍,而起苑囿,以备制度。西土耆老,咸怀怨思,冀上之眷顾,而盛称长安旧制,有陋洛邑之议。故臣作《两都赋》,以极众人之所眩曜,折以今之法度。"也就是用歌颂东都洛阳的法度,去批判西都长安的炫耀。所以实质上也就是歌颂他的"当今"。

赋的实际内容也基本上如他们所宣称,典型的汉大赋是不出讽谏与歌颂两个内容的。如司马相如的《天子游猎赋》主要是想讽谏帝王的侈靡。扬雄的《校猎赋》《长杨赋》主要是为劝止天子因羽猎而"扰民"。枚乘的《七发》用含蓄的手法,劝止诸侯王的反叛。扬雄的《蜀都赋》和张衡的《南都赋》,则是对各自的家乡进行尽情的歌颂。清人刘熙载说:"言情之赋本于《风》,陈义之赋本于《雅》,述德之赋本于《颂》。"(《艺概·赋概》)也止是这个意思,说明赋的内容是受到《诗经》的启示而形成的。

在这里有个问题需要说明的是,包括赋家扬雄、班固在内的许多人认为汉赋"没其风谕之义",也即放弃批评,丧失讽谏。这个问题是存在的。我们在总论中对这个问题已作了专门的论述。但如果说讽谏的意味全部丧失了,那也是言过其实,至多也只能如《汉书·扬雄传》所说的:"雄以为赋者,将以风也……往时武帝好神仙,相如上《大人赋》欲以风,帝反缥缥有陵云之志。由是言之,赋劝而不止,明矣。"作者主观上于赋中寓讽,只因为写得太铺张华丽了,以致在读者中造成错觉,产生不到预期的效果。这些都说明汉赋的确是寓有讽谏的用意的,而这个用意就是从《诗经》中学来的。至于赋中的歌功颂德问题,这一点大家没有争议。汉赋的歌颂旨意正是对《诗经》中《颂》诗的直接继承。

与汉赋的内容一样,汉赋的形式也是颇受《诗经》的影响的。《周礼·春官·大师》:"教六诗:曰风,曰赋,曰比,曰兴,曰雅,曰颂。"《毛诗·关雎序》:"故诗有六义焉:一曰风,二曰赋,三曰比,四曰兴,五曰雅,六曰颂。"按经学家的解释,"六诗"是指六种诗,也即有六种不同体裁的诗,而"六义",则以为风、雅、颂是指体裁,而赋、比、兴是指三种不同的表现手法。两种说法甚多差异。但我以为有一点是一致的。作为表现手法的赋,是指所谓"升高能赋者,谓升高有所见,能为诗,赋其形状,铺陈其事势也",也即刘勰、钟嵘直至朱熹所一致认为的"直书其事""体物写志"。这与《诗经》中另外两种表现手法比、兴是截然不同的。而作为《诗经》里六种文体之一的赋,他的主要特点也正是致力于对客观事物进行直接的描绘。这点同样也与《诗经》里的用比、兴手法写作而侧重于抒发作者情意的作品是大相径庭的。也正由于两者有此共同点,所以刘勰也才说:"赋者,铺也。铺采摛文,体物写志也……《诗序》则同义,传说则异体,总其归涂,实相枝干。"(《文心雕龙·诠赋》)也即《诗序》认为赋与比、兴同是表现手法问题,其他记载则认为是不同体裁问题,看法有很大分歧。但从总的看来,它们之间的关系,就像树干和树枝一样,还是十分密切的。而作为后来的汉赋,它也正是继承了《诗经》里"六诗"之一的赋和《诗经》三种表现手法之一的赋。把他们的特征接受过来,并进一步发展成为另一种崭新的文体。

有人引用范文澜先生的话:“赋比兴三义并列,若荀屈之赋,自六义之赋流衍而成,则不得赋中杂出比兴。今观荀屈之赋,比兴实繁。即士苏所作,有狐裘龙茸语;三句之中,兴居其一。谓赋之原始,即六义之赋推演而成,或未必然。”(《文心雕龙注·诠赋》)把它作为其反对汉赋与“六义”之一赋的关系的依据。这是站不住的。因为范老对汉赋是从“六义”之赋流衍而成,表示怀疑,他并没否认汉赋的发源与“六义”的关系;也即说,他只不同意把“六义”之赋看成是汉赋的唯一发源。因为我们前面讲过,汉赋的形成是很复杂的,是多来源的,它不可能是由前面某一文体直接产生出来的。还有赋体虽以铺陈直书为主要特点,但不能说它就彻底地排除比、兴手法的运用,任何文体都没有那么纯粹。所以,以为汉赋里有比、兴就否认它与《诗经》“六义”之一的赋的关系,并不是实事求是的态度。

汉赋的韵律格式,也当受到以《诗经》为代表的先秦古诗的影响。《诗经》是既可以歌,也可以诵,也可以舞,还可以被之管弦。《墨子·公孟》篇说:“儒者诵诗三百(指《诗经》三百零五篇),弦诗三百,歌诗三百,舞诗三百。”就是这个意思。而这些工作并不是什么人都能做到的。《国语·周语上》说:“召公曰:‘故天子听政,使公卿至于列士献诗,瞽献曲,史献书,师箴、瞍赋……’”韦昭注:“无眸子曰瞍,赋公卿列士所献诗也。”可见赋诗要由一种专门的人来负责。赋诗已成为一种职业,一定有许多讲究,有它的特点。《毛诗·鄘风·定之方中传》说:“故建邦能命龟,田能施命,作器能铭,使能造命,升高能赋,师旅能誓,山川能说,丧纪能诔,祭祀能语,君子能此九者,可谓有德音,可以为大夫。”更见出赋诗并不简单,要求还相当高,能赋诗就有了好的声誉,可以做官了。由此可以推论,赋诗绝不会是一般的读读诗、念念诗，它一定要讲究诸如节奏啊、旋律啊、气势啊等等，所谓“以声节之”，就是这个意思，大概还相当动听呢！

《汉书·艺文志》说：“不歌而颂谓之赋。”它这话是源于刘向的“明不歌而颂（诵）”（《七略》）。这都说明赋是不能歌唱，而只能朗诵。而事实上汉赋的特点也正是这样，这是韵散掺和，只能诵不能歌，这与《诗经》朗诵诗的情形是何其相似！如果我们不由此而追寻它与《诗经》的关系，那简直是闭眼不见事实了。

二

汉赋受《楚辞》的影响也是无可争辩的。如果我们翻开《汉书·艺文志》，我们就会发现，在班固等人的心目中，《楚辞》与汉赋是合在一起不分家的，《汉志》罗列了包括屈原、唐勒、宋玉、荀子、贾谊、枚乘、司马相如、司马迁、扬雄在内的赋家一百零六人，赋一千零四篇。刘向编的《楚辞》，也把贾谊的《惜誓》、淮南小山的《招隐士》等赋编进去，辞赋实际上也不分开。再看看汉赋作家中的作品，也与以屈原的《离骚》为代表的《楚辞》很相近，如贾谊的《吊屈原赋》《鹏鸟赋》《惜誓》，淮南小山的《招隐士》，司马相如的《大人赋》，扬雄的《甘泉赋》，班固的《幽通赋》，张衡的《思玄赋》，蔡邕的《述行赋》，体式上都是抒情味很浓，带“兮”字调，句子长短也差不多，很难与《楚辞》区分开来。清人刘熙载说，“长卿（司马相如的字）《大人赋》出于《远游》，《长门赋》出于《山鬼》；王仲宣《登楼赋》出于

《哀郢》；曹子建《洛神赋》出于《湘君》《湘夫人》”，又说“枚乘《七发》出于宋玉《招魂》”。（《艺概·赋概》）这个评论虽不尽当，但起码说明它们相互之间的关系是有迹可寻的。所以刘熙载进一步说：“骚为赋之祖。太史公《报任安书》：‘屈原放逐，乃赋《离骚》。’《汉书·艺文志》：‘屈原赋二十五篇。’不别名骚。刘勰《辨骚》曰：‘名儒辞赋，莫不拟其（指屈赋）仪表。’又曰：‘雅颂之博徒，而辞赋之英杰也。’”指出在司马迁、班固、刘勰的心目中辞、赋是同类体式的作品，并不加以区别。至于《楚辞》对汉赋的影响，我以为有如下三点值得注意。

第一，我们通观一下汉赋，就可以明显发现，同属汉赋，其实从内容到形式，并不都是一样，最起码可分两大类。一是以司马相如《天子游猎赋》为代表的以描写皇宫帝苑和帝王巡狩游宴为主要内容的叙事描写赋，二是以贾谊《吊屈原赋》为代表的以抒发作者个人情志为主要内容的抒情赋。而后面这种赋，正是从《楚辞》直接发展过来的，和《楚辞》是同一类型。这类赋是在什么情况下产生的呢？《汉书·艺文志》说：“春秋之后，周道寖坏，聘问歌咏不行于列国，学诗之士，逸在布衣，而贤人失志之赋作矣。大儒孙卿及楚臣屈原，离谗忧国，皆作赋以风，咸有恻隐古诗之义。”这就是说，周王朝衰落后，采诗制度中止，屈原等被谗，不得志，又放不下对祖国命运的关心，于是就写赋来表达自己的情怀。其实，不仅屈原等的先秦辞赋是这样产生的，就是西汉这类赋也是在这种情况下创作出来的。贾谊的《吊屈原赋》、董仲舒的《士不遇赋》、司马迁的《悲士不遇赋》、蔡邕的《述行赋》、张衡的《思玄赋》，也都是在抒发他们的怀才不遇、郁郁不得志和对祖国、对人民的关切，流露出对现实生活的不满和批评，与《离骚》的产生背景也有相似之处的。

总而言之,汉赋中抒情述志的赋,是在《楚辞》的启发影响下发展起来的,应该说是确论。

第二,汉赋的虚构夸张等浪漫主义表现手法,也是深受《楚辞》的影响的。我们知道,《诗经》基本上是现实主义的作品,浪漫主义的作品不多,这是因为以孔子为代表的儒家,不喜欢浪漫主义的作品,在整理流传的过程中,大概都被他们删掉了。他们对古代神话传说也是持批评态度的。甚至到东汉文艺理论家王充,也仍坚持这种看法(见《论衡·谈天》等等)。但《楚辞》却不一样,里面有大量的浪漫主义的东西,几乎古代神话传说提到的故事,它都吸收进去,作为自己的题材。其中尤以《离骚》《天问》《招魂》表现最为突出。《天问》一口气向天提出了一百七十多个有关神话传说等问题,表现了作者丰富的想象和探索事物本原的进取精神。《离骚》则简直把人们带入神话的世界,漫游冥冥的天国。当然,汉赋作家所表现的浪漫主义比起屈原的作品是要逊色得多的。但我们这里不是评论他们之间的高低优劣等问题,而是探索他们之间的关系,也即以屈原为代表的《楚辞》浪漫主义对汉赋的影响。这个问题也可以分两种情况来谈。在抒情赋中,受《楚辞》浪漫主义的影响更加明显突出。如司马相如的《大人赋》,刘熙载就说它出于《楚辞》里的《远游》。王逸说《远游》是屈原的作品。现在一般人都认为《远游》是后人的伪托。而郭沫若则甚至把《远游》看成是《大人赋》的初稿,但它的老祖宗却是《离骚》。他说:“只是《远游》整抄《离骚》和司马相如《大人赋》的地方太多,而结构与《大人赋》亦相同,我疑心是《大人赋》的初稿。……因为稿本未脱《楚辞》的窠臼,不好拿去见皇帝……又因多整袭《离骚》的地方,遂被收入《楚辞》而误以为屈原所作。”

郭沫若这个看法能否成立，我们可暂不论，我们引这段文字，只想说明，在郭老看来，《大人赋》的初稿——《远游》——是“整抄”“整袭”屈原的《离骚》，所以还没有脱离《离骚》的窠臼。郭老这个看法是符合实际的，从整个赋的布局直至一些具体词句，都与《离骚》很相近。我们由此可以看到《大人赋》与《离骚》的前后关系。至于张衡的《思玄赋》，我们以为更是《离骚》的“整抄”“整袭”。作者也是先说自己是如何有内美，但小人作梗，使他们报国无门。他于是便天上地下四面八方地周游起来，历经蓬莱、瀛洲、扶桑、汤谷、昆仑、阆风、层城、弱水等神仙地界，会见西王母、宓妃等神仙人物，最后也是放不下祖国：“据开阳而俯眡兮，临旧乡之谙蔼；悲离居之劳心兮，情悁悁而思归；魂眷眷而屡顾兮，马倚辀而徘徊；虽遨游以愉乐兮，岂愁慕之可怀；出阊阖兮降天途……倏眩眃兮反常闾。”又回到人间来了。整个布局，尤其是结尾，与《离骚》如出一辙。

另一种情况是在叙事类赋里，虚构夸张等浪漫主义倾向也很明显。这一点，我们倒不是指左思、刘勰等所批评的赋里写什么比目、海若、玉树、青葱等无有神物，而主要是指它的一些铺陈夸张的描写。它受《离骚》《招魂》的影响也是极明显的。如《离骚》所写的“屯余车其千乘兮，齐玉轪而并驰；驾八龙之蜿蜿兮，载云旗之委蛇”之类情节，在汉大赋中变成描写帝王浩浩荡荡出游狩猎场面的蓝本。至于扬雄、班固、左思、刘勰等所批评的汉赋夸张的过分，那是另一个问题，不在我们讨论的范围。

第三，汉赋文辞的雍容华丽，富有文采，这是一种普遍的看法，连极力反对它的人也承认。甚至于只因为汉赋写得太华丽了，以致淹没了讽谏之义，才引起他们的反对。扬雄就是最典型的一个。那么汉赋的华丽又是从什么地方学的呢？从《诗经》吗？不是，《诗经》基本上是一部朴实无华的诗集。它是从《楚辞》学来的。试对照如下几例：

(1)《楚辞·离骚》："恐鹈鴂之先鸣兮，使夫百草为之不芳。"张衡《思玄赋》："恃己知而华予兮，鹈鴂鸣而不芳。"

(2)《楚辞·少司命》："与女沐兮咸池，晞女发兮阳之阿。"《思玄赋》："旦余沐于清源兮，晞余发于朝阳。"

(3)《楚辞·山鬼》："表独立兮山之上，云容容兮而在下，杳冥冥兮羌昼晦。"司马相如《长门赋》："登兰台而遥望兮，神怳怳而外淫，浮云郁而四塞兮，天窈窈而昼明。"

不仅《楚辞》中大量的诸如香花、香草、飞龙、瑶象、玉鸾、神鸟、玉轪、云旗、仙乡、帝都等神奇美丽的名词在汉赋中频频出现，而且有的连整个美丽的句子也直接搬过来，所以刘勰也说："故(《楚辞》)能气往轹古，辞来切今，惊采绝艳，难与并能矣！……是以枚(乘)、贾(谊)追风以入丽，马(司马相如)、扬(雄)沿波而得奇；其衣被词人，非一代也。故才高者菀(借'捥'，取的意思)其鸿裁，中巧者猎其艳辞，吟讽者衔其山川，童蒙者拾其香草。"意思是说《楚辞》的气势超越古人，词藻横绝后世，它那高度美丽动人的文采是谁也比不上的。汉赋作家枚乘、贾谊、司马相如、扬雄都追随他们的遗风，使作品写得绚烂多彩。其中有才能的作家，能学到屈、宋作品的精髓；一般的作者，只会猎取美丽的词藻；等而下之的人，就只能拾取其中有关香草美人的比喻。刘勰这段话说得大体不错，也很有分寸。汉赋大多数的作家，比起屈原自然要差一些，或者说差得多。但多数能学到《楚辞》里美丽的词藻，当是没有问题的。也正因为如此，我们说汉赋的"丽靡之辞"，主要是从《楚辞》那里学来的。

三

汉赋受倡优的影响,也当是事实。这是因为汉赋作者的身份、地位、作用,以及语言文字的表达方式,与倡优有明显的相同之处。

(1)汉赋作家具有准倡优的身份地位。班固在《两都赋序》里,称汉赋作家司马相如、虞丘寿王、东方朔、枚乘、王褒、刘向等等为"言语侍从之臣"。在历代官制中,并没有"言语侍从之臣"这个职称。班固这样称呼,顾名思义,是指文人们用自己手中的笔写诗作赋来伺候帝王。其中有"抒下情而通风谕"的,有"宣上德而尽忠孝"的,更有大量的赋是供帝王娱乐之用,所以赋家们得"朝夕论思,日月献纳",日夜挖空心思地写作,时时向皇帝进献。这几句话,很可以看出这帮"言语侍从之臣"的地位。

实际生活也正是这样。汉武帝很欣赏司马相如的《子虚赋》,他以为作者死了,惋惜地说:"朕独不得与此人同时哉!"相如见到武帝后马上说:"此乃诸侯之事,未足观也,请为《天子游猎赋》。"这时他虽还没有挤进"言语侍从之臣"的行列,但已完全表现出一副"言语侍从之臣"的架势,一心讨武帝欢心。随后,他就真正做起这个职业来了。他随从武帝幸宜春宫,马上奏《哀二世》。赋主旨虽是批判秦二世的信谗不悟,亡国失势,但在批判二世之中,也暗寓着歌颂武帝的英明伟大在!随后,他见武帝好神仙,马上说:"上林之事,未足美也,尚有靡者,臣尝为《大人赋》,未就,请具而奏之。"相如以为"列仙之儒，居山泽间，形容甚癯，此非帝王之仙意也，乃遂就《大人赋》”。我们暂且不管这些赋的内容到底怎样，从相如这些言行看，他的确像皇帝的倡优，处处看皇帝眼色行事，讨皇帝欢心，活现出一副“侍从”相！扬雄的神态与相如不大一样。他很强调赋的讽谏作用，所以他的赋几乎篇篇是板着面孔说话。但这也仍改变不了他的“言语侍从之臣”地位，他的《甘泉赋》《河东赋》《羽猎赋》《长杨赋》，都是跟从汉成帝外出后献上的。他企图把自己提高到谏官的地位上，实际上是不可能的。所以他后来也才因此后悔而撒手不干：“汉兴，枚乘、司马相如，下及扬子云，竞为侈丽闳衍之词，没其风谕之义，是以扬子悔之。”(《汉书·艺文志》)“又颇似俳优淳于髡、优孟之徒，非法度所存……于是辍不复为。”(《汉书·扬雄传》)这个“颇似俳优”的地位太刺激他了。加上赋起不到预期效果，所以他“辍不复为”。赋家枚皋对自己“类俳倡”的身份也深为难过而又无可奈何：“从行(指随成帝)至甘泉、雍、河东，东巡狩，封泰山，塞决河宣房，游观三辅离宫馆，临山泽，弋猎射驭，狗马蹴鞠刻镂，上有所感，辄使赋之，为文疾，受诏辄成，故所赋者多……又言为赋乃俳，见视如倡，自悔类倡也。”枚皋的身份太低微了，皇帝干什么零碎无聊的事，他都得跟在后面；而且皇帝皱个眉头，他就得马上写赋。结果，赋倒是写得很多，只是质量不高：“凡可读者百二十篇，其尤嫚戏不可读者尚数十篇。”完全是逢场作戏，应付了事。这样写出来的赋哪能有质量？这样的人哪能有地位？他“见视如倡”是必然的，他“自悔类倡”也正是对自己行为的报复。

大概想给赋家一点安慰，让他们安心继续充当“言语侍从之臣”，汉宣帝赶快站出来替赋家说几句好话。他说：“辞赋大者与古诗同义,小者辩丽可喜……贤于倡优博弈远矣。”(《汉书·王褒传》)但他终无法改变、也不想真心改变赋家的地位。对这个问题,鲁迅先生也早就一针见血地指出:“中国的开国的雄主,是把‘帮忙’和‘帮闲’分开来的,前者参与国家大事,作为重臣;后者却不过叫他献诗作赋,‘俳优蓄之’,只在弄臣之列”,赋家“宋玉、司马相如之流”,“都是位在声色狗马之间的玩物”,是“俳优蓄之”,“只在弄臣之列”。所以不满于这种待遇的司马相如,“他常常称病,不到武帝面前去献殷勤”。(《且介亭杂文二集·从帮忙到扯淡》)

以上所有这些都足以说明,赋家实际上是扩大了的倡优,也即他们原先只用滑稽的语言动作、歌舞、竞技来娱乐帝王,现在增加用写诗作赋来进一步满足帝王的要求。所以汉赋与古倡优的关系,实是无法摆脱的。

(2)扬雄曾经指出,汉赋过分的华丽夸张,导致作者本想讽谏,结果反而成了怂恿。“往时武帝好神仙,相如上《大人赋》欲以风,帝反缥缥有陵云之志。”这说明,汉赋的作家在写赋时,往往没有把自己要说的话按一般艺术的手法表现出来,而是说了许多反面话,以致引起人们的错觉,达不到预期效果。像扬雄说的这种情况,在汉赋中是很不少的。如司马相如在《天子游猎赋》里,让子虚、乌有先生、亡是公各自盛赞自己的主子的苑囿是如何阔大,游猎队伍是如何雄壮,歌伎舞女是如何动人等等,而实际上作者想批判的正是这些东西,因为赋最后还有“归之于正”的描写。对此扬雄说得甚至更直截了当,当他到甘泉宫时,看到宫殿实在太壮丽太侈靡了,他内心很不平静:“欲谏则非时,欲默则不能已。”怎么办呢?“遂推而隆之,乃上比于帝室紫宫,若曰:此非人力所能为,党鬼神可也”,

也即拼命地描写它，把它的宏伟壮丽与天帝的宫室相比，说这样的建筑不是人力所能做到的，只有鬼神才能完成。他希望这样说使汉成帝受到教益。这也就是所谓“推而隆之”。“推而隆之”者，拼命地说反话，也即反话正说，以此讽谏君上也。

像汉赋这种表现手法，我们可以很容易在倡优中找到它的娘家。如楚庄王有匹爱马，平时“衣以文绣，置于华屋之下，席以露床，啖以枣脯”。后来马肥胀死了，他即令群臣给马吊丧，还要按大夫礼埋葬。并下命令说：“有敢以马谏者，罪至死！”楚乐人优孟（《史记索隐》：“优者，倡优也；孟者，字也。”）听后，即“仰天大哭”。庄王问他是怎么回事，他说：“马者，王之所爱也；以楚国堂堂之大，何求不得，而以大夫礼葬之，薄！请以人君礼葬之。”“臣请以雕玉为棺，文梓为椁，楩枫豫章为题凑，发甲卒为穿圹，老弱负土，齐赵陪位于前，韩魏翼卫其后，庙食太牢，奉以万户之邑。诸侯闻之，皆知大王贱人而贵马也。”这完全是说反话，让楚庄王听出他的话里有话。所以楚庄王听后即后悔说：“寡人之过，一至此乎！”从而同意“葬之于人腹肠”——把它吃掉。

又如秦始皇想扩大苑囿，“秦倡侏儒”有个叫优旃的马上说：“善！多纵禽兽于其中，寇从东来，令麋鹿触之足矣！”这等于说：你既要扩大苑囿，很好，可以多养麋鹿，让他们替你去打仗。这不正是说反话——幽默地讽谏吗？所以秦始皇只好停止扩大苑囿。还有，秦二世继位后，想把城墙油漆一番。优旃说：“善！主上虽无言，臣固将请之。漆墙虽于百姓愁费，然佳哉！漆墙荡荡，寇来不能上；即欲就之，易为漆耳，顾难为荫室。”（《史记·滑稽列传》）这也就是说，把城墙油得光光的，敌人就爬不上来了，只可惜没有那么大的荫室来阴干它。秦二世当然听出人家的讽刺,所以一笑了之。所有这些,也就是反话正说,即把自己的反对旨意埋在鼓励赞赏之中。汉赋对帝王的讽谏亦多采用这种手法的。

倡优和汉赋作家之所以要采用这种表达方式来对帝王进行批评,道理很简单,这是他们倡优、准倡优的地位决定的。他们身居帝侧,对帝王进行直截了当的批评是不行的,弄不好就会掉脑袋,这从前面所举的楚庄王要杀敢于劝阻他为马举行葬礼的人就可以看出。可是缄默不语也不行,只要有点良心的人都不愿那样做,这也可以从前面引用过的扬雄"欲默则不能已"而写《甘泉赋》中见出。作为倡优和"言语侍从之臣"的赋家的身份,他们还得照顾帝王的情绪,满足他们的娱乐,让他们能够从自己的言语辞章中受到教益,又得到欢乐。为此种种,舍幽默与说反话——"遂推而隆之",就很难找到其他更好的表达方式了。所以汉赋的表现方式与倡优的语言方式不谋而合,不是没有原因的。由此也正可以看出,汉赋作家正是把倡优们的口头艺术巧妙地移入赋里。这也就是汉赋受倡优影响的必然道理。

四

最后我们简单谈谈赋与先秦纵横家的关系。清人章学诚说:"古之赋家者流,原本《诗》《骚》……恢廓声势,苏、张纵横之体也。"(《校雠通义·汉志诗赋第十五》)章氏的话是有根据的。汉赋作家就是把纵横家那种滔滔不绝、左右驰骋的言语化为文字注入赋里,这点可以从两方面看出:

在描写方面，班固《两都赋》描述长安形势——“左据函谷、二崤之阻，表以太华、终南之山，右界褒斜陇首之险，带以洪河泾、渭之川，众流之隈，汧涌其西。华实之毛，则九州之上腴焉；防御之阻，则天地之澳区焉。”这很明显是承袭了诸如苏秦说燕文侯——“燕，东有朝鲜辽东，北有林胡楼烦，西有云中九原，南有滹沱易水。地方二千余里……南有碣石雁门之饶，北有枣栗之利；民虽不佃作，而足于枣栗矣！此所谓天府者也。”（《史记·苏秦列传》）

当然，赋家不只是学纵横家的语言艺术，主要还是从他们那里得到一点启示，即如何把赋写得洋洋洒洒，下笔千言。这就要仿效纵横家的辩说艺术，从上下左右、东西南北四面八方写起——这里可以引用宋人写赋来作旁证。刘熙载《艺概》记录着这样一个故事：“姚铉令夏竦为《水赋》，限以万字，竦作三千字。铉怒不视曰：‘汝何不于水之前后左右广言之？’竦益得六千字。”赋家就得运用纵横家的纵谈艺术，海阔天空地描写起来。

在议论方面，诸如司马相如《天子游猎赋》里乌有先生对子虚的反驳，亡是公对子虚、乌有先生的批评，张衡《二京赋》里安处先生对凭虚公子的揶揄，尤其是班固《两都赋》里东都主在结尾所发的议论，等等。简直一个个都是唇刀舌剑的辩士，一个个都像被安插在赋里的纵横家！

汉赋的来源，我以为主要就是这几方面。当然，汉赋的产生、发展和壮大，更取决于大汉这块肥沃的土壤。但这是问题的另一面，不是本文所讨论的范围。

论两汉辞赋与书法*

一

在两汉期间，辞赋与书法一直处在极其密切的关系之中，它们几乎都以小学为基础，以才学为指归。其前进步伐也几乎是一致的。它们都备受人们的喜爱而迅速发展起来，但是也同样受到一些不公正的非议。它们所表现的风貌也同样与时代紧紧联系在一起。

在两汉期间，辞赋和书法的发展，都与小学（文字学）息息相关，都有赖于小学的发展。众所周知，李斯是秦代知名的书法家，唐李嗣真在《书后品》（以下只引书名，余皆类此）里说，李斯"小篆之精，古今妙绝"。唐张怀瓘《书断》称他的书法遗迹是"传国之伟宝，历代之法式"。但李斯却首先是一位文字学家，他取史籀的大篆，"或颇省改"，而成小篆。他是小篆这种字体的主要完成者。他的小篆书法也正是在完善小篆这种字体中逐渐形成、成熟的，其小学的代表作就是《仓颉篇》七章。

与李斯一起改造大篆、构筑小篆字体的赵高、胡毋敬，也各

---

* 本文原载于《文史哲》2002 年第 5 期。

有自己的小学著作。赵高作《爰历篇》六章，胡毋敬作《博学篇》七章。他们的书法也同样是建立在完善小篆字体的基础上。北魏王愔《古今文字志目》把他们两人列入秦、汉、吴五十九位书法家名单之上。《书断》称赵高“善篆，教始皇小子胡亥书”，誉胡毋敬书法为“妙品”。

汉荀悦在《汉纪·成帝纪》里说：“秦时狱官多事，省文从易，施之于隶，故谓之隶书。”晋卫恒《四体书势》也有类似记载。小篆书写虽比大篆简易，但难度仍很大。隶书把篆书的圆笔改为方折，把字体的形象化改为笔画化，从而大大提高了书写的速度。完成隶书这种字体的代表人物是秦始皇时的程邈。程邈是一个罪人，善大篆。狱中无事，他遂增减大篆体，去其繁复，又参照狱中流行的新字体，加以整理规范，成为标准新隶书。我们未闻他有小学著作问世，但他工作本身就是一部小学著作。他的书法也自然在完善隶书的基础上而日臻成熟，成为时代的典范。《书断》称赞说：“隶合文质，程君是先；乃备风雅，如聆管弦；长毫秋劲，素体霜妍；推峰剑折，落点星悬。”隶书成为汉魏通行的文字，程君首创，功莫大焉。

隶书书写虽比小篆便捷，但一笔一画的书写仍极大地限制书写速度的提高，于是章草应运而生。完成章草的代表人物是汉元帝时的史游。他解散隶体，存字之梗概；损隶之规矩，纵横奔逸，赴速急就，作《急就》一篇，供学童学习之用。他既是一位小学家，自然也有利于进而成为一位有突出贡献的书法家。《书断》称他的书法：“婉若回鸾，攫如搏兽；迟回缣简，势欲飞透；敷华垂实，尺牍尤奇。”

章草经东汉章帝时大书法家杜度、灵帝时“草圣”张芝的努力而日臻完美，再变而成今草。《书断》称：“史游始草书，传不纪其能,又绝其迹;创其神妙,其惟杜公(指杜度)。”张芝学杜度又“龙骧豹变,青出于蓝”,“若清涧长源,流而无限;萦回崖谷,任于造化”。其后,书圣王羲之踵其武而把今草推向极致。

两汉书法与小学的关系,已如上述。而辞赋与小学的关系,也非同一般。我们知道,司马相如、扬雄、班固、张衡是公认的汉代四大赋家。司马相如是汉赋的奠基者,千百年来备受人们推崇。《西京杂记》卷三说:“司马相如赋,时人皆称典而丽,虽诗人(指《诗经》作者们,在汉代被视为经典作家)之作,不能加也。扬子云曰:‘长卿(司马相如字)赋不似人间来,其神化所至邪!’”明文论家王世贞在《艺苑卮言》卷二里,把他与屈子并称:“屈氏之骚,骚之圣也;长卿之赋,赋之圣也。一以风,一以颂,造体极高,故自作者,毋轻优劣。”扬雄是西汉继司马相如之后的又一位著名的赋家,他写作了著名的四大赋——《甘泉赋》《河东赋》《校猎赋》《长杨赋》。四赋均被收入《汉书》扬雄本传。前人常把他和司马相如相提并论。如清程廷祚在《青溪集·论骚赋中》说:“子云之《长杨》《羽猎》(即《校猎赋》)家法乎《上林》,而有迅发之气;《甘泉》深玮,庙堂之鸿章也。大抵汉人之赋,首长卿而翼子云,至是而赋家之能事毕矣!后有作者,弗可尚也。”班固是东汉前期最重要的赋家,他以纯正的汉儒思想作赋,而为时人所品重。《文选》把他的《两都赋》置于卷首,后人写作京都赋,往往以他的《两都赋》为楷模。张衡是东汉中后期由铺陈大赋转向抒情小赋的代表性赋家,他既创作了把京都赋推向极轨的《二京赋》,又构造了著名的抒情短篇《归田赋》。

在这里,非常值得人们注意、绝非恰巧偶然的是,以上四大赋家都有小学著作。《汉书·艺文志》称："汉兴，闾里书师合《苍颉》《爰历》《博学》三篇，断六十字以为一章，凡五十五章，并为《苍颉篇》。武帝时司马相如作《凡将篇》，无复字……至元始中，征天下通小学者以百数，各令记字于庭中。扬雄取其有用者以作《训纂篇》，顺续《苍颉》，又易《苍颉》中重复之字，凡八十九章。臣(班固自指)复续扬雄作十三章。凡一百二章，无复字。六艺群书所载略备矣。"又，张衡也有隋唐以后包括在小学之内的训诂学著作——《周官训诂》。扬雄还有《方言》，又传刘棻曾从扬雄学奇字。

在上述四人中，除张衡外，其他司马相如、扬雄、班固等三人，也都是有名的书法家。北魏王愔《古今文字志目》把三人都列入秦、汉、吴五十九位书家之中。唐韦续在《墨薮·五十六种书》的"气候时书"中称："汉文帝令蜀郡司马长卿采晨禽屈伸之体，升伏之势，象四时为书。"《书断》称班固"工篆，李斯、曹喜之法，悉能究之"。其大篆、小篆被列入"能品"。

小学与书法、辞赋，为什么相携相随、形影不离地纠缠在一起呢？我们只要稍加考察，就不难得到答案。

小学与书法关系密切，应当说很好理解。可以这样说，早期的书法，是建立在小学的基础上的。试想，如果不懂文字的形成，不懂文字的结构特点，不懂文字的发展演变，如何能把字写好呢！一个不懂六书，不懂小篆匀圆宛转、整齐流畅的特点，不懂隶书变圆转为方折、删繁就简的特点，是不可能成为书法家的。正因此，小学家，小篆、隶书、草书、楷书的创造者，他们深知各种书体的基本特点，他们自然很容易成为各种书体的书写能手，也可能成为各种书体的书法艺术家。正如明嘉靖间"书学极博，五体并能"的书法家丰坊在《笔诀》里所说的："古大家之书，必通篆籀，然后结构淳古，使转劲逸，伯喈（蔡邕字）以下皆然。米元章（米芾字）称谢安石（谢安字）《中郎帖》，颜鲁公（颜真卿被封鲁郡开国公）《争坐（位帖）》书，有篆籀气象，乃其证也。”当代最杰出的书法家启功，也是一位语言文字学家，著有《古代字形论稿》《汉语现象论丛》等多种。

赋与小学的关系也是很清楚的。我们从两汉四大赋家的作品中可以看出，他们在赋中运用了许多假借形声字，很多古文奇字，它们都是所谓“趣幽旨深，非师傅不能析其辞，非博学不能综其理”，这也正是小学家作品的特色。对此，近人刘师培反复进行了深入的论述。他在《文说》中说：“昔西汉辞赋，首标卿云，摛词富贵，隶字必工，此何故哉？则辨名正词之效也。观司马《凡将》，子云《训纂》，评征字义，旁及物名，分别部居，区析昭明；及撮其单词，俪为偶语。故撷择精当，语冠群英。则字学不明，奚能出言有章哉！”在《论文杂记》里又说：“相如、子云，作赋汉廷，皆陈事物，殚所洽闻，非惟《风》《雅》之遗音，抑亦《史篇》（《史籀篇》之省称）之变体。（原注：观相如作《凡将篇》，子云作《训纂篇》，皆《史篇》之体，小学津梁也。是证古代文章家皆明小学）”所以有人说，“辞赋小学，同源共流”。章炳麟在《国故论衡·辨诗》里甚至认为：“其道（指赋）与故训（即训诂）相俪（并行），故小学亡而赋不作。”

在这里我们还可以进一步强调，汉魏六朝书法的发展，还往往是建立在辞赋的基础上。大家都知道，“赋兼才学”，“会须作赋，始成大才士”。很多赋家通过作赋，来展示自己的才学。非饱学之士，是不敢作赋的，尤其是不敢问津大赋。而书法家，也正是需要像赋家这样具有深厚的文化学识做基础。这个学识越深厚，他们的书法越富书卷气，越能表现出书法的内在美。对此,宋高宗赵构——他虽是一位昏君,但以"五十年间,非大厉害相妨,未始一日舍笔墨"的经历,对书法理解至深——在《翰墨志》里说:"余常谓,甚哉字法之微妙,功均造化,迹出窈冥,未易以点画工,便为至极。苍、史始意演幽,发为圣迹……至秦而下诸人,悉胸次万象,布置模范。想见神游八表,道冠一时;或帝子神孙,廊庙才器。稽古入妙,用智不分;经明行修,操尚高洁。故能发为文字,照映编简。至若虎视狼顾,龙骇兽奔;或草圣草贤,或绝伦绝世,宜合天矩,触涂造极,非夫通儒上士讵可语此!岂小智自私、不学无识者可言也!"清书法家杨守敬在《学书迩言》里强调,学书"一要品高,品高则下笔妍雅,不落尘俗;一要学富,胸罗万有,书卷之气,自然溢于行间。古之大家,莫不备此,断未有胸无点墨而能超轶等伦者也"。故苏东坡在《东坡题跋》卷四里说:"国初李建中(宋初书法家,甚得黄庭坚、赵孟頫等赞扬)号为能书,然格韵卑浊,犹有唐末以来衰陋之气,其余未见有卓然追配前人者。惟蔡君谟(蔡襄字君谟)书,天资即高,积学深至,心手相应,变态无穷,遂为本朝第一。"在《柳氏二外甥求笔迹》中,他更直截了当地指出:"退笔如山未足珍,读书万卷始通神。"整天练字,秃笔如山,又有何用?只有认真读书,胸次万有,才能表现出书法的神妙来。说到这里,我们可以蔡邕为例。蔡邕正由于是一位"旷世奇才"——他通经史,善文辞,解音律,明天文,是东汉少有的大文豪,所以他的赋才写得既多又好,是东汉后期最著名的赋家。他还有训诂著作《独断》——因而才造就了他这个两汉有数的杰出的书法家、闻世的《熹平石经》的主要书写者。

二

两汉的辞赋和书法，同样为人们所喜爱，形成一浪浪的创作热潮。

首先说赋。赋在两汉是盛极一时的文体，甚得人们青眼。班固在《两都赋序》里对此有极生动的描述："赋者……至武、宣之世……言语侍从之臣若司马相如、虞丘寿王、东方朔、枚皋、王褒、刘向之属，朝夕论思，日月献纳。而公卿大臣御史大夫倪宽、太常孔臧、太中大夫董仲舒、宗正刘德、太子太傅萧望之等，时时间作……故孝成之世，论而录之，盖奏御者千有余篇，而后大汉之文章，炳焉与三代同风。"可以看出，当时不仅文士作赋，公卿大臣作赋，甚至连皇帝本人、地方官吏、军旅将领、青年学子也作赋。据《汉书·艺文志》载，汉武帝有赋两篇，淮南王有赋八十二篇，河内太守徐明有赋三篇，骠骑将军朱宇有赋三篇，卫士令李忠有赋二篇，平阳公主舍人周长孺有赋一篇，司马相如有赋二十九篇，博士弟子杜参有赋二篇。写赋的人遍及汉王朝各方面的人物，而且是"朝夕论思"，"时时间作"。所以到汉成帝时，仅"论而录之，盖奏御者千有余篇"。这个数字在文学发展的前期——文、史、哲尚未分家的阶段，而且只在一百余年间，的确是十分可观的。而且这个数字还未包括"未论"，或"论"而未"录"，或民间私下创作的。还有，成帝以后几十年间，以及整个东汉二百年间，又创作多少赋篇，我们更不得而知。尤其是，我们从蔡邕给汉灵帝的《陈政要七事疏》得知，由于汉灵帝实行以赋取士而造成"诸生竞利，作者鼎沸”,大家竞相作赋的局面,写赋的人一定极多,创作出来的赋篇也一定极多,这当是继武帝、宣帝之后又一个辞赋创作高潮。也正是如此,才导致诗歌创作的被冷落,钟嵘在《诗品·总论》中说:“自王(褒)、扬(雄)、枚(乘)、马(司马相如)之徒,辞赋竞爽,而吟咏(指写作五言诗)靡闻,从李都尉(李陵)迄班婕好(姬),将百年间,有妇人焉,一人而已,诗人之风,顿已缺失。”整个文坛几乎为辞赋所垄断。

汉代书法发展的速度和广度,比之辞赋是有过之而无不及。作为一种特殊的艺术,它受到了两汉王朝上下更为广泛的喜爱。

首先值得注意的是,两汉最高统治者大都与书法结缘。《汉书·卢绾传》称:“高祖,绾同日生……及高祖,绾壮,学书,又相爱也。”这个年轻的酒色之徒,不事生产、爱说大话的村夫,竟也不忘学书。《汉书·张安世传》称,宣帝少时,曾与朝廷大臣张安世之子张彭祖“同席研书”。《后汉书·孝安帝纪》载,安帝“好学史书,和帝称之”。唐韦续在《墨薮·五十六种》里记叙,汉武帝曾为建章阙题辞。《汉书·元帝纪》称赞:“元帝多材艺,善史书。”唐蔡希综《法书论》记载,光武“手赐万国者,皆一札十行,细书成文也”。唐张彦远《书法要录》以为,“章草本汉章帝书也,今官帖中有‘海碱河淡’,其书为后世章草宗”。章帝喜爱杜度章草,令他上书悉用章草。《书断》卷上说,刘睦善草书,“光武器之。明帝为太子,尤见亲幸,甚爱其法”。《后汉书》刘睦本传更称述:“及(刘睦)寝病,帝驿马令作草书尺牍(书版,长一尺)十首。”汉明帝听说刘睦卧病,怕他死去,急使驿马传令,让刘睦作草书尺牍十篇。这与汉武帝喜爱司马相如赋,听说司马相如病重,马上派所忠到司马相如家索书何其相似乃尔！

汉灵帝在书法上的贡献更是巨大的，他于光和元年(178)“置鸿都门学生”。《后汉书·孝灵帝纪》唐李贤注：“鸿都，门名也。于内置学，时其中诸生，皆敕州、郡、三公举召能为尺牍辞赋及工书鸟篆者相课试，至千人焉。”这当是两汉辞赋、书法发展史上影响最大的一次官方推行辞赋和书画的行动。

在两汉，皇宫后妃、贵人喜爱书法的也大有人在。《汉书·外戚传》载，成帝许皇后“善史书”。《后汉书·皇后纪》称：章帝窦皇后“年六岁能书，亲家皆奇之”。和帝阴皇后“少聪慧，善书艺”。顺帝梁皇后“少善女工，好史书”。灵帝王美人“聪明有才，能书会计”。宫廷之外，能书女子也大有人在。《汉书·西域传》载，西汉昭帝时，以楚公主身份外嫁乌孙的冯嫽即“善史书”。《后汉书·列女传》称，朝臣皇甫规妻马氏，“善属文，能草书，时为规答书记，众人怪其工”。

最高统治者不仅身体力行，习书写字，而且用爵禄予以鼓励。《汉书·艺文志》称，汉兴，萧何草(创)律，亦著其法，曰：“大史试学童，能讽书九千字以上，乃得为吏；又以六体试之，课最者以为尚书御史史书令史。吏民上书，字或不正，辄举劾。”能认字、朗诵，能写一手好字，即可为官。相反，如果字写得不正，就要被弹劾，就可能丢官。《汉书·张安世传》称，武帝时，张安世“用善书给事尚书”。张安世因写得一手好字而获官。这事我们从《汉书·贡禹传》所载贡禹向元帝进谏时说的话也可从反面得到证实，他说：“武帝始临天下……欺谩而善书者尊于朝……故俗皆曰……何以礼义为，史书而仕宦……”可见自武帝始，善于书法的人，的确可以获官，甚至做大官。我们从《后汉书·蔡邕传》《后汉书·孝灵帝纪》和《资治通鉴·汉纪·孝灵皇帝上》得知,汉灵帝特别喜欢辞赋书画,他开鸿都门学,广招学徒,学生多达千人,他们可以做官,甚至也可能被“图象立赞”,极受隆遇,更刺激文人学士从事辞赋、书画创作的积极性,大家努力地作赋、写字、绘画。据粗略统计,两汉能书的作者至少在一百二十人以上。《古今文字志目》刊秦、汉、吴书家五十九人,其中两汉占四十五人。南朝宋羊欣《采古今能书人名》(南朝宋以前)计六十八人,其中两汉占二十二人。尤其是,在这书法创作的洪流中,还涌现出像史游、杜度、崔瑗、师宜官、蔡邕这样一流的书法大家,更造就了张芝、钟繇(他活了八十岁,其中七十岁是在汉末度过的)这两位中国书法史上大师级人物。

三

随着辞赋、书法创作实践的广泛展开和深入,辞赋和书法理论也自然应运而生,关于辞赋的理论,首先值得注意的是司马相如,他是汉赋的奠基者。《西京杂记》记载一段有关他写赋的状态和言论:“司马相如为《上林》《子虚》赋,意思萧散,不复与外事相关,控引天地,错综古今,忽然而睡,焕然而兴,几百日而后成。其友人盛览……尝问以作赋。相如曰:‘合纂组以成文,列锦绣而为质,一经一纬,一宫一商,此赋之迹也。赋家之心,苞括宇宙,总览人物,斯乃得之于内,不可得而传。’”

从这段话可看出,相如作赋时充分运用形象思维,运用虚构夸张的浪漫主义手法,这是其一。其二,相如强调赋的文辞美、韵律美,也即文艺作品的艺术美。司马相如的创作忠实地实践了自己的观点。他的艺术实践和艺术观点都是先进的超前的。

其次，值得注意的是汉代几个帝王的辞赋观。这里可以汉宣帝为代表。据《汉书·王褒传》载，宣帝反驳他的大臣们以为写赋是“淫靡不急”之事后说：“辞赋大者与古诗同义，小者辩丽可喜。譬如女工有绮縠，音乐有郑卫，今世俗犹皆以此虞说耳目，辞赋比之，尚有仁义风谕，鸟兽草木多闻之观，贤于倡优博弈远矣。”这里，他对以孔子为代表所痛斥的郑卫之音、害女工的“绮縠”也加以肯定，这是惊世骇俗之论。这种观点极有利于文学艺术的进步，也有利于文学艺术各种不同风格的发展。

汉武帝和汉灵帝也大抵持这种观点，他们在组织辞赋创作队伍、繁荣辞赋园地方面，发挥着他人无可比拟的作用。

最后，应讲讲以扬雄为代表的保守倒退的辞赋观。《汉书·扬雄传》载：“雄以为赋者，将以风也，必推类而言，极丽靡之辞，闳侈钜衍，竞于使人不能加也，既乃归之于正，然览者已过矣。往时武帝好神仙，相如上《大人赋》，欲以风，帝反缥缥有陵云之志。繇是言之，赋劝而不止，明矣。又颇似俳优淳于髡、优孟之徒，非法度所存，于是辍不复为。”简要地说，赋的铺陈、华丽、虚构、夸张，都是扬雄所不能接受的。在《法言·吾子》中，他提出“诗人之赋丽以则，辞人之赋丽以淫”，成为后人评判辞赋优劣的标准，其影响是极为恶劣的。

其后的王充、蔡邕等人，也大抵步扬雄的后尘。

下面再谈谈两汉书法理论。汉人对书法理论的探讨，在汉初就已开始了。羊欣《笔阵图》称：“（萧）何深善笔理，尝与张子房（良）、陈隐等论用笔之道。何为前殿，覃思三月，以题其额,观者如流水。”宋陈思《秦汉魏四朝用笔法》在重复羊文前四句后接着说:“夫书势法,犹若登阵,变通并在腕前,文武遗在笔下,出没须有倚伏,开阖藉于阴阳。每欲书字,喻如下营,稳思审之,方可用笔。且笔者心也,墨者手也,书者意也,依此行之,自然妙矣!”这个诠释很重要,萧何等人笔理不一定达到陈思所臆测的水平,但他们已懂得如何进行构思,如何运转手中的笔墨,把字写得更形象更富有动人的神志和气势来,所以他们为此要“覃思三月”,也因此而博得人们的青睐——“观者如流水”。从“观者如流水”还让我们想到观者之众,让我们感受到书法艺术已不为少数上层贵族所垄断,它已拥有一定的群众基础——其实这也很符合事物发展的规律。文字——书法本来就是广大劳动者在生产活动中创造出来的。他们的潜意识与书法有相通之处。书法经过几千年的创作实践,肯定已积累不少创作经验,只是由于年代久远,资料阙如,我们难以知道具体详情罢了。《书断》卷上转引卫恒《古文赞》说:“观其(指苍颉、沮诵)措笔缀墨,用心精专;守正循检,矩折规旋;其曲如弓,其直如弦;矫然特出,若龙腾于川;淼尔下陨,若雨坠于天。信唐黄之遗迹,为六艺之范先。”张怀瓘《六体书论》称,史籀“法于鸟迹,若鸾凤奋翼,虬龙掉尾;或花萼相承,或柯叶敷畅;劲直如矢,弯曲若弓”,这不正是他们书法创作经验的流露吗?追求形态美,追求动态美,追求自然美,追求内在美,这本来就是书法艺术的核心所在。所以,延续几千年后的汉初,英才如萧何、张良辈,对书法就可能有更深刻的理解,他们对汉王朝至关重要的未央宫题额,自然要有一番认真的考虑。我们从《三辅黄图》卷二得知,萧何在回答刘邦责备他把未央宫修得过于“壮丽”时说:“以天下未定,故可因以就宫室。且天子以四海为家，非令壮丽无以重威，无令后世有以加也。”“上（指高祖）悦，自栎阳徙居焉。”可以想象，萧何的题额，是一定要表现出天子的“重威”、大汉王朝的气势来，这与一般文人的题辞作书是绝对不同的。

随后值得一提的是东汉章帝时的曹喜。宋僧梦英《十八体书》称：“悬针垂露，曹喜所作。悬针篆者，抽其势，有若针之悬锋芒；垂露篆者，以书表章奏事，谓其点缀如轻露。”曹喜提出的这个笔法，很明显是他细致观察事物和深入进行书法艺术实践的结果，符合一般书体用笔规律，至今仍为书家所尊奉。正如《书断》卷中所说，曹喜“善悬针垂露之法，后世行之”。

在这里，值得我们特加注意的是崔瑗的《草书势》。此文出现在《晋书·卫瓘传》和《初学记》卷二十一中。《后汉书》崔瑗本传也称：“瑗高于文辞……所著赋……《草书势》，七言，凡五十篇。”可见《草书势》是可靠的。

《草书势》是我们现在能见到的我国最早的一篇书法专论。该文开头即说：“书契之兴，始自颉皇；写彼鸟迹，以定文章。爰暨末叶，典籍弥繁。时之多僻，政之多权。官事荒芜，剿其墨翰。惟多佐隶，旧字是删。草书之法，盖又简略。应时谕指，用于卒迫。兼功并用，爱日省力。”

本来从大篆发展到小篆到隶书，汉字正一步步简化笔画，减轻了人们书写的负担。但随着时代的发展变化，典籍日渐繁多，世事越发复杂，这就要求文字书写与之相适应，于是草书应运而生了。“纯俭之变，岂必古式。”文字书写单纯简约的变化，这是社会的需要、生活的要求，不必遵守古训。作者作出的这个结论是大胆的，甚至可以说是石破天惊的，因为，生活后他近半世纪的赵壹，在他的《非草书》里，还那么声色俱厉地抨击草书:“夫草书之兴也,其于近古乎!上非天象所垂,下非河洛所吐,中非圣人所造。盖秦之末……故为隶草,趣草速耳,示简易之指,非圣人之业也。但贵删难省烦,损复为单,务取易为易知,非常仪也。”他讥刺草书之人的行止是“可怜无补费精神”:“且草书之人,盖伎艺之细者耳。乡邑不以此较能,朝廷不以此科吏,博士不以此讲试,四科不以此求备,征聘不问此意,考绩不课此字。善既不达于政,而拙亦无损于治,推此言之,岂不细哉!”

但是,人们并没有被赵壹们的言行所吓退,在杜度、崔瑗、张芝等草书界中坚分子的影响下,一大批的书法走近了草书的园地。他们也正像赵壹在《非草书》中所嘲讽的那样,沉浸在草书的创作之中:“忘其疲劳,夕惕不息,仄不暇食。十日一笔,月数丸墨。领袖如皂,唇齿常黑。虽处众坐,不遑谈戏。展指画地,以草刿壁。臂穿皮刮,指爪摧折。见鰓出血,犹不休辍。”在大家的努力下,草书这块崭新的园地,终于结出了丰硕的果实。这是中国书法史上的盛事,也是汉帝国对中国书法史所作的巨大贡献——这里,我们对崔瑗在书法创作中表现出的胆识和努力,应给予极崇高的评价。

随后,作者对草书的形态作了具体、生动、形象的描绘:“观其法象,俯仰有仪;方不中矩,员不副规;抑左扬右,望之若崎。竦企鸟跱,志在飞移。狡兽暴骇,将奔未驰。或黝黠点黼,状似连珠,绝而不离。畜怒怫郁,放逸生奇。或凌邃惴栗,若据槁临危;旁点邪附,似蜩螗挶枝。绝笔收势,余綖纠结,若杜伯揵毒缘巇;螣蛇赴穴,头没尾垂。是故远而望之,漼焉若沮岑崩崖;就而察之,一画不可移。机微要妙,临时从宜。”这是我们今天能见到的最早的大量运用客观事物来形容草书,把静止的、平面的、抽象的无生命的草书，描绘成动态的、立体的、形象的、富有生命力的、活灵活现的草书。在此之前，人们形容书法往往只有简单抽象的几句。崔瑗的文章可谓首创，从此之后，许多书法评论也往往以崔瑗的评论为法式，甚至连遣词用字都加以仿效。

蔡邕是东汉后期主要的书法理论家，他的书论有《笔赋》和《篆势》，此两篇均为唐代类书《北堂书钞》《艺文类聚》《初学记》所引用，后者还载于《晋书·卫恒传》中。在《笔赋》里作者竭诚地称颂“笔”（其实也是书法）：“书乾坤之阴阳，赞三皇之洪勋；叙五常之休德，扬荡荡之典文；纪三王（指禹、汤、文王）之功伐兮，表八百之肆觐（指八百诸侯会盟津讨殷）；传六经而缀百氏（指诸子百家）兮，建皇极（指帝王政教）而叙彝伦（即伦常）；综人事于晻昧兮，赞幽冥于明神。”通篇都是颂词，颂儒家心目中的明君及其伦理纲常。在作者的心目中，笔的功用仅止于此。至于作者的感情，人世间的庶务，老百姓的呼号，全不在作者的眼里。班固说：“赋者……或以抒下情而通风谕，或以宣上德而尽忠孝。”赋还有下情上达的任务，还有讽谏最高统治者的责任。而在蔡邕笔下，这些作用全被取消了。《笔赋》这样写也基本符合蔡邕思想实际，因为蔡邕是一个忠诚的儒家信徒。

在《篆势》里，作者称：“字画之始，因于鸟迹。苍颉循圣，作则制文。体有六篆（即六书，实指隶书前的各类篆书），巧妙如神。或象龟文，或比龙鳞。纡（屈曲）体放尾，长翅短身。颓若黍稷之垂颖，蕴若虫蛇之棼缊（错杂盘聚）。扬波振击，鹰跱（耸立）鸟震。延颈胁翼，势欲凌云。……从（纵）者如悬，衡（横）者如编。杳杪斜趋，不方不圆。若行若飞，跂跂翾翾。远而望之,若鸿鹄群游,络绎迁延。迫而视之,端际不可得见,指挥不可胜原。研(计研)桑(桑弘羊)不能数其诘屈,离娄不能睹其隙间。般(公输般)倕揖让而辞巧,籀(史籀)诵(沮诵)拱手而韬(掩藏)翰。处篇籍之首目,粲粲彬彬其可观。摛华艳于纨素,为学艺之范先。"这是中国书法史上继崔瑗《草书势》之后又一篇比较完整的书论篇章。蔡邕生活年代后崔瑗五十年,又同样是书法大家,蔡邕自然很熟悉崔氏的著述,蔡文受崔文的影响是必然的。如蔡文叙述文字——书法的起源,以及以动植物作喻,甚至用词如"远而望之""就而察之"等等都是从崔文中学来的。但蔡文究竟写得更加细致,更为生动,他不仅借描绘客观事物,勾勒出篆书的外形,而且传达出篆书的神态,文章不是静止的叙述,而是动态的描绘。

宋陈思《书苑菁华》还收署名为蔡邕的《笔论》和《九势》,今人也常加以引用。但我看其可靠性是值得怀疑的。其一,思想不合拍,如《笔论》开头即呼喊:"书者,散也。欲书先散怀抱,任情恣性,然后书之。"即进行书法创作前,要放下一切杂念,随心所欲地去写作。这与《笔赋》念念不忘颂扬古代帝王功绩相去何止千里!这是魏晋以后才具有的名士风度。其二,《九势》谈转笔、藏头、护笔等九种用笔之道,与题目"势"不甚符合。大家都知道,笔法与笔势是不同的,前者主要谈任何一种笔画所应共同遵守的方法,后者却因人因时而异,可以有肥瘦、长短、曲直、方圆、平侧、巧拙、和峻等等不同。而讲究笔法和笔势,也大体上是六朝以后才发展起来的。其三,魏晋至隋唐书论极多,均未提及蔡氏此二文。唐三种重要类书引文至富,对蔡氏二文也付诸阙如,这也是值得我们深思的。

《汉魏六朝百三家集·蔡中郎集》及《全汉文》,还收入蔡邕《隶势》一篇。但此文在《晋书·卫瓘传》中，已明言为卫氏所作，这里就不再辩说了。

草书的兴起，与东汉后期经学的衰微、人们思想的解放有关。人们通过草书可以更充分、更有效地抒发自己的思想感情。这一点我们从辞赋中也可以看到，东汉后期，社会上出现了大量的抒情小赋，它们抛开汉大赋那种经久不变、沉闷呆板的颂歌，转而注重抒发自己的喜怒哀乐，表达个人的情志。所有这些，也正是文学艺术日趋自觉的表现。

四

最后谈谈两汉辞赋和书法的社会地位问题。

两汉辞赋和书法往往被捆缚在一起，它们的社会地位都不高，甚至往往受到轻蔑。请看下列几条材料：

(1)《汉书·枚皋传》说："皋不通经术，诙笑类俳倡。为赋颂，好嫚戏。……又言为赋乃俳，见视如倡，自悔类倡也。"

(2)《汉书·王褒传》称："上（指汉宣帝）令褒与张子侨等并待诏，数从褒等放猎，所幸宫馆，辄为歌颂，第其高下，以差赐帛。议者多以为淫靡不急。上曰：不有博弈者乎，为之（指作赋）犹贤乎已！"可见有人在非议辞赋，汉宣帝才为之作辩。

(3)扬雄在《法言》里说："或问：吾子少而好赋？曰：然！童子雕虫篆刻。俄而曰：壮夫不为也。"文中的"虫"指虫书，"篆"指篆书，"刻"指刻符，都是汉儿童学习的重要内容。这里，人们把辞赋和文字书法紧紧捆缚在一起了。以下三例，人们也同样把辞赋与书法视为同类。

(4)蔡邕在《陈政要七事疏》里说:“夫书画辞赋,才之小者,匡国理政,未有其能。陛下(指汉灵帝)即位之初,先涉经术;听政余日,观省篇章(指辞赋);聊以游意当代博弈,非以教化取士之本。而诸生竞利,作者鼎沸,其高者颇引经训风谕之言,下则连偶俗语,有类俳优;或窃成文,虚冒名氏。”

(5)《资治通鉴》卷五十七《灵帝熹平六年》载:“帝(指汉灵帝)好文学,自造《皇羲篇》五十章,因引诸生能为文赋者,并待制鸿都门下,后诸为尺牍及工书鸟篆者,皆加引召,遂至数十人。侍中祭酒乐松贾护多引无行趋势之徒置其间,憙(喜)陈闾里小事,帝甚悦之,待以不次之位。”

(6)《资治通鉴》卷五十七《灵帝光和元年》称,灵帝“诏中尚方(注:即尚方也,属少府)为鸿都文学乐松、江览等三十二人图象立赞,以劝学者。尚书令阳球谏曰:‘臣案江、览等皆出于微蔑,斗筲之人……或献赋一篇,或鸟篆盈简,而位升郎中,形图丹青。亦有笔不点牍,辞不辨心,假手请字,妖伪百品,莫不蒙被殊恩,蝉蜕滓浊。是以有识掩口,天下嗟叹……愿罢鸿都之选,以销天下之谤。’书奏,不省”。

在上述六条引文中,前两条未触及书法,但后四条则是辞赋与书法被放在一起加以抨击,我们从中不难悟出,在人们的心目中,辞赋和书法是处在同等位置上的作品,用今天的话说,他们都是人们艺术活动的产物,都是用以愉悦人们的精神产品。我们同时还可以看出,人们对它们的态度是不尽相同的。

首先是以汉武帝、汉宣帝为首的一类帝王。他们喜爱辞赋,但只把辞赋当作娱乐品和消遣品,至多也只是要求辞赋起个点缀升平的作用,所以,在政治上不看重辞赋家,不重用他们,不提升他们担任国家要职。正如《汉书·严助传》所说的,

“上(指汉武帝)令助等与大臣辩论……大臣数诎。其尤亲幸者:东方朔、枚皋、严助、吾丘寿王、司马相如。相如常称疾避事。朔皋不根持论,上颇俳优蓄之。唯助与寿王见任用,而助最先进”。汉武帝把司马相如等人视同俳优,地位低下,只严助一人因故受到重用,所以鲁迅在《从帮忙到扯淡》里说:“中国的开国雄主,是把‘帮忙’和‘帮闲’分开的,前者参与国家大事,作为重臣;后者却不过叫他献诗作赋,‘俳优蓄之’,只在弄臣之列。不满于后者的待遇的是司马相如,他常常称病,不到武帝面前去献殷勤,却暗暗的作了关于封禅的文章,藏在家里,以见他也有计画大典——帮忙的本领。”把辞赋家和书法家与政治家分开,加以区别任用,没有什么可指责,只要不加歧视就可以了。书道极深、治国英明如唐太宗,在《论书》里不是也“尝谓朝臣曰:‘书学小道,初非急务,时或留心,犹胜弃日。’”他与汉宣帝的观点几乎是一模一样,我们以为基本是正确的。

其次一类可以汉灵帝为代表。汉灵帝冲破汉儒对辞赋书画的轻视,创建鸿都门学,广招文士,培养辞赋书画人才,鼓励人们进行辞赋书画创作,在当时起了轰动,极大地推动了辞赋书画的发展,并造就了一批杰出的甚至是大师级的书法人才。这是中国辞赋书画史上的盛事,其功至伟,应加以大书特书。汉灵帝提拔个别辞赋书画家从政,无可非议。但他大量提拔他们到朝廷担任要职,并为之图形画像,树碑立传,这就太过了。政治家与艺术家不是一回事,任何朝代都是如此,任何朝代都必须加以区别任用,否则必导致朝政混乱,国力陵替,国将不国。汉灵帝朝是如此,其后如南朝梁武帝萧衍朝、简文帝萧纲朝、南唐李后主李煜朝、北宋末宋徽宗赵佶朝也无不是如此。

最后是某些社会舆论。这里主要指一些持保守的汉儒观点的朝廷官吏,他们鄙视辞赋书画,甚至加以肆意攻击辱骂,这从上面引文中就可以感觉到。持这种态度很明显是十分错误的。辞赋书画队伍中肯定有败类,就像官僚或经学队伍中存有败类一样。我们不能把他们一概骂倒。辞赋书画人员不要求人们特别看重,但要求人们尊重。各行各业,各得其所,这就是我们的结论。

综上可见,在两汉,辞赋书画简直就是一对双胞兄弟,一损俱损,一荣俱荣,所以我们把它们放在一起加以考察。

刘勰论汉赋*

刘勰对汉赋有许多精彩的评论，但也有许多不足和失误。

一

刘勰文艺思想的核心是“征圣”“宗经”，这自然也有其可取的一面，但从根本上来说是错误的。之所以错误，主要是他把经过圣人之手而流传下来的五经，看成是至高无上不可更易的圣典，是人们从事一切活动，包括文学活动的指南，是真理的化身。这是违反历史发展规律的观点的。尤其是这些所谓“经”书，又大都遭到封建统治阶级及其御用文人的歪曲和附会，如刘勰所说的“赋、颂、歌、赞，则《诗》立其本”（《文心雕龙·宗经》，以下引用《文心雕龙》，仅注篇名）的《诗经》，本是周代社会各阶级，包括奴隶主贵族阶级、中下层知识分子、广大奴隶阶级作品的汇编，反映了他们各自互不相同的生活地位和思想愿望，但汉儒却把它歪曲成什么“后妃之德也”“后妃之本也”“刺淫泆也”“刺无礼也”“刺乱也”“刺贪也”（见《毛诗》）

---

* 本文原载于《文心雕龙学刊》1983 年第 1 期。

等等，这与诗的题旨相去何止十万八千里！试想，拿这样解释的《诗经》来作为我们创作的典范，能得到什么样的结果呢！问题是很清楚的，如果人们不加分析地按刘勰的要求去做，可以断言，他们将只能写出干巴巴的儒家的教条，而创造不出富有生命力的艺术品。——退一步说，即使刘勰和汉儒们对《诗经》的解释完全正确，《诗经》也确是一部现实主义的诗集。但《诗经》究竟是一部周代的作品，是中国现存最早的一部诗集，它难免带有早期作品所不可避免的比较原始、简单、粗糙的痕迹。人类在发展，历史在前进，后来的作品总要超过它，这是毫无疑义的，怎么可以把它看成是不可企及、不可违悖的典范呢？

其实对类似刘勰这种错误的观点，王充早就作了大胆的批判。王充在《论衡·问孔》篇说：

> 世儒学者，好言师而是古，以为圣贤之言皆无非；专精讲习，不知难问。夫贤圣下笔造文，用意详审，尚未可谓尽得实；况仓卒吐言，安能皆是？……案贤圣之言，上下多相违；其文前后多相伐者，世之学者不能知也。

王充从战斗的唯物主义精神出发，找出了孔子在言行上的许许多多自相矛盾的地方，从而证明了圣人的著作言行也并非是什么“恒久之至道，不刊之鸿教”。王充还说到由于“世俗之性，贱所见，贵所闻”，以至于不管后人有多渊博的学问，有多高尚的德行，都不得与孔墨之流同列：“使当今说道深于孔墨，名不得与之同；立行崇于曾（参）颜（渊），声不得与之钧。”（《论衡·齐世》）一下把孔孟这两个神像戳穿了，其实他们也没有什么了不起，比他们高明的人有的是。

晋葛洪对此有更进一步的论述。他在批驳所谓“古之著书者才大思深,故其文隐而难晓”时指出,古书的文隐难晓,是由于“或世异语变,或方言不同。经荒历乱,埋藏积久,简编朽绝,亡失者多。或杂续残缺,或脱去章句。是以难知,似若至深耳”。是时代不同,是地区方言不同,是错简、乱简等等造成难懂,不是真正的什么才大思深。对所谓“古者事事醇素(厚重朴素),今则莫不雕饰”的言论,他则公开表示反对。葛洪认为由“醇素”到“雕饰”,是“时移世改”,“理自然也”。这是时代发展变化所引起的,是一种进步的表现,所以他很自然得出了把儒经比下去的结论:“且夫《尚书》者,政事之集也,然未若近代之优文诏策、军书、奏议之清富赡丽也。《毛诗》者,华彩之辞也,然不及《上林》《羽猎》《二京》《三都》之汪涉(深广的意思)博富也。”“若夫俱论宫室,而奚斯路寝之颂(指《诗经·鲁颂·閟宫》),何如王生(延寿)之赋《灵光》(指《鲁灵光殿赋》)乎?同说游猎,而《叔畋》(指《郑风·叔于田》)、《卢铃》(指《齐风·卢令》)之诗,何如相如之言上林(指《天子游猎赋》)乎?”(《抱朴子·钧世》)葛洪这种观点是非常大胆可贵,也是实事求是的。

鲁迅也说过,“古人不及今人的地方是很多的”,“就是周朝的什么‘关关雎鸠,在河之洲,窈窕淑女,君子好逑’吧,它是《诗经》里的头一篇,所以吓得我们只好磕头佩服,假如先前未曾有过这样的一篇诗,现在的诗人用这意思做一首白话诗,到无论什么副刊上去投稿试试罢,我看十分之九是要被编辑者塞进字纸篓去的”。(《且介亭杂文·门外文谈》)这是实话,是真正的历史唯物主义观点,任何人也违反不了。所以刘勰用他所理解的《诗经》作标准来批判汉赋,自然也不可能得出正确的结论。刘勰说：

> 励德树声，莫不师圣；而建言修辞，鲜克宗经。是以楚艳汉侈，流弊不还；正末归本，不其懿欤！（《宗经》）

刘勰认为写文章如果能遵循“经”的要求去做，就会表现出六个优点。所谓感情深沉真挚而不虚伪，思想纯正而不杂乱，内容真实而不妄说，事理正确而不谬误，风格简约而不繁杂，文章华丽而不过分。而《楚辞》和汉赋由于脱离了《诗经》的规轨，所以表现出过分的艳丽和铺陈，而且越往后越发严重。刘勰认为纠正这种错误的倾向的唯一办法，就是回到“经”书的正路上来。

根据上述王充、葛洪和鲁迅等人的意见，我们得出结论正与刘勰相反。“楚艳汉侈”正是《楚辞》、汉赋的优点，正是《诗经》所不可企及的地方，如《楚辞》中的主要作品《离骚》，不论其思想性或艺术性，都不是《诗经》中任何篇章所能比拟的。汉赋表现了大汉帝国崭新的风貌，它在描写方面和文采方面所取得的成就，也是《诗经》所难以做到的。所以我们不能在《诗经》面前止步，要根据新的历史条件提出新的要求，从而推动文学艺术的发展！在这里，如果我们参看一下刘勰在《辨骚》篇所得出的《离骚》“同于《风》《雅》”和“异乎经典”的两个“四事”，就能够更清楚地看到儒家思想是何等严重地束缚着刘勰，影响着他面对现实、实事求是地讨论问题。所以刘勰在《文心雕龙》中所暴露出来的违背历史发展规律的，因而也是错误的一面，是很正常的，也是无法避免的。

二

在批判汉赋的叫嚷声中,其中有一条罪状就是汉赋放弃讽谏。其实这完全是批判错了的。可惜刘勰也参加到这个批判的大合唱中去。刘勰说:“丽词雅义,符采相胜……文虽新而有质,色虽糅而有本,此立赋之大体也。然逐末之俦,蔑弃其本;虽读千赋,愈惑体要。遂使繁华损枝,膏腴害骨;无贵风轨,莫益劝戒。此扬子所以追悔于雕虫,贻诮于雾縠者也。”(《诠赋》)

刘勰又说:“自《七发》以下,作者继踵……观其大抵所归,莫不高谈宫馆,壮语畋猎。穷瑰奇之服馔,极蛊媚之声色。甘意摇骨体,艳词动魂识;虽始之以淫侈,而终之以居正。然讽一劝百,势不自反,子云所谓‘先骋郑卫之声,曲终而奏雅’者也。”(《杂文》)

刘勰还说:“楚襄信谗,而三闾(指屈原)忠烈,依诗制骚,讽兼比兴。炎汉虽盛,而辞人夸毗,诗刺道丧,故兴义销亡。于是赋颂先鸣,故比体云构,纷纭杂遝,倍旧章矣。”(《比兴》)

上面两段是讲“七”这种文体的问题。刘勰把这种文体列入“杂文”类,但由于它的实体与汉赋没有太大的差别,所以刘勰又引用扬雄批评汉赋的话来作为自己批评“七”体的佐证,把“七”体与“赋”体合在一起。刘勰这三段话的主旨是很清楚的,就是上面所说的“诗刺道丧”,“无贵风轨,莫益劝戒”,或“讽一劝百”,“曲终奏雅”,也即所谓放弃讽谏的意思。

关于诗、文、辞、赋中的讽谏问题,在秦以前并没有那么被强调。如孔子说:“诗可以兴,可以观,可以群,可以怨。”他把“兴”(鼓舞作用)、“观”(认识作用)、“群”(教育作用)放在前头,而“怨”(讽刺作用)却放到最后一个位置上,分量也只占四个中的一个。但到了汉代,情况就发生了极明显的变化。清人程廷祚说:“汉儒言诗,不过美刺两端。”(《诗论》卷十三),所谓“美”,就是歌功颂德;所谓“刺”,就是讽刺谏诤。程氏这话是有根据的。在这里,诗歌的教育鼓舞作用等项被取消了,讽刺(或讽谏)成了两项中之一个。而在实际评论中,讽刺、讽谏甚至更为人们所推重。如著名的历史学家、传记文学家司马迁在评判屈原与宋玉等人的高低时就说:“屈原既死之后,楚有宋玉、唐勒、景差之徒者,皆好辞而以赋见称,然皆祖屈原之从容辞令,终莫敢直谏。”(《史记·屈原贾生列传》)在这里,敢不敢直谏,成为品评屈宋等高低优劣的标准。当然,直谏与讽刺、讽谏在程度色彩上不尽相同,但他们同属对帝王君上的批评劝说是无疑的;司马迁也不属一般汉儒,他对直谏的含义当有自己的解释,但他强调直谏的重要性也是无疑的。

东汉的王逸也很注意从讽谏这个角度来肯定《离骚》。他说:“屈原履忠被谮,忧悲愁思,独依诗人之义,而作《离骚》,上以讽谏,下以自慰。”(《楚辞章句序》)王逸在肯定《离骚》的同时,还指出《离骚》的讽谏是从《诗经》那里学来的。

对汉赋的评价,汉人也往往固执讽谏一端。如扬雄说:“或曰:‘赋可以讽乎?’曰:‘讽乎!讽则已!不已,吾恐不免于劝也。’”(《法言·吾子》)从这段话可以看出,人们在赋是否起讽刺作用这个问题上发生了争论,有人以为赋有讽谏作用,有人则认为没有。可见在汉人的心目中,这是一个重要的问题,是关系到汉赋成败的关键之所在。在这场争论中,扬雄很明显是持否定态度的。在《汉书》本传里，还记载着他批评司马相如赋“劝而不止”等话呢！

对扬雄这个态度，班固是持有异议的，他说：“相如虽多虚辞滥说，然要其归引之于节俭，此亦《诗》之风谏何异？扬雄以为靡丽之赋，劝百而风一，犹骋郑卫之声，曲终而奏雅，不已戏乎！”（《汉书·司马相如传赞》）这里，两人对讽谏的重要性并没有分歧，区别只在于，扬雄认为汉赋没有讽谏的作用，而班固则认为存在着讽谏的作用，汉赋与《诗经》是体异而实同，在讽谏问题上并没有差别。班固这观点与他在《两都赋序》中的看法也完全一致。（所谓：“赋者……或以抒下情而通讽谕，或以宣上德而尽忠孝……抑亦《雅》《颂》之亚也。”）汉赋的美刺作用与《诗经》中的《雅》《颂》是一样的。

汉宣帝在替汉赋辩护时也说过：“辞赋大者与古诗同义，小者辩丽可喜……辞赋比之，尚有仁义风谕，鸟兽草木多闻之观，贤于倡优博弈远矣！”（《汉书·王褒传》）汉宣帝肯定汉赋的重点之一就是它有讽谕作用（这样很自然地与《诗经》挂起钩来）。连皇帝都要强调这个问题，可见这个问题在当时人们心目中的地位，也可以看出当时人们在这个问题上闹得多么凶啊！

汉人把这种讽谏作为评论汉赋成败的主要依据的影响是很深远的，如千百年后的清人程廷祚在评定骚与赋的高低时就说：“且骚之近于诗者，能具恻隐，含讽谕……至于赋家，则专于侈丽闳衍之词，不必裁以正道，有助于淫靡之思，无益于劝戒之旨，此其所短也。”（《青溪集·骚赋论下》）完全把讽谕作为文艺批评的主要标准。唐代大诗人白居易，甚至把自己最精彩的那一部分诗歌命名为“讽谕诗”，可见人们对讽谕这一问题的重视。

汉人为什么要强调讽谕在诗赋中的重要地位呢？封建王朝不合理的制度是提出讽谕这个命题的主要依据，这是剥削阶级社会的普遍现象。但汉儒从维护封建王朝秩序、巩固封建王朝统治出发，从经世致用的目的出发，要求诗文辞赋以至一切形诸文字的东西起讽谏作用，不能不是更重要、更直接的原因。这个要求有时是好的，它强调了作品的社会作用，使作品有较充实的内容，甚至富有战斗性，如中唐白居易的"讽谕诗"就是这样。但在汉代，这个要求却带有很明显的消极作用，保守、落后色彩，因为它往往与儒家对文、史的要求联系在一起，与反对讲究文学艺术特点，发展文学艺术自身规律，提高文学艺术地位，从而摆脱经典对文学艺术的统治，使文学艺术最后成为一个独立的部门联系在一起，换一句话说，强调讽谏作用，必然严重地妨碍文学艺术自身的发展，致使文学艺术长期沦为经典的附庸。如上文提到汉儒强调《诗经》的讽谕作用，在他们心目中，《诗经》是五经之一，是典型的经书，并不是文学艺术作品，并因而任意加以曲解就是一例。如上文提到的汉儒批判汉赋放弃讽谏，无不与他们认为汉赋写得太华丽、太讲究艺术形式有关。扬雄说过："诗人之赋丽以则，辞人之赋丽以淫。"又说："女恶华丹之乱窈窕也，书恶淫辞之淈（混乱）法度也。"（《法言·吾子》）就是反对过分地华饰，反对过分地讲究艺术美，而要求保守儒家的"法度"。《汉书·艺文志》也说："汉兴，枚乘、司马相如，下及扬子云，竞为侈丽闳衍之词，没其风谕之义。"也是把"没其风谕之义"与"竞为侈丽闳衍之词"联系在一起，以为赋写得太艳丽夸张了，以致淹没了讽谕。

综上可见，在汉代，强调讽谏与讲究艺术美是不相容的。

强调讽谏势必导致对艺术的贬抑，妨碍对艺术的探索，从而影响艺术的发展；而放弃讽谏，则意味着摆脱儒家保守思想对文学艺术的绊羁，大胆地探求文学艺术发展的规律，讲究艺术美，为促进文学艺术的发展，使文学艺术尽早成为一个独立的学科作出了贡献。

在这里，值得我们庆幸的是，汉赋作家是坚定地站在强调讽谏、注重讽谏的对立面，他们的作品的确是不重视讽谏，忽视讽谏，也即所谓"劝百风一"，"劝而不止"，"没其风谕之义"，的确是执着地追求华丽的词藻，追求奇特的艺术形式美。汉赋作家这样做，绝不是偶然的、盲目的，而是有一套理论作指导，司马相如的"赋心""赋迹"之说即是证明。也正因如此，我们才把鲁迅根据曹丕提出的"诗赋欲丽"等而把"文学的自觉时代"定在曹魏时期，改为再提前三百多年，提到西汉前期的司马相如时代。我们以为，司马相如以其创作实践与理论，使他充当文学自觉时代的早期代表，是当之无愧的。

三

汉赋的"虚辞滥说"——其实主要就是虚构夸张等浪漫主义手法，是受到人们批判的另一个重点，这个批判当然也是不正确的。刘勰在这个问题的认识上也存在很大局限。

在我国文学史上，浪漫主义的作品早已有之，如散见于《山海经》等书中记载的上古神话传说，《诗经》中的《硕鼠》，《楚辞》中的《离骚》《九歌》《天问》等，都是极优秀的浪漫主义代表作。出现这种情况本是很正常的，是人们期望征服大自然、摆脱阶级压迫和剥削的思想感情的自然流露。但从我国文学史总的趋向来看,浪漫主义作品却远远不如现实主义作品繁荣兴盛。其中原因固然是很复杂的,但文艺理论批评中长期存在的对浪漫主义作品持批评甚至否定态度,却不能不是重要的因素之一。这种情况尤其突出地表现在对汉赋虚构夸张等浪漫主义表现手法的批判上。如扬雄说:"雄以为赋者,将以风也,必推类而言,极丽靡之辞,闳侈钜衍,竞于使人不能加也。既乃归之于正,然览者已过矣。往时武帝好神仙,相如上《大人赋》,欲以风,帝反缥缥有陵云之志。繇是言之,赋劝而不止,明矣。"(《汉书·扬雄传》)这里的"必推类而言,极丽靡之辞,闳侈钜衍,竞于使人不能加也",实际上就是指赋家把赋写得太华丽铺陈,尤其是太夸张了,以致帝王看了要沉浸在那些所谓"不合法度"的描写上,导致了与自己写作意图完全相反的后果。夸张在这里被指责为汉赋效果不好的罪魁祸首。

我们这样理解扬雄的话是不会歪曲他的原意的。扬雄说这话当在他的中年以后,也即他发誓不再写赋以后。其实他青年时写的赋,与司马相如写的赋也差不多,《汉书》本传说过:"先是时,蜀有司马相如,作赋甚弘丽温雅,雄心壮之,每作赋,常拟之以为式。"他的赋与司马相如赋一样,都写得很华丽、夸张。所以王充说:"孝成皇帝好广宫室,扬子云上《甘泉颂》(即《甘泉赋》),妙称神怪,若曰:非人力所能为,鬼神力乃可成。皇帝不觉,为是不止。"(《论衡·谴告》)这里所说的"妙称神怪"等,就是虚构夸张等浪漫主义的意思。王充认为扬赋未能起讽谏作用,就是因为写得太夸张了。这也可以证明上面扬雄批评司马相如的话,主要是针对虚构夸张等浪漫主义表现手法而言的。

王充这样反对扬雄的浪漫主义表现，也绝不是偶然的。王充虽是一个杰出的文艺理论家，在文、史、哲等方面有很多精辟的见解；但他对虚构夸张却不理解，这从他批评神话中共工、女娲故事即可看出。他说："（共工）与人争为天子不胜，怒触不周之山，使天柱折，地维绝，有力如此，天下无敌；以此之力……安得不胜之恨……且坚重莫如山，以万人之力，共推小山，不能动也……信颛顼与之争，举天下之兵，悉海内之众，不能当也，何不胜之有？"又说："天本以山为柱，共工折之，代以兽足，骨有腐朽，何能立之久？且鳌足可以柱天，体必长大，不容于天地；女娲虽圣，何能杀之？……足可以柱天，则皮革如铁石，刀剑矛戟不能刺之……""女娲，人也，人虽长，无及天者。夫其补天之时，何登缘阶据而得治之？"（《论衡・谈天》）这些发问简直是十分幼稚可笑，可见他根本不懂神话故事，不懂神话的特点，不懂神话寄托着人们战胜大自然的意志和愿望。

王充在《论衡・对作》篇中又说："《淮南书》言共工与颛顼争为天子，不胜，怒而触不周之山，使天柱折，地维绝。尧时十日并出，尧上射九日，鲁阳战而日暮，援戈麾日，日为却还。世间书传，多若等类，浮妄虚伪，没夺正是。"再次证明王充完全不懂神话，不懂神话的特点及其意义，因而竭力加以反对。

王充在《艺增》篇里，对《尚书》《诗经》《易经》《春秋》等典籍的夸张，虽认为是"皆有事为，不妄乱误"，因而表示可以理解。但在三《增》、九《虚》里，对一切书传的夸张却表示坚决的反对。这种区别对待是没有道理的，它只能说明：首先，王充所表示的可以理解，其实他并没有真正理解。事实正是这样，如他既肯定《尚书・武成》篇所说的"武王伐纣，血流浮杵"的记载，但却又说："案武王伐纣，于牧之野；河北地高，壤靡不干燥，兵顿血流，辄燥入土，安得杵浮？且周殷士卒，皆赍干粮，无杵臼之事，安得杵而浮之？”（《论衡·艺增》）他竟要求所写的都是生活中实有的事。再则，书传的夸张与经典的夸张实质上并没有区别，但王充却强要加以区别，并分别加以对待。如他对《韩非子·五蠹》等篇中所说的“尧舜之俭，茅茨不翦，采椽不斫”持批判态度；而对《论语》所说的“大哉，尧之为君也，荡荡乎民无能名焉”却持肯定态度。其实此两例，一是夸耀尧舜生活上的艰苦朴素，俭约自持；一是称赞尧的伟大，得到人民的爱戴：都是属于夸张手法问题。

综上可见，王充对虚构夸张等浪漫主义手法实际上是不懂，他要求书里所写的都是真人真事，所以他在《论衡·对作》篇中郑重宣称：“是故《论衡》之造也，起众书并失实，虚妄之言胜真美也。故虚妄之语不黜，则华文不见息；华文放流，则实事不见用。故《论衡》者，所以铨轻重之言，立真伪之平。”也就是为了反对“虚妄”——不管是诗赋还是史论的“虚妄”，他都要加以反对——才写《论衡》这部洋洋数十万言的大作。

比王充稍后的王逸，他对虚构夸张等浪漫主义表现方法的看法，要比其前人高明一些。如班固在《离骚序》指责屈原：“多称昆仑冥婚，宓妃虚无之语，皆非法度之政，经义所载，谓之兼《诗》风雅而与日月争光，过矣。”班固完全站在正统的儒家立场上，以儒经为依据，越过这个限度，就以为不合法度而加以反对。但王逸却大唱反调，他说：“宓妃佚女，以譬贤臣；虬龙鸾凤，以托君子……其词温而雅，其义皎而朗。”（《离骚经序》）他认为“宓妃”“虬龙”等等是借物喻志，是表现手法问题，《诗经》里多有先例。他把《离骚》提高到与“经”同等的地位，这是了不起的眼光和胆量。当然《离骚》不是经书。但由此可以看出王逸对《离骚》的推崇。

但到了西晋，著名作家左思对这个问题的看法却似乎向后倒退了一大步。他在《三都赋序》里说：赋是古诗一流的作品，“先王采焉以观土风。见‘绿竹猗猗’，则知卫地淇澳之产；见‘在其版屋’，则知秦野西戎之宅。故能居然而辨八方”。赋所写的应该是实有的东西，所以他写《三都赋》时，非常注意调查研究：“其山川城邑，则稽之地图；鸟兽草木，则验之方志；风谣歌舞，各附其俗；魁梧长者，莫非其旧。”他对相如、扬雄、班固、张衡等四大赋家的虚构夸张情节，都作了尖刻的批评。左思这个观点和创作实践，是具有代表性的，因为他的这篇《三都赋》，是使洛阳为之纸贵的名作，可见当时人们是欢迎这样的作品的。由此也可看出当时人们的审美观以及对赋和其他一切艺术的创作方法的态度。这都说明，直到西晋，文艺理论界的虚构夸张的观点，仍停留在两汉的基础上，持批判态度，甚至是更明确自觉的批判态度。

我们在比较系统地论述了刘勰以前浪漫主义的发展变化以后，对刘勰所处的时代背景，以及他在这个问题上的看法和地位，也就不难作出实事求是的评价了。

细检《文心雕龙》一书，我们便能发现，刘勰对夸张和虚构这两个浪漫主义的表现形式，是持有不同的态度的。本来，夸张与虚构是难以区分的，但刘勰却强要把它们分开，并根据自己的理论给予不同的评价。从总的倾向来看，刘勰对一般的夸张是赞同的，并有比较精彩的论述；但对所谓过分的夸张，尤其是虚构，却持明显的反对态度。

刘勰在《夸饰》篇里说：“神道难摹，精言不能追其极；形器易写，壮辞可得喻其真……故自天地以降，豫入声貌；文辞所被,夸饰恒存。”这里讲的是产生夸张的客观原因,刘勰认识到,天地间的事物,只要使用强有力的文辞,就能表现出它的真实面貌,而一旦使用强有力的文辞,表现出事物的精神面貌,就会存在着夸张。刘勰这个看法是建立在唯物的基础上的,它给夸张找到了坚实的社会基础和理论根据,这是一个了不起的贡献。

就因为刘勰把夸张看成是文学艺术创作中的必然现象、正常现象,因此他对汉赋描写中的夸张作用,作了很高的评价。他说:“至如气貌山海,体势宫殿,嵯峨揭业,熠耀焜煌之状,光采炜炜而欲然,声貌岌岌其将动矣,莫不因夸以成状,沿饰而得奇也。……信可以发蕴而飞滞,披瞽而骇聋矣!”(《夸饰》)也就是说,赋里通过夸张的描写,可以使山海的气概形状和宫殿的形体气势,表现得生动逼真,富有吸引力,能使瞎子也想睁开眼睛看看,聋子也受到震惊。这是从作品的客观效果来肯定夸张的巨大作用。刘勰能看到这一点,也是极难得的,它有说服力地阐明了夸张的积极意义。

但刘勰对夸张的理解仍不彻底,也即对夸张的界限认识不清,他只承认最起码的夸张,对类似虚构的夸张就有所保留了。如他对于《诗》《书》里所说的“言峻则嵩高极天,论狭则河不容舠(小船),说多则子孙千亿,称少则民靡孑遗,襄陵举滔天之目,倒戈立漂杵之论”等夸张笔法,仅仅消极地认为:“辞虽已甚,其义无害。”(《夸饰》)认识不到它的积极意义和作用。他随后还引用孟子所说的解释《诗》“不以文害辞,不以辞害意”,即不能因拘泥于辞藻而妨害了对诗句的理解,也不能因拘泥于诗句而误解了作者的本意,更说明刘勰是抱着无可奈何的心情来对待一些比较大胆的夸张。而对这样的问题,王充在《论衡·艺增》篇也已讲到，王充也认为这样的夸张是“皆有事为，不妄乱误”，从而予以认可。刘勰在这里并没有提出什么新解释。

我们从上面刘勰对夸张所持的态度中不难看到，他仅赞同一般性的夸张，即有真实生活做根据的夸张；如果超出这个界限，即形近虚构，他就甚为勉强了。这一点，我们从王充的言论中已可以听到这个信息，从刘勰对诗文辞赋一些虚构情节的批评中，更可以看清这一点。刘勰在《诸子》篇说：“若乃汤之问棘，云蚊睫有雷霆之声；惠施对梁王，云蜗角有伏尸之战；《列子》有移山、跨海之谈，《淮南》有倾天、折地之说，此踳驳之类也，是以世疾诸子，混洞虚诞。”刘勰对这些极度夸张与虚构情节的描写是持批评态度的，以为是荒唐无稽之谈，只因为在商代的《归藏经》中，也有奇谈怪论，称“羿弊十日，嫦娥奔月”，他才无可奈何地说：“殷汤如兹，况诸子乎！”但他最终还是固执地要求“弃邪而采正”！在《辨骚》篇，他这个观点也同样顽强地表现出来，他说《离骚》里的“托云龙，说迂怪，丰隆求宓妃，鸩鸟媒娀女”是“诡异之辞”，“康回倾地，夷羿弊日，木夫九首，土伯三目”是“谲怪之谈”，都是“异乎经典”，因而加以强烈反对。

刘勰对汉赋的虚构，揶揄的语气就更重了。他在《夸饰》里说：“自宋玉、景差，夸饰始盛。相如凭风，诡滥愈甚。故上林之馆，奔星与宛虹入轩；从禽之盛，飞廉与鹪鹩俱获。及扬雄《甘泉》，酌其余波，语瑰奇则假珍于玉树，言峻极则颠坠于鬼神。至《东都》之比目，《西京》之海若，验理则理无不验，穷饰则饰犹未穷矣。又子云《羽猎》，鞭宓妃以饷屈原；张衡《羽猎》，困元冥于朔野。娈彼洛神，既非罔两；惟此水师，亦非魑魅。而虚用滥形,不其疏乎?此欲夸其威而饰其事,义睽刺也。”

从这段话中不难看出,刘勰对虚构批评多于肯定,批评重于肯定。而他所批评的重点很明显是放在事物的有无之上、真假之上。他是坚决反对描写现实中不可能有的那种虚构,所谓:“诡滥愈甚”——怪异失实的地方愈来愈多;“验理则理无不验”——在事理上难以查考;“虚用滥形,不其疏乎”——没有根据的任意描写,不是过于粗疏吗?赋里所写的飞廉、鷦鷯、玉树、海若,他或认为现实中没有,或认为此时此地没有,而赋家们却把它们写进去,这是胡诌。又如洛神与水师,在刘勰心目中是神,但赋家却把他(她)们当魑魅魍魉来写,因而加以“鞭”和“困”。刘勰以为这样写也是不对的。

所以刘勰在篇末明确提出来,要“翦扬马之甚泰,使夸而有节,饰而不诬”;要“旷而不溢,奢而无玷”。也即要除去扬雄、司马相如等赋中过度的夸饰,做到夸张而有限度,修饰而不违反事实。刘勰认为,能做到这一点,“亦可谓之懿也”——可以算是美好的作品了。在这里,刘勰把夸张虚构的许可范围划得太死了。本来所谓夸张与虚构,就包括允许写一些现实生活中不可能有的事物。如神话,就是现实生活中不可能有的,它是人们在现实生活中遇到一些无法解决的问题,因而借神话故事来寄托自己的情志,表示自己的理想和决心的一种文学形式;又如《离骚》,也写进很多古代神话传说中的东西,不能按现实生活中有没有的标准去要求。刘勰这样要求是不对的,这只能说明他对浪漫主义的含义没有比较深入透彻的理解。

当然,处在浪漫主义发展早期的汉赋,它在运用夸张虚构手法上,肯定还有许多缺点和错误。但那是问题的另一方面,与刘勰提出批评的出发点是不同的。刘勰有的具体意见也可能是合理的，但从总的倾向来看，却暴露了刘勰在夸张虚构等问题上的严重局限性。这个局限性有时代的痕迹，也有儒家在他思想上打下的深深的印记。

四

刘勰说："赋者，铺也。铺采摛文，体物写志也。"又说："极声貌以穷文"，"写物图貌，蔚以雕画"。（《诠赋》）这就是说，汉赋着力于描绘客观事物的声貌，而且写得很成功，就像雕刻绘画那样惟妙惟肖。刘勰指出汉赋的这个艺术特色，是很符合汉赋的实际，很中肯的。我们知道，汉赋作家对写赋都很上心。桓谭《新论·祛蔽》篇说过："余少时见扬子云之丽文，不自量年少新进，而猥欲逮及，尝激一小事而作小赋，用思太剧，而立感动发病，弥日瘳。子云亦言，成帝时……上甘泉，诏令作赋，为之卒（通'猝'）暴。赋成，遂困倦小卧，梦五脏出，以手内（通'纳'）之，及觉，大少气，病一岁。由此言之，尽思虑，伤精神也。"这里记述了桓谭、扬雄写赋时的苦状，由于精神高度紧张、集中，以致费脑伤神疲劳过度而引起暴疾。这个说法当不是夸张，因为从一些文传记载看，汉赋的确是极费经营的！

那么赋家的心血是花费在哪些方面呢？这个问题，司马相如的创作情景给我们显示了一些痕迹。据《西京杂记》说，司马相如写《子虚赋》《上林赋》（实即《天子游猎赋》）时，是"意思萧散，不复与外事相关，控引天地，错综古今，忽然如睡，焕然而兴，几百日而后成"。又说："赋家之心，苞括宇宙，总览人物，斯乃得之于内，不可得而传。”这里说明司马相如写赋时有如陆机所说的，“精骛八极，心游万仞”，“笼天地于形内，挫万物于笔端”（《文赋》），古往今来，天上地下万物都被他驱动起来，任凭自己选择，悉听自己差遣，使赋写来不仅内容复杂，篇幅巨大，而且注意形象性，处处有动人的笔墨。从汉赋创作的实际来看，也的确是这样，很多大赋都是从古写到今，从天上写到地下，从东西南北写到上下左右，从山河形势写到物产矿藏，从宫殿楼台写到苑囿驰射，从珍禽异兽写到奇树名花，举凡人类社会、神话传说，都被组织到赋里去。所以，从整个篇章来看，汉赋的确比较呆板、松散，有罗列铺陈的毛病。刘勰说《诗经》用字很经济、准确、生动，如“‘灼灼’状桃花之鲜，‘依依’尽杨柳之貌”；《楚辞》已开始“嵯峨之类聚，葳蕤之群积”；而汉赋更是“模山范水，字必鱼贯”。所以刘勰说：“所谓诗人丽则而约言，辞人丽淫而繁句。”（《物色》）是有些道理的。但这仅是问题的一方面，我们还要看到另一方面，即值得肯定的一面。正因为汉赋注重描写客观事物，尤其对某一具体环境、具体事物刻画得相当细致形象，描绘得有气魄、有声势，如上文所引的他在《夸饰》篇里所说的，汉赋描写山海宫殿的形势，能表现出它们宏伟高大和飞动的气势，富有具体感、真实感，具有很强的吸引力，使瞎子也想看看，聋子也想听听。这应是汉赋在文学艺术发展史上的一大进步。因而刘勰推崇《诗经》说：“‘皎日’‘嘒星’，一言穷理；‘参差’‘沃若’，两字穷形。并以少总多，体貌无遗矣。虽复思经千载，将何易夺？”（《物色》）未免说得太绝对了，《诗经》能用一言两字讲清一个道理，描绘出一件事物，在当时自然是值得称赞的。但人类社会在前进，人们对文学艺术的要求也越来越高；如果老是用一句两字来形容、描写一件事物,读者是不能满足的。他们希望看到更丰富、更具体、更逼真的笔墨,这是历史发展的必然,也是文学艺术发展的趋势。在这里尤须强调指出的是,在汉以前,在中国文坛上,抒情诗很发达,如《诗经》《楚辞》,都是基本属于抒情诗。但叙事描写诗却比较落后,在《诗经》《楚辞》里,只占极少的篇章。这自然也符合文学艺术发展的规律。人们最先总是为了表达自己的思想感情才写诗作歌。但这种情况也当与先秦人们强调抒情诗有关。如《尚书·尧典》称:"诗言志。"《庄子·天下》篇说:"诗以道志。"都把写诗看成主要是直接抒发自己的感情。当然,诗歌中的叙事、描写最终还是为了"言志",表达作者自己的思想感情。但两者表现形式却是不同的。抒情诗着重于抒情,叙事诗着重于叙事描写。所以汉赋中出现的大量的叙事描写,正填补了先秦以来文学艺术的空缺,这是极其难得的可喜现象。但刘勰却未能很好地看到这一点,他说:"昔诗人什篇,为情而造文;辞人赋颂,为文而造情。……盖《风》《雅》之兴,志思蓄愤,而吟咏情性,以讽其上,此为情而造文也。诸子之徒,心非郁陶,苟驰夸饰,鬻声钓世,此为文而造情也。故为情者要约而写真,为文者淫丽而烦滥,而后之作者,采滥忽真,远弃《风》《雅》,近师辞赋,故体情之制日疏,逐文之篇愈盛。"(《情采》)刘勰这个批评,笼统来说,是正确的,应予以重视。但在两汉这个具体的背景下,却是很不足为训了。其一,刘勰这里所强调的"吟咏情性",其实就是为了"以讽其上",也即为了讽谏,这个问题我们前面已作了批判,这里就不再赘述。其二,刘勰对"为文""逐文",即讲究文采,大事铺陈,也即由抒情发展到叙事描写这个前进的趋向认识不足,这是缺乏历史唯物主义,缺乏发展的眼光的。当然,我们不能这么要求刘勰,但我们应予以明确指出。总而言之,刘勰看到了汉赋注意铺陈、叙事、描写,也看到了这个艺术表现手法的作用,但遗憾的是,他看不到这个艺术表现手法的历史地位和意义。

刘勰对文采的见解,也有深刻高明的一面。他在《文心雕龙》的纲领性篇章之一——《原道》里指出:“文”是“与天地并生”的,天地万物一出现,就同时孕育着文采:“日月叠璧,以垂丽天之象;山川焕绮,以铺理地之形。”“傍及万品,动植皆文。龙凤以藻绘呈瑞,虎豹以炳蔚凝姿;云霞雕色,有逾画工之妙;草木贲华,无待锦匠之奇。”大自然的美使高明的画工也往往为之惊叹莫及,大自然的美是艺术创作取之不尽、用之不竭的源泉。刘勰这里给文采的产生出现找到了坚实的物质基础。刘勰这个观点是唯物的、科学的,是十分可贵的。

在圣贤先哲的著述遗训里,刘勰认为它们也正和自然之美一样富有文采:“圣贤书辞,总称文章,非采而何?”“《孝经》垂典:丧言不文,故知君子常言,未尝质也。老子疾伪……而五千精妙,则非弃美矣!……”(《情采》)所以刘勰对文采很重视,并提出明确的要求,所谓“志足而言文,情信而辞巧,乃含章之玉牒,秉文之金科”。既要有充实的思想内容,又要有精巧俊秀的语言文字,这是为文作诗的金科玉律。

但从上述的引文中也不难看出,刘勰对文采的认识也存在着比较模糊的一面,如上面所举的书籍,大都是论说文,而不是诗歌辞赋等文艺作品。这两大类文体对文采的要求应该是有所区别的,但刘勰却笼统地把它们混合在一起。当然,刘勰对辞赋文采的要求,大体上是明确的,就是要求以《诗经》的文采为榜样,这从《征圣》《宗经》等篇中都可以看出,如他强调“赋、颂、歌、赞,则《诗》立其本”,经书是“群言之祖”,“文能宗经”,

就能写出“文丽而不淫”的好文章，都可以作证明。

也正由于刘勰时刻不忘拿《诗经》等经书作标准，因而他对汉赋的文采，自然不能不持批评的态度。刘勰批评汉赋文采的要点是文辞太华丽了，太过分了，这就是他所高喊的“繁华损枝，膏腴害骨”（《诠赋》），“楚艳汉侈，流弊不还”（《宗经》）。刘勰这样的批评是随处可见的，看出他是很不满的。但刘勰这个批评是不正确的，他看不到汉赋讲究文辞的艳丽秀美是与背弃讽谏联系在一起，是与发展文学艺术自身的特点，从而摆脱文学艺术作为儒家经典的附庸联系在一起。这一点我们前面已作了详细论述，这里从略。刘勰所以持这种态度，当然与时代不无关系，但关键恐怕还是受到儒家保守思想的影响。儒家的老祖宗孔子尽管说过“言之无文，行之不远”的话，但他对这个“文”的要求并不高，仅仅是“辞达而已矣”，能充分表达意思就够了。后来宋苏轼把“辞达”两字解释得天花乱坠（见《答谢民师书》），那是他把自己的理解强加给孔子，意在美化孔子，而实际却是对孔子的不恭——按汉儒的观点，起码应这样来理解。

总而言之，刘勰对汉赋有许多精辟的见解，但由于历史条件的限制，尤其是由于儒家思想的影响，他处处流露出保守落后等错误的倾向，以致对汉赋不能作出实事求是的科学的评价，这是很值得我们深思的一个问题。

赋家作品考述

骚赋作家贾谊*

一

贾谊是西汉初期进步的政治家、政论家，也是杰出的骚赋作家。班固在《汉书·贾谊传》赞语里说："谊亦天年早终，虽不至公卿，未为不遇也。"班固这个看法是不符合实际的，是为以汉文帝为首的最高统治者排斥贾谊辩解。《史记·屈原贾生列传》明明写着："天子议以为贾生任公卿之位，绛、灌（疑指当时的两个武将周勃和灌婴）、东阳侯（张相如）、（御史大夫）冯敬之属尽害之，乃短贾生曰：'雒（洛）阳之人，年少初学，专欲擅权，纷乱诸事。'于是天子后亦疏之，不用其议（重点号是引者加的，下同），乃以贾生为长沙王太傅。"班固自己在《汉书·贾谊传》里也照抄这段话。《史记》本传还说："后岁余（指贾谊由长沙王太傅任上被召回京师以后），贾生征见。孝文帝方受釐（釐，祭过神的福肉；受釐，即受神之福），坐宣室。上因感鬼神事而问鬼神之本。贾生因具道所以然之状。至夜半，文帝前席（指促膝而坐）。既罢曰：'吾久不见贾生，自以为过之，今不及也。'居顷之，拜贾生为梁怀王太傅。梁怀王，文帝之少

---

* 本文原载于《中州学刊》1985年第4期。

子，爱而好书，故令贾生傅之。文帝复封淮南厉王子四人皆为列侯。贾生谏，以为患之兴自此起矣。贾生数上疏，言诸侯或连数郡，非古之制，可稍削之，文帝不听。居数年，怀王骑，堕马而死，无后。贾生自伤为傅无状，哭泣岁余，亦死。”这段引文自“文帝不听”以上，班固均删弃。班固之所以这样做，当为证明贾谊“未为不遇”！但我们从上述引文中不难看出，贾谊的的确确是“不遇”、不得志的：其一，贾谊被诬出为长沙王傅，从此便失去了参议朝政大事以施展其经国济世抱负的机会。这对像贾谊这样有才能的人，无疑就是最大的“不遇”。其二，贾谊前前后后向汉文帝提出许多建议，均未能得到汉文帝很好的采纳。唐朝大诗人李商隐在《贾生》一诗中写道：“宣室求贤访逐臣，贾生才调（才气）更无伦；可怜夜半虚前席，不问苍生问鬼神。”就形象深刻地道出了贾谊的才学不能被最高统治者所采用的悲剧实质。司马迁在《史记》里之所以把他与屈原编在一个传里，也正是出于这种看法。

我们在这里之所以要辨明这个问题，是因为这个问题直接牵涉到对贾谊赋的准确评价：如果贾谊不是怀才不遇，那么他的赋便是无病呻吟，无的放矢，因而也就毫无意义了；反之，如果贾谊是怀才不遇，那么他写的那些赋，便包含着丰富的内容和深刻的含义。

（一）

首先值得我们讨论的是《吊屈原赋》。这篇赋表面上是揭露屈原生活时代社会的黑暗，为屈原所遭受的不公正待遇鸣不平，实则在抒发个人的情怀，倾吐个人的心曲，为自己的才学不能为统治阶级所采用而愤懑不平。正如《汉书》本传所说的，屈原"被谗放逐，作《离骚赋》……遂自投汨罗而死，谊追伤之，（作《吊屈原赋》）因以自喻"。"自喻"云云，就是借描写屈原来表现自己。这篇赋很短，前半段是：

> 恭承嘉惠兮，俟罪长沙；侧闻屈原兮，自沉汨罗。……呜呼哀哉，逢时不祥！鸾凤伏窜兮，鸱枭翱翔。阘茸尊显兮，谗谀得志；贤圣逆曳兮，方正倒植。世谓随（卞随，商汤曾想让位给他，但他不受）、夷（伯夷，是个不食周粟而死的人）为溷（浑）兮，谓跖（春秋时鲁人，因反对当时的统治者而被诬为盗跖）、蹻（庄蹻，战国时楚国的平民领袖，亦被诬为盗）为廉；莫邪（古宝剑）为钝兮，铅刀为铦（锐利）。吁嗟默默，生之无故（指无端而遭祸）兮。斡弃周鼎，宝康瓠（即空壶）兮；腾驾罢（同"疲"）牛，骖蹇（跛足）驴兮；骥垂两耳，服盐车兮；章甫荐履（垫鞋），渐不可久兮。嗟苦先生，独离（罹）此咎兮。

由动物的尊卑贵贱写到人的贤愚善恶，又由物的贵贱写到动物的优劣，指出他（它）们之间的贤愚善恶、贵贱优劣全被弄颠倒了。作者尽情列举，反复咏叹，可见作者感触之深，愤激之烈。

反映这一类思想的作品还有《惜誓》。东汉王逸说："《惜誓》者不知谁所作也，或曰贾谊，疑不能明也。"（见《楚辞章句》）正式提到了贾谊的名字。南宋洪兴祖说："（贾谊）《吊屈原赋》云：'所贵圣之神德兮，远浊世而自藏；使麒麟可得系而羁兮，岂云异夫犬羊。'又曰：'凤皇翔于千仞兮，览德辉而下之；见细德之险微兮，遥曾击而去之；彼寻常之污渎兮，岂容夫吞舟之巨鱼；横江潭之鳣鲸兮，固将制于蝼蚁。'与此语意颇同。”(《楚辞补注》)所谓“此语意颇同”,是指《惜誓》也有类似的话。《惜誓》说:“黄鹄后时而寄处兮,鸱枭群而制之;神龙失水而陆居兮,为蝼蚁之所裁。”“彼圣人之神德兮,远浊世而自藏;使麒麟可得羁而系兮,又何以异乎犬羊。”洪氏的意思是,《惜誓》与《吊屈原赋》是同出一人手笔,即《惜誓》也是贾谊所作的。

明王夫之《楚辞通释》说得更明确肯定。他说:“今按贾谊渡湘水,为文(指《吊屈原赋》)以吊屈原,其词旨略与此(指《惜誓》)同。谊书若《陈时政疏》《新书》,出入互见,而辞有详略。盖谊所著作,不嫌复出类如此,则其(指《惜誓》)为谊作审矣!”洪、王两人的看法是值得考虑的。在还没有确凿的反证以前,我们是应该把《惜誓》的著作权划归贾谊所有的。

王逸解释《惜誓》说:“惜者,哀也;誓者,信也,约也。言哀惜怀王与己信约而复背之。……盖刺怀王有始而无终也。”(《楚辞章句》)赋以第一人称写,作者对楚国最高统治者不分是非,不辨贤愚,以及群小之排挤陷害屈原,进行了委婉的讥刺和愤慨的抨击:“俗流从而不止兮,众枉聚而矫直(‘言楚国俗人流从谄谀不可禁止,众邪群聚反欲正忠直之士使随之也。’——《楚辞补注》);或偷合而苟进兮,或隐居而深藏;苦称量之不审兮,同权概而就衡(‘言君不称量士之贤愚,而同用之,则使智者恨也。’——《楚辞补注》)。或推移而苟容兮,或直言之谔谔(指承顺君非而得高位,谏正君非反被放逐);伤诚是之不察兮,并纫茅丝以为索(指‘苟合之人与忠直之士曾无别异,犹并纫丝与茅共为索’)。方世俗之幽昏兮,眩白黑之美恶(指君主惑于贪浊,眩于白黑,不能知人善恶);放山渊之龟玉兮,相与贵夫砾石(指昏君贵佞伪,贱忠直)。梅伯(纣忠臣)

数谏而至醢兮,来、革(皆为纣佞臣)顺志而用国。悲仁人之尽节兮,反为小人之所贼。比干(纣王的叔父,官少师)忠谏而剖心兮,箕子(纣王的诸父,官太师)被发而佯狂……”与《吊屈原赋》的写作动机一样,这篇赋当也有“自喻”的深意在,也即借屈原的口来发泄自己的忧愤不平!

那么贾谊“自喻”些什么?隐含哪些内容?似值得我们探索,因为小人得志、贤圣失位在剥削阶级社会是一种普遍现象,在辞赋中也屡有反映。但所谓贤圣,具体到每一个人,却各不相同。其中,有真正的贤圣,即他们的理想主张顺乎历史潮流,合乎人类需要,是可行的、进步的;但也有一些自以为是贤圣,其实只不过是一些狂人,或意在追求个人欲望的贪夫。所以我们有必要对贾谊的不得志进行具体分析,看看他的志到底是什么,有哪些是值得我们肯定的?

我以为,首先应加以注意的是贾谊提出的“众建诸侯而少其力”,也即把一个大诸侯国分成几个小诸侯国。这是针对当时诸侯王国势力恶性膨胀而提出的。也即贾谊所说的“天下之势,方病大瘇;一胫之大几如要(腰),一指之大几如股……一二指搐,身虑亡聊”。这是贾谊最为关注的一个问题,是他以为“可为痛哭”的唯一问题。后来,晁错向景帝提出“削诸侯”的建议,和贾谊的主张是一致的。吴楚七国于景帝前元三年(前154,也即贾谊死后十四年)以诛晁错为借口,起兵叛乱,正说明贾谊、晁错提出的建议击中了诸侯王国分裂割据势力的要害。可见贾谊这个意见是极富有创造性的,甚至比晁错提出的“削诸侯”更策略。贾谊在赋里表现自己怀才不遇,这个问题当占重要位置,我们应看到这点并予以充分的肯定。

另一个问题是匈奴的侵边犯境。这是汉王朝对外的主要矛盾。当时,匈奴强盛,汉王朝初创,元气尚亏,百事伊始,一时难以兼顾,这也是事实。但最高统治者的失策、失责,助长了匈奴的嚣张气焰,也是难以推诿的。贾谊指出:“今匈奴嫚侮侵掠,至不敬也;为天下患,至亡已也。而汉岁致金絮彩缯以奉之。夷狄征令,是主上之操也;天子共贡,是臣下之礼也。足反居上,首顾居下,倒悬如此,莫之能解,犹为国有人乎?……可为流涕者此也。……臣窃料匈奴之众,不过汉一大县;以天下之大,困于一县之众,甚为执事者羞之。陛下何不试以臣为属国之官,以主匈奴;行臣之计,请必系单于之颈而制其命,伏中行说而笞其背……今不猎猛敌而猎田彘,不搏反寇而搏畜兔;玩细娱而不图大患,非所以为安也。……可为流涕者此也。”(《陈政事疏》)从贾谊的这段话中看出,以文帝为首的最高统治者在对匈奴斗争中,至少存在如下问题:一是错误地估计了敌我力量的对比,不能正确地认识自己的力量,调动一切有利的因素,积极地开展对敌斗争。岁纳货币,屈膝求和;灭自己志气,长敌人威风。二是沉湎戏游,不修武备,不思雪耻,安心奉敌。三是不能积极起用有心报国雪耻之士,用非其人。贾谊这里所说的,可能不尽符合事实,班固也说他“及欲试属国施五饵三表以系单于,其术固以(通‘已’)疏矣”。但从总的倾向来说,却是值得引起注意的。其后汉武帝对匈奴采取了针锋相对的斗争,终于取得了伟大的胜利。贾谊对敌斗争策略的合理成分从中隐约可见。贾谊把这个问题列入“可为流涕者二”的范围内,见出他对这个问题的重视。赋里表现的贾谊的不得志,当也包含文帝不能很好地采纳他提出的对匈奴斗争的正确策略。

除此,贾谊还把当时社会存在的其他六个方面的重要问题，如社会风气问题、封建礼制问题等等，归纳为“可为长太息者六”。贾谊的《过秦论》，总结了秦王朝兴亡的历史教训，更是深刻的。班固在《汉书》本传赞语中引刘向的话说：“贾谊言三代与秦治乱之意，其论甚美，通达国体，虽古之伊（伊尹）、管（管仲）未能远过也。使时见用，功化必盛。为庸臣所害，甚可悼痛。”鲁迅先生也说：“（谊）其《治安策》（即《陈政事疏》），洋洋至六千言……因历指其失，颇切事情，然不见听。”又说《治安策》《过秦论》，“皆为西汉鸿文，沾溉后人，其泽甚远”。（《汉文学史纲要》）鲁迅对贾谊的策论，是持肯定的态度的。

通过如上论述，我们对贾谊所指斥的贤愚倒置的黑暗社会，就有了比较深入的了解；对他在这两篇赋中表现出来的深刻含义，也就能做出比较正确的估计。

（二）

贾谊的《旱云赋》，则是直接表现他对农民的同情和对农业生产的关注。

> 惟昊天之大旱兮，失精和之正理……隆盛暑而无聊兮，煎砂石而烂渭（《古文苑》章樵注：“渭水枯竭至于焦烂。”）汤风至而含热兮，群生闷懑而愁愦；畎亩枯槁而失泽兮，壤石相聚而为害。农夫垂拱而无聊兮，释其鉏（锄）耨（小手锄）而下泪。忧疆畔之遇害兮，痛皇天之靡惠。惜稚稼之旱夭兮，离（同“罹”）天灾之不遂。怀怨心而不能已兮，窃托咎于在位。独不闻唐虞之积烈兮，与三代之风气；时俗殊而不还兮，恐功久而坏败。何操行之不得兮，政治失中而违节……啬夫何寡德矣！既已生之，不与福

> 矣！来何暴也，去何躁也。孳孳望之，其可悼也。燎兮栗兮，以郁怫兮。念思白云，肠如结兮。终怨不雨，甚不仁兮；布而不下，甚不信兮。白云何怨，奈何人兮！

描述烈日酷暑的肆虐，禾苗的枯焦，农夫的烦闷愁苦。作者对农民的不幸遭遇，表示了强烈的同情，并由此而盼天下雨，而怨天不雨，而追究造成大旱的原因。在作者心目中，“唐虞三代之时，虽不能无水旱，君臣上下相与敬戒，饬躬修政，足以召天下之和”（《古文苑》章樵注）。现在则正相反，君臣相失，朝政不修，所以天示灾害以警告。“托咎于在位”，旱灾是统治者造成的！真是一针见血，切中要害！

据《史记·孝文本纪》《汉书·文帝纪》和《汉书·五行志》记载，文帝在位期间，共发生三次大旱，即文帝前元三年（前177）秋旱、前元九年（前171）春旱、后元七年（前157）春旱。《旱云赋》所写的，不会是后元七年春旱，因为那时贾谊已逝世十几年了。也当不是前元三年那一次秋旱，因为那时贾谊正处在春风得意时期，所谓“文帝召以为博士。是时，谊年二十余，最为少。每诏令议下，诸老先生未能言，谊尽为之对，人人各如其意所出。诸生于是以为能。文帝说（悦）之，超迁，岁中至太中大夫”（《汉书》本传），在这种情景下，贾谊似不会去指责统治者，以致把自己也包括进去。合理的解释当是写前元九年春旱。那时，他亲身经历过封建王朝最高统治集团的排挤陷害，又备尝四年以上的谪迁生活的辛酸苦辣，他对封建王朝黑暗的本质已有了进一步的认识，但他雄心未泯，仍想竭力加以救治。正如《汉书》本传所说：“数上疏陈政事，多所欲匡建。”他指责时弊的名言：“臣窃惟事势可为痛哭者一，可为流涕者二，可为长太息者六，若其他背理而伤道者，难遍以疏举。”正是这时提出的。这与《旱云赋》对农民的关心——目的当为封建王朝的长治久安计——对“在位”者的指责，基本精神是完全一致的。

又，章樵说：“贾谊负超世之才，文帝将大用，乃为大臣绛、灌等所阻，卒弃不用，而世不被其泽，故托旱云以寓其意焉。”（《古文苑》题注）即把自己比作云，因客观环境的干扰，而无法成雨下降，以滋润万物。作为一种理解，也讲得通，可以并存。

（三）

贾谊的《吊屈原赋》《惜誓》《鹏鸟赋》都是在他谪居期间写的，赋在揭露统治阶级贤愚不分、压制摧残人才的同时，也流露出一些消极的思想情绪。尤其是《鹏鸟赋》，消极思想还相当严重，整个赋的基调就是宣扬道家顺天委命、齐生死、等荣辱的消极人生哲学：

> 天不可预虑兮，道不可预谋；迟速有命兮，焉识其时？……忽然为人兮，何足控抟（珍惜、贵重之意）；化为异物兮，又何足患。小智自私兮，贱彼贵我；达人大观（所见远大）兮，物无不可。贪夫徇财兮，烈士徇（殉）名；夸者（喜虚名权势）死权兮，品庶（众人）每（贪也）生。怵迫（怵乎利，迫乎害）之徒兮，或趋西东；大人不曲（为物欲所屈）兮，意（亿）变齐同（等量齐观）。愚士系俗兮，窘若囚拘；至人遗物兮，独与道俱。众心惑惑兮，好恶积亿（积臆，指胸中积满爱憎）；真人恬漠兮，独与道息。释智遗形兮，超然自丧；寥廓忽荒兮，与道翱翔。乘流则逝兮，得坻则止；

纵躯委命兮,不私与己。其生兮若浮,其死兮若休;澹乎若深渊之静,泛乎若不系之舟。不以生故自宝兮,养空而浮(养空虚之性,以浮游于人世);德人无累兮,知命不忧。细故蒂芥(指生死事)兮,何足以疑?

《吊屈原赋》流露出来的回避斗争、消极避世、洁身自好的思想情绪也很明显:“已矣!国其莫我知兮,独壹(抑)郁其谁语?凤漂漂其高逝兮,固自引而远去。袭九渊之神龙兮,沕(深潜的样子)深潜以自珍;偭(背离)蟂獭以隐处兮,夫岂从虾与蛭螾?所贵圣人之神德兮,远浊世而自藏……历九州而相(辅佐)其君兮,何必怀此都也?凤凰翔于千仞兮,览德辉而下之;见细德之险征兮,遥曾击而去之。”《惜誓》也说:“夫鸾凤之高翔兮,乃集大皇之野;循四极而回周兮,见盛德而后下。彼圣人之神德兮,远浊世而自藏。”

首先必须指出,上述种种思想表现,都是不足取的,都是应该加以批判和扬弃的。尤其是《鹏鸟赋》所宣扬的“其生兮若浮,其死兮若休”,则完全是老庄的虚无人生观,没落阶级的思想情绪,必须彻底批判。这说明贾谊身上的弱点是很明显的。他还批评屈原说:“般纷纷其离此尤兮,亦夫子之故也。历九州而相其君兮,何必怀此都也。”批评屈原固执,认为屈原咎由自取,其实这里正表现屈原对祖国、对人生的执着和热爱,正表现屈原人格的伟大;同时也暴露贾谊的弱点,与他无法企及屈原的地方。

但这些还只是问题的一面。我们还应看到另一面,即表现出作者愤激的、对现实不满的、洁身自好不与群小同流合污的一面。尤其是,贾谊身上的这种消极思想,带有明显的暂时性,主要表现在被贬为长沙王太傅这段时间内。在这之前或之后，他这种消极思想都不明显。《史记》贾谊本传说："贾生为长沙王太傅，三年，有鸮飞入贾生舍，止于坐隅。楚人命（名）鸮曰'服'（鹏，即猫头鹰，古人以为不祥之鸟）。贾生既已适（谪）居长沙，长沙卑湿，自以为寿不得长，伤悼之，乃为赋以自广。"所谓"自广"，就是自我宽慰，也即借写赋来排除自己的愁闷；这只是一种寻找自我安慰的手段，并不真正那样想、那样做。因为，如果他真的超脱尘欲，置身物外，与人无争，与世无犯，他也没有必要去做文章，也用不着自我宽慰，更不会自我"伤悼"。可见他没有忘情。这一点，我们从他被文帝召回京都后，即"数上疏，陈政事，多所欲匡建"，整天为最高统治者出谋划策，整天在那里"痛哭""流涕""长太息"，整天想建功立业，显名后世可以看出。"梁王坠马死，谊自伤为傅无状，常哭泣，后一岁，亦死。"同样也说明贾谊没有忘记人生，忘记自己为人的职责，他甚至还很严格要求自己，竟为此而送命！所以我们不能看表面文章，要透过表面看本质，这个本质就是贾谊并没有真正把人生看穿、抛弃人生；他对生活一直是很严肃、执着的。

二

下面谈谈艺术表现。着重谈两个方面。

（一）

贾谊生活在西汉前期（前200—前168），也就是汉赋开始形成的时期，因此他的赋也就很自然地带有汉赋早期阶段所固有的色彩——骚赋的特点。这从上面所有引用的贾赋中都可以看出。我们这里再举《惜誓》以为例：

> 惜余年老而日衰兮，岁忽忽而不反。登苍天而高举兮，历众山而日远。观江河之纡曲兮，离四海之沾濡（四海沾濡于垢浊）。攀北极而一息兮，吸沆瀣以充虚……澹然而自乐兮，吸众气而翱翔；念我长生而久仙兮，不如反余之故乡。黄鹄后时（不早去）而寄处兮，鸱枭群而制之；神龙失水而陆居兮，为蝼（蝼蛄）蚁之所裁（制也）。夫黄鹄神龙犹如此兮，况贤者之逢乱世哉！……已矣哉！独不见夫鸾凤之高翔兮，乃集大皇之野；循四极而回周兮，见盛德而后下。彼圣人之神德兮，远浊世而自藏；使麒麟可得羁而系兮，又何以异乎犬羊？

对《惜誓》这篇赋，王夫之曾给以很高的评价。他说："顾其文词瑰玮激昂，得屈、宋之遗风，异于东方朔（指《楚辞》中的《七谏》，下面只引篇名）、严子夫（指《哀时命》）、王褒（指《九怀》）、刘向（指《九叹》）、王逸（指《九思》）之阘茸无情。且所以惜原（屈原）者，珍重贤者而扳留之，亦有合于君子爱惜人才之道，故今所存去：尽删《七谏》《九怀》以下诸篇，而独存《惜誓》。"（《楚辞通释》题说）王夫之以为《惜誓》与他赋不同，就是因为它富有感情，这是很对的。统观贾赋，其突出特点就是篇幅短小（都只有几百字），句式整齐，通篇用韵，带"兮"字调，富有抒情色彩。这与稍后的赋家枚乘，尤其是与汉赋的奠基者司马相如的赋句式参差不齐，韵散参半，"兮"字调基本消失，以描写叙事为主，篇幅长达几千言，是截然不同的。像贾谊这种体制的赋,人们称它为骚赋,也就是说它是从以《离骚》为代表的《楚辞》那里发展过来的,它与《楚辞》还很难截然分开。

（二）

贾谊赋还出现一个值得注意的新迹象是:已注意对客观事物作比较细致、生动、形象的描绘。这一点在《旱云赋》里表现得最为突出:

> 惟昊天之大旱兮,失精和之正理。遥望白云之蓬勃兮,滃澹澹而妄出(云兴而不雨,所以云为妄出)。运清浊之澒洞(弥漫无际)兮,正重沓(多饶积厚)而并起。嵬隆崇以崔巍兮,时仿佛而有似。屈卷轮而中天兮,象虎惊而龙骇;相抟据而俱兴兮,妄倚俪而时有。遂积聚而给沓兮,相纷薄而慷慨;若飞翔之纵横兮,杨侯(大波神)怒而澎濞(水汹涌的样子)。正帷布而雷动兮,相击冲而碎破;或窈窕而四塞兮,诚若雨而不坠(是说将雨而终不降)。……终风(整日风,大风)解而霰散兮,陵迟而堵溃(云为风解而消散,如陵之隳,如墙之倾)。若深潜而闭藏兮,争离而并逝;廓荡荡其若涤兮,日炤炤而无秽。隆盛暑而无聊兮,煎砂石而烂渭。汤风至而含热兮,群生闷懑而愁愦。畎亩枯槁而失泽兮,壤石相聚而为害。农夫垂拱而无聊兮,释其鉏(锄)耨而下泪。……

这里写出了白云的运动——积聚,飞腾,相搏,以及风吹云散,天空如洗,皓日当空,热浪腾起,河水断流,禾苗枯焦,农夫愁苦,等等。写得绘声绘影,十分真切。像《旱云赋》这种对客观物事细腻的描绘,在先秦文学中是不多见的,这说明以贾谊为代表的汉初赋作,已处在由以抒情为主要特征的先秦文学开始转向以描写叙事为主要特征的汉大赋的过渡阶段。这是值得我们重视的一种新情况,它标志着文学艺术的进一步向前发展。

散赋作家枚乘*

一

汉赋由骚赋发展到大赋，中间经过了散赋这个过渡阶段，代表作家是枚乘。据《汉书·艺文志》记载，枚乘有赋九篇。但现在保存在《西京杂记》《文选》《古文苑》和《艺文类聚》里，却只有《七发》《梁王菟园赋》《忘忧馆柳赋》三篇，而且后两篇的真伪问题尚未解决。

枚乘的代表作是《七发》。这篇散赋的主题思想是什么呢？自古以来就有争论。刘勰在《文心雕龙·杂文》里说："及枚乘摛艳，首制《七发》，腴辞云构，夸丽风骇。盖七窍所发，发乎嗜欲，始邪末正，所以戒膏梁之子也。"也即告诫富贵家子弟不要纵欲自戕的意思。《六臣注文选》李善则说："乘事梁孝王，恐孝王反，故作《七发》以谏之。"这就是说用隐喻的手法警告梁孝王不要反叛汉王朝。还有一种说法是谏止吴王濞谋反事。清梁章钜《文选旁证》引朱绶说："《七发》之作，疑在吴王濞时。扬州本楚境，故曰楚太子也。若梁孝王，岂能观涛曲江哉！"以上三种意见，都不是毫无根据的胡猜，都有一定的事实

---

* 本文原载于《文史哲》1984年第1期。

作根据。但如果把三者截然分开,以为非此即彼,三者毫无关联,我却以为未必尽妥。我的看法是:这篇散文赋的思想内容是很丰富、很含蓄、很深刻的。有这么几层意思:

(1)劝诫膏粱子弟注意修身约己,也即从刘勰之说。这一点在赋里表现得很直接。赋先说,楚太子有病,症状是:"邪气袭逆,中若结辖。纷屯澹淡,嘘唏烦酲;惕惕怵怵,卧不得瞑。虚中重听,恶闻人声;精神越渫,百病咸生。聪明眩曜,悦怒不平;久执不废,大命乃倾。"也就是说楚太子病得不轻,甚至还有生命的危险呢!那么,楚太子为什么会患这样的病呢?赋作了详细的分析,以便为随后的诊治提供依据。赋说:"今夫贵人之子,必宫居而闺处……欲交无所。饮食则温淳甘脆,腥酡肥厚,衣裳则杂沓曼暖,燂烁热暑。""纵耳目之欲,恣支体之安者,伤血脉之和。""出舆入辇,命曰蹶痿之机;洞房清宫,命曰寒热之媒;皓齿蛾眉,命曰伐性之斧;甘脆肥脓,命曰腐肠之药。"也就是说,贵人之子——当然包括楚太子在内,他们在衣、食、住、行等各个方面,太讲究享受和太纵欲无度了。所以赋随后提出了六种治疗的办法,即所谓音乐、饮食、车马、游览、畋猎、观涛。但都未能奏效。最后吴客拿出了"要言妙道",终于把太子的病治好了。这里可以看得很清楚,作者很明显是反对膏粱子弟腐朽的生活方式,希望他们加强思想修养,提高思想认识水平,做一个心身健康的有益于国家的人。

(2)与此同时,作者当然也包含着对诸侯王侈靡生活的劝诫。据历史记载,与作者同时的很多诸侯王是极其奢华堕落的。如《汉书·景十三王传》说,鲁恭王余就"好治宫室苑囿狗马,季年好音";"坏孔子旧宅,以广其宫"。历史上所说的鲁恭王"壁中得古文经传",就是在这次破坏孔子旧宅中得到的。

江都易王非也是喜欢“治宫馆,招四方豪杰,骄奢甚”。但最突出的还是枚乘所从游的梁孝王。《史记·梁孝王世家》说:“孝王筑东苑,方三百余里(唐司马贞《史记索隐》:‘盖言其奢,非实辞……’),广睢阳城七十里。大治宫室,为复道(楼馆间的通道),自宫连属于平台五十余里,得赐天子旌旗,出从千乘万骑;东西驰猎,拟于天子。出言跸,入言警;招延四方豪杰,自山以东游说之士,莫不毕至……多作兵器,弩弓矛数十万;而府库金钱且百巨万(即万万);珠玉宝器多于京师。”《三辅黄图》卷三也特加记载:“梁孝王好营宫室苑囿之乐,作曜华宫。筑兔园。园中有百灵山,有肤寸石,落猿岩,栖龙岫。又有雁池。池间有鹤洲凫渚。其诸宫观相连,延亘数十里,奇果异树,珍禽怪兽毕有。王日与宫人宾客,弋钓其中。”《西京杂记》也有类似的记载。可见,梁孝王的奢侈豪华是极其严重突出的。在这里,我们倒可以满有根据地怀疑,枚乘这篇赋的写作,可能与梁孝王有关。赋之所以指斥楚太子而不直呼梁孝王,只是给梁孝王留个面子罢了。

(3)但问题至此并未真正说透,实质性的问题恐怕还在后面,上面李善所说的恐梁孝王反而先予以谏诤也好,朱绶所说的谏止吴王濞叛也好,当不是无稽之谈的。根据是:

首先,我们从赋里可以看出,楚太子的病,其实并不是肉体上的病,而是思想上的病,是我们今天所说的政治病。否则,他何以听到吴客说:“将为太子奏方术之士有资略者,若庄周、魏牟、杨朱、墨翟、便蜎、詹何之伦,使之论天下之精微,理万物之是非;孔、老览观(评判),孟子持筹而算之(用算筹考核一下),万不失一。此亦天下要言妙道也。”病魔就霍然消失:“于是太子据几而起曰:‘涣乎若一听圣人辩士之言’……”一切疑虑都消失了,好像已经听到圣人辩士的言论。“涊然汗出,霍然病已。”出了一身大汗,病忽然间就好了。用“要言妙道”来治病,用“圣人辩士之言”来治病,这治的不正是今天所说的精神病、思想病、政治病吗?

其次,如果真的是日常生活的养尊处优,放纵腐化而引起的疾病,那么,拒绝吴客提出的以饮食游宴女色来治疗,固是合理;但排除听乐——优美哀伤动听的音乐,乘骑——乘坐“天下之至骏”,校猎——紧张雄壮的校猎,观涛——观看惊心动魄、“怪异诡观”的波涛,就未必尽是了。上述这些活动,不是正可以修身养性、强健体魄?由此我们也似可悟出,作者所要治的楚太子的“病”,与其说是肉体上的病,不如说是游戏玩乐荒废国事的病,是行为不端的病。

再次,也是最值得我们注意的是,枚乘是一个有政治头脑的、关心国事的赋家,这一点我们从他二谏吴王谋反即可看出。在吴王濞企图叛乱时,枚乘曾上书谏止。当吴王不听他的劝阻后,他即脱离吴王而径趋梁孝王门下。吴楚叛后,举兵四向,汉景帝被迫诛晁错以谢诸侯。枚乘这时又乘机上书吴王濞,劝他罢兵。但吴王终不用枚乘计,卒被擒灭。枚乘为什么一而再反对吴王谋反?这绝不是偶然的。《上书谏吴王》一开头就说:“臣闻得全者昌,失全者亡;舜无立锥之地,以有天下;禹无十户之聚,以王诸侯;汤武之土不过百里,上不绝三光之明,下不伤百姓之心者,有王术也。故父子之道,天性也;忠臣不避重诛以直谏,则事无遗策,功流万世。”后又强调:“积德累行,不知其善,有时而用;弃义背理,不知其恶,有时而亡……此百世不易之道也。”可以看出,枚乘是极讲究君王的仁德,极讲究君臣之义,极力反对诸侯王弃义背理,犯上作乱,阴谋篡国。枚乘这一套理论，当然是建立在封建正统观念的基础上的；但在客观上却有利于国家的统一和社会的进步，是值得肯定的。

在《上书重谏吴王》中，枚乘分析了吴国与汉王朝力量的悬殊对比，认为吴军不是汉军的对手，所谓“今汉据全秦之地，兼六国之众，修戎狄之义，而南朝羌、筰，此其与秦地相什而民相百，大王之所明知也。今夫谗谀之臣为大王计者，不论骨肉之义，民之轻重，国之大小，以为吴祸，此臣所以为大王患也。夫举吴兵以訾（量）于汉，譬犹蝇蚋之附群牛，腐肉之齿利剑，锋接必无事矣。”何况各诸侯国也多与吴作对，或绝其粮道，或阻其进军，或断其后援，使吴军处在十分不利的境地，所谓：“汉知吴之有吞天下之心也，赫然加怒，遣羽林黄头（习水战的军队），循江而下，袭大王之都。鲁东海绝吴之饷道；梁王饬车骑习战射，积粟固守，以备荥阳，待吴之饥；大王虽欲返都，亦不得已。夫三淮南之计，不负其约（指守约不从吴叛）；齐王杀身以灭其迹；四国（指参加叛乱的胶东、胶西、济北、淄川王）不得出兵其郡（指受齐阻击）；赵囚邯郸（指被汉将郦寄所包围），此不可掩亦已明矣。今大王已去千里之国，而制于十里之内矣！张韩将北地（指张羽、韩安国率梁军屯兵吴军北以拒吴），弓高宿左右（指弓高侯韩颓当绝吴粮道）；兵不得下壁，军不得大息……”由此可见，枚乘不仅懂政治，是一个具有进步思想的政治活动家，而且懂军事，对汉王朝与吴楚两方的力量对比、人心向背、战争的发展趋势有深入的了解和精到的分析。后来事态的发展证明，枚乘的分析是完全正确的。具有这样的深谋远虑，非一般人所能企及的政治见解和军事见解的枚乘，他是不会单纯为劝诫一个王国太子日常生活的养尊处优腐化堕落，而殚精竭虑去构思在西汉前期首屈一指的长篇鸿著；这篇散赋肯定是有所触而发,是含有作者深厚的政治动机的!

还有一点值得注意的是,这篇赋的表现手法与《上书谏吴王》有极相似的地方。枚乘写谏书的目的是反对吴王濞的谋反,但谏书里只字不提谋反事,不把这事直接点破,而是采用委婉曲折的暗示来表达。它先把尧舜禹的品德治理歌颂一番,继而对吴王所选择的危险道路表示迷惑不解:所谓"欲极天命之寿,敝(尽)无穷之乐,究万乘之势;不出反掌之易,以居泰山之安,而欲乘累卵之危"。但他并不点破"危于累卵"具体指什么,接下去讲救危息祸的唯一办法,就是停止自己的危险活动:所谓"就阴而止,景灭迹绝。欲人勿闻,莫如勿言;欲人勿知,莫如勿为;欲汤之沧(凉寒)……不如绝薪止火而已。不绝之于彼(指危险活动),而救之于此,譬犹抱薪而救火也"。最后指出为人要注意平时的积德行善,也即从日常生活中的一点一滴做起,时时严格要求自己。总而言之,枚乘的谏吴王书,自始至终没有说破他劝吴王为何事。

《七发》实际上也采用这种手法。赋表面上是为楚太子治病,但实际上别有所指。上文论述过,楚太子所患的是精神病、思想病、政治病,但赋不直说。赋采取步步深入、层层说开的笔法,也极似《上书谏吴王》的写法——从赋假托楚太子有疾,吴客去给他治病似也可以领略其中奥妙,因为作者根本没有事过楚,他何以了解楚太子的内情,何从加以诊视?赋的象征性是很明显的,我们绝不能止于看表面描写,应透过表面看实质,看内蕴。

还有一点也须提及:除吴王濞有叛逆行为外,其实梁孝王也是野心勃勃的。梁孝王是景帝的亲兄弟,同是窦太后所生。景帝说过,他死后,传位梁孝王。后戾太子被废,他即想嗣位。

由于爰盎等议臣的反对而未能得逞，他即怀恨在心，派人刺杀爰盎等十来人。梁孝王平时亦极骄横，随从“千乘万骑，出称警，入言跸，拟于天子”，一直是有野心的。而所有这些，枚乘都是看在眼里的。前面讲过，他既然反对吴王濞的谋乱篡国，那么他对梁孝王的不法行为，野心行径，自然也不会无动于衷。《七发》是否寄托着对梁孝王的劝诫，是很值得注意的一个问题。

总而言之，枚乘的《七发》，既是对楚太子疾病的诊治，也是对诸侯王疾病的医疗，同时也是对诸侯国王精神上、思想上、政治上疾病的治疗。联系到枚乘当时所处吴、梁具体背景，把这篇散赋理解为对吴王叛逆篡国的批判，对梁王野心谋国的劝告，也应当是合理的。这的确是一篇主题思想极含蓄、极深刻、极丰富的赋，值得我们进一步去探掘。

二

《七发》在艺术上的特点是极其鲜明的，这个特点就是表现在由骚赋向大赋发展的过渡性质上。

第一，韵散结合。汉赋的产生发展受《楚辞》影响是极深的，早期的赋家，他们的赋和《楚辞》是很难区别的：句式都比较整齐，押韵，带“兮”字调。如贾谊的《吊屈原赋》《旱云赋》《惜誓》全是这种情况。与枚乘同时代或稍后的赋家庄忌的《哀时命》、淮南小山的《招隐士》也是这种格式。由于它们与《楚辞》难以分开，所以刘向干脆把《惜誓》《哀时命》《招隐士》编入《楚辞》一书里。但枚乘的《七发》却别具一格，它开始了韵散结合,句子长短不齐;即使在韵文中,也不用“兮”字(在八大段中,只有一段偶尔用几个“兮”字);并使用了主客对话,为随后的司马相如进一步把汉赋发展到成熟阶段——大赋的正式成立——奠定了基础。试举开头一段加以说明。

> 楚太子有疾,而吴客往问之。曰:“伏闻太子玉体不安,亦少间(稍微好些)乎?”太子曰:“惫!谨谢客。”客因称曰:“今时天下安宁,四宇和平;太子方富于年,意者久耽安乐,日夜无极;邪气袭逆,中若结轖。纷屯澹淡,嘘唏烦酲;惕惕怵怵,卧不得瞑。虚中重听,恶闻人声;精神越渫(耗散),百病咸生。聪明眩曜,悦怒不平;久执不废,大命乃倾。太子岂有是乎?”太子曰:“谨谢客!赖君之力,时时有之,然未至于是也。”

这里,开头是散,当中“酲”“瞑”“声”“生”“平”“倾”叶韵,是典型的韵散结合;而且句子入韵时比较整齐,用散时就长短不一;又用人物的问答联结成文。这情况与骚赋是极不相同的,但与大赋代表作家司马相如的《天子游猎赋》却基本一致。《七发》已具备了大赋的主要特色了。

第二,篇幅渐长。汉初的贾谊,他的赋只有三五百字,其他同时代赋家的赋作,也大都是只有几百字,最长的《哀时命》也不过千把字。但枚乘的《七发》却发展到长达两千三百多字。这篇散赋共分八段,开头一段着重叙写楚太子的疾病。这段属于序曲,叙述事情的因由,也即提出问题。以下七段,每段叙写由吴客提出的一个治疗方案,让楚太子考虑,也即观察他的反应。先讲用龙门山上的桐制作的琴,奏出极其动听的歌曲,问太子愿不愿听。太子回答说,他有病,不能听。这也就是说,用这种办法,治不了太子的病。以下逐件写下去。写享受美味的饮食,乘坐名贵的车马,与门客歌伎泛览游观寻兴作乐,参与惊心动魄的畋猎活动,观看波涛汹涌惊奇万状的江潮。但所有这些,楚太子都不感兴趣,也即都治不了他的病。最后,吴客问:听听天下的"要言妙道"怎样?楚太子听后即出了一身汗,病忽然好了。这就是说,"圣人辩士"的"要言妙道"治了他的病。

这种写法很明显受到《楚辞》中《招魂》《大招》的影响,与先秦纵横家论说的表现形式也不无关系。它们共同的特点就是一件件说下去,层层推进,表现出雄伟阔大滔滔不绝的气势。在《七发》的直接影响下,随后出现了东方朔《七谏》、傅毅《七激》、崔骃《七依》、张衡《七辩》、徐干《七喻》、曹植《七启》、陆机《七微》、张协《七命》等一大批作品。"七"遂成为一种独特的文体,被文人们广泛地采用。

第三,虚构夸张的笔墨。这点表现得极为突出。如听琴一段对琴的描写:

> 龙门之桐,高百尺而无枝,中郁结之轮菌(指纹理屈曲细密),根扶疏以分离。上有千仞之峰,下临百丈之溪;湍流溯波,又澹淡之(指溪水冲击摇荡桐根)。其根半死半生。冬则烈风、漂霰(雪珠)、飞雪之所激也,夏则雷霆、霹雳之所感(撼)也。朝则鹂黄、鳱鴠鸣焉,暮则羁雌(失去配偶的雌鸟)、迷鸟(迷路的鸟)宿焉。独鹄(孤鸿)晨号乎其上,鹍鸡哀鸣翔乎其下。于是背秋涉冬,使琴挚斫斩以为琴……使师堂操《畅》(琴曲名),伯子牙为之歌。歌曰:"麦秀蔪(麦芒)兮雉朝飞,向虚壑兮背槁槐,依绝区(断绝

的道路)兮临回溪。”飞鸟闻之,翕翼而不能去;野兽闻之,垂耳而不能行;蚑、蟜(两种虫名)、蝼、蚁闻之,拄喙(支起嘴巴)而不能前。

这里之所以引出本段全文,是因为只有这样才能更好地看清它那夸张的全貌。作者写这段的用意,无非想说用名贵的琴,弹奏悲切的歌曲,以治疗疾病。但他不直说,却围绕一个“悲”字大做文章,如说制琴的桐,就要说它生长在龙门山上极其险峻的悬崖下深渊上,忍受着大自然各种灾害的袭击,以至于半生不死。不仅如此,还要让羁雌、迷鸟在树上栖息、哀鸣,还要用孤儿寡妇的身物做琴饰,而且要让著名的琴师奏出扣人心弦的歌曲,以致各种飞禽走兽昆虫也被它那悲切哀伤的歌声所吸引。为使整个画面充满着悲伤哀怨的气氛,作者从各个方面进行了极其夸张的描绘。

在这里还需指出的是,《七发》对饮食、戏游、畋猎等等夸张的笔触,已为司马相如、扬雄等大赋作家所继承并加以发展。试比较《七发》与司马相如《天子游猎赋》对畋猎的描写,《七发》写道:

将为太子驯骐骥之马,驾飞軨之舆,乘牡骏之乘。右夏服之劲箭,左乌号之雕弓。游涉乎云林,周驰乎兰泽,弭节乎江浔。掩青蘋,游清风,陶阳气,荡春心,逐狡兽,集轻禽。于是极犬马之才,困野兽之足,穷相御之智巧。恐虎豹,慑鸷鸟。逐马鸣镳,鱼跨麋角;履游麇兔,蹈践麖鹿。汗流沫坠,冤伏陵窘;无创而死者,固足充后乘矣!

《天子游猎赋》也写道：

> 楚王乃驾驯驳之驷，乘雕玉之舆；靡鱼须之桡旃，曳明日之珠旗；建干将之雄戟，左乌号之雕弓，右夏服之劲箭。阳子骖乘，孅阿为御；案节未舒，即陵狡兽，蹴蛩蛩，辚距虚；轶野马，辖騊駼；乘遗风，射游骐。倏眒（瞬）倩浰（迅速的意思），雷动猋至，星流霆击。弓不虚发，中必决眦；洞胸达掖，绝乎心系。获若雨兽，掩草蔽地。

从上面两段引文不难看出，两赋前后继承关系是极为明显的。写作的顺序都是先写出猎时的乘舆装饰、所佩带的强弓利箭，接着就是写对猛兽的追击射杀，最后自然是野兽尸首的狼藉了。有的地方甚至连内容句式都一样，如“驯骐骥之马，驾飞軨之舆”，“右夏服之劲箭，左乌号之雕弓”，“恐虎豹，慴鸷鸟”，等等。

当然，作为汉赋奠基者司马相如，他是不会照抄枚乘的旧文，他得力之处在于创新。他的赋比起枚乘的赋有很大的发展。这一点我们将在司马相如赋里加以论述。

第四，精细的叙事和描绘。这一点在整个汉赋中表现得极其突出，是汉赋表现方法上的基本特色，也是它在文学艺术史上的重要贡献，是文学艺术的一个重要进步。从此，由《诗经》《楚辞》所开创的抒情文学，便发展成为汉赋的叙事描写文学了。而在这个发展过程中，《七发》是起着关键性的作用的，在它之前或稍后，如贾谊的《旱云赋》和淮南小山的《招隐士》，虽然也有精彩的笔墨，但到底着墨不多，形不成气氛。枚乘的《七发》，通篇基本上都是叙事描写的笔触。我们从上述所援

引的例子已可以窥见一斑,这里再举被认为是最出色的那段关于观看江涛的描写:

> (江涛)似神而非者三:疾雷闻百里,江水逆流,海水上潮;山出内云,日夜不止。衍溢漂疾,波涌而涛起。其始起也,洪淋淋焉,若白鹭之下翔。其少进也,浩浩溰溰,如素车白马帷盖之张。其波涌而云乱,扰扰焉如三军之腾装(装束前进)。其旁作而奔起也,飘飘焉如轻车之勒兵。六驾蛟龙,附从太白;纯驰浩蜺,前后骆驿。颙颙卬卬(形容涛的高和盛),椐椐彊彊(形容涛前后相随),莘莘将将(形容涛前后相击)。壁垒重坚,沓杂似军行。訇隐匈磕(轰轰,涛声),轧盘涌裔,原不可当。观其两傍,则滂渤怫郁,暗漠感突(波涛愤怒不平的样子),上击下律,有似勇壮之卒,突怒而无畏。蹈壁冲津,穷曲随隈,逾岸出追(堆)。遇者死,当者坏……

这里着重写江涛的气象,也即运用比喻的手法,把江涛在不同阶段不同位置上的不同形态气势,具体、生动、形象地描绘出来。如对江涛初起时的一片细浪,就说它如一群白鹭纷纷降落;随后恶浪勃作,白浪滔天,就把它比作狂奔中的张着帷帐的白车白马。波涛汹涌云聚,自然又像军队的群集前进了。这些比喻都极生动恰切。

在这之前赋还有一段关于江涛的文字,但它不运用比喻手法,只直接叙述江涛的状态。如写江涛来到前,只说水力所凌驾的、所拔起的、所激乱的、所结聚的、所洗荡的,是语言文字所无法描绘的。这样写当然比较抽象、笼统。但也唯有如此,才与我们所列举的这段区别开来,使赋写来有变化。像《七发》这样对客观事物进行大量的精细的描绘,到司马相如等人的手里,就成了一股浩浩荡荡的巨流,成为我国文学艺术上的一种重要的表现方法。

孔臧其人及其赋

孔臧，鲁国人。其父孔聚，高祖功臣，封蓼侯。孔臧于文帝九年（前171）嗣父爵。武帝元朔二年（前127）拜太常。元朔三年（前126）坐事免。《汉书·艺文志》有儒家“太常蓼侯孔臧十篇”，诗赋家“太常蓼侯孔臧赋二十篇”。班固《两都赋序》提到：“而公卿大臣御史大夫倪宽、太常孔臧……时时间作。”李善注：“《孔臧集》曰：‘臧，仲尼之后，少以才博知名，稍迁御史大夫。辞曰：臣代以经学为家，乞为太常，专修家业，武帝遂用之。’”《四库全书总目》卷九十一“《孔丛子》三卷”条称：《孔丛子》凡二十一篇，“又以孔臧所著赋与书上下二篇附缀于末，别名《连丛》……其书《文献通考》作七卷，今本三卷，不知何人所并，宋晁公武《读书志》（按即《郡斋读书志》）云：……又《志》（指《汉书·艺文志》）于儒家孔臧十篇外，诗赋家别出孔臧赋二十篇。今《连丛》有赋，则非儒家之孔臧。公武未免附会”。晁公武认为儒家孔臧与诗赋家孔臧是两个人。《四库全书总目》作者不同意晁的看法。由此可见，对孔臧的《连丛》的真伪，早有不同意见。今人也多作存疑。但詹安泰、容庚等先生说：“以赋的体制和风格论，这些赋和（汉）初期各家的赋体非常类似，谅非后人所能虚模的。”（《中国文学史》）詹先生等人的意见是值得考虑的。

《连丛》现存赋四篇,即《谏格虎赋》《杨柳赋》《鸮赋》《蓼虫赋》。它们的体制的确极似汉初赋家的作品。如《谏格虎赋》的格式与司马相如的《天子游猎赋》的写法几乎如出一辙。《谏格虎赋》写亡诸大夫奉皇帝的命令,询问下国的情况,正遇上下国之君率将士畋猎,"昧爽(即昧旦,天将明未明之时)而出,见星而还,国政不恤,惟此为欢"。接着下国之君向亡诸大夫炫耀自己畋猎的细节,先是几乎把国土都辟为苑囿:"辟四封以为薮,围境内以为林。"然后是圈养禽兽,保护禽兽:"禽鸟育之,驿驿淫淫;昼则鸣嚾,夜则嗥吟;飞禽起而翳目,走兽动而审音(审声以知音),犯之者其罪死,惊之者其刑深。"再后是"车骑骈阗,被行冈峦,手击猛虎,生缚貙豻",最后是百姓欢呼万岁。结论是:"斯亦畋猎之至乐也。"亡诸大夫听后,自然对下国之君的"荒于游猎,莫恤(忧虑)国政"要批评一通。最后当然是下国之君接受批评,改过自新。这里,《谏格虎赋》与《天子游猎赋》有许多相似之处:(1)人物名称相似。《谏格虎赋》的亡诸大夫、下国之君就类似《天子游猎赋》的子虚、乌有先生和亡是公,分别代表天子与诸侯王,都是有意虚构的姓名。(2)结构相似。《天子游猎赋》也是先让子虚、乌有先生各自夸耀自己的主子楚王和齐王苑囿之大、畋猎之盛,随后让天子的代表亡是公把他们分别批评一番,最后自然也是子虚、乌有先生——实际上也是诸侯国王——的检讨忏悔。(3)使用语言和思想内容相似。试比较两赋的结尾。《天子游猎赋》写道:"'若夫终日驰骋,劳神苦形,罢车马之用,抏士卒之精,费府库之财,而无厚德之恩;务在独乐,不顾众庶;忘国家之政,而贪雉兔之获,则仁者不由也。从此观之,齐楚之事,岂不哀哉!地方不过千里,而囿居九百,是草木不得垦辟,而人无所食也。夫以诸侯之细，而乐万乘之侈，仆恐百姓被其尤也。’于是二子愀然改容，超若自失，逡巡避席，曰：‘鄙人固陋，不知忌讳，乃今日见教，仅受命矣！’”《谏格虎赋》写道：“‘顺君之心乐矣！然非乐之至也。乐至者，与百姓同之之谓。夫兕虎之生，与天地偕；山林泽薮，又其宅也。被有德之君，则不为害。今君荒于游猎，莫恤国政，驱民入山林，格虎于其廷，妨害农业，残夭民命，国政其必乱，民命其必散；国乱民散，君谁与处？以此为至乐，所未闻也。’于是下国之君乃顿首曰：‘臣实不敏，习之日久矣。幸今承诲，请遂改之。’”两赋都写了国王苑囿的广大，畋猎的壮盛；写国王追求“独乐”，“残夭民命”，国乱邦危；也写了国王（或其代表）最后的幡然醒悟。

但在这里，我们还可以看到，两赋之间还是有差异的。《谏格虎赋》的人名称呼、情节构筑、结构安排，比起《天子游猎赋》来，显得比较简单、幼稚、粗糙。如亡诸大夫、下国之君，就有点不像个名字，远不如子虚、乌有先生、亡是公三人的名字起得好，既像名字，又实属虚构。由此，我们似乎可以窥见到《谏格虎赋》产生于《天子游猎赋》之前的秘密。此赋当非伪作。

孔臧现存四篇赋，篇幅都很短小，文字也比较浅显易懂，情节比较简单，基本上是四言句，显示出它们幼稚的痕迹，这也正是两汉前期的赋的基本特征。当时，除少数一流赋家如枚乘、司马相如所写篇幅恢宏、技巧纯熟的大赋外，一般赋家都做不到这一点，孔臧即是其例。孔赋非伪作，由此也可见一斑。

四赋的思想倾向，都可归入儒家者流。《谏格虎赋》最为典型，它批评下国之君沉湎游猎，荒废国政，妨碍农时，正符合孔子所提出的“德政”“节用爱民,使民以时”的思想。《杨柳赋》写“朋友同好”在杨柳浓荫下“几筵列行,论道饮燕”,仍要做到“考以先王,赏恭罚慢,事有纪纲……饮不至醉,乐不及荒,威仪抑抑,动合典常;退坐分别,其乐难志”,看出也是按儒家的规矩行事的。《鸮赋》稍有例外,《鸮赋》与贾谊的《鹏鸟赋》一再申明的是什么“忽然为人兮,何足控抟(爱生之意也);化为异物兮,又何足患。小智自私兮,贱彼贵我;达人大观兮,物无不可。……怵迫之徒兮,或趋西东;大人不曲兮,意(亿)变齐同。愚士系俗兮,窘若囚拘;至人遗物兮,独与道俱。……其生兮若浮,其死兮若休;澹乎若深泉之静,泛乎若不系之舟。不以生故自宝兮,养空而浮;德人无累兮,知命不忧。”这是地地道道的等生死齐贵贱的老庄思想(对贾谊来说,当然是属一种愤激、一种自我宽慰的话)。而《鸮赋》却不尽如此,它说:“爰有飞鸮,集我屋隅;异物飞来,吉凶之符;观之欢然,览考经书;在德为常,弃常为妖;寻气而应,天道不渝。”很明显要用“经书”来作为判断吉凶祸福的根据。它批评贾生:“昔在贾生,有志之士,忌兹鹏鸟,卒用丧己。”它强调:“修德灭邪,化及其邻;祸福无门,唯人所求;听天任命,慎厥所修;栖迟养志,老氏之畴。爵禄之来,祗增我忧;时去不索,时来不逆;庶几中庸,仁义之宅;何思何虑,自令勤剧(犹勤奋)。”这里提出的“修德”、修身、天命、“中庸”、“仁义”等等,都是为儒家所倡导。当然其中也有老庄的东西,如对爵禄的排斥,对时运的冷漠,但此赋的基调还当属儒家。

说到这里,我们有充分理由指出,四赋表现出来的儒家思想倾向,正与《汉书·艺文志》把孔臧列入儒家者流相一致,这也正是四赋为孔臧所作的又一例证。同时也正可以推翻晁公武认为《汉书 · 艺文志》的儒家孔臧与诗赋家孔臧是两个人的论断。我们应当遵从《汉书 · 艺文志》的记载,把儒家孔臧与诗赋家孔臧认定是一个人,四赋是孔臧所作。这就是我们的看法。

司马相如评传*

一、赋家青少年时代与蜀郡成都

司马相如(前172?—前118),蜀郡成都(今四川成都市)人,我国古代文学史上最著名的赋家。他是汉赋的奠基者。他的赋左右了两汉四百年的赋坛,成为赋家们学习的榜样;对以后历代作家,也产生过巨大的影响。

但是,像司马相如这样一位继屈原之后的当时中国最杰出的文学家,不是产生在中原,而是出现在僻居西南的蜀郡成都,令人感到十分惊异和不解。因为在古人的心目中,蜀郡原是一个很偏僻、封闭、原始、落后甚至是野蛮的地方,包括后来的蜀郡作家自己也这样看,如传为扬雄所写的《蜀王本纪》就说,蜀的祖先称王的有“蚕丛、柏濩、鱼凫、开明”,“是时人萌(通‘氓’,也即‘民’),椎髻左衽(我国古代某些少数民族的服装,前襟向左掩,不同于中原人前襟向右掩),不晓文字,未有礼乐”。开明氏治蜀,已经是春秋中后期以后的事了,这时中原文化科学已极发达,许许多多伟大的政治家、思想家、文学家相继登上历史舞台,学术上出现了百家争鸣、百花齐放的盛况。

---

* 本文系与苏瑞隆合作。

可是蜀郡竟然还那么落后,那么蒙昧无知。开明以后的情况又是怎么样呢?《汉书·循吏传·文翁》说:“景帝末,(文翁)为蜀郡守……见蜀地辟陋,有蛮夷风……”到汉景帝末年(公元前156年景帝在位至公元前141年),司马相如已经近三十岁了,可是在班固等人的心目中,蜀郡的落后、蒙昧、野蛮状况好像也没有什么改变。如果情况果真如此,那么怎有可能产生像司马相如这样名冠全国的杰出赋家呢?这是绝对不可能的。为了企图比较合理地解释这个问题,有些人,譬如三国时蜀郡自己的文学家秦宓就说:“蜀本无学士,文翁遣相如东受七经(《诗经》《尚书》《礼记》《易经》《春秋》《论语》《孝经》),还教吏民,于是蜀学比于齐、鲁。”(《三国志·蜀书·秦宓传》)这就是说,蜀郡本来是中国大地文化上的空白点,只因为当时在那里当郡守的文翁派遣司马相如到中原去学习“七经”,学成后回乡教授弟子,蜀郡的文化才一下子提高上来,可以与儒家的故乡齐鲁一带媲美!当然,在秦宓的心目中,司马相如的文学修养也是到中原学习后才提高上去的。可是,秦宓这种说法是不符合事实的。

首先,是时间不对头,因为司马相如在文翁守蜀前就已做官了。《史记·司马相如列传》提到:司马相如在汉景帝时就做了武骑常侍。但他不喜欢这个官职,而酷爱辞赋,可是汉景帝偏偏不喜欢辞赋。正在这个节骨眼上,梁孝王进京来朝见景帝,跟着进京的有邹阳、枚乘、庄忌等一大批文士,相如很喜欢他们,就托病辞去武骑常侍一职,而到梁孝王的门下去游学。对梁孝王带着一大批文士进京的这段历史,我们从《汉书·文三王传》推知,当发生在梁孝王参与平定七国叛乱以后,也即景帝前元七年即公元前150年那一次。这也就是说,在景帝当皇帝的前期阶段。可是这时文翁还未守蜀呢！他守郡是在景帝后期，所以相如根本不可能充当“郡县小吏”被文翁派遣东出学经。况《史记》《汉书》本传也未曾有相如充当“郡县小吏”的记载。

其次是生活经历不对头，文艺思想不对头。按秦宓的说法，司马相如被遣东出学“七经”，学成后又回蜀传授“七经”，并且一下子把蜀郡的文化儒术提高到像齐鲁一样的水平，这当是一桩多么了不起的事件！他简直是个大经师，是建设蜀郡文化的功臣，这样的事，司马迁是肯定不会不知道的，可他却没有写，有这可能吗？班固写《汉书·司马相如传》，也基本上照抄司马迁的记叙。他在《汉书·儒林传》为西汉二十七名经师立传，在《循吏传》里对蜀郡守文翁倡导学经也大加赞赏，但对相如的活动却不沾一笔。他能这样无视司马相如的作为吗？不能。唯一可解释的是，秦宓的话纯属乌有子虚之事。再从《史记》相如本传所叙述的司马相如的活动经历看，他也根本不可能有时间进行过类似传经的活动，他一下子就以富家子弟的身份而得到郎官，所谓“以赀为郎”，做景帝的武骑常侍，紧接着就是到梁孝王的门下与诸生交游，梁孝王死后又立即回成都家居，不久就发生了所谓“窃妻”的事件，再后就为汉武帝作赋去了。他哪来的时间去从事治经传经的活动呢？司马迁与司马相如基本上是同时代的人，司马相如死时，司马迁已二十八岁了，他的说法比起后司马相如三百多年的秦宓自然要可靠，我们不能轻信秦宓的话。

司马相如的文艺思想与儒家的文艺思想也大相径庭。如以孔子为代表的儒家特别强调文艺的经世致用，为政治服务；在形式上注重崇真尚实，反对华饰。但司马相如却完全背道而驰，他的赋大都沉醉在文艺作品的娱乐作用上，并且为所欲为毫无节制地运用虚构夸张的笔法，写出文辞华丽至极的作品。也正由于他的赋与儒家的要求格格不入，所以千百年来才一直引起一些儒家信徒的批评，如《汉书·艺文志》说："汉兴，枚乘、司马相如，下及扬子云，竞为侈丽闳衍之词，没其风谕之义，是以扬子悔之。"司马相如等人一方面不注意作品的讽谏劝诫，另一方面又恣意骋腾文势，讲究华饰，所以当扬雄一转向推重儒经之后，他对自己早年从事的写作活动就表示了忏悔，他不再写赋了，他甚至回过头来狠批汉赋，鄙弃曾经被他推崇的老乡、老前辈、著名赋家司马相如。可见司马相如是绝不可能让文翁送到中原去学经，更不可能从事一系列的讲经传经活动。

那么，司马相如的杰出的文学艺术天才又是从哪里学来的呢？要回答这个问题，我们就得先破除上面扬雄、班固、秦宓等人所说的蜀郡文化落后、人民无知、风俗野蛮的谬论。这种看法，往往反映了古代中原人传统的观念，他们总以为只有中原先进文明，人们知书识礼、有文化，其他边远地区的人民都是愚昧无知、野蛮、不开化的。这种看法显然是片面的。因为中国历史上第一个伟大诗人屈原，就偏偏不是生长在中原，而是生长在被当时人们斥为"南蛮"的楚国。事实证明当时楚国的文化是相当发达的。蜀郡也正是这样。这个地区的文化也绝不像扬雄等人所说的那么落后。相反，那里的文化是相当发达的，否则，也就不可能产生像司马相如这样当时在全国是无与伦比的赋家。现在，人们对巴蜀文化的发展有两种看法：一种以为它有自己独立的体系，与中原文化迥异。另一种以为巴蜀文化与中原文化基本相同，差异只是表现在一些方言俗语上。

巴蜀文化是在中原文化的影响下发展起来的。我反对非此即彼的绝对化观点，我想巴蜀文化早期当有自己比较明显的特点。李白《蜀道难》写道：“噫吁嚱！危乎高哉！蜀道之难，难于上青天！蚕丛及鱼凫，开国何茫然！尔来四万八千岁，不与秦塞通人烟。……黄鹤之飞尚不得过，猿猱欲度愁攀缘。”蜀与中原之间有秦岭高山阻隔，在远古，人们是难于超越的。作为文学作品的《蜀道难》可能有夸张成分，但蜀道之难，却也是事实。晋朝蜀郡历史学家常璩在《华阳国志》里说过一个故事：蜀王在汉中山谷打猎时，遇到秦惠王。秦惠王送给他一竹箱金子，蜀王回赠一些珍玩，但这些珍玩很快变成灰土。惠王很生气，可是群臣却向他祝贺说：天授我王，王将得到蜀的国土。惠王高兴了，凿了五头石牛，把金子倒在牛屁股后，说是石牛屙下来的。蜀王看了很眼红，派使者去求石牛。惠王当然很是痛快地答应了，蜀王就派五丁力士迎石牛。为了迎石牛，就修了一条路，这就给秦灭蜀提供了方便。以后惠王就“从石牛道伐蜀”，灭了蜀国。

这个故事带有神话传说色彩，但秦惠王灭蜀却是历史事实；用石牛拉金子来骗取蜀王修入蜀道路可能有虚构成分。但这个故事至少说明，秦伐蜀为修通崎岖险峻的道路的确是费了一番心思的。这也正可以证明，在秦惠王灭蜀以前，蜀与外界的接触是不可能很多的，它肯定有自己的发展史，这当中当然也包括文化的发展史。

可是我们从司马相如的赋里也可以看得很清楚，司马相如的赋和他稍后的另一个蜀郡大赋家扬雄的赋，与中原地区著名赋家如枚乘、班固、张衡等的赋，他们所使用的思想材料、文字韵律，以及篇章结构等等，几乎是没有什么差别的，甚至连地方色彩也很难见到，更何况自成体系的文化呢！例如包括司马相如在内的赋家，他们所描述的对象，大都是大汉帝王们的宫室苑囿和帝王们的饮宴玩乐等等。他们所表现的手法，大都是虚构夸张的，词藻也都是相当华丽艰涩的，而且讲究韵律，注意气势。甚至连赋的结构格式，也多大同小异。总之，在司马相如赋篇上面，我们很难看到蜀郡固有的文化痕迹。这正可以说明，至迟到司马相如的时代，蜀郡的文化已极为发达，已可与中原文化并驾齐驱，而根本不像扬雄、班固、秦宓等人所说的那样，是文翁派人到中原去学经，蜀郡的文化才好像在一夜之间提高起来的。

蜀郡的文化与中原融为一体而发展起来的过程，文献缺少记载，我们难以详知。但从蜀与中原接触的过程中，我们是可以推测出一些大概的情况来的。这个问题是需要我们回答的，因为这是司马相如这个大赋家出现的社会基础、时代背景。

首先我们要肯定蜀有得天独厚的自然地理条件，这里土地肥沃，气候温和，雨量充沛，人类很早就在这里休养生息。如1951年发现的“资阳人”化石，距今已有数万年以上的历史。旧石器、新石器时代的遗物，更是时有发现。《华阳国志·蜀志》说，“周失纲纪，蜀先称王”；“七国称王，杜宇称帝”。说明战国时蜀已具备了国家的规模，那里的社会前进步伐与中原大体一致。但只有在蜀与中原频繁接触以后，那里的文化才得以突飞猛进。公元前475年以后，蜀两次派使入秦。公元前387年，蜀攻秦，取南郑（今陕西汉中）。公元前377年，蜀伐楚，取兹方（今湖北松滋）。但从公元前316年起，蜀便被秦所灭了。蜀被灭后，秦移民万户入蜀。秦昭王时，范雎把商鞅的新法推行于蜀。张若、李冰又相继守蜀。尤其是李冰，这个中国历史上著名的水利专家守蜀时,修筑了举世闻名的都江堰等水利工程,从而大大促进了蜀郡农业生产的发展,可能使蜀郡发展成为比当时六国更进步的地区。后来,秦又一再迁人入蜀。《史记·项羽本纪》说:“秦之迁人皆居蜀。”《汉书·高帝纪上》注引如淳说:“秦法:有罪,迁徙之于蜀汉。”吕不韦有食客三千,吕不韦迁蜀忧惧自杀,他的门下食客也有许多因而随迁。宦官嫪毐被秦始皇处死后,“舍人夺爵迁蜀四千余家”(《史记·秦始皇本纪》)。司马相如的岳父祖籍就是赵国,秦破赵后,也把他们强迫迁到蜀郡去。在这些被迁徙的人们中,自然会有大量的知识分子。如吕不韦的门客中,有许多就是帮他撰《吕览》的文士。又如司马相如岳父的先辈入蜀时,别人都怕走远路,纷纷向押迁的官吏行贿,要求就近落户;但他夫妇却愿意就远。他们走到临邛时,看到那里产铁,即留下来铸铁,很快成为蜀郡最著名的富翁。又:“程郑,山东迁虏也,亦冶铸贾椎髻之民(指当时的西南夷),富埒卓氏,俱居临邛。”他们都被司马迁写到《史记·货殖列传》上去。他们都是富商、巨贾、著名的实业家。试想,如果卓氏、程郑没有文化,他们能有这样的见地吗?他能经营自己那份上千人的大产业吗?而所有入蜀的这些文士、大产业家和前面所说的像李冰这样的郡守,他们自然要把自己的文化科学知识扩散到社会上去,从而促进了蜀郡科学文化的进步和提高。所以在蜀郡成就司马相如这样的大赋家是有迹可寻的,是有坚实深厚的社会基础的,并不是空穴来风,无迹可寻。

《史记·司马相如列传》说,司马相如“少时好读书,学击剑,故其亲名之曰犬子。相如既学,慕蔺相如之为人,更名相如”。这段话非常重要,可以窥见司马相如青少年时的志向、为人，很值得细细推敲。

大家都知道，蔺相如是一个敢于抗暴而又心胸开阔，能顾全大局，时时把国家放在心上的有识之士。据《史记·廉颇蔺相如列传》记载，秦昭王得知赵惠文王获楚和氏璧，即向赵王提出，“愿以十五城请易璧”。赵王进退两难，“欲予秦，秦城恐不可得，徒见欺；欲勿予，即患秦兵之来”。蔺相如说：“臣愿奉璧往使，城入赵而璧留秦；城不入赵，臣请完璧归赵。”相如携璧入秦后，看出秦王根本没有拿城换璧的意思，即诡称“璧有瑕，请指示王”。秦王把璧交给他，“相如因持璧却立倚柱，怒发上冲冠”。数说秦王之短，并声言：“大王必欲急臣，臣头今与璧俱碎于柱矣！”秦王担心璧被碰碎，不敢强夺，蔺相如连夜派人把璧送回国。并告诉秦王：“今以秦之强而先割十五都予赵，赵岂敢留璧，而得罪于大王乎？”秦王当然不会真心拿十五城去换璧，只好罢手，把蔺相如放回。这就是历史上著名的“完璧归赵”。这事可看出蔺相如的智与勇。后来。蔺相如又陪赵王到渑池（在今河南渑池县西十三里）去会秦王。秦王令赵王鼓瑟，并叫御史记下，某年某月，赵王为秦王鼓瑟，以示侮辱。蔺相如也趋前，令秦王击缶（盛酒的瓦器）。秦王不肯，蔺相如正告他：“五步之内，相如请得以颈血溅大王矣！”“左右欲刃相如，相如张目叱之，左右皆靡。”秦王无奈，“为一击缶”。相如也让赵御史写道：某年某月，“秦王为赵王击缶”。始终保住赵国的尊严。这事可以看出蔺相如不畏强暴的大无畏精神。

由于蔺相如接连为国立功，被委为上卿，位在名将廉颇之上。廉颇以为：“我为赵将，有攻城野战之大功，而蔺相如徒以口舌为劳，而位居我上。”“且相如素贱人，我羞不忍为之下。”因而声称：“我见相如，必辱之。”但蔺相如却不同他照面，有一次见廉颇来,马上“引车避匿”。门人指责他胆子小。蔺相如说:“以秦王之威而相如廷叱之,辱其群臣,相如虽驽,独畏廉颇将军哉!顾吾念之,强秦之所以不敢加兵于赵者,徒以吾两人在也。今两虎共斗,其势不俱生。吾所以为此者,以先国家之急而后私仇也。”这里可以看出蔺相如顾全大局识大体,急国家之急的爱国思想。我们在这里之所以不厌其烦地追寻蔺相如的事迹,无非想说明,蔺相如对司马相如的影响实在太大,我们从司马相如的一些行踪中,都可以窥见蔺相如的影子,如后文将提到的司马相如北上长安时在成都城郊桥上的题辞,如他两次不辱君命出使西南夷,如他不愿到汉武帝面前去献殷勤为武帝写诗作赋,而暗暗撰写《封禅书》——这在封建社会被认为只有大人物大手笔才有资格撰写的重要文章……这些,都是他紧步蔺相如,胸怀大志,希冀为国家效劳的表现。由此可见,他由犬子改名相如,是有深意的,这是表现他的大志,我们不可轻易放过。在这里,我们联想到前面提到的司马相如学击剑。有人以为相如这一举止仅仅表现当时文人的一般习气,恐不尽然。这当与他慕蔺相如的为人有关,也当与他的政治抱负联系在一起,这一点我们还可以从发生在稍前于他生活的年代、而他肯定能够知道的唐雎不辱使命和荆轲刺秦王中得到启示。唐雎用剑威迫秦王(即后来的秦始皇),制止秦王企图霸占安陵君的封地安陵(在今河南鄢陵县西北),相如当会知道,因为当时秦已灭蜀,这是发生在他的国家近代史上的大事。又如,比他晚生三十年左右的司马迁,尚能听到友人公孙季功、董生直接从秦王(即后来的秦始皇)的医生、荆轲刺秦王时用药囊掷荆轲从而保住秦王一条命的夏无且那里听到有关荆轲刺秦王的故事,并核实《战国策·燕策》(后来编的书名)有关此事的记载。这事也是发生在司马相如所在国，他当然也能知道。而这两件发生在司马相如所在国近代史上的大事，都与击剑有关，一个是成功的事例，一个因剑术不精而失败。司马相如学击剑，从司马相如慕蔺相如，司马相如后来所表现的为国立功立业的举止，我们不能不把它们联系在一起来加以考虑。只有这样，才不致湮没司马相如好读书、学击剑、慕蔺相如为人的丰富意蕴。

二、入京为武骑常侍，到客游梁，作《子虚赋》

由于相如的家境很富裕，因而给他提供了优越的学习条件，他可以专心致志地去读书练剑。到二十岁左右时，他已学完了先秦主要经籍，可以说是学富五车，而且练就了一手好文章，身体也很强壮，可以做官为国效劳了。按当时朝廷规定，有家产五百万钱以上的，可以做郎官；但得自备车马服饰到京师长安（今陕西西安），等候政府任用。这些条件相如都具备了。他极踌躇满志，准备做官去。这时约在景帝前元五年，即公元前152年，相如二十岁左右。

东晋常璩《华阳国志》说：“蜀郡城北十里有升仙桥，有送客观。司马相如初入长安，题市门：‘不乘赤车驷马，不过汝下。’”相如这个题辞，自然要夹杂着一些世俗的观念，如所谓出人头地、光宗耀祖、青史留名等等。但在这种狭隘的观念中更深深地隐含着其建功立业、报效朝廷（代表国家）的思想。这种例子在古代多得不可胜数。例如，项羽看到秦始皇游会稽,渡浙江,前呼后拥,好不威风,他便说:“彼可取而代之!”在羡慕、蔑视声中流露出其盖世的英雄气概。刘邦在咸阳远望秦始皇出行时的排场,也喊着:“大丈夫当如是也!”在倾慕中透露出他的凌云壮志。数百年后的李白,在天宝元年(742)受诏入京,也春风得意地高唱着:“仰天大笑出门去,我辈岂是蓬蒿人。”“天生我材必有用。”大约古人都是如此,相如也不例外,我们首先看到的是其积极面,即为国家建功立业的一面。——话说回来,常璩系蜀郡江原(今成都西崇州市)人,对蜀事见闻亲切可靠,他的书是我们今天研究西南少数民族的重要材料。他说司马相如出城北入长安,是可靠的,这是当时入长安的主要通道。

相如第一站当是梓潼(今四川梓潼)。这里早已进入川北山区,前面并排五座大山。相传秦惠王知蜀王好色,将五个女儿嫁给他。蜀王派五丁力士去迎接。归途至此,五丁力士看到一条大蛇睡在洞里,尾巴露在外头,便用力去拉蛇的尾,不幸山塌下来,五丁力士和秦惠王的五个女儿都被压死,并变成五座山。蜀王很伤心,将五座山命名为五妇冢。在山上建望妇堠、思妻台。但老百姓却把这五座山命名为五丁冢,以纪念五个勇士。因为幸亏力士把山拉倒,给后人进出蜀郡带来方便。这个传说虽多有虚构成分,但当也含有浓厚的纪念先人凿通蜀道之功的含义。相如当经过这里去长安。

相如再往北走经过的第一道关隘是剑门关,关在今四川北部的剑门山上。在一座横亘东西两面的高山峻岭间,神奇地出现一个缺口,宽不过十余米,一条山涧由南向北急泻,两边峭壁如刀切,宛如城门,无法攀登,故名剑门。这是极为险要的军事要地,自古就有“一夫当关,万夫莫开”的说法。秦惠王就是从这里攻入蜀国的。所以相如也当从这里出关。

出剑门不远就到了葭萌(在今四川广元市),这是古蜀王的弟弟葭盟的封地。葭盟王号叫苴侯,封邑叫葭萌。公元前216年,秦惠文王派司马错、张仪伐蜀。蜀王开明氏就在这里迎敌。结果挡不住,一路败退下来,直退到武阳(今四川眉山市),终于被秦军俘获,遇害。从杜宇禅位开明氏,蜀一共传了十二代,至此被秦灭。相如亦当循此道北上。

蜀国被灭,对相如来说,当不引以为憾,因为我们从他后来写的赋和出使西南夷,都可以看出他是一个主张汉王朝实行大一统的志士。他不会愿意看到僻居西南一隅的蜀国继续存在。

随后相如一路攀天梯,步石栈,来到褒斜道,这是人们横越秦岭的关键道口。《史记·货殖列传》说,关中南至巴蜀,"栈道千里,无所不通,唯褒斜绾毂(控制)其口"。在这里往上看,高峰插天,松木倒挂;向下望,深渊万丈,飞瀑湍流,险阻无比。不远的太白山,是中原地区最高峰,古代神话说,羲和坐着一辆车子,驾着六龙,载着日神,在天空中由东向西遨游,碰到这座高峰,飞不过去,只好掉过头来往回走。我们当然不会相信古代那些神话传说,我们只想说明,这里地势十分险要,相如入长安只能从这里经过。而这一路上美不胜收的祖国壮丽山河景色,也正好为他后来写作《天子游猎赋》提供了极好的素材。如果没有这段惊险的旅途生活,他可能写不出《天子游猎赋》里那些奇形怪状险恶万分的山势。这也正是我们要细述相如北上旅途经历的原因。

大约经过一个多月充满神奇欢快和劳累的旅途生活,他终于来到了大汉帝国的国都长安。刘邦定都关中时,因咸阳刚被项羽焚烧一空,只好先借驻秦旧都栎阳(在今西安市临潼区东北武家屯一带），公元前200年和公元前198年，长乐、未央两宫相继建成，刘邦才把国都迁入新城，也即后来著名的长安城，城在今西安市西北郊。长乐宫是在秦代的离宫——兴乐宫的基础上整修而成的，共有十四座殿台楼阁，刘邦就在这里接受群臣的朝拜，而尝到做皇帝的尊贵威风。未央宫是由开国名臣萧何主持建造的。这座宫殿造得特别华丽靡费，连刘邦见了都大吃一惊，他责备萧何："天下匈匈劳苦数岁，成败未可知，是何治宫室过度也？"但萧何想得更深，他说："以天下未定，故可因就宫室。且天子以四海为家，非令壮丽无以重威，无令后世有以加也。"刘邦听后恍然大悟，马上搬进去住。此宫前殿东西五十丈，深十五丈，高三十五丈，由四十多座殿台楼阁组成。这座宫殿当给司马相如留下深刻的印象，为他后来描写《天子游猎赋》提供了素材。公元前194年，汉惠帝又征集民工修筑长安外城郭，长安城也就初具规模了。

总的来说，西汉初年的几个皇帝，都是比较注意节约的。如汉文帝在位二十三年，"宫室苑囿狗马服御无所增益"。景帝也大体遵循他的父亲——文帝的路子走。所以司马相如这时所看到的帝都宫殿，和稍后写到《天子游猎赋》里的帝都宫殿比，是要逊色一些的。但比起蜀郡的首府——成都来，到底是不大一样的。关中的形势、物产和商业，也使相如大开眼界。长安的确是当时最理想的建都的地方。此时此刻，相如的思想自然是十分激动的，他满怀信心正想一步步去实现自己的理想。但万料不到的是景帝看到他那高大的身躯，强壮的体魄，一表人才，而且还能击剑，因而在表示好感之后，却要他做自己的武骑常侍。据《史记索隐》引张揖说，武骑常侍是"秩六百石，常侍从格猛兽"。原来是陪皇帝游猎玩耍，给皇帝当保镖。

汉代帝王们是很喜欢观看格杀野兽的，如当时皇上景帝的母亲窦太后推崇老子书，但《诗》博士辕固却贬老子书，以为他说的话和一般人说的话没有两样。窦太后听了很生气，就罚辕固入兽圈和野猪搏斗。景帝知道辕固心直口快，借给他一把利刃，把野猪刺死，才免遭厄运。这事可看出景帝养了不少野兽，目的是观看人与野兽的搏斗。后来汉成帝为了向胡人夸耀他圈养的野兽众多，曾命令右扶风地区成千上万的百姓进入秦岭捕捉虎豹熊罴等野兽，送到长杨宫的射熊馆，让胡人去同野兽搏斗，抓到即可拿走。成帝亲临观看。为此扬雄特写了一篇《长杨赋》，对成帝这种不正当的行为进行批评。汉武帝更是个狩猎迷，他常化装外出，他甚至喜欢“自击熊彘，驰逐野兽”。所以景帝需要司马相如这样一位击剑能手来保护自己的安全。但这些对于一个少有大志的司马相如来说，却未免是一个巨大的打击。他不甘心把自己的时间精力消耗在这种武夫便能完成的小事上，不愿担当这样的武职。还有一个问题令相如不快，就是景帝不喜欢辞赋这种新兴的文学，而司马相如在这方面却有一定的专长和偏爱。相如能够违背自己的愿望而默默无闻地混下去吗？不能！也正在这个节骨眼上——景帝前元七年，即公元前 150 年，梁孝王进京朝见景帝。随行的还有邹阳、枚乘、庄忌等一帮谋士文人赋家，司马相如很喜欢这一帮人，因而就托病辞去武骑常侍职，而到梁孝王的门下去做游士。梁孝王是景帝的胞弟，四年前，也即公元前 154 年，吴楚等七国叛乱，向汉王朝中央所在地长安进军时，军行到睢阳（今河南商丘一带），即被梁孝王挡住。随后梁孝王又配合王朝军队打败叛军，因而立了头等大功。先前景帝曾说过他死后传位梁孝王，这时，梁孝王更觉得自己是当然的接班人了。“于是梁孝王筑东苑，方三百余里，广睢阳城七十里。大治宫室，为复道，自宫连属于平台(在离宫)三十余里。得赐天子旌旗，从千乘万骑，出称警，入曰跸，拟于天子。招延四方豪杰，自山东游士莫不至，齐人羊胜、公孙诡、邹阳之属。”(《汉书·文三王传》)但由于爰盎等大臣的反对，梁孝王接班的目的始终不能达到，这事反正是最高统治集团内部权力再分配问题，孰是孰非，我们可暂时不管。但梁孝王由此而集中了一大批谋士、文人赋家，给他们提供从事政治活动和写作的条件，他本人也喜欢赋，又能尊重赋家，在客观上推动了汉代文学艺术的代表形式——汉赋的发展，却是事实。如西汉前期的主要赋家枚乘、邹阳、庄忌、公孙乘等人，都集中在梁孝王门下。现存西汉前期的主要赋篇，也多是在梁孝王门下写的。司马相如看到梁孝王这样尊重文士赋家和他们的写作，自然很羡慕，所以他就借口身体不好，辞去了景帝的武骑常侍一职，而到梁孝王门下来游学。梁孝王友好地接待他，安排他与枚乘等住在一起，给他们提供了很好的政治活动和写辞作赋的环境。

相如在梁期间，曾发生了一桩严重的政治事件：梁孝王因爰盎等大臣的反对，他继承景帝的帝位无望了，于是使与谋士羊胜、公孙诡等谋划，派人暗杀爰盎等议臣十余人。事情暴露后，梁孝王很恐惧，羊胜、公孙诡自杀，景帝因而疏远孝王。景帝中元六年(前144)孝王来朝，上疏要求留在京城，景帝不允许，回国后，心情郁郁不乐，六个月就死了。对梁孝王政治上的自大和谋杀议臣的不轨行为，枚乘、邹阳、庄忌等都是不赞同的。这些文士赋家有许多原先都是聚集在吴王门下，就因为吴王谋反，又不接受他们的谏止，才一起投到梁孝王门下。相如也当是与枚乘等一样，并不支持梁孝王的野心谋划。枚乘著名的《七发》,司马相如后来为汉武帝所激赏的《子虚赋》,都是在这时写的。《汉书·艺文志》说相如有赋二十九篇,相信有一些赋就是在这时写的。

但好景不长,梁孝王死后,梁国被分成几个小国,相如只好回到蜀郡成都去过家居的生活。

大约景帝中元六年(前144)年底,相如就由梁国回到成都。这次宦游前后计有八个年头。这时相如约二十八岁。

三、追求自由婚姻,作《美人赋》

相如回到成都时,父母早已谢世,家道也已中落,老家只剩下几间破屋,其余产业财物已荡然无存,实在没有办法生活下去了。所幸他过去的好友王吉这时在临邛做县令,这人很重友情,也肯帮助人,他说:长卿(相如的字)啊,你在宦海浮沉了多年,既然不成,生活又没有着落,就搬到临邛来住吧!相如没有办法,只好走这条路。临邛在成都西南百里,相如一天时间就赶到。老朋友相见自然十分高兴。对相如的才气、文章,王吉本来就很钦佩,经过几年游学的锻炼,相如更加老练,更令人敬重了。但就是怀才不遇,穷困潦倒。而且年已二十九,仍孑然一身,实在可叹。嗟叹之余,王吉心生一计,计划如此如此……相如当然愿意。于是在王吉的导演下,中国历史上有明文记载的有姓有名的第一出"窃妻"——私奔——实是冲破封建罗网而实行自由婚姻的喜剧就正式开幕了。

先是王吉假装着对相如的恭敬,每天去相如居住的都亭问候相如起居。开始,相如还勉强相见,随后,就推托有病回避了，让小童出来传达消息。这时王吉表现得愈加谨慎恭敬。临邛是个地下资源十分丰富的地方，这里有火井，也即我们今天所说的油气井，有盐井。利用火井煮盐水，一石水可得五斗盐。又有丰富的铁矿，炼铁业很发达。汉文帝时就将这里的铜铁矿赐给侍郎邓通。所以这里的富人很多。卓王孙有家僮（多是从少数民族买来的奴隶）八百人，程郑也有奴隶数百人。这些富人看到县令如此殷勤迎候相如，十分吃惊，就商量说，县令有贵客，我们也应该设宴招待他才是。于是就向相如发出邀请，并请县令来作陪。这一天宴席就设在卓王孙的府上，赴宴的主客济济一堂。县令也如期赴宴。但等到中午，司马相如还不来，派人去迎接，回报称相如有病不能来。临邛县令不敢先吃，赶快亲自去迎接。到这时，相如才装出不得已的样子，勉强前来赴宴。相如的一表人才，和由于有深厚的文化修养和丰富的宦游阅历而自然流露出来的雍容闲雅的风采，一下子把参加盛宴的主客都惊呆了。大家都贪婪地看着相如，频频点头，啧啧称赞，都以为能与相如共席、一睹相如之丰采而感到荣幸、满足。相如也开怀痛饮。酒过三巡，王吉奉上一把琴说："听说长卿喜欢操琴，请自己消遣一下吧（不敢说弹给大家听）！"相如辞谢了一番，也就不客气地把琴接过来，略为拨弄，即左手按弦，右手弹奏起来。

琴声宛转悠扬，低回反复，这是在倾诉自己的志向和对异性的爱慕和追求。相如为何要弹这样的歌曲呢？这里我们不得不把王吉的苦心说出来。原来王吉之所以装着对相如的敬重，就是为了引出富人卓王孙对相如的宴请；而宴请的目的，却是为了使相如得以与文君接触，从而成全他们之间的秦晋之好。王吉为什么这样热心呢？一则相如是他的好友，他自当帮忙；二则文君是个绝色的女子，可惜十六岁出嫁后丈夫随即死去，现回到娘家寡居。如果把相如与文君撮合在一起，不正是天生的一对吗？而相如的穷困生活也可以得到解决。王吉的意图，其实也正投中卓文君的心意，当相如到达时，她就在屏后窃看。她早已被相如的风流倜傥所吸引。心想，如果能同这样的人比翼齐飞，也不枉我一生一世了。

当卓文君正在屏风后激动而失神地偷看相如时，相如的第一支琴曲传来了。这琴声像一杯蜜，比蜜还甜，像一团火，比火还热，一下把她的心陶醉了，融化了，她听得简直如醉如痴。这不明明在倾诉对自己的爱慕吗？正在她心旌摇动不定的时候，接着，相如弹奏了第二支歌。

文君听到这支歌曲，消除了原先的一切疑虑。她深信相如在热恋自己，在挑逗自己，在暗示自己中夜私奔。想到这里，她又喜惧参半了。像相如这样的风流才子，能爱上自己自是令人心醉的。但一想到"中夜相从"，她却又有点犹豫了。因为在她眼前那些讲究礼教的经典像《礼记》《仪礼》，一下子都显现出来。这些书都规定男女的婚姻要经过纳采（送礼求婚）、问名（询问女方名字和出生年月）、纳吉（送礼订婚）、纳征（送聘礼）、请期（议定婚期）、亲迎（新郎迎新娘）等繁多的步骤。做妇女还要讲究"三从""四德"，"妇人之义，傅母不在，宵不下堂"（《春秋穀梁传》卷十六）。老人不在身边，妇女夜里连堂阶都不能下，怎么可以深夜私奔呢？况且《诗经》里有许多诗，如《鄘风·桑中》《王风·大车》，据说就是刺淫奔的。这些诗文卓文君都是熟读过的。私奔相如，这是多么严重地违反礼教的事啊！但文君随后又想到，婚姻当是男女双方感情的结合，自然应由男女双方自己来选择；如果让父母包办，不就可能重走一年前的老路,那时根据父母之命,媒妁之言,她被嫁给一个半死不活的阔少爷,结婚不到几个月,丈夫就病死了……想到这里,她脑子一下子豁然开朗,心情也踏实多了。正在这个时候,她的贴身丫头急急忙忙走进来,递上了相如派人送来的亲笔信。文君看了又羞又喜。她与丫头慌忙地换了一身衣服,连首饰都顾不得收拾,踏着月色,便急急往临邛都亭奔去。从卓府到都亭有十多里,文君从小娇生惯养,哪里走过这么多路。在丫头搀扶下,她深一脚,浅一脚,好歹跑到都亭,这时已是满身汗湿,气喘吁吁了。相如早已在那里等候。他迅速扶文君上车,即令车夫挥起鞭子,急速向成都奔去。第二天午后,他们就回到了成都老家。前面说过,相如的父母早已谢世,家境已一贫如洗。这时迎接他俩的,还只是父母唯一遗留下来的那间破屋子,果真是"家徒四壁立"。相如与文君只好简单地收拾一下,安了一张破床,便开始了他们的清苦生活。这时约在景帝后元元年(前143),相如约二十九岁,文君十七岁。

卓文君到底是在富裕家庭中长大的,生得十分娇弱,对粗茶淡饭实在难以适应。文君知道相如这里无亲无故可投靠,也难于得到友人的资助,但这样坐等下去,苦难哪有个尽头?她想了想,对相如说:咱们一起到临邛去吧,只要到了那里,向我叔伯兄弟——他们都是一些富翁——借一点钱就够咱们吃喝了,何必这样苦熬下去!相如也实在没有其他办法可想,只好同意文君的意见,一起又到临邛县来。他把自己的车马全部卖掉,买了一爿小酒店,文君亲自坐在垆边卖酒。相如也结上围裙,与仆役们混杂在一起,在店门中洗涮杯盘碗筷,宛如一个地地道道的酒保。

话说回来,文君夜奔相如的当晚,卓王孙就发觉了。他怒道:“女至不材,我不忍杀,不分一钱也。”也即说,文君没有出息,不知廉耻,他本可加以追杀,只因好歹是自己的骨肉,才不忍下此毒手,但决心不给她一分钱。这时相如文君因穷困又回到临邛来开酒店、干杂役,他认为这是件奇耻大辱,给他大丢面子,所以关起门来不见人。但王孙的兄弟们却都来劝他:你只有一个儿子两个女儿,欠缺的不是钱财,而是子女。现在文君已委身于司马长卿。长卿不愿再在官场混下去,虽家境贫寒,但人才很出众,是完全可以靠得住的,而且还是县令的客人,你为什么要这样侮辱他呢?卓王孙想来想去也没有更好的办法,只好分给文君奴仆百来人,钱百余万,还让她带走初嫁时的全部妆奁。文君便和相如相携回到成都,买田地,盖别墅,转眼间成了成都的富翁。——以上事件,《史记·司马相如列传》都有约略的记载。

相如还在住宅旁筑一琴台,日与文君饮酒弹琴作乐。小两口日子过得十分惬意,只是相如在生活上失于检点,酒色过度,以致最终为此而送命。这事《西京杂记》有记载:“长卿素有消渴疾,及还成都,悦文君之色,遂以发痼疾,乃作《美人赋》欲以自刺,而终不能改,卒以此疾至死。文君为诔传于世。”《西京杂记》这个记载当不是妄说的,因为《史记》《汉书》里的相如本传也都说过,相如“常(尝)有消渴疾,与卓氏婚,饶于财……”这是比较隐晦的说法。由此我们也可以推定,《美人赋》当作于这一次回成都。因为头次由临邛回成都是所谓:携艳潜逃,生活穷困,家徒四壁,文君郁郁不乐。那时相如是没有纵情取乐的条件的。这时约在景帝后元二年(前142),相如约三十岁,文君约十八岁。

在《美人赋》里,相如叙说了自己两次在女色的引诱下不起淫心,证明自己不好色:“臣之东邻,有一女子,云发丰艳,蛾眉皓齿……恒翘翘而西顾,欲留臣而共止,登垣而望臣,三年有兹矣。”但“臣弃而不许”。后东出郑卫,又遇一艳女,频频向他挑逗:“女乃弛其上服,表其亵衣(内衣);皓体呈露,弱骨丰肌;时来亲臣,柔滑如脂。”但“臣乃脉定于内,心正于怀;信誓旦旦,秉志不回;翻然高举,与彼长辞”。这赋与宋玉《登徒子好色赋》有许多相似之处,所写都是子虚乌有之事。其中有一首歌写得很好:“女乃歌曰:‘独处室兮廓无依,思佳人兮情伤悲,有美人兮来何迟,日既暮兮华色衰,敢托身兮长自私。’”

相如写这篇赋想自刺,但实际上并没有达到自刺的目的。他最后因纵欲过度及糖尿病加剧以致送命即是证明。这里,我们只想了解相如写这篇赋的用意就是了。所以,章樵在《古文苑·美人赋》题下注说:“美人者,相如自谓也。诗人骚客所称美人,盖以才德为美。相如乃托其容体之都冶,以自媚于世,鄙矣!”章樵这样厌弃相如,是不体察相如的用心。因为,假如相如不是一个美男子,怎么会有那么多佳人倾慕他呢?既不倾慕,又何以表现他在丽人面前的端庄自处、不好色呢?又如何达到自刺的目的呢?对相如这等托辞设喻,似没有指责的必要。

相如与文君在成都大约舒舒服服地过了四五年,兴致来了就吟诗作赋,弹琴弦歌,或相携到风景秀丽的锦江饱尝春色,颇为自在!

四、言语侍从生活，作《天子游猎赋》《谏猎疏》《哀二世赋》《大人赋》

公元前140年，汉景帝病逝，汉武帝继位。汉武帝是一个有雄才大略的帝王，一登位即有诸多改革，改变了汉初以来以道家思想为指导的清静无为政治，代之以儒家学说为装饰的多欲政治。汉武帝也有文才，喜欢辞赋，自己也会写诗作赋，这种新出现的形势，是很吸引着相如的。尽管目前逍遥自在的生活过得很惬意，但他还是希望在事业上能有所建树，能为国为民做一番事业。所以当汉武帝读到《子虚赋》而大加赞赏，以为作者不在世上。狗监（负责管理猎犬的官吏）杨得意说明这篇赋是他乡人司马相如写的。而武帝诏问相如时，相如马上承认，并迫不及待地向武帝讨好，要求献技。他说：《子虚赋》的确是我写的，但那是写诸侯的事，没有什么看头，让我给你写《天子游猎赋》吧！汉武帝当然会满足他的要求，武帝让掌管文书章奏的尚书官给相如提供笔墨和木简，让他去写赋。我们知道相如是一个才思横溢的赋家，但他的文思甚迟，有所谓“相如含笔而腐毫”的说法。为了写好这篇赋，他摈除了一切杂念，充分利用形象思维，专心致志地进行艺术构思，有时迷迷糊糊像睡，有时忽然醒悟惊叫起来，前后花了几百日才写成，真是费尽了心血。在赋里，相如设计了子虚、乌有先生和亡是公三个人，分别代表了各自的主子——楚王、齐王和天子三方。他先让子虚把楚王的游猎场所的辽阔富饶和游猎队伍的排场夸示了一番，再让齐王的代表乌有先生出场，说明齐王比楚王还要排场阔绰得多呢，只因为位在诸侯，不敢公开炫耀罢了。最后亡是公登台，他把子虚、乌有先生都狠狠地教训一通，指出：你们家的主子如果像你们说的那样，那可就不是个好君王了，要知道天子虽也曾有过无边无际的苑囿和浩浩荡荡的游猎队伍，但他觉得这样做不对，很快就改正了自己的错误，推倒苑囿围墙，让老百姓进去耕作；停止游猎，回到朝廷上去处理国家大事。赋最后以天子代表的胜利而结束，从而歌颂了天子的德政。这篇赋写成后，即送给武帝看。武帝只觉得满纸琳琅，美不胜收，赞叹了一番，即拜相如为郎官。这时是武帝建元六年（前135）左右，因为《史记·司马相如列传》说："赋（指《天子游猎赋》）奏，天子……以为郎……相如为郎数岁，会唐蒙使略通夜郎西僰中。"通夜郎是在武帝元光五年（前130），而相如这时已为郎数岁了。

武帝即位时，只十六岁，生活甚是放荡。建元三年（前138），"是岁，上始为微行，北至池阳（在今泾阳县），西至黄山（在今兴平市），南猎长杨（在今周至县），东游宜春（在今西安市东南），与左右能骑射者期诸殿门。常（尝）以夜出，自称平阳侯。……驰骛禾稼之地，民皆号呼骂詈，杜令欲执之，示以乘舆物，乃得免。又尝夜至柏谷，投逆旅宿，就逆旅主人求浆。主人翁曰：'无浆，正有溺耳。'且疑上为奸盗，聚少年欲攻之……后乃私置更衣，从宣曲以南十二所，夜投宿长杨、五柞等诸宫"（《资治通鉴·汉纪九》）。司马相如为郎后，武帝正好二十刚出头，身体强壮，更是为所欲为了。大约在建元四年（前137），武帝带着司马相如等一帮人到长杨打猎，"是时天子方好自击熊彘，驰逐野兽"。这是一件极其危险的活动。所以相如立即上疏谏止："今陛下好陵阻险，射猛兽，卒然遇轶才之兽，骇不存之地，犯属车之清尘，舆不及还辕，人不暇施巧，虽有乌获、逢蒙之技不得用，枯木朽株尽为害矣！是胡越起于毂下，而羌夷接轸也，岂不殆哉！”又说：“明者远见于未萌，而智者避危于未形；祸固多藏于隐微，而发于人之所忽者也。故鄙谚曰：‘家累千金，坐不垂堂。’此言虽小，可以喻大……”（《谏猎疏》）这些话好像仅批评汉武帝不该亲自搏拿凶兽，指出这样做的危险性，但实际是语含双关，它也隐含着对汉武帝政治上的批评，以为这种荒废朝政的行为如不加节制而任其发展下去，后果是不堪设想的：“胡越起于毂下，而羌夷接轸也，岂不殆哉！”如果我们拿这一点来和他同时期写的《哀二世赋》联系起来看，问题就更清楚了，他就是在警告武帝，如果不赶快停止你的轻举妄动，你的命运就有可能与秦二世一样，殷鉴不远呢！

《史记·司马相如列传》把这篇疏放在司马相如出使西南夷受金失官又复职以后来叙述，好像是元朔二年（前127）以后发生的事。但这时汉武帝已经当了十三年皇帝，阅历已深，也将近三十岁的人了，他似乎不会不顾及身家性命而如此胡作非为。所以司马迁行文中使用了不肯定口气：“（相如）常（尝）从上至长杨猎，是时天子方好自击熊彘，驰逐野兽，相如上疏谏之。”司马光《资治通鉴·汉纪九》把这篇疏放在武帝建元三年（前138）来叙述，好像此疏作于建元三年。这是不大可能的，因为这一年相如才应诏晋京。他随后花了几百日写《天子游猎赋》，时间当已跨入建元六年（前135）。随后他才因献赋而得武帝赏识，被召为郎，此后他才有资格随武帝外出游猎。《通鉴》的《考异》在文末指出：“此（指《谏猎疏》等）多非今年事；因庄助救东瓯及微行始出终言之。”是有道理的，我们认为，这篇疏的写作最早也要在建元六年以后。

汉武帝这次游猎路线当与建元三年(前138)一样,是从西边的长杨宫转到东南的宜春宫。历史上出名的无道昏君秦二世就葬在宫的东边宜春苑里。据《史记·秦始皇本纪》记载,秦二世与赵高合谋,用卑劣的手段夺取了帝位,因害怕大臣不服和诸公子同他争斗,便肆意杀戮大臣和诸公子。先后被杀的有甚得人望的其长兄扶苏等二十二人和名将蒙恬、丞相李斯等。后又听信赵高谗言,不同公卿议事,而专与赵高狼狈为奸,一切朝政大事均由他俩议决。二世又毫无限制地征集徭役赋税,继续扩建奢侈已极的阿房宫,推行"繁刑严诛"暴政,以致"蒙罪者众,刑戮相望于道","天下苦之,自君卿以下,至于众庶,人怀自危之心"。所以秦二世篡位不到一年,陈胜、吴广就发难了。三年后,秦二世即为赵高所杀,秦王朝也随即在农民起义的声浪中土崩瓦解了。对秦二世这种任用权奸、听信谗言、严刑峻法、杀戮随心、滥取民财、挥霍无度的罪恶行径,司马相如自然是深恶痛绝的,他趁汉武帝路过这里,立即写了《哀二世赋》献上去:"弥节容与兮,历吊二世;持身不谨兮,亡国失势;信谗不寤兮,宗庙灭绝。呜呼哀哉!操行之不得兮,坟墓芜秽而不修兮,魂无归而不食。"把秦二世的罪行揭示出来,让武帝看到"持身不谨"的严重后果。相如写《天子游猎赋》时花了几百个日日夜夜,写了洋洋洒洒数千言。这时为了现场说教,必须马上把赋献上去,不允许写长文章,所以这篇赋只写了一百五十多字。这是相如现存赋中最短的一篇。但因写赋的目的性明确,所以赋的针对性还是很强的。从这里也可以看出,相如当时的政治热情还是很高的。他时时都在审视着武帝的一举一动,他希望武帝摈除邪恶,励精图治,做一个好皇帝。

紧接着,大约在元光二年(前133),司马相如又写了《大人赋》。当时的背景是这样：

这一年，汉武帝开始了狂热的寻仙活动。据《史记·孝武本纪》《封禅书》记载，有一个方士叫李少君，原是高祖功臣深泽侯赵将夕的孙子赵修的舍人，但他隐瞒了自己的年龄和经历，用他的方术到处骗人。有一次在武安侯家饮酒，座中有一个九十多岁的老人，李少君说他曾同老人的祖父在某处习射过。老人当时还很幼小，但记得这个地方，因而引起了满座的惊奇。随后李少君被召进宫。武帝拿出一铜器问李少君，李少君信口就说出这是齐桓公十年陈列在青州柏寝台上的器具。武帝让人细找铭文，果如李少君所说，君臣们又是一番骚动。武帝对他深信不疑了。李少君说："祠灶则致物，致物而丹砂可化为黄金，黄金成以为饮食器则益寿，益寿而海中蓬莱仙者乃可见，见之以封禅则不死，黄帝是也。臣尝游海上，见安期生。安期生食巨（或作'臣'）枣，大如瓜。安期生仙者，通蓬莱中，合则见人，不合则隐。""于是天子始亲祠灶，遣方士入海求蓬莱安期生之属，而事化丹砂诸药齐（剂）为黄金矣。""居久之，李少君病死，天子以为化去不死……而海上燕齐怪迂之方士多更来言神事矣。"十几年后——当时相如已病逝——又有一个方士叫栾大，是个官迷，想当官，当不成，便设词欺骗武帝说，他来往海中，曾遇到仙人安期生、羡门等，只因为自己太卑贱了，仙人不相信自己，否则，不死之药可以拿到，仙人也可以请到。武帝也深信不疑。为了让仙人相信，提高了他的地位，马上封栾大为五利将军。过个把月，栾大得四印，佩天士将军、地士将军、大通将军、五利将军印。后来武帝又封他为侯，将卫长公主嫁给他。"天子亲如五利之第，使者存问供给相属于道。自大主（指武帝姑）将相以下，皆置酒其家献遗之。"

"(栾)大见数月,佩六印,贵震天下,而海上齐燕之间,莫不扼腕而自言有禁方能神仙矣!"像这样的例子在汉武帝身上随时可见。

汉武帝不仅常派遣方士入海求仙,寻不死之药,而且自己也多次亲临东海,希望与神仙直接相会。在这期间,尽管也常常发现自己受骗,他也为此而先后杀掉几个方士,如著名的方士少翁,上面提到的栾大,就是在骗术败露后被他杀掉的。但他终不觉悟,深信神仙可以请到,不死药可以得到,他想成仙简直想得入迷了,他说,如果能像黄帝那样成仙升天,抛掉妻子就像扔破鞋一样,毫不足惜。所以当时很多人来钻他这个空子,"齐人之上疏言神怪奇方者以万计","然无验者,乃益发船,令言海中神山者数千人求蓬莱神人"。他简直把中国的东半部搞得神号鬼哭,妖雾弥漫了。

就在汉武帝贪生怕死、大搞求仙寻药之初,相如就敏感地抓住这个问题,写作《大人赋》来加以讥刺。据《史记·司马相如列传》称:"相如见上(指武帝)好仙道,因曰:'上林之事,未足美也,尚有靡者。臣尝为《大人赋》,未就,请具而奏之。'"从字面看,相如写《大人赋》也好像是为了满足汉武帝的好仙欲,其实那是在说反话,就像他写《天子游猎赋》那样,他听说武帝喜欢《子虚赋》便说:"然此乃诸侯之事,未足观也,请为《天子游猎赋》。"表面上是为了迎合汉武帝的淫奢,实则在对武帝进行委婉的劝诫。《大人赋》的描写也正是这样。赋先写道:"世有大人兮,在于中州;宅弥万里兮,曾不足以少留;悲世俗之迫隘兮,朅轻举而远游。"这里的大人,实指武帝。武帝虽富有天下,但他仍感到区域狭小,欢乐无多。因而赋随后写大人离开中州,浮游仙乡天国,足迹遍及天上地下四面八方。可是哪里有理想的地方呢？他见到长生不死的仙人西王母，但见他“皬然白首，戴胜而穴处兮，亦幸有三足乌为之使”。他无限感慨地喊着：“必长生若此而不死兮，虽济万世不足以喜。”像西王母这样野居穴处，孤独寂寞，虽长生不死，又有什么乐处？后来大人又转到“寒门”，但那里又有什么可留恋：“下峥嵘而无地兮，上寥廓而无天；视眩眠而无见兮，听惝恍而无闻。”这种道家追求的空寂的至高境界，也不是真正的乐土。“相如以为列仙之传居山泽间，形容甚臞，此非帝王之仙意也，乃遂就《大人赋》。”（《史记》本传）看出相如是有意这样来亵渎贬抑神仙，以为神仙还不如我大人自己，这不就把神仙批评、否定了吗？至于武帝读后，反而“飘飘有凌云之气，似游天地之间意”，作品没有收到预期的效果。这个问题比较复杂，不单是赋本身所能负全责。这里，有赋的弱点问题，也有读者自身的立场、思想、理解、接受问题，而且后者往往是更重要的。试想，历史上不是有许许多多政治家、政论家，他们都直截了当地公开批评最高统治者的过失？可是最高统治者见到批评后就改了吗？没有。持这种态度批评汉赋的人，实际上是把文学艺术的作用夸大了，把文学艺术抬到不适当的地位上。

《史记·司马相如列传》把这篇赋放到相如当孝文园令（前125）以后来叙述。班固的《汉书·司马相如传》完全照抄。但我以为这样安排是不一定妥当的。《史记》相如本传说：“相如见上好仙道，因曰：‘上林之事，未足美也，尚有靡者。臣尝为《大人赋》，未就，请具而奏之。’……乃遂就《大人赋》。”从行文即可看出，《大人赋》的写作，是紧接《上林赋》（实即《天子游猎赋》）之后，也即汉武帝赞美“上林之事”，他马上写比“上林之事”还要更加靡丽的《大人赋》。这从《天子游猎赋》的写作情景也可以得到旁证:“上(指武帝)读《子虚赋》而善之……相如曰:‘……此乃诸侯之事,未足观也,请为《天子游猎赋》。’”汉武帝夸赞《子虚赋》,相如听后马上写比《子虚赋》还要奢靡的《天子游猎赋》。《大人赋》的写作背景与《天子游猎赋》完全一致,甚至连司马迁自己叙述的口气也一样。再说,如果按司马迁的安排来推论,相如拜孝文园令约在公元前125年,而我们前面推断,《天子游猎赋》应作于公元前135年,两者相距达十来年。难道相如会老拿十年前的旧作来炫耀吗?司马迁之所以这样安排,可能是囿于司马相如的一段话:“相如见上好仙道,因曰:‘……臣尝为《大人赋》,未就,请具而奏之。’……乃遂就《大人赋》。”就是说,相如在汉武帝第一次,也即元光二年(前133)开始追求神仙之时,就草拟《大人赋》——相如草拟《大人赋》不可能在此之前,因为那时汉武帝还没有什么迷信神仙的举动——但“未就”,《大人赋》还没写完,只是写了一个初稿,所以到相如当孝文园令后,也即武帝第二次更狂热地追求神仙——元狩四年(前119),被方士少翁、文成弄得神魂颠倒时,才赶快改定《大人赋》,奉献武帝。我们不相信司马相如这个“未就”的说法,我们以为这是作者狡黠的笔法,用此以邀取帝王的欢心。还有,如果说《大人赋》的草拟、完稿都在元狩四年,似乎也讲不通,因为武帝第一次闹神仙笑话时,相如政治热情很高,他不写赋讽谏,等第二次闹神仙丑闻时,他写赋的积极性已大不如前了,反而写赋劝止。《大人赋》的草拟完稿不大可能在元狩四年。

五、出使西南夷，作《喻巴蜀檄》《难蜀父老文》

大约在元光五年(前130),相如的老家蜀郡发生了一件震惊朝野的大事:鄱阳令唐蒙奉命以中郎将(《史记》《汉书》均作郎中将)身份设法谋取夜郎、僰中。唐蒙在巴蜀征集了一千来名的官员和两万余名转运粮饷的民工,还运用军兴法——战时的军事法令——诛杀了一些少数民族的首领。唐蒙这些做法,并非自己独出心裁,他基本上是按照汉武帝的旨意行事的。(参见《史记·西南夷列传》)可是,当这些做法一旦引起了巴蜀人民不可避免的恐惧和骚动时,汉武帝就把责任推到唐蒙身上,派司马相如去责备他,说唐蒙的作为违背了皇上的原意,并要巴蜀人民放心。汉武帝这样做,其实也正是最高封建统治者所一贯使用的手法,有功归自己,有过罪他人。司马相如当然知道其中的奥妙,所以他到巴蜀后,即写了一篇《喻巴蜀檄》来晓喻朝廷的旨意,以稳定民心。全文有四百多字,但其中指责唐蒙的只有下面几句:“今闻其(指唐蒙)乃发军兴制,惊惧子弟,忧患长老,郡又擅为转粟运输,皆非陛下之意也。”而其他四百字却全是教训、指责百姓:“今(唐蒙)奉币役至南夷,即自贼杀,或亡逃抵诛,身死无名,谥为至愚,耻及父母,为天下笑。人之度量相越,岂不远哉!然此非独行者之罪也,父兄之教不先,子弟之率不谨也!寡廉鲜耻,而俗不长厚也;其被刑戮,不亦宜乎!”“陛下患使者(指唐蒙)有司之若彼,悼不肖愚民之如此,故遣信使(相如自指)晓喻百姓以发卒之事,因数之以不忠死亡之罪,让三老孝弟以不教诲之过。”这篇檄文真有点杀气腾腾的味道,它正准确地传达了汉武时期开边拓土的进取情势和要老百姓作出必要牺牲的严厉政策。当然,汉武帝并没有说可以肆意杀戮,相如也不赞成这样做。但要百姓忍受一些必要的牺牲,为国家作出应有贡献无疑是这篇檄文的主旨。

相如回京汇报,唐蒙已谋取夜郎,并征发巴、蜀、广汉三郡士卒数万人去修筑道路。但连修两年,还是未能修通,士卒多有死亡,而且耗资巨万。巴蜀人民和朝廷公卿如公孙弘等都说这事不合算。也正在这个时候——元光六年(前129),邛都夷(分布在今四川西昌市一带)、筰都夷(分布在今四川汉源县一带)的君长听说南夷归顺大汉后,得到很多赏赐,十分羡慕,他们也愿效法南夷那样入朝称臣,并请汉王朝派官吏去帮助治理。汉武帝拿不定主意,征求相如的意见。相如回答说:邛都夷、筰都夷和冉、駹夷(分布在今四川茂县一带)都靠近蜀郡,道路也容易修通,秦时曾经设立郡县,到汉兴后才断了关系,现在如果同意他们归顺,设立郡县,那将比在南夷设郡县要更为有利。汉武帝认为司马相如的意见很有道理,就拜他为中郎将,持符节出使西夷。又派王然于、壶充国、吕越人为副使。于是相如乘坐四马驾的传车,气宇轩然地入蜀。蜀郡守百官都到郊外远迎,县令亲自为他背箭做前导。这可是应了相如出蜀时的誓愿:不乘赤车驷马,不回蜀郡!的确是荣耀无比。这时老丈人卓王孙和临邛诸公当然改变了对相如的态度,都到相如下榻的地方献牛酒庆贺。卓王孙赞赏女儿有眼力,叹息自己没有及早把女儿嫁给相如。随后,他又分给文君许多钱财,让她和兄弟享受同样的待遇。

司马相如招抚西夷的工作进行得很顺利,邛、筰、冉、駹、斯榆的君长都归顺了汉王朝，成为王朝的内臣。这样，西至沫水（即今大渡河）、若水（即今雅砻江），南到牂柯江（即今贵州的北盘江），也即今四川的西南部和贵州省的大部地区，一下子并入汉王朝的版图。为便于与内地联系和加强治理，又凿通了零关道（在今四川芦山），架起孙水（今四川安宁河）大桥，官道可以直通邛都（今四川西昌东南）。相如回京把上述情况向武帝作了汇报，武帝听了当然很高兴，嘉奖了他一番。

在司马相如出使时，蜀郡长老不但说通南夷不合算，通西夷也是得不偿失，朝廷大臣也多持这看法，一时弄得满城风雨。为此，相如就写了一篇《难蜀父老文》，批评了蜀郡的反对派，讲明了自己的使命，让百姓知道汉武帝的意图。这篇文章写得很有气魄，文章采用使者的口气训斥耆老大夫、缙绅先生说："盖世必有非常之人，然后有非常之事；有非常之事，然后有非常之功。非常者，固常（人）之所异也。故曰：非常之原，黎民惧焉；及臻厥成，天下晏如也。"这就是说，伟大人物的作为，开始往往不为人们所理解、所接受，可是当他的事业成功以后，天下就共享其福了。文章指出，作为一个"贤君"，他就不能因循守旧，而要"创业垂统，为万世规"；他应该"驰骛乎兼容并包，而勤思乎参天贰地"。如果天地间没有得到他的恩泽，他就要感到耻辱。现今，西南夷"政教未加，流风犹微；内之则犯义侵礼于边境，外之则邪行横作，放弑其上"。所以武帝要通西南夷："使疏逖不闭，阻深暗昧得耀乎光明，以偃甲兵于此，而息诛伐于彼；遐迩一体，中外禔（平安）福，不亦康乎！……斯乃天子之急务也。百姓虽劳，又恶可以已哉？"文章批评了什么"仁者不以德来，强者不以力并"，"割齐民以附夷狄，弊所恃以事无用"等陈词滥调和自私保守思想。这篇文章又一次准确地表达了汉武帝的开边拓土、经营边陲四夷的雄心壮志。这也正是司马相如得意之时的得意之作。从文章开场白“汉兴七十有八载”一句,可以推断这篇文章是元光六年(前129)写的。因为从公元前206年汉高祖刘邦开始当皇帝算起,到这一年正好七十八年。

六、免官家居,作《长门赋》

但好景不长,随后有人弹劾他出使西南夷时接受贿赂,因而被免官。此后,相如与文君便闲居长安西郊的茂陵县。这时约在元朔元年(前128)。

由于政治上的失意,相如思想情绪甚是低落。靠着文君再次从她父亲那里分得的一份厚实家财,相如生活又极其优裕。这时,他渐渐沉浸在生活的小圈子里了。他托人在茂陵县物色了一位绝色女郎,想聘为妾。这事被文君知道后,她表示了强烈的不满,因为这说明相如没有信守临邛誓言。所以文君写了一首《白头吟》诗,表示要与相如决绝。现存宋郭茂倩所编的《乐府诗集》收有《白头吟》两首,一为《宋书·乐志》所载,晋乐所奏。其词曰:“皑如山上雪,皎如云间月,闻君有两意,故来相决绝。平生共城中,何尝斗酒会;今日斗酒会,明日沟水头;蹀躞御沟上,沟水东西流。郭东亦有樵,郭西亦有樵,两樵相推与,无亲为谁骄。凄凄重凄凄,嫁娶亦不啼,愿得一心人,白头不相离。竹竿何袅袅,鱼尾何簁簁,男儿欲相知,何用钱刀为!龇如马啖萁,川上高士嬉,今日相对乐,延年万岁期。”另一首为《玉台新咏》所载,内容大体相同,但稍短。《乐府诗集·相和歌辞·楚调曲上》说:“《古今乐录》曰:‘王僧虔《技录》曰:《白头吟行》歌古“皑如山上雪”篇。’《西京杂记》曰:‘司马相如将聘茂陵人女为妾,卓文君作《白头吟》以自绝,相如乃止。’”好像这首诗为卓文君所作。但学术界多以为,西汉尚难出现像《白头吟》这样比较完整成熟的五言诗,此诗可能是后人附会之作。这个问题现在还不能下断语,但相如读了文君的诗后,深感自己行为之有失,马上打消了不光彩的念头,却是事实。中国历史上有文字记载的第一对自由恋爱而结婚的情侣终于得到维护。相如与文君相敬相爱如初。文君一直陪伴相如,直至相如走完人生的征途。

这里有必要多说两句。我们必须明确指出,相如在女色上的确有过分的追求,前面说过的他过分沉浸在对文君的绝色上,纵欲过度,以致糖尿病复发,以及这里所说的企图纳妾都可说明这个问题。这是有损于他的形象的,我们不必为他回护。但我们对此也无须过责,因为这往往是古代一个像司马相如这样多才多情的文人的通病。

大约就在相如免官闲居期间,他还为陈皇后阿娇写过一篇《长门赋》,企图挽回陈皇后被废的困境。陈皇后原是武帝姑母馆陶公主刘嫖的女儿。汉武帝小时,馆陶公主曾问他:“得阿娇好否?”武帝答曰:“若得阿娇,当以金屋贮之。”(《汉武故事》)这就是历史上著名的金屋贮娇的故事。由于馆陶公主当初曾力荐武帝为皇太子,所以武帝当太子后,就娶她的女儿阿娇做妃子;即帝位后,又封她的女儿阿娇做皇后。但由于陈皇后阿娇恃宠骄妒,又不生子,所以武帝渐渐冷落厌弃她。建元二年(前139),武帝姊平阳公主送歌妓卫子夫入宫,武帝便移情于卫子夫,“陈皇后闻之,恚,几死者数矣”。元光五年(前

130),“女巫楚服等教陈皇后祠祭厌胜,挟妇人媚道”,“事觉,上使御史张汤穷治之。汤深竟党与,相连及诛者三百余人。楚服枭首于市。乙巳,赐皇后册,收其玺绶;罢退,居长门宫”。(《资治通鉴·汉纪十》)陈皇后被废掉了。但传说陈皇后不甘心自己的失败,她奉送黄金百斤为相如文君取酒,请相如替她写一篇赋以解悲愁。相如接受了陈皇后的请求,就写了这篇赋。

赋在描写陈皇后被废“独居”后,夜以继日地愁思和苦闷,描绘得很细致、深刻,很有层次,富有感情,亦符合情理。先是“期城南之离宫,修薄具而自设”,在宫室里排好酒菜,盼君王来临。但希望落空:“君曾不肯乎幸临。”她接着很自然要走出宫室,登高望远:“登兰台而遥望兮,神恍恍而外淫。”痛苦绝望中尚存一线希望。但她在兰台上看到的是成双成对的孔雀、凤凰,触景生情,她更加难受了:“心凭噫而不舒兮,邪气壮而攻中。”赶快从兰台上下来而周流徘徊于宫内。这时她满眼是色彩斑斓的雕梁画栋,热闹无比。赋这样写,也就更反衬出女主人公心情的孤寂和索寞。日落夜临,她的心境自然更彷徨无依更惆怅了:“日黄昏而望绝兮,怅独托于空堂。”漫漫的长夜如何送走?唯有借琴消愁:“援雅琴以变调兮,奏愁思之不可长。”但琴也是弹不下去。“无面目之可显兮,遂颓思而就床。”很自然,她只有颓唐地倒在床上。“忽寝寐而梦想兮,魂若君之在旁;惕寤觉而无见兮,魂迋迋若有亡。”梦中与君王相聚,醒来自然更感彷徨惆怅。“夜漫漫其若岁兮,怀郁郁其不可再更。”愁思百结,长夜难明,女主人公的痛苦到了极点了。赋最后以“妾人窃自悲兮,究年岁而不敢忘”作结,以悲代怨,以念代恨,更深深地敲打着读者的心扉,激起人们无限的同情,手法是很高明的。总而言之,《长门赋》是一篇很好的抒情小赋,具有很强的感染力。后代的怨诗,很受它的影响。

但由于这篇赋的小序有“相如为文以悟其上,陈皇后复得亲幸”等,与历史事实不合,陈皇后没有复得亲幸,几年后就死了。同时《汉书》本传和《外戚传》均未载此事,所以后人据此而认为此赋是伪托的。但学术界至今仍倾向把《长门赋》作为司马相如作品看待,其理由是:序是后人加上的,错在序的作者。明朝大文学家王世贞则说:“《长门》‘邪气壮而攻中’语,亦似太拙,至‘揄长袂以自翳,数昔日之愆殃’以后,如有神助,汉家雄主例为色殢(沉溺于色),或再幸再弃不可知也。”其意为《长门赋》是相如写的,汉武帝读《长门赋》后,可能再幸陈皇后,但后又把她抛弃。我想补充的是,从陈皇后的为人看,她请相如作赋也是完全可能的。陈皇后与武帝结婚后一直不生儿子——这对陈皇后地位的巩固是个严重的威胁;为了消除这个威胁,她“与医钱凡九千万,欲以求子”(《资治通鉴·汉纪九》)。就是用巨额的金钱馈赠医生,希望医生帮她生个儿子。由于陈皇后的骄妒,又不生子,武帝渐渐把宠幸转到卫子夫身上。陈皇后为了除掉这个情敌,她竟让巫师给卫子夫刻了一个替身的木偶人,埋在地下,加以诅咒,企图让卫子夫早死。可以看出陈皇后为了改变自己的不利地位,她是什么手段也使得出来的。所以,她被贬长门宫后,也绝不会心甘情愿坐以待毙,她送相如黄金百斤,求相如为她写赋以期感动武帝,是完全可能的。

再从相如这方面来说,他既可以使用不光彩的手段让卓王孙分与文君一部分家产,出使西南夷时可以“受金”——接受贿赂,他为什么不可以接受陈皇后的“奉金”买赋?从相如一生的活动看,他的行为是很"浪漫",很随便的。何况,这样的事在当时并不丢脸,在他之前的吕不韦,就曾悬赏:有谁能给他的《吕氏春秋》增损一字,就赠送"千金";在他之后的蔡邕,就是一个著名的谀墓得金的能手,他自己坦白:"吾为碑铭多矣,皆有惭德,惟郭有道(郭泰,汉末名士)无惭色矣。"再说,相如既可以为迎合汉武帝的口味而主动频频献赋,他为什么不可以应陈皇后的请求而为她作赋分忧呢?从这篇赋所表现出来的浪漫夸张、铺张扬厉的手法看,也极似相如其他赋的笔法。因为陈皇后被废贬入长门宫是在光元五年(前130),所以这篇赋的写作当在光元五年以后,大约在元朔元年(前128)左右。

七、从郎官到孝文园令,为乐府写作诗赋,作《封禅书》

一年以后,武帝觉得像司马相如这样一个有文才的人物弃置不用,也委实可惜。他可以给自己写诗作赋,歌功颂德,点缀升平,还可以满足自己的耳目之欲呢!所以武帝决定把相如召回来,让他挂一个空衔——郎官。这事大约发生在元朔二年(前127)。

元朔四年(前125)前后,武帝又改拜相如为孝文园令,就是充当汉文帝陵墓的守墓人。这个官职与司马相如最早的一个职务——景帝的武骑常侍一样,是位卑禄薄的六百石的小官。从这里再一次清楚表明,汉武帝根本无意重用相如,让他参与军国大事。这事也不能全怪武帝。这实际上是由相如所从事的活动——写赋,也即赋家的地位所决定的。我们知道,在两汉,赋家们虽生活在帝王身边,但他们的社会地位却是极低下的。如枚皋说过“为赋不如相如”,“又言为赋乃俳,见视如倡,自悔类倡也”。(《汉书·枚乘传》)枚皋的赋多是奉命而作的。这种赋要符合帝王的口味,满足他们的需要,让他们从中得到欢快,因此往往要追求更多的趣味性。枚皋在这方面可能走得更远些,这里有他自己的弱点。但关键还是人们瞧不起赋家,把他们视为俳优——古代杂戏、滑稽戏一类演员;看成倡——古代的歌舞演员。而倡优自古就被人们瞧不起。《国语·越语下》说:“今吴王淫于乐,而忘其百姓,乱民功,逆天时,信谗,喜优,憎辅,远弼,圣人不出,忠臣解骨。”这里把国君喜欢倡优和听信谗言看成是同样的大坏事,并置优人于辅弼大臣的对立面,以为国君如果喜欢倡优,就必然会厌弃疏远大臣,就必将导致贤才忠臣的逃离,不能为国所用。《管子·立政九败解》也说:“然则国适有患,则倡优、侏儒起而议事矣,是驱国而捐之也。”以为国将有忧患,就会出现倡优、侏儒预政,从而把国家推向灾难的深渊。这里简直把倡优看成罪恶的渊薮,人们既害怕他们,又鄙弃他们,汉武帝不过是继承了前人的衣钵罢了。他当然要把赋家看成是倡优一类人物,只是供自己精神上的享受,满足他们耳目之欲,而不愿从政治上加以重用。这也正如鲁迅先生曾深刻指出的:“中国的开国的雄主,是把‘帮忙’和‘帮闲’分开的,前者参与国家大事,作为重臣;后者却不过叫他献诗作赋,‘俳优蓄之’,只在弄臣之列。”汉武帝的这种态度,对从小就有大志,想效蔺相如为国家建功立业的相如来说,自然是个很大的打击。所以鲁迅先生接着说:“不满于后者的待遇的是司马相如,他常常称病,不到武帝面前去献殷勤。”(《且介亭杂文二集·从帮忙到扯淡》)

话说回来,不管武帝在对待赋家时其主观的动机是如何的不纯正,甚至严重地挫伤了赋家的积极性,但客观上,武帝对汉赋的繁荣和发展,还是起到了积极的作用的。由于他的提倡、鼓励,相如等一大批赋家集中到他的周围,努力为他写赋。班固在《两都赋序》里说:“赋者,古诗之流也。……至武、宣之世,乃崇礼官,考文章,内设金马、石渠之署,外兴乐府、协律之事,以兴废继绝,润色鸿业。……故言语侍从之臣,若司马相如、虞丘寿王、东方朔、枚皋、王褒、刘向之属,朝夕论思,日月献纳,而公卿大臣御史大夫倪宽、太常孔臧、太中大夫董仲舒、宗正刘德、太子太傅萧望之等,时时间作。……故孝成之世,论而录之,盖奏御者千有余篇,而后大汉之文章炳焉,与三代同风。”这段话准确地描绘了汉赋在西汉武、宣、元、成时的盛况,不仅文人作家写赋,公卿大臣写赋,地方官吏写赋,武夫学子写赋,连汉武帝本人也写赋,而且还是“时时间作”,“日月献纳”,完全沉浸在忙碌欢快的写诗作赋之中。所以到成帝时,仅“奏御”,也即奉献给皇帝的,就有千余篇,而没有奏御的,以及“言语侍从”“公卿大臣”以外写的赋,就不知有多少了。这个空前繁荣的汉赋园地,汉武帝是有开辟之功的,而其主将却是司马相如。

司马相如还积极参加汉武帝建立乐府机关的活动,为乐府机关写诗,成为这个机构的台柱子。《汉书·礼乐志》说:“至武帝……乃立乐府,采诗夜诵,有赵代秦楚之讴,以李延年为协律都尉,多举司马相如等数十人造为诗赋,略论律吕,以合八音之调,作十九章之歌。”现存汉乐府有《郊祀歌》十九章,这十九章中必有司马相如的作品。当然,这些诗思想性都不高,文字也很晦涩,《史记·乐书》说:“通一经之士不能独知其辞,皆集会五经家,相与共讲习读之,乃能通知其意,多尔雅之文。”这与相如等赋家在赋里表现出来的比较艰深晦涩的文辞是一致的。《资治通鉴·汉纪十一》把汉武帝立乐府系在元狩三年(前120):“是岁(指元狩三年),得神马于渥洼水中,上方立乐府,使司马相如造为诗赋……”《通鉴》这个系年是可信的,因为这时司马相如离逝世还有两年,还可以作诗赋。但《汉书·礼乐志》却把立乐府与祭后土于汾阴泽中方丘联系在一起,而祭后土事是在元鼎四年(前113,《资治通鉴》《汉书·武帝纪》对此无异词),这时司马相如已死了五年,这是不可能的,因而是错误的。

大约在元狩四年(前119),也即相如去世前一年,他终于完成了自己的一桩夙愿,写了一篇《封禅文》。所谓“封禅”,就是在泰山的山上和山下祭祀天地,以报答天地的功德。这当然是表面文章,骨子里自是帝王借以宣扬自己的功德。因为假如帝王自以为无功德可说,他还要报答什么天地?所以,历史上只有那些自认为建立了丰功伟绩的帝王,才敢于举行封禅典礼,所谓“功成治定”“告成功于天”。也正因此,历代封建帝王对封禅都十分重视,认为是国家的大典。他们借此可以向国人夸示自己的政绩,向外人显示王朝的威风。古代文人对此亦另眼看待。司马迁的父亲司马谈临死前表示,以不能跟随武帝去泰山封禅而感到遗恨万分。司马迁在《史记》里特地写了一篇《封禅书》,记述了古代帝王有关的封禅活动。他引用管仲的话说,往古在泰山举行封禅典礼的有七十二君。以后文人歌颂的文章就更多了,以至成为一种文体。刘勰在《文心雕龙·封禅》篇里,对这种文体的特点作了系统的总结。司马相如对“封禅”这么重视,殚精竭虑地写作《封禅文》,也正是受这种传统思想的影响。刘勰在《文心雕龙·封禅》篇里给司马相如的《封禅文》以极高的评价:“观相如《封禅》,蔚为唱首;尔其表权舆,序皇王,炳元符,镜鸿业,驱前古于当今之下,腾休明于列圣之上,歌之以祯瑞,赞之以介邱,绝笔兹文,固维新之作也。”这也即是说,《封禅文》是汉代最早出现的佳作,它说明了封禅的渊源,叙述了帝王的事迹,显示了美好的符瑞,反映了盛大的功业,把古代帝王都比下去,让汉武的光辉腾耀于列圣之上,是一篇绝好的文章,是一篇崭新的文字等等,可以说是吹捧到家了。但刘勰这样说,也正足以让我们看到这篇文章的致命伤,这篇《封禅文》,的确为汉王朝、为汉武帝大唱赞歌。且看它称颂汉王朝:“大汉之德,逢涌原泉,沕潏漫衍,旁魄四塞,云布雾散,上畅九垓,下溯八埏,怀生之类,沾濡浸润……”汉武帝呢?“陛下仁育群生,义征不憓,诸夏乐贡,百蛮执贽,德侔往初,功无与二,休烈浃洽,符瑞众变……”封建帝王没有大功是没有资格举行封禅的。汉武帝举行封禅的条件完全具备了。但他还要逊让:“陛下谦让而弗发。”在一片请求声中:“愿陛下全之。”汉武帝才勉强答应:“于是天子沛然改容曰:‘愉乎,朕其试哉!’乃迁思回虑,总公卿之议,询封禅之事。”在相如笔下,汉武帝不仅圣明,而且谦恭有加。相如为汉武帝的粉墨登场举行封禅真可以说挖空心思了。当然,汉武帝是一个有作为的帝王,他有功于国家,但这与为举行封禅而对武帝瞎吹乱捧是另一回事。相如这样做,是隐藏着个人的目的的。鲁迅先生一眼就看穿相如此举的动机。鲁迅先生说:由于汉武帝把赋家看成“弄臣”,只能“帮闲”,司马相如对此甚为不满,他不到武帝面前去写诗作赋了,“他常常称病,不到武帝面前去献殷勤,却暗暗的作了关于封禅的文章,藏在家里,以见他也有计画大典——帮忙的本领，可惜等到大家知道的时候，他已经‘寿终正寝’了”。这就是说，相如通过写作《封禅文》，委婉地向汉武帝表示，他也有“帮忙”的本领，他有经国的才能，说得更明白一点，就是他可以做大官，参与管理军国大事。但汉武帝终不加任用。在这里，鲁迅先生深刻地揭示了封建统治阶级的政治偏见和压制人才、摧残人才的实质，以及由他们制造的广大知识分子所遭受到的历史性的悲剧。这当然是主要的。另一面，也暴露了封建时代文人庸俗的一面。

相如大约写完了这篇封禅文，由于用思太剧，加上糖尿病的长期折磨，这时身体已很坏了，所以就辞官回茂陵家居治病。但糖尿病这种顽疾是难于治疗的，所以病越来越重。汉武帝得知这种情况，就说：“相如病重了，应该快去把他的书全部拿来，要不然，以后就会散失了。”等武帝派所忠赶到相如家，相如已经死了，家里已经没有书了。所忠问文君，文君说：长卿从来就没有存书，因为他时时写书，又时时被人取去，所以家里空空。但长卿生前，曾写过一卷书，还吩咐说：等皇上派使者来求书时可把这卷书奏上去。其他书就再也没有了。这一卷遗书就是上面提到的那篇《封禅文》。所忠把这篇《封禅文》上奏武帝，武帝读后很惊异，对相如又有一番赞叹。武帝没有料到相如看得那么远，想得那么周到，而且很符合自己的心愿，他早就想举行封禅，把自己的武功文治宣扬一番，只是时机还不成熟，还没有足够举行封禅的政治资本，怕人家议论，怕大臣阻挡呢！直到相如逝世以后八年，也即元封元年（前 110），武帝才正式举行封禅大典。

班固在《汉书·艺文志》中说，司马相如还有讲解文字的《凡将篇》一篇，“赋二十九”篇，《史记·司马相如列传》说他还有《遗平陵侯(苏建)书》《与五公子相难》《草木书》等,但现在除了我们上述征引的诗赋文檄之外,其他文章都已遗失了。《史记》本传说相如"善著书",又引用文君的话说:"长卿固未尝有书也。时时著书,人又取去,即空居。"可见他有许多著作在他生前就已散失,文君都说不出个题目来。与相如基本同时代的人司马迁以及后百年来的班固,自然更无法知道了。班固《汉书·司马相如传》之所以照抄《史记》相如本传,也可能同他看不到一些新材料有关。作为东西两汉最著名的赋家司马相如,至今只给我们留下寥寥几篇著作,实在是很遗憾的,这是一个无法弥补的损失。

八、汉赋的奠基者

司马相如是我国文学史上最杰出的赋家,汉赋的奠基者,在历史上备受推崇。《西京杂记》卷二载:"司马长卿赋,时人皆称典而丽,虽诗人(指《诗经》的作者们)之作不能加也。扬子云(扬雄)曰:'长卿赋不似从人间来,其神化所至邪!'(此语见扬雄《答桓谭书》)子云学相如为赋而弗逮,故雅服焉。长安有庆虬之,亦善为赋,尝为《清思赋》,时人不之贵也,乃托以相如所作,遂大见重于世。"元祝尧在《古赋辨体》里也记载:"林艾轩又云:'相如赋之圣者,子云、孟坚(班固字)如何得似他自然流出?!'"明王世贞说得更具体,他说:"《子虚》《上林》材极高,辞极丽,而运笔极古雅,精神极流动,意极高,所以不可及也。长沙(指贾谊)有其意而无其材,班(固)张(衡)潘(岳)有其材而无其笔,子云有其笔而不得其精神流动处。"(《艺苑卮言》卷二）司马相如几乎把所有大赋家都比下去。

我曾有专文论证过汉赋的产生与发展的过程。我认为汉赋是在《诗经》《楚辞》以及先秦的倡优、纵横家等文化遗产的哺育下发展起来的。荀子至汉初的贾谊、枚乘、邹阳、庄忌、公孙诡、羊胜、淮南小山、孔臧等等是汉赋产生发展初期的作家；至司马相如的《天子游猎赋》，汉赋的发展才趋成熟，汉赋的体式才趋定型；在此之后的扬雄、班固、张衡等大赋家所写的赋作，都难出司马相如赋所设的樊篱。我们指相如为汉赋的奠基者，正是据此而定的。

据《汉书·艺文志》记载，相如有赋二十九篇，但我们今天能见到的却只有上文所谈到的《史记》相如本传所记载的《天子游猎赋》（《文选》误分为《子虚赋》与《上林赋》两篇）、《大人赋》、《哀二世赋》和《文选》所载的《长门赋》、《古文苑》所载的《美人赋》。另外，还有仅存残句的《梨赋》和仅存篇目的《鱼葅赋》《梓桐山赋》以及其成名之作的《子虚赋》。在这些赋中，《天子游猎赋》最负盛名，它奠定了司马相如在赋史上不可替代的地位。

由于《天子游猎赋》是如此之重要，而其创作时代又正值西汉政治形势急剧转变的关头，所以，我们有必要考订其确切的写作年代，从而较准确地估计它在当时所起的作用。而要考订其写作时代，关键又在于确定它的命名，因为如果像萧统所说的那样，它包含着《子虚赋》与《上林赋》两篇，那么它们的写作年代就不会在同一时间内了。

《天子游猎赋》自从萧统的《文选》问世以后，就一直被强分为《子虚赋》和《上林赋》两篇。萧统这个分法是不科学的。

首先，他违背了《史记·司马相如列传》的记载。《列传》

称:相如"因病免,客游梁。梁孝王令与诸生同舍。相如得与诸生游士居。数岁,乃著《子虚》之赋"。又说:"上(指汉武帝)读《子虚赋》而善之,曰:'朕独不得与此人同时哉!'得意曰:'臣邑人司马相如自言为此赋。'上惊,乃召问相如。相如曰:'有是。然此乃诸侯之事,未足观也,请为《天子游猎赋》。'"可见《子虚赋》与《天子游猎赋》是在不同时间、不同地点写的不可混淆的两篇赋:一个是在梁孝王的门下写的,一个是在汉武帝的朝廷上写的。

《史记》在"请为《天子游猎赋》"后面紧接着说:"相如以'子虚',虚言也,为楚称;'乌有先生'者,乌有此事也,为齐难;'无是公'者,无是人也,明天子之义。故空藉此三人为辞,以推天子诸侯之苑囿,其卒章归之于节俭,因以风谏。"后面还有:"赋奏,天子以为郎。无是公言天子上林广大,山谷水泉万物,及子虚言楚云梦所有甚众,侈靡过其实。"这些话正好概括了《天子游猎赋》的全部内容,包括被萧统误分出去的所谓《子虚赋》。

《史记》的作者司马迁和司马相如是同时代的人(司马迁比司马相如小三十来岁),他的记载在一般情况下自然要比往后六百多年的萧统的说法较为可靠。生于后司马相如一百多年的班固,他对司马迁记载也未曾提出异议,他原封不动地把《史记》对司马相如的记载搬入《汉书》。

其次,萧统的分法违背了创作的一般规律。《史记》相如本传说,相如"会景帝不好辞赋,是时梁孝王来朝,从游说之士齐人邹阳……相如见而说之。因病免,客游梁。梁孝王令与诸生同舍……数岁,乃著《子虚》之赋。会梁孝王卒,相如归"。我们知道,梁孝王"来朝"一共八次,文中所说的梁孝王来朝,当指景帝前元七年,即公元前150年那次。又按梁孝王卒于景帝中元六年,即公元前144年,那么《子虚赋》的写作时间当在公元前145年左右。

而萧统所说的《上林赋》(即《天子游猎赋》的后半部,其实也就是我们所说的《天子游猎赋》)又作于何时呢？史无明文,但我们仍能推测出个大约的时间来。《史记·司马相如列传》记载:“赋(指《天子游猎赋》)奏,天子以为郎……相如为郎数岁,会唐蒙使略通夜郎西僰中。”又据《史记》相如本传所收的《难蜀父老文》称:“汉兴七十有八载(当即汉武帝元光六年,前129)……今罢三郡之士,通夜郎之涂,三年于兹。”则通夜郎在武帝元光三年,即公元前132年。而这时相如已因奏赋而为郎数岁了,可见萧统所说的《上林赋》,当作于公元前135年左右。可是这个写作时间与《上林赋》的写作时间相去竟长达十年之久。而按创作的一般规律,如果《子虚赋》与《上林赋》两篇的原来面目真如《文选》所收的那样,那么它们本来就是不可分割的一篇完整的赋作,它们写作的构思当在公元前145年完成。可是谁能相信,公元前145年构思成熟的一篇赋作,拖到公元前135年才动手写？一篇洋洋大赋,只开了个头(《子虚赋》其实不过是《天子游猎赋》的一个引子),就辍笔不写了？

再次,从赋本身的构造来看,《文选》的分法也是极不妥当的。因为《天子游猎赋》从其题材的选择,情节的处理,人物的安排,都可以看出它是经过作者苦心经营的一篇完整严密的赋作,《文选》所称的《子虚赋》,其实只不过是整篇赋作的开头部分,如果缺少后半部,即《文选》所说的《上林赋》作续,它就不能表现出完整的主题思想。《上林赋》虽是赋作的重心,但如果失去了《子虚赋》这部分,它也将成为没头没脑的东西。所以,硬要把原来的一篇赋扯成两半,那么它们也将因不完整而不能独立,并因此而失去其应有的意义。

顺便说一下,萧统把班固的《两都赋》分为《东都赋》和《西都赋》,把张衡的《二京赋》分为《东京赋》和《西京赋》,也同样是不合适的,我们应该恢复范晔在《后汉书》里的称呼。

从"上(指武帝)读《子虚赋》而善之,曰:'朕独不得与此人同时哉'"看,武帝所"善"的《子虚赋》,也不会是《文选》所称的《子虚赋》,因为汉武帝是个能诗会赋唯我独尊的人物,他不会去激赏那个没有尾巴而且只"为楚称""为齐难"的《子虚赋》。汉武帝垂青的《子虚赋》,当是《天子游猎赋》以外的另一篇。

又次,从时代背景看,矛盾也很大。假如《天子游猎赋》就是萧统所称的《子虚赋》和《上林赋》,前面说过,那么它们的构思应该在公元前145年左右。可是那时正值汉景帝在位年间,景帝以遵守父(汉文帝)教,俭约自持、与民休息而著称,这同赋里所表现的好大喜功、为所欲为的天子是多么不相称!赋中写天子,自然是想给天子看,并希望获得一定的效果,可是假如相如真如赋里所写的那样无的放矢,他能期望得到什么样的效果呢?

在崇尚黄老之术、主张清静无为的景帝年代,高唱着如《天子游猎赋》所写的什么"改制度,易服色,更正朔,与天下为始……游乎六艺之囿,驰骛乎仁义之涂,览观《春秋》之林……",也简直是异想天开、胡思乱想。难道相如作赋会那样不看对象,不顾效果吗?!

最后,也正如《史记》相如本传所说的,相如之所以由景帝朝廷径趋梁孝王门下,一方面是由于"会景帝不好辞赋",另一方面也正是由于梁孝王刚好与景帝相反,他是一个典型的放荡的王,他开了个极其奢华的苑囿,还养了一大群门客,这些门客中有许多人就是赋家,那么,相如为什么要写一篇如我们今天所看到的《天子游猎赋》来揶揄贬抑楚王、齐王,以致梁孝王看了一定会以为这是在影射侮辱自己?从这里我们也可以得到启示:《天子游猎赋》(也即萧统所称的《子虚赋》和《上林赋》)不会构思于公元前 145 年,它当作于汉武帝年代里。《天子游猎赋》并非《子虚赋》和《上林赋》的异名,《子虚赋》当另有一篇。

萧统的错误,可能是由于拿《西京杂记》所载的"司马相如为《上林赋》《子虚赋》,意思萧散,不复与外事相关",去印证《史记》相如本传所说的"赋(指《天子游猎赋》)奏,天子以为郎。无是公言上林广大……及子虚言楚云梦所有甚众",因而认定《西京杂记》所说的《上林赋》《子虚赋》,便是《史记》相如本传所称的《天子游猎赋》。可是萧统却有意无意地忽视了《西京杂记》还有更重要的一句话,即司马相如写《子虚赋》和《上林赋》时,是"控引天地,错综古今,忽然入睡,焕然而兴,几百日而后成",是一口气写出来的。如果按照萧统的分法和我们上面的推算,《子虚赋》和《上林赋》(其实也即我们所说的《天子游猎赋》)写作时间相隔足足有七八年之久,哪是一气呵成呢?且司马相如有赋二十九篇,萧统根据什么断定《西京杂记》所称的《上林赋》《子虚赋》就只能是《天子游猎赋》,而不能有其他赋作?或以为司马相如写了《上林赋》和《子虚赋》,又作《天子游猎赋》,则题材重复,所以《天子游猎赋》当是《上林赋》和《子虚赋》的别名。可是萧统难道没有看到,题材的转相沿袭,正是汉赋的一个通病?!

总而言之，从各方面观察，我们认为，《天子游猎赋》并非萧统所说的《子虚赋》和《上林赋》，它是《子虚赋》和《上林赋》以外的另一篇。它的写作时间当在公元前137年左右，这个时候正是崇尚黄老之术，主张无为而治，左右朝政的窦太后刚死，中国历史上颇负盛名的汉武帝初登帝位，并即将施展其雄才大略的前夕。如果说这篇赋有较大的现实意义的话，其意义也正在这里。

其一，它鼓吹强化中央集权，反对诸侯国的分裂割据。

中国历史推进到秦汉，已迫切地要求在全国范围内实现高度的统一，因为只有实现统一，才能进行各地区之间的经济交流，以促进生产的发展；才能实现全国范围内的和平局面，以解除内战所横加给人民的负担和灾难；才能聚集全国的人力、财力、物力去抵御外侮，以保证边疆的安宁。所以秦始皇统一中国，实行郡县制，是历史上的大进步。但由于封国制潜在势力的反抗，继秦而作的刘邦又不得不对他的功臣进行分封。后来，虽然把异姓王一个个消灭掉，但同姓王却又一个个建立起来，以致诸侯王封建割据势力长期存在下去。贾谊给汉文帝《陈政事疏》就曾沉痛地说道："天下之势方病大瘇，一胫之大几如要，一指之大几如股，平居不可屈信；一二指搐，身虑亡聊；失今不治，必为痼疾，后虽有扁鹊，不能为已。"他用胫大如腰、指大如股，来形容诸侯王封建割据势力的恶性膨胀；用"平居不可屈信"，来形容汉天子指挥的严重失灵。他提出用"众建诸侯而少其力"的办法来削弱诸侯王势力，但文帝未能真正加以实行。随后晁错也上书景帝，建议削弱诸侯势力，以加强中央集权，巩固朝廷地位。对晁错的建议，诸侯王自然深为忌恨的了。公元前154年，吴楚等七国就以诛晁错"清君侧"为名举兵叛乱,汉景帝为求得暂时妥协,只好把晁错杀了。后来七国的叛军虽被镇压下去,封国势力也受到沉重打击,但它的体制却依然存在。公元前 127 年,汉武帝实行推恩令,让诸侯国王分城邑给自己的子弟。这实际上也正是贾谊提出的“众建诸侯而少其力”的翻版,这个办法实施的结果是,大王国被分成许多小王国,封建割据势力又受到一次打击。从此,它对汉王朝的威胁才基本消除,汉王朝的中央集权得到了最后的巩固。

《天子游猎赋》就是在汉武帝实行推恩令前约十年间写的。在对待以天子为代表的中央集权和以诸侯为代表的地方封建割据势力的问题上,他的态度是很清楚的,他的思想是超前的。

先让我们看看作者笔下的诸侯王代表——子虚、乌有先生的言行。在赋里,作者先让他们出尽了洋相,表面上是为其主子争奇斗胜,实则在暴露他们的罪过。如齐王兴师动众地组织了浩大的队伍,陪楚王代表子虚游猎。子虚看出他意在显示自己,所以当齐王问他的感受时,他马上说,楚王畋猎的场所和出游的扈从比齐王不知要大多少倍:“臣……幸得宿卫,十有余年,时从出游,游于后园,览于有无,然犹未能遍睹也,又焉足以言其外泽乎?”“臣闻楚有七泽,尝见其一,未睹其余也。臣之所见,盖特其小小者耳,名曰云梦。云梦者,方九百里……”齐王的代表乌有先生听了子虚这些转述,自然不甘心自己的主子屈居下位,他一面反驳,一面也不顾一切地把齐王的老底端出来:“且齐东渚巨海,南有琅邪;观乎成山,射乎之罘;浮渤澥,游孟诸;邪以肃慎为邻,右以汤谷为界;秋田乎青丘(海外国名,指辽东、高丽一带),彷徨乎海外,吞若云梦者八九于其胸中,曾不蒂芥!”至于其中的“珍怪鸟兽”,更是“禹不能名,契不能计”,多得“不可胜计”呢!只因为“在诸侯之位,不敢言游戏之乐,苑囿之大”,只能暗中自愉,不可公开声称。赋这样描写,不就把齐、楚二王淫奢的内幕全部暴露了吗!这不正是使用颂扬的口气来达到暴露批判的目的,也即所谓反话正说吗?!

但作者还不肯就此罢休,他还要让天子的代表亡是公对齐、楚的代表,实即齐王、楚王进行直截了当的批判,而且这个批判是居高临下的,是站在主宰者的地位,使用教训者的口吻的:“且二君之论,不务明君臣之义,正诸侯之礼……此不可以扬名发誉,而适足以贬君自损也。”“从此观之,齐楚之事,岂不哀哉!地方不过千里,而囿居九百;是草木不得垦辟,而民无所食也。夫以诸侯之细,而乐万乘之侈,仆恐百姓被其尤也。”至此我们也就可以看得很清楚了:在相如笔下,齐、楚二工完全是两个荒淫无耻的昏君,他们除了吃喝玩乐祸国殃民之外,是什么好事也不想干,是什么好事也不能干的,这不就把他们彻底否定了吗?

可是相如又是怎样写天子呢?在亡是公的心目中,天子虽然也有过失,有过淫逸的错误,但他幡然悔悟,知错必改,甚至于“发仓廪以救贫穷,补不足;恤鳏寡,存孤独;出德号,省刑罚”,按儒家老祖宗的教导,仁人爱民,做好优抚工作,让老百姓能够生活下去。“登明堂,坐清庙;恣群臣,奏得失。”谦恭下问,从谏如流,把朝政大事料理好。天子终于把国家治理得上下和乐,天下归心,一片升平景象:“于斯之时,天下大悦,乡风而听,随流而化,喟然兴道而迁义,刑错而不用。”他自己也因而获得“德隆于三皇,而功羡于五帝”的美誉。天子是个明主,是个贤君,是个大大的好皇帝。

这里,作者对天子当然是曲尽阿谀吹捧之能事,这是毫无问题的。但他为什么要对天子和诸侯王之间的高低善恶优劣作出如此强烈的对比呢?是无的放矢吗?不是的。作者的意图是很清楚的,他就是企图通过对天子和诸侯王的褒贬毁誉来达到进一步打击诸侯王,削弱诸侯王的势力;进一步抬高天子的地位,巩固王朝中央的统治。这种想法在当时是极合时宜的,是符合历史发展的进程的,是符合人民的愿望的。相如的这些行为所应得到的评价,历史已作出了公正的结论。难怪汉武帝看了这篇赋以后,马上给他个郎官做。

相如这种强化中央集权、维护大汉帝国统一的思想,我们在他的《喻巴蜀檄》与《难蜀父老文》中也可以明显地感觉到。前文提过,当时邛、筰等少数民族的君长听说南夷内附,赏赐甚多,也愿向汉王朝称臣。汉武帝就这事询问相如,相如马上赞同,所以武帝委他为中郎将,“建节使往”。经过他的一番努力,终于把西南一大批少数民族团结起来,为建立一个多民族的国家作出了贡献。在相如出使过程中,从地方上到朝廷大臣中多持反对意见,相如就写了《难蜀父老文》进行批驳。在《喻巴蜀檄》里,我们还可以看到相如反对唐蒙对少数民族使用武力征服的手段,而赞成汉武帝用恩感的和平办法去解决民族间的问题,这也是值得肯定的。

其二,讽谏汉天子——汉武帝的奢华靡费。

班固曾为相如赋申辩过:“相如(指相如赋)虽多虚辞滥说,然要其归引之于节俭,此亦《诗》之风谏何异?”(《汉书·司马相如传》)班固这话是有道理的,在《天子游猎赋》里,“节俭”的确是作者所要表达的中心思想。在上文,我们已约略地论证了它对齐楚两个诸侯王淫逸的批判。在这里,我们再来看看它对天子的揭露。

先说苑囿和宫殿。亡是公就不加掩饰地公然炫耀:“且夫齐楚之事,又乌足道乎?君未睹夫巨丽也!独不闻天子之上林乎?左苍梧,右西极,丹水更其南,紫渊径其北……”大半个中国都变成了天子的花园,齐、楚二王的派头哪里能同天子相比,简直是小巫见大巫!

“于是乎离宫别馆,弥山跨谷;高廊四注,重坐曲阁;华榱璧珰,辇道缅属;步榈周流,长途中宿。夷嵕筑堂,累台增成,岩窔洞房。頫杳眇而无见,仰攀橑而扪天;奔星更于闺闼,宛虹拖于楯轩……”天子的离宫别馆楼台亭阁遍地兴建,它们的豪华壮丽,更是齐、楚二王所难以企及的。如楚王不是只有一个“云阳之台”吗?哪能同天子相较!

天子从游之盛,也是齐楚所难以比拟的。如楚王只有有数的“郑女曼姬”娱乐左右,引歌还得靠“榜人(船夫)”;可是天子呢?他却是:“置酒乎颢天之台,张乐乎胶葛之宇;撞千石之钟,立万石之虡……奏陶唐氏之舞,听葛天氏之歌;千人唱,万人和,山陵为之震动,川谷为之荡波。巴、渝、宋、蔡,淮南干遮,文成颠歌。族居递奏,金鼓迭起,铿锵闛鞈,洞心骇耳。荆、吴、郑、卫之声,韶、濩、武、象之乐,阴淫案衍之音,鄢、郢缤纷,激楚结风。俳优侏儒,狄鞮之倡,所以娱耳目乐心意者,丽靡烂漫于前……若夫青琴、宓妃之徒……皓齿粲烂,宜笑的皪;长眉连娟,微睇绵藐;色授魂与,心愉于侧……”天下之名妓妙女,古今之佳音绝韵,无不尽为罗致;其妖情冶态,亵体淫姿,也无不尽为呈露。这是何等的阔绰排场,又是何等的奢淫侈靡!齐楚王哪能比得上其万一!在这里,所不同的只是,赋对齐楚诸侯的批判,是假诸他人之口!而对天子的批判,则是让他自己在那里作检讨，深责自己行为之有失，从而达到改过自新的目的。

相如批判帝王的奢华，如果是在文景年代，似也未必尽合时宜。可是它却正好作于好大喜功、淫风初开的汉武帝之世，其意义也就不可忽视了。大家都很熟悉，六朝人编写的《三辅黄图》，书中所记的三辅地区上下千余年间兴建的宫室楼台池沼苑囿，竟绝大部分出自汉武帝之手。武帝想吃鲜荔枝，就筑扶荔宫，“荔枝自交趾移植百株于庭，无一生者，连年犹移植不息。后数岁，偶一株稍茂……一旦萎死，守吏坐诛者数十人……其实则岁贡焉，邮传者疲毙于道，极为生民之患”。武帝为寻欢作乐，就建造明光宫，“发燕赵美女二千人充之……时有死出者，随补之”。“武帝建元三年（公元前138年，也即《天子游猎赋》创作前一年），开上林苑……周袤三百里，离宫七十所，皆容千乘万骑”。“甘泉苑，武帝置……凡周围五百四十里，苑中起宫殿台阁百余所……汉武帝……往来游观，止宿其中”。在武帝的心目中，兴建一座宫殿，就像举手投足一样不经心。所以《三辅黄图》作者愤慨地斥责，“三代时，未闻宫室过制”，秦穆公“始大宫观”，秦始皇“盖为骄侈”，而武帝则是“承文、景菲薄之余，恃邦国阜繁之资，土木之役，倍秦越旧；斤斧之声，畚锸之劳，岁月不息；盖骋其邪心以夸天下也”。武帝仗着文景积累起来的财富，大兴土木，任意挥霍，其严重程度连暴秦也不在话下了！

诸侯王的情况也大致如是。甚至连富人也不例外。茂陵富民袁广汉筑园，“东西四里，南北五里……构石为山……养白鹦鹉、鸳鸯、犛牛、青兕。奇兽珍禽，委积其间。积沙为洲屿，激水为波涛……奇树异草，靡不培植。屋皆徘徊连属，重阁修廊，行之移晷不能遍也”（《三辅黄图》）。所以相如把反对帝王的淫奢，作为自己赋批判的重点，不是无的放矢，而是有强烈的针对性、现实性的。受到相如的影响，后来许多赋家也常常注意把这个问题作为自己赋作的主旨。

在这里，有个问题值得我们讨论一下，这就是从司马相如开始的讽谏渐趋平缓弱化的问题。

《史记·司马相如列传》提到"相如既奏《大人之颂》（即《大人赋》），天子大说，飘飘有凌云之气，似游天地之间意"。看出，司马迁也不认为司马相如的《大人赋》有劝诫的作用，甚至还起了相反的效果，作者原先想通过非议神仙来教训武帝，但武帝看后反而更想当神仙——当"大人"这类神仙。扬雄也这样认为："往时武帝好神仙，相如上《大人赋》欲以风，帝反缥缥有陵云之志。由是言之，赋劝而不止，明矣。"（《汉书·扬雄传》）对司马迁和扬雄这种看法，班固是不同意的，他说："相如虽多虚辞滥说，然要其归引之于节俭，此亦《诗》之风谏何异？扬雄以为靡丽之赋，劝百而风一，犹骋郑卫之声，曲终而奏雅，不已戏乎！"（《汉书·司马相如传赞》）上面这三家两方的看法，我认为都有些片面绝对化的毛病。我认为批评司马相如赋完全放弃讽谏，很明显是不符合事实的，我们前面的论述就很说明这一点。但说他的赋讽谏气味很浓，很强烈，与《诗经》的讽谏毫无差别（汉人把《诗经》里那些战斗性很强的民歌也认为是讽刺诗），也有点言过其实。我的看法是，司马相如赋有讽谏，但讽谏的气味到底不强了，淡薄了。其作品的思想倾向的确比较隐晦、含混，作者绕了好多弯子，通过曲曲折折的途径，才把自己想说的话表达出来。《天子游猎赋》和《大人赋》都有这种现象。这从前面的分析就可以看出，因此才造成读者的误解，才引起评论家的争论和指责。从司马相如开始的汉赋在讽谏问题上的这个演变、弱化,是有原因可寻的。

一是受到倡优侏儒等滑稽家口头艺术的影响。倡优这类人多生活在帝王身边,任务是娱乐帝王,并且往往在娱乐过程中趁机进行委婉的讽谏。汉赋作家的地位身份与倡优等差不多,枚皋所谓"为赋乃俳,见视如倡,自悔类倡也"(《汉书·枚乘传》),扬雄所谓赋家"又颇似俳优淳于髡、优孟之徒"(《汉书·扬雄传》),班固也称赋家司马相如、东方朔、枚皋、王褒等等是"言语侍从之臣",都可作证明。所以赋家也一定要效法倡优中滑稽家的讽谏方式,这点很好理解。作为一个地位低微而又生活在帝王身边的赋家,想对帝王有所批评,也只能采用委婉曲折含蓄隐晦的方式。如果他们胆敢对帝王进行赤裸裸的揭发和指责,他们也就当不成赋家了。如面对着像"性严急,不贷小过,刑杀法令,殊为峻刻"的汉武帝,能公开指责他的过错吗?所以我们如果检阅一下倡优中滑稽家与赋家对帝王的讽谏,我们就会发现,二者的表达方式是何等的相似啊!所不同的只是前者使用口头语言,而后者则诉诸书面文字。例如淳于髡谏齐王长夜之饮,优孟谏楚庄王葬马,优旃谏秦始皇扩大苑囿,谏秦二世漆城(均见《史记·滑稽列传》),与司马相如的《天子游猎赋》《大人赋》的表达中心思想的方式方法,几乎是一模一样的,都是"言非若是,说是若非"(《史记·滑稽列传》唐司马贞《索隐》),委婉曲折,意在言外;而绝不是声色俱厉,呵斥交加。

另一个原因是以司马相如为代表的赋家,在主观上也确是不那么热衷于汉儒所强调的讽谏问题。这在当时是个新情况,是个极重要的极有意义的苗头。我们知道,汉儒是极重视诗赋的讽谏作用的。上面提到的扬雄、班固,就是在司马相如的讽谏问题上发生了争执。但不论是持肯定意见的班固,还是持否定意见的扬雄,都拿讽谏作为评定司马相如成败的依据。扬雄后来多次指责汉赋,以至最后抛弃汉赋,也是以为汉赋放弃讽谏。这个争论甚至传到汉宣帝的耳里,迫使他也不得不发表意见。他说:“辞赋大者与古诗同义,小者辩丽可喜……辞赋比之,尚有仁义风谕,鸟兽草木多闻之观,贤于倡优博弈远矣。”(《汉书·王褒传》)这大体上是沿袭孔子评论《诗经》的话。可见当时在这个问题上争论的剧烈程度。但汉儒强调赋的讽谏的作用,很明显是与儒家的保守思想联系在一起,与反对文学艺术摆脱儒家经典的附庸,讲究自身的特点,从而获得独立的地位联系在一起。这一点我们从汉儒把《诗经》视为“五经”之一,与史、哲混在一起,从而任意曲解,大搞其微言大义,即可见出;从扬雄等极力反对汉赋华丽铺张,以为这样便丧失了讽谏作用也可以悟到。《汉书·艺文志》说:“汉兴,枚乘、司马相如,下及扬子云,竞为侈丽闳衍之词,没其风谕之义。”也是把“侈丽闳衍”与“风谕之义”放在不能互存的对立面,以为赋家“竞为侈丽闳衍”了,就必然“没其风谕之义”,也同样可以证明。

可见以司马相如为代表的汉赋作者,不汲汲于讽谏,很明显是针对儒家的保守思想而来的,是一种进步的表现。所以鲁迅把曹魏时期的诗赋放弃讽谏、追求为艺术而艺术誉为“文学的自觉时代”。这是何等崇高的评价!“自觉”云云,即指文学不再充当儒家经典的附属,而努力发展自身的特点,追求自身的独立地位。鲁迅这话充满着历史唯物主义和辩证唯物主义的精神,是极深刻极有见地的。在这里,我们只想补充,“文学的自觉时代”的发动,当始于以司马相如为代表的西汉赋家,经过东汉的进一步发展,及至曹魏时期才臻于成熟。文学艺术才最终摆脱儒家经典的束缚,获得了独立的地位。

还有一点值得注意的是,恩格斯在《致敏·考茨基的信》里说过:“我认为倾向应当从场面和情节中自然而然地流露出来,而不应当特别把它指点出来。”在《给马尔加丽塔·哈克纳斯的信》中又说:“作者的观点愈隐蔽,对艺术作品就愈好些。”

恩格斯这些话,很明显是文学艺术创作经验的总结,是符合文学艺术固有的特征,是文学艺术区别于哲学、史学等其他社会科学的重要标志,两千年前的赋家当然不可能提出这样的理论,也不可能自觉去遵循这样的特征。但我们从上面论述中也不难看出,以司马相如为首的赋家已意识到自己在进行文学艺术创作。因而,他们在创作过程中,对文学艺术这个特征就不能不有所表现。这是艺术创作规律的必然流露。所以我们不能把汉赋对帝王的批评、讽谏,表现得游移、隐晦、曲折、含蓄,全部归结为赋家的立场态度问题,这里,有立场态度问题,但同时也应有文学艺术特征问题。当然我们还应指出,汉赋作家在处理这个问题时,肯定还有许多缺点、错误。不过我们首先仍应肯定他们在文学艺术创作中的积极实践,肯定他们对文学艺术创作规律的勇敢探索。

下面我们来谈谈司马相如赋的艺术成就。

司马相如在赋史上的最大功绩是完成了汉赋这种文学体裁。在他以前,虽也不乏赋家出现,但他们在形式上都不够成熟。如汉初的代表作家贾谊,他的赋还没有摆脱骚赋的窠臼,说它是赋固然可以,指它为骚似更恰切。以后枚乘《七发》的问世,是汉赋发展过程中的一个重要转变。但它到底还不是汉赋的本体,它只是骚赋到汉赋的一个过渡形式。及至司马相如

《天子游猎赋》的出现,汉赋形式的发展才臻于成熟。他的赋标志着汉赋发展的最高阶段,成为两汉赋家效法的对象。如扬雄的《甘泉赋》、班固的《两都赋》、张衡的《二京赋》等具有代表性的著名作品,无不取式于《天子游猎赋》。它的主要特点是以人物问答组织成篇,以“若乃”“于是”联结成文,首尾用散,篇中入韵,句式长短不一(但多用三、四、六言),选韵变化无定,行文甚为铺张扬厉,语言比较华丽雕琢,以描写帝王生活为手段,以微刺帝王淫奢为指归。汉赋这种文体很明显是在先秦诗歌散文的基础上发展起来的,它打破了《诗经》那种比较局促的四言句,改造了《楚辞》那种更适合于抒情写意的“兮”字调,克服了散文那种不重“格律”、较为松散的笔墨。它是适合大汉帝国新形势的需要而发展起来的一种新文体。它在我国文学史上曾起了积极的作用;丰富了祖国的文学艺术园地,并在某种程度上推动了后代诗词文赋等各种文体的发展。

司马相如的赋在表现手法上突出的特点是虚构、夸张等浪漫主义倾向。《大人赋》所描写的大人“驾应龙”“骖赤螭”,历游天上地下四面八方,与《离骚》等的虚构夸张相似且不说;即使《天子游猎赋》,举凡描写齐、楚、天子苑囿的广大,游猎阵容的壮盛,宫殿楼阁建筑的雄伟,也无不极尽夸张铺陈之能事。刘勰说:“自宋玉、景差,夸饰始盛。相如凭风,诡滥愈甚。故上林之馆,奔星与宛虹入轩;从禽之盛,飞廉与鷦鹩俱获。”(《文心雕龙·夸饰》)刘勰说的都是事实。不过他对此持批评态度却是错了的。千百年来,人们对相如赋的夸饰也多持批评态度,“相如虽多虚辞滥说”(《汉书·司马相如传赞》)的说法即含有此意。这种批评当然也是错误的。这与汉人不懂得把艺术与史哲政论区别开来,不懂得文学艺术应有自己的特殊表现手法有关,也与儒家崇真尚实思想有关。我们认为,在我国文学史上,浪漫主义的发展之所以远比现实主义落后,当与千百年来人们对虚构夸张等浪漫主义表现手法缺乏正确的态度有关。这是值得我们总结的一个教训。

刘勰曾经说过,汉赋善于描写客观事物,并且描写得像绘画一样,惟妙惟肖。刘勰这话是非常正确、深刻的,说明他看到了汉赋与《诗经》《楚辞》的差别。我们知道,《诗经》绝大部分是抒情诗,叙事状物诗很少;《楚辞》更多抒情诗,它把抒情诗推进到高峰。这也大体符合我国诗歌发展的规律。人们最早总是为了抒发情感才写诗,随着人们见闻的扩大和认识的提高,才垂意于对客观事物进行精细的描绘。在这个转变的过程中,司马相如是起了重大的作用的。他的赋开辟了对客观事物进行大量、细致、生动、形象描绘的先河。如《天子游猎赋》写上林河池里的鱼鸟玉石:

> 于是乎蛟龙赤螭,鲔鳍渐离……揵鳍掉尾,振鳞奋翼,潜处乎深岩。鱼鳖欢声,万物众夥;明月珠子,的皪江靡;蜀石、黄碝,水玉磊砢;磷磷烂烂,采色澔汗,藂积乎其中。鸿鹔鹄鸨,鴐鹅、属玉,交精、旋目……群浮乎其上。泛淫泛滥,随风澹淡,与波摇荡,奄薄水渚,唼喋菁藻,咀嚼菱藕。

这是一段精彩的笔墨。在这里,有鱼龙水族的击水拍浪欢腾追逐;有鸟类的浮沉逍遥,呼群觅食;甚至连没有生命的玉石,也在清流中争奇斗艳,大放异彩。整个画面洋溢着欢乐的生机勃勃的气氛。

再如上林苑内的河流：

> 汤汤乎八川分流，相背而异态；东西南北，驰骛往来；出乎椒丘之阙，行乎洲淤之浦，经乎桂林之中，过乎泱漭之野；汩乎混流，顺阿而下，赴隘陿之口，触穹石，激堆埼，沸乎暴怒，汹涌澎湃……

这段描写与叙述结合在一起，写来文势纵横捭阖，摇曳多姿，音节铿锵响亮，错落有序，令人读了心情激动，精神振奋。这种笔墨，当与大汉帝国雄视寰宇欣欣向荣的国势有关吧！它在一定程度上传达了大汉帝国的精神面貌。

《西京杂记》记载，司马相如的朋友盛览问他如何作赋时，他回答说："合纂组以成文，列锦绣而为质，一经一纬，一宫一商，此赋之迹也。"这段话说明，相如写赋是很用心的，是极注意选词用韵的，这种情况在《天子游猎赋》里比比皆是，为节省篇幅，这里从略。

总而言之，司马相如赋的艺术成就是较高的。所以鲁迅先生再一次称赞他的赋"有文采"，称他为文学史上"很重要的作家"(《且介亭杂文二集·从帮忙到扯淡》)。

司马相如赋的主要缺点是反映社会生活面比较窄，思想性不够高，描写有些铺陈堆砌，语言甚为艰涩雕琢。

九、关于司马相如的生卒年问题

在这里，我们要简单谈谈司马相如的生卒年。先谈生年。

现在学术界有两种意见：一是认为相如生于公元前 179 年，也即文帝前元元年。很多的文学史和各地编的作家小传多持这种意见。另一种态度是存疑，如 1939 年出版的陶秋英先生的《汉赋之史的研究》说“生年不可考”。笔者孤陋寡闻，不知主张相如生于前 179 年一说有何根据。但笔者以为，此说似不可信。

(1)据此说，如果司马相如生于公元前 179 年，则司马相如引卓文君私奔就得在他三十六岁以后。《史记》相如本传说：“会梁孝王卒，相如归，而家贫无以自业。素与临邛令王吉相善，吉曰：‘长卿久宦游不遂，而来过我。’于是相如往，舍都亭。”随后是王吉撮合相如与文君，从而使“文君夜亡奔相如”。我们从《史记·汉兴以来诸侯王表》和《汉书·文三王传》得知，梁孝王卒于景帝中元六年(前 144)。从公元前 179 年算起，至本年正好三十六年。这还不包括梁孝王死后，相如由梁国回成都，在成都的延搁，以及由成都到临邛和在临邛与王吉的相交等等整个过程所占的时间，所以相如与文君结婚时，起码也得在三十六岁以后。可是这么大年纪才与文君结婚是不可能的事。《西京杂记》说：“文君姣好，眉色如望远山，脸际常若芙蓉，肌肤柔滑如脂，十七而寡，为人放诞风流，故悦长卿之才而越礼焉。”《史记》相如本传说：“是时卓王孙有女文君新寡，好音，故相如……以琴心挑之……文君夜亡奔相如，相如乃与驰归成都。”都说明文君奔相如是十七岁。这样双方年龄相差竟达二十岁，即相如的年纪比文君大一倍以上，这是很不符合人们所说的才子佳人式的婚姻的。

(2)《史记》相如本传说：“相如之临邛，从车骑，雍容闲雅甚都。及饮卓氏，弄琴，文君窃从户窥之，心悦而好之，恐不得当也。”看出这时相如是个风度翩翩的美男子。《西京杂记》还说：“长卿素有消渴病（青少年时就有这种病），及还成都，悦文君之色，遂以发痼疾，乃作《美人赋》欲以自刺。”《古文苑》章樵注：“美人者，相如自谓也。”这还是发生在相如与文君结婚大约有一年后的事，相如还以美人自喻，可以想见，他虽经历一个阶段女色上的自戕，但仍不减美男子的本色。这种风姿，是不大可能发生在年近四十岁的人身上的，相如断不可能生在公元前179年。

（3）《史记》相如本传还说：“长卿少时好读书，学击剑，故其亲名之曰犬子。相如既学，慕蔺相如之为人，更名相如。以赀（资）为郎，事孝景帝，为武骑常侍，非其好也。会景帝不好辞赋，是时梁孝王来朝，从游说之士齐人邹阳、淮阴枚乘、吴庄忌夫子之徒，相如见而说之，因病免，客游梁，梁孝王令与诸生同舍。相如得与诸生游士居，数岁，乃著《子虚》之赋。会梁孝王卒，相如归。”在这里，我们之所以不厌其烦地摘抄这段原文，只是想让大家看看，发生在这一段时间内的事件，须占用多长时间？如果这个推断近是，我们也就不难确定相如在这段时间内的年龄了。头一句“少时”“犬子”云云当是小时，也即十岁左右的事。“既学”“慕相如”云云当是年轻的事。“以赀为郎”这句更为我们提供了至为重要的背景。根据家财富有即可拜官为郎而不必经过考试，自然不会是发生在年纪很大以后的事。古代男子二十而冠，即可做官。我想相如以资为郎，也当是发生在二十岁左右的事。“为武骑常侍，非其好也。”看来他担任这个职位是不会很长的，因为他完全可“病免”——自动退职。他事后径趋梁孝王门下，就以此为借口即可证明。梁孝王带邹阳来朝当是景帝前元七年，即公元前150年，相如约二十二岁。而梁孝王死于景帝中元六年,即公元前 144 年,相如当是二十八岁左右。如果按旧说相如生于前 179 年,那么上述这段时间就得横跨二十六个年头。但根据这段本传的记叙,我们无论如何是难以得出这样的结论的。

那么相如又当生于何时呢?从前面第三节里可以看出,相如以生于汉文帝前元八年,即公元前 172 年为是。他二十岁出仕,为景帝武骑常侍;二十二岁病免,游梁,为梁孝王门客;二十八岁因梁孝王病死而西归,随后即与文君结婚。

关于相如的卒年,现在也有两种说法。《史记》裴骃《集解》引徐广说:相如卒于"元狩五年",也即公元前 118 年。陶秋英先生等主张"卒于公元前 117 年"。这两说至今并存。我以为应以徐广之说为妥。根据只有一条?《史记》《汉书》司马相如本传说:"司马相如既卒五岁,天子始祭后土。八年而遂先礼中岳,封于泰山,至梁父禅肃然。"我们从《史记》中《孝武本纪》《封禅书》与《汉书·武帝纪》等得知,武帝祭后土是在元鼎四年(前 113),封泰山更是毫无疑问了,因为武帝为封泰山而改号元封元年,即公元前 110 年。既然相如死后"八年而……封泰山"是公元前 110 年;相如死后"五岁"祭后土是公元前 113 年,这中间都是指实际年数。那么相如卒于元狩五年,即公元前 118 年,就毫无疑问了。

十、司马相如生平大事年表

公元前 172 年(汉文帝前元八年　己巳)约一岁。

司马相如约在是年生于蜀郡成都(过去人们以为他生于

公元前179年,似不可信,详见上文)。父母视他如掌上明珠,起名犬子。

公元前166年至公元前153年(汉文帝前元十四年　乙亥,至汉景帝前元四年　戊子)约六岁至十九岁。

在成都读书。司马相如小有大志,喜欢读书,又学击剑,羡慕赵国上卿蔺相如的为人,改掉小名犬子,取名相如。

公元前152年(汉景帝前元五年　己丑)约二十岁。

司马相如学成,家庭又极殷富,按当时朝廷的规定,相如可以做官。相如约于这一年离开成都,北游京师长安,充职景帝武骑常侍。但相如不喜欢这个职务。

公元前150年(汉景帝前元七年　辛卯)约二十二岁。

这年景帝胞弟梁孝王来朝,随同人员有著名赋家邹阳、枚乘、庄忌等,相如是写赋的高手,和他们有共同语言,自然喜欢与他们同游,所以即托病辞去武骑常侍职,到梁孝王门下去做游士。梁孝王友好地接待他,令他与赋家们生活在一起。

公元前145年(汉景帝中元五年　丙申)约二十七岁。

著名的《子虚赋》约作于是年。《汉书·艺文志》说司马相如有赋二十九篇,相信还有一些赋是在游梁时写的,但俱已散失。

公元前144年(汉景帝中元六年　丁酉)约二十八岁。

梁孝王病死,梁国被瓜分为几个小国,司马相如回成都家居。

公元前143年(汉景帝后元元年　戊戌)约二十九岁。

在相如好友、临邛县令王吉的谋划下,相如赴宴临邛富翁卓王孙家。卓王孙有女文君,新寡,绝色,相如以琴心挑之。文君亦极倾慕相如才貌。当夜,文君私奔相如。相如与文君相携回成都家居。这年文君才十七岁。

公元前 142 年(汉景帝后元二年　己亥)约三十岁。

为生活所迫,相如与文君往临邛开酒店,文君当垆卖酒,相如端菜洗碗,充当杂役。文君父卓王孙殊感难堪,杜门不出。在兄弟们的劝说下,卓王孙分文君奴仆百人,钱百万,及其嫁时妆奁财物。文君与相如重回成都,买田宅,成富人。这年文君十八岁。

相如与文君在成都舒舒服服地过了五六年闲散生活。相如生活甚放荡。后悔,作《美人赋》自刺。

公元前 137 年(汉武帝建元四年　甲辰)约三十五岁。

汉武帝读《子虚赋》,深受感动,恨不得与作者同时,狗监杨得意称,此赋系其同乡司马相如写的。武帝召司马相如进京。相如以为施展自己文才武略的时候到了,又费数百日时间,写出了冠绝一代的汉大赋——《天子游猎赋》。武帝看后很高兴,让他担任自己的侍从官——郎。

大约在本年,司马相如随汉武帝出猎长杨。汉武帝亲自追逐猛兽。相如以为这样做很危险,上《谏猎疏》劝止。此次游猎途经暴君秦二世的葬地宜春苑,相如乘机上《哀二世赋》,暗示武帝要吸取秦二世杀身亡国的教训。

公元前 133 年(汉武帝元光二年　戊申)约三十九岁。

司马相如上《大人赋》,用以微刺武帝当时狂热的好仙欲。

公元前 130 年(汉武帝元光五年　辛亥)约四十二岁。

唐蒙兴师动众,略通夜郎僰中。巴蜀惊恐。汉武帝命司马相如出使巴蜀责唐蒙。相如作《喻巴蜀檄》。

公元前 129 年(汉武帝元光六年　壬子)约四十三岁。

司马相如以中郎将身份,持节出使西夷,作《难蜀父老文》。

公元前 128 年(汉武帝元朔元年　癸丑)约四十四岁。

司马相如被控出使西夷时受金,因而遭免官,闲居长安西郊的茂陵县。陈皇后求相如作《长门赋》,当于此时。

公元前 127 年(汉武帝元朔二年　甲寅)约四十五岁。

司马相如复被召为郎。

公元前 125 年(汉武帝元朔四年　丙辰)约四十七岁。

司马相如改拜孝文园令,也即充当汉文帝陵墓的守墓人,可见汉武帝不再用他,司马相如的政治生命从此结束了。

公元前 120 年(汉武帝元狩三年　辛酉)约五十二岁。

汉武帝立乐府,令司马相如等作诗。现存汉《郊祀歌》十九章,其中必有司马相如的作品。

公元前 119 年(汉武帝元狩四年　壬戌)约五十四岁。

司马相如因糖尿病转剧辞官,回茂陵县养病。

公元前 118 年(汉武帝元狩五年　癸亥)约五十五岁。

司马相如糖尿病进入危险期,汉武帝得知后,怕相如著作散失,即派使者所忠赶到相如家取书。但所忠赶到时,相如已逝世了。所著书文也早已被人取走。文君根据相如的遗嘱,奉使者所忠书一卷,这就是在封建社会极受重视的名篇——《封禅文》。相如写这篇文章的目的,是想表明自己不仅有文才,能写出一手好文章,而且也有谋略,会给汉武帝出谋划策。从这里也可以看出,相如对自己的赋家地位是不满意的,对汉武帝长期把他当弄臣看待是不满的。一代文豪就这样带着壮志未酬的遗恨而辞世了。

《长门赋》简说*

《长门赋》向来争议颇多。或以赋前小序为证，认为死于武帝之前的司马相如不可能称武帝为“孝武帝”，所以此赋是后人假相如之名而作；或以序中“相如为文以悟主上，陈皇后复得亲幸”与事实不符为由，认为此赋并非为陈皇后所作，可能是一篇“自悟”之文。其实，这些怀疑与解释都难以成立，都只能说明序文有问题。而序文很可能是后人加的。从赋的思想倾向和艺术特色看，我们似应遵从《文选》说法，把它判归为司马相如所作。

《长门赋》是一篇情文并茂的优秀作品，它以其细腻优美的文字，丰富真挚的感情，成为司马相如抒情赋的代表作。《长门赋》以女主人公的口吻诉说了自己被君王抛弃后忧愁抑郁的愁苦心情，以及希望再度得宠的强烈愿望。

赋的第一段作者就以慨叹的语气描述了一位幽居别宫的绝世佳人，她形容枯槁却仍在神不守舍地盼望着君王的到来，然而她的君王却另有所爱，不会再来了。这段文字是全文的总起。相如以简练的笔触，交代了这位佳人失魂落魄的原因。围

---

* 本文原载于萧涤非、刘乃昌主编：《中国文学名篇鉴赏辞典》，山东大学出版社 1992 年版。

绕这一中心，文章通过女主人公的所观所感，刻画了这位失意美人的忧伤怀恋情愫。

作品以下四段按时间顺序可分两层。从“伊予志之慢愚兮”到“垂楚组之连纲”这两段为第一层，它描绘了女主人公在白天的所见所思。她怀着虔诚的心情渴望君王召见，因为君王曾有过“朝往暮来”的誓言，所以她在离宫准备好肴馔，期待君王的到来。然而君王已另有新欢了，女主人公只有登上兰台，在空旷寂寞中独自痴痴地等候；等得精神恍惚神魄失散，竟以为殷殷的雷响是君王的车声。在这里，作者以迅疾的飘风，阴郁的浮云，昏暗的天空，隆隆的雷声与女主人公的孤独、愁苦、忧伤、无奈交织地进行描绘，生动地反映出女主人公的内心世界。桂树的芳香、孔雀的相慰、黑猿的长啸、翠鸟的萃集以及鸾凤的翱翔并不能分散她此时的一往深情，相反，这些景象更加深了她的郁闷惆怅，她的孤独凄凉！

于是女主人公又走下兰台步入深宫，然而所见的只是宏伟的殿宇、精美的栋梁、巧妙的雕镂、瑰奇的砖石、华丽的帏幔，这一切虽然富丽堂皇，然而却都是冰凉无情，不能给予她丝毫的慰藉，更无法给她带来半点快乐，而只能使她触物生情，感到更加的冷清索寞。

在这一层里，作者通过女主人公在白天的种种行止，描绘了她的所见所感。作者利用白昼光线明亮的特点，将重点放在了景物的描绘上，以景诱发情，以景衬托情，情景和谐地交融在一起，从而使女主人公的内心感受，得到尽情宣泄。

但赋的描写并没有就此罢笔，而是迅即转入了第二层（最后两段），描绘女主人公在黄昏、深夜的愁绪。女主人公痴痴等待君王，直等得栏杆拍遍，明月升起，但仍不见君王的身影。

失望的心情使她拿起雅琴,想以变调抒发自己的愁情。琴声轻细悠扬,婉转低徊,连使女也不禁为之涕泪纵横。她不能再弹下去了,她叹息啜泣着在房间里徘徊,历数着自己的过失,哀怨而又无奈地颓然上床,苦度漫漫的长夜。

然而即使如此,绝望的女主人公在睡梦中依然无法忘记负心的君王,她在梦中又依稀地梦见君王又回到自己的身旁。她猛然惊醒,却是空屋依旧,阒无他人,她更怅惘悲伤了。鸡鸣月白,星布满天,长夜如年,抑郁满怀;但她还是痴心一片,翘首盼望君王的来临。

在这一层中,作者描绘的女主人公在黑夜的所作所为,赋更侧重于对女主人公的内心世界的描绘。它淋漓尽致地刻画了女主人公的忧伤、孤独、绝望的心情,将全文推向了高潮,使读者不禁同情怜悯这位虽生活在金碧辉煌的殿堂,但内心却如此孤独悲苦的不幸女子。这篇赋在客观上反映了封建统治者的荒淫无耻和中国古代妇女遭受压迫、蹂躏的事实。

《长门赋》的写作时间正处在汉大赋日益繁盛的时期,因此它虽篇制短小,但在文风上却已有了大赋的铺张扬厉、委婉曲折的特点。鲁迅在《汉文学史纲要》中评司马相如的辞赋是“自摅(舒展)妙才,广博闳丽,卓绝汉代”,这是非常恰切的。《长门赋》描绘景物反复重叠而不虚夸堆砌,铺采摛文而不板滞模拟,因而具有很高的艺术价值。《长门赋》对后代闺情、宫怨等题材的诗词曲赋等产生过很大影响,它在我国文学史上占有很重要的地位。

《长门赋》在艺术上的最大特点是采用了寄兴烘托的手法,以对景物的反复描绘来渲染主人公的内心感受。如“天漂漂而疾风”“浮云郁而四塞兮”“天窈窈而昼阴”几句,以昏暗郁闷天气正面衬托了女主人公阴郁的心情。“孔雀集而相存兮，玄猿啸而长吟。翡翠胁翼而来萃兮，鸾凤翔而北南。”以这些热闹欢快的场面来反衬女主人公的孤单、冷清。而对宏伟的深宫描写，又更见出女主人公的凄凉抑郁。这种种客观景物的描绘，与女主人公的直接抒情诉怨互为映衬，从而使女主人公的内心世界得到淋漓的摹写，她的形象也更加丰满充实、栩栩如生了。

《长门赋》的文字极其优美。“兮”字调一唱三叹的效果，更造成了情伤意切、哀婉动人的境界。《长门赋》多用白描手法描绘自然景物，辞藻华丽又不失清新，淋漓而不堆砌，朱熹所谓“此文古妙，最近楚辞”（《楚辞后语》卷二），确实中肯。

东方朔评传

东方朔,字曼倩,平原郡厌次县(在今山东德州陵城区神头镇)人,生于汉文帝后元三年(前161)。他是汉武帝时代的重要赋家,《史记》《汉书》有传,《汉书·艺文志》说他有文二十篇,但多已散失。

东方朔自幼失父母,靠兄嫂养大成人。二十二岁开始步入官场。他是一个集滑稽与谏臣于一身而颇有声色的人物。

一、主要经历及其辨正

(1)建元元年(前140),武帝即位。武帝诏令各地推举人才,并亲自询问古今治道,被看中的可以得到越级任用。这时有成百上千的人上书自吹自擂自己的本事。东方朔也在这个情况下自吹一番:"臣……年十三学书,三冬文史足用,十五学击剑。十六学《诗》《书》,诵二十二万言。十九学孙、吴兵法……亦诵二十二万言。……又常服子路之言。臣朔年二十二……可以为天子大臣矣。"(《汉书·东方朔传》)尽管东方朔文辞不逊,高自称誉,但汉武帝还是很欣赏他,让他在公车署等待任用。这年东方朔二十二岁,由此上推,东方朔当生于汉文帝后元三年(前161)。

(2)大约在建元二年(前139)初,东方朔在公车署等了一年,由于俸禄微薄,又得不到武帝召见,他就想出了一个办法:诡称武帝要杀尽侏儒。武帝责问他为什么恐吓侏儒,他回答说:“侏儒三尺身,臣九尺长,俸禄都是一袋粟,二百四十钱,侏儒吃得胀肚皮,臣饿得要死。臣如果还可用,请增加点俸禄;如果不能用,就让臣回去,免得白白浪费长安大米。”武帝听后大笑,让他移居金马门,稍得亲近。这是他用近乎滑稽的奇智接近武帝以取得武帝的欢心。随后因数次射覆奇中,解隐无穷,极受武帝爱幸,诏为常侍郎。

也就在这年夏天,武帝赐肉从官。掌御饮食的大官丞迟迟不来宣诏,东方朔私自拔剑割肉而去。武帝追问此事。东方朔却自我称誉:拔剑割肉,何等雄壮;割肉不多,何等廉洁……武帝听后大笑说,我让先生自责,先生却自我表扬。又赐给他许多酒肉。这一年东方朔二十三岁。

(3)建元三年(前138),武帝开始微服夜游。选陇西等六郡良家子执兵器替他护卫,“期诸殿门”。白天入山驰射野兽,并手击熊罴,践踏庄稼。百姓甚为不满,武帝自己也感到不方便。武帝因而想将长安城南大片土地辟为上林苑,让吾丘寿王替他谋划。当时东方朔也在身边,马上进谏。他讲了三不可:“上乏国家之用,下夺农桑之业”,一不可;扩大野兽活动范围,破坏人们墓舍,二不可;驰骛于深沟大渠,危及圣上安全,三不可。(见《谏除上林苑》)东方朔讲的道理当然是对的,武帝升迁他为太中大夫给事中(给事中是加官),赐黄金百斤。但却不接受他的意见,而按寿王所奏,开辟上林苑。这年东方朔二十四岁。

(4)元光六年(前 129),堂邑侯陈午死(据《史记·高祖功臣侯者年表》《汉书·外戚传》记载),窦太主寡居,年五十余,近幸卖珠儿董偃用爰叔计,献窦太主园。武帝大喜,为窦太主置酒宣室,派谒者引导董偃。当时东方朔执戟殿下,即上前阻止,并历数董偃三大罪状,当斩:私侍公主,其罪一;伤风败俗,其罪二;蛊惑人主,其罪三。宣室是先帝正处,非法度不得入。武帝想搞个下不为例,东方朔又引经据典严加阻止。武帝只好更置酒他处,并赏给东方朔黄金三十斤。董偃由此失宠。

这件事《资治通鉴·汉纪十》置于武帝元光五年(前130),现有人也据此而系于此年。这样安排肯定是不对的,因为东方朔数董偃罪是由于董与窦太主淫乱,而两人的淫乱是在堂邑侯陈午死后(这一点所有史书都无异辞),而陈午之死是在元光六年(王侯之死在当时是件大事,史书记载都很一致,当可信)。所以合理的推测是,东方朔阻拦董偃入宣室,并历数其罪,当在元朔二、三年(前 127—前 126)。《汉书·东方朔传》把此事置于东方朔因武帝杀昭平君而为武帝寿之后,也是不对的,两者应互换位置。斥董偃罪在前,为武帝祝寿在后。这年东方朔三十五六岁。

(5)大约在元狩二年(前 121)或稍前,武帝因东方朔善于言辞,就故意发问:"你看我这个皇帝当得怎样?"东方朔当场对武帝吹捧一番。说他的功德是在三皇五帝之上,而且他朝廷上的公卿也都可以与历史上最优秀的官吏相提并论,"譬若以周(公旦)、邵(公奭)为丞相,孔丘为御史大夫,(姜)太公为将军"等等,武帝听后大笑一番。武帝反过来又问:"你比起当今的公孙丞相、董仲舒、司马相如、主父偃、严助、司马迁等又怎样呢?"东方朔又大言不惭,说自己一身兼有他们所有人的优点和本领。

《汉书·东方朔传》的作者把此两事置武帝杀昭平君(元鼎二年,前115)与东方朔《化民有道对》(太初元年,前104)之后,这是不对的,因为武帝提到的主父偃是元朔三年(前126)逝世,公孙弘是元朔五年(前124)为相,元狩二年(前121)病逝,严助是因为与刘安谋反有牵连,元狩元年(前122)被杀的,司马相如是元狩五年(前118)逝世的,司马迁出任为郎中在元狩、元鼎间(前122—前116)。由此可以推断,即使主父偃是连类而及,丞相公孙弘当不会是误提,也即不能发生在公孙死后,东方朔与武帝的对话最迟不能迟于元狩二年,这年东方朔四十一岁。

(6)元鼎元年(前116),隆虑公主卒(见《史记·惠景间侯者年表》),子昭平君日骄,杀人,当死。但隆虑公主曾为昭平君预赎死罪,故武帝为此而犹豫再三。武帝最后虽依法准奏杀昭平君,但哀伤不能自已。东方朔前为寿说:"圣王赏不避仇,诛不择亲,陛下行之。臣再拜上万岁寿。"武帝不快,责备他不该在这时说话。东方朔又说了一番大道理。在此之前,东方朔曾因在殿中小便,被劾不敬罪,贬为庶人,待诏宦者署,这时又被命为中郎,并赐帛百匹。

这一事《汉书·东方朔传》把它放在东方朔奏斩董偃之前,即元朔二至三年(前127—前126),这是不对的,因为当时隆虑公主未卒,昭平君还未杀人。《资治通鉴·汉纪九》把它置本纪之末尾,以"总评"口气来写,说明司马光不明此事发生年代。有人据此而断为"后元发生的事",即公元前89—前88年(见《中国青年报》1987年3月29日所载《武帝挥泪斩亲甥》),同样是错误的,因为从史书的叙述看,昭平君杀人是在隆虑公主死后不久发生的事。这年东方朔四十六岁左右。

(7)太初元年(前104),由于当时统治阶级的侈靡,社会风气不好,汉武帝问东方朔:“我想教化百姓,你有什么办法没有?”东方朔回答说:“远的尧、舜、禹、汤等圣王的节俭我说不清,近的孝文帝的俭约却是大家都知道的,他虽贵为天子,富有四海,可还是穿粗布衣、生皮鞋,收集臣下奏上的书囊做帷帐,天下自然望风成俗。可是陛下呢,日日扩建未央宫,嫌城太小,又在城外营作高大的建章宫,号称千门万户,木头、墙壁、狗马都要用锦缎包裹。……陛下自己淫侈如此,要百姓不奢侈怎么可能呢?”(见《化民有道对》)由于《化民有道对》中提到武帝建建章宫,则可肯定此事发生在太初元年,因为建章宫是这一年因柏梁台起火后根据“起大屋以压胜之”的说法而建筑的。《汉书·武帝纪》《三辅黄图》《资治通鉴·汉纪九》都是这样记载的,所以《汉书·东方朔传》置此事与斥董偃同时(元朔二至三年,前127—前126)是错误的,两者相距有二十多年。这年东方朔五十七岁。

(8)大约在太初(前104—前101)、天汉元年(前100)之间,东方朔上书陈述农战强国大计,但因所谈都是商鞅、韩非等法家一类的看法,而且旨意放荡,又颇诙谐,所以终不见用。我们推断这事发生在太初、天汉年间,主要依据是,《汉书》本传有这么一段话:“时方外事胡越,内兴制度,国家多事,自公孙弘以下至司马迁皆奉使方外,或为郡国守相至公卿,而朔尝至太中大夫,后常为郎,与枚皋、郭舍人俱在左右,诙啁而已。久之,朔上书陈农战强国之计……”这里提到的公孙弘和司马迁两人,很明显是带有总结性的回顾语言,公孙弘早已成为历史人物,他元狩二年(前121)就逝世了,但司马迁却还健在,而且一定发生在司马迁于元鼎六年(前111)奉命出使巴蜀之后,李陵事件(天汉二年,前99)发生以前,因为司马迁为李陵降匈奴辩说,遭宫刑(天汉三年),人们就不会拿他来炫耀了。

也就是在这个时候,东方朔写作著名的作品《答客难》和《非有先生论》。这时东方朔约在五十八岁到六十一岁之间。

东方朔活了多大岁数,我们已无法知道,但西汉末东汉初,桓谭在其《新论·离事第十一》提道:“太史公造书,书成,示东方朔。朔为平定,因署其下。太史公者,皆朔所加之者也。”桓谭这段记载,《史记·孝武本纪》和《史记·太史公自序》唐司马贞《索隐》都引用过了,司马贞认为桓谭“其说未尽”,“盖迁自尊其父著述,称之曰公”。但至今没有人怀疑司马迁拿过《史记》请东方朔评定,由此则可证明,在司马迁写成《史记》时——征和二年(前91),或以为太始四年(前93)以后——东方朔还健在,这时他已七十左右了。但东方朔最多也只能活到后元元年(前88),因为他死前还给汉武帝进谏:“愿陛下远巧佞,退谗言。”武帝因东方朔“多善言”而感到奇怪。(《史记·滑稽列传》)可见他死在武帝之前,而武帝是后元二年(前87)逝世的。我们以为东方朔大约死于征和四年(前89)或后元元年(前88),这个推断当不会有太大出入,这年东方朔约七十二岁或七十三岁。

二、思想倾向与滑稽失意

班固在《汉书·艺文志》里把东方朔列入杂家。最近有人发表文章,也以为是杂家。理由之一是东方朔读书时期正是汉初思想界比较自由开放,先秦诸子百家竞相传播的阶段。理由之二是东方朔从小丧失父母,靠兄嫂抚养成人,在学业上不可能做到学有专师,术有专攻。用这种推论的方式来判断东方朔的思想倾向,我以为是极不可靠的,因为一个人政治思想的形成,不单单来自青少年时期所读的书本,进入社会后,活生生的现实生活的教育有时往往更起作用,何况任何一个人读书,也从不是不分彼此地兼收并蓄,而是有选择地扬弃与吸收。东方朔的思想倾向也正说明了这一点。他虽读了三年的文史——这里面可能多属诸子百家的著作;读了一年的《诗》《书》——这里全是儒家的经典;又读了一年孙吴兵法——这里按班固的划分属兵权谋家的著作。但东方朔后来的思想,并不是这三部分的大杂烩,而是依据他所受的教育,依据自己的阅历,以及依据汉武朝政的方针等等,最后才形成他那以儒家思想为主导的儒法思想倾向。这一点我们从《汉书》东方朔本传就可以看得很清楚。

(1)建元三年,他反对汉武帝营建上林苑时所说的"三不可",就属于儒家所倡导的崇尚节俭、仁人爱民的思想范围。

(2)元光六年,董偃与窦太主私通,东方朔奏斩董偃,就是因为董偃违犯了儒家的礼教,如儒家的经典著作——《礼记·曲礼》就有所谓"礼者,所以定亲疏,决嫌疑,别同异,明是非也。礼不妄说(悦),不辞费。礼不逾节,不侵侮,不好狎"。

(3)元狩初年,武帝要东方朔对本朝君臣作出评价,东方朔就拿历史上的圣君贤臣来比附,而所举的君臣也正多属儒家所崇拜的人物,如三王、五帝、周公、召公等等。

(4)元鼎初年,东方朔称赞武帝诛杀(外甥、女婿)昭平君时说:"臣闻圣王为政,赏不避仇雠,诛不择骨肉。《书》曰:'不偏不党,王道荡荡。'此二者五帝所重,三王所难也,陛下行之……天下幸甚!"东方朔这里称颂的依据——所谓圣主,所谓《书》——也完全是儒家所崇拜的人物与所遵奉的典籍。

(5)太初元年,东方朔在回答武帝所询问的"化民"要术时,提出扭转"天下侈靡趋末"的关键在于皇上躬行节俭,"以道德为丽,以仁义为准","推甲乙之帐燔之于四通之衢,却走马示不复用,则尧舜之隆宜可与比治矣。《易》曰:正其本,万事理;失之毫厘,差以千里"。这里东方朔所以征引的依据,所追求的目标,也全是儒家那一套,他心目中的理想人物也正为汉儒所推崇。

东方朔的《答客难》《非有先生传》的思想基调,也同样可以归入儒家者流。这两篇文章我们后面还要评论。

由此可见,东方朔臧否人物、辨别是非等等,大都以儒家的经典为标准,以儒家所崇奉的古代圣贤的言行为依据。东方朔基本上是站在儒家一边的,他的所作所为,大体上是符合儒家的要求的。他是一个"指意放荡,颇复诙谐"的"活儒"。

(6)但《汉书》本传还曾提道:"久之,朔上书陈农战强国之计,因自讼独不得大官,欲求试用。其言专商鞅、韩非之语也。"根据这段记载,我们也不难看出东方朔同时具有强烈的法家思想。因为文中所谓的陈农战强国之计,正为法家所强调的。法家就是倡导耕战,主张以农致富,以战求强。而商鞅、韩非两人又正是众所周知的鼎鼎大名的法家代表人物。

(7)在这里,好像有些矛盾,东方朔一会儿站在儒家一边,一会儿又驻足于法家行列,这当如何解释?其实,这并不奇怪,东方朔就是集儒法于一身的人物,这也正是作为"滑稽之雄"的东方朔的机智之处。我们知道,汉武帝虽标榜独尊儒术,但实际上他是外儒而内法，正如汲黯所揭露他的："陛下内多欲而外施仁义，奈何欲效唐（尧）、虞（舜）之治乎！"不仅武帝如此，他前后的几个皇帝也无不是如此。所以，当汉元帝做太子时，看到他的父亲汉宣帝"所用多文法吏，以刑名绳下"，曾劝说："陛下持刑太深，宜用儒生。"宣帝马上板脸训斥他："汉家自有制度，本以霸王道杂之，奈何纯任德教，用周政乎？且俗儒不达时宜，好是古非今，使人眩于名实，不知所守，何足委任！"又叹道："乱我家者，太子也。"由是疏太子而爱淮阳王，说："淮阳王明察好法，宜为吾子。"对此，鲁迅先生也有极精彩的剖析，他说："在中国的王道，看去虽然好像是和霸道对立的东西，其实却是兄弟，这之前和之后，一定要有霸道跑来的。"（《且介亭杂文·关于中国的两三件事》）聪明机智绝顶的东方朔对统治者的内心活动当然看得一清二楚，他既想"欲求试用"，"为天子大臣"，当然要像他在射覆上善于应对那样，随机应变，有针对地提出适合时宜的主张。所以他一方面时时用儒教王道来约束武帝，另一方面又实实在在地用法家的多欲政治，用霸道来鼓励武帝。这是个人的需要，也是王朝的需要。

在这里，人们自然会产生疑惑：东方朔的政治思想既然与最高统治者汉武帝合拍，又有能力"可以为天子大臣"，汉武帝为什么不加以重用呢？这个问题其实也很容易回答，因为鲁迅先生早已替我们解答了。鲁迅说："中国的开国的雄主，是把'帮忙'和'帮闲'分开的，前者参与国家大事，作为重臣，后者却不过叫他献诗作赋，'俳优蓄之'，只在弄臣之列。不满于后者的待遇的是司马相如，他常常称病，不到武帝面前去献殷勤，却暗暗的作了关于封禅的文章，藏在家里，以见他也有计画大典——帮忙的本领。"（《且介亭杂文二集·从帮忙到扯淡》）这就是说，在最高统治者的心目中，把臣下分两种，一种是能在政治上帮自己的忙的，另一种是只能在生活上给自己助兴陪玩的。前者可以参与国家大事，当然可能为大臣；后者却只能写诗作赋，不能做大官。为什么写诗作赋的就不能当大官呢？因为写诗作赋的人被视为俳优，而俳优从先秦以来一直被视为不祥之物，而受到贬抑排斥。如《国语·越语下》说："今吴王淫于乐，而忘其百姓，乱民工，逆天时，信谗，喜优，憎辅，远弼……"这里，作者就把"淫乐""信谗"与"喜优"置于同等的地位上，并与"憎辅""远弼"联系在一起。以为国君一旦"喜优"，就会"淫乐""信谗"，就会"憎辅""远弼"，总之，国君就会成为荒淫无度、听信谗言、排斥忠臣的昏君。类似这样的记载在先秦古籍中时有所见。所以汉武帝不用赋家司马相如，作为既写诗作赋，又名列"滑稽之雄"，也即既充当"准倡优"，又扮演地道"俳优"的东方朔，武帝怎有可能起用他呢？东方朔的不得志是必然的，这是他所从事的职业决定的，也是历史所决定的。所以有人以为武帝不用东方朔，是由于东方朔不合时宜地鼓吹他的杂家思想，或以为他站在平民一边，因而与汉武帝发生矛盾，这都是想当然的，毫无根据的。我们从《汉书·东方朔传》可以清楚地看到，东方朔与武帝之间在思想观点上并不存在矛盾，东方朔的言谈话语、所作所为，都一再受到武帝的赞许。即使东方朔谏营建上林苑，武帝虽不接受，但在道理上，武帝也不得不承认东方朔所说的是对的，所以才当即提升他为太中大夫给事中，赐黄金百斤。武帝杀昭平君，东方朔为之祝寿；武帝宴董偃，东方朔据理阻挠，并历数董偃罪过。这些事虽曾引起武帝的不快，但武帝也不得不接受，并对东方朔大加赞赏，因为东方朔说得在理。由此可见，东方朔与武帝之间在政治思想上的确并没有什么矛盾可言,如果一定要寻找矛盾的话,那他们之间只有感情上的矛盾。而这样的矛盾在人们之间是时时存在的,是普遍存在的现象,人们不能据此而断定他们政治上存在着分歧。这就是我们的结论。

三、作品简论

《汉书·艺文志》载:"杂家""东方朔二十篇"。《汉书·东方朔传》除全文收录《答客难》和《非有先生传》外,又列出:"其余有《封泰山》《责和氏璧》《皇太子生禖》《屏风》《殿上柏柱》《平乐观赋猎》,八言、七言上下,《从公孙弘借车》……"叙述中提到《谏起上林苑疏》、《应诏上书》、《为武帝上寿》(暂名)、《化民有道对》(暂名)等。在《史记·滑稽列传》里,还提到《据地歌》、《临终谏天子诗》(暂名)等,共十九篇。这些当是可靠的。另外,《楚辞》收《七谏》,《初学记》收《与公孙弘书》,《艺文类聚》收《诫子诗》《旱颂》,等等,这些文章真伪难辨。《汉书·东方朔传》在说到《从公孙弘借车》后即说:"凡(刘)向所录朔书俱是矣。世所传他事皆非也。"这两句都说得很明确,很直截了当,如果这些话没错,那么《七谏》以下都是伪托的了。《旱颂》在《古文苑》中就列在贾谊名下,当以《古文苑》说得是,因为《古文苑》所载系全文,《艺文类聚》所载仅及全文的六分之一。《汉书》本传说,在东方朔所有的作品中,当以《答客难》《非有先生论》"二篇最善",讲得很对。下面着重评论《答客难》。

班固在《汉书·东方朔传》里说:"武帝既招英俊……自公

孙弘以下至司马迁皆奉使方外,或为郡国守相至公卿,而朔尝至太中大夫,后常为郎,与枚皋、郭舍人俱在左右,诙啁而已。久之,朔上书陈农战强国之计,因自讼独不得大官,欲求试用……终不见用,朔因著论,设客难己,用位卑以自慰谕。”刘勰也说:“自(宋玉)《对问》以后,东方朔效而广之,名为《客难》,托古慰志……原兹文之设,乃发愤以表志,身挫凭乎道胜,时屯寄于情泰……”(《文心雕龙·杂文》)班、刘二人看得都很清楚,《答客难》的确隐含着作者“自慰”“慰志”“表志”的旨意在。

《答客难》分两大部分。第一部分是“客难”。作者借“客”人之口说:“今子大夫修先王之术,慕圣人之义,讽诵《诗》《书》百家之言,不可胜数……自以智能海内无双,则可谓博闻辩智矣。然悉力尽忠以事圣帝……官不过侍郎,位不过执戟,意者尚有遗行邪?同胞之徒无所容居,其故何也?”这就是说,东方朔有学问,有智谋,有道德,但却当不了大臣。这里不平之气已借“客”之口说了出来。

前面说过,东方朔二十二岁就上书自荐,“高自称誉”,“可以为天子大臣”,看出他自命不凡,很想做一番事业,但三十几年过去了,依然屈居下僚,他内心能平静吗?!“客”问东方朔自身是否有些缺点毛病?回答当然是否定的,这更暴露统治者对他的不公。

第二部分是东方朔作“答”。这是本文的重点。这部分可分为三段。第一段是讲“时异事异”。说明苏秦、张仪生于乱世,有发挥自己才智的机会,所谓“周室大坏,诸侯不朝,力政争权,相禽以兵……故谈说行焉”。而东方朔自己是生于汉武盛世,所谓“圣帝流德,天下震慑,诸侯宾服……物无不得其所”，根本用不着治理，自然不需要人才。这话看似赞颂，实乃讥刺，因为当时“武帝既招英俊，程其器能，用之如不及”，怎么会无须人才呢！东方朔也曾称赞汉武帝的朝廷“诚得天下贤士，公卿在位，咸得其人”，怎么这时认为治理国家不用人才呢？

随后东方朔又说：“尊之则为将，卑之则为虏；抗之则在青云之上，抑之则在深泉之下；用之则为虎，不用则为鼠；虽欲尽节效情，安知前后？”这段话表面上仍是说治世无须人才，但骨子里是批评最高统治者贤愚不分，是非莫辨，好恶随心，糟蹋人才，所谓“贤不肖何以异哉”，对当朝的达官贵人也是当头一棒。这一段是第二节，也是全文的重点。

第二段是说，虽然做不了大官，但可以通过加强修养，使自己的道德臻于完善，从而名垂千古。所谓“苟能修身，何患不荣”。这当然是无可奈何不得已而求其次，其怨气也是不难体察的。

最后一段主要指出“客”的错误，在于“不知权变”，表面看作者是洋洋自得，实际上是眼泪往肚子里流，尤其是：“若夫燕之用乐毅，秦之任李斯，郦食其之下齐，说行如流，曲从如环，所欲必得，功若丘山……是遇其时也，子又何怪之邪！”就更明显地道出作者的心曲了。当权者不用我东方朔，你叫我东方朔有什么办法，我当不了大臣，有什么奇怪！你们能怪我吗?!

总而言之，《答客难》表面上是东方朔解答“客”人的问“难”，他引经据典，说古道今，滔滔不绝了一大堆道理，实际上是什么道理也没有讲出，什么问“难”也没有解答，因为那些道理是无法讲出的，也是不能讲出的。但通过这些问答，东方朔的心曲已得到充分的表达，他那不平之慨已得到宣泄，他那委屈的心理已得到某些慰藉。这篇文章与其说是“客难”东方朔,毋宁说是东方朔“难”封建王朝最高统治者。

这篇“论难”艺术上最大特点是它的主题思想不是从字面上直接表现出来,而是从似是而非的辩说中、从背景中流露出来。如东方朔明明感到自己怀才不遇,感到皇上对自己的官职安排不当,但他不直接说出,相反,他还要千方百计为皇上找“理由”,替对方设辩词,所谓当今是太平盛世,王朝大事井井有条,不需要能人来治理,自己当然当不了大臣,等等。这种似是而非的理由,为批评对方辩解的手法,正为后来的大赋家所普遍运用。如扬雄在《长杨赋》序文中明明说,他写此赋是为了讽谏汉成帝“大夸胡人多禽兽”,“发民入南山”,“捕熊罴豪猪虎豹狖玃狐兔麋鹿”,以致影响农民生产:“是时,农民不得收敛。”但扬雄在赋的正文里,却把汉成帝这些“虐民”的行为说成是“安不忘危”,也即是为了阅兵练武、显示国威、提高警惕、警告外敌等。这种手法,也就是人们所说的“反话正说”——反面的事用肯定的口气说出。

汉赋作家采用这种曲折表现自己意志的手法,与他们的身份有关,他们都是帝王的“言语侍从之臣”,地位很低,有所陈诉,不敢像大臣那样直截了当地说出。而东方朔不仅是“言语侍从之臣”——准倡优,而且还是“滑稽之雄”——典型的倡优。双重的“弄臣”的身份,决定了他的文章只能采取这种委婉曲折的表现手法。我们把《答客难》划入赋作范围,这是重要的根据之一。

《答客难》的另一个特点是它那居高临下、纵横捭阖、铺张扬厉、滔滔不绝的文势。这一点在答“客”部分表现得最为明显。文章开始即说:“东方先生喟然长息,仰而应之曰……”这里，一个感叹的声调，一个仰头的动作，就活现出答者一副倨傲轻蔑的神态。“是固非子之所能备也”，“今以下愚而非处士，虽欲勿困，固不得已，此适足以明其不知权变而终或(惑)于大道也”。也完全是一派教训人的口气，尽管这些教训是那样虚张声势，那样经不起推敲。至于“夫苏秦之时，周室大坏”一段与“今则不然，圣帝流德”另一段，“今世之处士”一段与“若夫燕之用乐毅”另一段，或相互对比，或两双映照，使文章显得时而有似江河下泻，气势磅礴，时而左旋右转，变幻莫测。人们读了这些文字，好像看到纵横家在进行舌辩一样。类似这种情况在后来班固的《两都赋》、张衡的《二京赋》中也存在，这是汉赋受先秦纵横家影响的证据，也正是我们把《答客难》列入赋作的另一个原因。

东方朔的这篇赋，无韵，句式参差不齐，当属散体赋。这篇赋对后代影响很大，扬雄的《解嘲》、班固的《答宾戏》、崔骃的《达旨》、蔡邕的《释诲》等等，都是在它的直接影响下创作出来的，从而形成辞赋中的一种特殊格式，《文选》给它起名曰“设论”。

扬雄赋论*

继司马相如之后百余年，蜀郡成都又出现一位大赋家——扬雄。扬雄赋所反映的生活的广度和深度，要在司马相如赋之上，扬雄赋在艺术上也有独到之处。

据班固《汉书·艺文志》称，扬雄有赋十二篇。现存散见于《汉书·扬雄传》，《文选》《古文苑》等尚有《甘泉赋》、《河东赋》、《校猎赋》(《文选》作《羽猎赋》)、《长杨赋》、《太玄赋》、《逐贫赋》、《蜀都赋》(此赋有争议)七篇。《解嘲》《反离骚》虽不以赋名，但它的体制实属赋区，所以也应一体论列。在这些赋中，由于写作时代的不同，尤其是由于作者思想前后的变化，可以把它们分为前后两个时期。

一

扬雄在四十四岁以前，也即蛰居蜀郡成都老家和四十余岁外游京师，待诏承明殿，为汉成帝制辞作赋的时期。这时，扬雄

---

* 本文原载于《中国古典文学论丛》第二辑，人民文学出版社 1985 年版。

的政治热情很高,处处关心朝廷大事,干预政治生活,对社会充满热情,对成帝寄托期望。如他跟汉成帝幸甘泉,即上《甘泉赋》以"风";他随成帝横大河,祭后土,即奏《河东赋》以"劝"。这里不论是"风"还是"劝",其目的只有一个,就是殷切地希冀成帝弃恶从善,做个圣明的君主,把朝政治理好,使国家富强,让人民安乐。这个时期的作品有《蜀都赋》《甘泉赋》《河东赋》《校猎赋》《长杨赋》五篇,这些作品洋溢着作者昂扬乐观的情调,表现出作者的追求和理想。

第一,注意农民的生产和生活。这一点在扬赋里表现得相当突出,如当扬雄跟着汉成帝去"羽猎"时,他内心马上掀起层层波澜——"(雄)以为昔在二帝三王,宫室台榭,沼池苑囿,林麓薮泽,财(才)足以奉郊庙、御宾客、充庖厨而已,不夺百姓膏腴谷土桑柘之地,女有余布,男有余粟,国家殷富,上下交足。"尧舜等先帝时刻关注百姓的生产和生活,不因自己的大兴土木、大圈苑囿而加重百姓负担,侵占农民耕地。扬雄心想,有这样约身束己的圣主就好了。可是历史上偏偏有一些逞情纵欲的国君,如齐宣王,尤其是汉武帝,"武帝广开上林……周袤数百里……营建章、凤阙、神明、馺娑(殿名)、渐台。太液,象海水周流方丈、瀛洲、蓬莱,游观侈靡,穷妙极丽……然至羽猎,甲车戎马,器械储偫,禁御(即禁苑)所营,尚泰奢丽夸诩"。汉武帝在生活作风上的豪华奢靡是他以前任何一个帝王所难以比拟的,《三辅黄图》一书所收的三辅地区秦汉期间所营建的数以百计的宫殿楼阁,就绝大部分出于汉武帝一人之手。《黄图》作者痛斥武帝"骋其邪心以夸天下",是很中肯的,扬雄上面所作的指责,也是符合事实的。扬雄"恐后世复修前好,不折中以泉台,故聊因《校猎赋》以风之"(《校猎赋序》)。他就是担心汉成帝摒除尧舜不学而效尤汉武，以致殃及“齐民”，所以迫不及待地写赋以讽。

在《校猎赋》里，扬雄也确是这样写的。赋在描写汉成帝组织了一场“刮野扫地”的畋猎之后，接着写成帝的觉醒——“奢云梦，侈孟诸，非章华，是灵台，罕徂离宫，而辍观游；土事不饰，木功不雕；丞民乎农桑，劝之以弗怠；侪男女，使莫违；恐贫穷者不遍被洋溢之饶，开禁苑，散公储…… 放雉兔，收罝罘，麋鹿刍荛，与百姓共之…… 未遑苑囿之丽，游猎之靡也。因回轸还衡，背阿房，反未央。”汉成帝实际上不可能做到这一点，这只不过是作者一厢情愿而已。但作者之所以这样写，不正表达他的意愿和理想？作者对老百姓生产生活的关注跃然纸上。

如果说在《校猎赋》里，汉成帝因自己的羽猎游观对百姓的危害尚属间接，那么在《长杨赋》里，成帝的举止就直接危害到百姓的生产生活了——“明年，上（指成帝）将大夸胡人以多禽兽，秋，命右扶风发民入南山，西自褒斜，东至弘农，南驱汉中，张罗网罝罘，捕熊罴豪猪虎豹狖玃狐兔麋鹿，载以槛车，输长杨射熊馆。以网为周阹，纵禽兽其中，令胡人手搏之，自取其获，上（指成帝）亲临观焉。是时，农民不得收敛。雄从至射熊馆，还，上《长杨赋》…… 以风。”（《长杨赋序》）汉成帝为了显示自己的阔气威风，竟不顾农民的死活，驱民入南山为其捕抓野兽。扬雄对此是甚为不满的。为了批评汉成帝这种虐民行为，他写了《长杨赋》，并借子墨客卿的口，直截了当地指责起汉成帝来——“盖闻圣主之养民也，仁沾而恩洽，动不为身。今年猎长杨，先命右扶风，左太华而右褒斜，椓巀嶭（山名）而为弋，纡南山以为罝，罗千乘于林莽，列万骑于山隅，帅军踤阹，锡戎获胡，扼熊罴，拖豪猪…… 此天下之穷览极观也。虽然，亦颇扰于农人。三旬有余，其勤至矣，而功不图……岂为民乎哉？”

随后，翰林主人虽千方百计地为汉成帝“夺民”的暴行辩护，但那不过是反话正说而已。因为如果汉成帝的行为真正没有错，他就应一直实行下去，没有必要随后即改弦易辙，弃奢从俭——“是以车不安轫，日未靡旃（日未移旌旗之影，喻其短暂），从者仿佛，委属而还……使农不辍耰，工不下机，婚姻以时，男女莫违……矜劬劳，休力役……岂徒欲淫览浮观，驰骋杭稻之地，周流梨栗之林，蹂践刍荛，夸诩众庶，盛狖玃之收，多麋鹿之获哉！”联系序里来看，作者否定汉成帝扰害百姓的行为是很清楚的。扬雄对农民的这种态度，我们从作者其他作品中也可以得到证实。如《连珠》之二说：“吏不苛暴，役赋不重，财力不伤，安土乐业，民之乐也。”《大司农箴》也说：“上稽二帝，下阅三王，什一而征，为民作常；远近贡篚，百姓不忘；帝王之盛，咸在农殖。季周烂漫（散乱），而东作（农事）不敕，膏腴不获，庶物并荒……秦收大半，二世不瘳；泣血之末，海内无聊。”他一再要求统治者要重视农业，减轻赋税，珍惜民力，让老百姓有条件从事生产，能勉强地生活下去。

当然，我们也有必要指出，扬雄之所以时时刻刻注视百姓的现状，记挂他们的生产生活，绝不是说他的立场已转到人民一边。扬雄之所以有此思想，也可能与他生活比较困顿，对人民的疾苦容易理解，从而关怀他们的痛痒有关。但关键的还是他的儒家思想在起作用。我们都知道，儒家总结了中国以往历代王朝统治人民的经验，从而得出，要巩固自己的地位，要创建封建王朝的光辉业绩，就得处理好农民这个大问题：要给他们提供最起码的条件，让他们维持再生产，并能苟延残喘地生活下去。而要做到这一点,统治者就得适当地约束自己。扬雄的赋也正是从这个角度来提问题的。所以扬雄最后总是称赞封建王朝是什么“延光于将来,比荣于往号”(《长杨赋》)。一切都为封建王朝久治长安计,除此之外,别无所图。

第二,反对帝王过分的侈靡。这一点与上一点联系在一起。从上面所引用的扬雄赋的序文和赋里所描写的天子弃奢就俭、重新做人就可以看得出。下面,我们再来看看扬赋是如何直接具体地暴露天子的淫逸。《汉书·扬雄传》说:“甘泉本因秦离宫,既奢泰,而武帝复增通天、高光、迎风。宫外近则洪崖、旁皇、储胥、弩陆,远则石关、封峦、枝鹊、露寒、棠梨、师得,游观屈奇瑰玮,非木摩而不雕,墙涂而不画,周宣所考,般庚所迁,夏卑宫室,唐虞棌椽三等之制也。且为其已久矣,非成帝所造,欲谏则非时,欲默则不能已,故遂推而隆之,乃上比于帝(指天帝)室紫宫,若曰此非人力之所为,党鬼神可也。”这段文字的意思是,他看到汉武帝所兴建的一大群宫馆楼台,实在太华丽了,但批评又不是时候,沉默又有所不忍,便采取“推而隆之”的手法,即对这个建筑群进行极度夸张的描绘,说明不是人世间所能建造的,只有靠鬼神的力量才能完成,以此来宣泄自己的不满,表示对此事物的批判。同时,也借此说给当今的皇帝——汉成帝听,让他听出弦外之音,从而警觉起来,不再沉浸在像汉武帝那样的淫奢之中。所以这种“推而隆之”的手法,实际上也就是说反话,即对自己所要否定的对象进行极力地渲染,貌似赞扬,而骨子里却是暴露和批判。扬雄利用这种手法对汉武帝的淫奢进行暴露和批评是随处可见的。对甘泉宫的描写就是其中一例:

是时未臻夫甘泉也，乃望通天之绎绎。下阴潜以惨懔兮，上洪纷而相错；直峣峣以造天兮，厥高庆而不可乎疆度。

还没有到达甘泉宫，就望见高入云天的通天台。它到底有多高呢？人们无法丈量，这是多么夸张的笔触！其实，通天台也只有三十丈高，即使再高也可以度量，说它无法度量，无非是为了耸人听闻，以表示作者对此的不满。这是一种先声夺人的笔法，能造成强烈的艺术效果。下面才进入写甘泉宫的高楼大厦：

于是大厦云谲波诡，摧嗺而成观；仰矫首以高视兮，目瞑眴而无见；正浏滥以弘惝兮，指东西之漫漫；徒徊徊以徨徨兮，魂魄眇眇而昏乱；据軨轩而周流兮，忽坱圠而无垠……配帝居之悬圃兮，象泰壹之威神。

这是走到大厦跟前所见，只感到它高看不到顶，大望不到边，爬上去想转一转，又觉得走不到尽头，弄得人们精神迷离恍惚，简直像天帝的宫殿一样壮丽。扬雄这样说，可以看出他感触之深，沉痛之极，作者的不满情绪已流露在字里行间了。但作者还不就此罢休，接着又写洪台：

洪台崛其独出兮，㨖（至）北极之嶟嶟；列宿乃施于上荣（屋翼）兮，日月才经于柍桭（屋宇端）；雷郁律于岩窔兮，电倏忽于墙藩；鬼魅不能自逮兮，半长途而下颠。

大台兀然而起,高出北极,日月星辰从它的屋檐经过,雷电交作于其墙根,鬼神还没有爬到顶就纷纷颠坠下来。这又是何等的高峻!哪里是人力所能做到的!作者慨叹的语气更重了,批判的意味更加强烈了。前面所说的“比于帝室紫宫,若曰:此非人力之所为,党鬼神可也”,即此之意也。

再如《校猎赋》,作者的写作意图,在序里已说得很清楚,就是要反对汉成帝那种不留遗类地“刮野扫地”“囊括雌雄”的“羽猎”,所以赋里那些极度夸张的描绘不言而喻地是对汉成帝的批判,也即作者让自己的批判态度隐晦然而又是明白地埋在那些夸张的描绘之中:

> 于是玄冬季月……帝将惟田于灵之囿……乃诏虞人典泽,东延昆邻,西驰闾阖,储积共偫(音“至”,具也),戍卒夹道,斩丛棘,夷野草。

这里写汉成帝的冬狩。他自己还没有动身,周围的人早就忙碌起来了,有的负责准备各项所需,有的负责警卫,有的清道除尘:

> 贲、育之伦,蒙盾负羽,杖镆邪而罗者以万计。其余荷垂天之毕,张竟野之罘,靡日月之朱竿,曳彗星之飞旗;青云为纷,红霓为缳;属之乎昆仑之虚,涣若天星之罗,浩如涛水之波,淫淫与与,前后要遮。

这是写汉成帝狩猎的队伍。有数以万计的勇士执剑负盾,准备为汉成帝拼搏——狩猎野兽;其余或背着垂天的大网,或扛着各色各样的大旗，浩浩荡荡地向目的地进发。下面才写到天子的出动：

> 于是天子乃以阳晁，始出乎玄宫，撞鸿钟，建九旒，六白虎，载灵舆，蚩尤并毂，蒙公先驱。

再下去是描写在天子率领下那场惊心动魄的狩猎场面。作者正是通过这一出出异乎寻常的冬狩活动，流露出他对天子放逸的批判。

当然，作者也不是一味地说反话，有时他也直下针砭。如在《甘泉赋》里，作者也曾直截了当地说甘泉宫是“袭璇室与倾宫兮，若登高眇远肃乎临渊”。璇室筑于夏桀，倾宫作于殷纣，甘泉承袭其后，作者之意不说自明。所以《文选》李善注引服虔说：“以此微谏也。”这话是不错的。

赋最后还写道：“想西王母欣然而上寿兮，屏玉女而却宓妃；玉女亡所眺其清胪兮，宓妃曾不得施其蛾眉。”据说也是影射汉成帝与赵昭仪的荒淫生活。正如《汉书·扬雄传》所指出的：“又是时，赵昭仪方大幸，每上甘泉，常法从，在属车间豹尾中。故雄聊盛言车骑之众，参丽之驾，非所以感动天地、逆厘三神。又言屏玉女、却宓妃，以微戒齐肃之事。”

从扬雄在《长杨赋》中对汉文帝的赞颂，也可以看出他反对帝王淫逸的态度：

> 逮至圣文（指汉文帝），随风乘流，方垂意于至宁。躬服节俭，绨衣不弊，革鞜（皮鞋）不穿（《文选》李善注：“言不穿不弊不更为也。”），大厦不居，木器无文。于是后宫

贱玳瑁而疏珠玑，却翡翠之饰，除雕琢之巧，恶丽靡而不近，斥芬芳而不御，抑止丝竹晏衍之乐，憎闻郑卫幼眇之声，是以玉衡正而太阶平也。

扬雄这些记叙，并非谀辞，汉文帝的确是我国历史上有数的以俭约著称的帝王。《史记·孝文帝纪》记载："孝文帝从代（汉初九国之一，辖今山西、河北部分地区）来，即位二十三年，宫室苑囿狗马服御无所增益。有不便，辄弛以利民。尝欲作露台，召匠计之，直（值）百金。上（指文帝）曰：'百金，中民十家之产，吾奉先帝宫室，常恐羞之，何以台为！'上常衣绨衣（一种比较粗糙的丝织品）。所幸慎夫人，令衣不得曳地，帏帐不得文绣，以示敦朴，为天下先。治霸陵，皆以瓦器，不得以金银铜锡为饰。不治坟，欲为省，毋烦民。"扬雄歌颂汉文帝的俭省，正是为了反对汉成帝的奢华。类似这种情况，从《少府箴》《太仆箴》《将作大匠箴》《上林苑令箴》，也都可以得到印证。在奢风日炽的西汉末世，扬雄这种言行不能说没有现实意义，正如当时的政论家贡禹所正确指出的，统治阶级的奢侈淫靡，乃"天下之民所为大饥饿死者是也"（《汉书·贡禹传》）。

第三，歌颂祖国统一和强盛。这一点在《益州牧箴》《幽州牧箴》《交州牧箴》中都有明显的表现。如《交州牧箴》说："交州（辖今两广及越南境）荒裔，水与天际；越裳（在今越南南部）是南……周公摄祚，白雉是献；昭王陵迟，周室是乱。越裳绝贡……大汉受命，中国兼该。南海之宇，圣武是恢；稍稍受羁，遂臻黄支（古国名）；杭（航）海三万，来牵其犀。"这是歌颂汉武帝恢复疆宇，平定南越，置其地为九郡，海外黄支国航海三万里进贡生犀的事。这是中国历史上的极盛时代。

这种情况在赋里也有所表现，但往往表现得比较曲折、含蓄，须细心加以体察才能觉出。这也正是汉赋通常的特点。如《长杨赋》作者的中心思想是反对汉成帝因驱民入南山为其捕抓野兽而妨碍农民的事，但它没有直接说出来，而是通过大谈汉帝国创业的艰难，以及汉成帝为守住帝业，平时就注意进行阅兵练武、保卫帝国等活动。赋这样说看起来自然是为汉成帝荒淫残暴辩解。但这种辩解不正也是一种讽刺？因为汉成帝此时此地压根就没有想到检阅武事、巩固国防！同时，作者拿汉帝国统一过程中几个战功煊赫的帝王来歌颂，不也正可以看出作者对昏君庸主的批判和对祖国统一大业的讴歌？赋通过翰林主人口一开始就说：

昔有强秦，封豕其士，窫窳其民，凿齿之徒相与磨牙而争之，豪俊麋沸云扰，群黎为之不康。

封豕、窫窳、凿齿都是害人的野兽。作者把暴秦喻为凶兽，在某种意义上是恰切的。如秦在租赋、徭役、刑罚等方面对人民的剥削和压迫，其残暴凶狠比之野兽是有过之而无不及的。中国自古就有所谓“苛政猛于虎”的说法。不然，也就不能理解秦为什么仅有国十五年而亡，成为我国历史上最短命的朝代。所以，赋接着对崛起于秦后，与项羽转战四五年，最后于垓下一役，战败项羽，重新统一中国，并开始实行符合时宜的“与民休息”政策，为兴盛的大汉王朝打下良好基础的高祖，给予充分的肯定和赞扬：

于是上帝眷顾高祖，高祖奉命……横钜海，票昆仑，提剑而叱之，所过麾城搣邑，下将降旗，一日之战，不可殚记。当此之勤，头蓬不暇梳，饥不及餐，鞮鍪生虮虱，介胄被沾汗，以为万姓请命乎皇天。乃展民之所屈，振民之所乏，规亿载，恢帝业，七年之间而天下密如也。

汉高祖的功绩是不可磨灭的。

其后熏鬻作虐，东夷横叛，羌戎睚眦，闽越相乱，遐氓为之不安，中国蒙被其难。

熏鬻指匈奴。西汉初年，匈奴达到了空前的强盛，它统治着东至辽东，北至贝加尔湖，西至西域，南与中国接壤的亚洲东北部广大地区。匈奴上层统治者侵略成性，它时常窥视中国，掠夺中国边境人畜财物。汉王朝虽一直采取忍让的和亲政策（冒顿单于甚至胆敢戏弄吕后，吕后也只好屈辱忍让），这个政策在某些时候也起过一定作用，但未能从根本上改变它对汉王朝的态度，边犯仍是个大问题。这从晁错的“言兵事”即可看出。与此同时，其他边境的少数民族也时常混战，或至于侵边犯境。这种情况一直到汉武帝登位后才有根本改变：

于是圣武勃怒，爰整其旅，乃命票、卫……砰輷轀（古兵车之一种），破穹庐，脑沙幕，髓余吾，遂躐乎王庭……分梨单于，磔裂属国……皆稽颡树颔，扶服蛾伏，二十余年矣，尚不敢惕息。

大汉帝国从建立起，到武帝登位，已有六十来年。这时国势已极强盛。所以汉武帝再也不愿在匈奴面前低三下四了。他即位不久,就放弃输金赠币的屈辱求和政策,改为针锋相对的武力斗争政策。从公元前 133 年起,汉武帝就开始了对匈奴的征讨。他一面切断匈奴与西域诸国的联系,一面派大军正面进攻。在卫青、霍去病等一批名将的统率下,经过长期的奋战,终于把匈奴打败,匈奴犯边的困境才基本解除。从总的方面说,在此前后汉王朝对匈奴进行的战争,基本上是属于正义的战争。

> 夫天兵四临,幽都先加,回戈邪指,南越相夷,靡节西征,羌僰东驰。是以遐方疏俗殊邻绝党之域,自上仁所不化,茂德所不绥,莫不跻足抗手,请献厥珍,使海内澹然,永亡边城之灾,金革之患。

汉武帝打败了匈奴后,四周少数民族的问题也相继解决,中国终于成为一个比以前任何时候都更加统一强大的国家。社会的安定和各民族间文化技术的交流,大大地促进了生产的发展和社会的进步。对汉族以及对各少数民族都是有利的。当然,汉武帝在处理少数民族问题上,肯定会有大汉族主义的倾向,但那是第二位的。汉武帝为今天多民族的中国奠定了坚实的基础,这是主要的。他是有功于国家的帝王。

赋最后说:

> 意者以为事罔隆而不杀,物靡盛而不亏,故平不肆险,安不忘危。乃时以有年出兵,整舆竦戎,振师五莋,习马长杨,简力狡兽,校武票禽。乃萃然登南山,瞰乌弋,西厌月

嵋,东震日域……

这段话是承上而来的。王朝基业的创建既然是如此之不易,而事物发展的规律又往往是到了顶点后便要走向反面,所以汉成帝吸取了以往的教训,时时注意操练兵马,提高战斗水平,以保证帝国的安全。读者于此,自不言而喻,这当然只是作者的安排。

《长杨赋》之所以竭力歌颂这些对祖国统一大业作出贡献的帝王,强调"安不忘危",与当时的形势是有关的。我们知道,"西汉的政权,从成帝时起,即开始走上崩溃的过程,迄于哀(哀帝)、平(平帝),崩溃决裂,遂不可收拾"(翦伯赞《中国史纲》第二卷)。所以,当时北境虽呈现"边城晏闭,牛马布野"的和平景象,但在这个景象的背后,却隐伏着严重的战争危机,存在着战火的重燃。匈奴经过几十年的休养生息,力量又渐渐恢复过来了。随后由于王莽的失策,匈奴又成为汉家的劲敌,并又屡犯边境就是证明。

这里有必要说明,扬雄竭力歌颂当代帝王的武功,但他绝非唯武力主义者,亦非大汉族主义者,他大体上是主张汉王朝与匈奴和睦相处、共为一家的。这一点我们从《谏不受单于朝书》(见《汉书·匈奴传》)就可以约略看到。汉哀帝建平四年(前3),匈奴单于上书请求入朝称臣。当时朝廷公卿均以为"虚费府帑"而主张"勿许",但扬雄却独排众议,力劝哀帝接受匈奴入臣。他先讲汉以来与匈奴斗争的历史,指出即使是最强盛的汉武帝时期,匈奴也只是请求"和亲",而"未肯称臣"。宣帝时,匈奴内乱,王朝对策也只是"欲朝者不拒","不欲(朝)者不强(不勉强)"。现在匈奴主动要求入朝称臣,正是团结匈奴难得的机会:“今单于归义,怀款诚之心,欲离其庭,陈见于前,此乃上世之遗策,神灵之所想望……奈何拒以来厌之辞,疏以无日之期,消往昔之恩,开将来之隙……焉得不为大忧乎!”作者对匈奴入朝称臣完全抱欢迎的态度,并期望通过此事,与匈奴建立相互间的和睦关系。作者最后还说:“夫明者视于无形,聪者听于无声,诚先于未然……惟陛下少留意于未乱未战,以遏边萌之祸。”说明作者很善于审时度势,他已洞察到当时隐伏的政治危机和民族危机。他很想缓和、消除这个危机,这是很有远见的。

还有一点值得提及的是,作者在《蜀都赋》里对自己的家乡——蜀郡成都——所进行的热情讴歌。成都地居“天府之国”中心,物产极其丰富,很早就成为我国西南最大的城市,远至齐、楚的商人都纷纷到这里来贸易。正如赋所写的:“东西鳞集,南北并凑,驰逐相逢,周流往来……阛(市区的门)齐喈楚,而喉不感慨。万物更凑,四时迭代。……财用饶赡,蓄积备具。”蜀郡的锦绸等纺织品,更是当时誉满全国的产品,赋的赞颂并不过分:“尔乃其人自造奇锦,紌、䌸……发文扬采,转代无穷;其布则细都弱折,绵茧成衽;阿丽纤靡,避晏与阴;蜘蛛作丝,不可见风。筩中黄润(一种细布),一端数金。”赋还写到蜀郡的“火井”“盐泉”,也就是我们今天所开发的煤气田和盐井。远在两千年前,我们的祖先就已发现并能开发利用地下资源,这是很了不起的。这篇赋没有标明写作背景,但从他所表现的喜悦激动的情调看,它当是扬雄早期的作品,所以我们把它放在这里一并论述。

二

大约自哀帝即位以后，扬雄开始了他创作的第二个时期。这时，由于仕途上的不得志（“雄三世不徙官”）和长期的生活上的拮据（“家产不过十金，乏无儋石之储”）——均见《汉书·扬雄传》，尤其是由于冷酷无情的现实生活的教育，他开始对统治阶级产生了失望和不满。前期对国对民的满怀热情渐渐地冷却下来了。这时他的消极避世思想虽很严重，但他暴露现实生活的问题，似乎也比前期深刻得多。这时的赋作有《解嘲》《太玄赋》《逐贫赋》等。它们表现了：第一，对腐朽的封建社会政治生活的批判。哀帝的谏大夫鲍宣看到“（哀）帝祖母傅太后欲与成帝母俱称尊号，封爵亲属。丞相孔光，大司空师丹、何武，大司马傅喜，始执正义，失傅太后指，皆免官。丁、傅子弟并进，董贤贵幸”时，曾上书说：“窃见孝成皇帝时，外戚持权，人人牵引所私，以充塞朝廷，妨贤人路，浊乱天下，奢泰亡度，穷困百姓……危亡之征，陛下所亲见也。今奈何反覆剧于前乎？朝臣亡有大儒骨鲠白首耆艾魁垒之士。论议通古今，喟然动众心，忧国如饥渴者，臣未见也！敦外戚小童及幸臣董贤等，在公门省户下，陛下欲与此共承天地安海内甚难。今世俗谓不智者为能，谓智者为不能……请寄为奸，群小日进，国家空虚，用度不足。民流亡，去城郭。盗贼并起，吏为残贼，岁增于前……”（《汉书·鲍宣传》）

扬雄的《解嘲》，据说与上述鲍宣所揭露的事也是有关的。《汉书·扬雄传》说：“哀帝时，丁、傅、董贤用事，诸附离之者，或起家至二千石。时雄方草《太玄》,有以自守,泊如(安静)也。或嘲雄以玄尚白,而雄解之,号曰《解嘲》。”不过从赋中我们可以看得很清楚,扬雄并不是真正的“泊如也”,他的心绪并不那么平静,牢骚愤激之词是随时可见的,鲍宣所痛斥的王朝政治上的腐败,在这里得到了艺术的反映。

> 今大汉……家家自以为稷契,人人自以为皋陶;戴纚垂缨而谈者,皆拟于阿衡(伊尹);五尺童子,羞比晏婴与夷吾(管仲)。

这里的“家家”“人人”,当指那些竞逐于利禄之途的家伙,他们都是一些狂妄自大而又浅薄无知之徒。

> 当今县令不请士,郡守不迎师,群卿不揖客,将相不俛(俯)眉。言奇者见疑,行殊者得辟(罪),是以欲谈者卷舌而同声,欲步者拟足以投迹。乡(向)使上世之士处乎今世,策非甲科,行非孝廉,举非方正,独可抗疏,时道是非,高得待诏,下触闻罢,又安得青紫?

从上面“家家”“人人”的神态中,也就不难想象县令、郡守、群卿、将相的举止了。而“言奇见疑,行殊得辟”当是很自然的事,“青紫”更是谈不上了。这与上面鲍宣所说的“外戚持权,人人牵引所私,以充塞朝廷,妨贤人路”,“朝臣亡有大儒骨鲠白首耆艾魁垒之士”是完全一致的。满朝上下既为这班群小所把持,这个社会也自非被搞得如鲍宣所说的“国家空虚”“盗贼并起”不可了,西汉末年黑暗的政局,文籍所载,就是证明。

客问:“然则靡玄无所成名乎?范、蔡(范雎、蔡泽,两人均是战国时秦相)以下,何必玄哉?”(《文选》吕延济注:“言无此《太玄经》,岂无所成名乎?范、蔡已下,何必有《太玄》而居卿相之位也?”)扬雄回答:他们之所以成名,是所谓“当也”(碰到机缘),“时也”(得到机会),“适也”(正合时务),“得也”(恰得所需)。一句话,范雎他们的成名,都是时势所造成的。扬雄殊感自己生不逢辰!这个世界实在是没有他舒展手足的地方!所以他只好“默然独守吾《太玄》”!我们从中不难窥出:扬雄并不是生下来就沉醉在“清静无为”之中的。他原先也曾有过如我们前面所指出的热血沸腾的时候,只不过后来为冷酷的现实生活所凝固罢了。他在《连珠》《大鸿胪箴》里提出的授贤用能的主张,也就是他原先富有政治理想的证明。

在《太玄赋》里,我们可以看到作者消极避世成仙云游的思想的确比较严重:“纳傿、禄(二神仙)于江淮兮,揖松、乔(二神仙)于华岳;升昆仑以散发兮,踞弱水以濯足……忽万里而一顿兮,过列仙以托宿……茹芝英以御饿兮,饮玉醴以解渴……载羡门(仙人)与偭游兮,永览周乎八极。”同样他这种消极游仙思想也不是从母胎里带来的,归根结底还是社会所造成的。险恶的社会使他不愿久居,龌龊的现实令他无心生活。这也正如赋里说的:

> 岂怙宠以冒灾兮,将噬脐之不及。若飘风不终朝兮,骤雨不终日;雷隆隆而辄息兮,火犹炽而速灭;自夫物有盛衰,况人事之所极;奚贪婪于富贵兮,迄丧躬而危族。

在消极虚无思想的内里,包藏着他对险恶社会的批判,这一点我们是应该看到的。

第二,对贫富不均的社会现实的揭露。土地兼并、贫富不均是两汉社会的重要特征。这种情况在秦时早已发生。如董仲舒在《限民名田疏》里就说:“至秦……除井田,民得买卖,富者田连阡陌,贫者亡立锥之地。……邑有人君之尊,里有公侯之富,小民安得不困。又加……或耕豪民之田,见税什五。故贫者常衣牛马之衣,而食犬彘之食……”这种情况发展到西汉末期就更加严重了。王莽篡权后,就曾以此为口实而下令变法。他说:“汉氏减轻田租,三十而税一;常有更赋,罢癃咸出,而豪民侵陵,分田劫假。厥名三十税一,实什税五也。父子夫妇终年耕耘,所得不足以自存。故富者犬马余菽粟,骄而为邪;贫者不厌糟糠……”(《汉书·王莽传中》)

应该说《逐贫赋》对如上情况是有所反映的。作者含怨怀恨地责问:“人皆文绣,余褐不完;人皆稻粱,我独藜飧。贫无宝玩,何以接欢;宗室之燕,为乐不槃。徒行负赁(一作‘笈’),出处易衣;身服百役,手足胼胝;或耘或耔,露体沾肌;朋友道绝,进官凌迟。”自己的饿寒交迫是由“贫”所招致的。那么“贫”是从何而来的呢?作者当然是不甚了了。但作者已觉察到这个社会的不合理。他要求改变这种不合理,可就是做不到:

> 舍尔远窜,昆仑之颠;尔复我随,翰飞戾天。舍尔登山,岩穴隐藏;尔复我随,陟彼高冈。舍尔入海,泛彼柏舟;尔复我随,载沉载浮。我行尔动,我静尔休;岂无他人,从我何求?今汝去矣,勿复久留!

“贫”为什么紧跟着自己、而不肯须臾稍离，扬雄可真是厌烦透了，所以南宋章樵在《古文苑·逐贫赋》题注里说：“此赋以文为戏耳！”恐不尽当。如果作者真的对自己的贫困不以为意，真的摒除了尘念，那他对“贫”的附身完全可以漠然置之，他似无须再作如此的文章来自我解嘲。况“贫”在回答作者的逐客令时愤愤地指出：

> 爰及世季，纵其昏惑；饕餮之群，贪富苟得。鄙我先人，乃傲乃骄；瑶台琼榭，室屋崇高；流酒为池，积肉为崤……

这里的“世季”，不正是指扬雄所处的时代吗？贫的诅骂不也正是扬雄的诅骂？这真是一个贫富悬殊的社会，罪恶麇集的叫世。所以，作者最后表示“长与汝（指贫）居，终无厌极”，那是无可奈何的选择，是自作旷达的表示，不要以为作者心甘情愿地过着“露体沾肌”的生活，更不要以为作者劝说天下的老百姓都过着这种啼饥号寒的生活！

综上可见，扬雄的赋的确是比较广泛而深刻地写出了生活的真实、时代的弊端。在赋里，像司马相如那种对大汉帝国所唱的激昂慷慨的壮歌，已经不多见了；他的赋所抒发的大都是怨调，他今天写赋是为了“风”，明天写赋是为了“劝”——鼓励统治者弃恶从善，料理好朝政；要不就是对黑暗的现实进行曲折幽默的揭露。所有这些，都说明他所处的时代，已经是一个百病丛生、万恶交集的时代，是一个人民处在水深火热的时代。西汉末年的情势正是这样，所以才招致了王莽的改制，最后爆发了赤眉、铜马的起义，把西汉王朝推向墓井。

从扬雄赋里我们还可以看到,一个封建社会知识分子可悲的结局。当初,他们又何尝没有美好的理想,为国为民的良好愿望?可是在残酷的现实面前,他们的理想破灭了,愿望落空了。为环境所迫,他们只好洁身自好,消极避世。他们自身弱点固然很明显,应予以指出,但更应受到谴责的不正是那个逼他走上这条绝路的社会?!由此可看,像有的人那样把扬赋看成是"既没有独立的思想,更没有浓挚的情绪,他所有的只是汉代词人所共具有的遣丽辞,用奇字的功夫而已"(《插图本中国文学史》),恐不很妥当。扬赋表达了扬雄本人对时代社会的态度,是有其特定的内涵的,我们应加以肯定。

在此,我们有必要谈谈扬雄对汉赋的批评。总的来说,扬雄的见解并不高明。扬雄说:"或问:吾子少而好赋?曰:然!童子雕虫篆刻。俄而曰:壮夫不为也!"又说:"或曰:赋可以讽乎?曰:讽乎!讽则已;不已,吾恐不免于劝也。"(以上均见《法言·吾子》)还有《汉书·扬雄传》所引述的,扬雄批评汉赋"劝而不止","又颇似俳优淳于髡、优孟之徒,非法度所存……于是辍不复为"。这里扬雄批评的核心问题是"赋劝而不止",也即起不到一定的讽谏作用的问题。因为不论扬雄指责汉赋是"童子雕虫篆刻",或赋家"颇似俳优",都与他认为赋起不到讽谏作用有关。所以《汉书·艺文志》才在"汉兴,枚乘、司马相如,下及扬子云,竞为侈丽闳衍之词,没其风谕之义"之后接着说,"是以扬子悔之",明白指出扬雄所悔恨的是"没其风谕之义",也即悔恨汉赋放弃了讽谏。可见,在扬雄的心目中,汉赋是否起讽谏作用是至关重要的。

但是,从我们前面论述中也不难看出,扬雄的赋是比较注意讽谏的。这一点不仅从赋的内容上表现出来,而且序里也直截了当地道出,如《甘泉赋》《羽猎赋》《长杨赋》《河东赋》的序文或说明里,扬雄都明明白白地声称他写这些赋就是为了“讽”或“劝”(鼓励向前代明君看齐)。所以扬雄的赋比之司马相如赋,讽谏的味道已大大地加强了。

但扬雄却不以此为满足,他好像在一夜之间忽然觉悟过来一样,一而再地猛烈攻击汉赋,甚至断然表示“辍不复为”(《汉书·扬雄传》),以后永不再写赋。对自己本来极为崇拜的赋家司马相如(《汉书·扬雄传》:“先是时,蜀有司马相如,作赋甚弘丽温雅,雄心壮之,每作赋,常拟之以为式。”)也提出尖锐的批评。(《汉书·扬雄传》:“往时武帝好神仙,相如上《大人赋》,欲以风,帝反缥缥有陵云之志。繇是言之,赋劝而不止,明矣。”)

那么扬雄的思想为什么会发生这样巨大的变化呢?原因也不难追寻。首先应当指出的是儒家思想对他的严重影响。我们都知道,两汉的思想界是儒家的天下。儒家的五经政治地位极高,通经的人可以做官,甚至做大官。公孙弘就以治《春秋》而被汉武帝破格提升为丞相,封平津侯。这事在知识界起了强烈的反应:“天下学士靡然乡风矣!”大家都很羡慕他,向他看齐,走他所走的道路,因而很快就造成了“公卿大夫士吏彬彬多文学之士”(《汉书·儒林传》)的局面,满朝的官吏都为经学界人士所把持。所以当时有民谚说:“遗子黄金满籯(竹箱),不如一经。”(《汉书·韦贤传》)

但与此同时,赋家却备受人们的鄙视。赋家枚皋(西汉前期人)说过:“为赋乃俳,见视如倡,自悔类倡也。”(《汉书·枚乘传》)赋家被置在与倡优同等的地位上,仅供人们取乐,他们自然要后悔了。这一点鲁迅先生也反复强调指出过,他说:

“豢养文士仿佛是赞助文艺似的,而其实也是敌。宋玉司马相如之流,就受着这样的待遇,和后来的权门的‘清客’略同,都是位在声色狗马之间的玩物。”(《集外集拾遗·诗歌之敌》)鲁迅又说:“中国开国的雄主,是把‘帮忙’和‘帮闲’分开来的,前者参与国家大事,作为重臣,后者却不过叫他献诗作赋,‘俳优蓄之’,只在弄臣之列。”鲁迅接着还提到:“不满于后者的待遇的是司马相如,他常常称病,不到武帝面前去献殷勤,却暗暗的作了关于封禅的文章,藏在家里,以见他也有计画大典——帮忙的本领。”(《且介亭杂文二集·从帮忙到扯淡》)赋家位在声色狗马之间,在俳优弄臣之列,作为两千年前的枚皋自然要后悔,司马相如也自然要装病不趋奉,而潜心去做儒家心目中的壮举——写封禅文章。扬雄当然也不能例外,他也要悔恨前者——作赋,而甘心为儒家事业尽力。事实也确是如此,扬雄在抨击汉赋的同时,却大肆吹捧儒家,张扬儒经,他说:“说天者莫辩乎《易》,说事者莫辩乎《书》……”(《法言·寡见》)又说:“舍五经而济乎道者,末矣……山径之蹊,不可胜由矣;向墙之户,不可胜入矣。曰:恶由入?曰:孔氏。孔氏者,户也。”(《法言·吾子》)他由少而好赋,到后来仿《易经》作《太玄》,仿《论语》作《法言》,一屁股坐到经学一边去了。扬雄这种观点和行为是不足取的。

和上面这个问题相联系的是,扬雄对汉赋这个新生事物的不理解。扬雄尽管说过:“能读千赋则善赋!”(桓谭《新论·道赋》)他读了很多赋,并虚心地向大赋家司马相如学习过。但由于儒家的保守复古思想的作怪,他看不到汉赋的历史地位和作用。我们知道,在汉人的心目中,文学、史学、哲学、政论并没有分家。人们往往拿五经作为写作的典范(《诗经》是作为经书而存在的)，一旦离开经书，就要受到批评指责。汉赋也正是在这种情况下受到指责的。如扬雄自己就说过："书不经，非书也；言不经，非言也；言书不经，多多赘矣！"(《法言·问神》)又说："书恶淫辞之淈法度也。"(《法言·吾子》)而在扬雄后来的心目中，辞赋正是"丽以淫"，"非法度所存"。(《法言·吾子》)

扬雄不理解讲究辞藻的华丽、形式的铺张和思想内容上放弃儒家的讽谏，正是汉赋摆脱儒家经典的束缚，走向自身发展的道路，为使文学艺术尽早成为一个独立的科学门类而努力的一种进步表现，这是很遗憾的。我们可以毫不犹豫地说，如果没有汉赋作家为摆脱儒家经典附庸地位而作出的努力，没有汉赋作家不顾人们的非议而大胆地实践，到魏晋期间，文学艺术能发展到成为鲁迅所称赞的"文学的自觉时代"，也即获得独立的地方，那是不可想象的。在这里我们应给汉赋作家记一功，给予应有的肯定。

三

和扬雄作品的思想性被否定一样，扬雄赋的艺术性也常为人所鄙弃。其实，扬雄赋在艺术上也有其独特之处。

其一，它着力于对客观事物作细致、夸张、传神的描绘。这是汉赋作家共同的特色，也是汉赋作家在文学史上所作的贡献。且看《校猎赋》对畋猎的描写：

若夫壮士慷慨，殊乡(向)别趣，东西南北，骋嗜奔欲；

> 挖苍豨，跋犀犛，蹶浮麋，斮（斫）巨狿，搏玄猨（《文选》张铣注："挖、跋、蹶、斮、搏，皆执杀之名。"）；腾空虚，距连卷。踔夭蟜（《文选》吕向注："连卷、夭蟜，树木盘屈貌。"），娭（戏）涧门。莫莫纷纷，山谷为之风猋，林丛为之生尘。

这是一场惊心动魄的畋猎的场面。"壮士"们各显自己的身手，他们跳过丛林，越过树梢，勇猛地追捕格杀野兽，或用拳击，或用脚踢，或用刀斩，把整个山谷搞得尘土飞扬，尸首狼藉。

> 及至……野尽山穷，囊括其雌雄。沇沇溶溶，遥噱（喘息貌）乎纮（网）中。三军芒然，穷冗（倦怠的样子）阏与（舒缓的样子），亶（但）观夫剽禽之紲隃（逾），犀兕之抵触，熊罴之拏攫，虎豹之凌遽，徒（但）角抢（以角触地）题（额）注（冲），蹙竦詟（慑）怖，魂亡魄失，触辐关脰……

这是畋猎将近结束的情景，经过一场极其紧张的搏斗，人兽俱已精疲力尽；野兽有的被困入网中，在里面张口吐舌，急喘不止；有的被追逼得四处乱窜，或相互碰击，或头触车辐，或角抢大地，或失魂落魄地浑身哆嗦；而猎卒们也疲劳至极失神地站在一边呆看，再也动弹不得手足了。可以看出，作者在这里使用了一种传神的笔墨：他专从神情形态上着眼，使我们读了这段文字，犹如置身于一场始而十分紧张，继则人困兽乏的畋猎残局之中。

> 于是……随珠和氏，焯烁其陂；玉石嶜崟，眩耀青荧；

汉女水潜,怪物暗冥,不可殚形,玄鸾孔雀,翡翠垂荣;王雎关关,鸿雁嘤嘤,群娭乎其中。噍噍昆明,凫鹭振鹭,上下砰磕,声若雷霆。

这里主要写群鸟,作者专从声音上落笔。通过这一片喧闹声,我们好像进入了一个鸟类欢乐的世界。这里的鸟儿,有的在水里相互逐追,有的在岸上尽情欢唱,有的在空中拍翅翱翔,各尽其乐,忘乎所以。这是作者通过描写鸟类的声音来传神。

扬雄不但能把传神的笔墨施之于动物之上,而且能够应用于描写静物之中。这一点,我们在前面所举的甘泉宫的描写已谈到了,为节省篇幅,这里不再援引他例。在这里,我们需要强调的是,扬赋在描写表现客观事物时,往往使用夸张的手法。为此,近两千年来,曾招引了人们广泛的批评(这里也包括扬雄自己中后期对赋所作的批评)。王充批评扬雄说:"孝成皇帝好广宫室,扬子云上《甘泉颂》(即《甘泉赋》),妙称神怪,若曰:非人力所能为,鬼神力乃可成。"(《论衡·谴告》)这是批评扬雄描写甘泉宫时使用了虚构、夸张等浪漫主义手法的问题,大文艺理论家刘勰对相如《天子游猎赋》里的"奔星与宛虹入轩",扬雄《甘泉赋》的"语瑰奇则假珍于玉树,言峻极则颠坠于鬼神",班固《两都赋》里的"比目",张衡《羽猎赋》的"困玄冥(水神)于朔野",都认为是漫无限制的夸张,是"义睽剌也"——和事义是格格不入的。他要"翦扬、马之甚泰,使夸而有节,饰而不诬",即要翦除扬雄、司马相如等人赋里过分的夸张,使夸张而有分寸,增饰而不胡说,可见刘勰对夸张的肯定也是有条件的,他认为生活中不存在的事物,就不能写,也即只准适当夸张,而不能虚构。直到今天,汉赋的所谓"虚辞滥说",

实即夸张虚构,仍然是人们批评的重点。但这些批评很明显是错了的。汉赋的虚构夸张等浪漫主义手法在我国文学史上的贡献,是不可抹杀的。这里也有扬雄的一份功劳,尽管他自己后来也批评起司马相如的"虚辞滥说"来。

在这里我们还应指出的是,"虚辞滥说"的出现,不仅是出于创作手法上的需要,同时也是表现思想内容上的需要,扬雄所说的"遂推而隆之",就是通过极度的夸张,来表示作者对描写对象的否定意见。对甘泉宫的描写就是这样。

其二,是委婉含蓄,多种多样的表现手法。有这么几种情况:一是趁天子偶有感触而略露微弱的上进激情时,便因势利导地进行劝勉,从而把自己的思想表达出来。扬雄写《河东赋》就是这样。当他发现成帝在"行游介山,回安邑,顾龙门,览盐池,登历观,陟西岳以望八荒,迹殷周之虚,眇然以思唐虞之风"之时,他以为"临渊羡鱼,不如归而结网",所以回京后便上《河东赋》以"劝",抓紧成帝有一点思慕先贤的愿望,便鼓励成帝向古代明君圣主学习。另一是对天子的错误进行曲解,但曲解的目的不是让天子按原先的错误实行下去,而是要天子按曲解的样子去做。这个曲解的内容,实际上就是作者的理想。如《校猎赋》,作者对成帝的"羽猎"是不满的,但他并不正面加以阻拦,而是把成帝的"羽猎"曲解为习练兵马,显示国威,警告外敌,而目的也正是希望成帝这样做。再就是前面所说的"推而隆之"的手法。实际上是说反话,也就是通过极力夸张的描写,来表现作者对此事物的不满。如《甘泉赋》极力称赞甘泉宫的"屈奇瑰丽",使天子听出作者话里有话,从而悟到自己行为之有失。

而在上面这三种表达思想内容的手法中,又都结合着让天子图谋日后的善举,用实际行动来否定自己昔日的非为。这种手法,很明显是从司马相如《天子游猎赋》那里学来的。扬雄赋之所以采用上述表现方法,原因是多方面的。首先应该指出,它是由扬雄当时的政治态度、社会地位和思想性格所决定的。扬雄出蜀入都时,政治热情很高,他希望最高统治者把朝政料理好,造就一个富强昌盛的世界,所以对最高统治者的违法行为自然要有所劝阻。但他那“待诏神明之庭”的地位和比较懦弱的性格(王莽当政时,他曾自我惊恐而跳楼自杀,险些送掉生命),也就决定着他不敢振笔疾书,正言厉色地对时政进行抨击。其次是汉赋这种文体深受侏儒、倡优等滑稽家口头文学艺术的影响。滑稽家们就是采用轻松幽默、婉转微讽的语言,来达到劝阻帝王为非作歹的目的。当然,文学艺术本身的特点也应加以注意。文学艺术不同于政治、历史、哲学那样,公开宣称自己的观点。它的倾向性要从场面和情节中流露出来,从形象中表现出来;它的观点是需要隐蔽含蓄一些的。这一点我们前面已有论述。自然,扬雄当时还不可能懂得这一点。但他这种表现手法当属文学艺术特征的自然流露,至少也与文学艺术的特点有关,这是值得我们注意的。至于扬雄在运用这个手法时尚存在这样或那样的缺点,甚至是严重的缺陷,那也是很自然的事,要知道扬雄是生活在文学艺术发展的初期阶段。

总而言之,我们对扬赋的一些表现手法,不能像他自己后来一样,看到赋劝而不止,就不加区别地一概加以否定。我们要进行细致的分析,并给予应有的肯定。

其三是比较短小精悍的篇幅。如果同司马相如、班固、张衡三大赋家比较起来,扬雄篇幅是趋于短小精悍的。如相如的《天子游猎赋》有三千五百多字,班固的《两都赋》有四千三百字,张衡的《二京赋》更长达七千七百字。可是扬雄的《太玄赋》《逐贫赋》《河东赋》都只有四百来字,《长杨赋》有七百字,最长的《甘泉赋》《校猎赋》《蜀都赋》也只在一千三百字到一千四百字之间。

扬赋为什么会趋于短小精悍呢？原因也是很清楚的。原来,相如写《天子游猎赋》,主要为歌颂大一统,表现汉帝国的伟大气魄;班固作《两都赋》,目的在于维护封建的法度;张衡构《二京赋》,是为刺时俗的"逾侈"。这些都是作者宿有所怀,为说明一个大道理,完成一种大任务而作的;所以作起来不但时间长,而且卷帙浩繁。可是扬雄却不同了,他作赋大都是见景生情,一触而发,一挥立就,这中间往往只想解决某些具体问题,完成某件具体任务,所以篇章也自然较短。如扬雄著名的四篇赋——《甘泉赋》《河东赋》《校猎赋》《长杨赋》,就是在这种情况下创作出来的。在这里如果我们回忆一下相如那篇仅有一百五十多字的《哀二世赋》的写作背景,我们就会更明白扬雄赋篇章较短的原因。

赋作结构之宏伟堂皇,或有其"自足冠代"的地方;但赋布局之小巧玲珑,却不一定就没有可取之处,扬赋具有较强的针对性就是证明。

和篇章的短小精悍相联系的,是扬赋的情节比较单纯,取材比较精粹,结构比较严谨。读汉大赋往往使人如堕入云区雾域之中,一时晕头转向的感觉,在这里基本消除了,他的赋大都叫人一目了然。

其四,和他的先行者司马相如比较起来,扬雄还有这些特点。

第一,是他把描写的对象由天子的禁苑移到地方,写出了赋史上的第一篇地方都市赋——《蜀都赋》。以后,班固的《两都赋》、张衡的《二京赋》、左思的《三都赋》,无不受到他的启示和影响。20世纪60年代初《人民日报》所开辟的“名城赋”专栏,逐一描述祖国各地名城的风土人物,与两汉都市赋的继承关系也是有迹可寻的。

第二,是他扩大了赋描写领域,跳出了宫廷生活的圈子,举凡贵族的生活、官僚的内幕,以及古代历史人物等等,无不尽为摄入赋内。《长杨赋》里对汉高祖、文帝、武帝功绩所作生动、朴素、中肯的叙述,开创了叙事赋的端倪;《逐贫赋》《解嘲》《太玄》或大量注入哲理成分,或干脆用赋辩说哲理,是受到贾谊《鹏鸟赋》的影响而又有所发展,也是值得一提的。

当然我们也不是说扬赋就没有缺点。扬赋的缺点也是比较突出的,扬赋虽表示了对农民的同情和对统治者的不满,但这个同情和不满却是很有限的,而且是建立在为巩固封建统治服务的基础上的;扬雄性格比较软弱,再加上思想上潜伏的“清静无为”的劣根子,因而他碰到困难之时,便消极避世。这种思想甚至在他早期所写的《反离骚》里就存在。在这篇骚体赋里,作者对伟大的爱国诗人屈原多有责难,尤其是对屈原的以身殉国,他更不满意,说什么“君子得时则大行(指干大事),不得则龙蛇(喻退隐)。遇不遇,命也,何必湛(通‘沉’)身哉?”他的思想境界和斗争精神与屈原是不能相比的。在后期的作品《解嘲》《太玄赋》《逐贫赋》中,这种消极思想甚至发展到极为严重的程度。

扬赋还有个毛病就是喜欢模仿。他仿《易经》,作《太玄经》;仿《论语》,作《法言》。写赋也是如此,他自己曾说很欣赏司马相如的赋,“每作赋,常拟以为式”。(以上均见《汉书·扬雄传》)事实也是如此,他的《甘泉赋》《校猎赋》,在题材的摄取、情节的安排、语言的运用上,几乎无不受相如《天子游猎赋》的影响。模仿的结果就必然妨碍他写作的创造性和作品的生命力。

在《解难》里,有人责问扬雄,为什么要把文章写得那么艰深,他回答是:"大味必淡,大音必希……是以声之妙者,不可同于众人之耳;形之美者,不可混于世俗之目。"好的文章就应当写得艰深,写得让人看不懂。就由于他有这个错误思想作指导,他的赋也就难免写来奇文怪字一大堆,令人望而生畏。

在我们看来,扬赋的主要优缺点就是这些。

班固赋论*

一

班固是一个典型的正宗人物。班固批评司马迁的《史记》说:“其是非颇缪(谬)于圣人:论大道则先黄老而后六经,序游侠则退处士而进奸雄,述货殖则崇势利而羞贫贱,此其所蔽也。”(《汉书·司马迁传赞》)所以他将项羽从“本纪”里剔出来,将陈胜从“世家”里剔出来,一并降入“列传”。他将司马迁对郭解的赞语——“廉洁退让,有足称者,名不虚立,士不虚附”,径改为“以匹夫之细,窃杀生之权,其罪已不容于诛”。(分别见《史记·游侠列传》《汉书·游侠传》)将司马迁所说的“仓廪实而知礼节,衣食足而知荣辱;礼生于有而废于无”,窜改为“四民不得杂处……是以欲寡而事节,财足而不争,于是在民上者道之以德,齐之以礼,故民有耻而且敬,贵谊而贱利”。(分别见《史记·货殖列传》《汉书·货殖传》)由上可见,班固的思想是一个地道的封建正统思想,他的立场完全站在封建统治阶级一边,他对人们一切反抗,对违悖封建正统观念的思想和行为,都是极为不满的。在这种思想立场指导下,

---

* 本文原载于《古典文学论丛》第四辑,齐鲁书社1986年版。

班固对刘汉王朝自然要竭诚地拥戴和歌颂了，这在他的符命《典引》里就表现得十分清楚。作者在序里感激涕零地说："臣固被学最旧，受恩浸深（其实岂止他本人，从他的七世祖以来，他的家族就已成为地方上的豪强和皇恩的沐浴者），诚思毕力竭情，昊天罔极。"他诚惶诚恐地说："窃作《典引》一篇，虽不足雍容明盛万分之一，犹乐启发愤懑，觉悟童蒙，光扬大汉，轶声前代，然后退入沟壑，死而不朽。"至于符命本身的描写，就更是使人读来肉麻了。还有，众所周知，他还为刘汉王朝写了一部家谱——《汉书》，编了一部"国宪"——《白虎通义》。

我们之所以一再追寻班固的言论行踪，不只是想证明他的正统思想的严重程度，而且还因为他这种思想已深深地渗透到赋作中来了。且看他的代表作——《两都赋》。这个赋有个序，序说："赋者，古诗之流也。昔成、康没而颂声寝，王泽竭而诗不作……至于武、宣之世……内设金马、石渠之署，外兴乐府、协律之事，以兴废继绝，润色鸿业……故言语侍从之臣，若司马相如……刘向之属，朝夕论思，日月献纳……或以抒下情而通讽谕，或以宣上德而尽忠孝，雍容揄扬，著于后嗣，抑亦《雅》《颂》之亚也。"这段序包含了这么几层意思：(1)诗歌的存留和发展与王朝的兴衰紧紧地联系在一起，它是为歌功颂德才存在的，它是完全为封建王朝服务的；(2)赋是属于诗歌一类的作品，所以它的使命也是为封建王朝服务，歌颂封建王朝的盛德；(3)诗赋除歌功颂德以外，还可以进行讽谕，即对最高统治者的某些缺点进行劝诫或谏诤，当然，劝诫谏诤的目的还是巩固和加强封建王朝的统治。

班固的《两都赋》也完全是遵循上述这个指导思想来写的。在赋里，作者不只拼命地非议秦朝、西汉末世、王莽新朝，由此以抬高东汉统治者的地位,而且还直接对东汉王朝进行赤裸裸的竭诚的颂扬。如他吹捧光武帝的功绩:“斯乃伏羲氏之所以基皇德也”,“斯乃轩辕氏(黄帝)之所以开帝功也”,“斯乃汤武之所以昭王业也”。把光武帝重建东汉王朝与中国神话中的人文始祖伏羲以及黄帝、商汤、周武这些古人心目中最伟大的人物并列在一起,光武帝简直成了中国的又一尊开山祖,又一位救世主了。是的,我们也认为光武有功于中国,但我们却不同意作者从正统立场观念出发而对光武进行几近阿谀式的颂扬。又者,班固的迷信、宿命论的思想亦极严重,正如侯外庐等先生所说的:“撰集《白虎通义》的班固更有完整的唯心主义思想体系,他曾根据图谶纬书,做了一篇历史理论,从开天辟地,讲到汉章帝的白虎观法典,所谓‘作《典引》篇,述叙汉德’,用荒唐的宗教呓语,说明汉继尧统的天命。这篇东西实可以作《白虎通义》的序言。”(《中国思想通史》第2卷)在《白虎通义》里,这种唯心的宿命论思想更是俯拾皆是。这种思想也同他的正统思想一样,严重地渗透到赋作中来。如在《幽通赋》里,他说什么“神先心以定命兮,命随行以消息;斡流迁其不济兮,故遭罹而赢缩。三栾同于一体兮,虽移易而不忒”。在班固看来,人之荣枯祸福,皆由命运决定,皆由先人行止决定。

班固身上还有一个弱点,就是斗争性较差。他在《离骚序》里说:“且君子道穷,命矣!故潜龙不见是而无闷,《关雎》哀周道而不伤;蘧瑗(春秋时卫国贤大夫)持可怀之智,宁武(春秋时齐国大夫)保如愚之性;咸以全命避害,不受世患。故《大雅》曰:‘既明且哲,以保其身。’(见《诗经·烝民》)斯为贵矣!”在班固的心目中,明哲保身、全命避害有时竟发展到被认为是人生追求的最高境界，至于是非善恶，似乎可以暂时搁在一边。所以他对屈原与群小斗争以至于以身殉国是不能很好理解的。他说："今若屈原，露才扬己，竞乎危国群小之间，以离谗贼。然责数怀王，怨恶椒、兰，愁神苦思，强非其人，忿怼不容，沉江而死，亦贬絜狂狷景行之士。"他也才写了一篇《答宾戏》（这篇《文选》标为"设论"，实与扬雄的《解嘲》一样，是赋的另一种形式），对人家讥笑他"虽笃志博学，无功劳于时，仕不富贵"来个自我解嘲，表示自己愿一辈子厕身笔墨之间，以文"自娱"，同时也才写了那篇有脱离生活斗争、希冀与神相通倾向的《幽通赋》。

在这里还有一件令人哭笑不得的事：班固虽在《两都赋》里表现出亟亟于维护封建统治阶级的"法度"，可是实际行动呢？"固不教学诸子，诸子多不遵法度，吏人苦之。初洛阳令种兢尝行，固奴干其车骑，吏推呼之，奴醉骂，兢大怒，畏宪（窦宪，当时是班固的上司）不敢发，心衔之。及窦氏宾客皆逮考，兢因此捕系固，遂死狱中。"（《后汉书·班固传》）这真是对他言行的莫大讽刺！

二

但我们也不是说班固赋在思想上毫无可取之处，不是的，班赋也有其值得肯定的一面。

（一）

我们常可以看到，一个地道的正统派人物，其思想也往往具有较廉正耿介的一面。班固就是这样一种人。他主张用贤与能,提倡明君贤臣政治,反对昏君奸臣误国,即是其例。如他早年写的《奏记东平宪王苍》,竭力向东平宪王苍(刘苍系光武帝子,明帝同胞兄弟。明帝即位后,拜骠骑将军,辅政。从《后汉书》本传看,刘苍还是一个比较谦恭好礼明智而且也比较关心百姓的诸侯王)奏请延揽人才。他说:"将军宜详唐殷之举,察伊皋之荐(指尧举皋陶,汤举伊尹),令远近无偏,幽隐必达;期于总揽贤才,收集明智,为国得人,以宁本朝……昔卞和献宝以离断趾,灵均纳忠终于沉身,而和氏之璧千载垂光,屈子之篇万世归善,愿将军隆照微之明……令尘埃之中,永无荆山汨罗之恨。"在《拟连珠》里,班固说:"臣闻公输爱其斧,故能妙其功;明主贵其士,故能成其治。"(之一)"臣闻良匠度其材而成大厦,明主器其士而建功业。"(之二)"臣闻鸾凤养六翮以凌云,帝王乘英雄以济民。"(之四)"臣闻马伏皂(皂枥,养马地方)而不用,则驽与良而为群;士齐僚而不职,则贤与愚而不分。"(之五)所有这些奏文,都表现他的开明的政治思想,强调明君要善于选贤授能,使贤才得以为国效劳,为民除弊,造就开明政治。所以他才写《十八侯铭》,赞扬萧何等十八位王侯的大功。

这种情况在赋里也表现得很清楚。在《幽通赋》里,我们首先看到班固是一个比较正直、有理想的人。他赞颂自己的祖先:"皇十纪而鸿渐兮,有羽仪于上京;巨滔天而泯夏兮,考遘愍以行谣。终保已而贻则兮,里上仁之所庐;懿前烈之纯淑兮,穷与达其必济。"他的祖先是穷与达都没忘记济世,这比孟子提出后来为历代许多文士所宗奉的"穷则独善其身,达则兼善天下"的信条确乎高明。所以他父亲即使遇到王莽叛乱,还要行歌救乱。但反观自己呢："咨孤蒙之眇眇兮，将圮绝而罔阶；岂余身之足殉兮，违世业之可怀。"他为自己未能很好继承先人的美德、世业而痛切。"靖潜处以永思兮，经日月而弥远；匪党人之敢拾兮，庶斯言之不玷。"他经常把先人的功业记在心上，严格要求自己，绝不让自己的行为去玷污先人的美誉。

这一点在《答宾戏》里表现得更为突出。该"设论"序文说："永平中为郎，典校秘书，专笃志于儒学，以著述为业。或讥以无功，又感东方朔、扬雄自喻，以不遭苏（秦）、张（仪）、范（雎）、蔡（泽）之时，曾不折之以正道，明君子之所守，故聊复应焉。"他写这篇文章就是要回答人们对他的讥笑："卒不能摅首尾，奋翼鳞，振拔洿涂，跨腾风云，使见之者影骇，闻之者响震，徒乐枕经籍书，纡体衡门，上无所蒂，下无所根……虽驰辩如涛波，摛藻如春华，犹无益于殿最也。"就是指责班固不去追求功名富贵，做一番惊天动地的事业而甘心厕身笔墨之间，终身默默无闻。班固的看法正相反，他批评对方是"见世利之华，暗道德之实，守窔（屋角）奥之荧烛，未仰天庭而睹白日也"。他对商鞅、李斯等风云一时的人物极为厌恶。他说："彼皆蹑风尘之会，履颠沛之势，据徼（徼幸）乘邪（僻），以求一日之富贵；朝为荣华，夕为憔悴；福不盈眦，祸溢于世；凶人且以自悔，况吉士而是赖乎？""是以仲尼抗浮云之志，孟轲养浩然之气，彼岂乐为迂阔哉，道不可以贰也。"班固这样评价商鞅、李斯、孔子、孟子，自然有不中肯或不公正甚至错误之处，但这表明他不汲汲于功名富贵，不自处于群小之间却是无疑的。他的志向的确有比较高尚的一面。

宾又不闻和氏之璧，韫于荆石；随侯之珠，藏于蚌蛤乎？历世莫眡(视)，不知其将含景曜，吐英精，旷千载而流光也。应龙潜于潢污，鱼鼋媟之，不睹其能奋灵德，合风云，超忽荒而踞昊苍也。

他实际上是把自己默处笔墨之间喻为潜藏的和氏璧、随侯珠，他是自视甚高、不随世附俗的。这都不是碌碌之辈所可比。

这种思想品质表现在政治上就是对明君贤臣的追求和对残暴昏君的鄙弃。如在《两都赋》里，作者除批判秦王朝的凶暴和歌颂汉高祖推翻秦王朝的功勋外，又以强烈的爱憎描写王莽的虐民和光武的革命。王莽在夺取汉王朝的政权后，于公元9年下令变法，禁止土地和奴婢自由买卖，改革币制。公元10年，又下令实行“五均”（指控制生活必需品的价格）、“六莞”（指官方专卖盐、酒、铁和税收、铸钱、五均赊贷）。“王莽主观上是想用来抑制某些豪强，避免民众大起义，结果恰恰是加速了大起义的爆发。”原因是：“即使有些办法看来是利民的，经过命士地方官吏的污手，也就变成害民的办法了。”（范文澜《中国通史》第2册）这是的的确确存在的事实，如王莽改革币制五次，每改一次，都伴随着大量的小工商业、农民的破产。王莽用重法严禁私铸钱币，一家有罪，五家连坐。当时因买卖田宅、奴婢和铸私钱而被刑罚的人，多得不可胜数。结果逼得农民实行起义，小工商参加起义，商贾和高利贷商人也群起而攻之，中国从此陷入四分五裂的局面，人民处在水深火热之中。《两都赋》说：

往昔王莽作逆，汉祚中缺；天人致诛，六合相灭。于时之乱，生民几亡，鬼神泯绝：壑无完柩，郛罔遗室；原野厌人

> 之肉，川谷流人之血；秦项之灾，犹不克半；书契以来，未之或纪。

多么深重的灾难！据记载，中国人口在平帝元始二年(2)是五千九百多万，经王莽十几年的折腾和战火的洗劫，大概剩下还不足两千万，因为到光武建武中元二年(57)，也即光武夺取政权后的三十八年，人口才恢复到两千一百万(这中间必有相当数目是光武建国后才恢复增长起来的)，真是“生民几亡”，人差不多死光了，连秦末的浩劫都比不上。这里作者对王莽的诅咒当然也掺杂着严重的拥戴刘汉的正统观念，但王莽统治下十几年间的破坏也确是够惨重的了！

在笔伐王莽罪恶的同时，作者对重新统一中国的汉光武帝，当然要大加颂扬了。他说光武革命是根据“下人号而上诉”，上帝才“致命乎圣皇”，是顺乎天意民心的。

> 于是圣皇乃握乾符，阐坤珍；披皇图，稽帝文；赫然发愤，应若兴云；霆击昆阳，凭怒雷震。

光武“革命”得到广泛的拥护。公元23年，光武帝刘秀与王莽大军在昆阳(今河南叶县北)决战。王莽的主力被歼，王莽新朝的统治也就土崩瓦解了。不到一个月，他就只剩下了长安、洛阳两个城市。刘秀军对昆阳的胜利是起到关键性的作用的。

> 遂超大河，跨北岳；立号高邑，建都河洛。绍百王之荒屯，因造化之荡涤；体元立制，继天而作；系唐统，接汉绪；茂育群生，恢复疆宇。

昆阳战后，更始帝派他到河北镇抚诸州郡。刘秀开始经营河北。他治军纪律严明，政治上注意延揽人才，废除王莽苛政，争取民心。在更始赤眉争相掳掠的混乱年代里，他的做法是颇受人民拥护的。公元25年，赤眉军攻入长安，更始帝投降，赤眉军大掠长安。刘秀自立为帝，定都洛阳。公元27年，刘秀大败赤眉军，并大力削平各地军阀割据。公元36年，刘秀军攻入成都，灭公孙述。至此，混乱争战二十年的中国，终于重新得到了统一。刘秀当然是地主阶级的总代表，但他在推翻王莽苛政、削除各地军阀豪强割据、重新统一中国的问题上，与人民的利益还是一致的。他是一个有功于国家的杰出人物，歌颂他是可以的，是有合理之处的。

总而言之，作者所肯定歌颂的皇帝（包括高祖、武帝、光武、明帝），都是在历史上有过一定贡献的皇帝，是皇帝中较明智的一类。他没有去谄媚像秦二世或成帝、哀帝那样的昏君。他还极力批判秦王朝和王莽新朝的残暴。作者这些举止不是偶然的，这是他那开明的政治理想的流露。作者这种理想，是基本符合社会历史发展的动向，是大体符合人民群众的利益的。在这里，尽管他在赋里写的多属前代帝王，但这不过是一种颂古讽今、托古劝今的手法罢了。

明君贤臣政治的另一表现是对奸臣群小的批判，这一点我们从班固赋里也可以明显感到。在《幽通赋》里，作者为什么沉醉于追求与神相遇呢？主要是险恶的社会生活迫使他这样做。正如赋里所说的："惟天地之无穷兮，鲜生民之晦在；纷屯亶与蹇连兮，何艰多而知寡。上圣寤而后拔兮，岂群黎之所御。"这就是说，天地无穷，生命短促，世事纷纭复杂，人们难以预料,因而无法对付。例如:“昔卫叔之御昆兮,昆为寇而丧予。”这是指卫成公会盟于楚,成公弟卫叔守国,有人谮叔于公:叔将欲自立。成公倍道归国,卫叔方沐,握发迎公;成公疑之,令前驱射杀卫叔。还有,管仲曾箭射齐桓公,中钩免死。后齐桓公为君,竟擢管仲为相。雍齿与汉高祖有怨,为平息人们的疑惧,高祖用张良计,首先封赏雍齿。丁公原系项羽将,逐汉王(即高祖刘邦),不忍杀。后项羽灭,丁公谒见汉王,汉王竟以丁公为臣不忠而斩杀之。这就是所谓“管弯弧欲毙仇兮,仇作后而成己”;“雍造怨而先赏兮,丁繇惠而被戮”。真是“变化故而相诡兮,孰云予其终始”,万事变化无常,谁能预知其吉凶祸福?这里反映了他对时政的畏惧,流露出对黑暗现实的厌恶和批判,《文选》张铣在《幽通赋》题下注说:“是时多用不肖而贤良路塞,而固赋《幽通》。”这个说法是可信的,张铣揭开了班固韬晦的外衣,看到了班固思想的内里。当然,班固把问题说得如此隐晦含混,再次证明他的斗争性是较差的。

(二)

《后汉书·班固传》说:“(固)自为郎后,遂见亲近,时京师(指洛阳)修起宫室,浚缮城隍,而关中耆老犹望朝廷西顾,固感前世相如、寿王、东方之徒,造构文辞,终以讽劝,乃上《两都赋》,盛称洛邑制度之美,以折西宾淫侈之论。”《两都赋序》也说:“西土耆老……盛称长安旧制,有陋洛邑之议,故臣作《两都赋》,以极众人之所眩曜,折以今之法度。”这也就是说,班固一面暴露西都的奢侈,一面赞扬东都的法度,并用东都的法度去反对西都的奢侈。因而反对奢侈,提倡法度,就成为这篇赋的中心主题。在这里,我们必须指出的是:其一,东都、西都天子的所作所为,不可能有本质上的区别,这里称颂东都天子的法度,不过是想当然地胡编瞎造罢了;其二,法度本身是有强烈的阶级性的。封建王朝的法度,是为其自身服务,是用以镇压人民群众的。但我们又必须看到,封建王朝的法度,也有其约束自身的一面。从本阶级长远利益着眼,它必须把对劳动人民的压迫和剥削限制在一定的程度上,以使劳动人民能够勉强地生活下去。但残暴贪得无厌的封建统治阶级,往往自己立法,自己破坏,对劳动人民进行超限度的压榨。如果能够真正按法度行事,在一般情况下,对广大劳动人民也有好的一面。所以对班固在《两都赋》反对奢侈,提倡法度,应给予一定的评价。下面且看看作者是如何来表现这个问题的。

作者先让西都宾"盛称长安旧制",实则在作自我暴露,暴露其淫奢之弊:

> 宾曰:……汉之西都,在于雍州,寔曰长安……挟澧灞,据龙首,图皇基于亿载,度宏规而大起;肇自高(汉高祖)而终平(汉平帝),世增饰以崇丽,历十二之延祚,故穷泰而极侈。建金城而万雉,呀周池而成渊;披三条之广路,立十二之通门……于是既庶且富,娱乐无疆;都人士女,殊异乎五方;游士拟于公侯,列肆侈于姬姜。

这是从总的方面来写。长安经过西汉十二朝的营建增饰,已经十分豪华壮丽了。整个剥削阶级也都沉浸在穷奢极侈之中:

> 后宫则……昭阳特盛,隆乎孝成。屋不呈材,墙不露形;裛(缠也)以藻绣,络以纶连;随侯明月,错落其间;金

> 釭衔璧，是为列钱；翡翠火齐（珠名），流耀含英；悬黎垂棘（皆璧名），夜光在焉。

这里是写后宫，拿昭阳宫作典型。据《汉书·外戚传》记载："孝成赵皇后（赵飞燕）……后宠少衰，而弟（妹）绝幸为昭仪，居昭阳舍。其中庭雕朱，而殿上髹漆，切（门限）皆铜沓冒，黄金涂，白玉阶；壁带往往为黄金釭，函蓝田璧，明珠翠翼饰之，自后宫未尝有也……"可见赋之所写与史籍之记载是一致的。西汉从高祖到成帝，已经过了十朝。王朝已迅速地走下坡路，昭阳特盛，也正是时代的产物，是王朝政治腐朽堕落的标志。班赋是抓住了典型的。

下面写西都天子的游猎：

> 于是……六师发逐，百兽骇殚；震震爚爚，雷奔电激；草木涂地，山渊反覆；蹂躏其十二三，乃拗怒而少息……飑飑纷纷，矰缴相缠；风毛雨血，洒野蔽天……钜石隤，松柏仆，丛林摧；草木无余，禽兽殄夷……禽相镇压，兽相枕藉……

天上飞的、地上走的禽兽，几乎都被杀尽灭绝，连地上的木石也被夷平、踏碎，这真是一场怵目惊心的杀戮，它充分暴露了狩猎者逞情纵欲的本质，与古代讲究所谓"王用三驱"、网开一面，是大相径庭的。当然，我们在这里并不是要求他们泽及草木，我们只想指出天子的淫逸罢了。

在批判西都天子奢淫逾制的同时，班固对东都天子的约身束己、遵守法度又作了尽情歌颂。听了西都宾对西都天子的炫

耀,东都主人喟然而叹曰:

痛乎,风俗之移人也!子实秦人,矜夸馆室,保界河山,信识昭襄而知始皇矣!乌睹大汉之云为乎?

这实际上也是从总的方面进行批判,指出西都宾受到秦奢侈风俗的影响,只知夸耀西都宫馆的豪华、壮丽,而不知大汉之所作所为。作者在叙述光武的功绩时说,光武的作为,与伏羲、黄帝、成汤、盘庚、武王、周成王、汉高祖、汉文帝、汉武帝等等一样,应天顺人,符合制度。他的宫室建筑也是如此:

增周旧,修洛邑;扇巍巍,显翼翼;光汉京于诸夏,总八方而为之极。是以皇城之内,宫室光明,阙庭神丽;奢不可逾,俭不能侈。

洛邑宫室的建筑完全符合法度。它居于中央,统率着各方,使那些讲究奢华的人受到约束,节俭的人受到鼓舞。他们的苑囿也不假人功,因以天成:

外则因原野以作苑,顺流泉而为沼;发蘋藻以潜鱼,丰圃草以毓兽……若乃顺时节而蒐狩,简车徒以讲武,则必临之以王制,考之以《风》(《国风》)、《雅》(《小雅》)。

东都天子狩猎等完全符合王制,目的是阅兵练武,保卫国家,不是徒取娱乐。所以他们坚守"乐不极盘(游乐),杀不尽物,马踠(屈、曲)余足,士怒未渫(歇);先驱复路,属车案节"。这就是说，他们不尽情游乐，不尽杀禽兽：武士们还没有施展手足，天子就命令他们收兵回营了。他们的行动是多么有节制！但东都天子还不以此为满足：

> 于是圣上睹万方之欢娱，又沐浴于膏泽，惧其侈心之将萌，而怠于东作也。乃……命有司，班宪度，昭节俭，示太素；去后宫之丽饰，捐乘舆之服御，抑工商之淫业，兴农桑之盛务；遂令海内弃末而反本，背伪而归真……耻纤靡而不服，贱奇丽而弗珍。

这就是说，天子不仅自我约束，而且还想移风易俗，改变往日的奢风。班固很明显在为东都天子唱赞歌，因为东都天子绝不像赋里所说的那么清心寡欲，这一点我们前面已讲过。同时班固所鼓吹的，也有类似道家所倡导的无情无欲的返古归真思想，所谓"于是百姓涤瑕荡秽，而镜至清；形神寂寞，耳目弗营；嗜欲之源灭，廉耻之心生；莫不优游而自得，玉润而金声"。这种论调，是完全符合剥削阶级的要求的，百姓无情无欲，就会听任封建阶级的剥削和压迫，这是一方面。但另一个方面，我们也不能不看到，当时统治阶级上层分子和工商界的确刮起了一股浮华的邪风。生于后班固四五十年的王符（生卒年失考，他的活动时期约在公元2世纪前期）不也那样声色俱厉地痛斥过这种歪风吗？他说："今举世舍农桑，趋商贾；牛马车舆，填塞道路。游手为巧，充盈都邑。治本者少，浮食者众……今察洛阳，浮末者什于农夫，虚伪游手者什于浮末。"其后果是："是则一夫耕，百人食之；一妇桑，百人衣之；以一奉百，孰能供之？……则民安得不饿寒？饿寒并至，则安能不为非？……下民无聊而上天降灾，则国危矣！”(《潜夫论·浮侈》)由此可以看出，班固在《两都赋》里对整个社会去本求末、奢侈浮华风气的揭发和批判，是有针对性的，因而有其不可否认的意义。

（三）

西汉自武帝、宣帝以来，汉王朝与四周兄弟民族的相处比较融洽，汉王朝在那里或设州郡管理，或允其入朝称臣，或接受其来京朝贡等等，边境安然无事，人畜生产得到很大发展，对汉王朝、对各兄弟民族都有好处。但王莽篡位后，即倒行逆施，破坏旧制，大开战端。公元 9 年，王莽派使者到各国收回原汉王朝所授印绶，改发新朝印绶；各国国王改为侯爵，下降一级，以示侮辱。公元 10 年，王莽发兵三十万击匈奴。公元 12 年，王莽改高句骊为下句骊，诱杀其王，引起高句骊、扶余各国的反抗。公元 16 年，王莽因攻焉耆兵败而下令断绝与西域各国的交通。又发兵二十万击句町，引起西南各民族的反抗。总而言之，由于王莽无端狂妄的举动，引起了四周各族的反抗，边患又成为一个大问题。东汉初年，光武虽平定了内乱，重新统一中国，但汉王朝仍处在国力恢复之中，一时无暇顾及外患问题。光武帝中后期以后，情况才逐渐好转。公元 50 年，光武帝让南匈奴单于入居西河郡。南匈奴单于分部众屯西北边境，助汉守边，对付北匈奴。明帝以后，汉帝国力量强盛，对北匈奴政策也就由被动的防守转为主动的进攻。公元 73 年、89 年、91 年，汉兵三次出塞进攻北匈奴。公元 89 年，窦宪率兵三万，出塞三千余里，追北匈奴至燕然山，斩获极多，北匈奴二十余万内附，残部西窜，窦宪勒石记功而还。公元 91 年那次，去国五千余里，大破北匈奴于金微山，国威大震，北匈奴或远遁，或投降，元气大伤。汉帝国至此才取得了决定性的胜利。这时其他四裔兄弟民族也已先后与汉王朝和睦相处;在西方,主要是与北匈奴争夺西域诸国。公元73年,汉明帝命窦固等率军击北匈奴,取得玉门关外的第一个立足点——伊吾卢(今新疆哈密)。班超也在这时出使西域,西域与中国恢复交通。公元87年,班超率西域诸国兵大破龟兹等国。公元90年、94年又大破月氏国、焉耆国。至此,葱岭东西路通,西域五十余国全部内附。

在东北方,公元49年,辽西境外乌桓内附。汉光武封大小酋长八十一人为王、侯、君长。公元58年,辽东太守祭肜大破渔阳塞外赤山乌桓。塞外各部乌桓震惊,争先内附。公元49年,鲜卑大人到洛阳朝贡。

在西南方,东汉初,西南夷各族即纷纷内附。公元69年,哀牢王柳貌率众五十五万人内附,汉明帝特立永昌郡(治所在今云南保山市境)加以治理。

在南方,公元42年,伏波将军马援平交趾征侧和征贰之乱。马援在交趾等郡修筑城郭,巩固汉官的地位;并兴修水利,发展农业。

东汉前期出现的如上这种大统一的形势,班固在《两都赋》里有生动的反映,他以激动的声调高唱着:

> 于是……(天子)目中夏而布德,瞰四裔而抗棱;西荡河源,东淡海漘,北动幽崖,南耀朱垠;殊方别区,界绝而不邻。自孝武之所不征,孝宣之所未臣,莫不陆詟水栗,奔走而来宾。遂绥哀牢,开永昌,春王三朝,会同汉京。是日也,天子受四海之图籍,膺万国之贡珍,内抚诸夏,外绥百蛮。

这是对这个盛世的歌颂,对祖国大统一的歌颂。作者以居高临下的姿态批评西都宾:“(子徒)识函谷之可关,而不知王者之无外。”这是针对西都宾炫耀长安的形势说的。是的,如果汉王朝最高统治者是个鼠目寸光的人,只知长安易守难攻,安全保险,那他就不会去开拓领土,团结各族人民,共同缔结以汉族为主体的国土辽阔的多民族的国家,因而,也就不可能有我们今天伟大的祖国。正由于“王者之无外”的思想指导着他们,他们才决心把各族团结过来,把汉族文明先进的文化科学技术送出去,带动各族人民共同进步。这一点我们是必须首先肯定的。

在这里我们还须辨明的是,《后汉书·班固传》称:“(固)自为郎后,遂见亲近……乃上《两都赋》。”班固为郎是在永平(58—76)中(《汉书·叙传》:“(固)永平中为郎。”),那么《两都赋》也当作于永平中。可是根据《两都赋》所显示的上面那个画面看,则又不似永平之世所当有。那时,汉王朝最主要的劲敌北匈奴并没有被战败,西域基本上也还在匈奴手中。在这两个主要方面,形势还不如西汉武宣时期佳,根本谈不上“自孝武之所不征,孝宣之所未臣,莫不陆詟水栗,奔走而来宾”,所以我疑心:这篇巨赋虽展卷于永平之际,但完篇却拖到章、和以后;标明所写的是永平之治,但却又混入章、和之事。所以唐朝李善在《文选·两都赋》题注里才说:“自光武至和帝都洛阳,西京父老有怨,班固恐帝去洛阳,故上此词(指《两都赋》)以谏,和帝大悦也。”“和帝”云云,不知所自。(《汉书·叙传》没有提到班固作《两都赋》的事,《后汉书·班固传》提到了,并把它放在写成《汉书》之后。按:《汉书》成于章帝建初年间,那么《两都赋》的写作当在此时之后，李善不知是否据此而推定的。）但李善是唐代著名的博洽学者，他看到的书比起我们今天能看到的当然要多得多，他的话当不会是妄说的吧？

同时，还值得注意的是，班固还是一个具有强烈的爱国主义和民族自豪感的人。和帝永元元年（89），他曾以中护军身份，参加窦宪、耿秉所率的汉、南单于、乌桓、氐羌联军十万人，对北匈奴进行讨伐；并替窦宪写了那一篇著名的"振大汉之天声"的《封燕然山铭》，其辞曰：

> 铄王师兮征荒裔，剿凶虐兮截海外（指越沙漠翰海）；夐其邈兮亘地界，封神丘兮建隆碣（指勒石），熙帝载兮振万世！

但是，班固却不是一个唯我独尊的大汉族主义者，更不是嗜杀成性的好战分子。远在章帝建初（76—84）初年，"时北单于（指北匈奴）遣使贡献，欲求和亲"。章帝征求群儒意见。"议者或以为'匈奴变诈之国，无内向之心，徒以畏汉威灵，逼惮南虏（指南匈奴），故希望报命，以安其离叛。今若遣使，恐失南虏亲附之欢，而成北狄（指北匈奴）猜诈之计，不可'。"（《后汉书·班固传》）可是班固却持相反意见。他极力主张派使北匈奴与之通好。他说："汉兴以来，旷世历年，兵缠夷狄，尤事匈奴。绥御之方，其涂不一：或修文以和之，或用武以征之，或卑下以就之，或臣服而致之。虽屈申无常，所因时异，然未有拒绝弃放不与交接者也。故自建武（光武帝年号）之世，复修旧典，数出重使，前后相继，至于其末，始乃暂绝。永平（明帝年号）八年，复议通之，而廷争连日，异同纷回，多执其难，少言其易。

先帝……瞻前顾后，遂复出使，事同前世。以此而推，未有一世阙而不修者也。今乌桓就阙……康居、月氏，自远而至，匈奴离析，名王来降，三方归服，不以兵威，此诚国家通于神明自然之征也。臣愚以为宜依故事，复遣使者，上可继五凤、甘露致远人之会，下失建武、永平羁縻之义。虏使再来，然后一往，既明中国主在忠信，且知圣朝礼义有常；岂可逆诈示猜，孤其善意乎？绝之未知其利，通之不闻其害。设后北狄稍强，能为风尘，方复求为交通，将何所及？不若因今施惠，为策近长。”（《匈奴和亲议》）

这里之所以大段援引原文，主要是这篇和议讲得太好了。其一，它表现了大汉帝国的风度，对四周各族，包括汉初以来经常侵犯边境的匈奴，尤其是后来的北匈奴，都抱着宽厚友好的态度，即使王朝力量强盛时，也不主动兴师问罪，这也应该是中国历史上汉族处理与兄弟民族关系的主流。其二，它表现了汉帝国注重与兄弟民族的关系，即如书里所说的“未有拒绝弃放不与交接者也”。这实际上也正表达了汉族愿同各族共同缔造伟大国家的意愿。从历史事实来看，班固的观点是正确的。如果在中国历史长河中，没有为数众多的有远见的政治家为祖国大家庭的创建进行不懈的努力，而采取闭关自守主义，把兄弟民族拒之于祖国大门之外，中国能有今天，那是无法想象的。班固的意见是对的，这与赋里歌颂祖国的强盛一样，是他关心祖国命运的流露。

三

下面探讨一下班赋的艺术性。重点分析他的代表作《两都赋》。《两都赋》虽分为两篇(所谓《东都赋》与《西都赋》),实则一首。它的设色构造,很明显是取式于司马相如的《天子游猎赋》。如同《天子游猎赋》的子虚、乌有先生一样,它也让西都宾在那里作自我表现,实则在自我暴露。但光暴露还不够,还不能充分表达作者的意图理想,更不能造成强烈的对比,增强艺术效果。所以《两都赋》的东都主人也同《天子游猎赋》的亡是公一样,竭力为东都天子歌功颂德。《天子游猎赋》借此以达到抬高大汉天子的地位,《两都赋》却以此而获得久都河洛。此外,《两都赋》东都部分的构思,也很明显受到扬雄《长杨赋》的影响,以历史回忆开头,继之以现实,最终转入理想的追求。所以从大局来看,《两都赋》并没有重大的创造。还有,班固的《答宾戏》是仿东方朔的《答客难》、扬雄的《解嘲》。但《两都赋》在艺术上也有其他赋家所难以企及之处。

首先应该指出的是它那集中、鲜明、强烈的主题。前面说过,班固写《两都赋》是为了“极众人之所眩曜,折以今之法度”。从赋的内容看,它确是始终在围绕着“眩曜”与“法度”而大做文章。在赋的上半篇,也即描写西都部分,举凡西都长安地势的险要,都市的繁华,都人士女的优游,达官贵人的麇集,游侠、豪强的竞逐,封畿近县的富庶,皇宫帝苑的豪华壮丽,天子出游随从车骑的浩浩荡荡,射禽猎兽的肆意逞欲,都可以看出作者的“眩曜”主意在。如:

(长安)内则街衢洞达,闾阎且千;九市开场,货别隧分;人不得顾,车不得旋;阗城溢郭,旁流百廛;红尘四合,烟云相连。于是既庶且富,娱乐无疆;都人士女,殊异乎五方;游士拟于公侯,列肆侈于姬姜。乡曲豪举游侠之雄,节慕原(平原君)尝(孟尝君),名亚春(春申君)陵(信陵君);连交合众,骋骛乎其中。若乃观其四郊,浮游近县,则南望杜霸,北眺五陵,名都对郭,邑居相承;英俊之域,绂冕所兴;冠盖如云,七相(指车千秋等)五公;与乎州郡之豪杰,五都(指洛阳、邯郸、临淄、宛、成都)之货殖。三选(指七相五公、豪杰、货殖)七迁(迁于七陵),充奉陵邑。盖以强干弱枝,隆上都而观万国也。

还有宫室的建筑和天子的出游畋猎等等,前面已引述过,这些笔墨的确都属"眩曜"之例,所以何义门说:"此赋(指《两都赋》的西都部分)略分三段,首述形势田里之饶,中言宫室之胜,末言畋猎之乐,皆以'眩曜'二字铺排开来。"(见《评注昭明文选》)

《两都赋》的东都部分批判秦世,诅骂王莽,颂扬"圣皇"(指光武),赞美"永平"(明帝年号)之治,以及东都天子的修洛邑,作苑囿,春搜冬狩,祈天祀地,迎见群臣,宴飨百僚,陈钟布乐,以及申旧章,下明诏等等,也无不从正统的立场出发,按封建的法度来进行。如写宫殿是"扇巍巍,显翼翼","奢不可逾,俭不能侈",完全符合法度。写狩猎、讲武,"则必临之以王制,考之以《风》《雅》"。所以天子的行为总是适可而止:"乐不极盘,杀不尽物;马踠余足,士怒未渫;先驱复路,属车案节。”写音乐歌舞则是“抗五声，极六律，歌九功，舞八佾，韶、武备，泰古毕”，也都尽是符合儒家要求的歌舞。总而言之，《两都赋》前半篇着重暴露西都天子的逾制，而后半篇则极力赞颂东都天子之合度。当然，这不是说《两都赋》有两个主题，而是说作者这里用暴露西都天子的逾制来衬托东都天子的合度，又用赞颂东都天子的合度去批判西都天子的逾制。提倡法度，歌颂法度，就是《两都赋》的主题，唯一的主题。

主题思想的集中鲜明与否，是文艺作品成败的重要因素之一，任何主题思想漫散含混的作品，都不可能是成功的作品；任何成功的作品，其主题思想也必然是集中而又鲜明的。像《两都赋》这种长篇巨著中，而且在近两千年前，就能自觉地做到这样围绕主题、突出主题做文章，使作品收到强烈的艺术效果，在它之前或同时的文艺作品中，确是极其难得，值得我们重视和赞扬。

其次一个特点是繁简得当，层次分明，结构严谨。《两都赋》的西都部分由于主在“眩曜”，所以它特详于都市宫室游猎等容易流于浮奢之事的刻画。写都市，从地理形势写起，写到都市的街道、商业、都人、士女、豪杰、游侠、王侯、将相，郊区的农林草木，陆海珍藏，以至于上囿禁苑，离宫别馆。而其中的宫室建筑，又从正宫写到后宫府署，离宫别馆，处处精细描绘，不厌其烦。谈畋猎，先来一场“蹂躏（指践踏致死）其十二三”，再来一幕“风毛雨血，洒野蔽天”，“草木无余，禽兽殄夷（杀尽禽兽）”，继之以“割鲜野食，举烽命酹”，最后还要“招白鹇，下双鹄，揄文竿，出比目”，给它徐徐收场，以示闲雅淡泊。这些描写约占西都部分十分之九的篇幅。

东都旨在宣扬法度，所以宫室、畋猎之事大抵略过，而刻意表现光武、明帝的政治活动，其所占篇幅约为《东都赋》的三分之二。在西都部分约占一半篇幅的对宫室的描写，在这里只剩下“增周旧，修洛邑；扇巍巍，显翼翼”等六句。畋猎之事虽也较多涉及，但作者还是不让天子过于放纵。这也正如孙执升所说的：“西都始言形胜之壮，继言建竖之胜，末言狩猎之事；东都一概略过，专言建武、永平之治，武功文德，继美重光，所能以法度折其眩曜也。”（见《评注昭明文选》）

由此可见，《两都赋》不只选材得当，而且详略有体，一切为表现主题、突出主题服务，除此以外，不愿多沾一笔。

除繁简得当外，《两都赋》还表现出层次分明、脉络清晰的特点，使作品显得严谨完整。如西都部分从长安形势写起，先言形势之胜，以为建都之由。随后示之以市容之盛、郊野之富，并由山川物产而宫室的建筑、苑囿的开辟，以及游猎钓射，最后结以万民欢乐，各得其所。其中一环连一环，环环相扣，绝不兀突，更不游离。东都部分从批判西都宾的“眩曜”落笔，出以光武中兴，继以永平之治，又由此而引出修洛邑，作苑囿，省方巡狩，嘉会百宾，申旧章，下明诏，最后以东西都之优劣高低对比作收，其中也是一节接一节，节节相连，十分顺当，十分妥帖。

结构严谨还表现在赋的前呼后应上。东都部分的首尾以横砍直劈的笔法，去驳斥西都部分的有关“眩曜”；中间则以事实（建武、永平之事）为依据，去回敬西都宾所散布的非建都长安则“弗康”的滥调，而且由此而造成双方强烈的对比，使西都宾矍然失容，讷言称善。再从具体描写方面说，东都主所批判的“徒识函谷之可关”，正是针对西都宾奢陈形势之胜。东都主对建武、永平的颂扬，又为最后五首颂诗的出现做好准备。所以，人们常批评汉大赋结构臃肿、松懈、漫散，处处乞求“若乃”“于是”勉强联结成文，这种批评是不公正的。诚然，结构松懈的赋是存在的，就像其他文体也同样存在这种毛病一样，但却不能一概而论。尤其是出现在我国文学艺术早期阶段的汉赋，像班固的《两都赋》这样，已懂得剪裁，已懂得谋篇，实属难得，我们要用历史唯物主义的态度去看待它，评价它。

再次应该指出的是，《两都赋》的笔力是相当高强的。

> 昭阳特盛，隆乎孝成；屋不呈材，墙不露形。裛以藻绣，络以纶连；随侯明月，错落其间。金釭衔璧，是为列钱；翡翠火齐，流耀含英；悬黎垂棘，夜光在焉。

昭阳属于后宫，是皇后宫女们居住的地方，所以作者专在华饰上落笔，写宫室内的珠光宝气，以烘托主人的身份和尊贵。神明、井干两处都是离宫，基本上是天子骋其邪心以夸天下的场所，所以作者又专在高大险峻处着墨，而且使用极度夸张的笔墨，使人感到悚惧，以增加其刺激性。同时笔法多变，写神明台，是从下处往上看——“神明郁其特起，遂偃蹇而上跻；轶云雨于太半，虹霓回带于棼楣；虽轻迅与僄狡，犹愕眙（惊貌）而不能阶（升也）。”写井干楼则是俯视的角度——“攀井干而未半，目眴转而意迷。舍棂槛而却倚，若颠坠而复稽。魂怳怳以失度，巡回涂而下低。既惩惧于登望，降周流以傍徨；步甬道以萦纡（回曲也），又杳窱（深邃貌）而不见阳。”

西都部分的结语放得和缓而遒劲有力——“于斯之时，都都相望，邑邑相属；国藉十世之基，家承百年之业，士食旧德之名氏，农服先畴之畎亩，商循族世之所鬻，工用高曾之规矩，粲乎隐隐，各得其所。”短短几句，就把西都士农工商达官贵人，总之，所有的西都居民，他们的安居乐业、各得其所的现状因由，作了明明白白的交代。这是从夸耀的角度发言的。

东都部分的煞笔也来得慑人神魂：

> 且夫僻界西戎，险阻四塞，修其防御，孰与处乎土中，平夷洞达，万方辐凑？秦岭九嵕，泾渭之川，曷若四渎五岳，带河溯洛，图书之渊？建章甘泉，馆御列仙，孰与灵台明堂，统和天人？太液昆明，鸟兽之囿，曷若辟雍海流，道德之富？游侠逾侈，犯义侵礼，孰与同履法度，翼翼济济也？

连用五个排比，每每驳斥西都宾的夸耀，具有居高临下、万马奔腾之势，让人们听了瞠目结舌，无以为对。

> 子徒习秦阿房之造(至)天，而不知京洛之有制也；识函谷之可关，而不知王者之无外也。

转得奇特有状，又给人以措手不及之感。

总而言之，《两都赋》或精雕细刻，或夸张漫画，文势纵横，笔调多姿，奇文屡出，妙笔无穷，表现出作者有较强的描写能力，这也正是汉赋比之先秦文学有较大发展的地方。

由于东西都描写对象、任务不同，西都部分主在夸饰，所以文字显得华丽、夸张，东都部分立意于法度，所以语言显得典雅、古朴，使文字的选择与表现题旨结合起来。但总的来看，《两都赋》的文辞都表现出比较严整、富赡、平实、晓畅的特色。又如：

> 下有郑白之沃，衣食之源，提封五万，疆埸(yì，疆界)绮分，沟塍刻镂，原隰龙鳞；决渠降雨，荷锸成云；五谷垂颖，桑麻铺棻。

作者虽刻意状“郑白之沃”，但仍不减其华富晓畅的特色。范晔在评论班固的《汉书》时说：“固文赡而事详。若固之序事，不激诡，不抑抗，赡而不秽，详而有体，使读之者亹亹而不厌。”(《后汉书·班固传》)这些有关他的语言风格的评论，是很中肯的，与他在赋里的表现是一致的。

在班固以前，也曾出现过如扬雄的《蜀都赋》，但《蜀都赋》是写物赋，而《两都赋》却是写物、写人兼叙事。是班固第一次把人物安排到都市赋中来，并开展了人物之间的论辩。以后张衡的《二京赋》、左思的《三都赋》，都是在他的直接影响下写成的。班固除了《两都赋》《幽通赋》《答宾戏》外，还有《终南赋》《览海赋》《耿恭守疏勒城赋》《竹扇赋》《白绮扇赋》等六篇(见《全上古三代秦汉三国六朝文》)，但大都是残缺不全，便不赘及了。

张衡赋论*

一

郭沫若曾给张衡以极高的评价。他在张衡墓碑上题词说:“如此全面发展之人物,在世界史中亦所罕见。万祀千龄,令人景仰。”这里的“全面发展”云云,当指他既是杰出的科学家,又是著名的文学家。这个评价并没有过分。

张衡字平子,南阳郡西鄂县(治所在今河南南阳市北)人。生于东汉章帝建初三年(78)。家为著姓。祖父堪,在长安求学时,因品学兼优,被人誉为“圣童”。刘秀(后来的光武帝)对堪的品德志向均极赞赏,登位后即征他为郎中,三迁为谒者;在增援大司马吴汉平定蜀郡公孙述叛乱途中,追拜为蜀郡太守。吴汉曾因军粮不足而暗中安排退兵。堪分析公孙述必败,力主进攻。吴接受堪的建议,果灭公孙述。堪入成都后,检阅库藏珍宝,悉数上缴,秋毫无私。后转为渔阳郡(治所在今北京市密云区西南)太守,捕击奸滑,无所畏惧。时匈奴万余骑犯境,堪率数千骑迎击,大败匈奴。在他任职的八年里,匈奴终不敢

---

* 本文原载于《中国历代著名文学家评传》,山东教育出版社 1983 年版,有修改。

南窥。堪发动百姓广开稻田八千余顷，百姓歌之曰："桑无附枝，麦穗两歧；张君为政，乐不可支。"史称张堪为政既仁且威，"仁以惠下，威以讨奸"。张堪死于渔阳任所。章帝建初（76—84）中，南阳大饥，南阳富豪朱晖闻堪妻穷困，曾加以接济。可见张堪在渔阳任内，仍是廉洁奉公的。

张堪的思想品德，对张衡有很明显的影响。张衡少时善属文。十七岁游学三辅。三辅是当时全国政治、经济、文化最发达的地区之一。张衡对那里的政治、经济、文化等各方面的历史及现状，都作了深入的考察，从而扩大了眼界，提高了学识，同时也为后来写作《二京赋》提供了素材。张衡在三辅地区漫游了一年，随后由长安东出洛阳。在途经骊山时，作《温泉赋》，热情歌颂骊山温泉胜景。张衡约于和帝永元六年（94）春夏间抵当时的京师洛阳。在那里，他曾就教于太学，所以提高很快，遂通五经，贯六艺（礼、乐、射、御、书、数）。张衡虽才高于世，但并无骄色，也不追求名利地位。永元中，郡国推选他为孝廉——这在当时是出仕的捷径，但他拒绝了；公府几次征召他出来做官（就是三公等大官招聘著名人士做自己的属官），他也没有答应。但张衡因家境清寒，也难于长期求学，恰好这时鲍德出任南阳太守，邀他做主簿。鲍德是他所景仰的人物，任所又在自己家乡，所以他也就乐于应命了，时在永元十二年（100），他刚好二十三岁。大概也就在此时，他着手写《二京赋》，连同前面的准备工作，及至后来写成，一共用了十年时间。这是一篇传颂一时的大赋。大约也是这个时候，他还写了《南都赋》，歌颂自己的家乡南阳。

安帝永初二年（108），鲍德调任大司农，张衡也就辞去任期长达九年之久的南阳主簿职，回家潜心做学问。永初三年（109），大将军邓骘又一再邀请张衡出来做官。邓骘是邓太后的哥哥,时安帝幼小,他以大将军的名义辅政。邓骘很欣赏张衡的才学,如果张衡想为官做宦,这又是一个很好的机会。但张衡始终不答应,他对功名利禄一直是很淡薄的。

安帝永初五年(111),张衡应召为郎中。安帝元初元年(114),迁尚书侍郎。次年改任太史令,主持全国天文、地理、风雨、气候的观测事宜。张衡对这个工作很热恋,前后两次任此职达十四年之久,并写下《灵宪》这篇天文学上的名著。

安帝建光元年(121),张衡改调公车司马令,这是个接近皇帝的显位。但安帝死后,顺帝又让他充任太史令旧职。人们以为张衡失意,纷纷谈论他,张衡就写了《应间》来回答他们,时约在顺帝永建元年(126)。张衡安心当他的太史令,搞他的科研工作。顺帝阳嘉元年(132),他造出候风仪和地动仪。仪器的设计和制作均极先进精良。有一次,地动仪上的龙吐出铜丸,但人们并没有感觉出地震,因而以为张衡制造的仪器不可信。可是仅隔数日,驿马即传来消息:陇西发生地震。这与吐出铜丸的龙所指的方向完全一致。这时大家才敬佩仪器的神奇妙用。此外,张衡还制造了能自动转向的三轮指南车和能自动起飞的木雕。

但张衡并不埋头科研,脱离政治,他对朝政大事很关心。阳嘉(132—135)初,他看到当时朝政日衰,大权旁落,统治者过着奢华腐化的生活,即上《陈事疏》,要顺帝依遵法制,抑制侈靡,治理好国家。他还上过《驳图谶疏》,对自西汉成帝、哀帝以来,统治阶级利用图谶"欺世罔俗,以昧势位",进行了大胆、严厉的批判。他要求最高统治者"收藏图谶,一禁绝之"。这是很了不起的。他的赋也同样处处流露出关心国事的倾向。

张衡于阳嘉中被提升为侍中,也即做皇帝的高级顾问:“掌侍左右”,“顾问应对”。这是个很要害的职务。有一次顺帝问他天下最痛恨的是谁。宦官们害怕他说出他们,都向他瞪眼威胁。独木难支,张衡只好违心地应付几句。但宦官们还不肯罢休,他们也知道张衡正直,终归是自己的祸患,所以都在皇帝面前毁谤他,张衡心里非常忧愤,就写了《思玄赋》,来寄托自己的情志。远在十年前,谒者仆射刘珍和校书郎刘騊駼在东观撰写《汉记》,曾上书请他参加这一工作。不巧两人相继谢世,张衡感到很可惜,这时就想辞去侍中职到东观去续撰《汉记》。他指出《史记》《汉书》有十几个地方失实。但几次上书,顺帝都未予批准。张衡未能去完成二刘未竟事业,当时人是极感遗憾的。

顺帝永和元年(136),张衡出任河间相(治所乐城,在今河北献县东南)。河间王刘政“骄奢”,“不遵典宪”,国中又多豪右大族。他们上下勾结,狼狈为奸。张衡到任后,即“治威严,整法度,阴知奸党名姓,一时收禽”。百姓称赞他的政绩。但这时大汉帝国已十分腐败,张衡感到自己的理想难以实现,很不得意,就写了《四愁诗》和《怨篇》,来抒发自己的愁闷。永和三年(138),张衡上书“乞骸骨”,并写了《归田赋》表示退休的决心,但顺帝不准许,把他调回京师,升迁为尚书,协助处理政务。可惜到职不满一年,这位杰出的文学家、科学家就因积劳成疾,大志未酬,忧愤地死去了,终年六十二岁。他的好友崔瑗称他:“道德漫流,文章云浮;数术穷天地,制作侔造化。”对他的品行、文章、科学技术作出崇高的评价。张衡是当之无愧的。

张衡的思想是比较复杂的,儒、道、墨三种思想都兼而有之。但他的基本思想当属儒家。他对最高统治者一直持拥戴、合作的态度。他的所有诗、赋、文、疏,也大体是站在正统的儒家立场上,以儒家的经典作武器,来批判一切与之相违背的人事。在《归田赋》里,作者表示要“弹五弦之妙指,咏周(公)孔(子)之图书,挥翰墨以奋藻,陈三皇之轨模”。在《二京赋》里,他从儒家仁人爱民的思想出发,要求统治者抑制奢靡,遵行节俭。

张衡的道家思想时隐时现,有时不露声色,有时却表现得相当突出。这当与他的性格、修养、境遇有关。张衡在青年时代,就不热衷于功名富贵,如《后汉书》本传说:“虽才高于世,而无骄尚之情,常从容淡静,不好交接俗人。永元中,举孝廉不行,连辟公府不就……大将军邓骘奇其才,累召不应。”“衡不慕当世,所居之官,辄积年不徙。”这与儒家出仕效世,追求功名富贵,兼济天下,是大相径庭的。在《归田赋》里,他表示要接受老子的遗教,回老家隐居——“感老氏之遗诫,将回驾乎蓬庐”。在《二京赋》里,作者所宣扬的“为无为,事无事……遵节俭,尚素朴;思仲尼之克己,履老氏之常足……贱犀象,简珠玉;藏金于山,抵璧于谷”,也主要表现道家思想的一面。至于《髑髅赋》,则简直就是老庄思想的化身。作者借髑髅之口发表了一通消极避世的人生哲学,所谓“死为休息,生为劳役……荣位在身,不亦轻于尘毛;巢由所耻,伯成所逃;况我已化,与道逍遥。离朱不能见,子野不能听,尧舜不能赏,桀纣不能刑,虎豹不能害,戟剑不能伤;与阴阳同其流,元气合其朴;造化为父母,云汉为川池,星宿为珠玉;合体自然,无情无欲”。从思想内容到艺术形式,与庄子的《至乐篇》如出一辙。这篇赋可能是张衡晚期作品,那时张衡已备尝人生的忧患,已由于对混浊现实的不满而滋长出超世绝俗的情绪,这是他消极思想的一面。

张衡虽是个先进的科学家,但他的思想中仍还有许多迷信成分,这在他的著作中是屡见不鲜的。如在《日蚀上表》《大疫上书》《陈事疏》等表疏中都有很突出的表现。我们如不指出这点,他在赋中表现出来的一些消极避世、听天由命的落后观点,就无法解释了。

二

张衡是东汉中后期的又一大赋家。张衡的赋较多,现在还完整地保存下来的赋就有《温泉赋》、《南都赋》、《二京赋》(《文选》分为《西京赋》和《东京赋》)、《思玄赋》、《归田赋》、《髑髅赋》、《周天大象赋》等七篇和《羽猎赋》等五个片段。另外类似赋体还有《应间》《七辩》两篇。其中以《二京赋》《归田赋》最负盛名,前者创两汉长篇的极轨,后者开后代抒情小赋的先河。

张衡在《二京赋》结尾有这么一段议论:"坚冰作于履霜,寻木起于蘖栽;昧旦丕显,后世犹怠;况初制于甚泰,服者焉能改裁。故相如壮上林之观,扬雄骋羽猎之辞,虽系以颓墙填堑,乱以收置解罘,卒无补于风规,只以昭其愆尤。"这段话的中心意思是,相如等人的赋用大量的篇幅来描绘天子的苑囿是如何阔大,游猎的扈从队伍是如何壮盛。这也就是说,天子是何等浮华!但赋写到末了,才又假惺惺地让天子觉悟过来,认识到自己行为之有失,于是乎赶快下令:推倒苑囿的围墙,让百姓进去耕种;收起围猎的网子,回宫正正经经地料理国事。张衡认为,赋这种写法效果是不会好的,是起不了劝告警诫的作用的;它只会暴露天子的过失。张衡这种观点,很明显是从扬雄那里接过来的。扬雄说过:“赋者,将以风也,必推类而言,极丽靡之辞,闳侈钜衍,竞于使人不能加也。既乃归之于正,然览者已过矣……繇是言之,赋劝而不止,明矣。”(《汉书·扬雄传》)两人的观点是完全一致的,都认为赋对容易流入淫奢的事物描绘得太多太细了,而正经事、正经话说得太少、太简了;都认为这样写出来的赋起不了讽谏劝诫的作用。两人所不同的只是:扬雄“辍不复为”,决心不再写赋,而转入搞经,仿《易经》,作《太玄》,仿《论语》,作《法言》,成了经学的俘虏。而张衡却还要写下去。那么,张衡当然要把他那一套看法、想法贯彻到作赋的实践中去。我们在《总论》中已详细论证过,汉赋创作中强调讽谏是儒家保守复古思想在作怪,是企图把汉赋纳入经学的轨道,按经学的标准来写汉赋,使汉赋永远沦为儒家经典的附庸。这是极不利于文学艺术的发展的,它势必妨碍文学艺术最后发展成为一个独立的部门。所以鲁迅先生对于三国时期的诗赋放弃讽谏和劝诫,而强调“诗赋欲丽”,才给以极高的评价,认为是文学的自觉时代。由此可见,张衡这种观点是不足取的,这一点我们必须指出。

但另一方面,我们也不能不看到,张衡在接受儒家强调讽谏观点的同时,也掺入自己的内容,尤其是张衡为人深沉持重,注意实际,因而也就必然使他的赋作具有较深厚的思想性和较强烈的批判性。

（一）

首先是对最高统治者荒淫奢侈的批判。这一点在《二京赋》里表现得最为充分，几乎可以说是这篇赋的主题思想。作者是从各方面来表现这个问题的。

先就宫室建筑方面来说。西京的画卷一展开，作者就让凭虚公子在那里自我夸耀，实则在进行自我暴露，自我批判。他夸耀西京的后宫——“馆室次舍”，是“采饰纤缛：裛以藻绣，文以朱绿、翡翠、火齐（珠名），络以美玉，流悬黎（美玉名）之夜光，缀随珠（宝珠名）以为烛……珍物罗生，焕若昆仑”。满屋充满着珠光宝气。世上的明珠美玉，无不尽为搜罗！但这还只是截取后宫的一个横断面，像这样的宫室是到处都有的：“于是钩陈（后宫名）之外，阁道穹隆，属（连接）长乐（宫名）与明光（殿名），径北通于桂宫；命般尔之巧匠，尽变态乎其中。”各宫殿之间有阁道相连，而且都是能工巧匠的杰作。于是“后宫不移，乐不徙悬，门卫供帐，官以物辨；恣意所幸，下辇成燕；穷年忘返，犹弗能遍；瑰异日新，殚所未见”。到处有宫女供天子取乐，即使终年游幸，也转不过来。各种穷奇瑰异的事物，都是见所未见的。可是天子还是不满足：“惟帝王之神丽，惧尊卑之不殊；虽斯宇之既坦，心犹凭而未摅。”尽管天子的宫殿是神奇瑰丽的，是雄伟宽敞的，但他还觉得没有把自己至尊的身价与众僚属区别开来，内心还感到不舒畅，不满足。“思比象于紫微，恨阿房之不可庐。”他想效法天上紫微宫的制作，以为人世的阿房宫是不值得居住的，这是多么丑恶的奢行！

再看看天子的猎走射飞，钓沉水嬉。天子率领着浩浩荡荡的游猎队伍，所谓“千乘雷动，万骑龙趋”，“光炎烛天庭，嚣声震海浦；河渭为之波荡，吴岳为之陁堵（崩落）”；“白日未及移晷，已狝（杀）其十七八”。“然后……逞欲畋鱼（捕鱼），效获麑麌，摎蓼浶浪（都是指搜捕），干池涤薮；上无逸飞，下无遗走，擭胎拾卵，蚳（蚁卵）蝝（蝗子）尽取。”不把飞禽走兽杀尽灭绝，不能快其意，真是恣情肆意，为所欲为，不要说儒家的所谓仁人之心，连一点人性也谈不上了。“取乐今日，遑恤我后；既定且宁，焉知倾阤。”他哪里顾及将来，哪里想到自己的覆灭！

荒淫与奢侈往往是一对孪生的兄弟，它是剥削阶级生活上的重要特征，尤其是作为最高统治者的天子，更是这个样子。可是对荒淫这个问题，在过去赋家的作品中都没有进行过认真的揭发和批判。例如司马相如的《天子游猎赋》，只接触了一下还来不及批判，笔锋就转开了；扬雄的《甘泉赋》有“屏玉女而却宓妃”，“玉女亡所眺其青胪”，“宓妃曾不得施其蛾眉”的话，但这些话还谈不上是揭发和批判。这种情况一直到张衡的《二京赋》里才有较明显的转变。

> （天子）于是……阴戒期门，微行要屈，降尊就卑，怀玺藏绂。便旋闾阎，周观郊遂，若神龙之变化，彰后皇之为贵。然后历掖庭，适欢馆，捐衰色，从嬿婉。

天子就是那样偷偷摸摸地脱下帝服，换上便装，与一伙纨绔少年为伙，在城里郊外四处游荡，以发泄其兽欲。这哪里像个天子，简直是嫖娼宿妓的淫棍！

> 列爵十四，竞媚取荣，盛衰无常，惟爱所丁（当意的即爱之）。卫后（武帝卫皇后）兴于鬒发，飞燕（成帝赵皇后）宠于体轻……

从宫女们的求幸讨荣、盛衰无常和卫子夫因鬒发如云、赵飞燕因体态轻盈如燕而得宠,的确可以看出天子是“惟爱所丁”,是色狂。“自君作故,何礼之拘”,他的一举一动就是规矩,就是成例,还有什么礼法可以约束着他?!

赋最后还特地说了这么一句:“许赵氏之无上。”这话更包含一桩历史上的丑闻。据《汉书·外戚传》记载:“元延二年(许美人)怀子,其十一月乳……昭仪谓成帝曰:‘常绐(欺骗)我言从中宫(皇后所居)来。即从中宫来,许美人儿何从生中?许氏竟当复立耶?’怼以手自捣,以头击壁户柱,从床上自投地,啼泣不肯食,曰:‘今当安置?我欲归耳!’帝曰:‘今故告之,反怒为?殊不可晓也!’帝亦不食。昭仪曰:‘……陛下常(尝)自言约不负女,今美人有子,竟负约谓何?’帝曰:‘约以赵氏,故不立许氏,使天下无出赵氏上者,毋忧也!’”随后,成帝也就伙同赵昭仪,把许美人的初生儿杀死。一个堂堂的国君,为了求得一个女人的欢心,竟亲手把自己的儿子杀害,这是何等卑鄙的行径!赵昭仪这个妒妇虐婆的面目,也昭然若揭了!

对武帝的好仙,相如在《大人赋》里已略露微词,但他还只是诉说仙乡之不可庐来稍加劝诫。可是张衡的《二京赋》就不同了,他直截了当地揭发武帝“采少君之端信,庶栾大之贞固”(武帝受方士李少君和栾大的愚弄之事,详见本书《司马相如评传》一篇)。他讥刺武帝于神明台“立修茎之仙掌,承云表之清露”,以为“屑琼蕊以朝飧,必性命之可度”,吃上用仙人掌上露水和合的玉屑,就可以度世而不死。他嘲笑武帝“美往昔之松乔(仙人),要羡门乎天路;想升龙于鼎湖,岂时俗之足慕”。武帝想成仙想得入迷了,《史记》本传记载他说如得升天成仙,“吾视去妻子如脱屣耳”!最后,作者冷冷发问:“若历世而长存,何遽营乎陵墓?”如果真的可以长生不死,你干吗急急忙忙营坟造冢？一下子把武帝的矛盾心理揭穿了，把他的愚蠢行为批判了，把神仙的存在也否定了。

自然，上述作者对历史人物种种愚蠢行径的批判，如果发自饭后茶余之闲谈，也未必值得一提。可是事实恰恰相反，他的这些发论是有深厚的思想作基础的。这正如作者借安处先生之口批判凭虚公子时所说的："今公子苟好勦民（劳民）以娱乐，忘民怨之为仇也；好殚（尽）物以穷宠，忽下叛而生忧也。夫水所以载舟，亦所以覆舟。"这就是说，如果统治者只知为满足自己无底的欲壑，而肆无忌惮地剥削人民、压迫人民，逼得人民走投无路，那么，人民就会揭竿而起，把你推翻掉。历史对这个问题已作了明确的证明：

> 必以肆奢为贤，则是黄帝合宫（用草盖的明堂），有虞（舜）总期（也是草屋当明堂），固不如夏癸（桀）之瑶台，殷辛（纣）之琼室也！汤武谁革，而用师哉？

这也就是说，如果以奢放为是，那么夏桀殷纣的琼楼玉宇，自然胜过黄帝尧舜的草棚木屋，商汤周武还搞什么革命，而兴师动众？言外之意是，桀纣的荒淫暴虐，才招来汤武的革命，把他们推翻掉。这是一例。

> 秦政（始皇）……思专其侈，以莫己若（无如自己）。乃构阿房，起甘泉；（秦二世）结云阁，冠南山（终南山）；征税尽，人力殚。然后收以太半（三分之二）之赋，威以参夷（灭三族）之刑。其遇民也，若薙氏（掌山泽官）之芟草，既蕴崇（积聚）之，又行火焉。惵惵（恐惧貌）黔首，岂徒局高

天蹐厚地而已哉？乃救死于其颈，驱以就役，唯力是视。百姓弗能忍，是用息肩于大汉，而欣戴高祖！

秦始皇与秦二世对老百姓进行史无前例的残酷的压迫和剥削，老百姓实在无法忍受下去了，所以起来推翻暴秦，拥戴汉高祖为帝。这是又一例。

看来，作者确是把最高统治者的“娱乐”与老百姓的苦难联系在一起，又把百姓的苦难与封建王朝的倾覆危殆联系在一起。作者看到了最高统治者奢淫残暴所造成的严重后果，尤清楚地看到老百姓在历史发展过程中举足轻重的作用。“守位以仁，不恃隘害；苟民志之不谅，何云岩险与襟带？”假如人心背离，再险要的地势也无用，固若金汤的城池也能攻破。“夫水所以载舟，亦所以覆舟。”决定意义的力量在老百姓一边。为自己的历世长存计，统治阶级就得遵行节俭，体察民情。在后来的《陈事疏》里，作者仍认为：“恭俭畏忌，必劳祉祚；奢淫谄慢，鲜不夷戮。”看出作者惩奢劝俭的态度是十分坚决的。

（二）

其次是对豪强大户和社会不良风气的揭露。班固在《两都赋》里，对商贾已有所指摘。张衡的《二京赋》，则在赞词中把他们弄虚作假、损人利己、不劳而获、挥霍无度的丑恶面目和盘托出：

尔乃廓开九市……瑰货方至，鸟集鳞萃，鬻者兼赢，求者不匮。尔乃商贾百姓，裨贩夫妇，鬻良杂苦，蚩眩边鄙。

这是写西京长安的市肆。那里的商业的确十分繁荣,各方商人纷纷携物前来交易,满足了人们的需求,这是应予以肯定的。但这里也暴露了商人小贩自古以来买贱卖贵唯利是图的卑劣本质。他们言明出卖的是上等好货,可是却暗中掺假混劣,以欺骗僻居边远地区的人民——因为他们知道这些乡下人思想单纯,作风朴实,容易上当。真是可叹可恨之至!作者对商贾这些行径是极为不满的。他借凭虚公子的口热嘲冷讽地说:"何必昏于作劳,邪赢优而足恃。"是的,何须你自己动手劳作,靠欺诈手段猎取的暴利就花不完了。"彼肆人之男女,丽美奢乎许史",他们的奢华,连"恣为奢僭"的皇亲国戚平恩侯许广汉、乐陵侯史高,都要望尘莫及呢!

接着,作者把笔锋指向那班富商巨贾,豪强大户:

若夫翁伯,浊、质、张里之家,击钟鼎食,连骑相过,东京公侯,壮何能加!

这段话也是在炫耀中寓入暴露贬抑的旨意。因为这些人的发迹史实在是太不光彩了!且看《汉书·货殖传》和这一问题相关的一段记载:"自元、成讫王莽,京师富人杜陵樊嘉,茂陵挚纲,平陵如氏、苴氏……为天下高訾(赀,钱财),樊嘉五千万,其余皆巨万矣!……其余郡国富民,兼业颛(通'专')利,以货赂自行,取重于乡里者,不可胜数。故秦杨以田农而甲一州,翁伯以贩脂而倾县邑,张氏以卖酱而隃(通'逾')侈,质氏以洒削而鼎食,浊氏以胃脯而连骑,张里以马医而击钟,皆越法矣!……至于蜀卓,宛孔,齐之刁间,公擅山川铜铁鱼盐市井之入,运其筹策,上争王者之利,下锢(专取)齐民之业,皆陷不轨奢僭之恶。又况掘冢搏掩,犯奸成富,曲叔、稽发、雍乐成之徒,犹复齿列,伤化败俗,大乱之道也。”

当然赋里且没有涉及上述全部人物,但作者所要审判的不正是这类人物吗?他们掌握着国民经济的命脉,垄断市场,独霸一方,贪婪地吸吮着民膏民脂,甚至于拦路抢劫,掘墓窃宝。对这类“犯奸成富”奢过公侯的人,作者是厌恶极了的。

《二京赋》还谈到西京的“游侠”。作者对他们基本上持肯定态度。但对原涉、朱世安等“如虎如貙(猛兽名),睚眦虿芥(犹蒂芥),尸僵路隅”,也即凶猛残忍,为鸡毛蒜皮事动辄杀人,作者却是加以否定的。

至于那“五县(指五陵,也即长陵、安陵、阳陵、茂陵、平陵)游丽辩论之士,街谈巷议,弹射臧否,剖析毫厘,擘肌分理”,这些摇唇鼓舌之徒,不事生产,整日价在那里搬弄是非。“所好生毛羽,所恶成疮痏。”——也就是后来赵壹在《刺世疾邪赋》里所说的“所好则钻皮出其毛羽,所恶则洗垢求其瘢痕”。他们根本没有什么是非标准。张衡对这类人也是痛心疾首的。

总而言之,张衡对西京长安上自天子,下及富商、巨室、土豪、恶霸的卑劣行径,都一一作了揭露和批判,使人从中看到了丑恶现实的一面。

说到这里,使我们想起班固《两都赋》在描写西都长安时曾提到:“若乃观其四郊,浮游近县,则南望杜霸,北眺五陵,名都对郭,邑居相承;英俊之域,绂冕所兴;冠盖如云,七相五公;与乎州郡之豪杰,五都之货殖。三选七迁,充奉陵邑。盖以强干弱枝,隆上都而观万国也。”这段文字给我们提供了进一步看清长安郊区五陵社会面貌的线索,为了“强干弱枝”,也即削弱、消除地方割据势力,强化中央集权,西汉统治者曾一再迁徙地方豪强富户入居五陵。据《汉书》载,元朔二年(前127),“徙郡国豪杰及资三百万以上于茂陵”,太始元年(前96),“徙郡国吏民豪杰于茂陵、云陵(当系‘云阳’之误)”(以上见《武帝纪》);本始三年(前71),“募郡国吏民赀(资)百万以上徙平陵”(《宣帝纪》)。以上记叙虽没有说迁徙的数目,但涉及范围既是郡国(指全国各地区),那么它的数字是不会很少的。如载有数字的鸿嘉二年(前19)那次,就“徙郡国豪杰赀五百万以上五千户于昌陵”(《成帝纪》)。长安近畿不知麇集着多少豪家巨室!这些原先大都是独霸一方的地方恶势力,被强迫迁到长安郊区后,自然也不会弃恶从善,立地成佛,所以张衡立意加以鞭挞。从对待长安地区这些社会问题的态度看,张衡比起班固是要高明一些的,因为他反映的问题的确比班固深刻一些。

在这里,我们还应该进一步指出,上述赋里的种种描写,尽管都是征引史事,但作者两眼却是紧盯着现实生活的,正如《后汉书·张衡传》所揭示的他写《二京赋》的动机那样——“永元(汉和帝年号,公元89—105年)中,(衡)举孝廉不行,连辟公府不就。时天下承平日久,自王侯以下,莫不逾侈。衡乃拟班固《两都》作《二京赋》,因以讽谏”。这里只说“自王侯以下”,而不涉及皇帝本人,自然是“为尊者讳”,其实最大的“逾侈”只能是皇帝本人,赋也正是这样写的,上面的论述已证明了这一点。其次才是剥削阶级中的富有阶层。

那么王侯以下的“逾侈”情况究竟是怎么样呢?这一点,我们从张衡的好友、政论家王符的《潜夫论·浮侈》中可以窥见一斑。王符说:“今京师贵戚,衣服饮食车舆文饰庐舍,皆过王制,僭上甚矣!”又说当时富贵之家的嫁娶是:“车軿各十,骑奴侍童,夹道节引;富者竞欲相过,贫者耻不逮及。是故一飨之所费,破终身之本业。”还说到当时的丧葬:“今京师贵戚,郡县豪家,生不极养,死乃崇丧。或至刻金镂玉,檽梓楩楠;良田造茔,黄壤致藏,多埋珍宝偶人车马。造起大冢,广种松柏,庐舍祠堂,崇侈上僭。宠臣贵戚,州郡世家,每有丧葬,都官属县,各当遣使,赍奉车马、帷帐,货假侍客之具,竞为华馆。”由此可见,张衡《二京赋》里所发的言辞,并不是无的放矢,而是有所感而发的,是借古刺今的,这就是此赋现实性之所在,也是它值得我们注意的地方,所以有人责难《二京赋》“全是《上林》《羽猎》之类的躯壳,没有赋的真生命”,是不符合实际的,因而也是不公道的。

三

张衡后期的赋,则集中表现了对当时日趋腐败的封建朝廷的抨击。在《思玄赋》里,我们可以看到,尽管作者自己(其实何止他自己)有高尚的品德,“匪仁里其焉宅”,“匪义迹其焉追”,“慕古人之贞节”,“遵绳墨而不跌(差)”,一切遵从先哲遗训。他还亟亟于修身洁行——“旌(明)性行以制珮兮,佩夜光与琼枝;纗(系)幽兰之秋华兮,又缀之以江离;美襞积(重叠)以酷烈兮,允(信)尘邈(久远)而难亏。”可是他得到的报答却是,“非是时之攸(所)珍”,“奋余荣而莫见兮,播余香而莫闻”,统治阶级根本不稀罕他。因为这个社会是个贤愚是非完全颠倒的社会:“俗迁渝而事化兮,泯规矩之圆方;宝萧艾(臭草)于重笥兮,谓蕙芷之不香;斥西施而弗御(爱幸)兮,絷騕褭(骏马)以服箱(拉大车);行颇僻(邪佞)而获志兮,循法度而离(通‘罹’,遭)殃。”真是小人得志,志士遭殃！所以作者才被迫超绝尘世,浮游八方。

这篇赋的写作背景,《后汉书·张衡传》作了这样的说明:“(衡)后迁侍中,(顺)帝引在帷幄,讽议左右。尝问衡天下所疾恶者,宦官惧其毁己,皆共目之。衡乃诡对而出。阉竖恐终为其患,遂共谗之。衡常思图身之事,以为吉凶倚伏,幽微难明,乃作《思玄赋》,以宣寄情志。”如果拿这个说明来与赋作相互发明,我们不就可以看到:封建王朝的权柄全落到宦官群小的手里了。他们都是那样的卑鄙和凶狠:见到小人,就引以为党,相互勾结,狼狈为奸;见到贤者,就如遇寇仇,千方百计加以陷害。在他们的排斥打击下,有才能的人都一个个含怨怀恨,离开帝都,辞却人世。他们再也不会有施展其政治抱负的地方了。看,多么黑暗的社会!

在《归田赋》里,作者劈头就说:“游都邑以永久,无明略以佐时。徒临川以羡鱼,俟河清乎未期。感蔡子之慷慨,从唐生以决疑。谅之道之微昧,追渔父以同嬉;超埃尘以遐逝,与世事乎长辞。”

在这里,我们看不到作者“无明略以佐时”,我们倒似乎看到了一个有“明略”的志士受到压抑和排挤的过程。他原先也想拿自己的才学去“佐时”济世,可就是“俟河清乎未期”,等不到时机！他对蔡泽“游学于诸侯,大小甚众,不遇而从唐举相”(《史记·范雎蔡泽列传》),深有同病相怜之感。他看到社会是那样的黑暗不可捉摸——“谅天道之微昧”(实指世事之微昧),只好“追渔父以同嬉,与世事乎长辞”。和这篇赋写于同时的《四愁诗》其序文说:“阳嘉中(当从《后汉书》本传作‘永和初’),(衡)出为河间相。时国王骄奢,不遵法度,又多豪右并兼之家。衡下车治威严……下吏收捕……郡中大治……时天下渐弊,郁郁不得志,为《四愁诗》,效屈原以美人为君子,以珍宝为仁义,以水深雪雰为小人。"如果我们把这几篇诗赋联系起来看,就可以清楚地知道张衡要"思玄""归田"和产生"四愁"的原因。不少人原以为作者的斗争性很差,消极出世的思想相当严重,但从上面序文可以看出,张衡不仅有理想,有才干,他还敢于与皇亲国戚、豪强大族作斗争,而且至老不衰,政绩卓著。诗赋中一些消极思想的流露,我们只能把它看成是对立面力量过于强大,个人力量无法抗拒的一种必然表现。他实际上并未真正地消极过,我们不必过多地加以指责。

还有一点需指出,张衡对腐朽的封建王朝的批判,甚至在写作时间比《思玄赋》《归田赋》早三十年的《二京赋》就开始了。在那篇赋里,作者着重批判了两个把持国柄、贵倾天下的佞臣。作者设词发问:那个"北阙甲第,当道直启;程巧致功,期不陁陊(崩落);木衣绨锦,土被朱紫;武库禁兵,设在兰锜(指陈列在甲第的兵架上)",是谁的宅第呢?回答是:"匪石(显)匪董(贤),畴能宅此?"那么石显是怎么样的一种人呢?《汉书·佞幸传》记载,石显少时受过腐刑,后代为中书令,受到元帝的信任,"遂委以政,事无大小,因显白决,贵幸倾朝"。"显为人巧慧习事,能探得人主微指;内深贼,持诡辩以中伤人,忤恨睚眦,辄被以危法。"初元(前48—前44)中,前将军萧望之、光禄大夫周堪等,"知显专权邪辟,建白以为尚书百官之本……宜以通明公正处之……应古不近刑人"。但元帝不听,"由是大与显忤,后皆害焉"。后大中大夫张猛、魏郡太守京房等又告发石显,也都被害死。"显与中书仆射牢梁,少府五鹿充宗,结为党友,诸附倚者皆得宠位,民歌之曰:'牢邪石邪,五鹿客邪！印何累累，绶若若邪！'言其兼官据势也。"成帝即位，丞相御史条奏显旧恶，显与其党徒皆被贬职罢官。显被遣回故郡，忧死道中，长安谣说："伊（嘉）徙雁，鹿（五鹿）徙菟，去牢（梁）与陈（顺），实无贾（价）。"这就是作者所深恶痛绝的宦者中人石显的嘴脸！

对董贤，赋里还有一段补充："贤既公而侯"，"许赵氏之无上，思致董于有虞；王闳争坐于侧，汉载安而不渝"。那么董贤又是一个什么样的佞臣呢？《汉书·佞幸传》说董贤以"美丽自喜，哀帝望见，说其仪貌"，"宠爱日甚，为驸马都尉、侍中，出则参乘，入御左右，旬月间赏赐累巨万，贵震朝廷。……贤亦性柔和便辟，善为媚以自固"。他自己与其亲属因而一再受到封赏。最后，董贤做到大司马大将军，父荣迁光禄大夫，弟宽信为驸马都尉，妹受封昭仪。哀帝还为他"起大第北阙下"；"木土之功，穷极技巧，柱槛衣以绨锦"；"武库禁兵，上方珍宝，其选物上弟，尽在董氏"。"后上（哀帝）置酒麒麟殿，贤父子亲属宴饮，王闳兄弟侍中、中常侍皆在侧。上有酒所（指有点醉意），从容视贤笑曰：'吾欲法尧禅舜（指让位给董贤），何如？'闳进曰：'天下乃高皇帝天下，非陛下之有也……天子无戏言。'上默默不悦，左右皆恐。于是遣闳出，后不得复侍宴。"及哀帝死后，董贤畏罪自杀，其家财入官，竟达四十三万万之巨。在这里，我们不是看到了一对贼国戕民的昏君奸臣的丑相吗？

班固在《佞幸传》末赞语中说："柔曼之倾意，非独女德，盖亦有男色焉。观籍（孺）、闳（孺）、邓（通）、韩（嫣）之徒非一，而董贤之宠尤盛。父子并为公卿，可谓贵重人臣无二矣。……汉世衰于元、成，坏于哀、平。哀、平之际，国多衅矣！主疾无嗣，弄臣为辅；鼎足不强，栋干微挠；一朝帝崩，奸臣擅命……咎在亲便嬖，所任非仁贤。”我们读了张衡的赋，尤其是后期的赋作，不是也可以获得这个印象吗？西汉后期的朝政的确腐败透了。

当然，作者这里写的都是前代时事。但他为什么要选择这样的奸臣佞幸入赋呢？在这里，如果我们把它和作者三十年后所写的《思玄赋》《归田赋》联系起来看，这个疑案也就不解自释了。

我们知道东汉自和帝以后，王朝的政治就日趋腐败，而其中最主要的一个特征就是外戚与宦官间的斗争。公元 88 年，章帝死，和帝继位，窦太后临朝听政，外戚窦宪总揽大权。窦家的大批党徒也都做了朝官和地方官。公元 92 年，和帝就与宦官郑众密谋，杀掉窦宪。窦家党徒也全部下狱治罪——这是外戚与宦官之间的第一次斗争。

公元 105 年，和帝死，安帝（十三岁）继位，邓太后临朝，邓骘以大将军辅政。公元 121 年，邓太后死，安帝就又结合一部分宦官起来杀逐邓家人——这是外戚与宦官的第二次斗争。

外戚与宦官的第三次斗争是顺帝联合宦官与外戚阎显兄弟的斗争。公元 125 年，安帝死，幼童北乡侯继位，阎太后临政，阎显掌握大权，他们便把安帝宠信的宦官都杀掉。可是好景不长，几个月后，北乡侯病死，宦官孙程等十九人联合起来杀阎显，立顺帝。

在这个斗争面前，王朝的用人已顾不上什么贤与不肖，已没有什么是非标准了。谁“利嘴长距，终得擅场”，谁就把持国柄，挥斥乾坤；谁一旦失势，谁就满门遭抄，家破人亡，马上成了历史的罪人。“乱哄哄你方唱罢我登场。”这时，不论谁家得胜，谁家失败，都与贤人志士无涉，反正他们都无能过问朝政，与闻国事。这就是张衡所面临的形势,他写赋的具体背景,同时也就是他喋喋不休地揭露、诅咒黑暗朝政的原因。张衡赋里表现出来的一些消极离世思想,我们从这里可以找到适当的解释。

四

对美丽、富饶、强盛、伟大祖国的歌颂,也当是张衡赋的又一个重要内容。这部分内容几乎无例外地表现在张衡青年时代的作品中。出现这种情况也不是偶然的,这是因为那时——大约在公元100年左右——正是东汉帝国日丽中天的壮丽时期。我们在前面曾经说过的窦宪登燕然山刻石颂汉威德,耿夔、任尚等率汉军西出张掖郡,长驱五千里,大破北匈奴于金微山,正是在这个时候。这时班超经营西域也获得成功,西域五十余国全部内附。其他四邻少数民族也与汉族和睦相处。这是中国继西汉武、宣之后又出现的一个盛世。对此,张衡在《二京赋》里作了热烈的赞颂:

> 惠风广被,泽洎(及)幽荒:北燮(和)丁零(古族名,分布在贝加尔湖地区,公元88年曾配合汉军进击北匈奴),南谐(和)越裳(古国名,在今越南境),西包大秦(古罗马国),东过乐浪(郡名,在今朝鲜北部);重舌之人(指懂外语的人)九译(指须经过多种语言转译),佥(都)稽首而来王。

中国国势强盛，疆域辽阔。中国注重与周围各国和平相处，开辟中外交通，发展中外贸易，交流传播文化，促进生产发展，这对中国、对外邦都是大有益处的，赞扬并没有不妥。

南阳是作者的故乡，那里土地肥沃，风景秀丽，自春秋战国以来就是我国经济文化发达的地区之一。《荀子·议兵》篇说："宛（南阳郡治所）钜铁鉇，惨如蜂虿。"就是说宛城制造出来的铁矛，十分锋利，刺人比有毒的蜂、虿螫着还难受。东汉以后，由于南阳是光武帝的故乡，所以南阳也就成了南都了。它与东都洛阳、西都长安一起，并列为当时全国著名的三大政治、经济、文化中心。所以《古诗十九首·青青陵上陌》中的主人公说，即使"驱车策驽马"，也要"游戏宛过洛"。可以想见当时人迹接踵的盛况。这里的农业与关中一样发达，所以张衡专门写了一篇《南都赋》歌颂它。赋中尽情地描写了那里的物产矿藏等等。如：

> 其水则开窦（孔）洒（分）流，浸彼稻田，沟浍脉连；堤塍（畦）相輵（连）；朝云不兴，而潢潦（雨水）独臻（至）；决渫则暵（干），为溉为陆；冬稌（糯稻）夏穱（麦），随时代熟。其原野则有桑、漆、麻、苎、菽（豆）、麦、稷（高粱）、黍，百谷蕃庑（丰茂），翼翼与与（百谷丰茂的样子）。

看出这里水利设施十分先进，农业生产极为发达。在当时，农业的发达同城市的繁荣、科学文化的进步往往联系在一起，南阳的情况正是这样。这是劳动人民经世历代进行创造性劳动的结果，应引以为荣！

《温泉赋》写了这个千万年来誉满天下的长安附近骊山温

泉的神灵和风景的优美:“于是殊方跋涉,骏奔来臻;士女晔其鳞萃,纷杂遝其如烟。”可以推想当时观光、沐浴的盛况。作者由长安赴洛阳途中,也特地停下来周流一番:“阳春之月,百草萋萋;余在远行,顾望有怀。遂适骊山,观温泉,浴神井,风中峦。”后来的白居易在《长恨歌》里对这里的温泉也大加赞美。可惜那时已全被帝王霸占去了,成为皇家花天酒地荒淫逸乐的场所。

在《二京赋》里还有一段有关角抵戏艺术表演的描写,这是我国现存早期最完整的有关杂技艺术的记载,它既是艺术品,也是极珍贵的杂技艺术文献。为了更深入了解它的价值意义,我们把它引在下面,并作一些必要的注解:

临迥望之广场,程角抵之妙戏;乌获扛鼎(举鼎,类似今天的举重),都卢寻橦(爬竿,现存汉画,多系一人以头顶长竿,一至三人寻竿而上),冲狭(钻刀圈)燕濯(飞燕点水),胸突铦锋(胸碰尖利的刀锋,当属气功表演);跳丸剑之挥霍(抛丸、掷剑,现存汉画中有同时抛十一丸的),走索上而相逢。华岳峨峨,冈峦参差;神木灵草,朱实离离(指在山车上插上草木,缀以果实)。总会仙倡,戏豹舞罴;白虎鼓瑟,苍龙吹篪(都是演员戴上假面具进行表演)。女娥(指化装成娥皇女英)坐而长歌,声清畅而蜲蛇(指声音婉转悠扬);洪涯(相传三皇时的乐工)立而指麾,被毛羽而襳褷(形容羽毛很盛)。度曲未终,云起雪飞;初若飘飘,后遂霏霏;复陆(就是复道,楼阁上下有道,故称)重阁,转石成雷(转动石头以象雷声);礔砺(霹雳,雷声)激而增响,磅磕(就是“砰磕”,象声词)象乎天威。巨兽百寻(古八尺为寻),是为曼延(戏名);神山崔巍,欻从背见(背上忽然出现神山,这是极神奇的幻术)。熊虎升而拏攫,猿狖超而高援(指熊、猿等攀引上山)。怪兽陆梁(跳走的样子),大雀踆踆(行步迟重的样子);白象行孕(产子),垂鼻辚囷(象鼻子下垂的样子);海鳞(大鱼)变而成龙(大鱼忽然变作龙,也是幻术),状蜿蜿以蝹蝹(龙行的样子)。含利(兽名)颬颬(开口的样子),化为仙车(由野兽忽变为仙车);骊驾(并驾)四鹿,芝盖九葩(花);蟾蜍(癞蛤蟆)与龟(指蟾蜍与龟行舞于前),水人(习惯于水中生活的人)弄蛇(玩蛇)。奇幻倏忽(很快、转眼间),易貌分形;吞刀吐火,云雾杳冥(阴暗的样子);画地成川,流渭通泾。(这段是说演员能分一身成数人,或吞刀,或吐火,或兴云起雾,或画地成川,这全是极惊人的幻术表演)东海黄公,赤刀粤祝(咒),冀厌白虎,卒不能救;挟邪作蛊,于是不售。(《西京杂记》载:"东海人黄公,少时为术,能制蛇御虎;佩赤金刀,以绛缯束发,立兴云雾,坐成山河。及衰老,气力羸惫,饮酒过度,不能复行其术。秦末,有白虎见于东海,黄公乃以赤刀往厌之,术既不行,遂为虎所杀,三辅人俗用以为戏,汉帝亦取以为角抵之戏焉。")尔乃建戏车,树修(长)旃(一种曲柄的旗);侲(童子)僮(通"童")逞材(表现技能),上下翩翻;突倒投而跟絓(足跟挂着),譬殒(陨)绝(断)而复联。百马同辔,骋足并驰;橦(旗竿)末之伎,态不可弥。弯弓射乎西羌,又顾(回头)发(射)乎鲜卑。(这段是写小杂技演员在旗杆顶表演,令人心惊肉跳的动作几乎是无穷无尽的)

这里有武技，有气功，有歌舞，有幻术，其内容之丰富多彩，演技之神奇超绝，都令人叹为观止。而赋里所写的这些节目，有很多已为出土的两汉文物所证实，除前面说过的沂南汉墓石刻外，1959 年山东安丘出土的汉墓石刻，又一次证明了这点。该墓中室顶部有一幅杆戏图，一人手握长杆，两人正顺杆向上爬。而上面已有四人倒置于横杆上，其中两端各一人为单足倒挂，中间两人为双足钩横杆而悬，又有三人在横杆上翻扑、倒立。一杆共有九人做各种惊险动作。在杆戏左边，有一人在做飞剑跳丸表演：三把剑正腾空飞舞，画中人在剑下将十一个圆球轮回从手上和脚上抛起。这是汉石刻中所见飞剑跳丸最为精彩者。在墓前室室顶、墓门、墓室四壁和石柱上，还刻有各种珍禽异兽。全墓共有二百多块石，其中雕刻的就有一百零三块。雕刻画面匀称和谐，刀法刚劲明快。据考古工作者鉴定，该墓属东汉后期，也正是张衡所生活的年代。《汉武故事》也说："未央庭中设角抵戏，享外国（招待外国人看），三百里内观……角抵者，使角力相触也，其云、雨、雷、电，无异于真；画地为川，聚石为山，倏忽变化，无所不为。"说明这种杂技艺术在秦以前已经有了。远在两千多年前，我们的祖先就创作出如此精湛的艺术——即使放在今天也并不逊色，实在值得我们大书特书！这是我们文明古国的又一见证！

五

（一）

张衡赋在艺术上也有独到之处。汉赋中常安排人物对话，这些人物都是假设的，是个工具，只起到传达作者政治意图的作用。但从司马相如起，为了收到更好的艺术效果，作者已注意了对人物的语气和神态的描写了。其中尤以张衡赋表现得更为突出，有时往往只需几句话，就把人物的形态惟妙惟肖地刻画出来，使人们如闻其声，如见其人。如《二京赋》里安处先生对凭虚公子“奢泰肆情，馨烈弥茂”谬论的嘲笑，就活现出一副蔑视对方的神态来：

安处先生于是似不能言者，怃然有间，乃莞尔而笑曰：“若客所谓，末学肤受，贵耳贱目者也。苟有胸而无心，不能节之以礼，宜其陋今而荣古矣！”

这里，准确地表现了安处先生听到凭虚公子怪论后的复杂情态，先是“似不能言”，因为对方的言论实在太离奇了，所以感到愕然而无以为对。但安处先生于惊愕之余，脑子马上清醒过来，他思绪如潮，翻滚不已；他为凭虚公子发此谬论而感到惋惜失望，感到沉闷不快。随后他又“莞尔而笑”了，这个笑，是会心的笑，是居高临下的笑，是轻蔑的笑，也是胜利者感情的自然流露。因为在安处先生心目中，凭虚公子的言论实在太浅薄、太可笑了。所以他接下去讥笑对方“有胸而无心”，白算是一个人，其实是没有脑袋，没有心肝；他不分是非，不辨贤愚。

但最精彩的还是赋的结尾：

客既醉于大道，饱于文义；劝德畏戒，喜惧交争；罔然若酲，朝疲夕倦，夺气褫魄之为者也，忘其所以为谈，失其所以为夸。

这些还只限于第二者的描写。但通过这个笔墨,我们似乎看到了一个犯错误的人在聆听一场深刻而有趣的大道理之后所表现出来的细致的神态变化:他时而醉入大道,时而惶恐畏惧,时而丧魂失魄。从这些细致的表情递变,我们可以窥见到凭虚公子深刻细微的内心变化!

下面才是直接描写凭虚公子的出场。他在听取了安处先生的话后,“良久乃言曰:‘鄙哉予乎! 予习非而遂迷也! 幸见指南于吾子!’”表现了他的谦恭态度和对批评者的感激心情。“若仆所闻,华而不实;先生之言,信而有征。鄙夫寡识,而今而后,乃知大汉之德馨,咸在于此。”承认了自己行为的飘浮和学识的浅薄,以及对对方言论的深信不疑。“昔常恨三坟五典既泯,仰不睹炎帝帝魁之美。得闻先生之余论,则大庭氏何以尚兹。”认识到自己过去的闭闻塞听,并流露出拨开云翳后的喜悦心情。至此凭虚公子对自己的未来充满了信心:“走虽不敏,庶几达矣!”这里作者深入细致地描绘了一个人思想发展的过程,描绘得相当成功。这说明作者已开始意识到刻画人物性格这个问题了。尽管这种例子还很少,但与先秦诗歌中缺少有意识注意这个问题是不同的,这应该看成是文学艺术的一个细微的变化——递进。当然在传记文学和小说中,人物性格的描绘是早已存在了。

(二)

前面说过,张衡是很强调赋的讽谏作用的。从当时具体历史背景来看,这是一种比较保守的思想。这种思想必然影响到张衡放开手足大胆地进行描写。但由于从司马相如开创的汉赋已形成了一股强大的驰骋的文势,即如张衡所指斥的“相如壮上林之观,扬雄骋羽猎之辞”,其实也就是班固所说的“虚辞滥说”,所以张衡不仅无法力挽狂澜,而且自己也难免被卷进狂涛骇浪的旋涡中去,正如左思所说的:“积习生常,有自来矣。”很难纠正。所以左思在《三都赋序》里,刘勰在《文心雕龙·夸饰》里,都把他与司马相如、扬雄、班固放在一起加以批判。左思说:“张衡赋西京,而述以游海若。”刘勰说:“假称珍怪,以为润色。”“于辞则易为藻饰,于义则虚而无征。”就是很好的证明。事实也正是这样,我们从张衡赋里,可以看到许多虚构、夸张的浪漫主义笔墨。对此,我们是要加以肯定的。请看《二京赋》是如何描写通天台的高危耸矗:

> 通天眇以竦峙,径百常(十六尺)而茎擢(如树木上长);上辫华以交纷(指文采交错),下刻陗其若削。翔鹍仰而弗逮(及),况青鸟与黄雀。伏棂槛而俯听,闻雷霆之相激。

拔地而起的通天台,就像一棵笔直的大树耸立在平地上,上面雕刻着各种文采,台身却犹如刀削的那样陡峭,即使善飞的鹍鹏也休想飞过去;伏在窗棂上谛听,可以听到楼底雷霆的声音。这是一种什么情景?不正是所谓高出云端吗?

井干楼描写得更精彩。井干楼是汉武帝建造的,高五十丈,从当时的技术水平来讲,当然是了不起了,所以作者加以重点描绘:

> 井干叠而百增,峙游极于浮柱,结重栾以相承,累层构

> 而遂阶，望北辰而高兴。消雰埃于中宸，集重阳之清澄；瞰宛虹之长鬐，察云师之所凭；上飞闼而仰眺，正睹瑶光与玉绳。将乍往而未半，怵悼栗而耸兢；非都卢之轻趫，孰能超而究升？

重重叠叠的井干楼，把飞梁置之浮柱——架设在空中的柱子——之上，它层层构筑上去，像要与北极星比高低。而在那高入云天的空域，飞尘自然消失了，空气也特别清新。登上此楼，俯视可以清清楚楚地看到虹霓与云师；上眺，正对着天上的瑶光、玉绳二星。这样耸立的危楼，自然要令登者悚惧而止步了。这又是何等的夸张！当然，张衡在运用夸张的笔法中，肯定还有许多不妥之处。但考虑到我国文学史上浪漫主义的不发达，考虑到虚构夸张实际上是意味着对儒家经典的背叛，对文学艺术特征的探索，对文学艺术获得独立的追求，因而这个手法也就很值得我们珍重了。

（三）

还有一点值得注意的是，张赋讲究气势，注重叙事，崇尚华饰，富有文采。

我们读张衡赋，往往会被其波澜壮阔、气势磅礴的文势所吸引。如《二京赋》一开头，凭虚公子就滔滔不绝地夸示着西都长安：

> 汉之初都，在渭之涘（涯）……左有崤函重险、桃林之塞，缀以二华（太华、少华），巨灵（河神）赑屃（用力的样子），高掌远蹠（脚掌），以流河曲，厥迹犹存（指河神用力

> 把山擘开,手迹足印还保留下来)。右有陇坻之隘,隔阂华戎(隔开华夏与戎狄);岐、梁、汧(以上山名)雍(水名),陈宝鸣鸡(地名)在焉。于前则终南、太一(山名),隆崛崔崒(高峻危险),隐辚郁律(高峻幽深),连冈乎嶓冢(山名)……于后则高陵平原,据渭踞泾,澶漫靡迤(宽长的样子),作镇于近……尔乃广衍沃野,厥田上上,实为地之奥区神皋。

长安地区的地理条件是优越的,它的四周有关险阻塞,易守难攻;关内有八百里的秦川平原,土地沃野,物产丰富,为人们提供无穷的物质资源。所以自古以来就是兵家必争之地,得关中者王天下。凭虚公子在这里以居高临下藐视一切的气势,来纵论长安形势,显示了一个大国的风度,使人听来精神为之一振。

安处先生是怎样回答凭虚公子的挑战呢?他自有高论应对:

> 且天子有道,守在海外;守位以仁,不恃隘害。苟民志之不谅,何云岩险与襟带。秦负阻于二关,卒开项(羽)而受沛(刘邦);彼(指西京)偏据而规小,岂如(东京)宅中而图大。

这里表现了安处先生更深一层的见解,更有政治家的风度。他不把建国立业的着眼点放在地理环境上,而是放在人事上,也即放在治国的艺术上。他认为,如果能够实行仁政,仁人爱民,不仅万民归心,而且四夷也将臣服。否则,再牢固的关险也无济于事。僻居关中,就不如雄踞中原洛邑更有利了。安处先生的谈吐,使人感到有一股高屋建瓴的气势,具有震慑人心的威力。

张衡赋——甚至可以推而广大之整个汉大赋——这种从辩论中表现出来的恢弘阔大的气势,很明显是受到先秦纵横家的影响。但更重要的原因恐怕还要到两汉的现实生活中来寻找。是强盛的大汉帝国给他们提供了表现这种精神气魄的源泉,这是值得珍视的。

同其他赋家一样,张衡亦长于细绘那宛如静波涟漪般的景致。最著名的是《归田赋》里那幅风景画:

> 于是仲春令月,时和气清,原隰郁茂,百草滋荣;王雎鼓翼,仓庚哀鸣;交颈颉颃,关关嘤嘤;于焉逍遥,聊以娱情。

这是他想象中归田后的农村景色,它充满着春的气息,充满着生活的激情;它表达了作者对归田生活的向往,同时也暗寓着对仕途生活的厌恶,对王朝政治的批判。真正做到笔端著佳境,墨中寄感情,既是写景的妙笔,又是抒情的佳文!

《二京赋》那段描写东都洛阳的宫苑池沼,也可算是描写静物的绝唱。本来,皇宫帝苑是十分幽深僻静,凝重死寂,是令人感到心情索寞的去处。但在作者笔下,这里却变成"芙蓉覆水,秋兰被涯;渚戏跃鱼,渊游龟蠵","修竹冬青,阴池幽流,玄泉洌清;鹎鶋秋栖,鹘鸼春鸣;雎鸠丽黄,关关嘤嘤!"一切都在运动,一切都在生长:荷花在池中争相送绿献艳,秋兰在溪岸蔓延布香;池中有鱼儿跳跃,潭中有龟蠵游荡;即使寒冬腊月,修竹的翠绿仍不减阳春,清泉也照样潺潺作响。那林中树梢的珍禽异鸟,更争相迭奏欢乐的乐章。整个画面充满着万物的生机,洋溢着生活的气息!

《二京赋》还有一段精彩的角抵戏的描写:

> 华岳峨峨,冈峦参差;神木灵草,朱实离离。总会仙倡,戏豹舞罴;白虎鼓瑟,苍龙吹篪。

这是一场幻术和化装表演,我们好像看到一座巍巍的高山,山上草木葱郁,果实累累,虎豹熊罴,各尽其乐。

> 度曲未终,云起雪飞;初若飘飘,后遂霏霏;复陆重阁,转石成雷;礔砺激而增响,磅磕象乎天威。

读了这段文字,我们好像时而蜷缩于大雪纷飞的严冬,时而又置身在狂风暴雨的盛夏,杂技的表演与张衡的描写均臻于至善至美。

从上面叙述也可以看出,张衡在描写景物过程中,也注入浓重的感情色彩。下面我们再看看《思玄赋》两段情景迥异的抒情妙文:

> 据开阳而俯眡兮,临旧乡之谙蔼;悲离居之劳心兮,情悁悁而思归;魂眷眷而屡顾兮,马倚辀而徘徊;虽遨游以娱乐兮,岂愁慕之可怀!

这时作者还在天外,还没有回到他念念不忘的"旧乡",所以处处流露出悲愁情绪,"心"悲,"情"悲,"魂"悲,甚至马也受了感染，动起感情。真是一个“悲”字结成的文章。可是当他“出阊阖兮降天途”，情景就迥然不同了：

> 云菲菲兮绕余轮，风眇眇兮振余旟（旗类），缤连翩兮纷暗暧，倏眩眃（疾视的样子）兮反常闾。

作者这里虽没有直接说出“反常闾”的喜悦心情，但从“云菲菲”“风眇眇”所表现出的轻快飞奔的情景——这里“兮”字改在句中，也是与轻快欢乐的情景相配合——我们不也好像可以触摸到作者兴奋跳跃的脉搏？在这里，作者是借景来抒情。他在《四愁诗》《归田赋》中所表现出来的高超的抒情艺术，在这里也同样淋漓尽致地显露出来了。

刘勰在《文心雕龙·明诗》篇说，张衡的《怨篇》是“清典可味”，也就是清新典雅、耐人寻味的意思，其实不仅《怨篇》是如此，他的其他诗赋也大都具备这个风格气派。张衡赋作的语言是比较清新而又精丽的，音节也是比较紧凑而又和谐的。

下面简要谈谈张衡赋取得成就的主要原因。我们以为，这首先应归结到他有一定的生活经历作基础。孙文青说过：“又按《二京》《南都》三赋，俱衡精思傅会之作，非历其境者，不能状其亲切；非会其神者，不能博其周至。故衡为此赋，自当在其游过三辅到过京师……”（《张衡年谱》）这话是有道理的。张衡后期赋加强了对社会的批判，也正是其身临其境的结果。其次一个原因是他那严肃认真的写作态度。他写赋是花费了巨大的心血的，如写《二京赋》就是“精思傅会，十年乃成”。但最重要的恐怕还是他那正直坚定的生活态度，也即对生活的关切和抗争。如《后汉书·张衡传》所说的：“永和初，出为河间相……衡下车，治威严，整法度；阴知奸党名姓，一时收禽（擒），上下肃然。视事三年，上书乞骸骨。”永和初，就算是元年吧，那也是公元136年。从这时起，再“视事三年”，也就到138年，离他死时——139年——才剩下一年。这时，他还那么坚定不移地同不法的帝王豪右作斗争。所以《思玄赋》《髑髅赋》《归田赋》等赋中表现出来的消极出世思想，其实只不过是叫叫嚷嚷发发慨叹而已，至于他的行动则一直没有真正消极过。这种情况与他赋中所表现出来的对生活的批判，对“旧乡”的热恋也是完全一致的。如《思玄赋》写他受到打击排挤而暂时浮游天外，可是他时刻也没有忘记“旧乡”（指故国）。他跑到南方，就对那里产生不满：“颛（独）羁旅而无友兮，余安能乎留兹？”他浮游西方，对那里也没有好感：“闻此国之千岁兮，曾焉足以娱乐。”在西王母那边，他会见一大群艳女，但他还是“志浩荡而不嘉”。后来他上升天国去了。可是当他俯视故园时，马上产生思归念头：“悲离居之劳心兮，情悁悁而思归。”他是念念不忘故国，时时牵挂人间的！这也就难怪他的赋能够较多地表现生活，干预生活。这也正是张赋异乎他人之赋之所在。

当然与其他赋家一样，张衡赋也有其缺点，除前面论述中涉及的问题外，还应指出的是，《思玄赋》《髑髅赋》《归田赋》中暴露出来的消极出世思想，就是比较严重的问题。

《二京赋》行文过于铺张，文字有些雕琢，也是不好的。《南都赋》形式较呆板笨拙，语言亦较艰深晦涩。

蔡邕评传

一

蔡邕(133—192),字伯喈,陈留郡(治所陈留,在今河南开封市东南)圉县(在今河南杞县南)人。六世祖蔡勋,汉平帝时为郿县(在今陕西眉县东)令。王莽篡位后,授他为厌戎(王莽改陇西郡置)连率(即太守)。他不肯事两姓,携家逃入深山。父蔡棱,"清白守节,纯行不差"。祖、父这些品行,对蔡邕为人处世有很大影响。

蔡邕性孝顺。与叔父从弟同居,三世不分财。约于元嘉二年(152),拜太傅胡广为师。精通音乐、书法、绘画、辞赋。桓帝时,中常侍徐璜等五侯专权,以蔡邕善鼓琴,令陈留太守促邕赴京。延熹二年(159)秋,蔡邕行至偃师(今河南偃师),因病退归。此后遂闲居玩古,不交当世者十余年。建宁三年(170),蔡邕以高才重名为司徒(丞相)桥玄所辟。后出补河平(无此县名,或以为"平阿"之误)长。召拜郎中,校书东观,再迁为议郎。蔡邕以为经籍时代久远,文字多有舛误,俗儒穿凿附会,贻误后学,遂于熹平四年(175)与五官中郎将堂谿典等,上书求正六经文字。灵帝应允。蔡邕亲自书写经文,让石匠镌刻,立在洛阳太学门外。这就是历史上著名的《熹平石经》。

也就在这一年，蔡邕上书建议废除“三互”法，但不获准。熹平六年(177)七月，蔡邕上封事七题，灵帝多加采纳。光和元年(178)七月，灵帝派中常侍曹节、王甫向蔡邕等就问灾异事，蔡邕尽心以对。随后，灵帝又以蔡邕博学多闻，要蔡邕单独密奏。蔡邕不顾个人安危，奏文中怒斥奸邪。这事不幸为奸邪之辈所察知，蔡邕因而被诬为“仇怨奉公，议害大臣”罪，而被判“弃市”。中常侍吕强哀怜蔡邕，代为申诉，灵帝也想起蔡邕奏章内容而有所动心，因而改判蔡邕死刑为流放，与家属髡钳流徙朔方(在今内蒙古)。但他的政敌并不甘心。将作大匠阳球派刺客拟于途中追杀蔡邕，刺客为邕大义所感，不肯下手。阳球又收买五原西安阳县(在今内蒙古包头市西)部主杀蔡邕，部主也不肯下手，并且将此事告知蔡邕，劝蔡邕多加戒备。蔡邕因而得以免罹横祸。

蔡邕在东观校书时，曾与卢植等续写《东观汉记》，作十志，未及奏闻，在流放中便上书灵帝，奏所著十志。翌年遇大赦，蔡邕被允许返回本郡。在离开流所时，五原郡(治所在今包头市西)太守王智为他饯行。“酒酣，智起舞属邕，邕不为报。”王智系中常侍王甫弟，强横霸道，让邕：“囚徒敢轻视我！”蔡邕也横目相对，“拂衣而去”。王智便上书诬邕：“怨于囚放，谤讪朝廷。”蔡邕知灾祸难免，便亡命江海，或依太山羊陟，或远涉吴地会稽，前后计十余年。

中平六年(189)灵帝死，董卓为司空。董卓闻蔡邕有重名，召邕。邕托病不就。董卓怒道：“我力能族(灭族)人，蔡邕遂偃蹇(指偃卧不做事)者，不旋踵矣(指很快遭殃)。”又急令州郡逼邕就道。邕不得已，赴京，被置为祭酒。董卓颇看重他，又因考绩优异，遂被补为侍御史，转为持书御史，再迁为尚书，

“三日(月)之间,周历三台”,可谓青云直上。后迁为巴郡太守,复留为侍中。初平元年(190),蔡邕拜左中郎将,随汉献帝迁都长安,封高阳乡侯。蔡邕的官爵达到了顶点。蔡邕对董卓的举止时有匡正。董卓自比太公吕望,称尚父,蔡邕以为他还不配,加以阻止。初平二年(191)六月地震,蔡邕以为系董卓车骑逾制所致,董卓即改乘皂盖车。但董卓为人狠毒刚愎,难以劝告,蔡邕多有不满。蔡邕曾对其从弟蔡谷预言,董卓“终难济”,他拟“遁逃山东以待”。但谷以为蔡邕相貌异乎常人,难于“自匿”,邕只好放弃。初平三年(192)四月董卓被诛,蔡邕闻讯后叹息。司徒王允即以他“怀其私遇,而忘大节”,收付廷尉治罪。蔡邕要求“黥首刖足,继成汉史”,太尉马日磾也以为:“伯喈旷世逸才,多识汉事,当续成后史,为一代大典。且忠孝素著,而坐无名,诛之无乃失人望乎?”但王允却认为:“昔武帝不杀司马迁,使作谤书……方今国祚中衰,神器不固,不可令佞臣执笔在幼主左右;既无宣圣德,复使吾党蒙其讪议。”坚持判蔡邕死罪。一代奇才,遂死狱中,时年六十岁。(《后汉书·蔡邕传》作“六十一”,似有误。因光和元年邕上书自称“臣年四十有六”,则至本年当为六十岁)蔡邕的死,死非其宜。他很明显是这个动荡时代的牺牲品。

二

蔡邕是东汉文化界的巨子,作品很多,《后汉书》本传说:“其撰集汉事,未见录以继后史,适作《灵纪》及十意,又补诸列传四十二篇,因李傕之乱,湮没多不存。所著诗、赋、碑、诔、铭、赞、连珠、箴、吊、论议、《独断》、《劝学》、《释诲》、《叙乐》、《女训》、《篆势》、祝文、章表、书记凡百四篇，传于世。”这就是说，到南北朝初年，蔡邕的作品已散失不少了。遗下的只有一百零四篇。明末张溥辑《蔡中郎集》虽得一百三十多篇，但有许多是残篇，或仅存篇目。清人严可均辑《全汉文》，所收蔡邕作品最多，计一百四十来篇，但残缺的作品仍很多。另外，《东观汉记》也保留蔡邕部分历史著作。蔡邕作品的写作年代，有一半已难确定，但有一半还是可以考定的。对可以考定的这一部分作品，可划分三个阶段——这三个阶段作品的思想内容和政治倾向，是有明显的不同的，现分别叙述如下。

第一阶段　从永兴元年至建宁二年（153—169，21—37岁），共十七年，这是他所谓“闲居玩古，不交当世”时期。现存可考赋、碑、诔、谥议、铭、诰、书共十九篇。

《琅邪王傅蔡朗碑》

当作于永兴元年。

碑文称：“（朗）年五十八，永兴六年夏卒。”永兴仅两年，“六”当为“元”形似而误。又，文中称朗于“元和元年征拜博士”，误。蔡朗傅琅玡王据。据于永和五年（140）嗣父位，在位四十七年，卒于中平三年（186），其间无“元和”年号，“元和”当为“建和”或“元嘉”之误。

《玄文先生李休碑》

作于永寿二年五月。

碑云：“玄文先生名休……永寿二年夏五月乙未卒……乃刊斯碑，懿德是丕……”

《述行赋》

作于延熹二年秋。

《述行赋序》:“延熹二年秋……(徐)璜以余能鼓琴,白朝廷,敕陈留太守发遣余。到偃师,病不前,得归。心愤此事,遂托所过,述而成赋。”

《霖雨赋》

当作于延熹二年。

《愁霖赋》曰:“夫何秋季之淫雨兮,既弥日而成霖。”正与《述行赋序》“延熹二年秋,霖雨逾月”及《述行赋》“余有行于京洛兮,遭淫雨之经时”合,故系本年。又:《艺文类聚》卷二于魏陈王曹植《愁霖赋》后题为“又《愁霖赋》曰:‘夫何季秋之淫雨兮,既弥日而成霖。瞻玄云之晻晻兮,听长霤之淋淋。中宵夜而叹息……’”似以为曹植之作。但《文选》卷二十九张景阳(协)《杂诗十首》李善注:“蔡雍(邕)《霖赋》曰:‘瞻玄云之晻晻,悬长雨之森森。’”《文选》卷二十七曹植《美女篇》李善注:“蔡雍(邕)《霖雨赋》曰:‘中宵夜而叹息。’”则此赋当以归蔡邕之作为妥。

《汝南周勰碑》

作于延熹二年十二月。

碑云:“大将军梁冀,专国作威……至延熹二年……及秋而梁氏灭,十二月君卒。”

《济北相崔君夫人诔》

作于延熹四年。

诔云:“维延熹四年故济北相夫人卒。”

《朱穆坟前方石碑》

作于延熹六年。

碑云:“延熹六年粤(阅)四月丁巳,文忠公益州太守朱君名穆字公叔,卒于京师。”

《朱公叔谥议》

当作于朱穆逝世当年——延熹六年。

议云:“汉益州刺史(前碑太守是追赠的)南阳朱公叔卒,门人陈季珪等议所谥。……陈留蔡邕议曰:……”

《鼎铭》

作于延熹六年。

铭云:“忠文(当为‘文忠’)朱公,名穆,字公叔……延熹六年夏四月卒于官,天子痛悼……作兹宝鼎,铭载休功。……”

《释诲》

约作于延熹七、八年。

延熹二年秋,蔡邕被召赴京洛,“行到偃师,称疾而归。闲居玩古,不交当世,感东方朔《客难》……作《释诲》以戒厉云尔:‘有务世公子诲于华颠胡老曰:……夫子生清穆之世……其已久矣,曾不能拔萃出群……’建宁三年,辟司徒桥玄府……”则《释诲》当作于延熹二年(159)后,建宁三年(170)前,约在延熹七、八年间。

又据惠栋《后汉书补注》卷十四:“邕……年逾三十,鬓发二色。”邕(华颠胡老,即白头胡老)生于阳嘉二年(133),至延熹七、八年间(164—165),正与“年逾三十,鬓发二色”合。

《太尉杨秉碑》

作于延熹八年五月。

碑云:“公讳秉……年七十有四,延熹八年五月丙戌薨。”

《王子乔碑》

作于延熹八年八月。

碑云:“延熹八年秋八月,皇帝遣使者奉牺牲以致祀……遂树之玄石,纪颂遗烈。”按此碑作者或称无名氏,或称蔡邕,录以备考。

《荆州刺史度尚碑》

作于延熹九年。

《后汉书·度尚传》:"度尚……延熹九年卒于官。"

《郭泰碑》

作于建宁二年正月。

碑云:"先生讳泰,字林宗……建宁二年正月乙亥卒。"但《水经注》卷六云:"(汾水)又西南径界休县故城西……林宗,县人也……其碑文云:……建宁四年正月丁亥卒。"今人多以此说,似未妥。《后汉书·郭泰传》:"及党事起,知名之士多被其害,唯林宗及汝南袁闳得免焉,遂闭门教授子弟以千数,建宁元年,太傅陈蕃、大将军窦武为阉人所害,林宗哭之于野。……明年春卒于家……"查《后汉书·桓帝纪》,知党事起于延熹九年(166),陈蕃、窦武被害于建宁元年(168),均与《郭泰传》合。郭泰死于陈蕃等遇害翌年,当不误。

《处士圈典碑》

作于建宁二年六月。

碑云:"处士圈(姓)典,字叔则……建宁二年六月卒。"

《交趾都尉胡府君夫人黄氏神诰》

作于建宁二年。

诰云:"夫人江陵黄氏之季女……建宁二年薨于太傅府。"

《陈留太守胡硕碑》

作于建宁二年七月。

胡硕卒年有二说。碑云:"君讳硕……建宁元年七月,拜陈留太守……二十一日卒。"即卒于建宁元年七月。又,《交趾都尉胡府君夫人黄氏神诰》云:"夫人年九十一,建宁二年薨于太傅府，是月辛酉，公之季子陈留太守硕卒于洛阳左池里舍。”辛酉是七月二十一日，则硕卒于建宁二年七月二十一。按，胡广为太傅在建宁元年九月。（《后汉书·灵帝纪》云：“建宁元年……九月丁亥，中常侍曹节矫旨诛太傅陈蕃……司徒胡广为太傅录尚书事。”）则胡硕当卒于建宁二年，因为建宁元年七月胡广尚未为太傅，不得如碑文称“太傅安乐侯之子”云云。

《幼童胡根碑》

作于建宁二年。

碑云：“故陈留太守胡君子曰根……年七岁，建宁二年，遭疾夭逝。”

《被州辟辞让申屠蟠》

作于建宁三年。

《后汉书·申屠蟠传》：“申屠蟠字子龙……家贫，佣为漆工，郭林宗见而奇之。同郡蔡邕深重蟠，及被州辟，乃辞让之曰：……”据《后汉书·蔡邕传》载，蔡邕初次被辟在建宁三年。他辞让申屠蟠当在此时。

从上面所列文中可以看出，这个阶段是他创作的黄金时代，作品水平最高。由于这时作者不满宦官弄权，拒绝出仕，甘心僻居乡里，不交当世，因此，他这时的作品都围绕表现这些内容。

（1）颂扬与中官近习进行斗争的官吏。最突出的是给朱穆、杨秉两人写碑文。据《后汉书·朱穆传》载，朱穆非常痛恨宦官、贪官。他到冀州当刺史时，“州人有宦者三人为中常侍”，求见，他拒之；极端骄横残暴权倾朝廷的大将军梁冀属下在这个州当官的听说他来，怕得“解印绶去者四十余人”。他到任后，“奏劾诸郡，至有自杀者”，“举劾权贵，或乃死狱中”。

宦官赵忠葬父逾制，他即“发墓剖棺，陈尸出之”，并“收其家属”。他为此得罪桓帝，被捕入狱。大学生刘陶等数千人诣阙上书求援，书称：“当今中官近习，窃持国柄，手握王爵，口含天宪……而穆独亢然不顾身害。”桓帝只好把他放了。他居家数年，因为“在朝诸公”的推荐，他又被征拜为尚书。“穆既深病宦者，及在台阁……志欲除之。”他几次上奏罢遣宦者，但桓帝怒而不从。“穆素刚，不得志，居无几，愤懑发疽”而卒。朱穆与宦官势不两立，为此而献出了自己的生命。蔡邕为朱穆连续写了碑、谥议、铭等，是很值得称赞的。

杨秉又是一位清廉刚正、与宦官水火不相容的官吏。他“自为刺史，二千石，计日受奉，余禄不入私门。故吏赍钱百万遗之，闭门不受”，“性不饮酒，又早丧夫人，遂不复娶”。所以他自称：“我有三不惑：酒、色、财。”他代刘矩为太尉时，“宦官方炽，任人及子弟为官，布满天下，竞为贪淫，朝野嗟怨”。他条奏“牧守以下匈奴中郎将燕瑗、青州刺史羊亮、辽东太守孙喧等五十余人，或死或免”，于是“天下莫不肃然”。蔡邕为他作碑也是值得称颂的。蔡邕的《述行赋》《释诲》也属这类。我们在后文将详加评述。

东汉后期皇帝往往幼小，宦官专权，政治腐败，与宦者的斗争是人们所关心的，蔡邕的步伐与人们是一致的。

(2)歌颂儒林隐者。《李休碑》《周勰碑》《圈典碑》《郭泰碑》，都属这一类。周勰拒绝大将军梁冀的征辟。“前后三辟，竟不能屈……常隐处窜身，慕老聃清净，杜绝人事，里巷生荆棘。”(见《后汉书》本传)尤其是郭泰表现更为突出，他是“隐不违亲，贞不绝俗；天子不得臣，诸侯不得友”(见《后汉书》本传)的名士，游京师洛阳北归太原界休时，“衣冠诸儒送至河上，车数千辆”，人们视之如“神仙”。蔡邕自称为郭泰作碑“无愧色”，这是可信的。蔡邕所作的《蔡朗碑》《王子乔碑》，也可归入这一类。

除此之外，他这时还为他的老师胡广的母亲和两个早逝的儿子作碑。这些碑文不涉时事，纯属礼节性应酬之作，无可指责。

第二阶段　从建宁三年为司徒桥玄所辟以后，至光和元年因密奏奸邪事泄，被诬流放以前（170—178，38—46岁）共九年，这是他出仕的第一阶段。现存可考的共有章、表、铭、记、碑、书、议、疏、颂等共十七篇。

《荐皇甫规表》

约作于建宁五年左右。

表云：“臣伏见护羌校尉皇甫规，少明经术……先帝嘉之。”又《后汉书·皇甫规传》：“永康元年，征为尚书。……迁规弘农太守，封寿成亭侯……再转为护羌校尉。熹平三年，以疾召还，未至，卒于谷城，年七十一。”据《后汉书·段颎传》载，护羌校尉段颎是建宁三年（170）春征还的，规之接官当在此时。则蔡邕荐表，当在建宁三年以后，熹平三年（174）以前，约在灵帝建宁五年（172）左右，而表云“先帝”，当指桓帝，亦合。

《太傅安乐侯胡公夫人灵表》

作于建宁三年。

表云：“夫人……年七十七，建宁三年薨。”

《东鼎铭》

作于建宁三年八月。

铭云：“维建宁三年秋八月丁丑，延公（桥玄）于玉堂前廷，乃诏曰……”

《上始加元服与群臣上寿章》

作于建宁四年春。

《后汉书·灵帝纪》:“(建宁)四年春正月甲子,帝加元服,大赦天下。”

《中鼎铭》

作于建宁四年春三月。

铭云:“维建宁四年春三月丁丑,延公(桥玄)于玉堂前廷,乃制诏曰……”

《车驾上原陵记》

作于建宁五年正月。

记云:“建宁五年正月,车驾上原陵,蔡邕为司徒掾,从公(指胡广)行,邕退而记焉。”

《太傅胡广碑》

作于建宁五年春。

碑云:“公讳广……建宁五年春壬戌薨于位……”

《太傅祠堂碑铭》

作于建宁五年太傅胡广病逝后。

《日蚀上书》

作于熹平二年十二月。

《后汉书·五行志》:“熹平二年十二月癸酉晦,日有蚀之,在虚二度,是时中常侍曹节、王甫等专权。”注:“蔡邕上书曰:四年(指建宁四年)正月朔日,日体微伤……”又据《后汉书·五行志》载,建宁四年日蚀在三月,“正月”当系“三月”之误。则可知蔡邕上书在此之后。

《李咸碑》

作于熹平四年。

碑云:“公讳咸……熹平四年薨。”

《历数议》

作于熹平四年。

议云:“议郎蔡邕议……为历数精微……”

又《后汉书·律历志》:“灵帝熹平四年……议郎蔡邕议……为历数精微……”(全文一千余字,均同)

《谏用三互法疏》

作于熹平四年。

《后汉书·蔡邕传》在叙述“熹平四年”立石经后说:“初,朝议以州郡相党,人情比周,及制婚姻之家及两州人士不得对相监临,至是复有三互法……邕上疏曰……”则邕之疏当作于熹平四年。《资治通鉴》卷五十七也正是把蔡疏系于本年。

《伯夷叔齐碑》

作于熹平五年。

碑云:“熹平五年,天下大旱……”

《上封事陈政要七事》

作于熹平六年七月。

《后汉书·蔡邕传》:“(熹平)六年七月,(灵帝)制书引咎,诰群臣各陈政要所当施行。邕上封事曰:‘……谨条宜所施行七事表左……’”

《难夏育请伐鲜卑议》

作于熹平六年夏。

议云:“熹平六年夏,护乌桓校尉育上言……请征幽州诸郡兵出塞击之……时朝廷大臣多以为不便,召公卿百官议,议郎蔡邕以为……”

《胡广黄琼颂》

作于熹平六年。

《后汉书·胡广传》:"熹平六年,灵帝思感旧德,乃图画广及太尉黄琼于省内,诏议郎蔡邕为其颂云:……"

《桓彬碑》

作于光和元年。

《后汉书·桓彬传》:"彬少与蔡邕齐名……光和元年卒于家……蔡邕等共论序其志,佥以为彬有过人者四。……乃共树碑而颂焉。"

《对诏问灾异八事》

作于光和元年七月。

《八事》云:"光和元年七月十日,诏书尺一,召……议郎张华、蔡邕……特旨密问政事所变改施行……臣邕言:今月十日,诏召金商门,问臣邕灾异之意……"《后汉书·蔡邕传》所记同。

由于这时蔡邕已进入仕途,而他又比较关心国事,所以这个时期值得注意的是他那些上书建议。《荐皇甫规表》《历数议》《谏用三互法疏》《上封书陈政要七事》《难夏育请伐鲜卑议》《对诏问灾异八事》都属这一类。这些奏议主要牵涉两个问题,一是吏治,二是边事。蔡邕反对夏育征伐鲜卑,主张"宜止攻伐之计,令诸营甲士,循行塞垣,屯守冲要,以坚牢不动为务"。这是他审时度势得出的结论,是比较切合时宜的。这与他推荐皇甫规的动机是一致的。皇甫规是处理边患的能手。如他在延熹四年(161)给灵帝的疏中提到对羌叛的处理意见:"力求猛敌,不如清平;勤明吴(起)孙(武),未若奉法。"也即以安抚恩降代替杀伐,同时革除吏弊,使羌人免受贪官之害。

事实证明,皇甫规的做法是正确的。他大获羌人的拥护,羌人纷纷乞降。对吏治,蔡邕除沿袭儒家所谓任贤与能外,并未见有卓识。他主张废除"三互"法。此法是当时为防止官吏朋比勾结,规定"婚姻之家及两州人不得交互为官",与后世的回避略同,无须反对。在陈政要"七事"中,蔡邕曾提到:"夫书画辞赋,才之小者,匡国理政,未有其能。陛下即位之初,先涉经术;听政余日,观省篇章,聊以游意,当代博弈,非以教化取士之本。而诸生竞利,作者鼎沸。其高者颇引经训风谕之言,下则连偶俗语,有类俳优。"这段被许多人误以为是张衡的《论贡举疏》,其观点是很成问题的。这与他崇经尊儒保守落后的思想是紧紧联系在一起的。我在《总论》一文中曾有详细评析,这里从略。

除以之外,他给桥玄作铭,给李咸作碑,大体上还是实事求是的。桥玄打击贪官污吏,略有政绩;在任度辽将军守边时,亦颇建功勋。他"性刚急无大体。然谦俭下士,子弟亲宗无在大官者。及卒,家无居业,丧无所殡,当时称之"(《后汉书》本传)。李咸自在相位,约身率下,以老归里,悉还赐物,乘敝中车,使子男御,晨发京师,官僚追送不得见。蔡邕碑铭中对他们的颂扬还是得体的。这时他还为恩师胡广直接写了碑、铭、颂,问题较多。从《后汉书·胡广传》可知,胡广是个老滑头,他"历事六帝(指安、顺、冲、质、桓、灵帝),每逊位辞病,及免退田里,未尝满岁,辄复升进。凡一履司空,再作(做了两任)司徒,三登(做了三任)太尉,又为太傅。故京师谚曰'万事不理问伯始(胡广的字),天下中庸有胡公',及共李固定策,大议不全(指慑于梁冀威势,不敢坚持原议立清河王标为帝),又与中常侍丁肃婚姻,以此讥毁于时"(以上均见《后汉书·胡广传》)。人们对他甚是不满,历史学家也给他作了公平的结论。但蔡邕在《太尉胡广碑》里,却极力加以歌颂,说什么“赫赫猗公,邦家之镇;泽被华夏,遗爱不伦;日与月与,齐光并运”(第一碑),说什么“勋格皇天,泽洽后土”(第二碑),令人肉麻。这是很不光彩的。这一点他后来已有一定的认识。

第三阶段 从光和元年七月被诬流放以后至初平二年(178—191,46—59岁),前后共十四年。其中从流放到遇大赦返回本郡,前后只九个月,随后是长达十二年之久的“亡命江海”,到中平六年(189)才得以复出。这个时期现存可考的作品有书、记、章、铭、碑、颂、赞、表、辞、议等三十二篇。

《上书自陈》

作于光和元年七月后。

蔡邕于光和元年上《八事》后,即遭到他所裁黜者的报复诬陷,因而被捕下狱。邕在狱中上书自陈:“今年七月,召诣金商门,问以灾异……”

《徙朔方报杨复书》《徙朔方报羊陟书》

俱作于光和元年。

蔡邕因上《八事》而徙朔方,事在光和元年,见《后汉书》本传。

《东观汉记》十志

作于光和元年前。

《后汉书·蔡邕传》:“邕前在东观,与卢植、韩说等撰补《后汉记》,会遭事流离,不及得成,因上书自陈,奏其所著十意(即十志)。”

又《东观汉记》卷十七:“邕徙朔方上书求还,续成十志。”

按十志今仅存《律历志》等残篇残目者八。

《戍边上章》

作于光和元年。

章云："朔方髡钳徒臣邕稽首再拜，上书皇帝陛下……"说明他是在流所写的，故系本年。

《西鼎铭》

作于光和元年十二月。

铭云："维光和元年冬十二月丁巳，延公（指桥玄）入崇德殿前，乃制诏曰：其以光禄大夫（桥）玄为太尉。"

又《后汉书·桥玄传》："光和元年迁太尉，数月复以疾罢拜。"《后汉书·灵帝纪》："光和元年……十二月丁巳，光禄大夫桥玄为太尉。"以上三条都一致记叙桥玄于光和元年为太尉，铭当作于此时。或以为光和元年十二月蔡邕在朔方流所，不能作铭，此铭当作于光和二年五月（桥玄三月被罢，蔡邕四月遇赦）后，似未尽然。其一，蔡邕在流所既可报书杨复、羊陟，也可上书灵帝，献十志，何以就不能作铭？其二，颂桥玄为司空、司徒的《东鼎铭》《中鼎铭》都是蔡邕作的。桥玄为太尉，再请他作《西鼎铭》，也是很自然的。蔡邕的大手笔是时人所公认的。

《太尉陈球碑》

作于光和二年冬十月。

碑云："君讳球……黜，又拜永乐少府，年六十有二……呜呼哀哉。"

《后汉书·灵帝纪》："光和元年……九月太常陈球为太尉……十一月太尉陈球罢。二年冬十月甲申司徒刘郃、永乐少府陈球……谋诛宦者，事泄，皆下狱死。"

《太尉陈公赞》

当作于光和二年冬十月。

严可均《全后汉文》卷七十四按:“太尉陈耽、陈球俱与邕并时,此疑是陈球。”可从。(《后汉书·灵帝纪》载,陈耽于熹平五年前为太尉后辗转于司空、司徒、太常间,中平二年坐直言下狱死,似稍不合)

《京兆樊惠渠颂》

作于光和五年。

颂云:“光和五年,京兆尹樊君,讳陵……借力于黎元,树柱累石,委薪积土……会之于新渠……曩之卤田,化为甘壤,粳黍稼穑之所入,不可胜算。农民熙怡,悦豫且康,相与讴谈疆畔,斐然成章。”

《何休碑》

作于光和五年。

《后汉书·何休传》:“何休,字邵公……光和五年卒。”

《黄钺铭》《太尉桥玄碑》《太尉桥玄碑阴》

俱作于光和六年。

《后汉书·桥玄传》:“桓帝末,鲜卑、南匈奴……并叛为寇……举玄为度辽将军,假黄钺……在职三年,边境安静。……光和六年卒,时年七十五。”所记与铭大体相同。但《太尉桥玄碑》《太尉桥玄碑阴》,均以为“春秋七十五,光和七年五月甲寅薨”,似误。据《西鼎铭》称,光和元年是七十岁,那么桥玄逝世时七十五岁(碑、传均无异辞),当为光和六年。

《司徒袁公夫人马氏碑》

作于光和七年。

碑云:“维光和七年,司徒公夫人马氏薨。”袁公指袁隗,光和五年为司徒。马氏指马融女,《后汉书》卷一百十四有传。

《与何进荐边让》

当作于中平元年。

《后汉书·边让传》:"大将军何进,闻让才名,欲辟命之,恐不至,诡以军事征召。既到,置府令。进以礼见之,让善占射,能辞对,时宾客满堂,莫不羡其风。府掾孔融、王朗并修刺候焉。议郎蔡邕深敬之,以为让宜处高任,乃进于何进曰:……"

按:何进由河南尹升为大将军是在中平元年三月(至中平六年八月被杀),而孔融这时则已显名,被辟司徒杨赐府。何进迁大将军后,杨赐"遣融奉谒贺进",何进据门客意见,即"拜而辟融"。这事当发生在中平元年底,蔡邕荐让亦当在此时。

《太尉刘宽碑》

作于中平二年二月。

碑云:"春秋六十有六,以中平二年二月丁卯薨。"《后汉书·刘宽传》:"中平二年卒,年六十六。"

《范丹碑》

作于中平二年。

碑云:"年七十有四,中平二年四月卒。"《后汉书·范冉(一作"丹")传》:"范冉,字史云……所止单陋,有时绝粒,家居自若,言貌无改,闾里歌之曰:'甑中无尘范史云,釜中生鱼范莱芜。'……中平二年,年七十四卒于家。"

《太尉杨赐碑》

作于中平二年。

《后汉书·杨震传》附《杨赐传》称:"中平元年……二年九月复张温代为司空,其月薨。"《资治通鉴·汉纪五十》:中平二年“冬十月，庚寅，临晋文列侯杨赐薨”。

《陈寔碑》（第一、第二碑）

作于中平三年八月。

碑云：“先生讳寔……年八十有三，中平三年八月丙午遭疾而终。”又碑云：“春秋八十有三，中平三年八月丙午卒。”但《后汉书·陈寔传》却以为“中平四年，年八十四卒于家”。《资治通鉴·孝灵皇帝中》：“（中平）四年……前太丘长陈寔卒，海内赴市者三万余人。”似当以蔡碑为准。

《议郎胡公夫人哀赞》

作于中平四年。

赞云：“春秋五十八，中平四年薨于京师。”

《陈寔碑》（第三碑）

作于中平五年。

碑云：“维中平五年三月癸未，豫州刺史典，以褒功述德，政之大经，是以作谥封墓，兴于周礼……故太丘长颍川许昌陈寔……会圣德之清和……乃树碑镌石……”

《让尚书乞在闲冗表》（据张溥《百三家集》）

作于中平六年。

《后汉书·蔡邕传》：“中平六年……（蔡邕）举高第，补侍御史，又转持书御史，迁尚书。三日（月）之间，周历三台。”

《荐太尉董卓表》（据张溥《百三家集》）

约作于中平六年十月。

表云：“太尉郡侯卓，起自东土……今年七月，卓又上书辞病让位……非所以褒功赏勋也，惟陛下益隆委任，数加访问，厚其爵赏，责以相业之成……”

据《后汉书·灵帝纪》与《资治通鉴·汉纪五十一》，董卓于中平六年九月自为太尉，十一月为相国，则荐表当作于中平六年十月间。

《杂章》

当作于中平六年十一月以后。

章云："相国金印绶，位在公上……"董卓于中平六年十一月为相国。

《赤泉侯五世像赞》

约作于中平六年后。

赤泉侯杨喜，载《史记·高祖功臣侯年表第六》《汉书·高惠高后孝文功臣表第四》。《后汉书·杨震传》称："杨震，字伯起，弘农华阴人也，八世祖喜，高祖时有功，封赤泉侯。"五世指杨喜与他的八、九、十、十一世孙，即杨喜与杨震、杨秉、杨赐、杨彪等。杨彪于熹平中即为侍中（秩比二千石），光和中为五官中郎将（秩比二千石），中平六年，代董卓为司空，其冬代黄琬为司徒。"自震至彪，四世太尉，德业相继，与袁氏俱为东京望族云。"（《后汉书·杨震传》）杨彪为太尉在兴平元年，死时在黄初六年，蔡邕已逝世，他看不到了，所以这个像赞当作于中平六年后。

《巴郡太守谢表》

作于中平六年底。

表云："臣尚书邕免冠顿首死罪……五府举臣任巴郡太守……愿乞还诏命，尽力他役，死而后已。"

《后汉书·蔡邕传》："中平六年……迁巴郡太守，复留为侍中。"

《告迁都祝嘏辞》

作于初平元年三月。

辞云:“于是乃以三月丁亥,来自洛,越三日丁巳,至于长安。”丁亥为二月十七,丁巳为三月十七,则知“三月”当为“二月”之误,“三日”当为“三十日”之误。见《后汉书·献帝纪》《资治通鉴·汉纪五十一》。

《九祝辞》

作于初平元年三月。

辞云:“高皇帝使工祝,承致多福无疆,于尔嗣曾孙皇帝,使尔受禄于天,宜此旧都,万国和同。”可见是祝迁都事,当作于初平元年三月。

《让高阳乡侯章》

作于初平元年。

《后汉书·蔡邕传》:“初平元年,拜左中郎将,从献帝迁都长安,封高阳乡侯。”章云:“车驾西还,执鞭跨马,及看轮毂,升舆下轸,扶接圣躬。既至旧京,出备郎将(本传系拜中郎将于迁都前)……录功受赏,命服金紫爵至通侯。”蔡邕系迁都中立功受奖者。

《表贺录换误上章谢罪》

作于初平元年冬。

章云:“今月十八日,臣以相国兵讨逆贼故河内太守王匡……”《资治通鉴·汉纪五十一》:“初平元年……冬……王匡屯河阳津,董卓袭击,大破之。”《后汉书·董卓传》同。

《和熹邓后谥议》

约作于初平二年。

《后汉书·皇后纪下》:“论曰:汉世皇后无谥,皆因帝谥以为称……初平中,蔡邕始追正和熹之谥。”初平三年四月卓被诛,邕“闻之惊叹”而被系,死于狱中,故此议当作于初平二年间。

《宗庙迭毁议》

作于初平二年。

《后汉记》卷二十六:“二年……灵帝崩而天下乱,故未议祖宗之事,于是有司奏议宗庙迭毁。左中郎将蔡邕议曰:……”《后汉书·祭祀志下》:“初平中,相国董卓、左中郎将蔡邕等以和帝以下,功德无殊,而有过差,不应为宗,及余非宗者追尊三后,皆奏毁之。”

从上述情况不难看出,这个时期作品的问题最大,主要是与董卓的关系。董卓是个杀人魔王。据《后汉书·董卓传》载,他“纵放兵士,突其(指洛中贵戚)庐舍,淫略妇女,剽掳资物,谓之‘搜牢’”。“又奸乱公主,妻略宫人,虐刑滥罚,睚眦必死。”“卓尝遣军至阳城,时人会于社下,悉令就斩之,驾其车重载其妇女,以头系车辕,歌呼而还。”迁都长安时,“尽徙洛阳人数百万口于长安,步骑驱戚,更相蹈藉,饥饿寇掠,积尸盈路,卓自屯留毕圭苑中,悉烧宫庙官府居家,二百里内无复孑遗”。“卓所得义兵士卒,皆以布缠裹倒立于地,热膏灌杀之。颍川太守李旻,亨之。”“卓施帐幔饮设,诱降北地反者数百人,于坐中杀之,先断其舌,次斩手足,次凿其眼目,以镬煮之。……而卓饮食自若。”对这样罪恶滔天的杀人不眨眼的刽子手,蔡邕竟替他写《荐太尉董卓表》《杂章》《告迁都祝嘏辞》《九祝辞》,举卓为相国,颂卓迁都长安。董卓被杀时,他竟“殊不意言之而叹,有动于色”。王允斥他说:“董卓国之大贼,几倾汉室,君为王臣,所宜同忿,而怀其私遇,以忘大节!今天诛有罪,而反相伤痛,岂不共为逆哉?”(《后汉书·蔡邕传》)除最后一句外,余不为过。当然,王允因此而杀邕,也未免有失。

蔡邕曾对涿郡卢植说:“吾为碑铭多矣,皆有惭德(德行上的缺陷),惟郭有道(郭泰)无愧色耳。”(《后汉书·郭泰传》)他这个自我评价似太苛。在历史上,的确有些人严厉地批判过蔡邕。如顾炎武就曾说:“东京(指东汉)之末节义衰而文章盛,自蔡邕始。其仕董卓,无守;卓死惊叹,无识。观其集中滥作碑颂,平日之为人可知矣。”(《日知录》卷十三)但一般人对他的碑铭还是很称赞的。如晋挚虞《文章流别论》说:“蔡邕为杨公作碑(指为太尉杨秉、杨赐父子作碑),其文典正,末世之美者也。”刘勰更予以全面肯定:“自后汉以来,碑碣云起,才锋所断,莫高蔡邕。观杨赐之碑(指《杨赐碑》),骨鲠训典;陈、郭二文(指《陈寔碑》《郭泰碑》),词无择言;周乎(一作‘胡’)众碑(指《汝南周勰碑》《太尉胡广碑》等等),莫非清允。其叙述事也赅而要,其缀采也雅而泽,清词转而不穷,巧义出而卓立。”(《文心雕龙·诔碑》)刘勰的评价,大体上还是中肯的。蔡邕除为胡广一家人等作的碑铭有过分的吹捧——所谓“谀墓”之外,其余问题并不突出。

又,钱锺书先生在《管锥编》中引用了宋王应麟和清章学诚二人对蔡邕的批评后说:“一议其史德,一议其史才;观蔡遗文,识卑词芜;二人之论,尚为恕也。”姑录以备忘。

三

最后我们重点谈谈蔡邕的赋作。

蔡邕的赋较多,明张溥编《蔡中郎集》收蔡赋十四篇,清严可均编《全后汉文》收蔡赋十七篇(包括《九惟文》《吊屈原文》),如果连《释诲》(类似西汉东方朔的《答客难》,扬雄的《解嘲》,东汉班固的《答宾戏》,崔骃的《达旨》)也加进去,一共是十八篇。在这十八篇中,保存完整的并不多,绝大部分是残缺不全的。但从这些赋中,我们也不难看出蔡赋的基本倾向。从总的来说,蔡赋是较全面地展现了一个典型的封建文人政治思想生活的面貌的。

第一,表现了一个正直的封建文人忧国忧民的情怀。这也正是中国古代文人的优良传统。在辞赋里,屈原是最早、最完美的代表。东汉后期的赋家赵壹,也是一个难得的典范。蔡赋继承了这个传统。蔡邕在《述行赋》中写道:"皇家赫而天居兮,万方徂而星集。贵宠煽以弥炽兮,佥守利而不戢。前车覆而未远兮,后乘驱而竞及。穷变巧于台榭兮,民露处而寝湿。消嘉谷于禽兽兮,下糠粃而无粒。弘宽裕于便辟兮,纠忠谏其骎急。怀伊吕而黜逐兮,道无因而获入。唐虞渺其既远兮,常俗生于积习。周道鞠为茂草兮,哀正路之日涩。"这里,作者准确地揭露了人民的"寝湿""无粒",是贵族豪门的"守利"——贪得无厌所致;忠臣贤士的"黜逐",是最高统治者对"便辟"的"宽裕"纵容所造成。作者的同情心完全倒向人民一边,倒向忠良贤圣一边。作者清楚地看到,东汉王朝已陷入穷途末路的境地了。正是基于这种认识,作者才无心仕途,中道旋归:"观风化之得失兮,犹纷挐其多违。无亮采以匡世兮,亦何为乎此畿!甘衡门以宁神兮,咏都人而思归。爰结踪而回轨兮,复邦族以自绥。"

我们上述的分析,从这篇赋的序言中也正可以得到印证。序说:"延熹二年秋,霖雨逾月。是时梁冀新诛,而徐璜、左悺等五侯擅权于其处。又起显阳苑于城西,人徒冻饿,不得其命者甚众。白马令李云以直言死，鸿胪陈君以救云抵罪。璜以余能鼓琴，白朝廷，敕陈留太守发遣余。到偃师，病不前，得归。心愤此事，遂托所过，述而成赋。”可见作者写《述行赋》是有所感而发，针对性、战斗性都很强，表达了作者与封建王朝不合作的心迹。鲁迅先生也正因此而称蔡邕为“有血性的人”（《题未定草》）。

蔡邕的《释诲》，效东方朔《答客难》等曲折表达作者自己思想感情的笔法，所以文章对务世公子批评他“曾不能拔萃出群，扬芳飞文，登天庭，序彝伦，扫六合之秽慝，清宇宙之埃尘，连光芒于白日，属炎气于景云，时逝岁暮，默而无闻”，提出种种理由加以解释，表面上好像是粉饰现实，为最高统治者唱赞歌，但实际上骨子里却是不满的。正如赋结尾所透露的：“群车方奔乎险路，安能与之齐轨？思危难而自豫，故在贱而不耻。”这是一种用轻松的笔调来泄露作者自己内心沉重痛苦的感情，有极大的感染力，读来令人颤栗。这篇赋的基本倾向与《述行赋》是一致的。

蔡邕的《伤故栗赋》，可能是一篇寓言赋，作者借哀伤人们对蔡氏祠前栗树的攀折，用以影射奸邪之辈对骨鲠之臣的伤害，贪官污吏对平民百姓的摧残。

第二，描绘美女，赞美婢女，大胆表现男女之间的热恋和夫妻之间的生活。鲁迅先生指出蔡邕“并非单单的老学究，也是有血性的人”，在这个问题上也得到了充分的证明。在《检逸赋》里，作者赤裸裸地写道：“夫何姝妖之媛女，颜炜烨而含荣；普天壤其无俪，旷千载而特生。余心悦于淑丽，独爱结而未并。情罔象而无主，意徙倚而左倾。昼骋情以抒爱，夜托梦以交灵。”他对美女的倾慕简直到了发狂的地步，这是何等的大胆！

又需何等的勇气！《青衣赋》写得也几乎毫无顾忌："金生沙砾，珠出蚌泥；叹兹窈窕，产于卑微。盼倩淑丽，皓齿蛾眉；玄发光润，领如蝤蛴。纵横接发，叶如低葵；修长冉冉，硕人其颀。绮绣丹裳，蹑蹈丝扉；盘跚蹴蹀，坐起昂低。和畅善笑，动扬朱唇；都冶武媚，卓铄多姿。精慧小心，趋事如飞；中馈裁割，莫能双追。关雎之洁，不陷邪非。察其所履，世之鲜希；宜作夫人，为众女师。伊何尔命，在此贱微！"这是写青衣婢女的美。她不仅貌美、齿美、领美、发美、身材美、穿戴美、举止谈吐美……而且手足灵巧，能出色地完成自己所担当的角色。下面是写男主人公对她的思慕："饬驾趣严，将舍尔乖；矇冒矇冒，思不可排。停停沟侧，嗷嗷青衣；我思远逝，尔思来追。明月昭昭，当我户扉；条风狎猎，吹予床帷。河上逍遥，徙倚庭阶；南瞻井柳，仰察斗机。非彼牛女，隔于河维；思尔念尔，惄焉且饥。"尽管他们相爱着，但他们之间好像隔着一条河汉。"河汉清且浅，相去复几许；盈盈一水间，脉脉不得语。"(《古诗十九首·迢迢牵牛星》)可望而不可即。男主人公思念得如饥似渴，痛不欲生。赋写得何等细致，何等真挚大胆！

《协和婚赋》写得更为袒露，赋写了迎亲到婚夜的全过程：

> 良辰既至，婚礼以举……车服照路，骖騑如舞。既臻门屏，结轨下车；阿傅御竖，雁行蹉跑。丽女盛饰，晔如春华……立若碧山亭亭竖，动若翡翠奋其羽。众色燎照，视之无主。面若明月，辉似照日；色若莲葩，肌如凝蜜……长枕横施，大被竟床；莞蒻和软，茵褥调良。

作者对男女爱情和夫妻生活为什么敢于如此大胆地细致地描

绘呢？原因很简单，在作者的心目中，男女爱情、夫妻生活乃人类之天性，是自然的、正当的、合情合理的、无可回避的，因而也是无可指责的。正如《协和婚赋》首段所说的："惟情性之至好，欢莫备乎夫妇；受精灵于造化，固神明之所使。事深微以玄妙，实人伦之端始。"蔡邕如上惊世骇俗的笔触，是基于人性的发掘、人性的复苏、人性的解放，一句话，立足于恢复人的本来真面目，表现人类世俗的审美情趣——对美的思慕，对男女自由爱情生活的渴望，对人类理想幸福的追求。这是一种敢于正视生活的行为、勇敢的行为，是值得大加肯定的。

蔡邕这种行为是与世背道而驰的，如稍前于他的班昭就写了《女诫》七篇，专讲做女人的道理。其中《妇行第四》开宗明义就讲："女有四行，一曰妇德，二曰妇言，三曰妇容，四曰妇功。夫云妇德，不必才明绝异也；妇言，不必辩口利辞也；妇容，不必颜色美丽也；妇功，不必功巧过人也。"与蔡邕《青衣赋》对青衣婢女的称颂完全相反。又其中《敬慎第三》，就专门反对夫妻之间的欢乐："夫妇之好，终身不离；房屋周旋，遂生媟黩；媟黩既生，语言过矣；语言既过，纵恣必作。"在这位列女面前，夫妇之间也是不苟言笑的，妻子只能"正色端操，以事夫主；清静自守，无好戏笑"(《卑弱第一》)。妻子必须做到"专心正色，礼义居洁；耳无淫听，目无邪视；出无冶容，入无废饰；无聚会群辈，无看视门户"。班昭是皇后贵人的老师，号曹大家(即"大姑")，她的言论是具有权威性、代表性的。难怪，与蔡邕同时代有一个叫张超的，就针对《青衣赋》，专门写了一篇《诮青衣赋》，对蔡邕曲尽讥笑谩骂的能事："彼何人斯，悦其艳姿；丽质美誉，雅句斐斐；文则可嘉，志卑意微。凤兮凤兮，何德之衰；高岗可华，何必棘茨；醴酒可饮，何必洿泥；随珠弹雀，堂溪刈葵;鸳鸯啄鼠,何异乎鸱。”并把王朝的陵替推到女人的身上:“历观古今,祸福之阶,多孽妾淫妻,《书》戒牝鸡,《诗》载哲妇;三代之季,皆由斯起。”类似这种论调在先秦已经出现了。这往往是一种虚伪自私、自欺欺人的论调,不足为训。

又钱锺书先生在《管锥编》中也曾批评说:“按此赋残缺。首节行媒举礼,尚成片段。继写新妇艳丽,犹存十二句;下只存‘长枕横施……’。又‘粉黛弛落,发乱钗脱’六句……前此篇什见存者,刻划男女,所未涉笔也。如宋玉《讽赋》只云‘以其翡翠之钗挂臣冠缨’,司马相如《美人赋》亦只云‘玉钗挂臣冠’,白行简《天地阴阳交欢大乐赋》‘……青春之夜,红炜之下’云云,即‘协和婚’之义,至‘钗坠鬟乱’,更与‘发乱钗脱’无异。然则谓蔡氏为淫媟文字始作俑者,无不可也。”认为蔡邕是淫乱文字的创始人。兹录以备忘。

第三,抒发个人——封建文人的情趣。蔡邕这个“旷世逸才”,在艺术上有多方面的造诣。据《后汉书》本传载,他就因“善鼓琴”而被征西赴京洛。在流亡吴会期间,“吴人有烧桐以爨者,蔡闻火烈之声,知其良木,因请而裁为琴,果有美音”。这就是历史上著名的所谓“焦尾琴”。他甚至从琴中能听出“杀心”:“客有弹琴于屏,邕至门试潜听之,曰:‘憘!以乐召我而有杀心,何也?’遂反。”原来是弹琴者“见螳螂方向鸣蝉,蝉将去而未飞,螳螂为之一前一却”,“吾心耸然,惟恐螳螂之失之也”,因而将“杀心形于声”。看出蔡邕的确是一个精通琴道的人。蔡邕的《琴赋》,也正显示出他琴术的精妙:“尔乃间关九弦,出入律吕;屈伸低昂,十指如雨;清声发兮五音举,韵宫商兮动徵羽,曲引兴兮繁弦抚;然后哀声既发,秘弄乃开;左手抑扬,右手徘徊;指掌反复,抑案摧藏……”赋同时表现出他对制琴的“桐”有神奇的鉴别力。

蔡邕的《笔赋》对笔的制作,也颇讲究,联系他的《篆势》《隶势》,证明蔡邕不愧为高明的书法家。正如《魏书·江式传》所载:“左中郎将陈留蔡邕采李斯、曹喜之法,为古今杂形,诏于太学立石碑,刊载五经,题书楷法,多是邕书也。后开鸿都,书画奇能莫不云集,于时诸方献篆无出邕右者。”

蔡邕还有《弹棋赋》,也应属当时文人的活动范围。

综上所述,我们不难看出,汉赋发展到蔡邕手里,已完全从描写帝王的皇宫帝苑中走出来,进入了一般封建文人的生活领域。它的表现范围大大地扩展了。又由于一般文人较接近普通人民,因而他们反映现实生活的深度也有较大的提高,我们从蔡邕赋里,不但可以看到一般封建文人的生活面貌,而且也能够看到部分人民群众的生活面貌,即是证明。蔡邕赋表现领域的这个大转移,在他之前赋家的作品中已有所反映,但到他这位大赋家的手里才进一步完成。这应该说是汉赋发展过程中的一次大跃进,是值得充分肯定的。

蔡邕赋的艺术特色也值得一提,蔡邕所写的多是抒情赋,富有感情色彩,具有很强的感染力,这与汉大赋多是叙事赋大不相同。如《述行赋》落笔即写道:“余有行于京洛兮,遘淫雨之经时。涂迍邅其蹇连兮,潦污滞而为灾。马桀蹯而不进兮,心郁悒而愤思。聊弘虑以存古兮,宣幽情而属词。”这里的淫雨经时,道路泥泞,积水成灾,乘骑徘徊,都与作者的忧闷心情联系在一起,短短几句,就渲染出一层沉闷的感情气氛来。在这里,如果联系一下赋的序来看,我们就会清楚地看到作者之所以忧愤,是由于他对朝政的不满,对强迫他赴京鼓琴尤为不快。可见,赋所表现的作者的感情是真实的,是发自内心的,而不是无病呻吟,故作姿态。但当作者来到偃师,托病不前,获朝廷准许他回车返里后,作者如愿以偿,其欢快心情自不必说,因此描写这一段经历,赋的调子也为之一变:“甘衡门以宁神兮,咏都人而思归。爰结踪而回轨兮,复邦族以自绥……言旋言复,我心胥兮。”总而言之,《述行赋》的确具有浓重的感情色彩,而这种感情又与作者的生活活动紧紧联系在一起。

蔡邕赋的另一特色是描写得细致、具体、形象。这一点并非蔡邕所独创。西汉前期枚乘《七发》写观涛,东汉后期张衡《二京赋》写杂技表演,就都写得很出色。但这只是长文中的个别段落,并非通篇如此。蔡邕赋便不同,在他的赋中,精细的笔触、形象的描绘随处可见。如《述行赋》写作者赴偃师途中一幕幕:“玄云黯以凝结兮,集零雨之溱溱。路阻败而无轨兮,涂泞溺而难遵。率陵阿以登降兮,赴偃师而释勤。壮田横之奉首兮,义二士之夹坟。伫淹留以候霁兮,感忧心之殷殷。并日夜而遥思兮,宵不寐以极晨。候风云之体势兮,天牢湍而无文;弥信宿而后阕兮,思逶迤以东运。见阳光之颢颢兮,怀少弭而有欣。命仆夫其就驾兮,吾将往乎京邑。”这里,表现了作者西征时所遇到的阴雨天气,道路为污泥积水所浸蚀,举止维艰,因而忧心忡忡、寝食不安,以及天晴日出后心绪稍佳,因而继续策马西进等等情景,赋写得十分具体、细致、生动、形象,给人留下很深的印象。

又如《短人赋》写所谓短人国短人的习性、脾气、体态、声貌,都写得惟妙惟肖,十分传神:“嚍啧怒语,与人相拒;矇昧嗜酒,喜索罚举;醉则扬声,骂詈咨口。众人患忌,难与并侣……”当然,作者以嘲弄戏谑的态度来对待外人,是不足为训的。

篇幅短小精悍是蔡邕赋的又一特色。虽然,汉赋从它产生的最初阶段起,就出现过短篇小制;在大赋占统治地位的时期,小赋也未曾断绝过;甚至以构筑长篇巨制《二京赋》著名的张衡,也写过《归田赋》《温泉赋》等等抒情小赋。可以这样说,抒情小赋始终伴随着汉赋发展的全过程。不过,像蔡邕这样的辞赋巨擘,只写抒情小赋而不写宫苑叙事大赋,却是前无古人的。

说到这里,我们似乎也可以给蔡邕赋的艺术成就作出结论:蔡邕不仅是转变汉赋思想内容的第一人,他同时也是转变汉赋艺术形式的第一人。在中国辞赋史上,他的地位是无可替代的。

古典文学漫谈

诗赋讽谏散论*

一

所谓"讽谏"，古人一般的用法，是指臣民们运用委婉曲折的语言文字，对帝王们的失误进行劝诫。它的产生出现当极早，早于封建社会，大概有了酋长，有了君主，有了权威，有了操生杀予夺大权的人物，[illegible]句话，有了等级的区分，就有了它。为什么呢？理由很简单，有了等级的区分，就有了统治者与被统治者，有了上级与下级。被统治者、下级官吏对统治者对上级官吏的失误，或慑于其权威，或为了取得更好的批评效果，而不敢直言不讳地批评，就只好假诸讽谏一法，以表达自己的意愿。所以，讽谏便成了中国古代社会下级对上级，尤其是臣民对帝王批评的重要形式。《说苑·正谏》记载："吴王欲伐荆，告其左右曰：'敢有谏者死。'舍人有少孺子者，欲谏不敢，则怀丸操弹，游于后园，露沾其衣。如是者三旦。王曰：'子来何苦，沾衣如此？'对曰：'园中有树，其上有蝉，蝉高居悲鸣饮露，不知螳螂在其后也。螳螂委身曲附欲取蝉，而不知黄雀在其后也。黄雀延颈欲啄螳螂，而不知弹丸在其下也。此三者皆务欲得其

---

* 本文原载于《文史哲》1985 年第 3 期。

前利，而不顾其后之有患也。'王曰：'善哉！'乃罢其兵。"用蝉、螳螂、黄雀"三者皆务欲得其前利，而不顾其后之有患"作例，来隐喻吴王伐楚隐伏的危险性，寓意十分明显，设喻十分恰切，手法十分巧妙高明。这样做，既可以免除因劝阻吴王伐楚而可能招致的杀身之祸，又能够达到阻止吴王伐楚的目的。这种例子在先秦文献中是到处可见的。这里，充分地显示了我国古代人民的聪明才智和他们高超的斗争艺术。

讽谏不仅应用于历史、政论和人们的言行之中，而且也广泛应用于文学艺术领域之内。在《诗经》里，讽谏诗就很不少；屈原的《离骚》，也有强烈的讽谏味道在。屈原对自己的祖国忠心耿耿，又有经国济世的才能；但由于受到群小的忌恨，被楚怀王疏远了，把他流放在外。他把自己对祖国的爱，对楚怀王的怨，对群小的恨，凝结成一篇悲愤动人的文章——《离骚》。王逸说："屈原执履忠贞，而被谗邪，忧心烦乱，不知所诉，乃作《离骚经》。离，别也；骚，愁也；经，径也。言己放逐离别，中心愁思，犹依道径以风谏君也。故上述唐、虞、三后之制，下序桀、纣、羿、浇之败，冀君觉悟，反于正道而还己也。"（《离骚经序》）王逸这话大致不错。因为鲁迅先生也说过："屈原是'楚辞'的开山老祖，而他的《离骚》，却只是不得帮忙的不平。"（《且介亭杂文二集·从帮忙到扯淡》）鲁迅先生在谈到《红楼梦》里的男奴才焦大时又指出："其实是，焦大的骂，并非要打倒贾府，倒是要贾府好……所以这焦大，实在是贾府的屈原，假使他能做文章，我想，恐怕也会有一篇《离骚》之类。"（《伪自由书·言论自由的界限》）这里，鲁迅先生把屈原和焦大放在一起，指出他们对自己的主子的不满，只是希望他们变好，是恨铁不成钢，是不得帮忙的不平。一句话，就是矢忠主子的具体表现。鲁迅先生这话是一针见血的,是说到问题的实质的。但是,鲁迅先生这样来看待屈原和《离骚》是有所贬抑的。在古代,忠君是一种普遍现象,是人的常情。但作为一个正直的有理想的知识分子,忠君又往往与热爱祖国、关切人民生产生活联系在一起,与明君贤臣政治联系在一起,如果国君荒淫昏庸,他们就要加以讽谏。他们决不肯盲从,更不会狼狈为奸。所以,他们所表现出来的对国君的忠往往是一种手段,是一种达到实现自己政治理想的手段。正因为如此,我们可以看到许多操废立大权的忠臣,一旦发现自己的主子胡作非为,不可教训,便毅然废弃昏君,另立新主。屈原由于为各方面的条件所限,未能做到这一点,但他的思想和他们是相通的,因而与国家人民的利害也是联系在一起的。所以屈原尽管忠君,尽管《离骚》含有忠臣对国君的讽谏,我们仍应给予崇高的评价。屈原不失为一位杰出的政治家、一位伟大的诗人。

从上面的叙述中我们又可以看出,不管是史论中的讽谏,或者是人们言行中的讽谏,或者是文学艺术中的讽谏,又与忠君思想紧紧联系在一起,与关心祖国人民命运紧紧联系在一起,与他们个人正直的品行和远大的志向联系在一起。其实问题本来就很清楚,如果不具备上述这些条件,他们又何必讽谏?他们又怎样提出讽谏?《说苑·正谏》载:“楚庄王立为君,三年不听朝,乃令于国曰:‘寡人恶为人臣而遽谏其君者,今寡人有国家,立社稷,有谏即死无赦。’苏纵曰:‘处君之高爵,食君之厚禄,爱其死而不谏其君,则非忠臣也。’乃入谏。”只因为苏纵是忠臣,他才不避刀斧而行谏,即是其例。

在这里,值得注意的是,讽谏这种委婉曲折的语言形式,也应当与文学艺术的特点有关。恩格斯说过:“我认为倾向应当是不要特别地说出，而要让它自己从场面和情节中流露出来。”(《给敏·考茨基的信》)又说：“作者的观点愈隐蔽，对于艺术作品就愈好些。”(《给马尔加丽塔·哈克纳斯的信》)恩格斯这些话，很明显是文学艺术的特点、文学艺术的创作规律、文学艺术发展史的经验的总结。两千年前的文学艺术家当然不会懂得这一点。但他们在创作实践中初步表现出来的“讽谕”这种特点，是否应当被认为是文学艺术特点的自然流露呢？我认为应当这样来看待。至于前面所说的，最早运用讽谏这种语言方式，可能还是那些在朝的官吏、政治家，而不是文学家。这也无妨，因为这些官吏、政治家在劝谏时讲究语言形式，实际上也就是在进行一种文学艺术的创作。把他们那些寓意深刻而又富于文采的言论记录下来，就是一篇精彩的文学作品；鲁迅所说的“杭育杭育派”，不也正是这样的“文学家”吗？

二

前面我们对先秦讽谏产生的背景作了简要的论述，对其意义作了较高的评价。但历史是在前进的，时代是在不断地发展变化的。我们对两汉文学艺术的讽谏，主要是汉赋的讽谏，就不能再作这样的评价了。

在两汉，汉儒对汉赋的讽谏，是再重视不过的了。孔子说过：“诗可以兴，可以观，可以群，可以怨。迩之事父，远之事君，多识于鸟兽草木之名。”也即认为诗歌可以启发鼓舞人，可以帮助人观察社会，可以使人团结，可以起到讽谏教诲的作用，还可以让人增长见识。这里，讽谏只是其中的一项，而且还是列在后头的一项。但到了汉代,汉儒简直把讽谏视为汉赋的命根子。《汉书·扬雄传》说:“雄以为赋者,将以风也,必推类而言,极丽靡之辞,闳侈钜衍,竞于使人不能加也,既乃归之于正,然览者已过矣。往时武帝好神仙,相如上《大人赋》,欲以风,帝反缥缥有陵云之志。繇是言之,赋劝而不止,明矣。……于是辍不复为。”在扬雄看来,写赋就是为了讽谏,也即对帝王进行教育和批评,让他们改正自己的错误;但现在人们写的赋却极其铺陈,极其夸张,极其华丽,也即错误的事、错误的话说了一大堆,最后才轻描淡写地劝说几句,根本起不到应有的作用,司马相如的《大人赋》即是其例,所以他下决心不再写赋了。这里,扬雄简直把讽谏视为批评汉赋的唯一标准,视为汉赋的命根子。

对扬雄这个论断,班固是持有异议的,他在《汉书·司马相如传》里说:“相如虽多虚辞滥说,然要其归引之于节俭,此亦《诗》之风谏何异?扬雄以为靡丽之赋,劝百而风一,犹骋郑卫之声,曲终而奏雅,不已戏乎!”班固以为,相如赋的确存在着一些虚辞滥说的毛病,但它的主旨是很明显的,就是引导人们(这里指汉武帝)改掉奢靡,遵行节俭,与《诗经》里的讽谏诗的写法是没有两样的。他不同意扬雄把汉赋视同郑、卫音乐,以为整首歌曲都是淫乱的(有人错误地认为郑、卫两国的音乐是淫乱的),只有一个小小的尾巴是雅正的。

在这里,扬雄与班固两人的分歧仅在于:司马相如的赋有没有讽谏?汉赋的基本倾向存在不存在讽谏?而对讽谏本身的重要性,他们并没有什么分歧。他们都视讽谏为汉赋的主心骨,都以是否讽谏作为衡量汉赋成败的主要依据。对讽谏这样一个文学艺术创作中的具体问题的争论,最后甚至连皇帝老子也不得不站出来表态。汉宣帝说："辞赋大者与古诗同义，小者辩丽可喜。辟如女工有绮縠，音乐有郑卫，今世俗犹皆以此虞说耳目，辞赋比之，尚有仁义风谕，鸟兽草木多闻之观也，贤于倡优博弈远矣！"（《汉书·王褒传》）汉宣帝这话很明显是针对类似枚皋、扬雄等人的言论说的。因为枚皋说过："为赋乃俳，见视如倡，自悔类倡也。"（《汉书·枚皋传》）扬雄也说过："或曰：'赋可以讽乎？"曰：'讽乎！讽则已！不已，吾恐不免于劝也。'"枚皋不无沉痛地呼喊，人家把赋家看成俳优一类低贱的人物。扬雄则用疑问的口气，来表达他的倾向性，与前面所引他批评司马相如的例子一样，他再次对汉赋是否讽谏问题持否定态度。汉宣帝很明显不同意类似枚皋他们的看法。他基本上与后来的班固一样，把赋与《诗经》拉在一起，认为都有讽谏的旨意在。在这里，让我们再一次看到汉儒在讽谏问题上争论的激烈程度；同时再一次表明汉儒对这个问题的关切程度，他们的确把是否讽谏作为评判汉赋优劣成败的主要依据。

但汉儒强调讽谏是不足取的，因为汉儒强调讽谏是与他们的崇经尊儒联系在一起，与他们的保守思想联系在一起。我们知道，在两汉，由于最高统治者的提倡，儒家获得了独尊的地位。儒家的经典《诗》《书》《礼》《易》《春秋》被称为"五经"，成为人们行动的准则，成为国家大政的指南，因而人们自然要求用五经的标准来要求汉赋。如扬雄说："书不经，非书也；言不经，非言也；书言不经，多多赘矣！"（《法言·问神》）这里所说的"经"，当然只能是指以五经为代表的经典。因为扬雄在《法言》的《寡见》和《吾子》篇里，把经推崇到无以复加的程度。所以扬雄认为，如果人们的语言、写作（当然包括作赋）不以经典为标准，不符合经典的要求，那么说得再多，写得再巧，也是毫无用处的。而在扬雄的心目中,汉赋正是这类货色:“辞人之赋丽以淫”(《法言·吾子》),“赋劝而不止,明矣”(《汉书·扬雄传》)。所以他后来对汉赋表示深恶痛绝,在发誓“辍不复为”(同上),也即不再写赋以后,即转而治经,仿《易经》作《太玄》,仿《论语》作《法言》。所以,在这里,如果我们赞成扬雄等人的观点,以经律赋,那么就必然导致以经代赋、以经废赋的后果,从而扼杀了文学艺术的发展,使文学艺术永远沦为经典的附庸。

这一点,如果我们再看看汉儒批评汉赋丧失讽谏的具体内容,就能更清楚地看清他们强调讽谏的严重后果。《汉书·艺文志》的作者说:“汉兴,枚乘、司马相如,下及扬子云,竞为侈丽闳衍之词,没其风谕之义,是以扬子悔之。”这里所说的“侈丽闳衍”,就是指汉赋的文辞过于繁富华丽。汉赋写得漂漂亮亮有什么过错?我以为没有什么过错。但汉儒很不以为然。“女恶华丹之乱窈窕也,书恶淫辞之淈法度也。”(《法言·吾子》)华丹就是女子搽脸涂唇的粉脂。在卫道者看来,女子涂脂抹粉是不正经的,要加以反对。同一道理,书写得太华丽了,当然也不行,也要加以反对。“淈法度”者,混乱“法度”也。这个“法度”,当然又是儒家的经典。儒家的“法度”、经典是不能违背的。“或问:‘五经有辩乎?’曰:‘惟五经为辩:说天者莫辩乎《易》,说事者莫辩乎《书》,说体者莫辩乎《礼》,说志者莫辩乎《诗》,说理者莫辩乎《春秋》。’”(《法言·寡见》)在扬雄看来,五经是至高无上的,它在各方面,当然包括在文采方面,也是至高无上的,也应当是人们学习的典范,是绝对不能违忤的,也是绝对不能逾越的。这种观点是极端错误的,是要不得的,它无异于取消文学艺术,扼杀文学艺术。

在汉儒看来,“虚辞滥说”是造成汉赋丧失讽谏的又一个原因。王充说过:“孝成皇帝好广宫室,扬子云上《甘泉颂》(指《甘泉赋》),妙称神怪,若曰非人力所能为,鬼神力乃可成,皇帝不觉,为之不止。”(《论衡·谴告》)这里所说的“妙称神怪”等等,其实也正是属于虚构夸张等浪漫主义表现手法的范围。但王充却加以反对讽刺,他认为赋这样写势必丧失讽谏。我们从《论衡》中得知,王充反对汉赋的虚构夸张并不是偶然的,如他在批评古代神话时就说:“天本以山为柱,共工折之,代以兽足,骨有腐朽,何能立之久?且鳌足可以柱天,体必长大,不容于天地;女娲虽圣,何能杀之?”(《谈天》)这种发问简直令人哭笑不得,他根本不懂神话传说为何物!在《艺增》里,他说:“案武王伐纣,于牧之野;河北地高,壤靡不干燥;兵顿血流,辄燥入土,安得杵浮?且周殷士卒,皆资干粮,无杵臼之事,安得杵而浮之?”连一般表现手法上的夸张他都反对。在他心目中,还有什么真正的艺术?!王充甚至公开声称:“故《论衡》者,所以铨轻重之言,立直伪之平。”“诗三百,一言而蔽之,曰:思无邪。《论衡》篇以十数,亦一言也,曰:疾虚妄。”(《对作》)他写《论衡》,竟就是为了反对虚构与夸张。本来,对政论、历史中的虚构夸张的东西,是应该反对的。但问题是:王充不分文、史、论的虚构夸张,都要一概加以反对。上面举的王充反对神话传说,反对表现手法上的夸张即是其例。这就是极端的错误了。如果照此办理,哪容文学艺术存在?当然,王充并不是一般儒家,但他上述这些观点,与汉儒并没有二致。

所以,如果我们同意了汉儒强调的讽谏,我们就得同意他们对汉赋文采的批评和对虚构夸张等浪漫主义创作方法的否定,换一句话说,也即须同意他们对文学艺术的贬抑,使文学艺术永远匍匐在儒家经典的脚下,成为儒家经典的装饰品。

也正是基于这种认识,我们伟大的思想家、文学家鲁迅给予曹丕主张“诗赋欲丽”而不必寓讽谏的主张和创作实践以极高的评价。他说:“他(曹丕)说诗赋不必寓教训,反对当时那些寓训勉于诗赋的见解,用近代的文学眼光看来,曹丕的一个时代,可说是‘文学的自觉时代’,或如近代所说是为艺术而艺术(Art for Art's Sake)的一派。所以曹丕做的诗赋很好,更因他以‘气’为主,故于华丽以外,加上壮大。”(《魏晋风度及文章与药及酒之关系》)鲁迅先生完全赞同曹丕的观点,把诗赋抛开“教训”“训勉”——实际上也就是抛弃“讽谏”“讽谕”,誉为“文学的自觉时代”。“自觉”云云,自然是指文学艺术的觉醒,指它不再充当经典的附庸,而要求自立,要求积极发展自身的规律,表现自身的特点,为自身的独立而奋斗。鲁迅先生又进而把“为艺术而艺术”与“文学的自觉时代”联系在一起,充分肯定了“为艺术而艺术”的意义,这也就等于说,“为艺术而艺术”是“文学的自觉时代”的必然表现。这样,“为艺术而艺术”的倾向,在特定的条件下,也即在文学艺术为挣脱儒家经典的束缚、为从儒家的经典附庸下解放出来时,就是一种进步的表现了。鲁迅先生这样高度地评论曹丕的言论及其作品,是符合历史唯物主义的观点的,也是完全符合文学艺术的发展规律的。

总而言之,汉儒批评汉赋“没其风谕之义”“劝百而风一”“劝而不止”是错误的;汉儒批评汉赋“虚辞滥说”“极丽靡之辞”也是错误的。因为这些批评违背了历史唯物主义的观点,违背了文学艺术发展的规律。

在这里,我们需要补充的是,从上述所引用的汉儒批评汉赋“没其风谕之义”等等可以看出，这个批评虽把问题估计得太过分一些，因为汉赋并没有全部放弃讽谏，尤其是扬雄，还时刻念念不忘讽谏，他写《甘泉赋》《河东赋》《校猎赋》《长杨赋》等四大赋时，还特地写了序，明确表示他写赋是为了讽谏。但另一方面，从总的来看，汉赋作家的确也不那么热衷于讽谏，他们更着意于写出具有铺陈、夸张、华丽特点的洋洋洒洒的大赋，这也是可以肯定的。再者，鲁迅先生肯定曹魏是“文学的自觉时代”，那么我们可否上推，承认汉赋是“文学的自觉时代”的开始发动阶段，或者是“文学的自觉时代”的积极酝酿时期？我想，我们这样评价汉赋，当不致过分，汉赋受到这样的评价是当之无愧的。

三

但我们对唐初开始兴起，而到白居易发展到顶峰的“讽谕诗”，却又应给予较高的评价。这个问题，可以从两个方面来加以论证。

首先，从历史背景看，“讽谕诗”的兴起，是针对两晋和南北朝的颓靡文风而来的。这个阶段的文学艺术，尽管也不乏优秀作家、作品出现，但从总的方面来看，问题也的确是比较严重的，许多有识之士早已指出这一点。如钟嵘在《诗品序》里说：“永嘉时，贵黄老，稍尚虚谈，于时篇什，理过其辞，淡乎寡味。爰及江表，微波尚传。孙绰、许询、桓（桓温）、庾（庾亮）诸公诗，皆平典似《道德论》。”隋朝李谔也说：“江左齐梁，其弊（指‘竞骋文华’）弥甚，贵贱贤愚，唯务吟咏。遂复遗理存异，寻虚

逐微,竞一韵之奇,争一字之巧。连篇累牍,不出月露之形;积案盈箱,唯是风云之状。”(《隋书·李谔传》)

白居易的“讽谕诗”,也正是为了扭转上述这种消极颓废形式主义的文风才写的。他说:“晋、宋已还,得者盖寡(指保持《诗经》‘六义’的人更少了),以康乐(谢灵运)之奥博,多溺于山水;以渊明之高古,偏放于田园;江(淹)、鲍(照)又狭于此。如梁鸿《五噫》之例者,百无一二焉,于时六义寖微矣!陵夷矣!至于梁、陈间,率不过嘲风雪、弄花草而已……于时六义尽去矣!”白居易的看法与钟嵘、李谔等完全一致。“仆常痛诗道崩坏,忽忽愤发,或食辍哺、夜辍寝,不量才力,欲扶起之。”(《与元九书》)他看到晋宋以后普遍存在的脱离现实、崇尚空谈、追求形式主义的诗风而焦虑气急万分,甚至于吃不下饭、睡不着觉。他不顾个人力量单薄,下决心要扭转这种颓势,为恢复由《诗经》所开创的注意联系实际、注重讽谏、强调文学的社会作用的诗风而积极斗争。可以看出,他对晋宋以后的诗风是深恶痛绝的,他改革这种诗风的态度是十分执着的。所以,他才创作出与晋宋以后诗风截然相反的,强调“为君、为臣、为民、为物、为事而作”的“讽谕诗”。

我们以为,白居易这种态度是合理的、正当的、进步的。大家都知道,自司马氏夺取曹魏的政权以后,由于战乱频仍,司马氏的肆意残杀异己,使统治集团中的一些人(他们也往往是文人)深感得失急骤,生死无常。因而消极避世的老庄思想也应运兴起。反映在文学上,就是玄言诗、游仙诗的大量出现。晋室南迁后,时逢世乱,玄学思想更为盛行,玄言诗也因而发展到顶点。南北朝时,又有一些充满玄言的山水诗和以描写女性的体态、装饰、起居为主要内容的宫体诗问世,它暴露了其作者思想的空虚、精神的卑下和生活的堕落。这都是文学史上的败笔。

从文学艺术的发展过程来看,晋宋以后这种诗风也是背时逆世的。我们在上面引用鲁迅先生的话说过,曹魏时期已进入了“文学的自觉时代”,也就是说,文学艺术已从儒家的经典附庸下解放出来,获得了独立的地位。处在这样的历史阶段中的文学艺术,在一般的情况下,就应该既注意充实的思想内容,又寻求完美的艺术形式,并力争做到两者尽可能完美地结合。这里可以借用颜之推所说的:“文章当以理政为心胸,气调为筋骨,事义为皮肤,华丽为冠冕。”(《颜氏家训·文章》)或如白居易自己所提出的:“诗者:根情,苗言,华声,实义。”(《与元九书》)从思想内容到艺术形式各方面都要同时顾及,这才是诗文中的上乘。如果这时还去追求形式主义,搞为艺术而艺术,“彩丽竞繁,而兴寄都绝”(陈子昂语),它就将丧失自己反映社会现实、表现人民生活、推动历史前进的重大使命,因而也将丧失其存在的价值,把自己引向绝路。

其次,从白居易“讽谕诗”的社会实效看,也是值得我们充分肯定的。白氏现存诗二千八百多首。白氏把自己的诗分为四大类,即所谓“讽谕诗”“闲适诗”“感伤诗”“杂律诗”。在这四大类诗中,“讽谕诗”共有一百七十多首,包括“新乐府”中的五十首和“秦中吟”中的十首。这些诗是白氏诗集中的精华部分,也是我国文学史上的瑰宝。这些诗充分暴露了统治阶级的横征暴敛和他们骄奢淫逸、腐朽堕落的生活,反映了农村的凋敝和劳动人民的苦难,揭露了武将们的穷兵黩武和畏敌不前,同时表现了对处在生活最低层的广大妇女的悲惨命运的同情等等,总之,中唐社会生活中存在的主要问题,在讽谕诗中都得到了艺术的反映。“讽谕诗”不愧是中唐社会生活的一面镜子。

正因为“讽谕诗”忠实深刻地揭露了现实生活的种种弊端,对广大苦难人民表示深切的同情,因而在社会上引起强烈反应。正如白氏自己所说的:“凡闻仆《贺雨》诗,而众口籍籍,已谓非宜矣;闻仆《哭孔戡》诗,众面脉脉,尽不悦矣;闻《秦中吟》,则权豪贵近者相目而变色矣;闻《乐游园》寄足下(指元稹)诗,则执政柄者扼腕矣;闻《宿紫阁村》诗,则握军要者切齿矣!”(《与元九书》)统治阶级中的达官贵人,把他的诗视为眼中钉、肉中刺,既恨它,又怕它。或攻击他,“号为沽名,号为诋讦,号为讪谤”。

但广大群众和正直文人却拍手称快,无限地热爱他的诗。正如白氏自己所说的:“又足下书云:到通州日,见江馆柱间有题仆诗者,复何人哉?又昨过汉南日,适遇主人集众乐娱他宾,诸妓见仆来,指而相顾曰:‘此是《秦中吟》《长恨歌》主耳。’自长安抵江西,三四千里,凡乡校、佛寺、逆旅、行舟之中,往往有题仆诗者。”(《与元九书》)白居易曾说过,世俗不喜欢他的“讽谕诗”,其实不然,上面引文所说的《秦中吟》,不是与《长恨歌》一样,为人们所喜爱,而在人民群众中广泛流传吗?白氏的“讽谕诗”传达了人民的心声,人民喜爱它是很自然的。

在这里,还应指出的是,白氏讽谕诗当是继承秦汉以前的讽谏文学而发展起来的。讽谕与讽谏,从字面上看,其含义基本相同:讽谕者,讽谏也;讽谕诗者,寓意讽谏之诗也。但实际上,白氏的讽谕与秦汉以前的讽谏,不管是在思想内容上,还是在艺术表现形式上,都有很大的区别,也就是有很大的发展、前进、提高。白氏的讽谕诗,已敢于直接表现现实生活中的一些极其敏感的、至关重要的问题,如赤裸裸地讽刺、抨击封建统治集团的丑恶现象,毫不掩盖地为广大劳动人民的穷困灾难而大声呼号。在这里,“温柔敦厚”(《礼记·经解》)的诗教已不复存在了;委婉曲折的讽谏已为声色俱厉的痛责所代替。如《杜陵叟》:“剥我身上帛,夺我口中粟,虐人害物即豺狼,何必钩爪锯牙食人肉。”简直是指着统治者的鼻子而加以怒斥詈骂。又如《太行路》所揭露的:“行路难,难于山,险于水。不独人间夫与妻,近代君臣亦如此。……朝承恩,暮赐死!行路难,不在水,不在山,只在人情反覆间。”这不是把帝王反复无常、残忍好杀的可憎面目赤裸裸地暴露出来了吗?这哪里有半点“为君者讳”的影子?

总之,白居易的“讽谕诗”,是我国文学史上讽谏、讽谕文学的高峰,我们应该给予充分的肯定。尽管白氏高唱什么“为君”,同时也把自己革除弊政的希望寄托在昏君的身上,但这也并不削弱这些诗的强烈的现实意义。这是我国文学史上的一份宝贵的遗产,永远值得我们珍视!

本文就先谈到这里,唐以后的诗赋讽谏问题俟异日再续。

古典文学艺术美发展的艰难历程*

——从汉赋、六朝诗文、宋词谈起

我们的祖国是一个文明的古国，在漫长的历史长河中，先民们为我们创造了一份光辉灿烂的文学艺术遗产，这是非常值得我们珍重的。但在过去，由于种种原因，我们很难对这份遗产作出比较公正科学的评价，如其中一些比较富有文采的作品一再受到非议即是例子。现在，我们有条件比较客观地来评论这些问题。本文拟就此谈谈自己不成熟的意见。

一

首先应提到的是汉赋。在中国文学史上，大概没有另一种文体像汉赋那样受到如此长期、激烈的批评，几乎可以这样说，从它正式成型的第一天起，以迄于近年，批评之声不绝于耳，否定的意见随处可见。

汉赋受批评的主要点就在于它的文辞过于华丽。汉赋文辞的确非常华丽，这是谁也无法否认也不想否认的。司马迁说

---

* 本文原载于《山东大学学报》（哲学社会科学版）1992年第2期。

司马相如《子虚赋》《大人赋》“靡丽多夸”(《史记·太史公自序》)。扬雄自称“少不得学,而心好沉博绝丽之文”(《全汉文》卷五十三扬雄《答刘歆书》)。《汉书·扬雄传》也说:“先是时,蜀有司马相如,作赋甚弘丽温雅,雄心壮之,每作赋,常拟之以为式。”扬雄大概读了相如赋之后,才喜欢“沉博绝丽之文”,也才以相如赋作为自己写作的学习模仿对象。可见,相如、扬雄的赋都是写得很华丽的。扬雄以后以及整个东汉的赋又是怎样呢?从后人大量的批评中可以看出,也大都写得很华丽,这一点从我们后面的论述中也可以约略看出。

那么人们批评汉赋过分的华丽,或所谓“靡丽多夸”表现在哪些方面呢?《西京杂记》卷二记载司马相如作赋的经验可以约略回答这个问题。相如说:“合纂组以成文,列锦绣而为质,一经一纬,一宫一商,此赋之迹也。赋家之心,苞括宇宙,总览人物,斯乃得之于内,不可得而传。”《西京杂记》为东晋人葛洪所编的西京旧事,葛氏去西汉三百余年,所记不一定可靠,但文中记载的这段话,却颇合相如的创作实际,同时也大体道出了大部分汉赋的特点:(1)“纂组”,五色丝带;“锦绣”,有文采的丝织刺绣品。相如用以比喻要用美丽的文字编织赋篇。“一经一纬”,专喻词句、段落和篇章的构筑,如讲究骈言俪句、起伏呼应、详略张弛等等;“一宫一商”,则是讲究平仄韵律,以使人们读来朗朗上口,优美动听。所有这些,都有效地构成了赋篇的文采粲然可观。(2)赋篇的华美艳丽,还表现在它所描绘的人物事件上。典型汉大赋所摄取的事物,大都与大汉帝国和帝王生活有关,如写大汉帝国辽阔的疆域、壮丽的河山、丰富的物产、高度发达的科学技术、先进文化艺术,以及帝王的乘舆服饰、饮食宴飨、楼台亭阁、苑囿湖泽、巡行出游、游猎弋射,还有帝王身边的百僚嘉宾、歌妓美女。它(他、她)们本身就是很美的,把它(他、她)们搬入赋内,自然就显现出赋篇的华贵秀美、五彩缤纷的画面了。(3)相如所谓的“苞括宇宙,总览人物”等等,实即运用神思,运用夸张的浪漫主义笔法进行创作。这也是汉赋所普遍采用的手法。此法又使赋的靡丽陡增几分。如司马相如写《大人赋》,本意是要批评神仙,但他把神仙的升天、入地,无所不往的壮游生活描绘了一大篇,致使汉武帝看了更飘飘然欲仙。这也就是前面所引用的“靡丽多夸”之效也。

汉赋的华美秀丽,并非文人们的随心编造,而是有合理的历史因由的。(1)它是时代的产物。在战火纷飞的战国和短命的秦朝,是断断产生不了以华丽为主要特征的汉赋,只有安定、统一、强大、文明、昌盛、先进的大汉帝国,才为它提供了写作的物质基础。这一点我们从汉赋所描写的对象即可见出,这里从略。(2)它是由汉赋文体的主要特点所决定的。刘勰在《文心雕龙·诠赋》里说:“赋者,铺也。铺采摛文,体物写志也。”刘勰准确地抓住了赋的特点,赋就是铺陈的意思,就是要通过铺陈文采来描绘事物,抒写情志。再则,班固在《两都赋序》中又说:“赋者……或以抒下情而通讽谕,或以宣上德而尽忠孝,雍容揄扬,著于后嗣,抑亦《雅》《颂》之亚也。”如果说上面刘勰的论述是侧重于艺术形式,那么这里班氏的着眼点却在内容方面。班氏把汉赋所表现的内容分两方面,即讽谕与歌颂。而汉赋作家在创作实践中所表现出来的倾向,歌颂又大大超过讽谕,很多赋篇几乎通篇都是颂词,讽谕只成了一个小小的尾巴。所以也才授人以“劝百风一”的话柄。而歌颂的倾向性又必然要求文辞的壮丽美妙。试想,像赵壹那样的《刺世疾邪赋》,能出现华丽的词句吗?(3)它是文学艺术内在规律发展的必然结果。中国古代文学艺术的发展是由简单到复杂,由短制到长篇,由质朴到繁富,这是无可怀疑的。诗歌韵文方面的发展过程尤其是这样。《诗经》为我国诗歌史上的第一个诗集,从整体上看,它的文辞是较为要约与简朴的。《楚辞》有了极大的发展,它"虽取熔经意,亦自铸伟辞","故能气往轹古,辞来切今,惊采绝艳,难与并能"。(刘勰《文心雕龙·辨骚》)它的辞采大大地超过《诗经》。汉赋是在先秦诗、文的基础上创造出来的新文体。它受《楚辞》的影响尤深,刘勰所谓:"受命于诗人,拓宇于《楚辞》。"(刘勰《文心雕龙·诠赋》)所以它写得比《楚辞》还要华丽。晋葛洪在《抱朴子·钧世》中正确地指出:"《毛诗》者,华彩之辞也,然不及《上林》《羽猎》《二京》《三都》之汪涉博富也。""古者事事醇素,今则莫不雕饰,时移世改,理自然也。"文学艺术逐步讲究艺术性,讲究华美,这是时代发展的结果,同时也是它自身进步、提高的表现,"文学的自觉时代"到来的标志。唐令狐德棻在《周书·王褒庾信传论》里,也正是从"时运推移,质文屡迁"的时代发展变化的观点出发,对从屈原起至曹魏时期的辞赋的华丽文采,给予极高的评价。这种发展的眼光是极可贵的。

在这里,有一个很有趣的现象也正可以说明这个问题。扬雄虽曾猛烈地抨击"辞人之赋丽以淫",但在他之后的赋家的文风,却大都依然故我,不改旧辙。尤令人惊异的是,班固在《汉书·艺文志》里,张衡在《东京赋》里,都曾分别批评相如、扬雄的"丽以淫",但他们自己竟也跳不出"丽以淫"的陷阱,左思在《三都赋序》里,曾把他们两人与相如、扬雄放在一起加以批评。这种现象的出现,当是赋这种文体以及文学艺术内在的发展规律在起作用吧!葛洪所说的"时移世改,理自然也",令狐德棻所说的“时运推移,质文屡迁”,信然！这不是人力所能阻挡的,由此也可约略看出汉赋文辞华丽的合理性的一面。

但汉赋的华丽的辞采却一再受到人们的非议,甚至因此而把汉赋都否定掉,扬雄提出“诗人之赋丽以则,辞人之赋丽以淫”。扬雄以为,“诗人”(指遵照《诗经》的笔法写赋的人)的赋虽写得华丽,但符合法度;而“辞人”等的赋却过于华丽,以致陷入“淫”的境地。淫者,夸诞失实、华丽靡曼之谓也。这里,扬雄好像还肯定“诗人”写的赋,肯定“丽”,肯定有文采,很多人也正是这样理解。但实际上错了,在这里我们只要稍加细心去观察一下扬雄的言论,就会发现,在他的心目中,在两汉,是没有“诗人”之赋的。且看他说这句话的上下文:“或问:景差、唐勒、宋玉、枚乘之赋也益乎？曰:必也淫。淫则奈何？曰:诗人之赋丽以则,辞人之赋丽以淫。如孔氏之用赋也,则贾谊升堂,相如入室矣。如其不用何?”这里,扬雄很显然把景差、唐勒、枚乘,都归入“淫”的行列。贾谊、相如的赋当然也陷入“淫”的泥潭之中,否则,孔门何以不用他们的赋？之所以不用,非他,只因他们的赋写得太“淫”了,无可用也。这也即他在《法言·君子》里所说的:“文丽用寡,长卿也。”“用寡”即是由“文丽”所致呢！我们这样理解扬雄的话是可靠的。《汉书·艺文志》也正是这样看:“大儒孙卿及楚臣屈原,离谗忧国,皆作赋以风,咸有恻隐古诗之义。其后宋玉、唐勒,汉兴,枚乘、司马相如,下及扬子云,竞为侈丽闳衍之词,没其风谕之义,是以扬子悔之。”不仅把相如前后的赋家,甚至连扬雄自己也包括在“辞人之赋”之内。《艺文志》的这个评价是准确的,因为扬雄分“诗人之赋”和“辞人之赋”,是在他生活的后期,那时他那些“丽以淫”的赋已写出来了。从此之后,扬雄也就“悔之”而表示“辍不复为”,决心不再写赋了。

扬雄以后以及整个东汉的赋家,同样也是人们批评的对象,如晋挚虞《文章流别论》即说:“今之赋……假象过大,则与类相远;逸辞过壮,则与事相违;辩言过理,则在义相失;丽靡过美,则在情相悖。此四过者,所以背大体而害政教,是以司马迁割相如之浮说,扬雄疾‘辞人之赋丽以淫’。”挚虞所说的“今之赋”云云,当然包括东汉在内的东、西汉赋家们。唐柳冕在《与徐给事论文书》里说:“自屈宋以降,为文者本于哀艳,务于恢诞,亡于比兴,失古义矣。虽扬马形似,曹刘骨气,潘陆藻丽,文多用寡,则是一技,君子不为也。……盖文有余而质不足则流,才有余而雅不足则荡,流荡不返,使人有淫丽之心,此文之病也。”(《唐文粹》卷八十四)类似这种批评历代都有,兹不赘。

综上可见,汉赋的确是十分华丽的。汉赋的华丽尽管是合理的,是历史发展的必然结果,是文学艺术进步的标志,但却一再受到人们的批评和非议。

二

其次应该提到的是六朝,尤其是齐、梁的诗文。这也是人们经常指摘的一个时期的文学。几乎同汉赋一样,同时代人就批评了它们,如刘勰、裴子野、钟嵘、刘孝标、颜之推等等,都发表过很多批评的言论。裴子野见“宋明帝博好文章……每有祯祥,及幸谳集,辄陈诗展义,且以命朝臣。其戎士武夫,则托请不暇,困于课限,或买以应诏焉。于是天下向风,人自藻饰,雕虫之艺,盛于时矣”,而特作《雕虫论》。“雕虫”乃扬雄贬抑、扬弃汉赋的话,是专对“丽以淫”的“辞人之赋”讲的。看出裴氏把刘宋以后的诗文视同“雕虫”。所以论文说:“自是闾阎年少,贵游总角(贵家子弟),罔不摈落六艺,吟咏情性(指所谓无病呻吟),学者以博依为急务,谓章句为专鲁(指以追求繁缛之文为当务之急,而把儒学看成愚鲁的事),淫文破典(违反儒家经典),斐尔为功(指以创作辞采华艳的文章为能事),无被于管弦,非止乎礼义。深心主卉木,远致极风云。其兴浮,其志弱,巧而不要,隐而不深,讨其宗途,亦有宋之风也。……荀卿有言:‘乱代之征,文章匿而采。’(即乱世文章邪僻而多采饰)斯岂近之乎?”(《全梁文》卷五十三裴子野《雕虫论》)

隋代李谔的批判又升了一级,连曹魏两晋也批评了。他上书隋文帝,提出革除轻浮华丽的文风:“降及后代,风教渐落。魏之三祖,更尚文词。忽君人之大道,好雕虫之小艺。下之从上,有同影响。竞骋文华,遂成风俗。江左齐梁,其弊弥甚,贵贱贤愚,唯务吟咏。遂复遗理存异,寻虚逐微,竞一韵之奇,争一字之巧。……世俗以此相高,朝廷据兹擢士。禄利之路既开,爱尚之情愈笃。于是闾里童昏,贵游总丱,未窥六甲,先制五言。至如羲皇、舜、禹之典,伊、傅、周、孔之说,不复关心,何尝入耳?以傲诞为清虚,以缘情为勋绩,指儒素为古拙,用词赋为君子。故文笔日繁,其政日乱。良由弃大圣之轨模,构无用以为用也。损本逐末,流遍华壤,递相师祖,久而愈扇。”(《隋书·李谔传》)类似这种批判在隋唐以及宋以后各代都有。但批评的重点是梁陈的宫体诗。魏征在《隋书·文学传序》里对梁大同(535—546)以前的文学都予以极高的评价,而对其后的文学却持严厉的批评态度,他说:“梁自大同之后,雅道沦缺,渐乖典则,争驰新巧。简文、湘东(指梁文帝)启其淫放;徐陵、庾信，分路扬镳。其意浅而繁，其文匿（读‘慝’，邪僻的意思）而彩，词尚轻险，情多哀思，格以延陵之听（指吴公子季札听乐），盖亦亡国之音乎！周氏吞并梁、荆，此风扇于关右，狂简斐然成俗，流宕忘反，无所取裁。”（《隋书·文学传》）

从上面人们的批评中不难看出，这些批评既包括艺术形式，也涉及思想内容。在人们眼里，在南朝，由于最高统治者的提倡、诱导甚至威逼，大家都拼命地写诗，不仅达官贵人写诗，武夫将士也写诗（或雇人代笔），甚至连城乡“才能胜衣，甫就小学”的青少年也牙牙学语，吟咏不止。这种情形，极似班固在《两都赋序》里所描写的西汉王朝上下争相作赋的情景。在批评者看来，南朝诗的主要问题也如扬雄批评汉赋一样，是“丽以淫”，诗写得过于华丽，文胜其质，即上文所谓“淫文破典，斐尔为功”，或所谓“竞一韵之奇，争一字之巧”。当然，在他们眼里，不仅诗如此，赋也同样淫放无度，令狐德棻在《周书·王褒庾信传论》中特补了一笔：“然则子山之文，发源于宋末，盛行于梁季，其体以淫放为本，其词以轻险之宗，故能夸目侈于红紫，荡心逾于郑卫。昔扬子云有言：‘诗人之赋丽以则，辞人之赋丽以淫。’若以庾氏方之，斯又辞赋之罪人也。”

由宋沈约完成的声病说，是人们所批评的又一内容。钟嵘在《诗品序》里说：“昔曹（植）、刘（桢）殆文章之圣，陆（机）、谢（灵运）为体贰之才，锐精研思，千百年中，而不闻宫商之辨，四声之论……古曰诗颂，皆被之金竹，故非调五音无以谐会……今既不被管弦，亦何取于声律耶？……王元长创其（指声律）首，谢朓、沈约扬其波……于是士流景慕，务为精密，襞积细微，专相陵架，故使文多拘忌，伤其真美。余谓文制，本须讽读，不可蹇碍，但令清浊通流，口吻调利，斯为足矣。至平上去入，则余病未能;蜂腰鹤膝,闾里已具。”钟嵘以为古诗要配乐,所以如不协调宫、商、角、徵、羽五音,就无法与乐曲配合。但现在的诗不入乐,便不用讲究声律了。所以他反对“声病说”,反对当时形成的“永明体”诗风。他崇尚自然,以为写诗只要读起来不疙疙瘩瘩,清浊声通畅流利,顺口,也就够了。

唐元结、白居易、裴度、李德裕,也都有类似的批评。李德裕在《文章论》中说:“沈休文(即沈约)独以音韵为切,轻重为难,语虽甚工,旨则未远矣……文旨高妙,岂以音韵为病哉!……古人辞高者,盖以言妙而工适情,不取于音韵。意尽而止,成篇不拘于只耦。故篇无足曲,词寡累句。譬诸音乐,古辞如金石琴瑟,尚于至音;今文如丝竹鞞鼓,迫于促节。则知声律之为弊也,甚矣!”(《四部丛刊》影明本《李卫公文集·外集》卷二)李德裕认为音韵声律是可有可无的,是无胜于有的,所以他对音律基本上持反对的态度。但殷璠则稍不同。他认为多少讲一点韵律是必要的,但不要太严格。他在《河岳英灵集·集论》中说:“齐、梁、陈、隋,下品实繁,专事拘忌,弥损厥道。夫能文者,匪谓四声尽要流美,八病咸须避之,纵不拈缀,未为深缺。……故词有刚柔,调有高下,但令词与调合,首末相称,中间不败,便是知音。”

总而言之,所有批评者都承认音韵声律是客观存在的,因为人们说话,就含有音韵声律,正如刘勰在《文心雕龙·声律》里所说的:“夫音律所始,本于人声也。声含宫商,肇自血气。”但几乎所有批评者都反对过分讲究声律,即反对讲究四声八病。

对六朝诗文内容方面的批评,主要集中在反对风花雪月和田园山水的描写上。这个问题,隋李谔在上文帝书中就强烈地指出:齐、梁文采是“连篇累牍,不出月露之形;积案盈箱,唯是风云之状”(《隋书·李谔传》)。但对这个问题表达得最清楚的还是白居易。他说:“晋、宋以还,得者(指‘六义’)盖寡,以康乐(谢灵运)之奥博,多溺于山水;以渊明之高古,偏放于田园。江(淹)、鲍(照)之流,又狭于此。……于是‘六义’寝微矣!陵夷矣!……至于梁、陈间,率不过嘲风雪、弄花草而已……于时‘六义’尽去矣。”(《白氏长庆集·与元九书》)在这里不难看出,六朝的山水诗、田园诗,或以风雪、花草为主要描写对象的诗,都是他们批评的对象,他们反对把这些内容作为描写的主要对象。他们要求诗歌要有充实的思想内容,要关心社会,要干预生活。唐陈子昂说:“汉魏风骨,晋宋莫传……仆尝暇时观齐梁间诗,彩丽竞繁,而兴寄都绝,每以永叹!”(《陈伯玉文集·与东方左史虬修竹篇序》)陈子昂批评晋宋诗丢掉了汉魏“风骨”,齐梁诗丧失了“兴寄”,就是因为晋宋以后的诗沉溺于山水田园、风花雪月。当然,白居易也说:“风雪花草,《三百篇》中岂舍之乎?顾所用何如耳。设如‘北风其凉’,假风以刺威虐也。‘雨雪霏霏’,因雪以愍征役也。”(《白氏长庆集·与元九书》)诗中出现风雪花草,只能起比兴作用,不能当为被描写的主体,这就是他们的结论。

我们承认,以上批评不能说没有一定道理。如六朝文学,尤其是其中的梁陈宫体诗,的确存在着思想性较差,关心国家大事、关心人民疾苦不够,有些诗文还出现一些不健康的笔墨,这是值得注意的。但我们更应当看到,这个时期的文学,是处在一个特殊时代的文学。鲁迅先生在《魏晋风度及文章与药及酒之关系》一文中指出:“曹丕的一个时代,可说是‘文学的自觉时代’,或如近代所说是为艺术而艺术(Art for Art’s sake)的一派。”鲁迅先生把曹魏时代定为“文学的自觉时代”的观点，已为国内学术界所接受。我以为，汉代有一些优秀的赋家，已能够较充分地掌握了文学艺术的特点，比较自觉地进行创作活动，所以我把它视为文学自觉时代的伊始，或者说文学自觉时代的酝酿准备阶段。但作为一个成熟时期来说，真正的文学自觉时代应当在曹魏以后。

那么“文学的自觉时代”的特点是什么？就是文学的觉醒，它要从儒经的附庸下摆脱出来，成为一个独立自主的部门。换一句话说，它要与当时存在的历史性散文、哲学性散文、政论性散文区别开来，充分显示自己的特点。而这个特点主要表现在艺术形式上，诸如虚构、夸张等浪漫主义表现手法和铿锵悦耳、华美秀丽的文学语言。这也就是曹丕在《典论·论文》里所提出的“诗赋欲丽”和西晋陆机在《文赋》所提出的“诗缘情而绮靡”。“欲丽”就是要写得很华丽。“绮靡”的“绮”指美丽的文采，“靡”指美妙的声音。这里，再没有扬雄所设置的“丽以则”和“丽以淫”之分。因为美妙的文辞是不应当有限制的，美应当是越美越好。鲁迅先生也正是根据这个特点，而一再称赞曹丕的诗赋写得很华丽。

鲁迅先生还根据“文学的自觉时代”的新特点，而肯定曹丕的另一个论点：“他（指曹丕）说诗赋不必寓教训，反对当时那些寓训勉于诗赋的见解。”这里的“教训”“训勉”很明显是指诸如对君王的讽谏、对周围人的劝诫等等。这当然都是指思想内容方面说的。鲁迅同意曹丕的意见，在这个特定的历史时期，为了突出文学的地位，为了把文学与其他意识形态学科区别开来，文学可以突出自己的艺术特点，而不必强调思想内容，所以鲁迅也才说，“文学的自觉时代”，是“或如近代所说是为艺术而艺术的一派”。“为艺术而艺术”就是说对思想内容不作特别强调，而着意于追求艺术形式美。当然，从曹魏到六朝末，还有三百余年历史，我们不能把这段历史都归入“文学的自觉时代”的开始阶段，但把它视为漫长的中国文学史上“文学的自觉时代”的早期阶段总还是说得通的。中国古代文学的主要形式——五、七言诗体，不也正是从这个时候才逐渐形成发展起来的吗？再则，文学一旦摆脱儒经而自立，一旦与其他意识形态区别开来，它特别刻意于自身特征的发展，也是无可指责的。所以，曹丕和陆机的观点，以及鲁迅对曹丕观点的赞赏，也应大体上适用对这个时期文学的品评。正因此，我们对这个时期诗赋所表现出来的重形式，轻内容，似应给予适当的评价，不能不加分析地一概否定。

至于讲究声病的新体诗（即永明体），它往往被指责为过于烦琐细碎，而且大大加重了齐梁诗的形式主义倾向。其实，新体诗的出现绝不是偶然的，它是中国漫长的诗歌创作实践经验的结晶，是诗歌体裁日趋成熟的标志。新体诗的贡献是不应忽视的，它为中国最完美的诗体——唐律诗、绝句的创立打下了坚实的基础，同时也为诗歌的黄金时代——唐诗的繁荣准备了必要的条件。

对被斥为“内容腐巧透顶，思想堕落，感情淫荡”的宫体诗，其实也并非如此。这里且引被陆侃如、冯沅君两教授视为宫体诗的名句来看看：

燕裙傍日开，赵带随风靡。（沈约《洛阳道》）
密态随流脸，娇歌逐软声。（萧纲《美女篇》）
罗衣恣风引，轻带任情摇。（萧纲《大垂手》）

花钗玉宛转，珠绳金络丸。（吴均《古意》）

舞席秋来卷，歌筵无数尘。（徐陵《走笔戏书应令》）

（陆侃如、冯沅君：《中国诗史》，人民文学出版社 1956 年版）

这里，我们实在看不出有什么“腐朽”“堕落”“淫荡”的痕迹。陆、冯批评这些诗句“冶艳而不深刻，轻佻而不庄重，富丽而不自然”（陆侃如、冯沅君《中国诗史》），我以为这个批评已经是很重了。如果实事求是地说，批评它们不够深刻、不够自然也就够了，其他批评都是谈不上的。

再看看被视为宫体诗的代表作家萧纲（即简文帝）的诗。有人指责他的诗是：“以华美雕琢的形式掩盖淫靡、放荡的内容，实在是诗歌的堕落，《隋书·文学传序》斥为‘亡国之音’，不是没有道理的。这种诗风延续到陈、隋，以至初唐，影响是恶劣的。”这种指责，同样也不是实事求是的。我们且看看他那首被痛斥的代表作——《美人晨妆》：

北窗向朝镜，锦帐复斜萦。娇羞不肯出，犹言妆未成。

散黛随眉广，燕脂逐脸生。试将持出众，定得可怜名。

这里，我们实在很难嗅出这首诗的淫靡放荡的气味。我们倒好像看到一位稍加打扮即光彩照人的美女，她是那样羞羞答答不肯出来见人。诗写得清新秀丽，甚是可爱。

林庚教授曾说，“齐梁时代是一个新诗体诗大量发展的时期，这期间主要的成就是歌颂大自然的诗篇，它的特点是在日常生活中展开丰富的想象”，又说，齐梁诗“与日常生活打成一片”。（林庚《中国文学简史》，古典文学出版社1957年版）我以为这个评论还是比较中肯的。齐梁诗或歌唱大自然，或描写人们的日常生活，它的特点是想象丰富，感情细腻。这类诗与先秦提出并发展起来的言志诗颇不相同，当属陆机提出的缘情诗一类。言志诗多涉及军国大事，社会问题；缘情诗则更侧重于描写个人身边的生活，抒发个人的感情，近似后来的宋词。这两种诗所表现的侧重点是不尽相同的。但从诗歌发展的历史长河来看，缘情诗也是不可或缺的，人们需要这样的诗，欢迎这样的诗。它在我国丰富多彩的诗歌园地上，应当占有重要的一席，这就是我们的看法。

三

词——这里主要指宋词——也是受到人们激烈批评的又一种文体。词受批评的原因，与汉赋、六朝诗文一样，也是与“美”联系在一起。词的确非常美、非常动人，如我国第一部文人词集——《花间集》，完成于10世纪，后蜀赵崇祚编辑，收温庭筠等十八位作家的词作。书名本身就清楚地体现了书中词篇的特点，正如著名词学家、加拿大籍华裔学者叶嘉莹在《唐宋词十七讲》第一讲所说的：“我们老说《花间集》《花间集》，司空见惯，把它变成了一个非常生硬、非常死板的名词了。但是，你换一个新鲜的角度来看它，你会觉得《花间集》是个很美的名称。而且从这个《花间集》的名称里，就可以想象到，那里边的歌词一定是非常美丽的歌词，是当时的诗人文士写了歌词，在歌筵酒席之间交给美丽的歌女去演唱的歌词。”后蜀欧

阳炯写的《花间集叙》,也正是把《花间集》的词作描绘得如花团锦簇般的美丽:

> 镂玉雕琼,拟化工而迥巧;裁花剪叶,夺春艳以争鲜。是以唱云谣则金母词清,挹霞醴则穆王心醉。名高《白雪》,声声而自合鸾歌;响遏行云,字字而偏谐凤律……则有绮筵公子,绣幌佳人,递叶叶之花笺,文抽丽锦,举纤纤之玉指,拍按香檀。不无清绝之词,用助娇娆之态。自南朝之宫体,扇北里之倡风……

这就是说,《花间集》的辞采是华美的,它的演唱者全是一些绝代佳人,演出的效果自然是撼人肺腑、动人魂魄的。欧阳炯还直截了当地指出,《花间集》的写作,上承梁陈宫体诗的诗风,下开唐五代以后娼妓唱词的风气("北里"指妓女集中之处,唐孙棨有《北里志》一书)。他对《花间集》是持肯定和赞赏的态度的。这里,欧阳氏最明白无误地承认词为艳科。清人沈雄在《古今词话》上卷更说:"杨用修(指明杨慎)云,填词必溯六朝者,亦昔人探河穷源之意。长短句,如梁武帝《江南弄》云……梁僧法云《三洲歌》一解云……梁臣徐勉《迎客曲》云……此六朝风华靡丽之语,后来词家之所本也。"也即是说,不仅唐五代,还有宋以后词,都受到六朝诗风的影响,都写得非常华靡秀丽。

当然,比起《花间集》来,宋词的内容要更广泛、更充实些,宋词的风格要刚健清新一些。但由《花间集》奠定下来的婉约派词风却难于更易了。在此期间,有一些作家对婉约派词风表示不满,强调写时事,强调词的讽谏教化作用,强调以诗入词,创作一些与朝政时事紧密联系在一起的豪放派词作，但那也不过是宋词这个大洪流中的一个小支派，无法改变整个宋词的基调。女词人李清照高喊“词别是一家”，强调词与诗的不同气派，从理论上宣告了词的独立。这是数百年间词的创作历史经验的总结，是大体符合词的创作艺术实际的。词的确是一种“美”的文学。

词的美，表现是多方面的，概而言之，当包括以感伤悲凉为美，以含蓄委婉为美，以细腻精致为美，以阴柔婉娈为美，以华靡艳丽为美，以文采斐然为美。它极善于表现人生的另一种生活面貌，正如清王国维在《人间词话》里所说的：“词之为体，要眇宜修，能言诗之所不能言。”清张惠言在《词选序》里也说：“词者……其缘情造端，兴于微言，以相感动，极命风谣里巷男女哀乐，以道贤人君子幽约怨悱不能自言之情。低徊要眇以喻其致。”所以词一产生，即受到人们的热烈欢迎，上自帝王将相，下至文人墨客、市井小民，无不喜欢它。清人郑文焯在《大鹤山人词话·附录》里说：“唐、五代及两宋词人，皆文章尔雅（雅正），硕宿耆英（指年高博学之士），虽理学大儒，亦工为之……自君相以逮学士大夫，畸人才流，迁客怨女，寒畯（寒士）隐沦，靡不歌思泣怀，兴来情往。”清朱彝尊在《曝书亭集》卷四十也说：“词虽小技，昔之通儒钜公往往为之。盖有诗所难言者，委曲倚之于声，其辞愈微，而其旨益远。”

但在人们的心目中，词的地位却极低，很多人仅把作词视为寻欢作乐的工具，或倾诉男女衷情的手段，不能登大雅之堂。如北宋陈世修辑南唐冯延巳《阳春集》后写序说：“公以金陵盛时，内外无事，朋僚亲旧，或当燕集，多运藻思为乐府新词，俾歌者倚弦竹而歌之，所以娱宾而遣兴也。”达官贵人饱食终日，无所事事，于是大家在一起吃喝玩乐，制作新词，并令歌者演唱。词在这里仅充当其娱宾助兴的工具。宋胡寅《题〈酒边词〉》说："词曲者，古乐府之末造也。古乐府者，诗之傍行也。……然文章豪放之士，鲜不寄意于此者，随亦自扫其迹，曰谑浪游戏而已也。"在胡氏心目中，《诗》派生出古乐府，古乐府又派生出词来，一代不如一代。可见词是文学中的末流，无足轻重，所以人们写后随即把它毁弃，以为只是随便玩玩罢了。欧阳修在《采桑子·西湖念语》里说："因翻旧阕之词，写以新声之调，敢陈薄伎，聊佐清欢。"在《玉楼青》一词中也写道："青春才子有新词，红粉佳人重劝酒。"可见他也把词当成"佐欢""劝酒"的"薄伎"。

在这里，如果我们对比一下欧阳修对诗文的品重，就能更清楚地看出词作地位的卑下。他说："国之文章，应干风化"，"风化厚薄，见于文章"。这话有如《毛诗序》对《诗经》的崇高评价，所谓"正得失，动天地，感鬼神，莫近于诗。先王以是经夫妇，成孝敬，厚人伦，美教化，移风俗"。欧氏对诗文词作的褒贬抑扬，是一点也不含糊的。词的地位的确低下。

更有甚者，还有一些人把词看成是妖冶淫荡之作。据《北梦琐言》卷六载：晋相和凝少时喜作曲子词，作品流布于今开封、洛阳一带，但当他做起宰相时，马上"专托人收拾焚毁不暇"，"然相国厚重有德，终为艳词玷之"。和凝烧了词稿，但烧不掉他作词的历史，人们嘲他为"曲子相公"。晏殊是一个著名的词家，后做了宰相，他也因写词而受到抨击。宋人魏泰在《东轩笔记》卷五记载王安石等人对他的讥刺："王荆公初为参知政事，闲日因阅晏元献（晏殊谥号）公小词而笑曰：'为宰相而作小词，可乎？'平甫（王安石弟王安国的字）曰：'彼亦偶然自喜为尔，顾其事业岂止如是耶！'时吕惠卿为馆职，亦在座，遽曰：'为政必先放郑声，况自为之乎！'"孔子说过"郑声淫""放郑声"，而在王、吕等人的心目中，词与郑声几乎是一类货色，做官的人自然不能写词，更何况做宰相这样的大官。陆游在《渭南文集·长短句序》里也记载他晚年对青少年时写词的悔悟，他说："雅正之乐微，乃有郑卫之音……千余年后，乃有倚声制辞，起于唐之季世，则其变愈薄，可胜叹哉！予少时汩于世俗，颇有所为，晚而悔之。……今绝笔已数年，念旧作终不可掩，因书其首，以识吾过。"陆游实际上把词视同郑、卫之声一样，属淫靡之作，所以他后悔。他也如扬雄后期认为赋"丽以淫"，"淫辞之淈法度"而"辍不复为"，扬雄不再写赋，他也不再作词了。为记住这个教训，他特记下这笔旧账。宋王灼在《碧鸡漫志》卷二里，甚至破口大骂著名女词人李清照："作长短句，能曲折尽人意，轻巧尖新，姿态百出，闾巷荒淫之声，肆意落笔，自古搢绅之家能文妇女，未见如此无顾籍也。"

那么词是否真如有人所认为的那么妖冶堕落？我们且举欧阳修的《临江仙·柳外轻雷池上雨》为例，这是一首备受注意的婉约派的代表作。对此词本事，《词苑丛谈》有一段记载："欧阳永叔任河南推官，亲一妓。时钱文僖为西京留守……一日宴于后园，客集而欧与妓俱不至，移时方来。……妓云：'中暑，往凉堂睡觉，失金钗，犹未见。'钱曰：'乞得欧阳推官一词，当为偿汝。'欧即席云……坐皆击节，命妓满斟送欧，而令公库偿钗。"一般认为，词家与妓女在一起寻欢作乐，并为此而作词，此词自然是猥亵不堪。但事实却非如此，且看《临江仙》：

柳外轻雷池上雨，雨声滴碎荷声。小楼西角断虹明。

阑干倚处，只待月华生。　燕子飞来栖画栋，玉钩垂下帘旌。凉波不动簟纹平。水精双枕，傍有堕钗横。

这是一篇写夏景词，从傍晚雨后旋晴，出现断虹一弯写起，写到天边悬挂一钩新月，以至阑干罢倚，人归帘下。结以双枕堕钗。最后这句常令人生畏，但周汝昌先生说："苏东坡《洞仙歌》亦以之写夏夜：'绣帘开，一点明月窥人，人未寝，欹枕钗横鬓乱。'末四字为俗流妄用为亵词，其实坡公止是写热甚不能入寐，毫无他意。欧公此处，神理不殊，先后一揆。若作深求别解，即堕恶趣，而将一篇奇绝之名作践踏矣。"这也正如清彭孙遹在《金粟词话》里所指出的："词以艳丽为本色，要是体制使然。如韩魏公、寇莱公、赵忠简，非不冰心铁骨，功德才望，映照千古，而作小词，有'人远波空翠''柔情不断如春水''梦回鸳帐余香嫩'等语，皆极有情致，尽态穷妍……竖儒辄以为怪事耳。"

总之，词是"美"的文学，是我国艺林中的一朵奇葩秀花。它极适宜揭示人们的内心世界，它记录了人们追求爱情、追求理想、追求祖国美好明天的历程，为人们所喜爱。对它的轻视、鄙视都是不正确的。

四

最后我要谈谈中国古代文学艺术美屡遭非议和发展艰难的原因。

首先应当指出的是，与文学本身的地位有关，与对"五经"

的推崇有关。在西汉,由于文学尚处在附庸的地位,而未获得独立,因而人们自然要用儒经的写作标准去要求它。扬雄说:"惟五经为辩:说天者莫辩乎《易》,说事者莫辩乎《书》,说体者莫辩乎《礼》,说志者莫辩乎《诗》,说理者莫辩乎《春秋》。"(扬雄《法言·寡见》)意即五经写得最好,而传情达志的书则没有超过《诗经》(汉人认为它是代圣人立言的经书,而不是文学作品)。也即说,《诗经》是言志这类文学作品的最高典范。所以,扬雄在批评汉赋时,也才拿出《诗经》作为评判是非好恶的标准,所谓"诗人之赋丽以则"云云。

东汉王充在《论衡·对作》篇中批判说:"是故《论衡》之造,起众书并失实,虚妄之言胜真美也。故虚妄之言不黜,则华文不见息……"这里的"众书",当然也包括文艺作品在内。这里的"虚妄之言""华文"则主要是指文学作品。王充在《谈天》篇中,对神话传说持批评否定的态度。可见,王充是用同一标准去批评文、史、哲等各方面的著作,在他的心目中,文学还没有获得独立的地位。而文学作品自然多写得很美,又多夸张、虚构,因而备受他的批评,这是不可避免的。

魏晋南北朝以后,文学已进入自觉的时代。但文学理论的发展总落后于文学的创作,加上传统的影响,因而当时不少人仍拿儒经或《诗经》的标准去批评、规范辞赋、诗文创作。即使像刘勰这样杰出的文论家,也难有例外。他在《文心雕龙·宗经》中就强调:"文能宗经,体有六义。"也即说,文学创作如果能以经典为学习榜样,就会出现六种特点,或说六种优点。其中有一点就是"文丽而不淫",即不会写得太华丽。接着他又依据经典的标准而批评说:"建言修辞,鲜能宗经,是以楚艳汉侈,流弊不还。"即批评《楚辞》之所以写得太艳丽,汉赋之所以写得太铺张扬厉,就是因为没有宗经。可见到南朝梁代,刘勰还强调写作辞赋仍要以五经的文采为准的。他不但批评了汉赋的文采,连包括《离骚》这样伟大作品在内的《楚辞》,它的文采仍逃脱不了刘勰的批评。刘勰这种以五经为标准的观点,在整个封建时代是很流行的,所以汉赋、六朝诗文、宋词的文采屡受批判,一点儿也不奇怪。

其次,也是最重要的一点,人们之所以批评文学作品的文采,还与他们过分地强调文学作品的教化作用、讽谏作用以及"文以载道"等倾向联系在一起。如孔子即说:"兴于《诗》,立于礼,成于乐。"(《论语·泰伯》)即认为"修身当先学《诗》"。也即等于说,他认为《诗》是为人们修身而作的。孔子又说:"诵《诗》三百,授之以政,不达;使于四方,不能专对;虽多,亦奚以为?"(《论语·子路》)这里孔子批评有些人学《诗》后不能很好完成所交付的政治任务、外交任务,因而以为,《诗》虽学得很多,也没有用处。言外之意是,《诗》是为政治而作的;学《诗》,就是为了完成所担负的使命。由此不难看出,孔子把《诗》的作用,与修身、齐家、治国、平天下紧紧联系在一起。汉朝《毛诗序》作者也正是这样来理解先秦人对待《诗》的态度,《序》说:"正得失,动天地,感鬼神,莫近于《诗》。先王以是经夫妇,成孝敬,厚人伦,美教化,移风俗。"《诗》的写作、作用,完全被局限在政治的范围之内。

先秦儒家强调《诗》的政治教化作用,发展到汉人手里,根据现实的需要,就特别强调辞赋诗文的讽谏作用。如司马迁即着重批评宋玉、唐勒、景差等人的赋"终莫敢直谏"(《史记·屈原贾生列传》),直谏与讽谏当然有所区别,但同属于对帝王的批评劝诫则是无疑的。汉宣帝为汉赋辩护时,也着重指出汉赋尚有“风谕”(《汉书·王褒传》)的作用。《汉书·扬雄传》的作者开宗明义点出扬雄对写作辞赋的态度:“(扬)雄以为赋者,将以风也。”这个说法完全符合扬雄写作辞赋的心愿,因为扬雄在写作辞赋时,怕帝王不理解他的用意,往往加了个序,说明写此赋是为了讽谏。他在《法言·吾子》中也直言不讳地说到这一点,班固在反驳扬雄对司马相如赋的非议,主要理由就是认为相如赋“与《诗》之风谏何异?”(《汉书·司马相如传》)相如赋与《诗》所产生的讽谏作用没有差别。王逸也正是从讽谏这个角度来肯定屈原,以为屈原写《离骚》是“上以讽谏,下以自慰”(王逸《楚辞章句序》)。

“文以载道”之说出现稍晚。刘勰《文心雕龙·原道》有“圣因文以明道”之说。到唐宋,此说大盛。唐柳冕说:“君子之文,必有其道。”(《唐文粹》卷八十四柳冕《答衢州郑使君论文书》)宋司马光说:“君子有文以明道,小人有文以发身。”(《温国文正司马公文集·迂书》)宋著名理学家周敦颐说:“文所以载道也。”(周敦颐《通书·文辞》)明方孝孺又说:“文之为用,明道立政,二端而已。”(《逊志斋集·答王秀才书》)

正由于先儒们特别强调文学的政治作用,因而文学的艺术形式美必然要受到压抑、削弱和损害。如扬雄就把华丽的文采置于讽谏的对立面,以为赋写得太华丽了,就必然丧失讽谏。他竟为改变不了汉赋的华丽而发誓不再写赋。这在《法言·吾子》《汉书·扬雄传》《汉书·艺文志》里都很容易看到,如《汉书·艺文志》说:“汉兴,枚乘、司马相如,下及扬子云,竞为侈丽闳衍之词,没其风谕之义,是以扬子悔之。”就明确把华丽的文采放在讽谕的对立面,而极力反对华丽的文采。

白居易可以说是唐代的扬雄。他最重视诗的讽谕,他把自己精心编织起来的一百五十首《新乐府》称之为“讽谕诗”。这些诗的写作特点是:“篇无定句,句无定字;系于意,不系于文。首句标其目,卒章见其志……其辞质而径,欲见之者易谕也。其言直而切,欲闻之者深诫也。其事核而实,使采之者传信也。……总而言之,为君、为臣、为民、为物、为事而作,不为文而作也。”(《白氏长庆集·与元九书》)这里,他把律诗、绝句的格式全打破了,把文学作品的特殊表现手法全抛弃了,而“卒章显其志”,即最后把作品的主题思想直截了当地点出来,庶几导致文学作品和政治文章界限的模糊。他还拿自己所定的这些标准去评论在他之前的古代作家作品,结果合格的作品也只有寥寥几家中的寥寥几篇,梁、陈间则一篇也没有。如果我们按他的想法行事,那么中国千百年来数以千计先人共同努力而积累起来的丰富的创作经验,便会全部被葬送掉。光辉灿烂的中国古代文化,也将顷刻间化为乌有。问题是很严重的。我过去在《白居易诗文选注》中,在论文中,对白居易这一主张持肯定的态度,现在看来是不妥当的。

总而言之,过分强调文学作品的教化作用、讽谏作用,提倡文以载道,必然要严重影响文艺作品艺术美的发展,这就是历史的结论。

汉武帝在中国文学史上的地位

在中国文学史上,汉武帝是第一个重视文学艺术也懂得文学艺术的皇帝。并且与他的武功一样,在文治方面也取得很大的成功。但由于种种原因,至今还没有人对汉武帝的文治进行全面系统的研究,这是很不应该的。今天,我们应当实事求是地评价他,恢复他在中国文学史上的地位。

汉武帝在文学史上的功绩是多方面的。

一、建立国家图书馆,收集整理图书

《汉书·艺文志》载,秦"燔灭文章,以愚黔首",至汉兴,"改秦之败,大收篇籍,广开献书之路。迄孝武世,书缺简脱,礼坏乐崩,圣上喟然而称曰:'朕甚闵焉。'于是建藏书之策。(如淳曰:刘歆《七略》曰:外则有太常、太史、博士之藏,内则有延阁、广内、秘室之府)置写书(抄写书籍)之官,下及诸子传说,皆充秘府"。班固《两都赋序》也说:"昔成、康没而颂声寝,王泽竭而诗不作。大汉初定,日不暇给。至于武、宣之世,乃崇礼官,考文章,内设金马、石渠之署,外兴乐府、协律之事,以兴废继绝,润色鸿业。"可以看出,秦代搞愚民政策,灭绝文化。

汉初天下初定，诸事鞅掌，还未真正顾及文化建设。当时虽开始收集图书，鼓励人们献书。萧何虽也建造石渠阁，内藏入关时所得秦之图籍，但他们所收的主要是有关全国各地政治、经济、军事的资料，文学艺术、诸子百家还未被注意，也没有设立专管图书的官署。到武帝后，才把文化建设真正提到日程上来，这时才设抄写书籍之官，建藏书之所。经过秦的焚书坑儒，中国文化受到了毁灭性的破坏。抢救濒于灭绝的书籍是刻不容缓的。武帝做了一件大好事。现在《汉书·艺文志》中收录的古籍，肯定有许多是由于汉武帝时的收录才得以保留下来的。

对这段史事，《汉书》《资治通鉴》"武帝纪"都把它系于元朔五年（前124）。两书都说：五年"夏六月，诏曰：盖闻导民以礼，风之以乐，今礼坏乐崩，朕甚闵焉"。这是可信的。

二、建立学校，提倡儒术，重视文士

我们从《汉书·儒林传》中得知，在武帝以前，汉王朝还未顾及兴办文化教育事业。高祖时，"尚有干戈，平定四海，亦未皇（遑）庠序之事"，"孝惠、高后时，公卿皆武力功臣。孝文时颇登用，然孝文本好刑名之言。及至孝景，不任儒。窦太后又好黄老术。故诸博士具官待问，未有进者"。武帝初即位，他虽"好文词"（见《资治通鉴·武帝建元元年》），但由于窦太后"不悦儒术"（同上），他也很难加以提倡。"及窦太后崩，武安君田蚡为丞相，黜黄老、刑名百家之言，延文学儒生以百数。而公孙弘以治《春秋》，为丞相，封侯，天下学士靡然乡（向）风矣。"(《汉书·儒林传》)公孙弘以治《春秋》而被破例擢升为丞相,又以丞相破例封平津侯,这事在文人学士中引起极大的反应,使大家"仰慕不已"。"时(指元朔五年,前124)上方兴功业,弘于是开东阁以延贤人,参与谋议。每朝觐奏事,因言国家便宜,上亦使左右文学之臣与之论难。""夏六月,诏曰:'盖闻导民以礼,风之以乐。今礼坏乐崩,朕甚闵焉。其令礼官劝学兴礼以为天下先。'"于是丞相等奏:"请为博士官置弟子五十人,复其身(即免除其徭役),第其高下,以补郎中、文学、掌故;即有秀才异等,辄以名闻,其不事学若下材,辄罢之。又,吏通一艺以上者,请皆选择以补右职。"(以上见《资治通鉴·武帝元朔五年》)武帝接受了这些建议。武帝还推广蜀郡守文翁在成都修学馆的做法,令"天下郡国皆立学馆"(《汉书·儒林传》)。对入学的学员多方优待,学习成绩好的可以做官。正如《汉书·儒林传赞》所说:"自武帝立五经博士,开弟子员,设科射策,劝以官。"所以在武帝元朔年间,"自此公卿大夫士吏彬彬多文学之士矣!"《史记·儒林列传》也有同样记载。汉武帝独尊儒术,对其他各家曾有所抑制,但从总的方面来说,此举对文化事业包括对文学艺术的发展,是起了极大的作用的。最有力的证明是,三国时蜀郡文学家秦宓曾说:"蜀本无学士,(太守)文翁遣相如东受七经(指《诗经》《尚书》《礼记》《易经》《春秋》《论语》《孝经》),还教吏民,于是蜀学比于齐鲁。"(《三国志·蜀书·秦宓传》)蜀郡是否如《汉书·文翁传》所说的地方"辟陋,有蛮夷风"?相如是否东学于中原、齐鲁?蜀文化是否因而一下提高起来?我们尚持怀疑或否定态度,但有一个事实却是毋庸置疑的,即文翁兴办学校,大兴儒术,对蜀郡文化的提高,起了极大的推动作用。蜀郡在很短时间内,即出现了像扬雄这样全国第一流的大赋家、大学问家。儒家对全国文化的提高,也应当是这样的。它虽有保守限制文学艺术发展的一面,但在西汉,尤其在西汉前期,其积极面还是主要的。

三、建立乐府机构,采集民歌,鼓励文人创作

汉武帝建立乐府机构,班固有三处提到:(1)《汉书·礼乐志》说:"至武帝定郊祀之礼,乃立乐府,采诗夜诵。"(2)《汉书·艺文志》说:"自孝武立乐府而采歌谣。"(3)《两都赋序》说:"至于武、宣之世,乃崇礼官,考文章,内设金马、石渠之署,外兴乐府、协律之事。"颜师古在《汉书·礼乐志》"乃立乐府"下注:"始置之也,乐府之名盖起于此。"今人也多从此说,但未加细议。对《史记·乐书》提到武帝前已有"乐府"名称,《汉书·礼乐志》也提武帝前已有"乐府令"官职,有的同志只简单理解为这里的"乐府"与"乐府令",实指"太乐"和"太乐令"。这样解释是不能令人满意的。我以为,在武帝之前,已有乐府令这一类官员,但他们不负责创作歌舞,他们只负责帝王宴飨祭祀时演奏歌舞。这些歌舞除前代流传下来或稍加修改的旧作外,主要是汉初至武帝以前的几朝帝王及其近臣所创作的,没有一般文人的作品。内容一般都与宴飨祭祀有关,很少涉及一般百姓生活。《汉书·礼乐志》就是这样描述的:"高祖时,叔孙通因秦乐人制宗庙乐(重点号为引者所加,下同)。……又有《房中祠乐》,高祖唐山夫人所作也。周有《房中乐》,至秦名曰《寿人》。……高祖乐楚声,故《房中乐》楚声也。孝惠二年使乐府令夏侯宽备齐箫管,更名曰《安世乐》。高庙奏《武

德》《文治》《五行》之舞；孝文庙奏《昭德》《文始》《四时》《五行》之舞；孝武庙奏《盛德》《文始》《四时》《五行》之舞。《武德舞》者，高祖四年作……《文始》舞者，曰本舜《招舞》也，高祖六年更名曰《文始》，以示不相袭也。《五行舞》者，本周舞也，秦始皇二十六年更名曰《五行》也。《四时舞》者，孝文所作……盖乐已所自作，明有制也；乐先王之乐，明有法也。……高祖六年又作《昭容乐》《礼容乐》。《昭容乐》，犹古之《昭夏》也，主出《武德舞》。《礼容》者主出《文始》《五行舞》。"可以看出，上述乐舞，基本上都是古今帝王自己所作，用以娱乐自己或祭祀先人宗庙，未见有文人作品。乐府令只是充当一个负责组织演奏的角色罢了。

《史记·乐书》又说："高祖过沛，诗'三侯'之章（指《大风歌》，因该歌中有三个'兮'字，'侯''兮'同为语辞，故称'三侯'），令小儿歌之。高祖崩，令沛得以《四时》歌舞宗庙。孝惠、孝文、孝景无所增更，于乐府习常肄旧而已。"《汉书·礼乐志》也有大致相同的记载："初，高祖既定天下，过沛，与故人父老相乐，醉酒欢哀，作'风起'之诗（即《大风歌》），令沛中童儿百二十人习而歌之。至孝惠时，以沛宫为原庙，皆令歌儿习吹以相和，常以百二十人为员。文景之间礼官肄业而已。"从这两段引文可以更清楚地看到，乐府只是"习常肄旧而已"，即演奏旧有的歌舞，他们没有创作任务，也没有收集民间歌曲的责任。尤值得注意的是，《史记》说的"乐府"，到《汉书》中变成"礼官"，可见乐府、乐府令就是礼官，是一个官职名称，不是官署名称，他们的任务就是掌管礼仪之事，也就是管理帝王欢宴祭祀上的礼仪，其所演奏的歌舞也完全是礼仪化了的。

但到汉武帝以后，情况就完全不同了。乐府已不是一个官职名，而是一个官署名；它的性质也完全改变了，它配备了专门人员负责写诗、作乐，采集全国各地诗歌，成为一个地道的文化艺术机关。《汉书·礼乐志》说："至武帝定郊祀之礼，祠太一于甘泉，就乾位也；祭后土于汾阴泽中方丘也。乃立乐府，采诗夜诵，有赵、代、秦、楚之讴。以李延年为协律都尉，多举司马相如等数十人，造为诗赋，略论律吕，以合八音之调，作十九章之歌。以正月上辛用事甘泉圜丘，使童男女七十人俱歌，昏祠至明……《安世房中歌十七章》曰……《郊祀歌》十九章，其诗曰……"《汉书·艺文志》也说："自孝武立乐府而采歌谣，于是有代、赵之讴，秦、楚之风，皆感于哀乐，缘事而发，亦可以观风俗、知薄厚云。"

这里着重讲到乐府官署负责采集民间歌谣和招揽司马相如等数十人写诗作赋，歌舞升平，还专设协律都尉一职，以调协新声。《汉书·礼乐志》还写道："是时，河间献王有雅材，亦以为治道非礼乐不成，因献所集雅乐。"但"天子""常御及郊庙皆作雅声"。"今汉郊庙诗歌，未有祖宗之事，八音调均，又不协于钟律，而内有掖庭材人，外有上林乐府，皆以郑声施于朝廷。"这就是说，武帝时不管是宴飨或祭祀时的音乐，起码也已多不用雅声，而是采用被孔子斥为淫乱的郑卫之声，可见，连诗歌音乐的内容也改变了。

总而言之，正是由于乐府由礼官转而为乐官，由仅负责演奏帝王旧作一变而为自己创作和收集全国各地歌诗，由专演雅乐到专演俗乐新声，由一个官职名称一跃而为官署名称，班氏才正确地指出："至武帝……乃立乐府。"

那么汉武帝又于何时立乐府的呢？《资治通鉴·汉纪十一》系于元狩三年（前120）："是岁，得神马于渥洼水中。上方立乐府，使司马相如等造为诗赋，以宦者李延年为协律都尉……”但《汉书·礼乐志》则系于元狩二年(前121)，《志》说：“至武帝定郊祀之礼，祠太一于甘泉，就乾位也；祭后土于汾阴泽中方丘也。乃立乐府。”把立乐府与祭后土于汾阴连在一起。而汉武帝到汾阴祭后土先后共有六次。头一次在元狩二年，《汉书·郊祀志》说：“今郊得一角兽，曰狩云。(如淳曰：‘改元狩元年。’)其明年，天子郊雍，曰：‘今上帝朕亲郊，而后土无祀，则礼不答也。’……于是天子东幸汾阴。……上遂立后土祠于汾阴脽上。”汉武帝因获兽而改元为元狩，“其明年”，当然是元狩二年。以上两说，似以《汉书》之说为长，理由：一是《汉书》之说使立乐府与定郊祀之礼结合起来，郊祀时需用乐舞，可能因此而诱发成立乐府，顺理成章。二是《通鉴》说“上方立乐府”，可理解为刚立乐府不久，也即前一年——元狩二年立乐府，是追述之辞。三是，这时离司马相如逝世还有三年，相如可能身体较好，还能为乐府做一些事。

又：武帝到汾阴祭后土还有五次，但那都是在司马相如死后。乐府不可能在司马相如死后成立，因为司马相如为乐府写诗是所有史籍都无异词的。

乐府成立后，它所做的最有意义的一项工作是收集民歌。但乐府到底收集了多少民歌呢？我们已不可知了，所幸一百多年后的班固在《汉书·艺文志》曾给我们开列了下面他所能看到的歌诗：

吴楚汝南歌诗十五篇

邯郸河间歌诗四篇

淮南歌诗四篇

京兆尹秦歌诗五篇
黄门倡车忠等歌诗十五篇
杂歌诗九篇
河南周歌诗七篇
周谣歌诗七十五篇
诸神歌诗三篇
周歌诗二篇
燕代讴雁门云中陇西歌诗九篇
齐郑歌诗四篇
左冯翊秦歌诗三篇
河东蒲反歌诗一篇
杂各有主名歌诗十篇
雒阳歌诗四篇
河南周歌声曲折七篇
周谣歌诗声曲折七十五篇
送迎灵颂歌诗三篇
南郡歌诗五篇

以上各地民间歌谣,可以肯定绝大部分是通过乐府的收集才得以保存下来的,并从而对当时或稍后整个文化艺术的创作,起到不可估量的作用。可惜这些诗歌大多已经散失了。

另外,我们从《汉书·礼乐志》里,还能看到被班固完整地保留下来的当时乐府所演奏的《安世房中歌》十七章和《郊祀歌》十九章。其中《安世房中歌》传是高祖唐山夫人所作。《郊祀歌》十九章,其中《天马》、《景星》(一曰《宝鼎歌》)、《芝房》、《朝陇首》(一曰《白麟歌》)、《象载瑜》(一曰《赤雁歌》)

为武帝所作。不过这部分诗歌很难懂，司马迁在《史记·乐书》中就已说过："通一经之士不能独知其辞，皆集会五经家，相与共讲习读之，乃能通知其意，多尔雅之文。"其对中国文学的影响肯定远不及民间诗歌。

四、招揽文士，鼓励写赋

汉武帝是个开放型的人物，与其乃父景帝不同，在政治上、军事上是这样，在文学艺术上也是这样。"景帝不好辞赋"（《史记·司马相如列传》），但汉武帝却酷爱辞赋。"武帝自为太子，闻（枚）乘名，及即位，乘年老，乃以安车蒲轮征乘。道死。"（《汉书·贾邹枚路传》）他征枚乘不为别的，就因为枚乘辞赋写得好："梁客皆善属辞赋，（枚）乘尤高。"（同上）这事是发生在武帝即位的头一年——公元前140年，他罗致赋家，真可说"迫不及待"了！

枚乘死后，武帝"诏问乘子，无能为文者"，后枚乘的"孽子"枚皋上书自陈为乘子。"上得之大喜，召入见待诏，皋因赋殿中。""从行至甘泉、雍、河东，东巡狩，封泰山，塞决河宣房，游观三辅离宫馆，临山泽，弋猎射，驭狗马蹴鞠刻镂，上有所感，辄使赋之。"（同上）看出武帝对辞赋、对它们的作者，确具有特殊的感情。他好像与赋家和辞赋结下了不解之缘。

武帝对赋家和辞赋的特殊感情在司马相如的身上也表现得很明显。"上（指武帝）读《子虚赋》而善之，曰：'朕独不得与此人同时哉！'得意（杨得意，武帝的狗监）曰：'臣邑人司马相如自言为此赋。'上惊，乃召问相如。"（《史记·司马相如列传》)汉代最著名的辞赋家司马相如,就这样被武帝发现了,并在武帝的直接鼓励下,写出了汉赋中最著名的篇章——《天子游猎赋》(也即《文选》所收的《子虚赋》《上林赋》)。这事大约发生在建元六年(前135)左右。在此前后,武帝又搜罗了不少赋家:“上自初即位,招选天下文学才智之士,待以不次之位。四方士多上书言得失,自眩鬻者以千数。上简拔其俊异者宠用之。庄助最先进,后又得吴人朱买臣、赵人吾丘寿王、蜀人司马相如、平原东方朔、吴人枚皋、济南终军等,并在左右。”(《资治通鉴·汉纪九》)

辞赋家们虽得到汉武帝宠幸,但在政治上却往往不被重用。“上(指武帝)令(庄)助等与大臣辩论。中(指武帝宾客庄助等)外(指公卿大臣)相应以义理之文,大臣数诎。其尤亲幸者东方朔、枚皋、严助、吾丘寿王、司马相如。相如常称疾避事,朔、皋不根持论,上颇俳优蓄之;惟助与寿王见任用,而助最先进。”(《汉书·严助传》)有些辞赋家想通过作赋献赋接近武帝,从而得到重用,但多数人不能如愿以偿,虽见幸,却不任大事,而以俳优蓄之。赋家本人对此颇为不满,如司马相如常称疾不朝,枚皋也因“见视如倡”,而“自悔类倡”。后人在批判赋家的同时,对武帝以赋家为“弄臣”也多有非议。这是没有必要的,也是不应该的。试想,如果汉武帝在读到《子虚赋》而大加赞赏之后,即封司马相如做大官,那么可以肯定,司马相如的著名赋篇《天子游猎赋》是绝对写不出来的。“惟(严)助与(吾丘)寿王见任用,而助最先进”,两人被重用了,都做了大官,但很遗憾的是,他俩也正好未给后人留下一篇像样的赋作。这大概不是巧合吧!司马迁说“西伯拘羑里演《周易》”,杜甫说“文章憎命达”,这当是封建社会作家成功的一条普遍规律吧！

正因为武帝宠爱赋家，鼓励他们写赋，而没有让他们去从政，从而使汉赋得到迅速的发展，成为主宰汉代文坛的文学体裁。这一点班固的《两都赋序》有极生动、具体、真实的叙述。钟嵘在《诗品序》中也承认："自王（褒）、扬（雄）、枚（乘）、马（司马相如）之徒，词赋竞爽，而吟咏靡闻。从李都尉（李延年）迄班婕妤，将百年间，有妇人焉，一人而已。诗人之风，顿已缺丧。东京二百载中，惟有班固《咏史》，质木无文。"诗作被搁到一边去了，辞赋占据了两汉的文坛。

汉赋统治着两汉的文坛是好事还是坏事？过去人们往往以为是大坏事，我则以为是好事。由于赋家的辛勤劳动、勇敢探索，文学艺术虚构夸张的表现手法得到广泛应用，文学艺术形式美成为人们追求的目标，文学艺术的自觉时代提前到来，从而为中国文学艺术的发展作出了巨大的贡献。这个问题我在《论汉赋在中国文学史上的地位》等文中有详细论述，这里从略。

五、杰出的辞赋家

毛泽东同志在《沁园春·雪》里说："惜秦皇汉武，略输文采。"这样评论汉武帝是不准确、不公平的：其一，秦始皇不能与汉武帝相提并论，一个是搞愚民政策，焚书坑儒，一个是提倡写诗作赋，振兴文化；其二，与同时代辞赋家相比，汉武帝辞赋的成就仅在司马相如一人之下，而大大超过其他赋家。在两汉的帝王中，武帝的辞赋、武帝的文治更是无与伦比的。所以，武帝不是“略输文采”，而是文采彪炳、冠绝群帝。《汉书·艺文志》说：“上（指武帝）所自造赋二篇。”这两篇当指《李夫人赋》与《秋风辞》，因为在汉代，辞、赋往往是不分的，如《汉书·枚乘传》：“梁客皆善属辞赋。”《汉书·扬雄传》：“赋莫深于《离骚》，（扬雄）反而广之；辞莫丽于相如，作四赋。”辞与赋是合二而一。另外，《瓠子歌》《白麟歌》《天马歌》《宝鼎歌》《恩奉车子侯歌》《芝房歌》《西极天马歌》《朱雁歌》，与骚赋无异，也应归入赋区。在这些辞赋中，《李夫人赋》《秋风辞》《瓠子歌》都写得情真意切，相当动人。据《汉书·外戚传》载，李夫人以其“妙丽善舞”而深得武帝的宠爱，但不幸早卒。武帝“图画其形于甘泉宫”，思念不已。“方士齐人少翁言能致其神，乃夜张灯烛设帷帐，陈酒肉，而令上居他帐，遥望见好女如李夫人之貌……上愈益相思，悲感，为作诗曰：‘是邪非邪，立而望之，偏（翩）何姗姗其来迟。’”见出汉武帝对李夫人是何其情深意切，以致受骗仍不自知。《李夫人赋》淋漓尽致地表现了汉武帝对李夫人的这种感情：“惨郁郁其芜秽兮，隐处幽而怀伤；释舆马于山椒（山陵）兮，奄修夜之不阳。秋气惨以凄泪兮，桂枝落而销亡；神茕茕以遥思兮，精浮游而出畺（境地）。”这是想象李夫人死后，孤处荒山旷野，幽暗凄凉，她的精灵到处飘荡，无可依傍，令人哀伤。“燕淫衍而抚楹兮，连流视而娥扬；既激感而心逐兮，包红颜而弗明。欢接狎以离别兮，宵寤梦之芒芒；忽迁化而不反兮，魄放逸以飞扬。”这是武帝追念昔日与夫人的恩爱，情思绵绵，但现在阴阳相隔，终不得见。最后几句，写得尤为震撼人心：“何灵魂之纷纷兮，哀裴回以踌躇；势路日以远兮，遂荒忽而辞去。超兮西征，屑兮不见。寖淫（逐渐）敞克（即‘惝恍’，迷迷糊糊的样子），寂兮无音；思若流波，怛兮在心。”李夫人灵魂恍惚远去，倏忽不见，在武帝眼前留下的只是一片迷糊，一片死寂，他的思念哀伤有如流水，是永远也斩不断的。

20世纪50年代后期，学术界在讨论白居易的《长恨歌》时，有人曾肯定唐明皇与杨贵妃的爱情。这观点一提出，马上受到批判，因为据说，帝王身上没有爱情这种感情。这种看法不是实事求是的。我们认为，帝王也是人，也有感情，帝王对他们追求的倾城倾国的美女为什么不会产生爱情呢？只是帝王的爱情往往不持久、不专一，往往带有极明显的暂时性罢了。

《秋风辞》向为汉武帝传颂之作，全辞只有如下九句：

> 秋风起兮白云飞，草木黄落兮雁南归。兰有秀兮菊有芳，怀佳人兮不能忘。泛楼船兮济汾河，横中流兮扬素波，箫鼓鸣兮发棹歌。欢乐极兮哀情多，少壮几时兮奈老何！

辞前三句描绘秋景（“兰有秀”“菊有芳”互文见义，道其秋季开花，香气袭人），第四句转笔触景生情，怀念佳人。“泛楼船”后三句状泛舟汾河取乐，第四句写乐极生悲。最后一句点出全辞的主旨，感叹老之将至。全文前后两段写来都是先景后情，由景入情，情景交融，井然有序。辞的基调则颇为开阔，雄壮，慷慨，悲凉，对读者有很强的感染力。

《汉武故事》说，武帝幸河东，祠后土，顾视帝京，欣然中流，与群臣饮宴，欢甚，乃作此辞。汉武帝幸河东，祠后土于汾阴共六次。《资治通鉴·武帝纪》记载的五次，有四次（即元封四年、元封六年、太初二年、天汉元年）在春三月进行，另一次在元鼎四年冬十一月进行，均与《秋风辞》所写的秋景明显不合。《汉书·郊祀志》记载的元狩二年幸汾阴未具时间，可能

《秋风辞》所写的就是这一次。这是武帝头一次祭后土于汾阴,可能比较隆重,颇有感触,所以作辞记事。这时汉武帝三十七岁,所以哀叹少壮无多!

《瓠子歌》二首也写得极好:“瓠子决兮将奈何?浩浩洋洋,虑殚为河。殚为河兮地不得宁,功无已时兮吾(读‘鱼’)山(即鱼山,在今山东东阿县)平。吾山平兮钜野(泽名,在今山东巨野县北)溢,鱼弗郁(同‘沸渭’,众盛貌)兮柏(迫)冬日。正道弛兮离常流,蛟龙骋兮放远游。……”“河汤汤兮激潺湲,北渡回兮迅流难。……隤林竹兮揵(柱也)石菑(插石填土),宣防塞兮万福来。”瓠子河在今河南濮阳市南。分黄河东出山东,注入古济水。武帝元光三年(前132),黄河决入瓠子河,经巨野泽达于淮、泗、梁、楚。《史记・河渠书》说:“自河决瓠子后二十余岁,岁因以数不登,而梁楚之地尤甚。”元封二年(前109)干旱,“天子乃使汲仁、郭昌发卒数万人塞瓠子决。……令群臣从官自将军已下皆负薪寘决河”。“于是卒塞瓠子,筑宫其上,名曰宣房宫,而道河北行二渠,复禹旧迹,梁楚之地复宁,无水灾”。《瓠子歌》即作于这一年夏,《汉书・武帝纪》:“(元封)二年……夏四月……作《瓠子》之歌。”

汉武帝是一个重视兴修水利的帝王。在此之前,他曾发卒数万人,开凿漕渠,自昆明湖东接黄河,长三百余里,既便利漕运,又灌农田万顷。后又凿龙首渠等。瓠子决口堵塞的巨大胜利,更极大地推动各地水利事业的发展:“自是之后,用事者争言水利,朔方、西河、河西、酒泉,皆引河及川谷以溉田,而关中辅渠、灵轵引堵水;汝南、九江引淮;东海引钜定(泽名),太山下引汶水,皆穿渠为溉田,各万余顷。佗小渠披山通道者,不可胜言。”(《史记・河渠书》)武帝在兴修水利、发展农业上的贡献是巨大的,《瓠子歌》真实地表现了武帝感情,他的确为瓠子决口百姓遭殃而烦恼,也为瓠子决口堵塞的成功而与民同乐,整篇激荡着浓烈的感情,这里没有虚伪做作、无病呻吟。

《白麟歌》,作于元狩元年(前122)。《汉书·武帝纪》:“元狩元年冬十月……获白麟,作《白麟》之歌。”《汉书·礼乐志》《郊祀志》记载并同。《天马歌》《宝鼎歌》,当作于元鼎四年(前113)。《汉书·武帝纪》:“(元鼎四年)六月,得宝鼎后土祠旁。秋,马生渥洼水中,作《宝鼎》《天马》之歌。”武帝在元鼎五年的诏书中,也写进冀州显鼎和渥洼出马两件事,当可靠。《汉书·郊祀志》也记载这一年得宝鼎。但有人据《汉书·礼乐志》,以为《天马歌》作于元狩三年,《宝鼎歌》作于元鼎五年,似不确。

《思奉车子侯歌》,作于元封元年(前110)。《艺文类聚》卷五十六:“《汉武集》曰:奉车子侯暴病,一日死,上甚悼之,乃自为歌诗。”说明此歌是武帝作的。又《汉书·霍去病传》说,霍子嬗,字子侯,“上(武帝)爱之,幸其壮而将之。为奉车都尉从封泰山而薨”。从上文看,武帝此处封泰山当是元封元年。《芝房歌》,作于元封二年(前109)。《汉书·武帝纪》:“(元封二年)六月诏曰:‘甘泉宫内中产芝,九茎连叶……作《芝房》之歌。’”《汉书·礼乐志》《汉书·郊祀志》记载并同。

《西极天马歌》,作于太初四年(前101)。《汉书·武帝纪》:“(太初)四年春,贰师将军广利斩大宛王首,获汗血马来,作《西极天马》之歌。”《汉书·礼乐志》记载同。

《朱雁歌》作于太始三年(前94)。《汉书·武帝纪》:“(太始)三年……二月……行幸东海,获赤雁,作《朱雁》之歌。”《汉书·礼乐志》记载同。

从上面题目不难看出,武帝得一宝获一物都要歌颂一番。这里有两种可能:一是糊涂迷信。这方面多有实例可证,如《史记·封禅书》所载武帝没完没了地寻求长生不老之药,希冀升天成仙,即是其例。这里,也可能与怕死有关。二是借所谓天降祥瑞,宣扬得天应人,国运久长,为王朝唱赞歌,以愚弄百姓。这些诗歌缺乏感人力量,意义不大,文字又很晦涩。

文变染乎世情*

——谈魏晋南北朝赋风的转变

东汉后期，汉大赋赖以生存的条件逐步消失，抒情小赋随之发展起来。张衡是汉大赋与抒情小赋交替的人物，赵壹、蔡邕、祢衡则是东汉后期著名的抒情小赋作家。但此时赋坛甚为寂寞。魏晋以后，随着封建王朝的更替，赋风发生急剧变化，赋声大作，作者辈出，作品繁多，其声势已超过汉大赋鼎盛的武、宣时期。这是我国赋史上的第二个创作高潮期，在短短的二百年间，据不完全统计，现存魏作家四十多人，赋作二百五十多篇；晋作家一百一十多人，赋作七百多篇。但东晋以后至南北朝时期，赋又步入衰微。统观魏晋南北朝赋，与汉大赋相较，有如下明显特点。

从内容上看，汉大赋主要是展现帝王的宫馆、苑囿、游猎、娱乐、宴飨，夸示帝国的政治、经济、文化、艺术。魏晋南北朝赋表现的内容与此迥异，它的视线已离开皇宫帝苑，转向广阔的社会生活，转向大自然界，同时注意刻画人们的内心世界，捕捉人物的思想感情，因而表现出内容无限的丰富性、复杂性与广阔性。

---

* 本文原载于《文史哲》1990年第5期。

首先值得注意的是，文人们尽情地抒发他们的报国志向，倾吐政治上的不得志，诉说所处环境的险恶，以及宣扬他们因此而避世隐居、放浪形骸的情志。这一主题的赋很多，如王粲的《登楼赋》，曹植的《静思赋》《离思赋》《九愁赋》《玄畅赋》，阮籍的《鸠赋》，刘伶的《酒德赋》，张华的《归田赋》《鹪鹩赋》，陆机的《感时赋》，何逊的《穷鸟赋》，江淹的《待罪江南思北归赋》，等等。其中曹植可说是一位很有代表性的作家。曹植少有大志，企望奔赴沙场，杀敌立功，报效朝廷，以争得青史留名。但他的愿望始终无法实现。尤其是在其皇兄、皇侄统治期间，还备受猜忌和迫害，屡遭贬爵与徙迁，四十一岁便忧愤而死。他的赋，艺术地再现了他的生活历程。他在《白鹤赋》里，把自己比喻成陷入网中的羁禽，只得敛翼伏处，无法展翅翱翔："恒窜伏以穷栖，独哀鸣而戢羽；冀大网（或作'天网'）之解结，得奋翅而远游。"他的心情是很不好的。

王粲少有异才，十七岁避难荆州依刘表。刘表是一个庸人，自然不会起用他。面对几十年光阴虚度，王粲内心自然十分痛苦："惧匏瓜之徒悬兮，畏井渫之莫食……夜参半而不寐兮，怅盘桓以反侧。"这也正是他写作《登楼赋》的因由。阮籍是另一类典型。他原先也有济世大志，也敢怒敢言。他凭吊楚汉古战场时，就曾骂道："时无英雄，遂使竖子成名。"这是指桑骂槐，借古讽今。但在司马氏肆意杀戮名士面前，他变了，他口不臧否人物，纵酒昏酣，遗落世事。他这样做，自己当然也有责任，但归根结底，他是封建社会的另一类牺牲品。

其次是歌颂进步战争，描绘祖国山河的壮丽和文化艺术的发达。与两汉的盛世相比，魏晋南北朝的气势是要大为逊色的。尤其是东晋以后，封建王朝偏安东南一隅，他们苟且偷安，不思雪耻复国,所以这时没有轰轰烈烈的经时历久的统一战争,更谈不上开边拓土了。像司马相如、扬雄、班固、张衡等人赋中对强盛的大汉帝国的歌颂,再也看不到了。我们最多只能看到像曹丕所写的征荆楚(《述征赋》),曹丕、王粲写的战淮水(《浮淮赋》),陈琳所写的讨公孙瓒(《武军赋》)、征乌桓(《神武赋》),以及陆云所写的对成都王、长沙王叛乱的讨伐(《南征赋》),等等。沈炯的《归魂赋》、庾信的《哀江南赋》则是对被羁异邦的哀叹。总之,偏安的局面决定赋家们已没有丰功伟绩的战争题材可写。

西晋成公绥的《大河赋》,继应玚《灵河赋》之后,在中国文学史上第一次对黄河进行正面的歌颂,全文才一百四十字:

> 览百川之弘壮兮,莫尚美于黄河。潜昆仑之峻极兮,出积石之嵯峨。登龙门而南游兮,拂华阴与曲阿。凌砥柱而激湍兮,逾洛汭而扬波。体委蛇于后土兮,配灵汉于穹苍。贯中夏之畿甸兮,经朔狄之遐荒。历二周之北境兮,流三晋之南乡。秦自西而启壤兮,齐据东而画疆。殷徒涉而求固,卫迁济而逐强。赵决流而却魏,嬴引沟而灭梁。思先哲之攸叹,何水德之难量。

某些人把中国经济上的落后归罪于黄河,实在可笑。因为,只要有一点常识的人都知道,正是黄河,曾经孕育了中华民族;正是黄河,曾经滋养了中国古代的文明。至于某个朝代的落后,原因很多,但原因再多也找不到黄河的身上。我们只有保护黄河,使其造福于人类的责任,而没有任何指责黄河的权利。

魏晋南北朝是我国历史上书法大放异彩的时代。扬泉的

《草书赋》、李靖的《草书状》、王羲之的《用笔赋》、王僧虔的《书赋》,既是研究书法的论文,又给人留下无穷的艺术享受。读这些赋,好像看到一幅幅精妙的书法在我们面前展现,一枝枝如游龙飞凤的妙笔在我们面前飞舞。如王羲之《用笔赋》讲“破真成草”时的笔势:“游丝断而还续,龙鸾群而不净(争)。……忽瓜割兮互裂,复交结而成族。若长天之阵云,如倒松之卧岩。时滔滔而东注,乍纽山而暂塞。射雀目以施巧,拔长蛇兮尽力。草草眇眇,或连或绝。如花乱飞,遥空舞雪。时行时止,或卧或蹙。……”真是“众巧百态,无不尽奇”。这是我国文化史上一笔宝贵的艺术遗产,永远值得珍视。

嵇康不但是一位诗人,而且绘画、书法、音乐都有很高的造诣,他被司马昭杀害前所弹的《广陵散》,撼人心腑。他的《琴赋》,实在是对自己琴术最好的描绘。成公绥雅好音律,善于长啸,他的《啸赋》,也正是他长啸经验的结晶。陆机的《文赋》,则是我国古代文论的名篇。这些赋都已成为我国文学史的妙品。

总而言之,从赋中不难窥见我国古代文学艺术光辉灿烂之一斑。赋家们的劳作是不容抹杀的。

再次,揭露现实生活的黑暗面。这方面比汉赋要深刻广泛得多。按班固《两都赋序》的说法,汉赋有“抒下情而通风谕”的一面,但这个“下情”只止于文人阶层,也即文人们或批评最高统治者的骄奢淫逸,或抒发自己的不得志。蔡邕《述行赋》说道:“穷变巧于台榭兮,民露处而寝湿;消嘉谷于禽兽兮,下糠秕而无粒。”把达官贵人的挥霍无度与老百姓的饥寒交迫作了鲜明的对比。这在汉赋中几乎是绝无仅有的。

但在魏晋南北朝赋中,对劳动人民苦难的描写,大大前进了一步。晋束皙《贫家赋》描写穷苦人民生活的惨状:“有漏狭之单屋,不蔽覆而受尘;唯曲壁之常在,时弛落而压镇。食草叶而不饱,常嗛嗛于膳珍;欲恚怒而无益,徒拂郁而独嗔。……无衣褐以蔽身,还趋床而无被;手狂攘而妄牵,何长夜之难晓。……丈夫慨于堂上,妻妾叹于灶间;悲风嗷于左侧,小儿啼于右边。”此赋开头说是:“余遭家之轗轲……”好像作者是写自己,其实不然,此系第一人称写法。从束皙的生活和创作经历都可断定,他是了解穷苦人民并能为之呼号的。在早年,他曾为民求雨,百姓感激他,作歌称颂说:“束先生,通神明,请天三日甘雨零。我黍以育,我稷以生;何以畴之?报束长生。”束皙的《劝农赋》,痛斥“劝农”小吏敲诈勒索农民的可憎面目:“与夺在己,良薄决口。”是良田还是薄地,由他随口说了算。“受饶在于肥脯,得力在于美酒。”关键在于农民是否满足他们的吃喝。

南朝宋颜延之的《行殣赋》,写他途中遇见一具尸体,仅五十余字:

> 嗟我来之云远,睹行殣于水隅。崩杇棺以掩圹,仰枯颡而枕衢。资沙砾以含实,藉水草之襚储。抚躬中涂,太息兰渚。行徘徊于永路,时悄怆于川侣。

这是一具饿死在外的无主尸。因为棺已腐朽,而死者骨肉尚全,说明系路人遇见这个死者,就找一副朽棺加以草草入殓。又因掩埋太浅,以致被水冲出,横尸路旁,口中填满沙砾,情状令人心酸。作者久久徘徊而不能去。这在赋史上是第一次实地描写“野有饿殍”的惨状。这种题材在诗中亦极少见,十分难得。

赋家们还写了一些刺俗小赋。晋仲长敖的《核性赋》，借荀卿的口抨击人性："天地之间……人最为劣……父子兄弟，殊性异计；君臣朋友，志乖怨结。邻国乡党，务相吞噬。台隶童竖，唯盗唯窃。面从背违，意与口戾。言如饴蜜，心如蛮厉。……利害交争，岂顾宪制。怀仁抱义，只受其毙。……"这个说法虽有些偏激，但用以衡量当时以司马氏集团为代表的腐朽的统治阶级之间的尔虞我诈，却并没有过分。晋王沉的《释时论》（描写东野丈人与冰氏之子对话等等，正是典型的赋体），揭露了在士族制度下取士的种种弊端："德无厚而自贵，位未高而自尊。眼罔向而远视，鼻髎䶉（liào lá，鼻仰貌）而刺天。忌恶君子，悦媚小人。敖蔑道素，慑吁权门。心以利倾，智以势惛（hūn，糊涂）。姻党相扇，毁誉交纷。……"晋鲁褒的《钱神论》（写法与《释时论》同，属典型赋体），写钱的"神"用："无位而尊，无势而热。排朱门，入紫闼。钱之所在，危可使安，死可使活。钱之所去，贵可使贱，生可使杀。是故忿诤辩讼，非钱不胜。孤弱幽滞，非钱不拔。怨仇嫌恨，非钱不解。……"这实际上也正是当时社会风气堕落败坏的一种表现。

最后，出现了许多歌颂美女、同情妇女的赋篇。在儒家经典里，如《礼记》《仪礼》，都有许多束缚妇女、摧残妇女的规定。东汉中期的班昭，特写《女诫》七篇，用以教训妇女。其中第一篇为"卑弱"，就是讲女孩生下来后，要让她"卧之床下"，"弄之瓦砖"，以表示她们系"下人"和干活人的身份。第四篇讲"妇行"，强调"妇德，不必才能绝异也；妇言，不必辩口利辞也；妇容，不必颜色美丽也；妇功，不必工巧过人也"。第五篇讲"专心"，强调"夫有再娶之义，妇无二适之文"。总而言之，《女诫》的目标，就是要把妇女塑造成仅仅具有人的躯壳的封建礼教的化身。但魏晋以后,人们对妇女的态度起了很大的变化。在赋坛上出现了很多同情妇女的篇章,如曹丕的《出妇赋》《寡妇赋》,曹植的《感婚赋》《愍志赋》《出妇赋》《洛神赋》,王粲的《寡妇赋》《出妇赋》《神女赋》,陈琳的《止欲赋》《神女赋》,阮瑀的《止欲赋》,潘岳的《悼亡赋》《寡妇赋》,陶渊明的《闲情赋》,梁元帝的《荡妇愁思赋》,沈约的《丽人赋》《伤美人赋》,江淹的《倡妇自悲赋》,等等。这些赋尽情地歌颂美女,描绘男女间的互相思慕、追求,以及对寡妇、弃妇的无限同情。如王粲的《闲邪赋》,写一个美女得不到爱情的滋润:"夫何英媛之丽女,貌洵美而艳逸;横四海而无仇,超遐世而秀出。发唐棣之春华,当盛年而处室;恨年岁之方暮,哀独立而无依。"陈琳的《神女赋》、阮瑀的《止欲赋》、曹植的《洛神赋》,也都是极力描绘他们的女主人公如何倾城倾国之美貌,这与班昭所强调的妇容不必颜色美丽是大相径庭的。陶渊明的《闲情赋》,不仅极写女子的绝色,而且其中有十"愿"十"悲":"愿在衣而为领,承华首之余芳;悲罗襟之宵离,怨秋夜之未央……"把男女之间的爱情写得缠绵悱恻,难分难离,把女子的地位高高地举在天上,成为男子追求的偶像,理想的化身,这与班昭所倡导的夫妇之间不苟言笑和把女子地位重重打入地狱,相去何止十万八千里!曹丕的《出妇赋》写妇女无子被休,这是根据《大戴礼记·本命》等封建礼教典籍所规定的:"妇有七去:……无子去。"但作者的同情却明显地站在弃妇一边,弃妇所流露的"情怅怅而顾望,心郁结而不平",实际上也正传达了作者的心声。

总而言之,在魏晋南北朝赋中,作家几乎以全新的姿态来对待妇女,表现妇女。他们的感情深深地倾向妇女一边。这也就意味着,他们已把封建礼教抛到一边去了。

除上述四个突出问题外，魏晋南北朝赋家的笔触，还几乎无限地向四面八方扩展，表现人们所能接触到的各种事物。清陈元龙编《历代赋汇》，分三十个大类，即天象、岁时、地理、都邑、治道、典礼、祯祥、临幸、搜狩、文学、武功、性道、农桑、宫殿、室宇、器用、舟车、音乐、玉帛、服饰、饮食、书画、巧艺、仙释、览古、寓言、草木、花果、鸟兽、鳞虫。又编外集三十类，补遗三十三类。其中除重复正集外，计多出言志、怀思、行旅、旷达、美丽、讽喻、情感、人事等八类，连同正集共计三十八类。而在所有三十八类中，除寓言一类外，其他各类题材在魏晋南北朝时期的赋作中都已大量出现了。而在它之前的两汉，有相当部分门类只是偶有人涉猎而已。

这里还有一种趋向值得注意，即描写草木、鸟兽、鳞虫、天象的赋作特多。其中一些赋题材虽小，但作者却是有所寄托的，而并非信笔游戏。如傅咸的《萤火赋》表扬萤火虫："不以资质之鄙薄兮，欲增辉乎太清。虽无补于日月兮，期自照于陋形。……进不竞于天光兮，退在晦而能明。谅有似于贤臣兮，于疏外而尽诚。"把它比作被疏的贤臣。作者另一篇《栉赋》，由栉之理发联想到才的治世，因而歌颂它："我嘉兹栉，恶乱好理。一发不顺，实以为耻。虽日用而匪懈，不告劳而自已。苟以理而委任，期竭力而没齿。"人们往往把这些赋作笼统指为无聊的玩意儿，毋乃太过矣！诚然，无聊的作品也有，但绝非这些作品的主流。

在艺术上，这个时期的赋作也有极明显的特色。我们可以这样说，汉大赋的主要倾向是篇幅冗长，取材较庞杂，格式较固定，行文铺张，多虚构，少情志，语言文字较凝重、艰涩、堆砌。而魏晋南北朝赋则基本上趋于篇幅短小，行文简练，选材单纯，形式多变，感情浓烈，情趣横生，文字清新、生动、华美。这里可以举两种题材的例子来说明。先说汉赋中的都市赋，这是汉赋中最有代表性的作品。因为这类赋题材重大，多牵涉军国大事，只有大赋家才敢涉足，也才愿花毕生精力去写它（所谓“张衡研《京》以十年，左思练《都》以一纪”），因而在封建社会极为人们所重视，《文选》把它编在卷首。但这类赋公式化最为严重，写来不外其东、其西、其南、其北、其山、其土、其水、其木、其草、其鸟、其兽、其宫室如何如何，再就是天子出游、狩猎、祭祀、宴飨，最后无非是天子息宴止游，改正过失，坐朝听政，关心农桑等等。但魏晋南北朝都市赋除左思《三都赋》等少数篇章沿袭俗套外，大多以崭新的姿态出现，如南朝宋鲍照的《芜城赋》、梁吴均的《吴城赋》，只描写扬州和苏州两城的衰落一件事，余全抛弃。《吴城赋》写道：“古树荒烟，几百千年；云是吴王所筑，越王所迁。东有铸剑残水，西有舞鹤故廛……仆本蓄怨，千悲亿恨；况复荆棘萧森，丛萝弥蔓。亭梧百尺，皆历地而生枝；阶筠（竹）万丈，或至杪而无叶。不见春荷夏槿，唯闻秋蝉冬蝶。木魅晨走，山鬼夜惊；不知九州四海，乃复有此吴城。”统共不到二百字。这里，再也看不到两汉都市赋的影子了，作者所写之物、所言之事，全为抒发作者的感情服务，因而只直取所闻所见的典型事物，而绝不罗列山形地势、物产矿藏。这样的赋自然清新可喜，别具一格了。曹丕的《登城赋》才九十多字，其中“嘉麦被陇，缘路带衢，流茎散叶，列倚相扶。水幡幡以长流，鱼裔裔而东驰；风飘飘而既臻，日掩菱以西移”，更是写景的绝唱，没有丝毫都市俗味。

再说思妇赋类型。梁萧绎的《荡妇秋思赋》，简直把人们带进另一个崭新世界。萧赋写道：“荡子之别十年，倡妇之居自怜。登楼一望,惟见远树含烟。平原如此,不知道路几千?天与水兮相逼,山与云兮共色。山则苍苍入汉(指天河),水则涓涓不测。谁复堪见鸟飞,悲鸣只翼?秋何月而不清,月何秋而不明?况乃倡楼荡妇,对此伤情。于时露萎庭蕙,霜封阶砌,坐视带长,转看腰细。……”赋开门见山,点明思妇主题。她登楼远望,极目天边,但见天苍苍,野茫茫,而不见丈夫踪影,她年年相思,岁岁神驰,以致身体消瘦,愁思满怀。赋写来如行云流水,十分流畅自然,没有任何矫揉造作。如果拿来与司马相如的《长门赋》相比,就可以发现它已明显地脱离汉赋的窠臼,而庶几成为美妙的抒情散文。

最后,我们简要地说明一下魏晋南北朝赋风转变的原因。这个问题可以从三个方面来叙述。

其一,应该强调的是历史时代的变化。两汉是我国历史上继秦之后建立起来的一个真正统一、强大、稳定、昌盛的王朝,它为汉赋提供了广阔的创作天地。班固在《两都赋序》里,强调汉赋的发展与汉代武、宣盛世的关系,这是符合汉赋发展的历史事实的。从汉赋多数篇章中充满“宣上德而尽忠孝”的内容,也可反证班氏说法的正确性。但魏晋南北朝时期,中国长期陷入四分五裂之中,社会动荡不安,文士朝不虑夕。赋家们既缺乏歌功颂德的对象,也难有唱赞歌的心绪,更没有时间去构筑洋洋数千言的鸿篇巨制,因而抒发人们性情、描绘周围一草一木的抒情短制,也就应运而生了。

其二,是政治思想的变化。汉武帝根据董仲舒的建议,实行“罢黜百家,独尊儒术”的政策。独尊儒术虽有助于巩固国家的统一,但却禁锢了人们的思想,妨碍了学术上的百家争鸣,因而不利于学术的发展。东汉末年,垄断了两汉三百年的儒学走上了物极必反的道路，迅速地衰亡了。代之而起的是以老庄思想为基础的玄学。当时的玄学家大都是名士，他们已不愿效汉儒苦苦去追求传统的建功立业，维护虚伪的封建礼教，为封建王朝尽心尽职；而是醉心于饮酒服药，口吐玄言，剖露赤子之心，追求潇洒倜傥的仪容风采，欣赏悠闲自得的大自然景物。人们已开始认识到自己是现实世界的主宰，而不是封建伦理道德的奴隶。这是人性觉醒的标志。表现在文学艺术上，就是要求人成为文学的主体，要求描写人，表现人，要求展示人们所关心的一切。这些我们如果读一下《世说新语》，读一下嵇康、陶渊明的诗文，就会把问题看得更清楚。这也正是魏晋南北朝赋区别于汉赋的原因所在。

其三，是文学艺术地位的变化。在两汉，文学艺术并未独立出来，仍附属于经学之下。人们要求文学艺术成为宣传经学儒术的工具。因而文学艺术的基本特征得不到承认，一切都要用五经的标准去衡量。但以司马相如为首的一大批赋家不顾人们的非议，努力写作，积累了丰富的创作经验，提出了许多精辟的见解，为文学"自觉时代"的到来作出了有益的贡献。到了魏晋时期，文学的"自觉时代"的条件已完全成熟。它的主要标志就是承认文学有自己的特征，独特的创作规律。它要写人，以人为表现中心，而把两汉经学家对诗、文、辞、赋的种种要求限制抛在一边。同时，两汉的赋家往往被帝王视为倡优、弄臣，地位极低。他们缺乏独立的人格。他们的创作往往要看帝王的眼色行事，难以充分发挥自己的才能。魏晋以后，文人地位提高了，帝王往往把他们视为朋友，他们也就有条件按自己的意志进行创作，这也就为魏晋南北朝辞赋的繁荣打下了坚实的基础。

山东大学儒学高等研究院教授自选集

◎王绍曾　《文献学与学术史》
◎吉常宏　《古汉语研究丛稿》
◎龚克昌　《中国辞赋学论集》
◎董治安　《先秦两汉文献与文学论集》
◎孟祥才　《学史集》
◎张忠纲　《耘斋古典文学论丛》
◎徐传武　《古代文学、文化与文献》
◎马来平　《追问科学究竟是什么》
◎郑杰文　《墨家与纵横家论丛》
◎冯春田　《〈文心雕龙〉研究》
◎孙剑艺　《里仁居语言论丛》
◎王学典　《史料、史观与史学》
◎黄玉顺　《生活儒学与现象学》
◎张其成　《国学之心与国医之魂》
◎杨朝明　《洙泗文献征信》
◎戚良德　《〈文心雕龙〉与中国文论话语》
◎李平生　《中国近现代史研习录》
◎赵睿才　《唐诗纵横》
◎杜泽逊　《文献探微》
◎叶　涛　《民俗文化与民间信仰》
◎张士闪　《民俗之学：有温度的田野》
◎宋开玉　《语文丛考》

◎徐庆文 《儒学的现代化路径》

◎王承略 《古典文献与学术史论丛》

◎刘　培 《思想、历史与文学》

◎聂济冬 《汉唐文史论集》

◎周纪文 《和谐美散论》

◎赵卫东 《道教历史与文献研究》

◎何朝晖 《书与史》

◎孙　微 《杜诗的阐释与接受》

◎陈　峰 《重访中国现代史学》

◎王加华 《农耕文明与中国乡村社会》

◎龙　圣 《山河之间：明清社会史论集》